姜昆自述

姜昆 著

文化藝術出版社
Culture and Art Publishing House

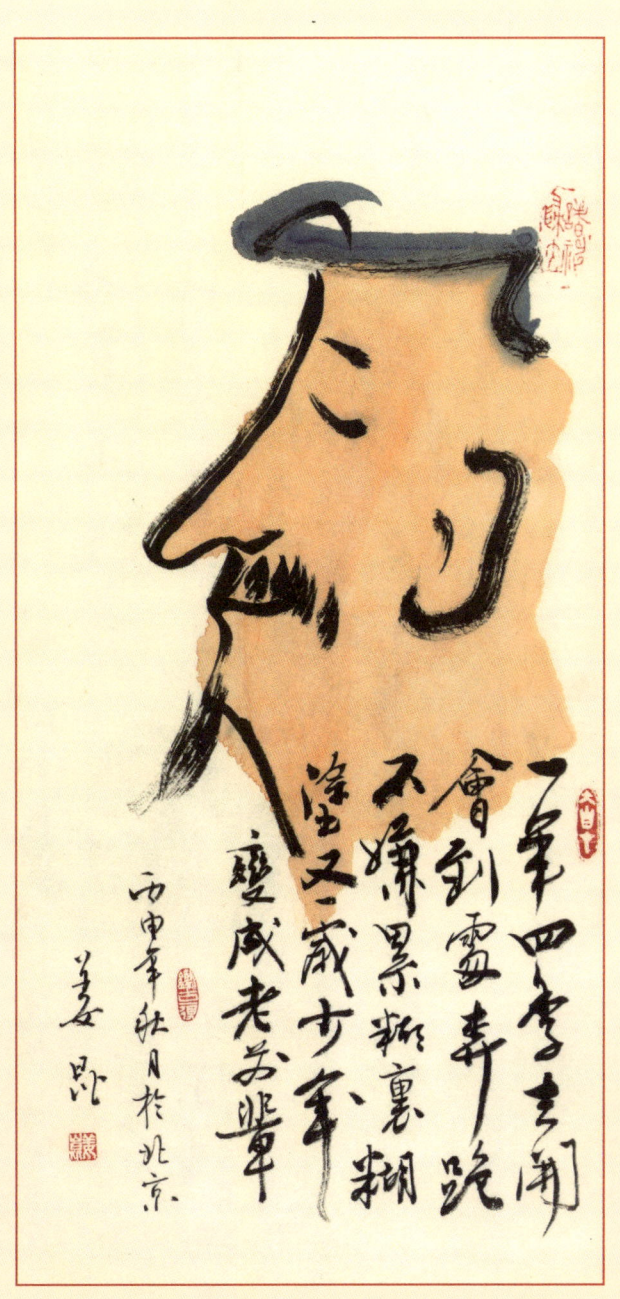

入伏别不服，经常亲水壶、菊花茶常饮、绿豆能败毒，凉拌冬瓜作汤煮薏米，能除湿，西洋参补足，对人要温情，对己心宽静，安然度盛夏，平凌过三伏

己亥岁夏月入伏日写於东坡东道斋

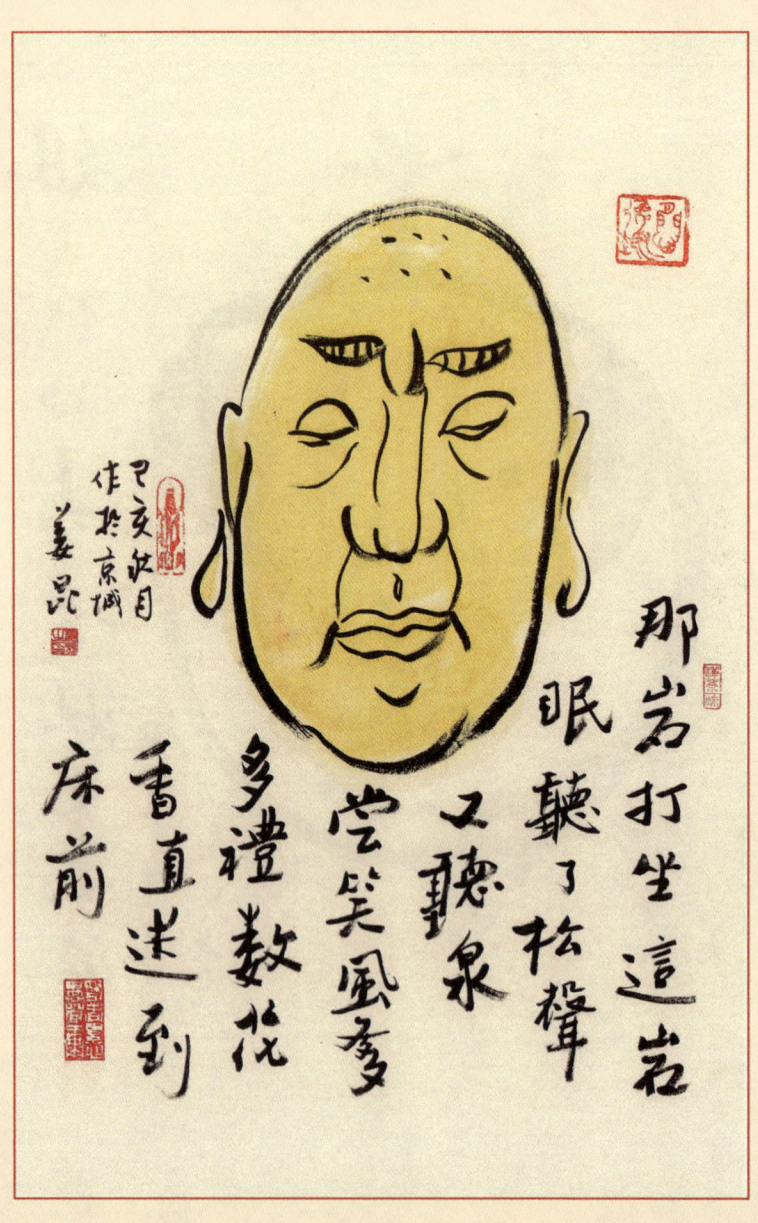

那岩打坐這岩眠聽了松聲又聽泉嘗笑風多禮數花香直送到床前

姜昆自述

姜昆 / 著

文化艺术出版社
Culture and Art Publishing House

图书在版编目（CIP）数据

姜昆自述 / 姜昆著. — 北京：文化艺术出版社，2021.3
ISBN 978-7-5039-6484-8

Ⅰ.①姜… Ⅱ.①姜… Ⅲ.①姜昆（1950- ）—自传
Ⅳ.①K825.78

中国版本图书馆CIP数据核字（2018）第072022号

姜昆自述

著　　者	姜　昆
责任编辑	董良敏
特约编辑	马晓顿
责任校对	董　斌
书籍设计	刘时燕
出版发行	文化藝術出版社
地　　址	北京市东城区东四八条52号（100700）
网　　址	www.caaph.com
电子邮箱	s@caaph.com
电　　话	（010）84057666（总编室）　84057667（办公室） 　　　　84057696—84057699（发行部）
传　　真	（010）84057660（总编室）　84057670（办公室） 　　　　84057690（发行部）
经　　销	新华书店
印　　刷	北京金彩印刷有限公司
版　　次	2021年3月第1版
印　　次	2021年3月第1次印刷
开　　本	710毫米×1000毫米　1/16
印　　张	31.75
字　　数	500千字
书　　号	ISBN 978-7-5039-6484-8
定　　价	98.00 元

版权所有，侵权必究。如有印装错误，随时调换。

到他的后台转。

当年老袭和姜昆去转的，都是有点凯子气的人。读表演艺术家的自述，有些颖叔书籍到了去他后台转的特征。

我发过姜昆的短信："如此照相，是在剧院的一堆被撕碎的电信号"，手搞得画面不停抖动的电视电视样这记忆。

太过深刻，以至于我每次见到姜昆就想到他坐电视框里如风中柳条般抖动的样子。没来由许多年不抖动的电视框里，装上了他演的"虎口遐想"和许多他演的相声，小品，费觉都不为是当挡勤的黑白电视框衰表，如此看来，好，他许是"如此讽刺的挡曲的时代框衰挡挡的，这既虚幻又听讽刺的挡曲的时代框衰挡挡的"画面和谐地挡撞在一起了吧！

许多年后

优秀的艺术作品并不一定能有推动社会改革进步的直接作用。但"如此照相"发挥了这样的作用。当时，说这部作品表，我们不但看到了被挡勤的他人也看到了被挡勤的自己，而认到被挡勤的自己比看到被挡勤的他人更重要。

庚子十一月初二 莫言

↑ 莫言题词

当然这不是每个人都能必下子它是生活的积累、智慧的火花、知识的升华。写给姜昆吾兄"自书"出版。二〇一一年元旦 八十四岁 美林

↑ 韩美林题词

| 目 录 |

第一章　自述　001

古稀自述　003
我在你们面前泪崩
　——献给所有战斗在抗击疫情防控一线的英雄们　008
我是一个知青　012
笑面人生　015
我当相声演员之前　023
起步——我当相声演员以后之一　043
攀登——我当相声演员以后之二　054
探索——我当相声演员以后之三　068
春节晚会一二三　086
欢笑洒香岛　136
宝岛行纪实　149
《大能人》拍摄记　166

第二章　亲　朋　　173

父亲，我的书法老师　　174
永远的侯宝林　　178
马季老师给我的思考
　　——写于马季逝世六周年的日子　　199
太爱相声的李文华　　204
为唐杰忠艺术生活四十年叫好　　235
记住韩美林　　240
我看梁左　　246
为胜杰送行　　251
洋徒弟——大山　　257
牛群之"道"　　275
拥有"法喜"的李娜　　279
宝丽娜·拉芳的故事　　284
戏说史丰收　　303
缅怀苏叔阳　　307

第三章　札　记　　　　　　　　　　　　　　313

我和孩子　　　　　　　　　　314
狮城品榴莲　　　　　　　　　319
维也纳圆"梦"　　　　　　　323
西班牙观斗牛　　　　　　　　332
思考法兰西　　　　　　　　　336
追记葡萄牙　　　　　　　　　345
美国夜航观灯　　　　　　　　351
感谢不得清闲　　　　　　　　356
巴黎左岸的咖啡馆　　　　　　362
在非洲品尝美　　　　　　　　365
另一种财富　　　　　　　　　368
寻找轻松　　　　　　　　　　383

第四章　幽默·笔记　　391

小记北京刘四　　392
着装的尴尬　　399
朋友——帮忙　　405
尴尬的提问　　409
斗胆谈性　　415
北京人的"侃山"　　422

第五章　论　道　431

父亲——书法　433
横山讲堂，我的乐土
　　——一次演讲　436
《百丑图》序　443
《皕丑图》序　447
《虎口遐想》三十年　450
相声世家　461
使二人转更好地"转"下去　467
《姜昆涂鸦》自序　475
《东北亚说唱艺术散论》序　479
向世界亮出中华文化的新名片　484

第一章 自述

↑ 《古稀自述》部分手稿

古稀自述

其实我还没有到古稀之年，按中国的阴历计算，至少差点儿。但是，我还是觉得这个题目好，因为这辈子做了许多超前的事，不在乎这一次半次的。

上中学的时候，我就是因为看了一部纪录片，突然对"古玛雅文化"产生了兴趣，每天趴在世界地图上找墨西哥在什么地方，因为老弄不清是在美国的上边还是在美国的下边；找尤卡坦半岛的具体位置，想象西方探险者在那里看见了什么，琢磨古玛雅人与印第安人有没有亲戚关系。

后来，在我 34 岁的时候，我来到墨西哥城，观看了那里的"人类学博物馆"，看到了记录古玛雅文明的遗物；在我 45 岁的时候，以一名访问学者的身份在加拿大生活了近两个月，在多伦多大学斯蒂文（石清照）教授的陪伴下，去听印第安民间艺人说书，讲"世界的第一个人"（first people），才圆了我的这个"少儿梦"。

在兵团的时候，我一心想当演员，人家嫌我出身不好，不要我，我就拼命地写剧本。不让我上台，我在幕后行不行？煤油灯下，我找来在连队队部"偷"来的不许我们看的报纸——《参考消息》，根据上面的文章《越南九号公路大捷》，瞎编了一个越南军民抗击美国鬼子的故事。拿着这块"敲门砖"，"违纪逃跑"到济南军区文工团投考，后来让人给轰了回来。当时做梦也没有想到，它成就了我创作的技能，在我 27 岁的时候帮我当上了专业的相声演员。

1999 年，我成立了"昆朋网络公司"，想在虚拟空间中建成既没有钱，又没有地，在现实生活中建不成的"相声大厦"。在我写出的中国第一段"网络题材相声"《妙趣网生》上了 CCTV 春节联欢晚会以后不久，"网络公司"就送给别人了，因为我 50 岁以前的一点积蓄全让我赔光了，实在没钱干下去了。但是，我练就了使用电脑的本领。

我在 46 岁的时候写了第一本自传式的书，叫《笑面人生》，一下子卖了 30 万册。在那本书的"开场白"中，我写道：人们经常说，人的一生就是追求的一生。我这前半生中，真是有不少的追求，想干这个，也想干那个。

看着别人成功，我总是有意无意地想：要是我，我也行⋯⋯年轻的时候有点儿不知天高地厚，进入中年，则生怕荒废年华。

⋯⋯

这辈子能当相声演员，可以了！冥冥尘世，芸芸众生，我一个凡夫俗子也没什么更大的抱负，只觉得我生就是欢乐的性格，喜欢自己高兴，也乐意瞧人家开怀。既然选定了幽默事业为终生职业，就应该不遗余力地为这个世界寻找和创造欢乐。至于别人说什么，咱们就认命，不太往心里去就是了。在探寻的过程中，能捡到什么"洋落儿"，那就属于"搂草打兔子"的性质。真的。

⋯⋯

我从北大荒回北京，一个破铺盖卷儿，一个我妈的嫁妆 —— 小破羊皮箱子。我身上穿的蓝制服，五个扣子四个颜色，脚下的两只袜子是一样一只，那两只找不着了，只好让它们"重新组合"。

谁能想到"一瞬间"变成这样呢？谁能想到"一瞬间"人的生活内容会有如此大的改变呢？一切勾画、设想、描绘，会在"一瞬间"实现得如此充实、丰富呢？⋯⋯

40 年前，我在离开北大荒的时候，紧紧地贴着南去列车的窗户，我望着外面，什么也看不见。此刻我甚至在责备自己，当初就这么走了，你长大成人了就丢下家人不管了？几滴眼泪滚过了我的面颊。我安慰自己，人长大了都要离开自己的爸爸妈妈。那时候，多愁善感的母亲总会说："你们走了，不要我们了。"她用这样的话语来宣泄她舍不得亲骨肉离开的情感。有出息的孩子用什么来抚慰爸爸妈妈的心呢？无非是用自己将来的作为。如果你是孝敬父母的好孩子，那么你会走好你成人以后的步伐。我对自己说："姜昆，这个世界好大哟，你可得对得起爸爸妈妈啊！"

当我艺术上获得了成功，我的感情又一下子变得脆弱了。本来，相声是逗大家乐的，可我却哭了。我仿佛看到了自己身后那并不太长却显得遥远的路。那路上有坎坷，我甚至也滑倒过，但祖国、人民、老一辈艺术家指引着、扶持着我……

我默默地想：只要我活着，就要永远记住这一切，永远和祖国、和人民在一起。

……

改革开放后，一幕一幕的景，晃得你眼花缭乱。新鲜事，一桩一桩，为适应变化，忙得人都有种喘不过气儿的感觉。在纷沓的脚步声中一溜儿小跑的时候，我没忘记环顾四周，也没有懒惰地随着大流当"四肢发达，头脑简单"的健儿。

生活，是我心仪已久的"美女"，我热爱她甚于一切。也许是有了一种乐观的人生态度，我对人际关系之间的倾轧、商场上为名利的厮杀、市井上的龌龊之事，不愿过多地关注。我觉得沉于此种混世的绳网之中，会蚀尽弱者的天性，助长强者的暴戾。我愿投于幽默戏谑的、温暖善意的怀抱之中。于是，我时不时地拿起手中的笔，记述一些我的平常琐事，追忆一些难忘的过往，拭去尘封日子中的迷雾，经常有一些美好的情感撩动着我的心。我问自己：这一切明天还会有吗？我期待着……

转眼，真就是一回头的工夫，我居然奔 70 岁去了，我真觉得我的人生才刚开始呢！

我曾经想过，以后不说相声，就在家里写文章，写我的前半生；写在兵团怎么"逃跑"，怎么"劳改"的；写我帮李文华与敬爱的邓小平同志合影，却忘了给自己拍一张合影；写在台湾见张学良，我们怎么说了一下午笑话；写老布什总统怎么给我的书提意见——"你写的书中国字太多，我有点看不懂"；写几代领导人对相声艺术的关怀；写老百姓对相声艺术的热爱。可是 67 岁的时候，我还在春节晚会的舞台上"蹦跶"，现在正准备 70 岁

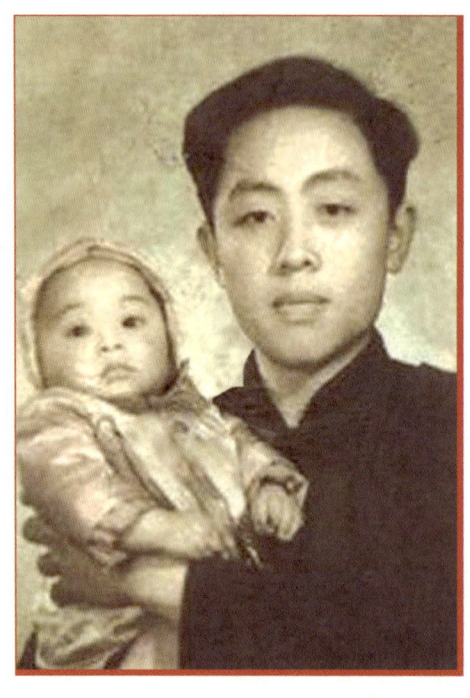

↑ 这是我人生的第一张照片,是 1951 年我一岁时照的。抱着我的人是我的二叔叔,他是北京市上下水道工程局的宣传干部

↑ 《古稀自述》部分手稿

再"蹦跶"一回呢!老天爷,什么时候是头呀!

得嘞,不忘初心,方得始终!

我想起几年前方小英老师在文联的一次会议上的讲话,她说:"我 90 岁了,但是我觉得,就像一场足球赛,我刚完成上半场,下半场还没有开始呢!"当时,我为她鼓掌,手都疼了。

多豁达的胸怀,多棒的人生理念!用量子力学的新观念看,思想不老,人且活着呢!好,离上半场的哨声还有 20 年呢,您忙您的,我先使劲儿拼着。

写于 2017 年 10 月 21 日

⑥ 是怀着老百姓对相声艺术的热爱。

早我68岁的时候还在春节晚会的午台上"踹达"一回，说了一段"都虎口避险"呢！老实说，我真老太不干了，什么时候是个头儿呢？！

得嘞，不忘初心，方得始终。我想起了革东方卡英老师在政协的一次会议上的讲话，她说："都九十岁了，但是我觉了，就像一场足球赛，我刚踢完上半场，下半场还没开始呢！"当时，我为她鼓掌，手都鼓疼了。多豪迈的胸怀，多棒的人生理念！因为好好学的就这么念着，思想不老，人且

⑦ 活着呢！好，离我这场对的上半场的哨声，还有二十年呢，您先忙着，别耽心我，我先使劲儿撑着。

　　　　　　　 冯巩 初稿于2017.10.2
　　　　　　　 　　修改于2020.元.2

↑ 《古稀自述》部分手稿

我在你们面前泪崩

——献给所有战斗在抗击疫情防控一线的英雄们

我已经 70 岁了,
按说早已过了爱哭的年龄。
搞笑是我们的职业,
我给大伙儿说了五十年的相声。
我的自传也取名叫《笑面人生》,
每一场演出,都能听到观众发出的笑声,
看到他们脸上洋溢的笑容。
可是这个春节,我笑不出来,
我的心,被新型冠状病毒的阴云在瞬间包裹密封。
热爱走动的人们,
被突如其来的疫情逼进了自家的窝洞。
感染的人数日渐增多,
封城、封路的消息不时跃上荧屏。

中华民族到了危险的时刻,
无情的肺炎正涂炭着几千个生灵。
正月初一的怀仁堂发出号令,
万众一心,一定要打赢这场没有硝烟的战争!
多少人在除夕夜集结,
火神山医院、雷神山医院,
用小汤山医院的图纸在三十儿晚上开工!
请战书像雪片一样飞来,

"不计报酬，无论生死"，
八个大字与请战书上的手印一样鲜红。
告别父母、告别丈夫、告别妻子、告别孩子，告别恋人，
放下刚刚端起的团圆酒盅，踏上生死未卜的征程。

这里有白衣天使，这里有建筑公司的员工，
这里有铁路民航，这里有社区干部和交通民警，
这里有好多好多的行业和人，
我们甚至不知道他们的姓名。
在祖国召唤的面前，义无反顾，
在人民需要的时候，陷阵冲锋。
很多人往外跑，
而你们却勇敢逆行。

曲艺演员都在感动，
一次次在电视机前泪崩。
一个个画面感人至深，
一个个镜头石破天惊。
出征的队伍里，固然有钟南山这样的老将黄忠，
更多的却是一张张青春的面孔。

70后、80后、90后，
这些面孔比我们的孩子还要年轻。
这世界上哪有什么救人的天使、济世的英雄，
这就是一群孩子换了一身衣服，
为岁月静好，替我们负重前行！
没有人比医护人员更了解病毒的凶狠，
没有人比医护人员更懂得传染病的扩散途径。
若有战，召必回，战必胜，
纵然前面有剑树刀丛，

初心和使命，召唤着一个民族的勇敢和忠诚！
习近平总书记和党中央精准施策，指挥若定，
李克强总理亲临武汉，指导疫情防控。
隔离病毒，隔离不了爱，
所有在一线的勇士们，
你们的身后，有我，有我们，
有你们的爸爸妈妈、妻子丈夫、孩子、恋人，
14亿中国人与你们心心相印，息息相通！

冬天过去了，春天肯定不会远了，
风雨过后，必现彩虹。
生活里不能只有消毒水和口罩，
我们最喜欢看的是观众脸上的笑容，
我们最喜欢听的是老百姓畅快的笑声。
作为一个父亲，
我只想对那些跟我孩子年龄差不多的年轻人说：
照顾好患者，也要照顾好自己；
对那些年纪跟我不相上下的老同志们说：
注意休息，保存实力，养精蓄锐，才能保证打赢！
愿胜利早日到来，愿祖国福寿康宁。

我相信，当疫情解除，
可以去慰问演出的时候，
所有的曲艺演员都会报名！
我们想让大家开怀大笑，放飞压抑许久的心情，
我们想拥抱一个个平安归来的勇士，
我们想给他们深深地鞠上一躬：
谢谢你们，穿白大褂的战士和各行各业不穿白大褂的英雄！
我想为你们送去欢笑，

但我怕现场控制不住自己的感情，
再一次泪崩。
在你们面前，艺术家唯有致敬，
我们的作品在你们的壮举面前可能会显得薄弱，
我们能逗乐现场的观众，
而你们用生命创作的这部抗击新型病毒的作品，
却让渡尽劫波的中国笑出了声！！！

姜昆、全维润

2020年春节正月初三急就

我是一个知青

不知道是从什么时候开始,我们这帮曾经上山下乡的老知识青年开始那样地眷恋,眷恋那块我们年轻时曾经陪伴过我们那么多年的土地。

我们结伴返回第二故乡;我们开始争相为那里的脱贫致富找门路;我们从不厌其烦地相约,到我们一次又一次聚会;我们争先恐后捐款,为曾经生活了十来年的第二故乡资助、投资、改变落后面貌;我们愿意为曾经待过的农村干各种各样力所能及的事情。我们欠他们的吗?我们所有的人都说过这样一句话:我是一个知青。

↑ 我和我的爱人李静民都是毛泽东思想宣传队的队员,我们年轻时就是这样演节目的。这张照片是我和她在五十七八岁的时候照的,虽然老了点儿,但做起动作来还是当年的那个劲头儿

在今天的中国，"知青"已经不是两个普通的汉字。它已经成为一个特定群体的符号，代表的不是现在，而是一段历史。那时候，所有的知青都有一股向上的精神和蓬勃的活力，都觉得自己是一项伟大的社会活动的主人，历史把一个改造世界的伟大的活儿交给了我们。整整十来年呀，最后，我们发现，我们改造世界有限，倒是我们在岁月和生活中，磨炼了自己，锻打了自己。于是，在祖国历史发展的一个特殊的从动乱走向稳定和发展的阶段，这批被蹉跎岁月历练过的群体，成为改造社会和建设新生活的生力军。这支从黑土地、黄土地、红土地走出来的"部队"一干就是三十年呀。一晃，我们老了。不过，这些人没有受那些整天抱怨"老天不公""不堪回首"这样满腹牢骚话儿的影响，我们掏心窝地说："青春无悔。"

一位年逾古稀的老军垦战士写了一首歌词：

> 说不清的黑土地，
> 为什么这样有魅力，
> 引得多少好儿女
> 千里万里来寻你。
> 害得多少好儿女
> 天涯海角也想你。
> 青春给了你，
> 命运你拿去，
> 我倒反觉欠着你，
> 说不清的黑土地，
> 为什么这么神奇。

老知青们把它谱上曲，找个好嗓子的领头，大家一起唱，唱得个个眼泪巴叉的。

其实，无论是黄土高原的梁家河，还是北大荒的北京村；无论是山西曲沃的茅草屋，还是内蒙古草原的蒙古包，至今还有不断的笑声，在讲述那三十多年前一个个愣头青改天换地的小故事。就是在那里，吸吮着大地母亲的乳汁，一批批的青年人长大了，经受住日晒雨淋，风吹浪打的孩子们变成汉子了，今天，长成支撑伟大祖国的大树了。那些讲故事的人说：因为扎根深，所以枝叶茂，因为有营养，所以干粗壮，他们是支撑伟大民族身躯的脊梁！

我也到了古稀的年龄，但是我还是以俏皮的心情，写下我对那片土地的眷恋：

> 黑色是思绪的指向，
> 白色是记忆的符号，
> 绿色包裹着多少画面，
> 蓝色已经变为今天的寻找；
> 棕色是起居的伙伴，
> 红色是不隐瞒的骄傲，
> 黄色不是意识的隐喻，
> 它是饱果肚囊的佳肴；
> 灰色只是被淡忘的一页，
> 而粉色倒是能引来偷偷摸摸地嬉笑，
> 偶尔的橙色是拉合辫房旁边的树叶，
> 紫色只出现在收工挂锄后，
> 天边的云梢；
> 透明的是现在的心境，
> 混沌的是那时的世道，
> 颜色是一帮老知青的信念，
> 明亮是从那时一直吹到今天的号角。

是呀，一辈子都忘不了哟！那也是我们的家呀，属于我们的祖国，我们爱不够的家呀。

写于祖国七十华诞前夕

笑面人生

李文华老师患了癌症,离开了舞台,许多人感到遗憾。尤其是研究曲艺理论的人,他们只能从录音上领略李先生的幽默风采。因为我和李文华的相声,大部分只有录音,没有录像。

为了弥补这个遗憾,我出个主意,用先前的录音,补现在的录像,把李先生请出来,用对口型的办法,把我们曾经表演过的24段相声再现在电视屏幕上。

我们在天津拍摄了两个星期。面对我创作的,而且背得滚瓜烂熟、不知表演了多少次的这24段相声,我呆住了,我为自己这十来斤的小脑瓜子里装这么多词惊住了。我怎么写的?我怎么背的?这么多的词儿,又整出舞台上的那么多的景儿,我怎么过来的?

我算了一下,我和李文华老师合作了6年,排演了30段相声。我和唐杰忠合作了8年,也排演了近30段相声。我和戴志诚已经合作两年多了,又排了十几段。不算不知道,一算才觉得:我可够累的。

不用夸张的评价,在生活中,我就像一辆一直疾驰的小车。但是,是辆没闸的车,快50岁了,还停不住。

数着我排演的那么多的相声,回忆着每一次排练、演出的情景,我的脑海里忽然闪进一个念头:姜昆,再重新来一回怎么样?从当孩子时干起……

我有点儿胆怯了,我怀疑我能否顶得下来。

李文华老师由于患了喉癌,不能再说相声了。但是在他术后休养的日子里,只要是可以让他参加的活动我都会请他过来,我希望让他感觉到他并没有离开人民喜爱他的那个舞台

大概人都有这种毛病,不知道的时候,糊里糊涂地也就过来了,一切都明白了,就会畏惧艰难,疑虑丛生,让人裹足不前。可我是不是就承认自己是一脑子糨糊呢?非也。我干事的时候,凭着自己的一股韧劲儿,我是个喜欢看成果的人。

就拿春节晚会来说,我每一次累得不行的时候就下决心:明年说什么也不受这份罪。可是,一次又一次的成功,让我每年一过了"十一"就琢磨:再冲一把,估计还行!光想着成功的喜悦,忘掉了疲惫。

每创作一段新相声,尤其是夜里急得睡不着,为了别人笑,自己想哭的时候,自己曾多少次粗俗地骂自己:孙子才写新相声呢!可是一段相声成功了以后,自己听着成千上万人的欢笑,一次又一次地扬扬自得起来:下一段我再写一个那样的……我把骂自己孙子的事早忘到九霄云外了。

当一次思想中的反复到来时,我就拿起竹管,舞文弄墨地写道:"盛年不重来,一日难再晨。"人家晋陶翁老祖宗在那时候都说这话了,咱们这几重孙子辈的后生能不"及时当勉励",以应付"岁月不待人"的自然规律吗?也是一种激励,也是一种为自己不停奔忙的解释。

自己跟自己转磨,自己跟自己掐。

再仔细一想,你在人生道路上全速疾驰的时候,你在为事业拼搏的时候,是懊丧多呢,还是喜悦多呢?

简单说,您快 50 岁了,是愁眉苦脸过来的,还是快乐欢欣过来的?

但是,人们在总结自己的时候,总爱板起面孔,以过来人的角度,一本正经地诉说自己如何不容易,评说历史上的每一个细节:

当时自己是怎么想的,别人怎么怎么不听,后来怎么怎么又失败了,如果当时听了我的……哼，哼！

那件事为什么为什么不对，我就是现在也不改我的看法，因为谁谁是这么说的，谁谁是那么说的，历史将为我怎么怎么样地证明……（其实历史根本不会说话，全是人在那儿指使和想象。）

一提过去，就寻找辉煌不是件错事。可一味地纠缠历史上的小账，我认为不是个好态度。最起码的是有些招烦，不是让人家心里不痛快，就是让你自己心里不痛快。

人干吗老找不痛快呀？

话又说回来了，不痛快不是自己找的，是客观存在，事实上有的。一辈子过来，过去不让人说，或是不能说，现在到了总结的时候，说说不痛快的事无非是图个现在痛快，痛快的事干吗不让人干！

现在痛痛快快诉说一下过去的经历，这是无可非议的正常要求。可当初为什么不痛快，当初的不痛快能不能在当初就解决成为痛快呢？

好了，快成绕口令儿了，说得一点儿也不痛快。

我想起来有一位朋友给我讲的一个寓言式的小故事：

有一位老翁，他有两个儿子。一个儿子做卖雨伞的生意，一个儿子做卖扇子的生意。

老翁非常疼儿子，也关心他们的生意。

一到了下雨天，老翁就开始为卖扇子的儿子发愁。老天爷，你要是总这么下雨的话，我那卖扇子的儿子该穷死了，下雨天谁会买扇子？

雨一停，天热了起来，他又开始为卖雨伞的儿子发愁，老天爷，老是不下雨的话，我那卖雨伞的儿子非饿死不可！

天气无非是晴或下雨，老翁一年到头总是在忧愁当中过日子。

有一位朋友劝老翁，大伯，你不能换个想法吗？一到下雨天，你就为卖雨伞的儿子而高兴：嘿！下雨了，我卖雨伞的儿子该发财了。到了晴天的时候，你就为卖扇子的儿子而欢呼：天热了，我卖扇子的儿子也成富翁了！

老翁觉着有道理，就照着去做。

儿子的生意没变，天气也还是一如既往。

老翁可变了，由一天到晚忧愁变成了一天到晚欢乐。

我多少次把这个故事讲给朋友们听，每个人都拍腿叫绝。

事实上，我也是用这个故事，一直在指导我的人生。

其实就是一个思维方法的改变，而实际上它反映了人生的态度。

有人总是觉着别人的成功都是投机取巧，瞎猫撞死耗子。

有人总觉着这个世界对自己不公平。

有人总觉着周围的一切都可气，让自己看不惯。

有人总觉着别人穷欢乐，不知死。

有人还说：活着没劲！……

您听听，多悬！

其实，这些人都特想好好活着，但他们和那个老翁一样，思维方式不对。

人不能老觉着生活对不住你。生活都按着每个人的意愿进行，这个世界非乱了不可。一个大锅菜，您想让四川人能吃出辣味，无锡人能吃出甜味，山西人能吃出酸味，再满足一下东北人口重和广东人喜欢的鲜甜劲儿，你这锅菜非让你五湖四海的朋友们一起把它泼在你的身上脸上不可！您这叫"折箩""杂货菜"，不是正宗玩意儿！

于是您就得就合一下生活，尤其是生活和您个人意愿发生冲突的时候。

有的人生性乐观，我以为他有一种本事，化解矛盾的本事。中国人有句老话叫"随遇而安"，这不是一个"忍"字就能解决得了的事，它要有一个思维过程，还要有一个排解过程。

人这一生遇到的烦事，可太多了。打出生算起，先是爸爸妈妈管着，接着是学校里填鸭似的让你一通学；学好了为升学愁，毕业了找工作愁；工作了为和领导搞不好关系愁，搞好了关系为过了岁数失去了升迁的机会愁。每家有一本难念的经，娶了妻为怎么过好安稳的日子愁，生了孩子为他能出人头地愁。百万富翁他们多是几十块几百块钱起家，几年就暴发了，奠定了事业的基础，想想自己当时比他们还多好几百块，怎么就不知道走哪条路能让自己也赚个百万千万。这个世界上好像哪儿都有金子，怎么偏偏自己捡不着呢？现在大家只有一个孩子，将来他们一有起色，为事业奔波肯定会走。有一天自己躺在澡盆里忽然动不了了，老两口都那么大岁数，谁挽谁呀？银行里省吃俭用一辈子存了万八千块钱，将来能干什么？银行一个劲儿地降低利率，您说多让人着急！顺着这个路子您琢磨吧，非烦死不可。

可这都是事实，不由你不想，自我排解？站着说话不腰疼，我要有个千八百万，不但自我排解，还帮你排解，有什么困难？先拿30万花着，不够再来找我！财大气粗，我发什么愁？

说话听声儿，锣鼓听音儿。归根结底，是个"钱"字儿作怪。那个有两个儿子的老翁不也是为了儿子卖不出货赚不着钱而烦，又为了两个儿子能都成为富翁而高兴的吗？看来得说说这"钱"的事，因为它是根儿。

有人说过：金钱不是万能的，可没钱又是万万不能的。还有人说：有什么别有病，没什么别没钱。中国人还有一句老话：人为财死，鸟为食亡。

当然，顺着这个路子想，一切都顺理成章，人就该烦，人就该愁，谁让你没钱的。

我们既然听了老翁的故事，不妨就把思维方式改一下，想个较真儿的问题：有钱的人愁不愁，他们就没烦恼了吗？

前些日子有一位买股票的跳楼了，据说是东借西欠的20万块钱全赔进去了。估计他是烦透了，不然没那么大胆量从十几层楼上往石板地上跳，那得多疼呀？他这是赔了，可他要赚了呢？20万要变成40万、60万了，他是不是就永远没有烦，没有愁了？美国的拉斯维加斯赌场的业主们有一句话：我们不怕客人赢钱，我们就怕他们赢了钱就走了，而且以后不来了。听见没有，只要您来，您有多少钱都能扔进去，做股票由20万搞到60万肯歇手？鬼才信呢，要知道60万还能赚120万呢！人心不足蛇吞象。

当然，这是赌博，真正干事业的人不至于跳楼。但是，不是没有烦恼。

有钱人的烦恼搁在了您身上，您也可能想跳楼。真的，银行借一个亿，投资房地产了，转眼行市下来，房子盖好了没人买，楼价往下降，银行的利息老往上加，急死您不？做贸易，只要有批文，美国棉花比国产棉花便宜百分之三十，质量还好，价廉物美。你全弄好，运了一大船，刚到太平洋中间，中美交恶，报复措施执行，追加关税百分之一百。船回去也是赔，船往前开也是赔！这时候，你是否希望一个浪把船打翻了，让保险公司老板哭去？棉花不进海，你就进海。

我有一个海南的朋友，他的安徽老乡发明了一种化学药剂，只要往大轮船上一刷，轮船上的油漆斑和铁锈能迅速清除，比国外同类产品效果好，还便宜。他马上投资，几十万设备刚一到，安徽发大水，全部给淹了，几十万的设备成了一堆废铁。祸不单行，发明人一着急，跌了一个大跟头，摔死了。

人死了，他那秘方也带走了，就剩下一瓶样品，怎么测验也不知道他用什么水儿兑出来的。我这位朋友急得半个月没吃下饭，有人幸灾乐祸："有钱呀！没钱的人就没这急！"您说您知道哪块云彩有雨？

一位信佛的居士给我讲过一个关于"钱"的小故事。

有一位大富翁，他拥有一座摩天大厦。外面天气很热，室内的空调又太凉，他有神经衰弱的毛病，老是睡不着觉。正烦的时候，他无意中往窗外看了一眼，高高楼房不远的地方是个工地，工地边上有一位和自己年岁相仿的工人，光着脊梁躺在一个平板车上，在烈日下居然鼾声呼呼地大睡。富翁问管家："那儿条件那么恶劣，他怎么就能睡着觉呢？"管家回答："老爷，我不知道他为什么能睡着觉，但是，我知道怎么能让他睡不着觉。"富翁急于得知，管家慢腾腾地说："您送他 10 万块钱！从现在开始，他再干 50 年，他也挣不了 10 万块钱。"富翁将信将疑，依管家所讲，付给那位工人兄弟 10 万块钱。

这位师傅平静的生活被打乱了，每天捧着 10 万块钱发愁。存银行？利息那么少，而且票子越来越不值钱。搞投资？风险太大，万一赔进去呢？买房子？不够呀。放高利贷？万一人家不还本儿了呢？……亲戚找他要；朋友找他借；领导劝他拿出一部分当公基金；社会上希望他拿出百分之二十做慈善事业。他睡觉？攒着 10 万块钱，差点儿没折腾死！

故事是寓言式的，但是，道理可显而易见。

哟，钱又成万恶之源了。

您可能要说，有钱人要是烦了，也用老翁的理论去排解，换个思维方式不就行了？

我正等着您说这句话呢！说钱的事，那是瞎绕圈子，绕来绕去也许能绕到一个怪圈悖论当中去，自己都绕不清。

用乐观的态度对待生活，才是正题儿！佛教教导人类：跳出红尘去，不在五俗中。

我们不妨说得高尚一点儿,看看自己,再看看周围的生活。比方说,从宇宙上看地球,人类就像一堆堆的小蚂蚁,忙忙碌碌,繁衍不息。比起上亿年宇宙的形成,世界最古老的五千年文明历史,不过是短暂的一瞬。人生短暂,弹指一挥间。

人类,伟大的小东西,在世界上就这么丁点儿的工夫,您还瞎着什么急呀?

↑ 1997年,我开始"搞网络",创办了中国相声网,把相声演员们都动员了起来。我请天津"泥人张"的传人用泥塑制作了我们相声老艺术家的笑星形象,挂在我办公室的墙上,我要和他们一起利用互联网络来笑面人生

现在40岁的人也好,50岁的人也好,您应该骄傲地想:咱们不容易,咱们够可以的。两手空空到世界,娘胎里什么也没带来,现在您拉扯了一大家,有了一帮子朋友,一搬家,一辆卡车运好几回还落东西呢,好些地方缺您还不行,您说您多伟大!

看着我和李文华老师、唐杰忠老师一起说的那么多相声,想着自己做了那么多的事,而且,好像是没有太多的抱怨,我不禁沾沾自喜起来:我没被这么多的事烦死,真的。

总的来看，好像是乐呵呵过来的，这是主调。

我喜欢绿色，因为它平静的色彩让你年轻。

我喜欢早晨，因为脑袋特别清醒，好干事。

我喜欢大海，因为一看那么宽的海面，心胸马上敞开了。

我喜欢穿球鞋，因为它像灰姑娘的那双魔鞋，让人穿上就孩子般地想蹦想跳。

我最不喜欢看悲剧，好容易休息一会儿，非招自己哭干什么？

自从我们国家开放以来，城市一天比一天新，生活一天比一天丰富。家里的彩电一天比一天大，柜子中的汗衫和 T 恤一天比一天多。电视频道过去三四个，现在十多个。过去出一趟国，外面的东西太好了，什么都想买；现在出国一看，基本上的东西国内都有，好容易下决心买一个回来，底下写着"Made in China"。住的房子也都好多了，没好的也正在好，不久也都会好起来，这点大家都会相信。

实在没有理由老愁着过日子。生活不好的时候，上海的老百姓有一句俗话：没钱买肉吃，睡觉养精神。日子好了更应该知道怎样调剂生活，树立快乐的人生态度。

中央电视台播放的纪录片里，有一位贵州的 101 岁的老人，记者采访他的时候，他唱歌，唱一种谁也听不懂的歌，4 个字一句，字幕中开始还有两行，可后来就没有了，老人可一直不停地唱着。

他不需要大家都能听得懂，他自己快乐了，身心愉悦了，自得其乐，所以他活过 100 岁，而且，还那么精神抖擞，喜气洋洋。你快乐不一定让大家都得懂，不一定非有个为什么。

我告诉我自己：你千万不能自己觉得自己老了，那样会未老先衰。保尔在回首往事的时候，不因虚度年华而悔恨，也不因碌碌无为而羞耻。我回首往事的时候，就想快乐的事，想让自己高兴的事，绝不找不痛快。

写于 1996 年

我当相声演员之前

我 30 岁的时候,曾写下两篇文章,描述我当相声演员之前和之后。

有许多人在 30 岁的时候,好像突然有了一点伤感。他们觉得精神颓败自此而始,机遇命运已成定数,容颜已旧,骏骨已凋。

于是有人说,"30 岁让人觉得屈辱,人开始憎恶衰老",因为"30 岁是造物主对人的一次挑战和挑衅,造物主把对你的蔑视重重地甩在你的脸上"。

当然,说上面这些话的那些人,也是用这样的语句,激励自己不要因为岁月的推进,而浇灭自己人生的火焰,也不要重蹈无数代人自三十而沉沦的覆辙。因为古言云:"十岁的神童,二十的才子,三十的庸人,四十的老不死。"当读着自己 30 岁写的这些文章时,我觉得我 30 岁的时候还像小孩似的,我是不是太幼稚了?我觉得我人生的路好像刚开始,我还是那么天真地朝着天空笑,朝着彩虹叫,朝着大道跑……我是不是晚熟品种?

不行,虽然像他们说的,青春已经越来越变为一个故事,但我总还没有落叶满地、人走楼空的感觉。我觉得快 50 岁的我还是保持着这样一股心气儿。

所以,我一个字不加,一个字不改,把这两篇文章原样放在这里。而后,我只是把它继续写下去就是了……

记得我很小很小的时候,妈妈总在我耳边唱:"小白菜呀，叶叶黄呀，3岁的孩子，没了娘呀……"唱着唱着，就有泪珠从她的面颊上滚落下来，在她的轻声细调中，渗着我当时根本不能理解的情感。隐隐约约感到在母亲的目光中，似乎有着痛苦，也有着幸福。

我要当演员

一晃我就长大成人了，走完了自己人生历程的第30个年头。尝到了幸福和痛苦，可能跟妈妈的一样又不一样……

红旗，阳光，红领巾，少年宫，辅导员，舞台，一切都是金色的。

童年的梦想，是自己也能穿上漂亮的衣服，和伙伴们在水彩般的生活中玩耍、歌唱、欢舞。但是，弟弟妹妹多，爸爸工资低，妈妈没工作，不得不使我多想一点。不过我还是欢蹦乱跳地过着日子，一直到了三年级，痛苦终于撞进心里了。一次，我去景山少年宫玩，看到和我同龄的孩子，学着大人的样子拿着提琴盒，背着手风琴，拎着笙、管、笛、箫，走进那高高的宫殿中。于是，乐声开始了，我扒着门缝看……一直到有人把我轰走。我忍不住了，任性地和爸爸闹："爸爸，我也要去少年宫！我要当演员！"爸爸实在是惊奇了，清贫的生活和繁忙的工作，使他没能注意到孩子心灵的万花筒。

我曾经和许多孩子一样，有对未来美好的憧憬。我也想和许多伙伴一样，过他们那样富足的生活。但是，我上学买的水彩，是最廉价的，画出的画儿总不如人家那样鲜艳；我穿的白衬衫，是白布的，总不如人家府绸的那么白；背的书包，是爸爸用旧的大书包改的，总不如人家身上的神气。看我们胡同里的孩子夏天去捡西瓜子儿，一腌就是一大缸，到了冬天能卖好几十块钱，我羡慕了。于是，我背着爸爸、妈妈，跑到西瓜摊儿去捡瓜子儿。不一会儿，我捡了满满的一瓷盆儿。我跑回家倒在一个洗脸盆儿里，又去捡。一边捡一边想，要是坚持捡上几天，捡好多好多，妈妈一定舍不得全扔掉，让她帮我煮煮，冬天拿出去卖。我先买一件……再买……正想着，糟糕！爸爸从那边儿走过来了。这么亮的地方哪儿也躲不开呀！我急中生智，用脏兮兮的手往脸上一抹，抹了个小黑脸。我想：这下爸爸可准认不出……"啪"！没等想定，我的脑袋上已经挨了爸爸重重的一击。"回去！"

爸爸几乎是在吼。我怏怏地端着盆往家走,没进家门儿,手中的瓷盆儿连同瓜子儿,全让爸爸扔进了土筐。我第一次"自力更生"的计划,就这样完了。

↑ 每个人拍照时都要佩戴上毛主席像章,这是20世纪六七十年代人们照相时的规矩。可是我家里没有那么多像章,所以我只好把这个光荣的机会让给爸爸、妈妈和弟弟,自己一个人孤零零地站在后排照了这张合影

这次从少年宫回来,我决定要依靠外援,不走自己那幼稚的"自力更生"的道路,于是,我就闹。想是我"闹"得够凶的,爸爸居然在发薪后,花了近一元钱,给我买了一支长长的笛子。痛苦走了,幸福来了!一个月后,我能吹歌了。又一个月,我又跟妈妈磨了一毛钱,考上了少年宫的笛子组。终于我也学着伙伴们的样子,一步步走向那高高的宫殿里面去了……

毕竟不是文艺世家,爸爸买的笛子"4"孔的音不准,根本不能用。我记着我吹《紫竹调》的时候,他还得意地给我打拍子呢!再让爸爸买,怕是拿不出钱来了。我又想了个"聪明"的法子,考了戏剧组,这个组不用花钱买这买那。我被录取了。

我排的第一个独幕剧叫《妈妈在你身旁》。我演主人公黑牛——一个台湾的流浪儿，靠擦皮鞋为生。六一儿童节，他偷偷地告诉一个不相识的小姑娘："大陆那边的孩子可幸福呢，他们上学、游园……"正在憧憬中，恶煞般的警察把他抓走了。临去时，他喊："坚强点儿，妈妈在你身旁……"排这个戏，我不知掉了多少泪。好几次想起小时候妈妈唱的歌："小白菜呀，叶叶黄呀，3岁的孩子，没了娘呀……"

还有一次，我又想起妈妈的歌。那是在北京秀丽的西山鹫峰岭下。我们和周总理请来的阿尔及利亚烈士子弟共度夏令营的假日。星光闪闪，篝火熊熊。火光映着红红的笑脸，胸前飘着红红的领巾，红红的队旗飘啊、飘啊……周围全是红的。

当我们的小乐队奏起非洲的"达姆—达姆"乐曲，我发现异国的伙伴们眼圈也红了，篝火映在他们浸着泪水的眸子中，大家全静了。妈妈那歌声又出现了……

"幸福是和祖国连在一起的！"我觉着这句话在我胸中一个劲儿地翻腾着。我在为祖国骄傲，我觉着我是祖国的小主人翁。我有权利用我所喜爱的艺术来为她服务。

我的心中有一团热爱艺术的火

我热爱艺术着了迷。六年级毕业时，我闹着要爸爸带我去考中国戏曲学校。为了省钱，我跟在爸爸屁股后面，由东四走到了前门楼。我心里的高兴劲儿自然不用提，一路上就是想考试时将会怎样怎样……我想：唱歌时，调子不能起得太高，不然，扯着脖子跟鸡叫似的最难听了。

到了戏曲学校的大门口，爸爸留神地向门内看着：学戏曲的小学员，剃着光头，穿着灯笼裤，再大一点的，用手捧着小茶壶，一边看着来考试的孩子们，一边说着笑着。再看那边儿，光着膀子的青年们汗流浃背地站在草地上，翻跟头，拿倒立，黝黑黝黑的。爸爸心痛了。看了看他们，瞅了瞅我，拉着我往回走。我问他："怎么不考了？"他说："不考了！"我真奇怪，可他也不说理由。我记着回家后，他跟邻居一个大爷说："十年出得了一个秀才，十年出不了一个艺人。孩子还得念书！"我没有过多地揣测他内心的活动，但对于前途，我觉着选择的权利还在自己的手里。

好在我的年纪还小。我今天借来手风琴,着魔地拉上一个下午;明天找来一台扬琴,用筷子削成签子,打上一天;又朗诵,又唱歌,高兴了还自己写上几段快板数起来。姑姑说我是个"多方面的爱好者",爸爸谦虚地回答:"他一瓶子不满,半瓶子晃荡。"

↑ 这是1967年我参加中学生话剧团演出话剧《在列宁的故乡》时的剧照。我在剧中扮演了一名革命青年阿廖沙。这出戏填补了那个时期话剧断代的空白,被记载在中国话剧发展的历史上

14岁那年,我在中学里写了入团申请书。共青团的一个干部找我谈话:"姜昆,你将来想干什么?"我一点也没犹豫:"搞文艺。""你是什么出身?""职员,我爸爸是老师。""不对,据我们了解,你的出身是资本家。""我爷爷是资本家。""出身都得从爷爷算!"我愣住了,因为我知道那时候这样的出身对人意味着什么。我竭力分辩,说我爷爷是一个很小很小的资本家,解放以前买卖就倒闭了,他的财产只是一点点儿。还告诉他,我的叔叔、姑姑都是共产党员,他们全是党的干部。"甭管怎么说,你是吃剥削饭长大的!"我茫然了,心里罩上了阴影。

在中学,我是学生会文艺部的负责人。我们灯市口中学是男校,在男校里搞文艺,经常遭到一些伙伴们的冷嘲热讽。你组织跳集体舞,他们说

你像"假媳妇"。你带着学唱歌,他们跟着瞎编词儿。我们唱"我们走在大路上",他们在后面接"卖冰棍的对我嚷嚷"。可这一切我从来都是泰然处之。我带着腰鼓队参加了"国庆狂欢"的活动;学校的"红五月"歌咏比赛,我戴着白手套指挥。搞这些活动,我的心中总有一团火,因为我爱艺术。可是,自从我的出身由父亲改到爷爷那儿,一下子把我的这点火给扑灭了。我不敢再出头,不敢再组织这组织那了。

就在这个时候,我还偶尔参加少年宫的活动。一次,《白求恩大夫》摄制组看中了我,约我去参加白求恩大夫进村的一段拍摄工作。现在电影中,从村口出来,发现白大夫来了,往村里跑、召唤人的那个小八路就是我。拍摄地点在河北的一个专区,我去了5天。能拍电影,这在家里可是新鲜事儿。

我回到家,他们都想让我讲讲怎么拍电影,我不理他们。爸爸7点半才下班回家,我7点就钻到我的小屋里去睡觉,我怕他们问我,也不愿意谈。我不愿意谈我怎样羡慕人家拍电影,我不愿意谈人家怎么夸我"一个小镜头也拍得那么认真"。因为我觉着那种生活永远不属于我,谈那是痛苦,我7点钟钻被窝,10点才能睡着,就是证明。

有一句老话,叫作"因祸得福"。我开始努力地学习功课,从同学那儿借来一摞一摞的书,中国的、外国的,小说、自传,我全看。连续两年,我获得北京市教育局颁发的"优良奖章",功课一直在中上等,要不是"文化大革命",我差不多能拿个银牌。可是,我没能入共青团,因为我出身不好。

希望的火花

希望的火花,总带有点儿"野"性。风一吹,就在灰烬中出点儿光,放点儿热。

1966年,我又长大了些。像我这样出身的青年,更该收敛一些吧。恰恰相反,"债多了不愁"。既然爸爸进了学习班,爷爷被轰到乡下,厄运已经到了头上,我则玩世不恭地"逍遥"起来。

到了1967年,我们这种出身的青年允许出去"串联"了。我没有跟同学们一块儿走,而是约了几个出身不好的邻居孩子结伴出行。我们约好了,到外地就说出身"红五类",不带钱,走到哪儿吃到哪儿,写欠条儿。而这一切,居然激起了我心底的真实乐趣。火车上,我每天早上带头唱《东方红》,过武汉长江大桥后,我利用夜间停车的时间给他们朗诵《难忘的航行》片段,惹得全列车的人欢呼"毛主席万岁"达10分钟之久。我没别的更多的想法,只是感觉在我绘声绘色的朗诵中,能吸引那么多人的目光,我过瘾极了!

1967年5月,纪念毛主席《在延安文艺座谈会上的讲话》发表25周年,荒芜很久的文艺舞台借着这个机会又暂时"繁荣"了起来。一时间,许多红卫兵和中学生组织了各种各样的"毛泽东思想宣传队"。我想,"文化大革命"有点"文化"的味儿了(我把"文化"和"文艺"看成一个词了)。

我的心痒了起来,叫了几个也非常喜欢文艺的伙伴,拉起了一个"红卫兵话剧团",尽管当时起这个名字我有些胆怯,但是心中的火一烧,总觉得热乎乎的!

我们先是在一个同学的小木板房里写剧本,他写一幕,我写一幕,写完了往一块儿"串",没有两个星期,一个六幕八场的话剧写出来了!我们说好了,甭管戏怎么样,只要每一幕的结尾能让人鼓掌就行。

那个时候,有点"胆子"就没有办不了的事。没有排练的地方,有人以红卫兵司令部的名义借来了东单三条一个被抄的小"牙科医室","根据地"有了;没有服装,找人弄来了"首都红卫兵司令部"的介绍信,到被解散的实验话剧院去"借";没有布景,四处去找木头做,东拼西凑。所有东西全是"借"的,这种"借"跟"敲"人家一样,不给是不行的。

1968年的元旦,我们的"戏"居然在首都"上演"了。我在戏里扮演一个流浪者——失业的苏联汽车司机阿廖沙,人物就是从过去《以革命的名义》里面的雅什卡套过来的。这场演出,该要人鼓掌的地方,全鼓掌了!多兴奋呀,继续排,继续演,一连演了50多场。整半年多的时间,脑袋一直是热乎乎的!虽然我终于登上了舞台,并且也沉浸在"掌声"之中,我所追求的艺术却是那么可笑!

最后一场是在帅府园的一个剧场演出。演出前,我告诉大家一个消息:"我报名上山下乡了,去北大荒!"伙伴们全惊住了,都舍不得我,我也舍不得我的伙伴。可是我已经决定了，因为我看到在生活的道路上又燃起了另一把希望的火……

奔赴北大荒

知识青年上山下乡，那可真是大浪啊！多少人被卷进这时代的洪流中，它也点燃了我心中希望的火。记得在没几个月前，一想起毕业、分配，脑子里便浮起一层晦暗浑浊的迷雾。但上山下乡一动员，我木然的情绪立刻活跃了起来。

我想：在荒凉的异乡，在偏僻的山沟里，可能需要我了吧？那同样是祖国母亲的怀抱，在那里，我不是照样能把我赤子的心献给她吗？一想到这儿，血就沸腾了起来。

我在学校里主动报名，首批离开北京，奔赴祖国的东北边疆——北大荒。在离开北京的前一天晚上，我没有安慰爸爸妈妈，也没有给弟弟妹妹留下什么嘱咐的话。

登上了北去的列车，我和几个刚刚在车厢认识的青年组成了"列车宣传队"，我唱啊、跳啊，使尽全身的解数，讴歌新的希望。晚上，在列车昏暗的灯光下，我给同学们写信："在过去生活的路上，我的希望全像五光十色的肥皂泡那样破灭了。今天，就是在列车开出的一刹那，我感觉到真正开始了新的生活。"踏上北大荒黝黑的土地，我们就陷入热情欢迎的感情潮水之中。我们这群十七八岁的学生，一点乏劲儿都没有，稍微填填肚子，我们就开联欢会，慰问贫下中农。这个联欢会上，我一个人拳打脚踢，演了5个节目，一会儿独唱，一会儿朗诵，一会儿拉手风琴，把我累坏了，也把我乐坏了！一个当地的红小兵拉着我的手说："叔叔，你老在我们这疙瘩吗？"我扯着唱哑了的嗓子大声说："不走了，老和你们在一块儿！"晚上，分配方案下来，我被分配在农场的场部，参加了农场"业余宣传队"。新的生活开始了！我们10个北京青年和农场的业余文艺骨干在一起，一边劳动，一边搞宣传。

我学着大人的样子，在"深入生活"中开始"创作"了。北大荒的夏天也热得厉害，还得挨蚊子和小虫的袭击。每天早上4点多钟就要起床，晚上一写东西又兴奋得睡不着觉,而十七八岁又是正贪睡的时候,我真感到了有点儿"艰苦磨炼"的劲头儿。在日记本上我写下了鲁迅先生的一句话"我愿中国青年只向上走"来激励自己。宣传队演一场节目,我创作的占一多半儿,上台就是从头盯到尾。扁桃腺化脓,发烧到39℃,也得上台,不然"影响战斗"太厉害。我在群众热情的掌声中寻到了自己奋斗的快乐,一天到晚嘴里总是哼哼唧唧的。

↑ 1968年6月,十名北京知青来到了北大荒的伏尔基河农场,一起组建了当时农场的第一支毛泽东思想宣传队。那时候,我们都还是中学生,没有过20岁,一群年轻人,满怀豪情

这样的日子没过两个月,宣传队的指导员找我谈话了,他说我"不稳重""浮躁",要我不要"锋芒外露",要注意"突出政治"。我想了很久,觉得他说得有道理,照办了,并且也学着怎样"稳重"。

可是有一次,不知哪股心气儿鼓动我,我嘴里冒出了一句过去流行的歌儿:"深夜花园里四处静悄悄……"被领导知道了。全宣传队开了一个会,说是"严重的政治问题",让大家帮助我。大家的措辞非常严厉,我也害怕极了，痛哭流涕地做了检讨。从此，宣传队里流传着一句话："姜昆啊，有才无德。"一天，我们宣传队正在排练，一个伙伴偷偷地告诉我，基层的知青反映我们这10个人，没有经过艰苦的锻炼就到场部工作是错误的。他们质问：这10个人是接受贫下中农再教育来了，还是教育贫下中农来了？！

热情下降了，人的心散了，脑筋稍微活络的在找路子去哪个生产队。一天，我拿着新写的节目找指导员，没等我开口，他说："你要做好艰苦锻炼的准备，组织上把你分配在一个新建点。"新建点就是在荒原上建的一个新的生产队，住的是木板房，铺的是草垫子，一切都要白手起家。我的眼睛红了，不是为了新居的孤寂、荒凉，而是为了手上那一摞稿纸上的字……

炊事班班长

我抱着再一次迈开生活步伐的奋斗信心，来到了小兴安岭支脉脚下的一个新建点——七连。

我是六六届，年龄稍大点。没几天，领导让我当班长，带着11名上海青年脱土坯。时间一长，这些"小上海"给我起了个外号，叫我"柴爿"。

原来他们看我比较瘦，又那么没命地干，说我就像块木头一样，一形象就成了"柴爿"。突然，一个念头闪进了我的脑海里：我得学会上海话，不然他们说什么我总听不懂怎么能行？马上交个上海朋友，让他教我上海话！没有一个月，上海话我全会了。我们班很快成了全连的"先进班"。当时我真高兴，今天成了先进班，明天成了模范班，全团一出名，干得有成绩，团部会上领导说："姜昆在下面锻炼得不错，再调上来搞宣传吧！"想到这儿，心里真痒痒。

一转眼就到麦收了。一天，领导找我谈话，他说："麦收任务这么重，可是咱们的炊事班总搞不好，我们决定，选一个能力强的班长去炊事班当班长，把全连的伙食搞好。"我的心"轰"的一下，也说不清是什么滋味儿。领导问我："有畏难情绪？"我说："行，干吧！"搞炊事班真是个苦差事，但我硬着头皮干。先带着大家学语录，然后是"新官上任三把火"，我提出三项任务：一是淘井，把臭井淘干，往下挖出甜水；二是改灶，把火灶改成回风灶；三是种菜、养猪。连里也很支持我。

没多久，炊事班面貌有了改观，领导一个劲儿地表扬我。听了表扬，我一会儿想：这回不能说我缺"德"了吧！一会儿又在想：这个小套儿我是拉上了，要放下谈何容易！"干一行，爱一行"是光荣的传统，可我爱的是艺术，我心里很矛盾……生活的道路可真像人们形容的那样是坎坷、崎岖的，我遇上的头一个大坎儿，竟把我摔得鼻青脸肿。

↑ 我来到东北生产建设兵团一年多，我的妹妹姜静宜也来到了北大荒，成为一名光荣的兵团战士。1970年年初，我和她一起穿上兵团发的军大衣，戴上有北大荒特点的皮帽子，拍摄了这张合影

1969年年底开始了整党建党运动，上级派来了工作组，不久省里又下来通知，整党建党运动要结合"三清"（清经济、清思想、清政治）运动同时进行。

老连队搞运动有搞头，因为摊子大，人多，成分复杂，又有牛棚，又有"阶级敌人"。可我们这个连队清一色的全是知识青年，也得抓出"阶级敌人"，搞出"新动向"来。这样清着清着，就清到我头上来了。我是炊事班班长兼上士，稍微管那么一点儿账，于是被列为"清经济"的重点对象，而且果然"清"出了问题，那一天恰恰是我19岁的生日。他们说，外来人员的零星伙食费（每顿一角五分），从来没有明账。姜昆是炊事班班长，一年来如果全贪污了，怕是笔了不得的账。

我被送进了"监督改造队"，每天的劳动是打"条子"——备冬天的柴火。

食堂的事不许我插手，怕我"报复投毒"。派一个排长监督我们这个队3名有"问题的人"：一名是由于和女同志谈话过多，有"作风问题"；一名是团支部书记"野心太大"，有要"篡夺支部领导权"问题；一名是我，有"经济"问题。这样的日子我过了3个月。

那个时候，我觉着周围是一个黑暗的世界。过去幻想过的天国，早在我的头脑中破灭了。每天清晨，我还像当炊事班班长时那样比大家早起1个小时，去到野外呼吸新鲜空气，只有在这时，我才稍稍感觉到一点心灵上的宁静。

这个时候，我在炊事班养的那条狗从远处向我跑来，它把前爪搭在我的肩上，然后用长长的嘴巴在我脸上磨来磨去。我想："它要是懂人事的话，大概也不会理睬我了。"因为周围的人对我全是施以"白眼"。我也不敢给家里写信，我向父母说什么呢？但是终于有一天，我实在受不了了，提笔给团里比较了解我的副政委写信，告诉他这儿正干着多么荒唐的一件事。求他上这儿来，把情况查清。

敢情"政治运动"在那时也不是神圣得不得了，副政委一个批条下来："调姜昆去三连。"就了事了。

三连的指导员知道我能搞文艺，他们也缺这方面的人，派一驾小马车来把我接走了。

搞副业，写剧本

1970年探亲回家，分别两年多的伙伴们又聚在了一起。从山沟回到了北京，什么都新鲜。尤其是伙伴们不是这个参军加入了文工团，就是那个搞了什么文艺专业的消息。我问他们："你们说，参加部队文工团，我行吗？"他们回答："你比我们强多了，准行！"我又问："什么行？"他们说："参军！"我说："我出身不好！"他们说："现在部队不那么严了，现在缺文艺人才呀！"我心中的火又烧起来，觉着希望在向我招手，我要去当文艺兵。

济南军区话剧团的一个伙伴,答应在那边为我活动。我则回到北大荒,积极地投入准备工作。

在三连我又当了班长,兵团战士委员会还选我为文艺委员,兼搞报道。白天,我要带着全班劳动;晚上,我一个人到连队的一所小学校,点上蜡烛,先写上两篇连队的报道,然后就搞副业——写剧本。

写什么呢?得写适合部队生活的题材呀,可是我一点部队生活都没有。

一天,报上有一条新闻《越南九号公路大捷》。我脑子一动:我不能写个越南题材的吗?过去看过多少遍《南方来信》这本书,那里边的人物栩栩如生,印在我的脑子里。我开始构思了:南方人民配合北方的军队,在九号公路上粉碎美国的"天蓝"号计划,剧名就叫《在天蓝号行动计划前面》。

整整一个半月,蜡烛不知点了多少支,4万字的独幕剧写成了!我的高兴劲儿甭提了。尽管付出了心血,但整个剧本的情节却全是凭空杜撰,多么幼稚的"创作"!到了1971年,又有许多值得高兴的事儿。我被评为"五好战士",我所在的三连宣传队,被评为全团的"优秀连队演唱组"。七连的账目也查清了,根本没那么回事。我的心痛快极了。就在这种情况下,我的头脑膨胀得过分了,做出了向"奋斗目标"最后冲刺的决定。9月15日,我不辞而别,来到一个小镇上,卖掉了手表,几个要好的朋友给了我点儿全国粮票,我踏上了南去的列车——投考济南军区文工团。在济南军区文工团的排练室,我接受考试,先交了"见面礼"——剧本。然后朗诵,独唱,吹笛子,拉手风琴,表演小品,他们考了我整整一个钟头。

从大家满意的欢笑中,我得到了安慰,我觉着,希望在向我招手。

我实在不是"幸运儿"。就在我擅自离开边疆的前两天,林彪叛国了。

这一年的征兵,军委下令全部停止。我只好回过来啃自己种出的苦果。虽说年轻人干的蠢事,容易得到宽恕,但今天回首往事,仍然不免脸红。这也是那个年代的产物,是我这个有狂热追求而又鲁莽天真幼稚的青年人难免要走的弯路。我追求艺术错了吗?不!只是我还不懂得生活,我的脚步还歪歪斜斜。

我没有自暴自弃

我回到连里,处境自然非常困难,每天默默不语,低头劳动。有的人告诉我:"没什么了不起,哪儿跌倒哪儿爬起来。"有人说:"好好干两年,你还是你。"还有的人劝我:"姜昆,该说说,该唱唱,听不见你唱歌,我们可闷得慌。"老职工还把我请到家里去,吃上一顿饭,劝我打起精神。可是,宣传队不让我搞了,报道也不让我写了,我怎么办?没事就写点儿小品,记记生活的素材。

一天,我把连队一个老贫农积肥的事写成一首小诗:

屋外,黄土几筐,屋内,烟灰迷茫;
大爷一个劲儿整炕,大娘进门儿就嚷:
"老头子,鼓捣啥?屋里搅成这个样!"
"炕洞铺黄土,熏肥一筐筐。连年夺高产,俺要献力量!"
"嘿!俺们一起干,家里办个化肥厂。"
大爷忙掏炕,大娘运灰忙;
鬓角眉梢挂烟灰,滴滴汗水地下淌。
屋内,红心精造炕洞肥,屋外,跃进歌声真嘹亮!

给大家一读,大家咂咂嘴,"有点意思"。但我当时是那样的处境,连里的黑板报肯定不会发。灵机一动,我把它装进信封,投到兵团战士报社,这是我生平的第一次投稿。没一个月,报上居然刊登了。那个时候,报纸上能登我们小山沟里的一个作品,可不是简单的事。连里开始传开了:"嘿!姜昆的诗,报上都登了。""这小子还是有点'水儿'。"我受宠若惊,一连写了十几篇小品,全投到报社。没些日子,又陆陆续续地登了几篇。我拿着报纸,看着自己的作品,手都颤抖了。我想,我20岁刚出头,这个世界上还有多少事要我去做,我该不懈地努力,冷静地总结过去,不能像没头的苍蝇那样乱撞。

大概由于我没有自暴自弃,1972年8月,我被调到团宣传股的创作组,从事创作。离开连队那天,大家摆酒席送我,烈性的"北大荒"一进肚,全身的血都沸腾起来。但痛定思痛,对于如何做人,对于艺术,我似乎清醒了一些。

多有魅力呀,相声

在连队时想上来,一上来还真怀念连队的生活。不错,几年中跌了不少的跟头,可这也是不可多得的磨炼啊!

我在宣传股搞创作,把在连队里生活的积累一点一点地倒出来写节目,供宣传队演出,效果还不错,于是我又写呀写……

1973年,我加入了共青团。

一天,我写了一个故事《小王探亲》,讲反"返城风"的事。交给宣传队,没人演。宣传队队长跟我说:"姜昆,你演吧!正好借这个机会到宣传队来,也算重操旧业吧!"我同意了。演出引来了不少的笑声,大家特别欢迎。

一次,我随宣传队到鹤岗市去演出,我一个人竟演了一个钟头,观众还不让我下台。演完后,一位热心的观众跟我说:"你说得真逗,跟听相声似的!"相声!我在小的时候听过,但总是一笑就过去。那时候,电台只播马季的一段《友谊颂》,我几次想试笔写一段,可是不得其门而入,便不敢问津了。

事也凑巧,这年的年底,有一天我正在宣传队里排练,有人告诉我:"姜昆,兵团接来了中央广播文工团两名相声演员,今天晚上在兵团演出!"我听到这个消息,高兴极了,马上找领导请示,要几个宣传队员一起,到兵团去看节目。因为在山沟里,要看"中央团"的演出,多不容易啊!我们要求得迫切,领导答应得痛快,没有一会儿,我们坐上火车,出发了。

兵团俱乐部里,观众的情绪热烈极了。台上就两名演员,一个是郝爱民,一个是李文华。他们两个人妙语连珠,诙谐幽默,一举手,一投足,都把观众们乐得前仰后合。我惊呆了,就是你说一句,我说一句,能有这么大的力量,1500人的座席里挤了近2000人,个个目不转睛,张大了嘴,伸着脖子洗耳恭听!我一边看台上,一边看周围欢笑的人们。啊!我想到了,人们需要笑声,在那时的政治气氛中,想这么笑笑哪儿那么容易呀,生活中也没有呀!有了这么好的机会能酣畅地笑,可以说能忘掉一切地笑,人们能不鼓掌吗？哪儿还想得起来演员累不累呀。鼓掌，让他们演，让我们笑！我们看完演出，离开剧场已经11点了，可上火车要等到夜里两点半。伙伴们围在车站的炉子旁取暖，我则把大衣往身上一裹，偎在一个墙角儿，闭上了眼。

↑ 1972年，我的爱人李静民在兵团宣传队与其他队员们一起拍摄了这张剧照。照片中间这位是我们的老大哥范冠军，他的儿子就是现在著名的军旅影视演员范雷

　　我睡了吗？不！我在咀嚼郝爱民、李文华表演的每一句话。多有趣呀，相声！

　　多有魅力呀，相声！我寻找那语言排列的蹊跷，啊……原来这么一安排，"包袱"（相声中的笑料）就响了，人家怎么想的？！夜愈深，天愈冷，我睁开了眼，盯住火炉里的小火苗……写相声！说相声！让人们笑！我仿佛越过那火苗，看到伙伴们在开心地笑……我起身叫过了两位宣传队的伙伴："咱们回去就说刚才人家说的那几个小段行不行？"伙伴们惊异了："我们没本子！"我信心十足地说："我回去给你们追记下来，放心，保证差不了多少！"看他们俩疑惑地点了头，我捶了他们一人一拳，说："记住，你说郝爱民，你说李文华，李文华真逗，北京味多浓呀！……"我又在想他们的演出。那时，我怎么也没想到李文华竟是我后来艺术生涯的合作者。

快 4 点才回到团里，伙伴们倒在炕上就睡着了。我一点睡意也没有，跑到我搞创作的小草屋里，一点一点地回忆，甲怎么说，乙怎么说……没两个小时，4 个小段全记出来了，我把它誊在稿纸上。事后连我自己都惊奇，我那天的记忆力怎么那么争气，居然和舞台上表演的脚本不差几句话。

就是在那几天夜里，我做了个梦，梦见自己当相声演员了，而且说话的那声音和电台里的马季居然一模一样……

前面的路还很长

我为自己立下的理想，奋斗了这么久，这个理想到底是什么内容呢？我总喊我爱艺术，我爱艺术，艺术就是舞台上的蹦蹦跳跳吗？我写了不少对口词、朗诵诗、小剧、歌曲，写这些究竟是为着什么？说句老实话，我从没细想过。

在我当了相声演员，有了一点小名气后，记者前来采访，我几乎向他们讲了下面的一段经历，可遗憾的是他们都没在文章中反映。

粉碎"四人帮"不久，《黑龙江日报》整版刊登了一篇文章，题目是《围绕着〈三战校门〉的一场阶级斗争》，对《三战校门》的内容及其在省内的影响进行了深刻的批判，而这个作品的作者就是我——姜昆。

于是从最基层调演开始，一级一级往上选拔节目，筛选的结果，我和另两位同志合演的三人相声《大钢连长》被选到全省参加调演。我还担任了兵团代表队的副队长。

1976 年，在到省里会演的前几天，"两报一刊"发表了《教育革命的方向不容篡改》的社论，我们当即组织学习。在佳木斯开往哈尔滨的列车上，我一昼夜没睡，趴在卧铺上写下了 3 个人的故事——《三战校门》，内容是根据报刊上的材料编凑的。写一个贫农的儿子在"文革"前被轰出了学校，"文革"中又以工农兵学员的身份进入大学，在 1975 年的整顿中，又和学校的领导展开了斗争。

这个节目一公演，就像石头入水激起了波浪，有的大加赞扬，有的尖锐批评，相当一部分同志则保持沉默。有一位老作家却偷偷跟我说："姜昆，你太年轻，你前面的道路还长……"我惶惑了。

以往生活的遭遇，使我逐渐有了不断冷静地分析过去的习惯。我开始考虑我创作的原始动机，我这个作品的生活根据，我开始怀疑了，怀疑自己凭空编写和几年来习惯写"标语口号式"作品的真正价值……

后来这个节目终于参加了全国的调演，虽然粉碎"四人帮"以后，我才认识到《三战校门》的政治错误。但那个时候，我已经隐隐约约地感到，像写这个作品那样去"创作"，不是一条正确的道路。

马季：你是个相声演员的"苗子"

正当北京调演高潮的时候，赶上了1976年唐山大地震。这场强烈的地震把我们忙忙乱乱地震回了黑龙江。

临离开北京，家里人嘱咐我："姜昆，现在形势紧张，写节目可得注意，千万别在这方面出错。"又告诉我，正在给我办困退。当时，我家有5个孩子，3个在乡下，按北京的规定，可以调一个回到父母的身边，爸爸决定让我这个大儿子回来。这件事我早已经知道，因为困退的材料好几个月以前已经到了兵团，可是兵团领导一直没有批。我知道，领导确实是舍不得一个比较得力的文艺骨干离开。可是，我没有把这一切告诉爸爸妈妈，我不愿意在他们的希望之火上泼冷水。

代表队回到省城，我们住在哈尔滨市体委招待所。一天晚上，已经10点多钟，我们几个小青年正在屋里说笑。忽然，进来一位民警，要我跟他走一趟。我真愣了，虽然心里坦然，但仍有点忐忑不安。

走出招待所，马路边昏暗的路灯下，停着一辆三轮挎斗摩托，我刚坐进挎斗，车就开了起来。车开得飞快，风吹得我的身上冷飕飕的。这时民警说话了："别怕，马老师来了！"马老师，谁呀？我实在反应不过来，白白眼，看看他。只见他用一只手拍拍我的脑袋："马季！"啊，马季找我？对了，前几天听省里的记者说，马季和中央广播文工团的领导一起看了我的演出，并且传出了要调我到北京的风。当时我不敢相信。但现在，马季来了，又叫我去，莫不是……

车在大庆驻哈尔滨市办事处的门前停下来，民警带我走上楼。一开门，马季、唐杰忠在里面，他们一见我进来，就热情地招呼我坐下。马季告诉我，

↑ 1975年,我和我的兵团战友师胜杰一起搭档说相声。师胜杰的父亲师世元是相声界的老前辈,他从小就是在相声圈子里长大的,而我是一个"生梆子"。他一点点地教给我相声表演的基本知识,所以后来我把师胜杰称作我相声艺术的启蒙老师

他们去大庆为一个会议演出,路过哈尔滨问我点事。我等着他们问。"你愿意当演员吗?""愿意!""你愿意从事相声事业吗?""愿意!""你愿意到我们团来吗?""愿意!"我一连说了几个"愿意"。难得的机遇,我不允许自己的思维和语言有一点迟疑和疏忽。

马季、唐杰忠几乎是倾诉苦衷：他们发现我是个相声演员的"苗子"，想调我到中央广播文工团去工作。但是，那时要调一个相声演员，全要凭适应当时那种不正常的制度的方法。他们说"渠道"他们可以疏通，可办手续，全得凭我自己的"神通"。忽然，我想起来了，我有困退的材料，只要兵团领导点头，困退回北京没问题。马季、唐杰忠眼睛一亮："嘿，太好了，我们去兵团汇报，请他们帮忙！"那天从大庆办事处回到我的住地，已经深夜一点半了。离开的时候，马季、唐杰忠一点儿困意也没有，我听到他们喃喃自语："现在办成一件事，真不易呀……"

为了我，准确地说是为了他们所热爱的相声艺术，马季、唐杰忠带着在大庆演出的疲劳，星夜驱车去了佳木斯。他们的"汇报"可真费劲儿，走到哪儿演到哪儿，坐着火车赶场。事后，马季和我说："小姜，为了你这么个人，我和老唐的嗓子在兵团都演'横'了！"领导的思想终于"顺"了，他们说："我们放！"一个星期后，我在哈尔滨听见了这个"放"字儿，心啊，像长上了翅膀，在湛蓝的天空中飞了起来。我恨不得扯着那天边几抹轻云来擦拭自己洒在心灵上的泪花。

祖国啊——母亲，您的儿子，在您的怀抱中的幸福，莫过能把一颗赤诚的心献给您。我不会忘记兴安岭那幽幽的山谷，也不会忘记三江平原那一望无际的麦海；我不会忘记那从小走过来深浅不一的脚印，更不会忘记那生活中不断给我温暖的人们。

1976年的9月中旬，在我差1个月满26周岁那天，我坐上南去的列车，走向了新的艺术生涯。

写于 1980 年

起步—— 我当相声演员以后之一

跟马季老师学说相声

中央广播文工团的工作证是红红的。我把它拿在手里，一遍又一遍地看。

尤其是"演员"那两个字，哪次进入眼帘都好像是生疏的。一连好几天，我都沉浸在一种自我怀疑的情绪中：我已经是专业的演员了？我已经专干相声这一行了？居然和侯宝林、马季在一起工作了……记得我就是带着这样一种欣喜、不安，甚至有点困惑的心情，走进我们共和国的广播大厦的。

真巧，进文工团的第一项任务就是随着侯宝林、郭全宝、马增蕙、郝爱民这些著名的演员，去东北兵团慰问演出。我抓住这个机会，仔细地观看老师们的表演。他们上台，我坐在台口，今天这边，明天那边，两个人的表演全看。我特别好笑，凡是相声的笑料，到我身上都起作用。一连几天，我都在笑声中度过，笑完以后，想想表演当中的蹊跷，却又恍恍惚惚，很不了然。

糟糕，净笑了！我提醒自己：姜昆，你不是观众，而是专业的相声演员了，你没有权利光顾笑！再坐在台口看节目，我冷静多了，仔细地品嚼着演员们的每一句台词，注视着他们的一招一式……

北大荒的严冬，气候冷酷得无情。侯宝林、郭全宝全是年过花甲的老人。在我工作过的团部，他们冒着 -35℃ 的严寒为我们兵团战士、职工、家属在广场上演出。我刚刚从这里离开,又是主人,又是客人,双重的身份使我得学做许多工作。早上起来,为演员们劈柴、烧水,尽量让他们在这里舒适一些。晚上抓紧时间背词,郝爱民跟我说:"你是这儿的人,观众熟悉你,我和你演!"我们兵团的领导和战士们要和侯先生等著名演员合影,侯老提出:"让姜昆坐在中间,又代表兵团战士,又代表我们演员。"死拉活推,愣是让我坐在了不应该我坐的正中间的位置。晚上我偷偷给爸爸妈妈写信吹牛:"让我坐在了正中间,我得意极了。妈妈,好日子开始了……"

回到北京,我跟马季老师学说相声。他那诙谐的谈吐、热情的指导,在我心里打下了很深的烙印。马季老师要我不仅说相声,而且要写相声:"一个相声演员能自己写相声,就像一个战士自己能造子弹一样,除非他牺牲,否则,他将能永远战斗!"历史和人民给我带来了幸运。当我拿起笔,开始真正创作的时候,"四人帮"粉碎了!锣鼓、队伍、笑脸、欢歌,人们的感情像涌出闸门的水,一下子奔泻出来。不是节日的首都舞台,呈现出就是节日也没有的繁荣。马季老师一下子写出了《白骨精现形记》《舞台风雷》,海政文工团写出了《帽子工厂》。呵,我听到了人民的心声,我感到了相声真正的魅力。我激动了!

趴在自己的办公桌上,我也写。稿纸一张又一张,可是写的不是像《帽子工厂》,便雷同于《白骨精现形记》。一连憋了一个多星期,我也没有写出可用的作品。马季老师对我说:"我准备去湖南深入生活,你跟我一起去吧,你应该从生活中去找相声。"

1977年元旦,我结婚了,爱人李静民是文工团团员,当年的兵团战友,我俩都是27岁。新婚之夜,她跟我说:"姜昆,我们刚到北京,工作一点成绩都没有,先不要孩子吧!"她的话正中我的心意,但还不够,我补充说:"先不要孩子是一方面,另一方面,也不要把我们的生活想得太幸福。""嗯?"她惶惑地看着我。我告诉她:"马季老师,他一年有多半年的时间在外地深入生活,我也要像他那样。我10号左右就跟马季老师去湖南,去写相声!"我当时讲的幸福,指的就是温暖的家庭生活。

1月中旬,我告别了新婚的爱妻,来到了湖南省桃源县——一个农业先进县。老毛病真难改。在湖南的头一个月,我又重操杜撰的故技,编了一个相声,叫《斗哇记》。写一个"四人帮"的爪牙,下车伊始,叽里哇啦,

↑ 从1976年年底开始,马季老师就手把手地教我说相声。在他带领我来到湖南省桃源县深入生活时,我们在素有"桃花源"之称的竹林前面留下了这张师徒合影

把列车的客货运搞得一团糟,运输战线的工人如何反对他。洋洋几千字。我给老师们读得唾沫星子飞溅,可从他们沉思的面容中,我看出我这个作品是一个死胎。

转眼就要到春节,按计划我们得回北京了。马季对大家说:"我决定不走了,留在桃源过春节,什么时候把节目搞完,什么时候回去,你们先行一步吧!"讲实话,在东北兵团8年,我没有回家过过一个春节。现在调回北京了,这个春节对我的吸引力是不小的。更何况我是新婚,我已经几次在梦中看到妻子等我的急切目光了。启程的前一天夜里,我把南方的竹床压得吱吱乱响。唐杰忠问我:"要回家睡不着了?"我"噌"的一下坐起来说:"老唐,我也不走了。我陪马季老师留在这儿,我不拿出个作品,我也不回去!""嚯!那小李能答应吗?""我给她写信。"

第二天,马季老师的劝说没有生效,我让唐杰忠替我交给妻子一封信。我在信里写道:"静民……咱们两人是在走向新的征程时结合的,在这条路上我只是刚抬起脚来,一步还没迈出。如果我们不是为了往前走,我们可以留在原地踏步,过着舒适的生活。但是,关注这世界的人们,不会看到我们的戏耍,因为他们的眼光早在往前看了。前面正有奋力奔跑的人,而我们是时代的落伍者……"

我和马季老师一起留在了桃源,过了我调回北京后的第一个春节。

春节第一天,我接到了爱人的来信。桃源县文化局的于局长当着县委书记的面把信读了,幸亏她写的全是支持我工作的话,要是有一句卿卿我我的甜话儿,我准会闹个大红脸。

这天晚上,县委的领导带着马季老师和我到化肥厂参加劳动。第二天,我又和马季老师到了水利工地,和"三八采石组"的女青年们开了座谈会。

初三,县文化馆的同志请来了县里有名的民歌手,为我们演唱了优美动听的桃源民歌。这个佳节可真没白过,它给了我创作相声的素材和主题。我以"采石组"的女指导员三推婚期的事迹为原型,开始编写相声《迎春花开》。马季老师听了我的构思,看了前半段,对我说:"这么写,路子就对了,你把它交给我吧,我也帮你写。"仅用了两个夜晚,主题升华了,高潮写出来了。他说:"我写出了《新桃花源记》,你写出了《迎春花开》,咱们丰收了!"

本子写完,还要把它排出来,立在舞台上。两个相声,我和马老师互为捧逗,在县里面演出。第一次演自己的作品,我的腿哆嗦,脸也哆嗦,觉得脸蛋上的肉神经质地抽搐着。马老师在台上诙谐地抚着我的脸对观众说:"看,小伙子激动得脸都跳舞了!"观众笑了,我却居然平静了下来。

我聚精会神,一板一眼地唱着他们熟悉的桃源民歌。演出结束,观众热烈鼓掌。我整个上衣的后背,全让汗水浸透了。马季老师也满脸汗水,但从他的微笑中,我看到了他对下一代相声演员的期望。

我们在桃源县是住在一个风景区——桃源山上,相传东晋诗人陶渊明以这里为原型写出了《桃花源记》。这里风景别致,山青水绿,有穴洞,有庙宇,有瀑布,有青竹。朝闻金雀鸣啭,晚听流水潺潺。几次都想写一篇美美的散文,记下我当时的所见所闻,可是为了相声,我一直没动笔,怕耽误了时间。在那里,我也曾为此遗憾过几次,可《迎春花开》演出的成功,弥补了我心中的遗憾。以至现在这篇处女作,成为我初去桃源的最好纪念。

《如此照相》首演笑声不断

初战的成功,给了我前进的信心。我对马季老师说:"我要自己写第二个作品!""好!"这个字儿他一连重复了好几遍。回到北京没有一个星期,我就和赵炎搭伴儿到了北京郊区平谷县。

平谷县城正在召开"优秀教育工作者大会"。我们借来一大摞会议材料,请来了优秀教师并和他们座谈。接着,半个月中写了四五稿,一个歌颂人民教师的脚本算是完成了。马季、赵连甲老师一看,建议给脚本做大手术。

星期天,本来要和小李一起去看爸爸妈妈的,结果她一个人去了。一整天,我写了又改,改了又写,中午饭都没吃。下午5点,小李赶回来了,问我话,我没搭理她,脑子麻木极了。那个时候,一个念头闪过我的脑海:我能自己写相声吗?本来很沉重的心,更沉了。小李拉我散步,我没有心思,可是觉着刚才委屈了她,就同意了。

我们在广播大厦的立交桥下散步,心绪开朗了许多。我向她说了我刚才脑海中闪过的那个念头。她笑笑说:"你总说创作艰苦,你感觉到压力,可是咱们兵团不是有句老话:压力变魄力,压力变动力吗?"这一说,我清醒了许多,拉着她的手说:"回去吧!你做饭,我写!不写完,不吃饭。"她说:"不,先吃饭,吃饱了再写!"这天的夜里3点,我写出了相声《红色园丁》。第二天我读给马季老师听,他点头了。

就在我和赵炎排这段相声时,《人民日报》发表了社论,批判"四人帮"对教育战线的"两个估计"。这个节目,正应时当令,我和赵炎虽只演出了四五场，可全国都开始播放，电台一天播三四次。我满以为可以松快松快了，马季老师却当即提醒我："播出去，就再写新的！老得不断地写，这就是电台工作的特性。"我天真地问他："那什么时候是头呀？"他回答："反正我在电台干了20多年了，还没看见'头'的一丝影儿呢！"

于是，我马不停蹄地向前闯。《喜事》《科学院的春天》《爱的挫折》，相继问世。对搞相声事业的信心，我有了。可对文艺真正的社会功能的认识，是在我写了相声《如此照相》之后。

这年的5月，北京摄影行业要举行肖像展览。我和赵炎被王府井中国照相馆邀请去照人头像。赵炎的形象比我好，摄影师反复为他照。我坐在旁边等着，便和照相馆的师傅们随便聊起天儿来。

"为我们写段相声吧！我们照相馆可乐的事儿可多了！""就讽刺我们某些人的服务态度吧，有人把老头的照片儿给寄到大姑娘手里，小伙子取的相片袋里装的却是老太太，哈哈……"好题材！我又去了一趟照相馆，便动起手来。很快，《在照相馆里》完稿了。但内容庞杂，有讽刺"文革"时期"十个不照"的，有批判服务态度不好的……给人一读，人们说，太乱了。于是，我又一次去照相馆。

一个师傅的经历，使我豁然开朗。他讲在"文化大革命"中，他每照一次相，得带着顾客唱一首歌儿："东风吹，战鼓擂……"没有两天，他的喉咙哑了，医生给他开了假条：噤声3天！一个摄影师，居然和演员一样，需要"噤声"，多逗！

这个故事一下子让我回忆起"文化大革命"中的经历。背"老三篇"，唱"语录歌"，跳"忠字舞"。我全有切身的体会。鲁迅先生讲过，喜剧就是把生活中没有价值的东西撕开了给人看！我要用讽刺的手法让人们看看"文革"中闹剧的一角。一连几天，创作的灵感如潮水，涌啊，涌啊，促着我手中的笔不停地写。

多少回忆，多少辛酸的回忆啊，不就是因为人们被几个政治骗子愚弄，才有国家混乱、人才埋没、冤案重重的人间悲剧吗？这十年确是一场噩梦，每个人在这场梦中都掉过眼泪。有悲痛，有冤屈，有愤恨，有辛酸。我想起了我19岁进了"劳改"队，让人看着劳动；我想起了我从兵团"逃跑"回来，让人们痛斥我"逃兵"；我想起我在那个没有出路的死胡同里乱往

↑ 我和李文华老师合作是从 1978 年开始的，我们表演的第一段相声还不是《如此照相》。刚开始搭档的时候，我们只是演一些小段儿，但是已经形成了一种老少配的风格

前闯的情景。一幕一幕，倒让我笑了。生活大概就是这样？悲与喜，愁与乐，往往是交织在一起的，也是相互转换的。幼稚的狂热，盲目的虔诚，多余的愤慨，善良的顺从，构出一幅幅人被人愚弄的画面。我要用笑声让人们记住这历史的一页！老太太摆"革命姿势"，结婚照相"不许笑"，进门喊"革命"口号，出门跳"忠字舞"。没费多少劲，《如此照相》一挥而就。

可是一读，有人伸舌头了："老天爷，用语录讽刺，丑化拿语录本儿，危险！"我分辩："不是我丑化语录，是林彪、'四人帮'丑化了导师的教导。"不少人还是摇头。但也有许多人支持我："小姜，立起来看看！"当时跟我合作的赵炎，由于工作需要给马季捧哏，剩我一个人了。正好，这时李文华也是一个人儿。我胆怯地问李老师："我和您排一段儿，行吗？""那怎么不行？"我没想到李文华老师答应得那么痛快。马上请示领导。8月，我们两人搭伴儿，到了河北宣化的一个部队里，一边修改，一边排练《如此照相》。

两个星期以后，我们随着师宣传队一起演出。根据我的要求，我和李老师一人穿了一件战士服，惹得不了解内情的人看着李文华说："这么大岁数还当兵呢，资格得多老呀……"第一场演出在张家口的一个山沟里，舞台是两辆拖拉机拼起来的，剧场就是农村的场院。嚯，人山人海。我们俩没说几句，台下笑声就起来了。接下去，"包袱"一个又一个，笑声一阵接一阵！词不是在背，而是顺着嘴在流。看着我学着拿语录本照相的样子，乡亲们笑得直用衣襟擦眼泪。下了台，我的眼泪也快出来了，我对李老师说："这个地方叫'下八里'，我一定得记住，我的相声下里巴人都听懂了。"李老师纠正我："不，你错了，这是阳春白雪。真正的人民群众。"1979年10月，在共青团第十一次代表大会的联欢会上，我演出了这个节目，整个首都体育馆，先是阵阵笑声，然后是长时间的掌声。我沉浸在奋斗胜利的喜悦中。

相声界的"老少配"

我和李文华一搭伴，他觉得舒服，我也觉得合适，尤其《如此照相》演出成功，我们更觉得分不开了。当时北京的舞台上，一对相声演员岁数如此悬殊的还没有，有人觉得不太习惯，但这到底有什么不好呢？

我跟李老师说："您别嫌我小，咱们一起合作，不断出新节目。"李老师和我说："你也别嫌我老，我爱了一辈子相声，能演好它我就高兴，别的我什么也不想！"为了能"摽"得更紧，11月，我们这一老一小开始远征采风，奔向祖国北疆的边陲——伊犁。

天山冰封雪冻，可伊犁大地如春。我们又正赶上维吾尔族的"古尔邦节"，近一个月的时间，我们全沉浸在兄弟民族的深情厚谊和欢歌曼舞之中。但在一次婚礼上，我们沉默了。新娘的嫁妆、新郎的彩礼让我们目瞪口呆：金戒指、银耳环、玉镯、毛毯、自行车、手表……得多少钱哪！记得昨天，听他们唱的歌是："纯洁的爱情比得过天山的冰雪，真正的爱情比金子贵重。"可今天却是这样。我感叹地说："像这样儿，我得打一辈子光棍了。"李文华也说："我也讨不起媳妇儿了。"而这种结婚讲排场的风气，在很多地方都正在蔓延。一种责任感，促使我拿起笔来。当天晚天，我和李老师商量后，决定用歌曲和诗词叙说真正的爱情的价值和地位。

一个多月后,《诗歌与爱情》这个相声段子产生了。它得到了广大观众的认可。一位女青年在来信中这样写道:"我搞对象时,问人家要四十八条腿,要三转儿(手表、缝纫机、自行车),从来没有想到过爱情真正的位置。""通过你们的表演,我受教育了!你们的艺术在陶冶着我,我要说相声伟大!"姑娘说我们的相声教育了她,而我觉得她的信任更深深地教育了我。相声,原来有这么大的力量,我要永远用它为创造高度的精神文明服务。

1979年,我们演出了讽刺官僚主义的相声《霸王别姬》以后,收到了报社转来的一封信,信上说,听了《霸王别姬》以后,认为我站在"四人帮"的立场上,反对党的领导,第一次把党支部书记作为讽刺对象出现在艺术作品中,用心毒矣!我把信向领导同志汇报了,领导同志要我正确对待各种各样的意见。我想,相声艺术是一朵花,讽刺作品可以比作带刺的蔷薇,有人欣赏的是花,有人碰到的是刺,当然这朵花要有党的阳光照耀,要扎根在人民的土壤里。

要拿出更好作品献给观众

经常在电视里露面,一上街,走到哪儿都能让人认出来,招人注意。我经常戴一副大墨镜。和李文华一起坐公共汽车,他上前边那个门儿,我就上后边这个门儿,就这样,仍然免不了被人围住,说长问短,我总笑着说李老师:"就您脸上这特征多,招人!"

1980年,我们连演出带深入生活,到了沈阳、青岛、济南、保定和江苏的一些地方,累计在一起历时近8个月,写作、演出了《我与乘客》《战士之歌》《棒打与溺爱》《北海游》,还排练了传统节目《打灯谜》。

9月底,我被中国曲艺家协会选为代表,参加了"第四届文代会",还被选为中国曲艺家协会的理事。对这,我与其说是高兴,倒不如说是不安。我想我要加倍努力,不辜负人民和党给予我的荣誉和责任。会议期间,《中国青年》杂志的一位记者问起我在演出中是什么样一种风格时,我回答她:现在谈风格,为时尚早。我踏入专业文艺队伍仅仅3年,还是个新兵。不过,我要学习侯宝林老师的高雅、诙谐,马季老师的热情、奔放,李文华老师的含蓄、沉稳,把这些风格汇在一起,努力塑造出新时代青年的特点来。晚上,我躺在床上睡不着觉。风格!我该有怎样的风格呢?想着想着,想起了1977年在"广交会"上马季老师对港澳记者团说的一段话:"对旧相声来说,侯宝林先生是一个叛逆者,他摒弃了低级、庸俗的谈吐,融进去清新、高雅的格调。我向他学习,不仅学习艺术,也学习了这种叛逆的精神。着重于歌颂,不拘泥于旧的表演程式,带出强烈的时代气息来。"

这段话,想起来格外有新意。

↑ 1979年,我以最年轻的演员代表的身份参加了中国第四届文代会。这是我与代表铁路文工团出席大会的侯耀文老师的第一张合影。我们在人民大会堂留下了这历史的纪念

今天,我是我们说唱团的第三代相声演员,我也应该继往开来。要继承这种叛逆的精神,准确说是一种革新、脱俗、闯的精神。我要用新的要求,高的标准,永远向新的目标前进。但新的苦恼又在困扰着我。我越来越对自己写的作品不满意了,原稿半本半本地被扔进了纸篓。我觉得我的演出太多了。除正式演出外,在火车上、餐厅里、候车室,只要一被认出就要演上一段。天啊,入不敷出,我们拿什么样的更新更好的东西奉献给热爱我们相声演员的人民群众呢?

一次，我对李老师说："我有点不想干相声了。""什么？"他很惊奇。

我说："演出量大，创作量大，人们的要求又高，我觉着我写不出好东西来了！"李老师沉思了一会儿对我说："这正是长能耐的时候，你要是不着急，觉得日子好过，就不是你了！"我心里"忽悠"一下。讲老实话，1980年的全国曲艺优秀节目评奖，我和李老师演出的《如此照相》得了一等奖，《诗歌与爱情》《霸王别姬》得了二等奖。得了3个奖，我没太高兴，更多的是愁下一步怎么往前迈。李老师的这句话像击了我一掌，不能退啊，得向前啊，还是那句老话，要把压力变成动力！

我按照自己给自己提出的要求，一直铆足劲儿干。党和人民不断给我支持和鼓励，报刊上称我是"后起之秀"，内行们叫我们"一老一小新一对"。观众们比喻我们俩演出的风格像"一位慈祥的老妈妈带着一个淘气的孩子"。日本的电视播放了我们演出的录像，美国的报刊称我们是"滑稽明星"，法国的学者来信问我要材料，要写有关我们作品的论文。

一次在人民大会堂参加少先队的活动，当小报幕员报道："老少先队员姜昆和我们喜爱的李文华伯伯参加了我们的大会"，台下响起热烈的掌声。这时，我的心一个劲儿往喉头上顶，眼眶里一下冒出许多泪水。本来，我说相声是逗大家乐的，可我却哭了。少年们欢腾的场面，触动了我一根很敏感的神经，台底下红领巾和孩子们的笑脸融成了一片模糊的带着神奇色彩的画面。多快呀，我从一个喜爱艺术的顽童，一下子长得这么大了，还出了点名。我仿佛看到了我身后那并不太长却显得遥远的路，那路上有着坎坷，我甚至也滑倒过，但祖国、人民、老一辈的艺术家指引着、扶持着我……我默默地想：只要我活着，就要永远记住这一切，永远和祖国、和人民在一起。

写于1980年

攀登——我当相声演员以后之二

跨界演电影

我选择了许久，还是用"攀登"这两个字作了文章的题目，尽管已经有多少人不厌其烦地用过它。因为，一般人都讲路是在脚下延伸的，而我觉得路是在我的头上，每前进一步都比上陡峭的台阶还费劲。这些年来，我自认为还是用尽了吃奶的劲儿向上走，尽管我的步伐不快，达到"一览众山小"的峰顶是那样地遥遥无期，但我愿意用不断的运动来增添我的体力，跟上时代的脚步。

人们都以为相声演员的生活，一定是一天24小时都在笑声中度过的。诚然，作为一个人，乐观向上能使你对生活永远保持炽热的热情。但是，笑声不能太多了，过分追求欢快而产生的痛苦，那滋味可真不好受。

1979年的11月到1980年的1月，我度过了一段笑声颇多的日子。长春电影制片厂的林汝为居然选中我去参加电影《忠诚的战士》的拍摄，让我扮演贺龙同志的警卫员。为了不使我和李文华分开，他们还安排李文华扮演桑植县的伪县长。

稍微想一想，就是件非常有趣的事：这部影片是描写第一次国内革命战争失败以后，贺龙同志重整旧部，在洪湖一带坚持武装斗争的故事。革命遭到失败，斗争十分残酷，影片是以深沉的笔调描写这一历史事实的。而我，全国的观众一看模样就要笑的这样一个演员，从头至尾跟在贺龙同志的后头转悠，即使不破坏效果，也是不甚协调的。可当时，我居然答应下来。我没有多想，就是觉着有趣。冒着南方水乡所特有的那种寒冷，我随摄影组来到了江苏省的兴化县——《忠诚的战士》的外景地。

↑ 1979年，我和李文华老师表演相声《如此照相》出了名，全国人民都知道了我们。当时著名导演林汝为正在为长春电影制片厂拍摄老一辈革命家贺龙的生平故事，电影名字叫《忠诚的战士》。林汝为导演选我扮演贺龙同志的警卫员，选李文华老师扮演剧中桑植县的伪县长。这是当年拍摄的剧照

第一次正正经经在电影里扮个人物，我的兴趣十分浓厚。每天早起化妆，然后乘船去一个小岛拍片子。芦花、苇帐、草鞋、包头，使我完全置身在与相声极不相同的另一个世界中。和我配戏的小梅子是辽宁省话剧团的话剧演员。她扮演我的新婚妻子。有一场戏，是小桥送别。她为我打点好一个包袱，行行重行行，送我到村边的小桥。她会演戏，镜头离得那么远，她仍是那么认真地入戏，嘴里不住地叨叨："大泉（我在影片中扮演的角色的名字），这一去，不知什么时候才能见面，记住，别忘了给我写信。"看她那么认真，我只觉着好笑，就随口答了一句："真想写，可是我不识字呀！""扑哧"一下，她乐出声来，又气又笑地冲导演喊起来："导演，

大泉说他不识字,您说交通员有不识字的吗?"排演停下来,大家问清情况,也笑个不停。

拍外景完全由老天左右,你的情绪再好,准备工作再齐备,老天不出太阳,你干瞪眼。南方的雨也没北方那种干脆劲儿,黏黏糊糊的,一下几个星期。不出外景我就和组里的演员朱时茂、夏宗佑他们几个下棋、捉鱼、烧螃蟹吃,过了一个多月神仙似的日子。

等我拍完了这一段戏回到北京休整时,要过元旦了,团里让我演出。这时候我才想起:我演什么呀?我一个新节目也没有呀。匆匆忙忙和李文华创作了一个拍马屁的人不得人心的节目《花与草》,一上演,反应极其一般。

记得是元旦过后不久,画家方成、钟灵约我一起去诗人邵燕祥的家里吃饭。席间,邵燕祥同志对我说:"姜昆,前几天在广播局的礼堂里看了你一个节目,非常没意思,以后不要演这些东西。"他的态度非常直率,说得我无地自容。还没等我细细地考虑这真诚的劝告时,长影又通知我赶紧乘飞机去兴化,补拍两个镜头。

二次到兴化,我的兴趣淡多了。坐在船上等太阳时,心里充满空虚惆怅的情感:时间啊,一分一分地就这么过去;等呀等呀,这就是电影演员的工作特点。可是我的事业呢,我的创作呢?人们在等我的相声呀!再一拍摄起来,原来那么有趣的事情显得索然无味。一个镜头,摄影师要告诉你:"别动脑袋,稍一偏就要出我的镜头。"灯光师要求你:"你身子稍微往后偏一点儿,要给后面人脸上留出光线来。"导演不许脚踏过她画的线,摄影师不让我脑袋偏一偏,我完全落在一个无形的框子中。我对自己能否塑造银幕形象产生怀疑,失去了信心,也很着急,直抱怨:"拍电影真不是人干的活儿。"

转眼再到北京,我可没心东跑西颠了。演出吧,没有好节目;创作吧,没有一点生活素材,脑子里空空如也。电影只完成了三分之一,这意味着我今年一年全要陷入那恼人的束缚之中。这年的春节,我也不知是怎么混过来的。我只听到不少人在耳边忠告:"姜昆,你有了一点名气,如果不演什么,还能保留着美好的印象。如果净是些不负责任的节目,可就一步一步地往下出溜了。"我陷入极度的苦恼之中,几次梦见自己就是那艳丽一时的昙花。

北京有句俗语:"老天爷饿不死瞎家雀儿。"正当我为拍摄工作要继续一年而犯愁的时候,长影传来了消息:《忠诚的战士》因为一些原因停拍,摄制组全部下马。当时,我的心头被一种莫名其妙的情绪笼罩。为摄制组惋惜?为自己庆幸?我没有多考虑,马上和李文华老师投入了紧张的深入生活和创作之中。我告诫自己:别让一些乱七八糟的事耽误自己的正事,多写相声,多演相声。快,快!

↑ 1977年1月1日,我和我的兵团战友李静民举行了婚礼。那时候家庭经济条件不好,没有钱去拍照片,直到1978年10月,我们才补拍了这张结婚照

跟上时代前进的步伐

就是那么及时地下去创作,我的演出场次和演出质量仍受到了影响,很长一段时间没有接上趟,热心的观众甚至问起来:"姜昆这一段上哪儿去了?"

1981年的元旦,相声演员云集长春,演出几场后,又接受了沈阳市的邀请。我和文华老师商量了一下,告诉沈阳负责跟我们联系的同志:"我们不准备去沈阳了!""什么?"人家一听就急了:"不能缺您这一对,辽宁的观众喜欢看你们的演出!"尽管人家这么盛情,我们仍是婉言谢绝了。我们有我们的理由。一年一度的春节马上就要到了,全国人民都想在这欢乐的节日里欣赏到一两段水平高一点的相声。而出了点名的演员在这个时候不能拿出点像样的东西奉献给人民,总觉得是非常遗憾的事。拍电影的那点遗憾还没在头脑中消失,我们能不接受教训吗?

↑ 1980年,我和李文华老师来到青岛,在水警区的海军基地舰艇上深入生活,创作相声。我们写下了《战士之歌》,展现海陆空军队战士们如何用歌声激励自己战斗的意志,以及歌颂他们美好的生活情形。这是我们与海军宣传干事钟勇的合影,后来他调入中央电视台少儿部工作了

回到北京后,修改了业余曲艺作者王增贤的作品《棒打与溺爱》,我们自己创作了《男子汉之歌》这个小段,反应还算可以。春节前夕,海洋局在北京召开"海之春"文艺晚会,无论如何要请我们参加。我们谢绝,他们都快要哭了,一个劲儿恳求:"你们和群众见见面就行!"哪有这样的道理,演员在剧场和群众见面,不说话,摆摆手就走,那不是演员演出,那是领导人接见。演吧,可又没有符合"海之春"这个主题的节目呀。怎

么办？写！临演出的前两天，我和李文华熬了两夜。我们忽然回忆起1980年在青岛深入生活的情形。我们在水警区的海军基地舰艇上，看着那么多的仪器，那么多观通装置，曾经闹过不少笑话。那么，向首都的人民，向全国的观众介绍介绍我们的感受不行吗？两夜没白熬，我们写出了相声《船与海》，在"海之春"晚会上演出，取得了非常强烈的效果。我和李文华都暗自庆幸，因为没想到逼出个还算不错的节目。就在上台前，我和李文华还有一段小小的"摩擦"呢。

这个节目是我执笔的。后面，我安排了由我演唱一段苏小明的歌《军港之夜》，然后安排李文华朗诵歌词："军港的夜呀，静悄悄，水兵水兵快点儿睡觉，铺好被窝，放好枕头，脱下鞋帽，不要乱吵。"背词儿的时候，李文华问我："这能乐吗？"我犹犹豫豫地回答："能……吧。"李文华摇摇头，问我："要是观众不乐怎么办？"问得我也没主意了："那……咱们先试试吧！"在正式的演出中"试一试"？我们怀着忐忑不安的心情走向了工人体育馆那圆场中直立的两个麦克风……

《船与海》的演出出乎意料，或者说也在意料之中。李文华一朗诵，观众哗然了，笑声与掌声淹没了文华的最后一句话，我们几乎是在欢呼声中走下来的。乐得我进后台眼睛就去盯摄像机。摄像机正在摇向欢腾的观众。李文华擦了一把汗，问我："这个效果怎么那么强烈？"我喜形于色地回答："苏小明的歌大伙都熟悉，您把她的词一变，大家当然要乐了，因为生活中把您'包袱'的条件全铺垫好了。"别看当时说得那么有理，10分钟以前，我的腿还直哆嗦呢！

这次演完后，李文华老师跟我说："以后我也得听歌了，得跟上时代。"望着他深邃的目光，我也在考虑：时代在前进，艺术在前进，要跟上前进的步伐，就要不断地自己给自己施加压力。任何一点放松，都会使自己成为落伍者。而任何一点努力，都会得到相应的报酬。观众对我们一老一少有点偏爱，那么热情地希望在各个晚会或场合见到我们，这对我们来说，并不是件多么值得炫耀的事，因为我们得拿出像样的作品才行呀。我在写给《人民日报》的一篇文章中说："人民爱你，人民的儿子。这股爱不是扭捏的、含蓄的，是热情的、奔放的。你，人民的演员，怎样去报答人民的爱呢……"

在 1980 年的《北京晚报》上，我国著名数学家华罗庚曾寄语青年："要循序渐进！"我走过的，就是一条循序渐进的道路。我理解老一辈的谆谆话语，那是告诫我们：在走向成功的过程中，没有捷径，没有诀窍，靠的是艰辛的劳动和对事业执着的追求。我在《姜昆李文华相声选》的后记中给自己立了这样一道"军令状"："这个集子是 1977 年到 1980 年的作品。过 4 年，我们再出一本这样的集子。如果一本比一本强，我们就继续写相声、说相声。如果真像俗语里说的'奶奶过年，一年不如一年'，那我们就改行，该干点什么就干点什么。"这些话不是讨俏，是经过深思以后发自肺腑而说的。

自写出《如此照相》之后，我和李文华陆陆续续创作了不少相声，但是哪一个的影响也没超过那一段。我们确实感到能保证不断演出新的节目，就已很费力了。我们也益发感到艺术的功力和造诣与观众对我们日渐提高的要求实在是不相称的。但是，有的时候，对人们不理解我们的创作意图，也不免耿耿于怀呢。

《想入非非》是我比较得意的作品

1981 年的 6 月，我和李文华来到陕西的岐山，这里有一家汽车制造厂。和我同年级的许多同学被分配在这里，他们有的当了车间主任，有的当了党支部书记，大部分同学是厂里的技术骨干。我们在这个山沟里待了近一个月，写出了相声《红茶菌与打鸡血》《歌迷理发》和《想入非非》。回到北京一实践，《想入非非》的效果不错，我们带着这个节目参加了 8 月在天津举行的全国北方片曲艺调演。

《想入非非》这段相声，写了一个青年人一心要写电影剧本成名。他把"水浒"读成"水许"，不知道曹雪芹是男的还是女的。但他立志要把自己的剧本搬上银幕，目标是夺奥斯卡金像奖。漫无边际的幻想，促使他写了足足有四斤半稿纸的脚本。结果投稿以后，电影编辑告诉他文化水平太低，基础知识较差，没有采用他的"大作"。他埋怨这些编辑"不支持青年人的创作"，提出了"即使不采用也不要紧，可以先把稿费给我嘛"的要求。结局是一气之下扛着剧本，到废品收购站卖废纸了事。我了解这样的青年，他们看问题的眼光很敏锐，事业心也很强。但是，他们缺乏一种讲究实际的精神，遇到挫折就自暴自弃。我想通过这件作品告诉人们这样一个道理：要实际些，再实际些。

我满怀信心地来到曲乡天津。各路人马云集，济济一堂的情景，使我下决心要在调演中放响这一炮。那个时候，从观众到曲艺界的老师和同行们，都想看一看姜昆、李文华拿出什么样的节目参加全国性的调演呢。

↑ 《想入非非》这段相声是我比较得意的一个作品，它在1980年全国相声大赛中只获得了二等奖，我有点儿不服气。因为这个作品里面的"奥斯卡金像奖的小人头""处理作""曹雪芹是男的吗？"这些经典的包袱，我都非常的自我欣赏。这是我和李文华老师在那个年代拍下的剧照

曲艺界同人的相互观摩可是个硬碰硬的场面。全是同行，有天大的本事，10个"包袱"能"响"一半就算不错了。那天同行们观摩我们的节目，大概也有捧场的因素吧，效果还算可以。在同行中能演成这样，我们的自我感觉就已经很满足了。可是一到讨论作品时，人们对《想入非非》的异议竟是那么多，使我感到十分突然。

曲艺界的评论家薛宝琨，曲艺作家王鸣录，都是我尊敬的老师。但我们在一起讨论作品时，却常常出现剑拔弩张的场面。这回涉及自己的作品，

我没有以诚相待，因为怕人家说我孤芳自赏，听不得不同意见。薛宝琨说："这个作品的主题是两个，一个比较隐晦地嘲讽了电影界目前存在的弊病，一个是直接嘲弄了一个无知而狂妄的青年。但是两个主题没有有机地结合。"王鸣录则说："要是我写这样的青年，我要歌颂！那么敏锐的洞察力，那么坚强的毅力（指写四斤半稿纸的脚本），只要努力不懈，一定成功。你讽刺的正是希望。"虽然我仍是洗耳恭听，但心里已经是愤愤然了：这样的小伙子，我认识的有一大堆。他们完全有可能对世界知道得很多，但他们不知道中国。曾经有一位小伙子写了一篇作品给我："姜昆同志，这是我一年多时间的血和汗汇成的相声。你如果不想辜负我们这里姜昆迷及青年对你的希望，你就把它说出来！"我看后，实在对不起，辜负了他的期望。甭说别的，他写给我的信的地址是"北京体育团"，他不知道曲艺，他以为我们和体操队大概住在一块儿了。我不能把美好的想象和成功的事实当成一回事。想与成，当然有关系，但是中间有一段颇为遥远的距离。这就是我的看法，这就是我自以为是的理论。

我寄希望于评比。结果是我的作品没有被评为一等奖，没有获得进京汇报的资格。和许多作品一样，我们的《想入非非》只获得了带有安慰性质的全国创作、演出二等奖。讲老实话，我是抱着夺一等奖的希望来的，落选后懊丧的心情可想而知。

我真不服气。回到北京后，文化部负责演出的同志和我商量：能在北京公演的时候帮忙，让我参加演出。我回答："人家都是一等奖，就我是二等奖，多寒碜呀。"过了没多久，文化部着手组织国庆文艺晚会演出节目，点名让我参加。

我执意要演《想入非非》，他们答应了。演出的效果很好，赢得了观众热烈的掌声。我没有用阿Q的方法，俨然以胜利者自居。我在想：一个作品的成功与否，也许不可能在很短的时间内得出结论，我寄希望于将来。

在这个问题上，几年来我一直是相当固执的。

每天接到观众的来信

1982年的春节，我和李文华演出了反映计划生育工作的相声《祖爷爷的烦恼》。群众拍手称好，计划生育委员会大加赞赏。其实，这个作品不是我写的，它的作者是北京军区战友文工团的牛群和崔喜跃。

牛群是个有希望的相声作者。有一次他到我家来，提起要拜我为师，把我吓坏了："那怎么行，我还没出徒呢。再说你属牛，我属虎，你还是我的哥哥呢。"他看我推辞，只好作罢，但是我们约定：互相帮助。他从他的军用书包中一下子掏出了几篇作品给我。我当时在曲艺界写相声被人称为快手。记得在青岛时，常宝华老师他们正在慰问部队，我们和他们住在一个招待所，早上临出发以前，我和他谈了一个构思。晚上他们演出回来，我就拿出初稿向他征求意见了。第二天，又是这样写出了一篇。到了第三天，他一进门就问："把第三篇给我念念吧！"逗得屋里的人全笑了。可是和牛群创作的作品数量一比，我自愧不如。我选了两篇，一篇是《祖爷爷的烦恼》，一篇是《鼻子的故事》。经过修改，我和李文华把这两篇作品搬上了舞台，效果都很不错。我高兴地给牛群写信："我过去曾立志，我在舞台上只演自己的作品。看来这是个幼稚的想法。你们这两个作品真不错，推着我向前走了一大步。我还要告诉你，这两个作品还都结了丰硕的副产品了呢！"我指的副产品是：全国计划生育委员会看我的相声起到了宣传计划生育的作用，就和文联协商推选我当了全国计划生育协会理事。另一篇《鼻子的故事》发表后，也被山东《群众文艺》编辑部评为优秀作品一等奖。我在信中开玩笑地和他说："以后有计划生育方面的问题，我帮你解决。"其实，牛群那时还没结婚呢。

我总结了一下，包括这两个作品，我已经演出了别人写的3个节目了。我想我应该开辟更宽的道路供自己行走。以自己的创作为主，以别人的创作为辅，这样不就能满足社会对我们日益增长的要求了吗？

我告诉爱人："静民，群众的来稿，我有时看得匆忙，你抽空也看看，耐心一点儿，你觉得有希望的，就告诉我。"我想相声演员的妻子，对相声的了解会比一般人多一点儿。她真就认认真真地看，并且帮助我出主意：哪一篇该用，哪一篇应该提一些具体意见供作者参考。当然，也有根本不理我，她就擅自处理的。有一次接到一封上海姑娘向我求爱的信，她写了一封措辞严厉的信，连同姑娘的照片，在接到信不到半个小时后就处理得利利索索了。

↑ 1975年，我和李静民在哈尔滨参加文艺会演时，拍摄了这张我们自认为有点儿城市青年模样的照片，那个时候我们已经定好了终身大事

每天接到观众的来信太多了，我几次想动笔写一篇散文"信笺游"，谈一下我从那些热情洋溢的来信中所获取的营养和一些感受，可刚一开头就再也搜不出词儿来描绘自己那奔放的情感了。看来我的文化水平只能对付着写我熟悉的相声，写散文的事情等我提高一下文化水平再说吧。

春节演出《红茶菌与打鸡血》后，我收到了两封很有意思的信。说来话长，1981年的夏天，全国风行喝红茶菌饮料，一时间红茶供应紧张，泡红茶菌的罐头瓶子成了时髦品，连百货商店盛香脂的大敞口瓶都脱销了。报纸和杂志上也连篇累牍地发表关于红茶菌功效的文章，有一些文章把红茶菌吹得神乎其神，似乎红茶菌有医治百病、让人长生不老的功能。我依此写出了《红茶菌与打鸡血》，回顾十几年前风行的打鸡血，讽刺了这种社会现象。

一封信是北京的一位教授写来的，他首先肯定了我宣传红茶菌起了一定的作用，接着就批评我不应该把红茶菌和毫无科学根据的打鸡血联系起来，他说这是"风马牛不相及的事情"，而且"有损红茶菌的形象"。这位热心的教授寄来了一大本关于红茶菌的资料让我学习，希望我能从正面来宣传这个新事物。后来我了解到，这位教授是我国第一个在报刊上宣传红茶菌效用的倡导者。

另一封信是上海的一位80岁的老翁寄来的。这位老同志从20世纪50年代起就致力于打鸡血的推广和研究。他说："尽管我的提议几十年来遭到种种非议，但是我志坚意强，相信科学的打鸡血一定能为人民服务。"这位老翁一直坚持打鸡血，而且"自信能活一百岁"。他在信中批评我："幼稚可笑，孤陋寡闻，信口开河以取众人之宠，实在可鄙。"措辞真够尖锐的。一篇作品，把我弄得个猪八戒照镜子，两头不是人。

在电视剧《大能人》中的表演过火了

1982年是值得纪念的一年。这一年有两件大事可以很好地写一写。一是我们去香港演出，北方曲艺历史上第一次轰动了这个弹丸之地。二是去香港前，我和李文华在北京电视台拍摄了电视小品《大能人》。

还是原来长影的那位导演林汝为，她调到北京电视制片厂工作来了。她做的头一件事，就是找我和李文华一起拍电视片，剧本就是发表在《人民日报》上的一篇小说。我余悸未消，连连推辞，可这位林导演有她的理由："过去你不愿意拍的那是电影，可今天这是电视，是你的本分。再说，你过去嫌时间太长耽误你的工作，可这次咱们保证一个星期就拍完它，你还犹豫什么？"嘿，她居然把我说服了。当然，我也有自己的考虑。相声，已经从剧场走上了电视荧屏，然而，它仍然保持着本来的面目。按现在观众对艺术节目质量的要求来看，用不了多少时间，人们也会对相声这种形式不满足。这样，作为广播电视演员，就必须抽空体验在荧屏上表演相声的感受，研究二者如何相互结合。我的心中已经隐藏着一边搞相声一边搞电视喜剧的想法。这次不正是找一找在镜头前的感觉的好机会吗？琢磨了一段时间，尽管去香港演出的排练很紧张，我们仍愉快地答应了。

我爱人不理解："拍什么电视剧，你不是说过以后不拍电影了吗？"我笑着回答："此一时也，彼一时也。"

这部电视剧全部用外景，拍摄地点就在四季青公社。我演主角大能人。服装师问我："你认为大能人应穿什么颜色的衣服？"我答非所问："生活。"我的意思是不要特地制作，看人家社员穿什么，找一件合身的就行。化妆师和我商量："你认为大能人的脸上的基调是什么？"我回答："邋遢！"我觉得不应让这个人漂漂亮亮的，一定得土里土气的才行。

我们的剧本就是一张报纸，只是导演那儿有一个简单的分镜头本。林导演根据我们的要求提出：只有 7 天，完也得完，不完也得完。真是有点拼的劲头，近一个小时的片子，7 天内硬是准时拿了下来，把全体人员都累晕了。

↑ 1981 年，我和李文华老师参与了北京电视台第一部电视剧《大能人》的拍摄。这部电视剧是由林汝为导演执导拍摄的，她后来又拍摄了自己的成名作《四世同堂》。林导请李文华扮演一位忠厚的农民，我来扮演"大能人"，但是我的表演太过火了，非常不成功

后来看了样片，我笑了——为自己过火的表演笑了。我承认自己的失败，但是没有后悔。我真想告诉别人，如果让我从头再拍一次这个片子，我会拍得比这次好得多。以后我了解到，原来凡是电影演员在拍过电影以后大都有这样的感觉。我觉得这是一次入门的学习。

电视剧的最后一个镜头拍完，车子就把我和李文华送到了坐落在北京

丰台路口的京丰宾馆，开始了赴港演出的排练。

我的心情很不安。过去我在兵团时，无论演什么节目，上台前心都没有过劲儿地跳过。现在在北京，或是说在全国的各个剧场演出，也从来没有过度紧张。可一提起去香港，心里总是有初登台时的感觉。我对马季老师说："马老师，您说香港演出的效果能有内地好吗？""从咱们在'广交会'为港澳同胞演出的效果来看，应该好。""可有一次我为香港来的青年朋友演出，他们却一句也听不懂。""是啊，我也遇见过，所以现在不太好说。""香港人对咱们了解吗？""几乎都知道侯先生，咱们就恐怕够呛。""您还可以，您在广州演了那么多次，广州人都知道有个'马怪'（广州话马季的读法），我可就吹了。""那'吹'什么？放心演，你能征服内地几亿观众，那儿的观众就征服不了？"……

就是呀，多少年来，我对自己真是相信的，大概是靠着这种自信，我才走过了坎坷的道路。

今天，怎么能忘记历史呢！就算是不相信自己，还应该相信相声这朵艺术之花的魅力呢！

就是靠着这枝长在 960 万平方公里土地上的艺术之花那迷人的魅力，在香港，多少人为故土的乡音而陶醉，多少人为那妙语连珠的表演笑出晶莹的泪花。在那里的演出比我所预期的效果好得多，香港报纸称赞："继女排之后又一次轰动香港。"

写于 1983 年

改于 1996 年

探索——我当相声演员以后之三

谁不喜欢快乐，谁不愿意欢笑，每次演出，望着观众惬意的笑脸，我不止一次这样思索过。想笑，简直太容易了。在冰上出溜一个大跟头，有人捂着嘴会笑；严肃的场合，不留神说了一句很不恰当的词，大家会嘻嘻地笑；扯谎者不能自圆其说，人们嘲笑；无理者振振有词，群众讥笑。

有的事，让人一笑了之；有的事，让人笑后自觉失态；有的事，让人笑完能引以为戒；有的事，让人在笑声中浮想联翩……畅怀的酣笑，悄然的微笑，胜利的自豪，相逢的喜悦，大千世界有生活的地方，准有笑。

鲁迅笔下的阿Q，滑稽之至，一句"妈妈的"就会令人捧腹，笑一过，总有人摸摸自己的头，似乎上面也有一根不长的辫子；银幕上的"流浪绅士"——查理，让大机器搞得神经都机械化了，拿起工具一下一下地拧人家身上的纽扣，笑之余，人们会感到几分辛酸；牛得草演的芝麻官，甭说脸上的豆腐块儿，就是那歪歪扭扭的帽翅，在人们的笑声中居然显得十分可爱和漂亮。在艺术世界里，人们创造的笑声硬是代代相传，历久而不减其味。于是，我又在想：笑——像生活的镜子，又像警世的座右铭，又像探索人生、探索艺术内涵的专用工具。这倒不是因为我从事的是相声艺术，而是因为大自然赋予人们的这种本能——笑，所包含的内容太丰富了，可以说有启迪，有深思，有警醒，有针砭，有鉴戒，有褒扬，有做人的准则，有生活的哲理。这样，作为我，一个从事笑的艺术的文艺工作者，不得不认真地想一想，我应该追求什么样的笑声。

人们需要清新、高雅、健康的笑声

不是没有伙伴告诉我："相声让人乐了就行，讲大道理教育人，没人听。"写到这里，我想起了一个晚上，一个中山公园静谧的晚上。耳朵里还轰响着刚刚在音乐堂演相声时观众满堂的笑声和雷鸣般的掌声，我和一个文学杂志的老编辑步出公园。她淡淡地对我说："我从不让我的孩子听相声，为这事我们经常吵嘴。我有我的理由，孩子们识别是非的能力不强，一听相声嘴里就学点不三不四的东西。"她平静得使我惊讶，把我的脑子从乱哄哄的剧场拽到我们步行的甬道上，拽到浓密的树丛中，拽到一个安静便于沉思的环境。

我借着暗淡的路灯光，注视着老妈妈的脸上闪过的一丝不是偶尔才有的忧虑。她是搞文学的，是搞形象思维的，大概她懂得在我沉浸在观众热情的赞扬中的这个时刻，应该讲什么样的话能让我冷静。然而，她不是做作，而是内心思想感情的流露。接着她又告诉我，有读者向编辑部投书反映："现在的相声，该回天桥去演了！"我听完一震！天桥，那是旧社会艺人们在街头卖艺的集中地，是艺人饱受恶霸、财主欺凌与剥削的场所，为了养家糊口挣几个钱，艺人们不得不在那里投些纨绔子弟、有闲阶级之所好，表演中充满谩骂、色情及庸俗的内容。相声发展到今天，经过了多少人的努力和几代人的奋斗啊！脱俗出新，剔弃糟粕，改革实践，我们才有了今天的相声，有了今天能登上大雅之堂、为千百万人民群众所喜欢的相声。怎么着，再回天桥去演？老一辈呕心沥血开出的路，我们不往前走，一个回马枪杀回天桥？我记着那天，我声音颤抖地对那位老妈妈说："我会好好想想的。"

时隔两年，又是一个晚上，在北京电台庆祝对外广播30周年茶话会上，我和李文华演出了相声《时间与青春》，也是一位白发苍苍的老妈妈找到李文华说："老李，什么时候播这段相声？我让我两个儿子去听，现在的

↑ 说了几段相声，出了名，走到哪里都有人们围着你，前呼后拥，一见面还没等你说什么话呢，大家就都咧嘴笑起来了。我从那时候开始觉得自己真正是一个公众人物了，而且我也想到了一点，公众人物有一半已经不属于自己了，属于大家伙儿

孩子，不能让他们有了白头发再去想时间啊。"她也看见了我，拉住我的手，没再说什么。可刚才的话我全听到了，我指了指我手中提包里的一大叠信对她说："许多观众写来的，全告诉我们多演这样的作品。"真的，如果不是在那种大家都匆匆离去的场合，我一定会把这些信一封封地念给这位老妈妈听。有封信中写道："姜昆同志，我们是含着泪笑的。《时间与青春》中的'一晃儿'没有比我们对它理解更深的人了。我们就是'一晃儿'从学校门出来成为今天的中年人。遗憾的是，我们中的人许多许多还在'晃、晃、晃'啊，这里面的原因之多，是你想不到的。请你到我们中间来走走，再写个《时间与青春》的姊妹篇吧！"信末的署名是"北京无线电厂一批中年知识分子"。他们几乎是诅咒光阴的无情，痛惜时间的流逝。还有位青年伙伴的信是这样写的："姜、李两位同志：我知道艺术作品中的人都是编的，可我觉得处处都像我，我就是懒人，是不珍惜时间的人。这段相声，明天我还去听！"一张张的信笺，有青年人的醒悟，有老年人的告诫。青年人说："每人每天睡觉是生命的三分之一时间，不算不知道，一算吓一跳。"

老年人说:"多讲讲这些才能不让孩子们'老大徒伤悲'啊!"

两位老妈妈的话,两种群众信件的反映,使我想起我国古人的一句话:"赠人以言,重于珠玉;伤人以言,甚于剑戟。"一段相声,连珠般的话语,用笑声作为佐料,填进观众的心里。语言粗俗,人们烦你;格调清新,人们爱你。一褒一贬,看得出人们的心中有一个标准,就是曾讲过"相声让人乐了就得"的那位伙伴,也不见得只是个笑虫子。你用廉价无聊的笑料逗他,即使他笑了,他也会给你句评价——牙碜。这样,答案应该说非常清楚:人们需要清新、高雅、健康的笑声,人们希望一件艺术品有感人的魅力,有启发人的力量,不管你承认不承认,我们的相声和其他文艺形式一样,有教育人民的作用。

啊,教育人民,多大的目标!相声每段才十几分钟,谈何容易。实实在在讲,起那么一点儿作用,心安理得。但是,就这一点儿作用也要有的放矢。起作用就要有作用的对象,全国上千万的家庭,几亿观众都是我们的对象,在这当中,我们自己要分出主次才行。于是,我又在想我们的主要观众层是谁,老人?孩子?青年……

初具风格

1982年的5月,我们中国广播艺术团说唱团组织了一个小队伍去香港演出。本来,在这个弹丸之"港",80%以上的人只讲广东话,不讲普通话,已经让我们只讲普通话的相声演员感到棘手,到了这里又有一条消息让我产生了忧虑。我匆忙去找马季:"马老师,刚才有位朋友给我打电话,他说,这次看演出的观众只听侯宝林的,有的观众讲前面的节目他们不看,就听最后压台的大轴戏。"因为我的节目是开场即第一个演出,我的担心不无道理。马季老师说:"北方曲艺第一次到香港,首先吸引的肯定是二三十年前的老观众,人家只知道侯宝林,哪里知道有个马季、姜昆。你放心演,用你的节目打开你的观众层就是了。"当然,以后的演出如愿以偿,忧虑烟消云散。但这告诉我,一对相声演员的演出,确实有它主要的对象,主要的欣赏者。适应这种特点,并且根据这些开辟自己的艺术创作道路,当然可以解释成风格,也可以说成特点,就像连环画适合儿童,风物画为成

↑ 马季老师和我说:"你小子真幸运,刚说相声五六年就轮到去香港演出,我说了三十多年才轮上!不过这是个大舞台,可不能给相声丢脸,北方的相声要在香港打开一片天地可不是一件容易的事啊。"

年人喜爱一样。

和李文华几年的合作,有人说我们已初具风格。如果说用"风格"这两个字对我们的演出作评价稍高了一点的话,那么"特点"我以为总还是具备的。我们的这个特点,自然是以喜爱我们演出的主要观众成分为主要对象的。

忘记了哪个材料上曾说:现在社会人的组成,青年人占25％。我们的演出,观众中的主要成分是青年人,百分比远比这25％多得多!当然,动不动就是体育馆去看演出,老爷爷老奶奶是去不了的。甭说老眼昏花,看着在偌大的体育比赛的场地上,孤单单地站着两个人,连男女都分不出,单是散场后,数以万计的人一起拥出去,奔向车站,挤进快要胀破肚皮的公共汽车这点功夫,早已使老年人望而却步。算了,还是在家里看看电视、听听广播倒也舒服,看得清楚,落个自在,何乐而不为。爸爸妈妈则是为孩子造福的最大牺牲者,不管多大的瘾头,父母决不会夺子女所爱。难得有次欣赏、娱乐的机会,票早已被孩子抢去了。当然,最主要的还是热情,是青春的活力，青年人睡懒觉可以叫十遍不醒，可玩在兴头上是催十遍也不睡的呀！用不完的劲儿，耗不尽的精力，总是那样充沛。从东郊赶到首都体育馆，要坐一个半小时的公共汽车，去！买两张春节相声晚会的入场券，要夜里两点钟排队，排！再加上伙伴的聚会，约女朋友外出，演出票正是再好不过的媒介。于是乎，体育馆、大剧场，抬眼一望，几乎全是青年人，而且还在左右着剧场的气氛，笑得最响的是他们，鼓掌最热烈的是他们，当然不排除起哄架秧子的也是他们。剧场的观众是这样，广播电视旁的观众何尝不是这样呢？我每天接到像雪片一样的信可以证明。曾经有人提出要搜集全国各地的实寄邮戳，我许诺："我可以提供！"要知道连台湾的朋友也给我辗转寄来宝岛盛产的蝴蝶标本呢！我只去过全国23个省、5个自治区、4个直辖市和2个特别行政区中的一半地方，可是数以千计的信件来自祖国遥远的边陲，偏僻的海岛，可以说全国各地的信都有，而且几乎清一色是青年人写的。他们只是在电视机里和我们见过面，但称呼却格外亲切：伙伴、朋友、大哥哥、老师。这是用遍布空中的电波连接的感情，这是用艺术内在之力结成的友谊，也可以说是同龄人自然汇集的本能使我们接近！总之，我是他们生活的一部分，他们更是我生活的一部分，一个主要部分。因此，我有充分的理由认为：无论是剧场还是电视广播里，我的服务对象主要是他们——我年轻的伙伴。

很明显，我从事艺术是为他们服务的。也就是说，在相声的笑声中，起到陶冶情操、传播知识、培育情趣的作用。这样，就得有一个了解伙伴、分析伙伴的调研工作，才好因势利导。所以，我们又不得不问自己，我们的伙伴们，究竟都是什么样的精神状态？

相声，不只是解闷儿

这个问题有个现成的答案，那就是我们的广大青年是积极的、热情的、向上的，是要进步，会有一番作为的。但这是现成的，而不是自己思索的，也可以说是广义的。我的观众用这样一个结论是不是可以概括得了呢？我不排除这个答案的正确性，但是还不满足。

英国的经济学家帕金森先生曾经把他所熟悉的英国官场严肃的制度，

做了一个诙谐的统计和分析，写出了反映官场病的讽刺著作——《帕金森定律》。我没有这样出众的头脑和文笔，不过我想反其意而为，把每天见到或听到我相声一个劲笑的伙伴们，做个严肃的分析，从而来找我自己的答案，使他们笑得更好。

我初想了一下，我的观众的年龄段是从16岁至34岁，全可以算青年人。如果这个推测基本准确，那么我又根据不同的社会现象，把28岁至34岁的青年人算作第一部分，23岁至27岁的青年人算作第二部分，16岁至22岁的青年人算作第三部分。就这三个部分琢磨琢磨，也许能使答案清楚些。

首先，包括我在内的第一部分，我再熟悉他们不过：就学于"文化大革命"之前，磨砺于黑白颠倒之秋。我是这样形容伙伴们的。在童年，曾有过美好的幻想；在学校，打下过良好的知识基础；在社会上，曾受过正统的教育和熏陶，并且曾带着炽热的感情和一腔热血投入革命洪流中，参与了"文化大革命"的全过程。一场灾难后，虽然没有像老干部那样经受灭顶的厄运，但心灵上的创伤也是不轻的，每一个人都有自己坎坷的历史。大部分的伙伴，在"文化大革命"之后，身上的棱角磨平了，头脑中的信仰淡漠了。转眼之间，成了家，有了孩子，基本上在各个建设岗位上找到了归宿，虽然不甚满足，但也不奢求。他们回忆过去，总觉着是一场梦；面对未来，也不空谈理想抱负；对不争气的浪子，他们鄙视不睬；对事业的成功者，则谑称之为"幸运儿"。不羡慕，也不嫉妒，安分守己，不招灾，不惹事。他们非常想扭转社会上的不良风气，又感叹自己力量单薄。反正该工作时就工作，该学习时就学习，该玩乐时就玩乐。入党觉得是非常光荣的事情，不入也不觉得难堪，自己觉得个人对得起国家，对得起人民，对得起父母妻儿，心安理得。大多数人缺乏一种责任感。形成这样的现象，有诸多的社会因素，不能全怪他们自己。

其次，"文化大革命"初才踏入学校之门的这一部分人，在我们的整个青年观众中是占大头的。他们没上过一天正经学，刚进学校门儿就停课。曾搞过"复课闹革命"，转眼就被"反潮流"的浪潮冲没。在没有玻璃的教室里应付了5年，一个"改革"就全算小学毕业了。不经过考试就进了初中，混满了两三年就拿毕业文凭。高中文化程度的人，不会写信。初中生不会乘法，买十几斤米的钱，得用单价加十几回才算得清楚。毕了业一待业就是好几年，用他们自己的话说："大学没我们事儿，出国没我们份儿，我们也不生气儿，抽烟来解闷儿。"今天学会了跳"迪斯科"，明天哼哼流行歌曲，看节目吹口哨，听歌不听词光听调，一有外国味儿就鼓掌。一天，两个青年伙伴有一段精彩的对话，一个高个子青年手里拿着一张纸和另一个矮个子青年说："你看今年的高考题多简单呀！"矮个子自告奋勇地提议："你问问我吧！"高个子念："祥林嫂是中国哪个作家、哪篇著作中的人物？"矮个子稍加思索后回答："这还不知道，曹禺的《茶馆》。"高个子赞同地点点头："对了。"又接着问下去……又是一天，在东四的街头上，听见一个小青年对他的伙伴说："今天晚上有新的电视片《喀差岁月》（'蹉跎'读成了'喀差'）。"河北的一位中学生给我写信，地址写成"北京体育团"。

更有甚者，给我写成"北京起义团"，好像我们是投诚过来的，他们大概从来不知道"曲艺"这两个字。知识的贫乏影响了这些青年头脑的充实，于是空虚和无聊就结合在了一起，无知与颓唐摽在了一块儿。这是第二部分的青年人。

最后这一部分青年人开始正正经经地上学了，一切走入正轨。老师、家长对他们寄予无限的希望，他们也在发奋地努力着。可毕竟是在一个刚刚恢复元气的国度里，周围有着种种不良风气的熏染。教育者感觉极其吃力，社会的反映也是多种多样。我自己，就曾经用小品文体在日记中记载过这样一件事：

现在的中学生真有学问

有一天，下雨了，不是大雨，是像线一样的小雨。我要去离家不远的副食店打酱油，为了不淋湿衣服，我打了个雨伞。因为是雨天，我只穿短裤，拖着塑料凉鞋，"噼里啪啦"脚在雨中这么一蹚，腿肚子上溅了不少泥点，样子一定是很狼狈的。我正走着，一回头，看见离我不远的地方有个高个子学生，他没有雨伞，大概也是怕雨淋湿，他低着头，用胸脯盖住书包。我一看他跟我走的是同一个方向，便友好地对他说："来，小同学，和我一块儿走。"他赶忙跑过来。按说，在这种情况下，他应说一句："谢谢您叔叔！"我也心安理得地等他这句话。可是，这个同学没有说，他钻到我的伞底下以后那么理直气壮地和我迈着整齐的步伐并肩走开了。嘿，这可是有知识的表现，古人都说过嘛，"此时无声胜有声"。倒是我尴尬地冲着他龇了龇牙。他一扬手，啊，认识！电视里常见的相声演员。你猜人家说什么："嘿，是你呀！没想到下雨天儿你也是这么惨呀？"我倒一时蒙住了。我自以为读过一些书，可是张了半天嘴竟回答不出他提的问题，真是的，我说什么？说"一般情况下我不是这样惨"，或是说"下雨天全是这种惨相"。哪句话都不能算恰如其分。问得我没词了，我只好做了鬼脸儿冲他笑。

当时，我送了他很长一段路，收获真多。现在的孩子们可不能小看，他们才不管你是谁，办的事情该不该感谢。人家说的话你答不出，你服不服？

文章有点戏谑的成分，但是我真实情感的流露。这些伙伴们，他们能讲出百慕大三角洲的秘密，能给你描述UFO，能向你叙述从苏伊士运河开出的一条船，经过哪些个港口才能到达大西洋的一个小岛。但是，他们不知道踩人家脚应该向人说声"对不起"；家里来了客人，应该怎样有礼貌地招待。我把我写的小品文中的那位中学生当成这部分青年人的一个典型。

我想对我的伙伴们不要再做什么总结性的结论了。唤起稍大一点伙伴的热情，向中间的伙伴伸出友谊的手，带动起小一点的朋友。用我们的相声艺术充实思想上的空虚，填补知识上的贫乏，去掉无聊的趣味。这一切该是多么需要我们这些文艺工作者赶紧做的事情呀！我们不能指望用一个大刷子，在一天早上就把我们的世界刷成一个五彩缤纷的画图，唯一的办法就是明确文艺创作演出的目的，用每一个作品，每一句话，每一次举手投足，去感染我们的伙伴，让他们看到一个新的天地，催他们投身到时代的洪流中去。我们每一位演员、观众，都应该做一片小花瓣、小树叶去点缀我们时代的花园。

相声要童叟无欺

一次朋友聚会，一位作家对我提出了要求："你们的相声，要做到童叟无欺。"是的，孩子有时把假的当成真的，老年人有时把真的认成假的。孩子们天真，老年人世故，可是，我们的青年人哪，唯有青年人，用句北京话说——那才叫精呢！你可蒙不了他！说服教育他们，得费点工夫。你说我们相声是讽刺型的，像针一样刺刺那些身上有毛病的。嘿，对不起，他不屑一顾，不以为然，我行我素。你说我的相声是歌颂型的，讴歌先进，树立榜样，他笑后说你瞎编，说生活中没有这样的。相声无外乎歌颂、讽刺两大类型，碰上这样的真就无能为力了吗？别急，不能匆忙下结论，鲁迅先生讲过："急不择言"的病源并不在于没有想的工夫，而在于有工夫的时候没有想。

这时候，可以思索一下。像上面那么一分析，我的观众中大部分人的这种状态，颇像是没有希望的。其实不然。既然分析就是要抓住特点，而特点之所以"特"，就在于有不平常的地方。我的伙伴的不平常的地方在于他们身上的亮点与污点混杂在一起，常常分辨不清。写到这点，我的思绪一下跃进北京工人体育场，那个被强烈的灯光紧紧罩住的绿茵球场上……

这是在观看亚太地区中国足球队对科威特足球队的那场比赛。看台上，我前面坐着一个青年伙伴，他长长的头发，黑黑的脖子，身上穿着服装设计师精心设计的有点现代味儿的紧身衣服，不过，他的动作没给这身衣服增光。

他叼着烟卷看见了我，大声地叫起来："这不是姜哥们儿嘛，怎么着，您也看球来了？先来段相声怎么样。我给您呱唧呱唧！"你转过头去，他变着法儿找你的脸，引得许多观众都围过来看我，直到警察把人们劝开。几次，我不无厌烦地对他说："你老老实实地看你的球吧！"说这话的时候，我万万没有想到，半个小时以后，我竟和他手拉手地蹦在一起。那是在我们的球员连进两球之后，全场一片欢呼腾跃，我的这个伙伴，用手指头把烟头在天空中弹了那么大一个弧圈，扯着脖子高呼："中国万岁！足球万岁！胜利万岁！李富胜万岁！"一转身，他拉起我的手："姜哥们，冲这个今天晚上就得写段相声，中国人不是孬种，为咱中国人争争气，打夜班，今儿写明儿说，晚上烟我供了！"尽管我不赞成他那近乎狂热的举动，但是我理解他的感情，在热爱祖国这点上，我们的心有共鸣，我和他的手紧紧地拉在了一起。事后我也在想，今天我看到的是他，可明天在剧场起哄，在街头斗殴的，也可能是他。这是我们不少青年人的特点呀！

看来，我这些伙伴们不是没有纯真的情感，只是在这种神圣的东西上面，沾染着不少尘垢。擦拭这心灵的污点，不能用砂纸、干抹布，要用大绒，要用细绵。

那么我们相声艺术中，能不能有一种劝诫型的呢？单纯的讽刺你不理，纯粹的歌颂你不听，劝诫则是一种推心置腹的娓娓恳谈，和声细语一直说到你的心里，让你在心中产生共鸣，直到你拍着腿叫"有点道理"为止。应该说，这不失为一种尝试。

我和李文华的创作与演出，在这方面曾经是试了的。《谈美》这个段子是试图在青年伙伴身上进行一点浅显的美学教育。《严重警告》是为今年的植树节而写的，想唤起人们心中的责任感，自觉地去爱树，种树。《改歌》是写一位伙伴听了张海迪发自内心、热情讴歌生活的歌声后引起的震动。改编《时间与青春》意图则再明显不过：让伙伴莫虚度光阴。这样的段子

↑ 冯巩是我的师弟，我们都是马季老师的弟子。相声演员走到哪儿都要互相做伴儿，要跟谁都能合作。走单的时候，互相对两句词儿就能上台表演。这是 1985 年我和冯巩在湖北十堰为年轻工人们即兴表演，那时候冯巩还不到 30 岁

里，又有歌颂，又有讽刺。歌颂是在由浅入深地阐明一些在你身边不引人注意的道理，引起伙伴的深思。比如张海迪身体那样差，可生活得那么好，我们身体那么棒的伙伴们该不该和她比一比？再比如，大家都知道"时光如流水"的道理，但有没有算过一个人睡觉在一生中要占多少时间的这笔账呢？讽刺则是一种同志式的善意的规劝。《时间与青春》中的小王，《谈美》中的"我"，《改歌》中的小改，《严重警告》中的场长，这些讽刺人物留给观众的印象不单是无知与落后，还留给了人们一种向上的力量，人们不是厌恶他们，正因为不厌恶，所以还能在他们身上找自己的影子。

诚然，这一切都是刚刚开始，但是我已经觉察到。写这类相声，应该注意这几个问题。

赢得青年的信任

既然是谈心式的劝诫，首先就有个态度问题。板着面孔的教训，人家不会认为是个谈心的方式；"有的个别的小青年儿"这类词语，也非常的扎耳朵；"蛤蟆镜、喇叭裤就是小流氓"这类台词，更打不进年轻伙伴的心。唯有先尊重他们的人格，把他们和我们划在一起，以朋友、伙伴相称，以兄弟姐妹对待，感情一接近，话就投机哩！这不是市侩的处世，是应该具有的热情。有"心灵工程师"之称的李燕杰老师，不正是因为他先持有"青年是我师，我是青年友"的态度，才赢得了当代青年的信任，使青年人洗耳恭听，三省吾身，开始迈开新的生活步伐的吗？我特别愿意用青年人熟悉的语言和他们谈心。我曾在湖北中国第二汽车制造厂的厂报上发表这样一篇小文：

务实的人才会充实

中国第二汽车制造厂的青年朋友们：

你们工厂报纸的编辑同志，让我给"二汽"的青年写一封信。自古以来，书信或以传音，或以递情，是人们交流信息的工具。但是，自从"大家们"以书信为体，见诸文学后，这种求"写信"无非是索一篇小文以补杂志、报纸之白。我不是家,更无大而谈,但实在有几句话要说,便欣然从命了。

老同志们讲,你们这儿原是穷乡僻壤,然而今天,却一片生机勃勃。说这话时特别骄傲。我想,将来呢……我没有能力去描绘灿烂的明天,但是,如果在将来的世界上,有"二汽"一幢耸入云天的大厦,那么,作为它基础的建设者,会从那巍峨的建筑中,去认识自己一生为之奋斗的价值,你们会比老同志们更骄傲。因此,我真羡慕你们。

想到这点的,会珍惜今天生活给他去创造的这种机会;没有想到的,则在今天的迷茫与怅惘中会蕴育一颗悔过的种子。

青年人,谁没有向往,谁没有追求。务实的,一生都会充实;务虚的,美好总是从身边逝去。那么,用不懈的努力和追求,去换取事业的成功与生活的欢乐,这样,无论是声名显赫还是默默无闻,都是强者。

我从"二汽"创业人的脸上,看到了强者的欢颜,真敬佩他们。他们在这个山沟里涉足的时候,大概也是我们青年人这个岁数。今天,他们虽然欢笑,但没有满足。我听许多老同志给我讲了"二汽"的1990年,"二汽"的2000年。天哪,到时候,我们都五十了(无志的人总在这么想)。然而,他们依然是那么充满着信心地去欢悦地谈论。他们没有想到宇宙与大自然对于生命所赋予的法则吗?不!正是他们深深地明晓这一点,他们才能够在自己生命之火正旺的时候,把自己烧得火热,并且烤着了我们。于是,我们也燃起了熊熊之火,去奋斗,去创造,去献身。大概,班就是应该这样去接,事业就应该这样去继承。不然,后辈人如以自恃清高的冰冷去对待那痴情的火热,我们现在的世界一定是混混沌沌的。

人是万物之灵。人们为之奋斗的,当然也不仅仅是一团团、一簇簇闪烁着迷人色彩的希望(尤其是困苦与艰难,失意与挫折围绕的时候)。但是,当我们想到,在今天,或是此时此刻,正是像我们这般年纪,甚至比我们更小的伙伴,在老山、在柏林山、在阵地上、在战壕里,他们也在奋斗,但许多人可能不能看到那胜利的情形了。想到这些,完完全全能看到明天的我们实在不该有什么迷茫,有什么怅惘而在那里彷徨,这点道理实在是再简单不过了。在这个世界上,看不见远方的人是盲者。光盯着远方的人也走不好眼前的路。想对这个社会做点什么，总要付出牺牲。与伙伴们牺牲和那些献出生命的勇士比，我们能做出的那点儿，应该说不能同日而语。就冲这一点，我们不该踏踏实实、心安理得地干好我们自己眼前的事吗？

最后，我想用一位作家的散文诗来结束我的小文，并且把它当作我送给与我一样的伙伴们一件小小的礼物。

"夜，不全都是黑的。

白天，也未必全都光明。

即使是风雨交加的夜晚，

透过重重黑幕裹着的天庭——另一隅，

依然闪耀着希望的星群。

希望也不仅仅只是光明——生命的价值，

始于分娩的痛苦；

今天，始于划破昨夜的黑暗。

是的，夜不全然是黑的！

不懂得这一点，社会在风和日丽的今天，

只见煌煌"光明下的另一面——物体的阴影"。

"二汽"的伙伴们，

祝你们成功！

文章登出后，伙伴们反应强烈。我想，我的热情和实在感染了他们。所以我说，第一点就是尊重伙伴，切莫教训人。第二点是实事求是，切莫牵强。相声言语犀利，锋芒外露，这样有人对社会上看不惯的现象，真想用相声一讽而后快。青年人买维纳斯，老年人找到我们："你们好好写一段相声，我们中国人家里摆光身子的小人儿，成何体统？"社会上流行穿喇叭裤，看不惯的伙伴就出主意："你们一骂喇叭裤，穿得准少，纯粹臭阿飞！"我们只能在理解他们情感的基础上告诉他们："我们不能那样去写，那样去演。"社会上流行过这样一个故事：某个单位下了行政命令，青年工人的裤腿不许大于六寸五。于是在这个工厂的门口，青年们刷了一张"广告"。"广告"内容如下：本厂青年徒工为响应领导抵制喇叭腿的裤子之号召，特成立业余民族服装店。承做中国传统之挽裆裤，男女适宜，前后不分，穿着方便，黑白分明，穿着时不用裤带，只需将小腹收后，屏住气息，左右一挽，往里一掖，放开肚子即可……毋庸置疑，这张"广告"是不适当的行政命令招来的。相声中的道理，要人信服，谈出的话让伙伴点头才行。实事求是，坚持两分法、防止片面性，应该说是必须注意的很重要的一个方面。

我们在相声《谈美》中，设计了父亲和儿子因为摆维纳斯像的一场争论，从父亲之口讲出了我们认为较为正确的看法："这东西是个好东西，分摆在什么地方合适，摆你们家，你是当演员的，这个塑像和你那套家具也衬。我有我的乐儿，我就希望我这桌子上摆个宜兴的泥茶壶，墙上贴两副对子，挂幅国画，别人看着舒服，我瞧着也不咯愣。"通情达理的话语，赢得人们的赞同。牵强的解释，呆板的指责，不会取得预期的艺术效果。第三点是开掘知识，切莫空洞。伙伴们经常讲："我们不爱听领导讲话。嗯、啊、这个、那个，说了半天不知说什么。"语言的空洞是引起不感兴趣的原因之一，但就是讲了知识，不往深处开掘，也同样引不起人们的兴趣，所谓开掘就是跳出一般。

林业部的副部长董智勇同志，刚刚从朝鲜考察林业回国，当天下午就叫我去他那里。他问我："小姜，你说树木、森林的用途是什么？"我不假思索地回答："盖房子，做家具。"他笑了，接着问："光砍下来才有用？"我慌忙说："不，树木有光合作用，为人类提供氧气，树根能蓄水，是个小水库，还有……"我搜肠刮肚地也没有再找出令人满意的回答。许多知识就是这样，当你认真地去想时，才发现自己认为了解的却是很肤浅的一点点。

这天下午，副部长找来宣传干部和我一起座谈，他们讲的那些材料使我瞪圆了眼睛，记了那么满满的一本。我几乎在知识的海洋里重新认识了树木、森林，认识到它不仅有着物理价值，更多的是生活上的价值，心理上的价值，简直无法用金钱来计算。两个月后，我和李文华同志创作出《严重警告》。

副部长听后对我们说："你们这相声，比我做 10 个报告还有用。过去小青年们一听人讲林业就头痛，可听你们讲林业的事，他们从笑声中受到了教育。"我们在首都体育馆演完了相声《谈美》,和作家刘厚明同志同车。他对我们说:"我刚才听我身后的服务员谈话:'对,不和谐就美不起来。'当然,自然界中也有现代派的不和谐的美。但是,从普及意义上讲,你们一刻多钟的相声,让人明白了这样浅显的美学知识——和谐产生了美,你们这个作品的目的就达到了!"是的,我们也不多要求,一个段子给伙伴们一点收益,积少就能成多。有人讲要给社会主义精神文明大厦添砖加瓦。李文华同志讲:"咱们给基础上的土踩几脚,让它瓷实点就行。"知识、道德、情操,正是做人的基础。我们自己受到了教育,再把感受告诉给伙伴,一点点把思想基础打得结结实实,我们一起工作,一起前进,一起有胜利的喜悦,一起有生活的快乐。这是件多值得痛痛快快笑上一场的事啊!

相声的忧与虑

相声越演越多,作品可越来越少,观众要求越来越高,品位也越来越高。渐渐地,我感到我们自己的危机越来越严重。

我在《北京晚报》写了一篇短文:《忧与虑》。

忧与虑

我写相声,也演相声。听到观众们讲"我最喜欢听相声",倒产生不少的忧虑。不是忧观众,而是忧自己。

过去创作一段相声,深入生活,搜集素材,构思命笔,排练演出,反复修改,最后录音录像。《如此照相》写了半年,《诗歌与爱情》写了8个月。

现在创作一段相声,下面前迎后送,演出接连不断,领导登门看望,随即录音录像,演员自己台词还不"拱嘴",街头孩童们把主要段落已经背得很熟了。有人问:《我与乘客》《谚语谈》的录音怎么还吃"栗子"——台词打了"磕唄儿",我只好苦笑了之。因为谁也不会相信,我们的录音录像距离背台词不过几天!听到了意见想改,生米早做成夹生饭了，难怪人家吃了皱眉头。

可就是这样的情况，演出倒一天比一天多，一年中居然分不出"热季""淡季"了。

谈忧又提以上这些，不是怨天尤人，而是担心自己能不能适应人们对相声热切要求的形势。

听到了一些议论，也忧。这个演员"不火了"，观众反应不热烈；那个演员"庸俗了"。乍一想，真感到相声有点"王小二过年，一年不如一年"了。细一琢磨，忙来忙去，是好事。不如此思索，艺术怎么向前发展呢？问题无非是由观众热烈的期望和不满足的批评所产生的。那么在如坐针毡的状态中冥思苦想一番，无外乎仔细地思考，虑出一点毛病生成的原因，虑出一点前进的道道来。

观众热切地期望着相声的数量，但并没有忽视它的质量。而且他们最公正、最无私，好就鼓掌就笑，不好就沉默就失望，再遇到不好的，先是笑，笑完再撇嘴。

评论也"尖刻"了，就是对待一些传统的表演手法的出现，觉着不合时宜了。观众不讲演出的新与旧，而是说："俗气，格调不高！"看看，不是新与旧了，是是与非了。

再有就是观众的主要成分青年的特点——真敏感。有的包袱，你没铺垫，他就明白了，这当然谈不上包袱"响"了。再想想现代青年的生活内

2004年12月24日晚上，在圣诞节的热闹中，我和我的搭档戴志诚等曲艺演员一起来到北京街头，为农民工慰问演出。那时北京的天气已经很冷了，演员们脱下外套就开始表演。也就是从这次演出开始，中国曲艺家协会分党组决定每个月办一次"送欢笑，下基层"的义务演出活动，后来又演变为文联的"送欢乐，到基层"活动，直到今天

我常说，作为一个公众人物，有一半就不属于你自己了，属于大家伙儿。大家需要你去哪儿，你就去哪儿；大家需要你干什么，你就要干什么

容面之广，这些都应该好好地虑一虑了！

思来索去，人们的要求高了，连时代的节奏都变了。

于是，为了保证剧场效果，不注意"包袱"质量的表演出现了，不根据内容的需要而只追求形式上的"新异"出现了。吉他伴奏，通篇的口技挤进相声的表演中，这一切，又困扰着我……

鲁迅先生曾断言，就是在中国的这些口头文学中，以后要出现福楼拜、托尔斯泰。天呢，我初中毕业，李文华小学二年，加起来才高中肄业。我们如果有志朝这个方向走，当付出怎样的努力呀！……

今年年初去长春，飞机在沈阳耽误了几小时。再起飞时，天空黑洞洞的像块大幕布。忽然，从机窗向下望去，下面灯光闪烁，有人告诉我，那是四平市。我只见那昏暗的灯光，一闪闪地好像在向我们机上的人们炫耀着什么，别的什么也看不见。这时，一个念头闪过我的脑海：底下偌大的城市中，最有实际内容的，是那样默默地不为人们所见而蕴含着；而点点灯火，充其量不过是个灯泡而已。于是，一点想法从心底油然升起：如果说，我们在台上的一段相声，就是那点点灯火，那么我们应该在无声的时候，用全部的青春和热血，去做更有实际内容的工作……

写于 1985 年年底

改于 1996 年 8 月

春节晚会一二三

中国—北京。中央电视台—春节联欢晚会。

她应该算当之无愧的"名牌"。在世界的电视节目中,连续十几年拥有近10亿的观众,收视率没有掉过60%。十几年的明珠,一直放射着璀璨的光芒,有她自己的质地,也有对四周围光亮的折射,一直是亿万观众注目的瑰宝。一个节目,十几年不让人家转眼珠,十几年一直是人们评说的中心,这不能不说是个奇迹。

创造这个奇迹的元老——中央电视台的导演黄一鹤已经老了,退休了,他写了书,培养了学生,稳稳当当坐在了中央电视台著名老导演的位子上,然后随心所欲,周游全国,愿意拍点什么就拍点什么,为电视事业发着余热余光。他的第一届春节晚会的助手邓在军导演,拍了自己视坛生涯的电视专题片后,总结了自己丰富的当电视导演的经验,也栖息视坛,优哉游哉,神仙般地享受子孙的天伦之乐去了。前些日子,听说她又"卷土重来",着手搞大型的电视专题节目。看来,搞事业的人空闲不得。倒是新一代的年轻人,第一届春节晚会时还在教室里上课的年轻人,现时已经成了新的春节晚会的那帮名导演们,依然为春节晚会一年又一年的延续而思考、焦虑、筹划、奔波,他们是张子扬、赵安、张晓海、袁德旺、刘铁民、陈雨露……他们的名字,也早已家喻户晓。

春节联欢晚会造就了多少人!

殷秀梅的一首《党啊，亲爱的妈妈》直抒胸臆；赵本山一口土得掉渣的东北方言乐倒神州；黄宏《超生游击队》的续篇在晚会别开生面，宋丹丹演技绝伦，塑造的乡土气息极浓的大妮儿居然使她几乎不能重返话剧的舞台，因为中国人太爱看她演的憨劲儿了；张明敏、奚秀兰以港台歌星的身份第一次出现在中央电视台的屏幕上，带来了港台歌星十几年向内地（大陆）舞台进军不止；冯巩、牛群的相声在春节晚会的位置越发稳固且后来居上；一曲《思念》的毛阿敏，唱出了她歌坛大姐大的形象……笑星、歌星、舞星们，几乎是在一夜间，他们的名字、形象在亿万观众心中烙下了深刻的印象，电波载着他们飞越半个多地球成了大腕儿。

春节联欢晚会又影响多少人！

1985年春节晚会演砸了以后，当时担任广播电视部副部长的谢文清同志说："别提了，初一在大会堂团拜，上至中央领导下至一般干部，各个劈头盖脸地质问：'你们搞的什么晚会？'我无地自容。团拜会上一个主要的话题就是昨天糟糕的晚会。"1987年的大年初一，我打电话给广电部的部长拜年，艾知生部长兴奋地告诉我："我一直在接电话，中央首长对这台节目很满意，你那段《虎口遐想》反响不错！"我去欧洲巡回演出，从巴黎返北京，路过沙迦，那位接我的在大沙漠上搞工程的中国朋友唯一的要求是让我走个"后门"，能不能代表他们，在春节晚会上说一句"给全国人民拜年"的话。

我一辈子都没想到在靠近瑞士的萨尔斯堡城，居然有一个未满6岁的中国孩子在街上追着我叫："姜昆，姜昆——"他是在莫扎特的故乡出生的，从没到过中国，但是每次春节联欢晚会的录像带他都看。

参加前两届春节晚会的侯宝林大师、海灯法师已经先后作古了。"神童"吕思清已经成为大棒小伙子，捧着他那"神州第一提琴"绕世界演出呢！我们家的姜珊1984年还拉着杜澎先生的手口齿不清地叫着："爷爷，爷爷，我要吃饺子！"（春节晚会的猜谜录像）一转眼，1995年，她已经在悉尼，同在美国的杨澜、费翔，以及在中国香港的奚秀兰、张明敏，一起高唱那首响遍全球华人心中的歌《难忘今宵》了。

到1994年，我已连续参加了11年的春节晚会，主持了8年。我真累了，尤其是在1993年，我写的相声《大船》没有被通过后，我提出不改了，不冲了，我不参加春节晚会了。黄宏劝我："师哥，你得坚持住，已经连续11年了，就你这么一个，不上太可惜了，拼也得拼下来。"可我实在拼不动了。我在梅地亚宾馆已经奋斗了两个月了，稿子改了20回，备份的也有两三个，人疲乏到极点，精神上几乎有些崩溃。我和帮助我创作的梁左反复商量，下决心退出。

1993年没上，1994年也不上了，而且萌生了一个想法：不能再干了，毕竟已经快50岁了，人也不能老看你姜昆呀！可是，歇了两年后，老作者阎肃在导演张晓海的带领下，徒步登上了我住的六楼，是在晚上楼道里没灯的情况下，摸着黑上来的，而我并没在家。我的老妈妈讲："春节晚会"已经来了十几次电话了。我沉思了许久，在爱人李静民的陪同下，又一次来到梅地亚宾馆……

于是，我组织了我的学生孙晨和作家原建邦，我的搭档戴志诚，终于在1996年上去演了个《其实你不懂我的心》，惹得全国人都叫我"姜球球"。

是欲罢不能，还是一往情深？是难舍难离，还是想再现辉煌？

其实连我自己都说不清楚，也可能我经历得太多了。全国人民在屏幕上看到的春节联欢晚会，可以说是灯红酒绿，光彩耀眼，歌舞欢笑，热闹非常的景象。可在大幕的后面呢？为了全中国人民的欢笑，为了全球华人节日的欢乐，隐含着多少导演的艰辛、眼泪，隐含着多少演员的汗水、酸楚。都是为了这台节目，多少人抛头露面，多少人默默无闻，节目成功了，洒几滴安慰的泪水；节目失败了，一切劳动付诸东流，就连带着病隐着痛，不要命地工作，此时也不能提了，谁让你失败了呢……

我自己这样走了十几年，也看着别人这样走了十几年。当我比那些忙碌的人稍有些空闲的时候，拿起了我的这支拙笔，我想把我见到的记录下来，或者叫追记下来。我想让所有热爱春节晚会这个节目的人，不要忘记她的创造者、缔造者那一滴滴汗水，一片片心血……

成功的一九八三

1983年春节晚会。

主持人：马季、姜昆、刘晓庆、王景愚。

踌躇满志的黄一鹤。

我表演的节目：相声《错走了这一步》；合作者：李文华。

黄一鹤是拉提琴出身，后来在中国的电视事业刚刚发展的时候，便走入了电视导演的队伍，由歌舞节目导起，最后成为大型综艺节目的导演。

1983年以前，中央电视台每年也搞春节晚会，但只是一般性的联欢。我记得1982年我和李文华是在北京的新侨饭店参加的。主持人是电影演员达式常和当时演电影《樱》的女主角而出名的程晓英。那个时候不叫主持人，叫报幕员。

程晓英不认识我，问达式常："这位是……"达式常回答："姜昆，和李文华说相声的。""噢，我听过他们的《如此照相》。"我当时挺有名的了，可她居然说不认识我，我挺不高兴地问："达老师，这位是……""程晓英，《樱》的女主角。""对不起，这电影我没看过。"我小肚鸡肠地回答。现在想起来真可笑。那年我和李文华合说的相声《红茶菌与打鸡血》。

我和黄一鹤导演的关系一般。我是在搞1983年春节晚会时才认识黄一鹤的。

初见黄导时，我不认为他是当提琴手出身，倒认为他是搞舞蹈的，因为他老是把腰挺得板直的，加上有点八字脚。那一年他45岁上下。

黄导把我召见到中央电视台春节剧组商量节目时，他心里已经基本上有晚会的雏形了。"我们准备搞成茶座形式的，不在剧场里搞，而且要现场直播，像转播足球比赛一样，想请你参加创作组一起来组织节目，而且搞主持。"

这一年的春节晚会的创作组有：黄一鹤、杨勇（武警部队的老创作干部）、马季、王景愚和我。让我参加创作组，我受宠若惊，这年我刚33岁，是我走入相声专业的第7个年头。我和李文华老师在合作完《如此照相》《诗歌与爱情》《霸王别姬》以后，正在爬我们艺术生涯的第二个台阶。

黄一鹤干活有股拼劲儿，尤其对艺术比较执着。他一方面抓我们的创作组，另一方面组织了一个庞大的顾问班子。他请的老艺术家有：侯宝林、袁世海、郭兰英、杜澎、谢添。部领导由于我认识得不多，不知道他请的谁，只知道后来当了电视台副台长的洪民生先生一直对这个节目比较关心。

我们住在燕京饭店，创作、排练。王景愚和马季都搞过"文革"以前的春节联欢会，他们心中有一个老的模式。黄一鹤和杨勇脑子里有个新的模式，想把这两个模式往一块儿捏。我年轻、经验不足，但是手头比较快，经常是他们讨论的一句话让我给逮着了，我把它见诸文字稿。

黄一鹤说："主持人的主持和节目最好成为一体。它像个链，把节目这些珠子串起来。"于是，我就把4个主持人做了个"分工"：主持、副主持、主要报幕者、主要报幕者的助理。4个人相互的滑稽关系有了，主持人的活泼幽默的形态也就固定下来了。

串联词由马季、王景愚和我分三个部分写，一人一部分。一开始，我们写得特别热闹，像个相声剧。一念串联词，哪一部分都半个多小时，加一块儿，光串联就两个钟头了，最后全部到杨勇那儿精简，后边那稿和在屏幕上见到的就差不多少了。

头一次对词，刘晓庆不干了："那么多词，跟说相声似的，我演不了，让人看着像什么呀，我主管报幕。"刘晓庆因演《小花》而获得了百花奖，又因拍了《原野》而让电影界刮目相看，人家说干不了，我们3个只有面面相觑。王景愚是大好人："你念不了那个，我帮你念。凡是你不愿意的都给我。"刘晓庆答应了，我们松了一口气。

黄一鹤提出很多新点子：要搞5个小时，穿越新年钟声，成为最长的一台节目；要有很多即兴的节目，就是为这个晚会而编制的；要从头到尾贯穿笑声；要突出现场感，增加电话直接进现场；要让全国的电视观众有参与感，现场设谜语，观众猜谜，有奖品奖励⋯⋯这些点子现在看来司空见惯，但在15年前，却是颇有新意。我认为黄一鹤突出的一点是围绕全国的观众来做文章，他的着眼点非常准确，这也是为什么这个节目一下子就成了全国亿万观众观看春节文艺节目的焦点的原因。

"我要把全国的第一流演员和节目，全集中在我这个晚会里！"黄一鹤说。真是这样，这场晚会一下子成了文艺界名人的云集地：胡松华、马玉涛、李谷一、蒋大为、袁世海、凌子风、侯宝林、郭兰英、严顺开、斯琴高娃、侯耀文、石富宽、赵炎、李文华。电影界获奖的一个《小花》，一个《骆驼祥子》，演员全招来！魔术师最有名的是谁？一下子由杂技协会报上来二十几个。一看，大家伙全都不算太认识。选最年轻的，有色彩的：中国杂技团的秦鸣晓、姚金芬夫妇。一表演：镇了，就是他们！武术界请全国冠军，体育界请享有盛誉的女排。4个主持人的出场，不够隆重，请侯宝林大师隆重再推出一下儿！

黄一鹤和我说："现在都讲名牌，推出金牌主持人。我看过一台香港电视晚会，主持人是一位小姐，嘴皮子太溜了，我一定要请她来，但是现在不行，我们电视台还没有名牌节目。如果能创出一个年年都叫得响的金牌节目，我一是请外边的金牌主持人，一是创中国的金牌主持人！"黄一鹤踌躇满志，我看得出，他的目标就是一个："搞一台最像样的中央电视台从来没有过的春节联欢晚会。"

没遮没挡的刘晓庆

我和晓庆早就熟识，她是个地地道道的川妹子的脾气，口上没遮没挡，心里想什么就说什么。这种不管不顾的性格有时候让人有好感，有时候让人烦。像刚一对串联词，她就大叫："那么多词，跟说相声似的……"大有说相声是下九流的意思，就让马季老师和我很不爱听。其实，后来我们俩聊天，她和我说："昆儿（文艺界的朋友们都这么叫我），我是说像相声嘴皮那么溜，我来不了，跟你们一块儿别显我太笨，我绝对没有看不起你们的意思。"这是实话，她就是这么竹筒倒豆子似的人，心很实，你真跟她生了气，也许她还不知道为什么呢！

在这次春节晚会排练的时候，我们好不容易写出的词儿，而且很多地方都是我们自认为比较精彩的地方，可她就是不说，而且还贬我说"没意思"。

比方在开始的时候，我写的串联词是这样的：

姜：下面我们来介绍一下四个人的分工。

马：我是主持。

刘：马老师，我们是主持人。主持是和尚。

王：马老师剃光了就是一个弥勒佛。

马：对（拍自己的肚子）！大肚子弥勒佛。

姜：我是副主持……

刘晓庆就是不说"主持是和尚"这一句，说这不是"她的话"。弄得只好王景愚去说,但"大肚子弥勒佛"的笑料就没有了。我自然耿耿于怀。

晚上排练休息的时候,大家一起聊天。这天,饭店的闭路电视好像放一个日本的影片叫《火红的乐章》,刘晓庆说这乐章是施特劳斯作的。我说她胡扯,施特劳斯写过多少乐章我不知道,但是我从没听说过他写过"火红的"这种带颜色的乐章。于是我们就争论,她说我没好好看过这个电影,我说她根本不懂音乐。马季、王景愚比我们年长得多,看我们两个争,谁也不表态。

也可能他们不知道,但是就我了解,他们两个知道了也不会说。这一场争论我没输,刘晓庆也没赢。

第二天,我俩见面,谁也不愿再提这事。我是怕她真去查电影,找着个什么根据。估计她也是怕我找什么资料,证实我讲得千真万确。见面都不言语,在一起就挺尴尬的。晓庆憋不住了,但又碍面子,她说:"昆儿,以后你多看电影,多了解了解。"了解什么?这人说话没宾语。30岁出头的我,也是年轻气盛,我拿出去年回击程晓英的劲头儿:"我经常看,昨天晚上还看你主演的影片呢!"刘晓庆问:"哪部?"我听得出,她挺兴奋的。因为她一定认为我不了解她,对她在电影界的地位估计不足,她要听听我对她的演技的评价。我鬼灵精,偏选了一个我认为最不能体现她的水平的那部《瞧这一家子》为例。"就是你演的那个……售货员……那讨厌劲儿你演得挺好的。"我的嘴一点都不留情。"……"刘晓庆大概是气了半天没发作。"《原野》你看了没有?"我知道这部片子很轰动,而且由于有"床上戏"的嫌疑在国内被停映了。但我故意气她:"《原野》不是小说吗,哪有这个电影?"晓庆被我的"无知"所激怒:"昆儿,我明天买一个拷贝送给你,让你了解了解电影,懂什么叫电影!"说完拂袖而去。我小人得志地乐了许久。

不过晓庆对艺术的追求精神,真是值得赞扬。有一年的春节晚会除了担任串联任务外,她还唱了一首歌《太阳出来喜洋洋》。为了拍这个片子,她选了十几套服装。那些年头,我仅有一件夹克衫和毛背心,她能有那么多的衣服真让我眼馋。黄一鹤为她拍那片子也真费心。我敢说,那是我们中国第一首MTV,镜头非常讲究,就是今天看来,那首歌拍得也有很多新鲜的东西。

我就是从她和我的讨论中才知道了我当时根本不知道的一些知识：舞台上颜色一定要大色块儿；人身上的服装不能超出三个颜色；上身和下身服装中间要有过渡……全是刘晓庆告诉我的。

在直播那天晚上，还有一点让我震惊。

刘晓庆在念一封电报以后加了一句串联本上根本没有的词儿："此时此刻，我最想念我的爸爸妈妈，我想你们一定坐在电视机前看节目，明天我就要赶回去和你们一起过年，在这里我给你们二老拜年了。"在中央电视台，借着直播的机会说自己家的事，这不是"假公济私"吗？

这在我、马季、王景愚来讲，绝对是"胆大妄为"的事。甭说做，我们连想都不敢想。可是晓庆说完了以后，我们又都佩服她。连马季老师都和我说："你瞧瞧人家！"

敲　钟

第一年的春节晚会，还没有现在那么受重视。请来参谋把关的顶多是电视台的副台长、文艺部的主任（科级）。好容易请了一次部级的领导听听我们的设想，他说："怎么能让姜昆这种人主持？说相声还行，主持太贫了。"把黄一鹤吓一跳。因此，以后审查节目能不叫他们，尽量少惊动。

第一次正式汇报节目时，我记得最大的领导是侯宝林和袁世海。

他们真是特别认真地听了我们的串联词和节目构思。我记得袁先生拍着大腿说："不错，挺新鲜的，不过别太长了。12点钟以前就行了，不然耽误睡觉。"侯先生不同意："老百姓三十晚上熬一宿过12点没关系。到12点敲钟这点子不错，这叫中西合璧，西方12点全打钟。打钟讲究是在钟鼓楼。那个钟是全北京市都能听得到的钟，一般的话十个人敲，一个人喊号，喊十下撞一声，一声能响30秒。"侯老讲起典故来头头是道，也不知道他怎么知道那么多。

后来我问侯先生，他说："这是我从小学艺的地方，我当然清楚。我从小在鼓楼后市场那儿的石记茶馆看戏摊儿唱戏。第一次我给《捉放宿店》打大锣，一下没错，全是平时听出来的。东四、西单、鼓楼前、故宫、北海、颐和园，五行十八作，哪有咱说相声的不知道的？"我从心里佩服我的师爷。

可是联系打钟的时候,北京文物局坚决不允许,说"文革"以后,钟鼓楼需要维修,现在没有资金,任何人不许上去。钟更不能敲,以免为以后的修复增加困难。

除了钟鼓楼以外,北京还有能敲的钟吗?

王景愚老师提议去教堂,黄一鹤给否了,宗教色彩太浓不适合国情。马季老师说:"教堂里有,庙里也应该有。"我们又开始找,广济寺、雍和宫、白塔寺全查了。"姑苏城外寒山寺,夜半钟声到客船",按图索骥,我们终于找到了北京郊外潭柘寺,那里有一座钟。

地方找到,马上联系,石景山园林局的同志非常热情,欢迎我们前去。

剧组马上决定"拍摄除夕敲钟",我们4个主持人,马上准备。

十冬腊月,北京非常寒冷。我们晚上8点钟出发,不到40分钟就来到了潭柘寺。默默的甬道,静静的山林,潭柘古刹端然地坐落在燕山山脉的一处山坳中。寂寂的寺院,融在黑黑的夜幕里,只有大地做依衬,只有星空来陪伴。尽管我们一行有二十多个人,但在这座古刹群中,依然显得人影孤单。

↑ 1983年的春节晚会成为中国电视艺术前行历程中的经典。马季、王景愚、刘晓庆和我一起主持,可亲、可敬、可笑、可爱的风格深深地镌刻在数亿观众的心头,成为历史永久的纪念

我们一下面包车，面对森然静寂和寒冷，每个人都不禁打了几个寒战。这儿比 40 分钟以前的温度又低了许多。山风凛冽，景色阴森，我们把棉大衣紧紧地裹在身上，全身一点热乎气儿都没有。

春节晚会要求的场面是：

除夕，时针指向了差一分 12 点。新年就要到了。马季、姜昆、刘晓庆、王景愚身着节日盛装在中国式的古老的大钟前，4 个人用力推敲钟的大棒，一下、两下、三下、四下、五下……十下！新年到了！沸腾的人群，神州大地，亿万人民在喜迎新年……

哪儿呢？眼前这份儿阴森，这份儿寒冷，这份儿孤独，这气氛出得来吗？

漆黑的夜中，园林局和潭柘寺的工作人员手中的手电筒为这里的气氛增添了一点点生气。在手电筒的指挥下，我们剧组的工作人员在拉电缆线。一看这么粗的线，园林局的负责人吓坏了："这可拉不得，我们这寺里的电量有限，电压也不够，您这么粗的线冒一个火星儿，我们这儿可谁也负不起责任。"电线无论如何是不让拉。是呀，几百年的古寺，木头干极了，稍有纰漏谁也是吃不了兜着走呀！

倒是工作人员细致，马上有人拿出了两个双联的手提碘钨灯。王景愚问我："这行吗？"我哪儿知道行不行呀，再者说行不行也就是它了。有了灯，敲钟又成了问题。大寺里光有个大钟，没有敲钟的槌儿。有人拿来扫帚把儿，有人拿来铁锹把儿。打了两下儿，跟敲石头似的，一点儿动静都没有。人家这钟几十年都没敲过，哪儿找槌儿去？

旁边闻讯而来看热闹的人倒是越来越多。有人嘴勤，有人腿勤。一个小伙子找了一个碗口粗的大木头桩子来："用这个，敲这钟得有分量，没分量哪儿敲得响呀！"这木头真是有分量，足有 30 公斤，我们 4 个人抱起来趔里歪斜。

"主持人把大衣脱了，试拍。"这可就 8 点了，导演自然着急。可我们四个人站还站不稳呢！马季说："导演我们先得练会儿，这动作不一致不行，我往前，她往后，非砸我脚不可。""就我劲儿小，砸的是我。"刘晓庆在旁边补充道，围观的群众哄堂大笑。

导演应允，我们练习。差不多了，开拍。一遍、两遍、三遍、四遍……

古刹钟声赶走了山林的寂静，丛林中栖息的乌鸦被吓得飞来飞去。钟声似乎也赶走了寒冷，让孤独的冬夜有了几分热气。我们4个人已经是满头大汗了，一个个脑瓜上冒热气儿。当导演喊停以后我们才发现，我们每个人的手上都有十几根木刺，晓庆戴着手套还扎了好几个呢！这么粗、这么沉的木桩在我们手中撞来撞去，没法不扎刺儿。可我们几个人竟都一点儿没有发觉。

一个累，一个困，敲完钟感觉全出来了。

手电筒在我们的脸上照来照去，围观的群众仍是对我们兴趣依然，我们披上大衣，迅速地向园林局及潭柘寺的工作人员道谢，疲惫不堪地带着两只生疼的手钻进面包车，已经是次日凌晨2点30分了。

春节晚会上，我们几个人兴致勃勃地敲钟的镜头，展现在亿万观众面前。

我们嬉笑、雀跃，群众欢腾，钟声洪亮，响彻寰宇……您能把那寒夜的狼狈相同眼前经过电视工作编导们精心编制的场面联系起来吗？

说服王景愚《吃鸡》

当舞台上展现出精彩纷呈的场面时，只有我们才知道那每一分每一秒的反复和折腾。而也只有在节目最终上舞台完成时，导演们才算知道自己雕琢的这个器件，究竟是什么样子。黄一鹤把春节联欢晚会定为"一定要现场"的直播样式，则更加显示了我上面说的这种魅力。用黄导的话说："不到除夕晚上这一天，不到年三十晚上12点，谁也不知道这节目是什么样儿，像是足球比赛一样，不到终场裁判吹响哨子，谁也不能万无一失地说出最后的结局。"当然，更能证明这句话的是演砸了的1985年的春节晚会，那是后话，按下暂且不表。

第一年春节晚会，还不像现在众目睽睽地被上上下下的人盯着，但比较难的是大家自己心里也没谱儿。尤其是刚刚从禁锢中走出的中国的导演和演员们，每一个人自己的头脑里也有个"标准"，由于尺度掌握得不一样，也让导演黄一鹤、邓在军、张淑芬操了不少的心。

开始编节目时，王景愚死活不上后来千家万户叫好的哑剧小品《吃鸡》。

这个节目用大幅度夸张的手法描写一个人吃鸡的过程。这只鸡没煮烂，鸡筋比橡皮筋还结实，还有弹力。45岁的王景愚，正是艺术青春风华正茂的好时光，《吃鸡》演得活灵活现，在舞台上一个人拳打脚踢，吃鸡吃得"天翻地覆慨而慷"。

这个节目在"文化大革命"以前的中央人民广播电台搞的春节大联欢节目中曾演出过。"文革"十年，这个节目被批了十年，认为王景愚在"攻击社会主义"，是用"一只煮不烂、做不熟、吃不动的鸡"讽刺"社会现实"，挑动"群众对社会生活的不满"。牵强附会，胡乱上纲，也让王景愚受了十几年的惊吓。

也许是吓出毛病来了。王老师总是在任何小场合的情况下表演得淋漓尽致后，忙解释上一句："这节目上春节晚会不行，无主题，容易让人说'庸俗''胡闹'。"然后就拒绝往整个春节晚会节目里编排。

我劝王老师："我那《如此照相》都说了，开始还怕被人打成'右派'呢，不也没事吗？"王景愚说："你那《如此照相》突出政治，寻找社会的大主题。我这《吃鸡》突出什么，突出'吃'字儿？"他不同意还逗乐。

这提醒了我们，这晚会突出什么？吃晚饭的时候，我们一边用餐一边找了几个人讨论这个题。马季老师出人意料地说："咱们要胆子大的话，就突出一个字儿'乐'。十几年了。老百姓没怎么乐，为什么粉碎'四人帮'以后相声那么受欢迎，就是大家伙需要乐。咱们春节晚会的节目，也别讲太多的政治化的词儿，也不要这方面的节目，让大家笑好了，节过好了，节目就成功了！"在当时，说这几句话挺了不起的。

编导让集思广益，我们也就是在这个基础上，定了晚会的调子是"欢乐，向上"。把王景愚的《吃鸡》编了一个小情节：我演累了，跑到一边偷吃给王景愚准备好的一只鸡。

马季找不着我："姜昆，该报节目了，王景愚表演《吃鸡》。"王景愚匆匆跑来，拿一个空盘子："马季，我鸡没了，没道具我怎么演呀？"马季也急了，帮助找鸡，发现我这儿正偷吃鸡呢，气不打一处来："姜昆，你干什么呢，你怎么把王景愚演戏的鸡给偷吃了，人家怎么演，你……"我一听大吃一惊，忙辩解："马老师，我太饿了，都两个小时了，也不……那什么……"我将一块鸡肉，塞进了马老师的手里，马老师把鸡肉藏在背后赶紧批评王景愚："景愚，你也是，没有鸡就不能演了吗？老演员了，无实物表演嘛！"王景愚无可奈何做准备去了。马季沾沾自喜，把藏在背后的鸡肉拿出来，刚要往嘴里放，一看不对："姜昆，你给我这是什么部位？"原来我一着急，把鸡屁股臀尖那块塞他手里了，观众哄然大笑，《吃鸡》表演开始有了前因后果，我问王景愚："这是剧中的一部分，你演不演，你不演整台戏就进行不下去了。"

其实，王景愚已经乐不可支了，信心十足地演了《吃鸡》。

导演们的"匠心"

1983 年的李谷一，正是红极一时的"大腕儿"。中国的第一部反特影片《黑三角》的主题歌是她唱的，"边疆的泉水清又纯……"成为那个时代的音乐代表。早在这以前，她唱的"洁白的羽毛寄深情"，也伴着中国体育健儿的矫健的身影传遍千家万户了。

而也就是在这时，她唱的一首《乡恋》出问题了。

这是一首为表现三峡风光的电视片配的歌曲。词写得感情很深：

> 你的身影，你的歌声，
> 永远印在，我的心中。
> 昨天虽已消逝，分别难相逢，
> 怎能忘记你的一片深情。
> 我的情爱，我的美梦，
> 永远留在，你的怀中。
> 明天就要来临，却难得和你相逢，
> 只有风儿，送去我的深情。

大概也就是因为感情过深，加上作曲家、中国广播艺术团的张丕基为它作了一个非常动听感人至深的曲子，再加上李谷一满注深情的演唱，更加上当时的群众对这支歌一往情深，所有的"情"都加在一块儿了，就引起了一些人的不满。有人说，这歌词写得"不明不白"，"不知恋乡还是恋人，情、爱、梦、怀、影、声、逢，分不出是哪个世纪的感情"。有人说："曲子缠绵、惆怅，缠绕着不健康的情绪，隐约含着毒素。"这些人多怪，听曲子能听出化学成分来。《北京晚报》为这个歌，还展开了讨论。反对这个歌的文章旗帜鲜明，言辞激烈，刀光剑影，掷地有声。喜欢这个歌儿的文章，遮掩、躲闪，甚至有气无力地哀求："我们中国人不该有一两首旋律优美的歌儿让我听听、唱唱吗？"您听，一两首而已。可就这也招来一顿批："什么叫旋律优美，你们美的标准是什么？"一时唇枪舌剑，好不热闹。

中央电视台大概也是为了怕招事，对这首歌我倒没听说过有什么明确的提法儿，但是一时间，广播、电视、舞台上没了《乡恋》的踪影。李谷一没什么，张丕基的日子明显不太好过。

对这个节目上不上春节晚会，我们反复酝酿。虽然大家都很赞赏这个节目，但是决定这个节目不向上级报，因为按当时的政治氛围，一报准枪毙。

杨勇提出，晚会有群众现场电话点播节目，如果有人点怎么办？因为我们在编排晚会节目过程中，对各个演员在观众中的欢迎程度做了个摸底调查。点李谷一唱《乡恋》歌曲的占80%还多。点了唱不唱？上面让不让唱？演员准不准备唱？

为这个，我们专门开了会，意见好几种。

"别招事，不管点不点，坚决不能唱。本来节目挺好的，一马勺坏一锅不合算。"明哲保身，但求无过，这是一种。

"管那么多干什么？群众欢迎，唱了再说。群众点了领导不让唱，是领导的责任，咱们不让唱，是咱们的责任。"把球踢给上边儿，自个儿不得罪人，这是另一种。"咱们审查的时候不拿出来，现场播出的时候加一首，热热闹闹的谁也不注意，大家伙一鼓掌，领导也就过去了。"这种逞能式的自欺欺人的做法，谁也不敢，纯粹是馊主意。越到这种时候，黄一鹤是一直一根一根地抽烟。听，听……都讲得差不多了，他开始琢磨。平常一向非常偏执的黄一鹤，对待这个歌突然出了个折中的主意。

"歌儿我们准备着，秘而不宣。三十晚上看群众点播，超过60%的点播率，我们把它写成条子，跟当时在场的领导商量一下，视当时的情绪，如果能播马上播出，不能播就pass，一首歌没什么了不起。"话是这么说，但听得出来,他和我们一样,对这首歌注进了希望。搞艺术的人,对艺术性高的作品极其偏爱,我们都理解。我们照方抓药,对相声也做了这样的安排。有人反映相声太多,冲击了别的节目。于是剧组规定只许演一段大的,不许翻场。黄一鹤在底下偷偷安排:"看现场,如果火爆,每个人再加一个小段儿!相声跟那《乡恋》不一样,没原则问题。"听得出来对那首歌儿,他还是提着几分心。

三十晚上。

晚会火爆极了,效果好得超出想象。相声每人恨不得加两段、三段。笑声、掌声、欢呼声好像从来都没断过。手鼓痛了,嘴笑累了,郭兰英等许多老艺术家在茶座上直抹眼泪。

李谷一一上台,又掀起了一个高潮。我看杨勇在电话机旁早把纸条准备好了。他和现场导演在窃窃私语,他弯着身子走过观众席,把条子交给几位在现场的广电部和电视台的领导;领导们一起在低头商议;杨勇紧张地观看电视台领导脸上的神情,领导们写了个什么字在条子上,招手让杨勇过去;杨勇拿起条子一看,马上抢过摄像师脑袋上的耳机向指挥台上的黄导报告,杨勇匆匆地向我们主持人跑来:"李谷一,《乡恋》,唱!"晓庆、我、景愚、马季4个人一起咧开了嘴:"太棒了!""你的深情,你的笑容……"电波在一瞬间把美丽动听的歌声送进神州大地的千家万户,送进人们的耳里、心里。李谷一那动容的演唱,在每一个音符中都浸入了厚厚的情感,字字珠玑,沁人心脾,像春风化雨润大地,让人们慢慢地品尝那甜甜的滋味。

中国人民多享受呀!我相信,此时电视操纵台上的导演们一定比观众们更多一份温馨的享受,因为只有他们才能细细地咀嚼出他们匠心安排的另一番与众不同的滋味。

中国的电视事业,诞生了一个名牌节目——春节联欢晚会。

电视晚会推出了一个新的形式——茶座式。

主持晚会有了新的风格——主持人串联式。

1983年春节晚会打响了,是意料之中的成功,一切预料的效果都在晚会的表演中达到了编导设计的最佳水准;也是意料之外的成功,没想到成功得那么大,影响得那么宽广,几乎是几亿人同看一台戏,几亿人同挑大拇指。

节目还都是那些节目，演员还是中国这些演员，但用一根金线穿起来的珍珠比盘子里散落的珠子有型多了，漂亮多了。

美国有一位淘金者，当他来到干旱酷热的金矿山里时听另一个淘金者说："谁要是给我一口水，我情愿送他一块金币。"于是他开发了在淘金者面前卖水的生意，他发财了，得益于不同于一般的设计自己。

敢于出新，敢于付出。我们一共在燕京饭店的一间间小屋里奋战了两个月，三十晚上奋战到夜里2点钟，如愿以偿，我们都感到欣慰。

当然，成功是成功，但是就是过了几个月后，我们还是没有预料到这台晚会会在今后的十几年里，那么红火，那么重要，一直伴随着中国人民，和他们最主要的节日——春节。

艰难的一九八四

1984年春节晚会。

主持人：赵忠祥、卢静、姜黎黎、马季、姜昆、陈思思、黄阿原。

我表演的节目：相声《好啊好》；合作者：李文华。

出新的构想。

"大家伙全盯着这台晚会，1984年比1983年晚会难。"总导演黄一鹤一开始就提出了这样一个观点，把自己摆在一个挨打的地位。他对了。

广播电视部的部长吴冷西同志对这个剧组异常关心。他是我们党老一代优秀的新闻工作者和领导者，以他常年做新闻工作的政治敏锐，1983年晚会的影响使他知道春节晚会的分量，从剧组一成立他就给了晚会关怀。一关怀，大家都感觉到身上担子更重。

黄一鹤找来了上届的合作者杨勇，请来了老艺术家杜澎，我请来了我的中学时的好友，后来写电影《大决战》而出名的八一电影制片厂的编剧李平分，加上马季、王景愚，我们8个人组成了1984年春节晚会的创作组。

今年晚会怎么搞？

春节晚会得有点子，有了点子确定主题，再围绕主题想更好的点子。

在晚会的点子还没有成型以前，我们先确定主持人。

这一年的元旦前后有一条大新闻，从台湾跑来一位叫"黄阿原"的小伙子，据说是台湾著名的节目主持人，在电台主持过一个献爱心的慈善节目，得过台湾的金钟奖。他不满台湾现状回到大陆，假道日本来到北京，一时报道不少，黄阿原也成了风云人物。

邓小平同志"一国两制"的思想深入人心，香港酝酿回归，宝岛的艺员们盯住大陆市场，寻机进入，通过各种渠道进入大陆的歌曲录音带到处流通，老百姓也非常喜欢。港台无疑是个重点。

根据社会的大形势，也可以说根据老百姓的兴趣所在，导演组提出要围绕春节是中华民族的节日这一精神，在港台方面做一点文章。

编导组准备考核一下黄阿原，请他到剧组来一趟。我们几个通过谈话的方式进行了解。中央电视台一召唤，阿原赶紧带着他的女儿来到我们剧组的所在地——体育宾馆。他很年轻，听说春节晚会在准备节目，他很兴奋。他说，在台湾有个"金银猜"的节目，是他发明的，很有观众，是现场观众参与，当场发大奖。比如发一辆奔驰车，当场给钥匙，一把真的，一把假的，你挑上真的，开车回家；你挑上假的，对不起，给你一个玩具狗熊，让你懊丧不已，回家一个人抱狗熊哭去。

在当时，阿原给我们讲了这些以后，对我们启发非常大。大陆刚刚开放，电视工作者的视野很窄，不客气地讲，基本处于闭塞状态。所以，在我们听了一些新鲜的东西以后，一下子能触发一些灵感。

这次见面定下来两条，一是主持人可以定下黄阿原一个，再一个是要搞现场猜谜，不同于去年是用邮递的方法来进行，让观众有参与感。我们高兴地定下这两条后，认为是高招儿。可没想到引来了麻烦、反复，困扰了剧组整整一个多月，我在后面会叙述这事。

有了台湾的主持人，自然会提出香港也得出个主持人的问题。选谁呢？

香港大牌有汪明荃，有何守信。但老百姓不熟悉，不认识，那年月内地的观众连周润发都不知道。邓丽君究竟是台湾的还是香港的，是大陆小伙姑娘经常打赌争论不休的问题。

编导组提出了标准，找内地老百姓认识的，起码一说就知道的。两年前，香港影片《三笑》在大陆风靡一时，秋香的形象家喻户晓。找陈思思！

所有的人眼睛都一亮。赶紧找香港联系，新华社文体部帮忙，没几日就接到回音,陈思思答应了。大家真是欢喜,庆幸了许久。忽一日,一位了解香港情况的朋友告诉我们:"你们请陈思思,她多大了?怕是五十多岁了!"所有的人都一惊:糟糕!秋香是漂亮,但那是哪个年代的?怕是30年前的吧?剧组上下,一阵慌乱。有人埋怨:应该把情况都弄清了再联系,请神容易送神难,万一不成,再往回送,影响多不好。一时,居然所有的人都没了主意。

这个问题的解决,别提多容易了。陈思思小姐一到,我们大家如释重负。

虽然她有了一把年纪,但由于保养得好,依然风姿绰约,姿韵犹在,而且非常稳重,在台上有分量。导演长出一口气,平常叽叽哇哇说话的也就闭上嘴忙别的去了。

港台的主持人一定下来,就剩这边的了。首先这是中央电视台的春节晚会,必须有中央电视台的主持人。赵忠祥,在去年只是报节目的时候出现一个画面,准确地讲他没有参加第一年的春节晚会。这是个历史的大遗憾,如果第一年有他,那他就是中国春节晚会上最重要的一位全乎人了。今年,上级领导那么重视,他当主持人应该是当然的!卢静脱颖而出,在中央电视台的老播音员面前,她有耳目一新的感觉,此二人定下。仿照去年4个人的形式,电影明星姜黎黎替下刘晓庆,加上马季和我,一下子主持人由4人增至7人!

1984年春节晚会的主持人已经由之前的四个人变为七个人了,这其中也包括来自台湾和香港的主持人。现在的春节晚会,主持人已经是十多个人了,不知道以后会不会继续增加下去 →

杜澎先生和黄阿原研究现场如何猜谜；我和马季负责相声和类似去年王景愚《吃鸡》那样的喜剧小品；总导演黄一鹤组织联络港台艺人能否有节目参加。

李平分真是这方面的材料。他从黄阿原带着女儿来到剧组得到启发，向黄一鹤建议一定要有个"动情点"："港台艺人参加是今年晚会的一个特点，每逢佳节倍思亲又是中国人的习惯。利用这点，让阿原给孩子打电话，用孩子的嘴说出想念台湾的爷爷奶奶，用简单的话，激起所有炎黄子孙的思亲之情！"李平分如是说。

黄一鹤拍手叫绝。以后的春节晚会总强调"动情"，源头就是从这开始的。

104　"小品"新样式的诞生

搞戏剧的人，没有不知道小品的，但跟我们现在在电视和舞台上演的小品完全是两回事。前者是训练戏剧演员的表演技巧所采用的一种表演方式，即有一个主题，有简单的人物关系，表演者要即兴编词，按照人物的思维逻辑来发展剧情，形成冲突，达到表现戏剧效果的目的。它也是考验演员表演技能的一种方式。一般戏剧考试的条例中"表演一至两个小品"就是指这而言。而后者则是现在风风火火地活跃在艺坛的，以陈佩斯、朱时茂、赵本山、黄宏、宋丹丹、杨蕾、郭达、蔡明、巩汉林为代表的，以夸张的喜剧风格出现的舞台小品。

准确地讲，这应该叫喜剧小品，但大家约定俗成，全都叫小品。

1984年以前，中国的电视屏幕上还没有出现过小品。1983年春节晚会王景愚表演的《吃鸡》和严顺开表演的《弹钢琴》属于哑剧小品，即只靠形体的动作，没有语言的喜剧小品。

这里插一个话题。1983年严顺开表演的《弹钢琴》，也是个非常不错的节目。如果不遇上倒霉事，这个小品的火爆程度应该不亚于《吃鸡》。严顺开扮演一个钢琴演奏家。他绅士派头十足地走到一架虚构的钢琴面前。他用手指试了几个音，然后进入状态进行演奏。演着，演着，忽然弹不响了，怎么用手弹它都没有声音。演奏家拍了一下胸脯，琴马上就响了，演奏家

↑ 1984年,陈佩斯、朱时茂表演了小品《吃面条》,我把它誉为电视小品的先驱。从这个节目开始,电视小品逐渐兴旺发达起来,后来更是一发不可收拾,变成独霸一方的、深受观众喜爱的艺术表现形式

继续演奏。过了一会儿,琴又不响了,演奏家又得拍一下胸脯……连续好几次,观众感觉到演奏家的胸脯里边有个什么机关。一会儿,拍也不响了。严顺开从怀里掏出一个录音带来,把磁带抽了出来,咬断,用口水粘上,放进怀里一拍,又响了。观众恍然大悟,他怀里揣了个录音机!结果是录音机乱响,弹钢琴的严顺开弄得疲惫不堪狼狈地倒在舞台上……

预演时,这个小品效果好极了,严顺开演得惟妙惟肖,表情非常滑稽,编导组也非常看好这个节目。倒霉的是在正式播出那天,开始时音响师没有把钢琴的声音放出来。电视观众看见只是严顺开在弹钢琴,但是钢琴没有声音,过了好一会儿声音才出来。可这从一开始,关系就错了,观众已经知道他弹的钢琴好像是个不出声音的钢琴,所以后来不出声音大家也不奇怪,拿出录音带大家也不明白是怎么回事,这还笑什么,整个节目像温吞水一样。以后大家居然对这个节目一点印象都没有。严顺开真是不顺,也许落个终生的遗憾,许多人有很多关于严顺开命运的分析,这是闲话,我就不多费口舌了。

搞1984年的春节晚会,我们在社会上摸到一个信息。当时,八一电影制片厂的演员陈佩斯、朱时茂在底下联欢的时候，演了一个喜剧小品，让人笑破肚皮。黄一鹤赶紧问我能不能把他们找来。当时，我和陈佩斯不太熟悉，朱时茂是我的老朋友。1979年长春电影制片厂拍一部《忠诚的战士》电影，朱时茂演影片主人公贺龙的弟弟，我演贺龙的警卫员，片子流产了，我和朱时茂交了好朋友。

老茂接到我的电话，马上和佩斯一起赶到剧组。这一年的春节晚会，剧组集合在北京天坛东侧的体育宾馆。编导组的人员在体育馆的大饭厅里，一起观看了陈佩斯、朱时茂表演的小品《考演员》。全是他们电影演员的生活，朱时茂是导演、考官，陈佩斯是那个挨折腾蹩脚的演员。陈佩斯当时头还没有完全秃，稀疏的头发上顶着一个毛线帽子，表演的滑稽劲儿让编导组和在一旁看热闹的演员乐不可支。我是他们的好朋友，极力想推荐他们上春节晚会。他们刚一演完我就说："去年景愚演的是哑剧小品，今年咱们再添一个说话的，这本身就是出新。"我讲完后谁都没有说话。编导组里我岁数最小，人微言轻，谁也没理我这茬儿。其实，我知道大家伙想什么，无非是《考演员》这样一个节目，一个演员像傻子似的听不懂导演的话，究竟说明了什么主题，演员的滑稽表演是不是有些过火，"要活宝"？

在我们中国，滑稽和喜剧包括幽默，一直不能和正剧、悲剧相提并论。一个只能是有着活跃、轻松生活气氛的作用，而另一个则能"深刻反映社会重大题材"，这两种表现方式从来不能同日而语。领导以及编导们在处理"笑"这个问题上也从来不能掉以轻心。

回到屋里一讨论。果然不出所料，相当一部分人认为这个小品"比较低俗"，没有"生活根据"，两个演员"表演过火"。讲老实话，我们编导组要通不过的话，领导那儿就更通不过了。

李平分偷偷地把我叫到一旁，他说："这个节目得改，他们说得太粗，没有去年景愚那个《吃鸡》细致。"我说："当然景愚那个好，那是十几年千锤百炼的节目。"平分说："倒霉在什么地方得清楚，他们两人没准词儿，一遍一个样，全是蹚路子，即兴的。"我一听，是这个理儿。我又把杜澎老叫出来，他德高望重，跟我关系又好，我跟他说得保这个节目，不能在咱这儿就"枪毙"。杜澎老想了一想说："那咱们给他们排排吧，不知道他们愿意不愿意。"凭我和老茂的关系，我完全能替他们做主，我说："他们肯定愿意。您提建议，您来给排。"回到编导组，杜澎老提出来由他和我一起给陈、朱导演这个节目，等导好了以后再看。这个建议获得了一致通过。

我跟二位演员一说，陈佩斯不干了，不是我们导他不干，是给他固定词儿他不干。"昆儿哥，这脑子记不住词儿，一想词儿就不知道怎么演了，你就叫我由着性儿说，没准还能出许多彩儿呢！"我好说歹说把佩斯说服了。佩斯、老茂也真有灵气儿，为了突出重点，来了个斩头去尾，把"考演员"当中最精彩的一段"吃面条"提出来，并来个充实提高。目标明确以后，我开始给他们两人排练，用我们相声的行话是"规置"，就是修理、整理的意思。

老茂舞台形象好，但掌握语言的功夫差。我从根儿上教，连相声的"三翻四抖""吃了吐"的演出技巧都是一遍一遍地示范。我整完了，杜澎老接着排。一看我排的，杜老说："这哪儿行啊！整个一个相声剧。"于是，又往回"找补"。总之一溜十三遭，拳打脚踢，把个陈佩斯、朱时茂折腾得够呛！

节目终于固定了，台词准了，表演也准了。

审查这个节目时，还是有位总编室的负责人提了不同的意见："这种节目还得推敲一下，不要流于纯逗笑，走入纯娱乐的倾向中，我们春节晚会分量就轻了。"他提完了，许多人应和。有人说重新给陈佩斯编一个类似马季同志当"宇宙牌香烟"推销员那样的节目。黄一鹤导演非常着急，真要决定下来，我们这半个多月为这个节目费的劲全白搭了，可就前功尽弃了。他给马季、杜澎我们几个使眼色，可我们在这个场合哪能插嘴呀。正在危急时刻，当时任广播电视部副部长的谢文清同志说话了："这个节目也可以提炼个主题，就是对那些不懂装懂、不学无术的人一个讽刺。这个小品别太闹就行，导演注意掌握一下分寸！"几乎是一半以上剧组的人，"嘘——"长出一口气。这个场合，谢文清副部长官最大，他这样一说就算一锤子定音，陈佩斯、朱时茂的小品保住了！

这一年陈佩斯、朱时茂的小品的成功，就不用多费笔墨了，关键是他们二人开了一代先河。中国的电视屏幕上从此有了"小品"这个艺术形式，而且发展得越发不可收拾，几乎占领了电视综艺节目的统治地位。他们二人形成了黄金拍档，又由他们引来了诸多笑星们集聚的一个小品坚实的阵营，连评剧艺术家赵丽蓉、相声表演艺术家侯耀文、石富宽、话剧表演艺术家韩善续、电影演员岳红等都跻身小品演员的队伍之中。

有时我常常拍着脑门问自己：姜昆，15年前干这事儿的时候，你想到今天了吗？佩斯、老茂你们想到了吗？

一步三波的黄阿原

阿原一遍又一遍地叙说他的"点子"。

现在想起来，他无非是在商业社会待得时间久，看的娱乐性节目多，在当时，他就是重复在台湾都是老汤老水的花招，也让我们这些人感到新鲜。

他是真用心，也真上心。一周一周地不回家，关在体育宾馆里一待，跟我们每天吃盒饭，弄得他的太太和小孩每星期六都得到宾馆来看他。

阿原一到北京，中央电视台就请他搞春节联欢晚会，他自然也是神气十足。可是他的孩子并不神气，那么小，而且穿戴全是带来的那几套衣服，阿原好像热情高，也不太在意孩子。我的爱人好脾气，心肠也软，看大冬天两个孩子连棉袄、棉裤都没有，冻得哆哆嗦嗦的样子，眼泪就下来了，心疼地带着两个孩子跑回我们家里，为孩子量尺寸，做了棉裤，阿原一家感动得不得了。

黄阿原知道春节晚会的分量。他提出能不能用邓颖超妈妈接见的录像作衬景，由他在春节晚会上来讲述回大陆的过程。黄一鹤说："这不行，这想法以后给你弄专题再说，先得考虑你能不能当主持人的问题。"黄一鹤直言不讳，阿原一惊。

黄导讲的是实话。由于起用黄阿原，黄一鹤顶了不少压力。开始的时候，人们觉得阿原回大陆属于热血青年一类，大家都对他不错。可是一听说主持春节晚会，一些舆论就喧闹起来。相当一部分人对起用黄阿原不以为然，理由无非是中央电视台这么大的一个节目，台湾来了一个人就主持，显得我们太没见过世面了。也有人说黄阿原连普通话都说不清楚，凭什么主持春节晚会。黄一鹤这个人是比较有魄力的，专门干人家不敢干的事。1984年的构思，他把宝押在了"大陆港台一家亲"这样一个主题上。港台演员一起上，这就不是纯艺术性了，多少带点政治色彩，搞好了就出新，搞不好捅大娄子！

阿原回大陆，不能说一点儿疑虑都没有，在待人处世方面非常谨慎，一个年轻人做到这样够可以的了。由于年轻，他也相当敏感，黄阿原问我："姜大哥，是不让我主持吗？"这一年给黄一鹤当助手的是刚刚在电视台帮助工作的袁德旺。他曾经跟我透露过，说部里的一位主要领导询问过，为什么要用台湾的主持人这样一事，黄一鹤正在想办法向部里做导演阐述。

我告诉黄阿原："回到大陆，想干点儿事，总有这样那样的人说话。台湾就没有吗？领导询问，这是领导的责任。这不关你的事，你该怎么办，就怎么办。"阿原稳定了，大概也想通了，既来之，则安之。他提出他主持要用台湾方言向全国人民，向台湾同胞、港澳同胞拜年。黄一鹤说："中央电视台讲闽南话，我们是头一回。"一天，吃午饭的时候，李平分告诉我说阿原要回去，说等定下他来，他再来。我知道，阿原一定又听着什么谎信儿了。一了解，果不其然，有人告诉他，说台里正调查他在台湾骗了一大笔慈善款到大陆的事。我们专门有这么一帮人，唯恐天下不乱。人家干正事，他们敲边鼓。我和大伙讲过，你要想把一个人搞臭，你就先把他选成最杰出的人，不用你忙，准有人自觉自愿地帮你把他弄得人不人鬼不鬼的。我忙去找阿原。一进他的房间，见他正收拾行李呢。我说："上边没定的事你别先给决定了，你这么一来帮倒忙，倒不好了。"他说："我老不回家在这儿干，给导演也添压力，他两边都不好做人。"我想了一下说："也是，你干得太多，贡献太大，把你拿下来会觉得太对不起你。少干点，出这样的事可能别人能平衡一点。这样，大家休息，你也休息，大家来，你也来，跟大家伙一样就行。"说服了黄阿原，还得带着他继续排练，为调动他的情绪，我又费了不少的口舌。

有一次，我们正排练的时候，听说中央电视台的负责人王枫同志到剧组听汇报，我叫出袁德旺说："我们几个主持人排练好了，我们请王枫同志看一下我们串排，给我们提提意见。"德旺说："我不是台里边的人，我不好说。"我说："你递个条儿给杜澎，杜老的面子大。"袁德旺答应了。

不一会儿，他跑出来："王枫同志说可以看一看。"我们赶忙准备，陈思思还专门拿出小镜子往脸上掸了掸粉，不过我看得出黄阿原挺紧张的。

王枫等领导同志兴致勃勃地观看了汇报，他挺高兴的，连声说："不错，不错！和节目配起来更好！"我一听赶紧趁热打铁："王枫同志，阿原听说不让台湾人主持，有些思想顾虑……""谁说的？"王枫打断我的话，"好好排，都挺好的，都合成好了，比现在更好。"王枫匆匆地回答，又匆匆地走了。阿原挺高兴的，可是我倒犯了点嘀咕：我听得出，王枫同志没有正面回答我的问题。

又过了两天，传来部里的正式信息，让我们郑重考虑起用台湾和香港主持人的问题。黄一鹤找编导组开会。十几个人挤在一个标准间里，床上坐不下，我和李平分、袁德旺这样的年轻人全坐在地上。大冬天，可窗户必须得开开，因为抽烟的人太多。屋里烟雾腾腾，个个眉头紧锁。黄一鹤依然是一根接一根地抽烟。

部里领导也不明确，是用，是不用，说一句话就行。说不用我们就死心了，可也没人说这话。这心，老让导演提着。是上？是下？这是个大问题。

"大陆港台一家亲"这宝押不押？集思广益，你一言我一语，这个会一直开到第二天凌晨5点钟。最后决定按导演所构思的意图，加紧策划节目，突出主题，主持和节目成型后，请领导定夺。光是一个简单的形式讨论不出什么汇报内容，领导也听不出什么。有骨头有肉，领导也好考虑。相信领导在充分理解我们的构思后，会支持我们。

围绕这个主题，以李平分为首的执笔人构思了串联上的两个情节，加紧渲染"动情"点。一是让黄阿原的女儿在节目进行过程中打电话进来，表达想念台湾的爷爷奶奶；一是结尾时候一个女孩给陈思思献花问："阿姨你还走吗？要走的话，你明年还来吗？"让阿原和陈思思在泪眼汪汪中听孩子们的问话。

另外，我们专门请来了台湾过来的李大维、黄植诚，让他们登台演唱，一人一首歌曲，表达对家乡台湾人民的思念。

港台不能偏一。反复磋商，请来了奚秀兰、张明敏两名香港歌星，一个唱台湾的《阿里山姑娘》，一个唱《我的中国心》。

前面铺，后面垫，中间两次高潮。"大陆港台一家亲"的主题明显突出。

↑ 1984年春晚，李大维和黄植诚的表演成为晚会的一个亮点。他们的演唱朴实、亲切，带着浓厚的相思之情，给当时中国的电视观众留下了深刻的印象，他们两个人的名字也深深地留在了广大电视观众的心中

港台的几位嘉宾也真争气，李大维、黄植诚的演唱非常专业，声情并茂，朴实中见真情，被人评价说"用心"唱歌。奚秀兰和张明敏更是一展风采。尤其是张明敏崭新的中山装，可爱的学生脸，加上落落大方的台风，一时是风靡华夏神州。连张明敏自己都没想到内地居然是他登峰造极的宝地，一夜间的演唱胜过他十来年在香港的奋斗。

阿原也来劲了，积极地策划了春节晚会"金银猜"现场猜谜。其实很简单，就是在春节晚会的"录像谜"的基础上加一个现场猜金色还是银色的娱乐节目。阿原在这个节目上是个老手，所以手到擒来。在台上他挑逗情绪，能折腾得不亦乐乎，节目也非常火爆。黄一鹤也来个悬的，孤注一掷，把审查日期安排在离除夕还有两个星期的日子。我们又提起心来，这么短的时间，不怕一万，就怕万一。

部领导同志审查节目了。这一天大家都非常用心，每个人都精心化妆，反复背词。节目一个一个，进行得非常顺利。部领导把节目和串联合起来一看，有了感性的认识，看到我们的主题非常突出，也非常高兴，同意港台演员共同主持晚会。但对"金银猜"，一些领导依然保留意见。还是有人说"阿原太突出"，建议取消。

累得头昏脑涨的导演和编导组的成员又连夜开会。有人提议怎么样再下点功夫弄好"金银猜";有的人说不如换个别的,省得找事。黄一鹤说了一句出人意料的话:"时间不多折腾不起了,'金银猜'淡化,现场气氛浓了就行,姜昆多说点儿,抢点戏。告诉阿原少说点,能不说就不说,贯彻领导意图。"我们一听也是,还剩十几天了,折腾不起了。

成功后的泪花

准备 1984 年的晚会,我们都特别累。黄一鹤累得嗓子说不出话来,牙肿了又消,消了又肿。我累得觉得两个肩膀扛不起脑袋,一天到晚生疼。尤其是有港台的节目参加,分量又那么重,究竟能起什么样的影响,大家都揪一份心。编导们也是,反复了好几遍,今天让上,明天不让上,说少了不够劲儿,说多了怕喧宾夺主,导演们一天到晚提心吊胆。接近直播的 20 天内,大家睡觉一天没有超过 5 个小时的,一直为这事操心,好些正事都紧张得顾不得。

我都累晕了。20 天以前,李谷一录湖南花鼓戏,说缺个男声伴唱,黄一鹤说:"姜昆,你试试,词儿也不多,给唱两句,省得找人。"我稀里糊涂地答应了。那时候我年轻,脑子也快,进录音棚没 20 分钟,录好了,我也就把这事放在一边了。

两次串排的时候,李谷一因为在大会堂有演出,到她的节目就空过了,我忙得晕头转向,也没想起来还有湖南花鼓戏这么一回事。

三十晚上的直播开始前李谷一问我:"姜老弟,咱们俩得排排动作。"我丈二和尚摸不着头脑:"排什么动作?""刘海砍樵。""刘海砍樵?""哎呀,我的小老弟,你装什么糊涂,咱们录的花鼓戏,那二人对唱,得有舞蹈的动作!"天老爷,您这不是要命吗?这都什么时候了,这真是现上轿现扎耳朵眼儿呀!我一下子汗就出来了。我赶紧跑去问黄一鹤导演:"这出还上吗?""干吗不上,我还等着这个节目出彩儿呢!"我急坏了,赶紧找谷一大姐排动作,也没道具呀,我找了根木头棍,找了块红布扎了一个红球拴在棍子的一头儿,充当扁担。二十多天没想这回事,词儿都忘了,赶紧用笔把词儿写在手背上。仗着我过去还有过扭秧歌的舞蹈基础,三下五除二我就给糊弄下来。谷一大姐一再叮嘱:"词忘了不要紧,别乱跑,你要把我带沟里边儿,我和你没完!"正式播出的时候,我还真争气,一步没错儿,一点儿纰漏没有。而且,应了那句俗话:你不知道哪块云彩有雨。这一年的"刘海砍樵"歪打正着,让我给唱了个脍炙人口,现场气氛好极了。李谷一大姐乐坏了,她不是因为成功而乐,是因为我的动作太难看而乐。下台后她对李平分说:"你们有没有看见姜昆最后一个动作,他还抬了一下后腿,舞蹈哪有这姿势。"李平分和我从小一起长大,嘴上也没遮掩:"谷一老师,这您就见外了,这是狗撒尿的姿势。"周围的人哄堂大笑,气得我拿棍子给了李平分好几下。

直播那天晚会真是成功,我们感觉到了。我们还感觉到了春节晚会比起1983年,又上了一层不小的台阶。"大陆港台一家亲"的主题得到了充分的体现,表现得淋漓尽致。台上、台下情景交融,尤其是乔老的一首《难忘今宵》把晚会推向高潮。

↑ 你真得佩服电视传播的力量。1984年春节晚会上,我和李谷一演唱了《刘海砍樵》。这个曲目是湖南花鼓戏的名段,已经流传了百余年了。我们只是在春晚上学唱了一下,就让《刘海砍樵》红遍了大江南北,以至于日后只要在演出中碰见李谷一老师,我们就会被要求现场"秀"上一段

> 难忘今宵，难忘今宵，无论天涯与海角，
> 神州万里同怀抱，共祝愿：祖国好，祖国好。

几乎所有的人眼里都涌出了泪花。直播一结束，黄一鹤为首的导演们和演员抹着泪花紧紧地拥抱，创作员和嘉宾们含着泪和演员们搂着脖子拍照，港台演员和我们依依惜别。一起奋战了两个多月，七十多个不眠的夜晚，为了年三十，5个小时给10亿同胞送去欢笑，这就是事业。演完戏到了家，已经两点了，家里人都在等我。5岁的女儿学我在晚会上和谷一大姐调侃的一句话："有超过歌唱演员的地方，请多多包涵。"很累，但是不敢睡了。因为明天早上7点要赶到人民大会堂团拜，一睡就爬不起来了。

我点上一根烟，自己坐在桌子前，脑中思绪万千。我拿出了笔，把刚刚发生的情况写了下来，起了个名字叫《我没有说》。

春节联欢晚会一结束，我连再多说一句话的力气都没了。转播室的门开了，兴冲冲地走进来广播电视部的副部长马庆雄。我迎上去，他拉住我的手说："基本上成功，我看比去年好。"他的话音刚落，我的泪水就那么不自觉地流了下来。我赶紧去找导演黄一鹤，要把领导同志的评价告诉他……黄一鹤来了，我冲上去，我们的手紧紧地握在一起，我想按我的想法说，但是，也不知怎么了，我没有说……

紧接着，我又过去握我们司机班几位师傅的手。为什么？得感谢他们呀，一连近6个小时的演出，多有精力的人也要疲乏。我们不是坐在家里的电视机前，渴了就喝杯水，饿了就吃点儿什么。这是现场，演员是观众，观众也是演员。我们要用饱满的热情去渲染整个会场的气氛，再用这火热的气氛去感染亿万的电视观众。

一句话，这直播现场的每一个人都要像一盆火，不但自己火热，还得烤着别人！6个小时火热的感情，难啊！尤其是午夜一过，毕竟有些不顶了。正在主持节目的我，忽然在观众席发现了那么多熟悉的面孔！这是我们节目剧组的司机师傅，小梁、小吴、小杨、小杜、生子……他们时而雀跃欢笑，时而鼓掌助威，时而洗耳恭听。6个小时的节目，我们的现场气氛始终如火如荼，这能不感谢我们的"二梯队"吗？所以我紧紧地握住他们的手。我想，大家不都是为了节日的欢乐，为了欢乐的人们，为了我们中国人都

美美地过上一个好年吗?但是伙伴们,我知道你们也都明白,所以,我没有说……

呵,植诚、大维!真得感谢你们。握手已经表达不了我们的感情,我们在紧紧地拥抱!他们的脸上都挂着喜悦的泪花。黄植诚说:"这是我到大陆过得一个最好的年!"李大维说:"凭良心讲……"他在努力搜寻着美好的形容词。我了解他,他平时讲起话很有修辞色彩。过了好几秒钟后,他果断地说:"简直太好了!""哇"大家一齐笑了起来。有的时候确实是这样,最简单的词汇反比那些华丽的字句更能表达丰富的感情。我望着二位的脸,用目光在感谢他们。他们只是为我们的晚会提供了两个节目吗?他们是献上了两颗赤子之心。他们的歌声动人,感情真挚。尤其是大维《默默地祝福你》一曲,能惊天地,泣鬼神,催人泪下!那些人为地制造海峡两岸隔离的人们,只要有点人情,一定会被那发自心底的音符和话语所打动。我想说:大维,我真希望在明年的春节晚会上,就看到你和你的妻子一起在这个舞台上唱一支歌。但是,我怕触动他心上伤感的那一根弦,想了想,我没有说……

我们的摄像师过来了。我们为晚会圆满完成任务互相祝贺!有人提议

↑ 这是排练中的 1984 年春节晚会主持人,我的右边依次是姜黎黎、黄阿原、陈思思和马季

照相，大家马上站在了一起，相互紧紧地拉手攀肩。老凌把我的手拉在他的肩上，但是我没有这样做。为什么？摄像师们太累了，整整 6 个小时，十几斤重的摄像机一直是扛在肩上，一会儿要登高，一会儿要跪下，脑子里还要琢磨构图和角度。这真正是脑力劳动和体力劳动完美的结合，我不能再在他们肩上压上一两的重量了！原谅我吧，辛勤的摄像师。但这个原因，我没有说……

已经是午夜两点半了，4 个半小时以后，我还要去主持大会堂团拜的文艺节目。我先向这里的人们告别了。

一进我家的楼道，楼灯一下子亮了，门也开了，邻居们纷纷走出来祝贺，孩子们问晚会谜语的谜底，大人们握手道辛苦……大家一点睡意也没有。我想：大概全国人民此时大都还沉浸在春节联欢晚会的喜悦之中。于是，一股劳动后看到丰收的情感涌上我的心头，我真想大声高喊：祖国，人民，我爱你！但是，那太外露了，也容易吓着别人，况且是在深夜，我没有说……

诚然，为了晚会，剧组的全体人员付出了艰辛的劳动，但是，比起为了全国人民的幸福、快乐而日夜战斗的人们来说，这种劳动太微不足道了，也不应该多说。然而，正是在这种微小的又是艰苦的劳动中，才能看到为新的生活带来一点欢乐。这点，我却要说。

一九八五年春节晚会

主持人：赵忠祥、卢静、马季、姜昆、张瑜、朱宛宜、斑斑（黄阿原、宋世雄）。

我表演的节目：相声《看电视》（老太太看排球）；合作者：王金宝。

忙乱的战前。

这一年的春节晚会是应该大着笔墨，但是我确实没有多少时间去写，因为离直播只有一个星期了，我才被召来参加春节晚会。我当时在美国，由国内派出慰问美国、加拿大、墨西哥的中国留学生。我们这个代表团已经在国外活动两个月了，我去了近 30 个城市，接触了好几万留学生。当我最后一站抵达旧金山时，教育领事给了我 3 封国内发来的电报："速回国，参加主持 1985 年春节晚会。"

我奉召回到国内。

尽管就这么几天了,晚会还在紧张地筹划之中。今年突出的变化是更改了地点,到能容纳6000名观众的北京工人体育馆去演。有了两年成功经验的黄一鹤不无得意地对我说:"前无古人,后无来者,突出一个气派!全部用从香港带来的灯光音响,开场的时候,有贵宾从天而降。

舞台有两个篮球场大,分4个演区,也就是4个景观,那边亭台楼阁,这边小桥流水。要细微有细微,要壮观有壮观。"我问他:"这准备多少日子了?""两个多月了。""两个多月?"黄导带我转悠在体育馆的比赛场地上,只见布景半半拉拉,所有的人都在忙,这边刷颜色,那边钉木板。我心里想,这两个月估计全忙景了。"节目怎么样?"我问。黄导演说,节目李平分他们负责。怎么?导演不抓节目了,这可不是黄一鹤的做法,我有点发蒙。

让我担心对了。也许正是由于有了前两年的成功经验,黄导演脑袋有点晕。还是因为这一条,对于港台的艺人,领导也放任了许多,因为我感觉不到有去年请黄阿原、张明敏等人受到的那种压力。主持人台湾的有两个,一个是已经回来的黄阿原,一个是还在那边的朱宛宜。朱宛宜是一位台湾的电影演员,因为一次大车祸,整个毁容而声名大噪;后来和李翰祥的学生(也曾当过李翰祥的女婿)、著名的导演李祥先生结婚。她的整容手术做得非常好,她和我们见面的时候,脸上一点看不出曾经受过伤,一丁点的疤痕都没有。另一位主持人叫斑斑,是香港电视台的艺员,是一位年轻的姑娘。她是由她妈妈带来的,老妈妈跑前跑后为女儿张罗,为女儿发名片,为女儿照相,为女儿梳妆打扮,为女儿回答各种各样的问题。据别人说,在港台出道早的女艺人,后面全跟这么一位操心的妈妈。这种妈妈和经纪人也经常闹各种各样的纠纷,但是都是女儿的保护神(当然,女儿也是她的摇钱树)。香港演员还有两个,那真是大牌——汪明荃、罗文。不过,北京的观众对他们不甚了解。可能是去年奚秀兰、张明敏红遍神州大地,激起了香港大牌歌星们的兴趣,我们请汪明荃、罗文没费吹灰之力。而且,他们俩居然早早地赶来参加排练了。

这一年,又加上一个远道而来的陈冲。她留学美国多年,人们依稀记得她《小花》中清秀纯情的形象。这么多外面的演员云集,也说明了前两年的演出效果为春节晚会增加了强大的吸引力。

晚会上档次了，现场"金银猜"也是小儿科了，今年的游戏节目是赛摩托车、赛袖珍的小轿车。马季老师和四川嘉陵摩托厂厂长是好朋友，全部摩托车由嘉陵厂赞助。过去的晚会，伴奏一律是录音带，因为场地小，不能搁乐队。今年是军乐队、民乐队两个乐队两旁伺候。

由于场面大，演员多，演员分好几个地方住，谁也见不到谁。我回来3天了，整个节目还没串过一次，许多工作人员居然不知道演出顺序。体育馆大得谁和谁也联系不上，灯光不亮的时候，连人都看不清是谁。灯光师距离演员100米，演员离音响100米，现场导演距离摄像师100米，化妆间到舞台更远了。体育馆是圆圈儿的，一个门找不着，你就能走出一里地去。我面对这个场面惊住了。我找李平分，李平分忙得脚打后脑勺。我找杨勇，他已经累得嗓子改音儿了，啊了半天，我还不知道他说什么。我看周围的所有人，把希望都寄托在最后一天合成上，就像黄一鹤导演曾经说过的那样："不到播完了，谁也不知道结果。"而且所有的人都怀着一种侥幸心理：也许今年更火了呢！但是，过去的成功是建立在充分的准备之上，而今天我发现黄一鹤导演驾驭不了整个场面，经常处于一种茫然之中。我的搭档李文华老师，今年患了喉瘤，我选择了一个和他长相差不多的新伙伴——45岁的王金宝。

他和我一起去了美国、加拿大、墨西哥慰问留学生，也一起回北京参加春节晚会。我和王金宝的相声居然没有一次审查，没有一次合成，只是大概知道一个顺序，就决定了，这和我过去两年所经历的完全两个样。

混乱的晚会

到了直播那天，所有人的担心出现了。我们居然演了一场全国几亿观众没有一个人说好的晚会。

奇怪的1985年春节晚会。演员的阵容不能说不强大，节目也不能说不精彩。灯光舞美花的工夫之大就更甭提，就黄一鹤"前无古人，后无来者"的信誓旦旦，足以证明他在这上面花的气力。但不知道是哪炷香没有烧到，用后来总结经验教训的话说——"严重失控！"于是一切精彩都被浸在了混混沌沌的忙乱之中，该有光的没光了，该有彩的也没彩了，直播这天，问题接踵而来，好像一切都走到了背字上。

相声界的祖宗——马三立也是没掌握"见好就收"的原则，在偌大的工人体育场，形影孤单地一个人说了三段相声，让观众看烦了。

有人说："弄得什么节目，没意思还说那么长。"有人对老前辈不敢说什么，拿马季撒气，怪他在前面讲了那么多什么"师父、师爷"的，而且一再请返场，讨好自己的祖师爷，"行帮习气，世俗气"。马老师也是有苦难说。

陈佩斯、朱时茂把去年砍掉的小品《考演员》拿了出来，而且丰富了不少。但就是这样也难逃厄运。说完以后就有人打电话来斥责说"低级趣味"，"比去年的《吃面条》掉了一个档次"。

在歌曲节目上，剧组把宝押在了董文华、柳培德演唱的《十五的月亮》这首歌上面。董文华初出茅庐，此歌非红不可。柳培德是民族小嗓，唱得是味道浓厚，圆润动听。但一损俱损，一伤百伤。董文华的歌声过去以后，反响甚微，柳培德更是让人一点印象也没有。不是董文华在别的晚会上再一次唱红了这首歌，恐怕她也得跟不走运的柳培德一样，"复原"回到老地方，在歌厅里作伴唱的角色去了。

命运，真能捉弄人。全是大红的人，或是应该红的人，而且后来都红了的人，偏偏在这次晚会上一个比一个"水"，一个比一个蔫。香港的大腕儿汪明荃、罗文，谁能记得起他们在1985年就在6000人的工人体育馆演唱过的事呢，而且当时寥寥无几的掌声大概他们连回忆都不敢回忆。10年以后的北京万人首都体育馆周华健、黎明的专场晚会，场内人声鼎沸，观众如醉如痴，与眼前的场面宛如天上地下，怎么比呢？越剧新秀茅威涛、何赛飞当时还是小孩子，演完以后她们含着泪水问我："姜老师，北京人是不是特别不喜欢越剧，怎么这么冷场呢？是不是听不懂？还是我们俩唱得太不好了？我们从没见过这么冷静的观众。"面对这些问题，我无言以答，面对第一次踏上首都这么大舞台的她们，我只好以苦笑几声了之。

连去年主持获得好评的黄阿原也受到指责，许多观众来信："不能让他主持了！"现场游戏摩托车赛也成了问题。节目演完以后一直有人在追查那几辆赞助的摩托车到了谁的手里。

那一天也真是怪了，北京冷得出奇，观众全是穿着棉大衣、棉袄、棉裤来的，而进了工人体育馆以后，偏偏"工体"的人不太配合，据说是该交的取暖费没交（或是交迟了），迟迟不给暖气，所有的人都不愿脱掉棉大衣，现场一再动员，观众迟迟不动，冻得手拿不出，谁给你鼓掌，冻得嘴都张不开，谁给你笑？

我和王金宝怎么上去的，怎么下来的。我和王金宝的合作也在这次演出以后画了句号。黄一鹤也糊涂了，怎么会这样呢？大概过了一个月，他依然百思不得其解。原来是每次直播以前，他的牙龈会肿，而这次是直播以后，他的牙龈肿了。

几个星期以后他还问我："姜昆，你看重播我编的片子没有，还是非常不错的，那天为什么就……"皇帝和乞丐有时候的距离仅仅是一条线而已。我望着困惑的黄一鹤。我知道这几天的反映，我也清楚他来自方方面面的压力。

一直如日中天的黄一鹤，偏偏在他近50岁的时候，满五十而知天命，不知这是不是天命……

晚会是结束了，可一切和这次失败相关的厄运还在继续着。春节晚会，与他一起奋斗的人们为他荣光而荣光，也为他倒霉而倒霉。十几年以后的《马季传》里，有这一年情形的记载：

围棋有所谓一着走错，满盘皆输的"败招"。如果说，1985年春节联欢晚会有什么败招，那就是把演出场地选在了工人体育馆。这里场地开阔，声音轰响，舞台置于场地中央，四周搭就人工的小桥流水，出奇猎巧，似有创新，却无助于演出。

人的智慧也跟宇宙中的物质一样，不会自行消失的。然而，在一段时间里却会集中于特定的领域。如果不曾集中于事业开创必然会转移到助长无聊。果然不出所料，1985年的春节联欢晚会失败了。整台晚会组织混乱，结构松散，节目缺乏新意，失误迭出。上至中央领导，下至平民百姓，强烈不满，同声谴责。几乎众口一词：这台晚会是怎么搞的？应当清醒清醒了！

俗话说得好：世上没有常胜将军。《三国演义》里倒有位赵子龙，不过神化色彩相当明显。虽然人们常说胜败乃兵家常事，然而，在我们这个几千年植根于小农经济的环境里，也就"常事"不"常"，失败难以被谅解和宽恕。先前是"一美遮百丑"，铺天盖地赞扬夸奖；如今一朝失手，顷刻变成"一丑遮百美"，一无是处，全盘否定。从表象看，就是人们习以为常的"墙倒众人推"。

联欢会上，主持人马季把影星××介绍给观众。××上台讲了一句不合适的话："中国人习惯本命年过生日时扎根红腰带，我今天也扎了。"会后，在查××上台讲错话的责任时，马季作为主持人被推了出来。这个问题尚未说清，在会后的一片混乱中，马季为晚会拉赞助弄来的一辆作为奖品的"嘉陵"摩托车又不翼而飞。这时中央电视台有人跳出来检举揭发：马季监守自盗。后来这些事最终在广电部副部长谢文清一句"有责任我全担下"声中告一段落。

有人检举××弃春节联欢晚会于不顾，外出"抄肥"挣大钱；有人检举××向中央电视台春节联欢晚会索要高额报酬；最具"墙倒众人推"色彩的莫过于追溯1984年轰动一时的《"宇宙"牌香烟》是否接受了厂家的贿赂？真是欲加之罪，何患无辞？往昔的"一美"，竟也变成了"一丑"，难道不是让人毛骨悚然的生活魔术吗？

马季事后回忆说：中央派了国务院信访处的几位同志来调查这件事情。

信访处的同志说："这次春节晚会反映挺多，领导上也有些意见，你们都是当事人，请回忆回忆当时的情况……"咳，失败的1985！

重振的一九八六

1986年春节晚会。

主持人：赵忠祥、方舒、姜昆、王刚、刘晓庆、顾永菲。

我表演的相声：《照相》；合作者：唐杰忠。

中国人最爱说的几句话："吃一堑，长一智"；"前车之辙，后车之鉴"；"失败乃成功之母"。在1986年，没有人比春节晚会的编导们更能深刻领会这些话的含意了。

1985年这个跟头太大了，付出的代价也太沉重了！大家都在异常艰难的步履中，度过了这一年的前一半。在纪委检查、领导追查、剧组清查，以及不间断出现的你想不到的问题慢慢淡化以后，接踵而来的问题是：下一年的春节晚会还搞不搞？怎么搞？由谁来搞？

"我从哪儿跌倒的，从哪儿爬起来。"黄一鹤用这样一句经常被人用惯了的话，极其准确地表达了他那时的心情。黄一鹤是条汉子，在搞春节晚会的过程中，我目睹了他为了这个事业，是如何废寝忘食、夜以继日地拼搏。

面对来自家庭的嗔怒：女儿患重病，夫妻关系紧张，我曾看到他无奈而又愧疚的表情和长叹。面对来自同行的嗔怪：对他工作安排的不解，以致摔耙子搁车；对他过分自信的工作态度有意见，而在各种场合表现出对总导演的不尊重以及蔑视，我看见他一口一口抽着烟的苦笑。我佩服他有些刚愎自用的性格，我也欣赏他能够忍辱负重的涵养。有时我想：他求什么呢？真的，那时候的春节晚会，远没有搞好了就立功、受奖，而那时候的春节晚会好像只有搞不好了挨批评这一种回报。就是这样，黄一鹤在1986年还是一次又一次地向领导打报告，要求1986年的春节晚会还是由他执导。去年失败了，而且教训那么大，中央电视台半年不得安宁。今年还让他搞，会不会重蹈覆辙？

台里的领导还是了解黄一鹤的，在他人生最艰难、事业受重创的时候，中央电视台决定：1986年春节晚会的总导演：黄一鹤！

是属于戴罪立功，还是属于危难中受命？不过，我应黄一鹤之召到春节晚会的时候，我已经看到黄一鹤从1985年的泥塘中爬出来了。他瘦了许多，使得原来不胖的他更显得清瘦一些。而且从他和我的谈话中，我已经感到他又恢复了以往的自信和进取的劲头。"去年一盆冷水，冻得打了半年的哆嗦。"黄一鹤说，"现在冷静了，也平静了。今年的搞法是吃透两头儿，打翻身仗。中央大概也是因为去年失败的原因，今年格外重视。中央领导格外关心，就我们今年的宣传中心和重点有几次谈话。我们一定得卸掉包袱。翻身仗要打，但不能背着包袱打。要轻轻松松地打漂漂亮亮的翻身仗，这是我的想法。"不知黄一鹤是怎么琢磨的，这一年我看他似乎轻松了很多。在春节晚会的具体安排上，我听得出他下了不是一点半点的功夫。我在后面会有介绍。

这一年,吸取去年的经验,黄一鹤在创作组的力量上做了大幅度的调整。

前三年的创作班子，原则上调整不大，据说这也是1985年失败的一个因素。为此，黄一鹤召集一些老作家为骨干，换掉了前三年的创作人员。

他请来了中国广播说唱团的"大笔杆子"、山东快书表演艺术家赵连甲，请来了刚刚从领导岗位上退下来的前中国人民解放军铁道兵文工团的团长焦乃积，还请来了解放军空军政治部文工团因创作大型歌剧《江姐》而出名的词作家阎肃。俗话说："老将出马，一个顶俩。"这三位老将出马，能量不可估。我到创作组时，节目已经出来不少了。焦乃积已经写出了小品《卖羊肉串》。温中甲把大串联的歌已经写好了，全是前几届晚会中受大家欢迎的名曲。因演电视剧而大红大紫的话剧演员李婉芬、周国治，排好了小品《送礼》，被大多数人看好。这是阎肃同志初稿，赵连甲同志改编的。四川谐剧《零点七》是此次晚会推出的新品种，大家对新人沈伐的表演寄托着希望。大部分节目已经有了眉目，单等串联成型。整个剧组朝气蓬勃，各个部门的运转极其正常，倒让我这晚到的人感到有些落伍了。

我赶紧进入剧组，也为追随黄一鹤"重振八六"而努力。

找回一九八三

1985年的失败，像行进路上的警示牌，时时提醒着今年的创作人员。我是今年撰稿中年龄最小的一个。赵连甲、阎肃、焦乃积等老将的出马，都有点临危受命的劲头儿。所有创作人员的心中都有个模型，那就是1983年、1984年的春节晚会，尤其是定下调子来的1983年春节晚会。

赵连甲说："我们搞曲艺创作的有不少好点子，可是这点子不能出格儿，相声有相声的格儿，山东快书有山东快书的格儿，春节晚会就是春节晚会的格儿。1985年就是出了格儿了，把小汽车都弄到晚会上去了，咱得接受教训。1983年成功在什么地方？所有的创作人员都得清清楚楚，今年从一落笔就得循着这个格，不能走瞎道儿！"他这句话真起作用。其实黄一鹤早就定下这个基调了。黄导把我找到了剧组时，就"委以重任"："姜昆，去年我跌了一个大跟头，今年要再跌的话，我可就爬不起来了。半年多了，我净对付工作组了，现在刚静下心来。像1983年一样，我把'宝'又押在主持人这儿了！你到关键的时候得冲得上去！"说着，他从床底下拿出一大摞录像带来。

"刚建组的时候,我就调来一大批资料。这是香港的新春晚会;这是美国一个颁奖的大晚会;这是苏联去年的圣诞晚会……"说到这儿,他兴致勃勃地说,"你跟我看看,我觉得这一盘对我们启发最大。"这一年的苏联圣诞晚会确实热闹非常。他们分3个会场,每一个会场都有几百名的观众,由一个主持人从头到尾地在3个会场串来串去,3个会场的节目种类不同,也有3个主持人跟他插科打诨。由于听不懂说什么,所以只能看个大概。当看得差不多的时候,黄导把片子倒到开头。他说:"我们想把这个点子借鉴过来!"圣诞晚会的开头是这样的:欢庆会场的门前,一辆苏式大"吉姆"停在装着五光十色圣诞彩灯和小礼物的松塔树前。门打开后,主持人迎上前去,接参加晚会的嘉宾下车。一下车了不得了,从这辆"吉姆"上足足下来四五十位嘉宾。原来,拍摄的时候,只是车停下来,那边门上,这边门下,一个趣味十足的镜头就出现了。这是个小"噱头",但是给电视节目很添彩。

黄一鹤对我说:"咱们仿照这个镜头拍一个,你就是在中央电视台门口欢迎的那个人。"老天爷,这意味着1986年春节晚会第一个露面的将是我呀!也就是说,实际上我起着现在中央电视台春节晚会赵忠祥的作用。这一年的主持人有5个,从春节晚会4岁的年龄来讲,我应该算是老大哥,赵忠祥连续3年,晓庆去年也没有参加,而其余的全是第一次主持春节晚会。但是我不敢当这个角色,因为我了解自己的分量,也了解周围的环境。春节晚会能使人出名,但也是人们品评、瞩目的焦点。马季在去年因为一封匿名信,诬告他不参加晚会排练到外边"抄肥"去。他争辩解释了8个多月,还没弄清。他是我师父尚且如此,换到弟子我的身上,甭说还手,招架之功怕都不够哩!

见我推辞,黄一鹤激动了:"这都什么时候了?!你不能光想你个人!我们在找,找回我们的1983年。这个片头不但要拍,而且要拍好!除此以外,你还得出主意,不许回家,1983年怎么串联的,我们今年怎么串联。今年这仗只许赢,不许输。我都背水一战了!"说到这儿,黄一鹤掉泪了:"我没想到今年组织上决定还让我搞春节晚会,我是请了不少次战,可我并没有抱百分之百的希望。这一年我多难呀,不是让我检讨,查我们剧组的问题难,因为那都能说清楚,难的是一个名牌节目已经创立,能不能坚持下去，今年要再砸了，明年组织上就会决定不能再搞了。我不能生了个儿子，又把他毁喽……"黄一鹤是个感情色彩很浓的人，和他一起搞春节晚会的杨勇今年没有参加创作组。黄一鹤在杨勇家为1985年晚会的失败落了一次又一次的泪。我第一次看见黄一鹤落泪是在前年，那是成功、喜悦的泪，是艰难步履后冲上自己要到达的峰顶后的百感交集的泪水。而今天的泪花是……唉，五十多岁人的泪不是那么容易流出的！

我答应了，而且当天晚上就和赵连甲、阎肃、焦乃积老师一起研究串联的路子，基调就是：找回1983！

主持人

虽然连续3年，每一年的主持人变化不大，但实际上主持人是春节晚会非常关键的一部分。就其节目来讲，除去30％为春节晚会创作出的节目以外，大部分的节目应该是老百姓喜闻乐见、较为熟悉的演员和节目。这些节目就是过去黄一鹤讲的一颗一颗的珍珠，或是一样一样的菜，主持人就是线，就是厨师搁好菜的那些佐料！后来，不知出于什么样的原因，提出淡化主持人这样的观点。当然，这一点在中央电视台于1990年搞了《综艺大观》和《正大综艺》以后，自己用自己的做法否定了这个概念。

1986年的春节晚会，黄一鹤大胆起用王刚，应该说是贯彻了他自己一贯的突出主持人作用的指导思想。

黄一鹤是在一次偶然的机会发现王刚的。那年王刚拍摄了电视片《夜幕下的哈尔滨》，扮演里面的说书人，小有影响。接着，在中央电视台的一次类似金鹰、飞天奖的颁奖晚会上，王刚主持，碰巧被黄一鹤碰到。王刚时年39岁，是沈阳军区文工团曲艺队的评书演员。他口齿清楚，声音洪亮，而且文化底子比较厚，在台上有分量。黄一鹤走上前自我介绍，并且问他愿意不愿意主持春节联欢晚会。其实这是一个形式，对于年轻人来讲，干这行的只有傻子才不愿意主持春节晚会呢。

王刚机会把握得好极了，没几个小时就赶到了国务院第二招待所。当他走上楼的时候，从楼上走下一个含着泪的漂亮的女孩子，她是刚刚被大家测验一番，没能争取上主持人的一个。王刚把心提到嗓子眼儿里，走进了春节晚会剧组的办公室……

得天独厚，王刚的英语基础非常好。他在中学学过英语，"文革"的时候，他把别人造反的时间又用在自学英语上，应了我们老艺人留下的那句话："艺不压身"，这回派上用场了。

王刚成了这年春节晚会的主持人之一，而且属于一匹"黑马"。

今年的春节晚会，编导特地编排了春节节目通过中国国际广播电台在现场向世界播放的内容，用英语解说。王刚手到擒来。为了突出一下主持人的英语水平，又叫方舒临阵磨枪，在王刚的大段英语台词后面也加上几句。只是我站在边上一句插不上，显得有些尴尬。于是，我就做了几个滑稽的动作，刚张嘴又没说出来，大有我不说让你们说，就你们能的意思，把站在一边儿看我们先期录像的黄一鹤给逗乐了。

王刚第一次到中央电视台主持这么大的节目，心里异常兴奋，经常找我问这问那。他比我大，和所有文艺界的朋友一样叫我"昆儿"。他说："昆儿，我得有套服装，电视台能给配吗？"我说："王兄，中央电视台主持人的服装从来是'老西儿拉胡琴——自顾自（吱咕吱）'，电视台太穷，有什么穿什么！"王刚摘下眼镜擦了半天，狠狠心说："我自个儿买一套西服！"那年，他花70元人民币买了一套西服，穿上一看，那份儿土劲儿就别提了，怎么看都像街上摆摊儿旁边写着"科学算卦"的到城市里巧耍舌簧骗钱的现代算卦先生。我回家翻箱倒柜，找了一条比较好的裤子借给他，让他岔开了穿，去去土气。他一穿合适极了，而且上下两个色儿，别有一番风味儿。

那一年，能花70元买一身西服已经是个很奢侈的事了。而我也是，借给人家裤子1个多月，临走了还跟人家要回来，送给王刚不就得了，一条裤子能值几个钱？顶多花了30元，可那是那个年月哟！

主持人还添了几个。

刘晓庆二返头堂，并且约好了和我一起唱大联唱中的《刘海砍樵》。那年不知谷一大姐因什么原因没有上春节晚会。

电影演员顾永菲那年因为演《雷雨》中的繁漪，名噪一时。中央电视台请她也参加主持。她已步入中年，排练演出非常认真入戏，入戏入得有时候出不来，说哭就哭，说笑就笑，也许是太认真了？不过这一年她没有出太大的光彩。

方舒以演《日出》的陈白露出名，仪态上端庄大方，为春节晚会添色不少。

晚会的主持开始以王刚和方舒为主，后来加上赵忠祥和顾永菲，他们4个人正好分成两个男女组。而我老哥一个就是在整个节目中插科打诨。好在王刚是曲艺演员出身，对逗乐并不陌生，不然够我一个人忙的。

没有了去年的忙乱，比前一年又增加了细致和深入踏实的作风。这是我到剧组以后的感觉。

不客气地讲，串节目的能力，我还是没有辱我这"老主持"人的称号。

金丝银线串珍珠

1983年的春节晚会，我们有许多"有机的串联"，即把演员和节目在正式演出之前就有机地展现出来，上挂下联，使晚会节目成为一体。而搞这些东西，除了有点儿幽默细胞以外，还得有点儿幽默的手法。

在我们搞串联本子的时候，阎肃老师负责串联越剧、川剧、豫剧大汇串的《许仙断桥》。他写的是让我和刘晓庆先设一个谜："……大家伙先看看这出戏，然后猜猜是什么剧种？"我跟阎老师说："这么一搞，笑料可就没有了，这在我们相声中应采取的手法叫'刨着使'，我得先故弄玄虚，让晓庆猜。晓庆说川剧，我说只猜中了一半；晓庆说豫剧，我说只猜中了一半；晓庆说越剧，我还说只猜中了一半。然后揭出三剧种汇串的谜底，把底刨喽，待大家明白之后，再看演出，自然兴趣十足。"阎肃本是老艺术家，虚怀若谷，我说完后，他大叫："又学一招'刨着使'！"然后跑回他的房间。待1个小时以后，他给我读修改后的本子时，笑料增加了许多。我开玩笑对阎老说："我对阎肃的严肃的工作作风表示钦佩，您别叫这名字了，叫幽默，一定比阎肃受欢迎！"这回，阎老没有采纳我的意见。

在准备节目时，一下子有3个魔术师来到了剧组。空政的金云、冯京两位小姐，加上上海的一位会变巨型魔术的大师。这叫什么事呀？春节晚会又不是魔术专场。黄一鹤把我叫到一边儿："一定得安排，原因你就甭管了，看你的本事。"我和赵连甲、焦乃积老师琢磨了一夜，天快亮了还没个好思路。

我无意中说："5个主持人，就我一个开逗，多尴得慌，能不能匀一个和我一块报报幕呢？"真应了"抛砖引玉"那句话。赵连甲听后一拍大腿，拿出3根烟卷儿，4根火柴来。从来没见过赵连甲这么大方，再说焦乃积和我也不抽烟呀！原来，他把我和两个魔术演员当成3根烟卷儿，把4根火柴当成4个演员，他说："让第一根火柴——王刚点第一根烟——姜昆；让姜昆推到第二根火柴——话剧演员周国治；周国治点着第二根烟——冯京；引出第三根火柴——陈佩斯，再点第一根烟——姜昆；第一根烟引出第四根火柴——朱时茂；再点着第三根烟——金云！"您听听，学哪国外语能听得懂这些话！

然而，全国的观众全看到了这年春节晚会一个生动的串联景象：

王刚跑到报幕席说："姜昆该你演节目了。"我说："我还没吃饭呢！我先来点儿……"看见周国治表演《送礼》的道具礼品的盒子，周国治忙说："这是我准备送礼的！"埋下了小品的伏笔。他提议让冯京给我变一碗面条，我提出吃面条是陈佩斯的本事，就开始了从陈佩斯嘴里拉出源源不断的面条。等发现面条是毛线时，陈佩斯的半个毛衣袖已经没有了，为表示歉意，送给他一张明信片《春节晚会的纪念卡片》，被我抢走。朱时茂提议让更多的人得到卡片，引出了金云变出百十张卡片满天飞舞，送给每一位现场的嘉宾、观众。

导演组满意极了。黄一鹤说："这是1983年的《吃鸡》串联的再版和升华！"顺便提一句，为了加强现场主持人的喜剧性，弥补没有1983年马季、王景愚等诸多喜剧演员共同活跃会场气氛的不足，我们让王刚第一次报幕时，就采取滑稽一点的"贯口报幕"，让他一口气说出近20首歌曲的名字。现在想起来，这如果用在现在的春节晚会上，那绝对是不允许的。一个人报20多个节目，"连片子嘴，多贫呀"，而且也不严肃呀。可在1986年用得非常好，观众鼓掌，领导乐和，这就是历史呀！

为了唐杰忠不演《卖羊肉串》

我于1985年担任了中国广播说唱团团长的职务。

我挺忙的，不是说当了干部行政工作多那样的套话，是因为我的老搭档李文华患了癌症。我于 1985 年选择了与唐杰忠合作。

唐杰忠过去一直和马季合作，他们在全国人民的心目中是"黄金搭档"，是中国相声的一对代表人物。但由于工作的原因，几年前，他们分手了。马季与赵炎开始了合作，唐杰忠则担任了广播艺术团办公室主任的职务。之后，是唐杰忠与郝爱民的合作，他们二人互相配合了一段时间，也于 1985 年年初分手，郝爱民与王金成合作，唐杰忠则是没有一个固定的伴儿。

1985 年的春节晚会后，不知什么原因，与我合作了一段时间的王金宝忽然离我而去，据说专门为马季老师写本子去了。我从李文华老师离开舞台以后，又一次成了孤家寡人。这是一个机会，唐杰忠老师找了我几次，商谈能否我们二人合作的事。开始我还有些怕影响我与我的老师马季的关系，后来我给马老师打电话征求意见，他高兴地连声说："好啊，挺合适呀！"说得我直恨自己小肚鸡肠。1985 年 6 月，我正式和唐杰忠老师合作。

1985 年年底筹备春节晚会，唐杰忠的态度比我积极得多，因为到那时为止，他还没有上过一次春节晚会。我到了剧组以后，黄一鹤和焦乃积找我谈，让我演《卖羊肉串》的小品。这是个讽刺北京的一些不法小贩，在街头上贩卖不卫生的羊肉串的小喜剧。对台词的时候，我扮演新疆人的小贩，陈裕德扮演工商局的干部。我怎么对词都觉得这不像是为我写的小品，我困惑地问焦乃积："这是不是应该陈佩斯、朱时茂演，你为他们写的吗？"焦乃积非常直率："没错，征求他们二位的意见，他们说不准备上今年的春节晚会，而且不太喜欢这个节目。"我听完了以后从椅子上蹦起来，"做工作呀！找他们呀！这两人的脾气我知道，他们是关键时候才出彩儿的人！"事实证明我是对的。陈佩斯、朱时茂演的《卖羊肉串》，简直把全国观众都乐晕了。他们两人无论是在二度创作还是人物把握上，都非常准确。而且，《卖羊肉串》的成功，也奠定了他俩的小品在中国艺坛上开先河的地位。

当然，我不愿意演这个小品还有另外一层原因——为了唐杰忠。

我和唐杰忠开始合作，中国广大观众不认可。大家习惯看我和李文华在一起合作的模式，又对李文华的"蔫幽默"有着一种特殊的偏爱。一下子在我旁边换上了唐杰忠，大家接受不了，说什么的都有，"唐杰忠比李文华差远了"，"你必须找一个像老妈妈一样的小老头儿才行"，"唐杰

↑ 唐杰忠老师是我在中国广播说唱团进行专业相声演出的第三个搭档，前面是赵炎和李文华。唐杰忠老师与我合作以后，有了一个形象上的改变：戴上了眼镜。他说要和李文华老师朴实的工人形象有所区分。这副眼镜使我们憨厚朴实的唐杰忠老师又增添了几分斯文的气质

忠块头太大，把你都显没了"，等等。

我的内心比较复杂，又平静又焦急。平静的是我理解观众的不适应，这是"先入为主"的主观意念在作怪，中国的观众对我和李文华太熟悉了。焦急的是我必须和唐杰忠找一种新的、彻底摆脱我和李文华那种模式的合作形象，让中国的亿万观众认可才行，否则，我无法在艺术道路上继续攀登。

再说，我已经和唐杰忠合作了，上春节晚会把他甩在一边儿也不合适呀。就这个问题，我和春节晚会的主创人员赵连甲谈了一个晚上。我说："我还得说相声，和唐杰忠一起说。"他说："段子呢，我们把力气全花在了小品上了。"我说："八一建军节我和唐杰忠排了《新兵小传》，今年全国评奖，这是个获表演一等奖的作品。"他说："不行，今年春节晚会有规定，中央电视台露过面的，这次全都不要，一定要创出新的。"（黄一鹤打翻身仗，追求耳目一新，把我给坑苦了。）

我说："不行就写！争取两个晚上、三个晚上搞出来。"他说："定什么？关键是题材。"我说："你在春节晚会待了一个多月了，现在还缺什么样的题材，咱们抄个近路……"他说："前些日子中央领导同志听我们汇报时，指示我们还要加一些反映改革开放以后工农业大好形势的，说这样能鼓舞人向上的劲头，使晚会的格调更明亮，能不能……"我的脑子在飞快地转动，我和赵连甲同志的想法快合拢了。我忽然想起了我在北大荒宣传队的时候，曾经表演过我的战友钟勇创作的一个节目叫《节日像》。这是个相声剧，由我扮演摄影师，挂着一个照相机给大家照相。给老头儿照，老头儿让我照腿，因为他的腿是让赤脚医生给治好的；给小伙子照，小伙子不笑，说帝修反还没有消灭他不能笑；给大家照，大家要求照"全身心地投入到革命洪流中去"的"全身心照"，弄得摄影师无所适从。我想，我能不能反其意而用之，我来折腾被照相的。让他分别扮演工人、农民、知识分子，用摄影师图解式的苛求来表现各行各业的大好形势。

赵连甲拍手叫好。我连夜起草，奋战三天，带有化装性质的相声《照相》问世了。我和赵连甲一起读给导演组听，大家听得哈哈大笑。

我不无得意地说："这还没演呢，如果演起来，你们更得乐。"因为我的脑海里已经有了唐杰忠让我用一条毛巾作为道具，一会儿包头上，一会儿扎在腰上，累得满头大汗，就是照不成一张相片的滑稽相。

我叫来唐杰忠，排练非常顺利。老唐肥胖的身躯和憨厚的面容全在相声里派上了用场，连老唐小胡萝卜一样的手指，也被我戏谑地斥道："按电钮的时候要注意，那么粗的手指，别一下按两个！"整个相声笑料像水一样地倒了出来。

照相这个题材天生和喜剧有关。加拿大的讽刺作家里柯克，曾经用它讽刺过滥用现代技术，在洗相片时加新药水，把人拍成"儿子不认他为爸爸，妻子不认他为丈夫"的相。苏联的著名作家左琴科，曾用照相来讽刺苏联的官僚制度，一个丢了身份证的人为了补一张相片，必须要拿身份证去证明，而他要想开证明必须得照一张相去补上这个身份证。我也是由于《如此照相》这个相声而成了全国亿万观众熟悉的相声演员。我和唐杰忠在1986年春节晚会上，又一次涉足这个题材，是不是意味着我们的合作将有一个很好的开端呢？！

冯巩的崛起

这一年的春节晚会上，冯巩脱颖而出！

他是我的亲师弟，我们共同师承马季老师。但是，实际上他宗师马季的时间比我要早个五六年，而且说相声的时间也比我长个五六年。也许因为我们都没有正式拜过师，又都是同在1992年补办的"谢师"手续，所以按年龄算我就成大师兄了。记得我初在马季老师家学相声的时候，家里来了一对天津的中学生，一个叫刘伟，一个叫冯巩。他们从天津跑到北京向马季老师学相声。老师和他们坐在一起聊，我站在门边儿听。原来，他们会说的相声比我多得多了，他们演过马季老师的《友谊颂》和描写抗日时期儿童团的一段相声。当见到我的时候，冯巩马上叫我："姜老师！"我刚刚开始学相声，把我叫了个大红脸。"我和刘伟最近演了您那段《迎春花开》，您那动作我们学了，但学不像——'妈，您扫扫房！'"他现场学了我在《迎春花开》中的一个动作，学得挺像的。我戏谑地逗了一句："我有那么难看吗？"一屋子的人全笑了起来。

常回忆起这段往事，冯巩总忘不了描写那时候他的心情："您知道当时我们多羡慕您呀，能天天守着马季老师学，我们做梦也不敢想呵！"后来，刘、冯二人一起去了东北当部队业余宣传队的队员。而后，又被招到铁路文工团当了专业相声演员。之后，我当说唱团团长的时候，他们调到了广播说唱团，实现了他们的夙愿。

冯巩机灵、脑子快，是说相声的好材料。他的声音条件并不是很好，但被他的勤奋弥补了。

这一年，他和刘伟排练了《虎年谈虎》的相声段子，马季老师帮他们排练、修改，也使这个段子增辉不少。

今年我当主持人不像在1983年有马季和王景愚老师配合，有的时候显得孤单。我找来冯巩："今年，你配合我点儿，除了演段子以外，帮我捧捧哏，泥泥缝（接下茬儿的意思）。"冯巩虽说是初出茅庐，但不失世故地对我说："合适吗？我是新人，那么多名演员在一块儿，我去抢着说话，别让人说我出风头。"我说："冯巩，有的时候要让，有的时候要当仁不让，我把你的词儿写本子里头行不？你不演，让导演批你有臭架子！虚心点儿

↑ 我与稚嫩的牛群、冯巩在1990年的央视春晚后台

行不？"说得冯巩连连点头称是。

这一年的许多节目，为了增加喜剧色彩，都让相声演员帮助加工，下了些功夫。

开始的大联唱，我们一反常规，不让每个著名的歌星唱自己拿手的歌，而是全部反串。彭丽媛唱李谷一的歌，成方圆唱沈小岑的歌，李维康唱朱明瑛的歌，郁钧剑唱奚秀兰的歌。让相声演员学着张明敏的样子唱《我的中国心》；让刘彬和京剧演员一起唱《今日痛饮庆功酒》；刘晓庆则学着李谷一的样子和我一起演《刘海砍樵》。

最后全体演员的《拜年歌》是我给排练的，我让冯巩帮助我，封他为"业余导演助理"，冯巩尽职尽力，使尽全身解数，动作难看得笑倒众演员。

一排就是5个小时，演员由于演出任务多，经常是这个来了那个走，那个走了这个来。冯巩是"全勤演员"。

我夸他："行，冯巩尽心尽责！"他说："我到部队当文艺兵，后来碰上部队整编，军籍解决不了，回到天津差点得了个'行政处分'，说我们'当志愿兵'没经过领导批准。现在有了上春节晚会的机会，傻瓜才不珍惜呢！"我演《照相》这个段子，前面需要个人和我一起串联过渡一下，黄一鹤征求意见问谁合适，我不假思索地回答："冯巩！"我们这段串联，我认为精彩极了。

↑ 1986年春晚上我与冯巩即兴表演的串场,精彩极了。也就是从这一年开始,冯巩再也没有离开过春晚这个舞台

我只是简单地和冯巩讲了一下情节上的要求:我准备现场照相,冯巩问我是谁,我介绍自己是摄影师的身份。然后准备为围棋大帅聂卫平照,为足球国脚古广明照,为新体操王子童非照,结果都在冯巩的质问下,破绽百出,自己不能自圆其说。后来我问冯巩:"冯巩,你和大家说我给你照过相没有?""对了,姜昆,你不说我还忘了,前年,姜昆还真为我照过相!""怎么样?你那张照片就是我给照的嘛!""取出相片一看,跟胡汉三似的!""……你怎么说话呢?一点都不实事求是。""我爱人差点和我打离婚!""你走开,你们相声演员说话太损!""好,我走,不过衷心希望姜昆同志认识到:我们的生活中还是少一些胡汉三为好!""你走,你走!还说我照得不好,也不看看自己长得什么模样,上身下身一点都不匀称,还照相呢!"这一段表演为我和唐杰忠后面的表演做了极好的铺垫。可大家知道吗?

这长达5分钟的串联,全是冯巩和我即兴编词,即兴对话而碰撞出的笑料,他的机智在此刻得到了充分的表现,他的才能也为全场的演员和观

众所认可，全场笑声一片。通过这一年春节晚会，冯巩一下子成了全国人民喜爱的红笑星；也就是从这一年开始，冯巩没有一次离开过每年的春节晚会。

几乎所有的相声前辈都称赞：冯巩成才了！

没有结束的结束语。

1986年成功了，重振的目标实现了！

在《难忘今宵》的主题歌声中，所有的演员欢聚在一起，大家欢呼，领导祝贺。

中央电视台的台长王枫，在欢庆的晚宴上，为演员端上来一盘盘饺子。

我偷偷地看了黄一鹤一眼，他没有激动，也没有落泪，只是默默地坐在一张圆桌旁，和大家一起点燃了一支烟。

我估计他更多的是感触：人生不容易啊，事业不容易啊！纵是你有三头六臂，你能使周围永远辉煌吗？昨天的阴影，可能在今天的光亮下渐渐地暗淡，那么明天呢？用什么方法使明天的光芒更耀眼呢？

春节晚会这颗明珠可能会越来越夺目，但为她增光的可能是一批又一批冲锋陷阵，不亚于战场上奉献的战士。

他可能想到了，他为做这个高耸入云的人梯，无愧地做好最底层的那个木栏，尽管有过曲折，有过坎坷，但今天，应该是结结实实地钉在了这个梯子的两根支柱上。

当然，这只是我的猜测。不过，我相信我的猜测。因为当我参加的第八次春节晚会结束的时候，我隐隐约约地想象着1987年春节晚会的辉煌。

写于1996年

欢笑洒香岛

1982年4月,我随以侯宝林先生为艺术指导的中国广播说唱团赴港演出。北方曲艺历史上第一次轰动了香港,在这里刮起了"侯旋风"。

激动的场面,浓浓的情谊,深深的祝福,时时敲打着我的心。于是,我记下了以下片段。

4月19日

碧空翠翠,云海漠漠,我们的飞机翱翔在中间。

一路欢笑,仍然掩不住对明天的担心。香港,社会情况不说,这语言的障碍又怎样逾越呢?有人说那儿百分之八十的人听不懂普通话;有人说凡是40岁以下的听得懂的极少;有人说,讲相声一定要去掉北京的"儿"字音;有人说没北京味儿,人家那儿就不承认是相声。纷纭的众说,至少是让我感到了困惑……

4月21日

早上乘火车离开了广州,大家是欢欢乐乐地离开的。侯老开玩笑地说:"嗯,像个打胜仗的样子。"火车过了罗湖桥,大家显得有些乏了。进入新界,车外的建筑工地上飘着的五颜六色的三角商团旗子引起

↑ 1982年说唱团到香港演出,按照当时演出的待遇为每个演员做团服。一开始做的是中山装,但是相声演员们穿上都不太合适,后来决定做军便服,这样还显得朴实一些

了大家的兴趣。

列车员送来了报纸,大家活跃起来,因为报纸上有我们的消息。《文汇报》《大公报》全刊载了我们说唱团赴港演出的消息,大字标题《侯宝林今将抵港》《中国广播说唱团相声精英齐聚》《艺术中心售完上日票,创造该中心历史纪录》。《新晚报》的一篇报道中写道:"人还没到,票已全部售光,这在香港的演出中还不多见。"看着这样的消息,乏劲不见了,精神也抖擞了,大家眼里都漾着喜悦。

下了火车,刚一出九龙站,记者蜂拥而上,艺术中心的女士们向谷枫团长和侯宝林艺术指导献了花,大家排好队,让记者们尽情地拍照。我负责全队的资料工作,也跑出去照。相机的"咔嚓"声刚一息,记者们马上围到侯老的跟前:"侯先生有何感想?""侯先生对曲艺在香港有信心吗?""侯先生会不会担心香港的观众听不懂相声?"一连串的问题,都不给你有回答的空。侯老把手里的花向记者们扬了扬,大声地对众人回答:"凡是来的都听得懂,凡是听不懂的都不会来。"真是妙极了!一正一反,诙谐、简练、精辟、通俗,活现出了幽默、语言大师的魅力。

我们一行驱车赶往住所,打一桶水洗去两个小时的征尘。

4月22日

今天在艺术中心的十七层楼上举行记者招待会。会场不大，挤满了人。看来我们的节目主持人施淑青小姐对这么多记者的到来有点估计不足。她笑着对记者们说："侯先生真有艺术号召力，对他们的演出成功，从侯先生一到，我便确信不疑了。"侯老今天穿着笔挺的浅灰色的衫裤，坐在艺术中心英国人韦艺新经理和施淑青小姐的中间。谷团长介绍情况以后，侯老随即做了个小表演。他笑容可掬地对记者们说："我们难得见一次面，我们把笑带来了。能听得懂普通话的，希望都来听，听一听心情愉快。听不懂的，千万别来。来了，浪费时间，你也难受，我们演着也吃力。"开门见山的话语，一下子使较为拘谨的气氛活跃起来。从这以后，记者们笑声不止。

讲演毕，便是答记者问。香港的记者，大多是20岁上下的青年人。他们又拍照，又记录，又问，又听，忙得不可开交。因为带着不同的政治观点，所以提的问题五花八门。一个记者问侯老："您是不是特别用心栽培您的儿子侯耀文？"侯老说："做个明白的演员，不能对自己的儿子有偏爱，要客观。"另一个记者问他打算不打算写香港题材的相声。侯老如实地回答他："没有，根本不可能。时间短，来去匆匆。我们的住处人一进，门一关，外面什么事都不晓得。创作需要深入生活，哪来的条件？"一个记者提的问题使我们在座的一惊，他问："对于讽刺，内地的政治制度会否有不便之处？"只见侯老斯斯文文地拿起一支笔，用手舞弄着讲道："任何一个国家的政府，都不喜欢被人讽刺的。堪称上乘的艺术作品，她的价值的大小同能否反映她本民族的精神和维护本民族的利益是分不开的。我们的相声有歌颂，有讽刺。搞讽刺我们是考虑它的副作用的！"侯老讲完，我们都松了一口气。

接下去，一个大会被分成几个小会，郭全宝、李文华、唐杰忠、郝爱民，每个演员的面前都围着不少的记者在问长问短。马季老师身边的人一批又一批，又要答话，又要合影，还要签名，胖胖的他，额头上尽是汗水。

招待会结束时，侯老点我和李文华表演相声以飨记者。我们说的是《猜字》小垫话。晚上，我看到报纸上已登出对上午表演的评论。评论说："短短的一段相声,接二连三地引起哄堂大笑,相声果然了得!"

4月23日

简直是陶醉在骄傲中记下今天这一日。

星期六是香港的假期,这一天演两场,明天也是两场。

我们演出的剧场——寿臣剧院坐落在十七层艺术中心大厦的底层。十四、十五、十六层是酒楼茶庄。今天,这里的生意格外兴隆。中午落座的,全是北方曲艺的爱好者,中午吃完饭看演出,晚上吃完饭接着再看。

首场演出的心情,可想而知。我们全体演员都聚在台前的幕侧、幕后、台口。开演前,马季老师还开玩笑说:"我说后台怎么没人了,敢情都埋伏到这儿了。"可一开演,听不见他说了,连他这个见过多少大场面的演员,也目不转睛地盯着台上台下。

郝爱民落落大方地走向台中:"亲爱的观众,你们好!"话音一落,掌声骤然雷鸣,郝爱民情不自禁地为热情的香港观众鞠了一个比90度还深、略带滑稽的大躬,于是掌声更热烈了。简直像一个小火花,引燃了全场观众蕴藏已久的热情之火,剧场的气氛一下子达到了炽热的状态。郝爱民简短的报幕词,居然获得7次掌声。接下来,那炽热的程度随着演出越发趋向高潮。

四胡的一过门,满堂彩;单弦的一个拖腔,满堂彩;京韵的几个鼓点,满堂彩!相声的演出则是笑声和掌声自始至终混在一起。我和李文华演的是《诗歌与爱情》,一句"关关雎鸠,在河之洲,窈窕淑女,君子好逑"赢得了热烈掌声,一句"我住长江头,君住长江尾……"也赢得了掌声,比在内地的气氛不知火热多少倍。演员们全激动了。从不爱动感情的文华,托着茶杯对我说:"底下准有掉泪的。这诗、这歌勾起了30年的回忆啊!搁着我,相隔30年后,今天一睹,扯着嗓子也要叫它几声'好'!"是啊,这是演员为我们自己的艺术叫好,而这艺术又是生长在960万平方公里、有几千年文明历史的国度里、带着乡情和泥土气息的艺术。游子梦中惦念着故土和亲人的情感,今天在清醒中一泻而出,这不仅是艺术,这是对祖国的眷恋之情的爆发,能不放喉喝彩抒发己愿吗?如不克制,恐怕还要手

↑ 1982年在香港演出时，我们住在九龙塘的新华社招待所。虽然是在香港，但是住宿条件很一般，三十多个人住在一起，没有一台空调，只有电风扇。即便是热成那样，我们还是觉得很新鲜，这是我和马季老师、郝爱民老师在九龙塘招待所里的留影。

舞足蹈哩！

演出结束，我们在观众的要求下，一再谢幕。艺术中心送来花篮，观众奉献出带着浓香的一大束鲜花。侯老把那一束鲜花一枝一枝地抽出，又奉还给热情的同胞们。他们争呀，抢呀！香港的剧院，在演出中不允许照相，不许亮闪光灯。此时，演完了，座位上的闪光灯，闪得让人眼花缭乱。"照吧！照下这欢腾的场面，照下把内地人民的欢笑送给你们的人们！"我是在心底大声喊着……

4月24日

香港对我们演员的报道很有趣，匆忙记下几则："赵炎，年轻、圆脸、眉可开、眼可笑。姜昆、李文华一对拍档，是一老一少，一肥一瘦；一个脸皮光滑，一个满脸皱纹；一个嬉皮笑脸，一个却苦着脸儿……李文华脸上的皱纹，皱得对表演相声特别有利。额上几列'火车轨'，眼角的鱼尾纹像一对对倒置了的'八'字，颧骨下、嘴巴旁的皱纹，像一对对的尖角括弧，……光看这脸上的几条线，一动一动的，就止不住笑了。马季的脸是椭圆形的，这椭圆不是竖的，是横的。两腮向外膨胀，像只大鸭蛋，嘴里有两只长得特别大的门牙，嘴角有两个小酒窝……他使观众捧着肚子，笑个没完。"（4月24日《新晚报》）形容侯老和郭老的词多得不用提了。"冷面笑匠""宝刀未老""瑰丽国宝""典儒风雅""大将风度""寓庄于谐""说唱臻化境"，等等。

一大早，马连良先生的小儿子马崇恩先生就赶来祝贺。他说昨天的演出"爆"了，现在香港的舆论全是讲曲艺、相声。他估计香港会出现"相声"热。可我们大家都向他表示感谢，因为他也为我们的演出帮了大忙。前天，我们布置舞台时发现我们自己准备的桌围和椅披与艺术中心为我们准备的桌椅配不上。侯老对我们说："舞台上一定要讲究，租也要租来！"我们遵命分头去找。几乎找遍了所有可能找到的地方，一无所获，大家急得满头大汗。这时候，马崇恩先生闻讯赶来，我们把希望全寄托在他的身上。我们望着他在电话旁边，打完一个，我们听见一句"没有！"再打一个，又是"没有！"夜幕垂下来，我们出来进去，根本没有闲心去观望街道上流水般的车辆，尽管这一切对我们初到香港的人来说是那样的新奇。

已经是晚上8点钟了，明天下午就是首场演出，怎么办？马先生手里攥着被汗水浸湿的手帕，眨眨眼睛说："不行，就把我家的桌子搬来，把桌子腿儿锯一段。"锯桌子，这怎么行？可是我们谁也没阻拦，因为谁也没有比这个更好的办法。过了一会儿，马崇恩劝大家："你们先回去，明天早上让小姜给我打电话。"一夜不安。第二天早饭也没吃就赶到剧场。电话一个接一个地打，哪儿也找不着马崇恩。艺术中心的施小姐为我们找了一张桌子又一张桌子，全不合适……正烦着的时候，电话铃响了。我去接，电话里传来马崇恩纯正的北京音："快点儿小姜，我在北角的大街拐弯儿这儿等你，快接我来！"怎么跑街上去了？我也顾不得多想，赶紧跑到街上，拦了一辆"的士"（出租汽车），飞车赶到北角。繁华的十字路口上，马先生站在一张桌子旁边焦急地张望。停下车，我们搬上桌子回转，马先生对司机说："快！先把我送到湾仔！"转过头，他指着手表对我解释："9点钟赶不到，老板的店就开不了门儿，库房的钥匙都在我这儿呢，耽误了事儿，炒鱿鱼。"我一愣，炒什么鱿鱼？他火急火燎的，我也没细问。

我把桌子带到剧场，嘿！不大不小正合适。我们大家心里的石头"扑通"一下落了地。没一会儿，马先生从店里打来电话："小姜知道那桌子吗？那是给土地爷上供的桌子！我昨天夜里找朋友家，挨门挨户地敲人家门板，一直到夜里3点，才看见这桌子。让土地爷委屈些日子吧！哈……"朋友的帮忙，真令人感激不尽啊！他离开我们住所时，我对他说："冲帮这个大忙，回去我一定为你写一篇文章：马崇恩半夜借供桌。"侯老旁边插言说："借供桌太直了，应该是：马崇恩半夜请土地。"

4月26日

接连几天，演出一直很火热，我们大家心里都踏实多了。因为演出紧张，我们一直没有工夫访朋会友。同朋友们的联系大多数是在电话中进行的。他们如果请假，就要扣工资，所以难得一见。常常是演出前的一刹那找到后台来，匆匆讲几句话就离去。可今天下午，我们过去兵团的战友小×请了半天假来看我，还一再向我说："一般的朋友来，实在不忍心请假。"开始听了这话心里还有一股别扭的滋味儿。聊了一会儿，我便体谅他的苦衷了。我们过去在北大荒，他是文教干事，两年前随妈妈到香港落户。他会画画儿，在一家画坊里为人画油画，老板买他的画，一张20元港币。他说："由于初学，每天工作需12个小时才能画出5幅画。开始，我觉着我从事的是艺术，现在我已经逐渐地认识到，我画的画是商品。"他每个月挣2000—2500元港币。他妈妈在外边打帮工，月薪1200元港币。乍一听，两个人加在一起每月挣合人民币3700元左右，很可观了。可一听他的开销我惊住了："我们住一间6平方米的小房子，每个月房租800元，两个人吃饭要1000元还打不住。在香港，没有自己的房子，就是个无底的债主，我们每月要存起近1000元，准备积蓄几十万买一个楼房（就是我们所称的单元）。但是，我们积蓄的目标很渺茫。"他今年35岁了，我问他成没成家，他淡淡地一笑："不着急，经济不富足，成家是一种空想。"望着他的神情，我产生了同情。

几天来，已经了解到一些香港人工作的情况，那紧张的节奏是我们难以想象的。由于我们演出用的"巴士"只能坐14个人，我和赵炎两个年轻人，每天演出都要乘地铁从九龙到香港。带我们走的是香港联艺公司的张辉先生。他40多岁了，可是走起路来，我们两个小伙子都赶不上他。看我们走得满头大汗，他说："在香港得学会走快路，不然把时间耽误在走路上不值得。"我请他抽一支"牡丹"牌香烟，他等等，不甚热情地接过。我问他："不喜欢抽吗？"他说："牡丹这两个字用广东话叫'踎匽'，知道是什么意思吗？"我摇摇头，他告诉我"踎匽"意味着失业，老板"炒鱿鱼"（这时候我才知道这是北京话"卷铺盖卷儿"，解雇的意思）。我一听"扑哧"乐了。他说："你别乐，香港人讲究这些。拿汽车的牌子来说，'444'号谁也不愿意要，这是'死死死'不吉利的谐音。'3148'则要花很多钱才能买到，这是'生意实发'的吉言。"我开玩笑地说："行，省我一支'牡丹'的！抽你一支'555'吧！"

4月27日

今天参加了美籍华人吴兆南先生的拜师会。

吴兆南原籍北京，是在台湾很有影响的相声艺人，后弃艺经商，定居美国。从商期间，一直没有丢弃对相声的热爱，曾录有30多段相声的唱片，在华人中间出售。并曾两次来京，拜访过侯宝林先生。这次听说侯老带队来香港，年逾花甲的吴先生特地乘飞机从美国赶来观看演出。他听说我们缺一个检场的人员，马上向艺术中心请求义务检场。他穿上自己带来的蓝布大褂说："我是香港最高级的观众。"吴先生久仰侯老的盛名，此次专程赶来向侯老一吐夙愿：要拜师。侯老说："你在外籍华人中有影响，能拜师，为我们曲艺事业做一份工作，这是好事嘛！"拜师会是在马崇恩先生负责的乐富海鲜酒家进行的。这个酒家坐落在香港繁闹的湾仔路走道上，老板听说侯老在这里进餐，特地告诉马崇恩奉送四两鱼翅。在酒家二楼的一间小餐厅里，吴先生支好了摄像机、灯光，忙得满头大汗。看得出来，他是以极兴奋的心情迎来了这个时刻。

约中午12点，拜师仪式由马季主持开始。专程从美国赶来观看演出的银行家、81岁高龄的李肃然博士以家长身份参加。马季说："按过去规

↑ 1982年侯宝林先生带团到香港演出,台湾的相声艺人吴兆南闻讯赶到香港,他要拜师在侯派相声门下。平时侯大师很忙,所以没事的时候他就和我、郭全宝老师在一起,我们这也是老中青三代相声人

矩拜师得磕头。征求侯老的意见,咱新事新办,三鞠躬!"吴先生肃然站起整装,非常激动地施礼,大家热烈鼓掌。我和马崇恩先生负责摄影和录像。吴兆南拉着我的手说:"师侄用心,替我拍好!"拜师会的气氛很热烈,李肃然博士激动地说:"我的侄子吴兆南拜侯老为师,他是扯上龙尾巴啦!"李肃然是美国9家银行的总裁,经济学博士,酷爱中国文化,曾著有专门介绍我国历史文化的论著。席间,老人滔滔不绝,操着一口天津话,向我们讲述他此次来港观看曲艺演出的感受。他说:"曲艺一定要把它纳入我们国家的文学宝库。我在美国就专门写过戏曲和曲艺关系的文章,中国的俗文学在世界上是享有盛名的。看了你们的演出太自豪了,我们国家的东西多好呀。马季的《彬彬有礼》,好!你可以再写一段讽刺美国弊病的相声嘛。让外国人看看,咱们的曲艺能有世界影响!哪位学者看不起曲艺,他就要犯大错误。"侯老也向李博士提出邀请,请他回国去看看,李博士讲:"一定去,有生之年不多了,可咱们祖国的事全挂在心上!"侯先生还向弟子吴兆南提出了希望,望他苦学技艺,广作宣传,让曲艺之花的浓香借香港演出的东风,飘向异国他乡。

下午，我又与马季、郭全宝、郝爱民、唐杰忠、李文华几位老师一起参加了香港"语文同学会"的座谈。马季与郝爱民给曲艺爱好者们介绍了内地曲艺事业繁荣的情况。

香港的观众太热情了。香港、九龙的售票处排着长长的队伍，人们在争购我们在"新光"剧院加演三场的票子。

4月28日

从我们到的那天起，香港就下雨，一直到今天还没停。

我们从香港艺术中心的"寿臣"剧院，转到位于热闹的北角，座位比"寿臣"多出三倍的"新光"剧院来演出了。首场演出，近1800人的观众厅座无虚席。原本楼上的票不售，迫于压力，后三场楼上的票也被售出抢光。据我们所知，观众中有从美国、澳大利亚、新加坡，以及我国台湾专程赶来的曲艺迷，还有专程从泰国来听童芷苓、梅葆玖的京剧迷，他们又接着再欣赏北方曲艺的表演。有两位太太、全家7口人在"寿臣"买了7天的票，今天又赶来再买加场票。光票钱我计算了一下，1500元人民币打不住。

剧场休息时，有一位年近80岁的老人步入后台，他身后一位年轻的先生对我们说："老人家有个请求，能否请诸位到楼上稍叙片刻。"什么事，这里不能说？我们望着老人诚恳、期待的目光，应允了他的请求。来到二楼休息厅，一进门，老人和演员一一握手："我是从台湾来的，你们演得太好了！怕招事，原来不想上来，是感情驱使着我走到这儿来的！"一打听，原来老人这次听说祖国的曲艺光顾香港，就绕道赶来，一睹为快。我们明白老人来看我们，表现了一颗眷恋祖国之心，马上请老人坐下叙谈。老人说："不啦！我还得看你们的演出，也不耽误你们休息，愿意和你们一起照几张相，能答应我们的请求吗？"侯老和马季痛痛快快地答应了。我们大家也一一和老人与青年人拍了照。临分手时，老人激动地说："如果去台湾演，同胞们比这里还要欢迎你们。"听了这话，我们心里"忽悠"一下泛起了热潮。是啊，能有什么比同宗同根的情感更亲呢！人为的天河终有一天会被中华儿女们架起的鹊桥而横越。送走老人，大家都纷纷议论着老人的话，遐想着人间鹊桥的仙遇。

接近结束时，我们又接到消息，应联艺公司的请求，我们将延长在港的日期，5月1日、2日再加演三场。在这里，6天已经演了8场。12名演员，每天的节目都在两个小时以上，陈庚团长问我们累不累，大家都愉快地回答："我们怕观众看累了！"想想吧，他们要花上几个钟头排队买票，冒雨赶到剧场，看完后又要冒雨赶回家！一天看两场时，他们两顿饭都要在外面吃，才能不耽误看演出。他们看演出可真称得上是付出了代价。能为同胞们送来祖国人民的欢笑，我们有什么累不累的呢？

4月30日

今天"商报"上有一首"打油诗"，读来颇有风趣："香江四月，时维初夏。北京来了：几位相声艺术家。侯宝林、马季、姜昆，艺坛三代一齐来也；其余亦出类拔萃，尽属精华。或问：'相声是什么？'就是'有声漫画'（侯语）。它使人欢乐愉快，使人笑口嘻哈！语言的艺术，艺术的语言。幽默、含蓄、通俗、文雅。是国家瑰宝，是艺海奇葩。"侯老看后对我说："这首打油诗写得有点意思！"香港报纸文章的特点就是"快"，有点时髦的新闻一哄而上。这几天几乎每天都有十来种报刊报道我们的活动情况，后台也尽是记者。他们精得很，尽管后台有规定禁止会客，但他们常常是突然钻到你身旁问短问长，第二天就有文章出来了。当艺术中心的施淑青女士听说我们的琴师张志河曾在中国音乐学院教过课时，马上找到他，先是惊讶，然后就问起始由，当天晚上她就写了一篇访问琴师张志河的专题报道。

在"新光"的演出，观众的成分有了很大变化。前几场大多是40岁往上的人，而且几乎都是北方人和上海人。这几天，20岁以下的年轻人多了起来，"老广"（这里对广东籍人的称呼）也来了。有人告诉我们：香港新上任的总督尤德爵士会说普通话，为了搞关系，上层人物纷纷在学普通话。他们把听相声看成学普通话的好机会，所以票子一天比一天难弄。华润公司的董事长要买几张票请朋友，剧场的人告诉他只剩有15元港币一张的学生票，如果要的话，票价按成人40元港币一张卖，这位董事长说："要是别的票说什么也不买（因为董事长买15元港币一张学生票有失身份），

↑ 1982年，中国北方曲艺艺术第一次展现在香港的舞台上，轰动了港岛，也轰动了华人世界。香港报纸大字套红印着"侯马姜三位莅港 相声笑果然了得"

这次例外，买！"5月1日在香港，五一劳动节除了在各大报纸上有大字套红外，再也没有什么其他活动。一个朋友来看我，我问他香港什么节日最热闹，他说"跑马"。

5月是香港的"马季"（赛马的季节），有百分之六十的人都赌马，买马票。

由于在香港演出的轰动，邀请宴请的请帖使侯老应接不暇。上海侨胞总会、华运公司、各大报社和一些知名人士纷纷来请，弄得一些朋友们苦笑着埋怨侯老："全是大户头，我们这些小户人家都排不上号了。"侯老说："他们人多，只好少数服从多数喽！"

5月5日

一早从九龙的红磡火车站出发，我们胜利地结束了在香港的演出。联艺公司和艺术中心的负责人以及我们在香港结识的朋友们，一起来送行。火车站的候车室里闪光灯一亮一亮的。摄影机留下了一张一张愉快的笑脸。上了火车我这脑海里还闪现着最后演出时那激动人心的场面。……我们铆足了劲儿，最后一场演了两个小时四十分钟，热情的观众大概也铆足了劲儿，不加演足了，他们就不罢休地鼓掌。

中午休息时，观众们送来一箱箱泰国芒果，美国的橘子、橘子水、可口可乐、香烟。当演出结束时，郝爱民提高了调门说："亲爱的观众，我们为您准备的北方曲艺专场，到此就结束了，谢谢大家。再见！"几乎和他"再见"两个字的同时，台下的许多观众也喊起来："再见！再见！"我们看到了全场近 1800 名观众全站起来了。在热烈的掌声中，有一位年轻的观众大声喊道："欢迎再来！"他这一喊不要紧，几十个人一起喊起来："欢迎你们！""希望再来！"侯老代表我们大家频频向观众招手致意。我们演员看到同胞们如此热情，激动得眼里噙着泪水。联艺公司 82 岁的董事长观看了这场演出。这时，他被人搀上台来，送给我们团一个非常大的花篮，花篮里鲜艳的菊花、米兰、牡丹、绣球散发着浓郁的芳香，我们围坐在旁边，在观众热情的掌声中留下了演出结束的合影。联艺公司的经理握着我们的手一再说："明年不来，后年来，香港欢迎你们，香港的同胞喜欢相声！"……

火车一动，心里踏实多了，大家都静静地坐着。侯老、郭老、文华他们几个上了年纪的人闭上了眼睛。是呀，太累了！连我这个年轻人都感到累了，何况他们都是 60 岁以上的人了。

可我敢说，他们没有睡，当然，也没有表现出抑制不住的兴奋。也许这正是为祖国、为曲艺事业赢得荣誉后，在这种特殊环境下一种最恰当的表现。我禁不住问身边的马季老师："昨天有几个观众和我说，若去台湾，一半人会为乡音落泪。您说能去吗？"马老师深沉地说："能！一定能！"他说话时眼睛没睁。我也闭上眼歇一会儿，任凭思绪在一个无边无际的天地里驰骋……

写于 1992 年 12 月

宝岛行纪实

第一个把脚踏到台北的土地上

"各位旅客,飞机马上就要到达桃园中正机场,地面温度……"谁有心思听地面温度,我们心里比地面热得多!坐在旁边的倪萍、唐杰忠准跟我一个心思,一个劲儿往舱口外面瞧。他们瞧什么呢?台北什么样?电影里、电视里早看过了。新鲜?奇怪?特殊?咱们巴黎、纽约、东京、维也纳都溜达过了,新鲜能新鲜到哪儿?都不是,是一股说不出的亲劲儿。盼了多少年,终于到了台湾,过去根本不可能,可这次说来就来了!侯宝林盼了一辈子,老人家临走了也没了这个愿。山东快书一代宗师高元钧临终前还拉着我的手问:"听说去台湾,咱一块儿去!"……可是大陆的相声界我和唐杰忠第一个把脚踏到了宝岛上,您说让人心里痒痒不?办我们到台湾的是唐吉诃德广告公司。中世纪的塞万提斯他老人家根本不晓得他百年之后台湾有人借他的大名在一个岛上折腾。一个"强棒出击"(台湾电视台的名牌综艺节目)从岛上打到了大陆,反手一棒又把我们中国广播说唱团的演员从大陆给鼓捣到台湾。这位公司老板大概嫌我和唐杰忠长得不够标致,特意在我俩中间塞上了中央电视台著名的女主持人倪萍。这位高挑的小姐站在我们当中,我显得矮小,唐杰忠显得肥胖!

管他呢,反正我们来台湾了!

我这个人鬼,也有点小肚鸡肠。下飞机的时候,我要了点小聪明。从后边"噌噌"几步蹿到前边来,干什么?

我要在我们三个当中，第一个把脚踏到台北的土地上！听说美国宇航员在登月球的时候，也有这么一位要心眼儿的人，本来领导安排好了他第二个下，可是他愣抢第一个，就是为了争这个先！他那个有点儿悬，月球，谁也没上去过，万一一落地是一个大陷坑或是沼泽什么的，就永远地和热狗、三明治拜拜了。我在这儿没有这么大的危险性，所以胆子特大。也不顾祖宗的教训"长者先幼者后"，三挤两挤挤过了唐杰忠；更不理会西方的绅士之理"lady first"，一闪身，又闪在了倪萍的前头。

台北到了。呵，台北！天照样是蓝的，水泥地照样是灰的，飞机场跟这个世界的哪儿的都一样，人是标准的中国模样儿，就是大招牌上的字儿略微有点不同，简化字一律成了繁体。台湾人真不活络，那么多笔画儿，累不累？

到了机场，要把我们这边儿的证件留在机场换台湾的证件过境。一边一个规矩，不过也是因地制宜，大陆到台湾的人少，每天存十几个有一间屋子就够了。如果大陆也这么干，台湾同胞到大陆一天好几万，存证件盖十五层大楼也不准够。我一边儿这么想着，一边儿走进了台湾……

明星的烦恼

凡是名演员都有个毛病，没名的时候想出名，出了名以后又怕烦。不信您看报纸上采访明星，那些记者们会千篇一律地问："您最大的烦恼是什么？"明星们让人问惯了，也不动脑子，又千篇一律地回答："出门儿好多好多人围着，公园也逛不成……"实际上明星出门没人围，谁都不认识你，你烦不烦？那你还是明星吗？

哪个国家的明星都一样。世界最大牌的幽默喜剧明星巴伯·霍普初次到北京，站在天安门那儿。记者问他："巴伯·霍普先生，你站在世界上最大的广场上，能谈一谈此时此刻的心情吗？"巴伯·霍普说："没有一个人认识我！"全体记者哄堂大笑。这位大明星在美洲、欧洲还了得，比侯宝林还侯宝林！艺术辉煌映闪了半个多世纪，可中国人一点儿都不知道，你干没辙！

你的艺术人家不了解，没见过呀！

名演员还有个毛病，让人崇拜惯了，受不了冷淡。在香港，像我们这些演员不知道的人占90％，基本上处于没人搭没人理的境地。加上你说的话人家听不懂，就更显出距离来了。偶尔和香港的明星碰在一起，人家的行头比你的"靓"。这不在话下，就群众一欢呼，演员一长份儿，咱们在旁边那灰秃秃的劲就甭提了。可是台湾不一样，当我们刚进宾馆没10分钟的时间，主办单位的先生们就通知我们"马上到'中华电视台'参加《龙兄虎弟》的综艺节目录像"。圈内的人都知道，《龙兄虎弟》是现如今台湾最红的综艺节目。主持人是兄弟俩，一个是大牌节目主持人张菲，一个是大牌歌星费玉清。大陆的明星来到台湾，赶紧向台湾的观众介绍刻不容缓，就成了顺理成章的事。

张菲的身价不得了，据说一出门前后是6辆"凯迪拉克"，有大小数十个买卖。在台湾他同时兼着好几个节目的主持人，凡是有他的地方就有笑声。

在我们踏进电视摄影棚时，张菲正在综艺节目中采访方季惟、童安格，休息室里则坐着蓝心湄和香港的明星叶玉卿。倪萍、唐杰忠和我是第三拨儿了。

像蒸包子一样，一屉一屉轮到我们是第三屉。看着张菲熬红的眼睛，我们问："你今天这是第几屉了？"都是演艺圈内的人，大家都相互知道。虽然是初次见面，一下子就像是非常熟识的朋友一样。张菲让倪萍"最好能坐下"，不然在大陆的"高女"的对比下，他"会给台湾男人丢脸"。

逗完倪萍，又来逗我："姜大哥，您要是把北京动物园的老虎带来，咱们一起弄一段《虎口遐想》（我的相声），台湾人可开眼了。"我当即"回击"："你长得那么老，叫我大哥，不要显得太年轻好不好？"彼此一阵欢笑。

趁着两屉之间的空当，我们赶紧策划了一下马上要进行采访的和一起"现场表演"的内容。尽管像是熟识，可毕竟我们还不太了解。这时候大家全严肃地在一起"群策群力"起来。

访问好办，问问题回答问题就是了。一起演什么？怎样体现"大陆台湾亲如一家"的感觉。我说，我熟悉费玉清的歌："说牛郎织女是一段悲凄的故事，说年年七夕都有幸运的相逢……"可张菲说大家不熟悉，不行，两岸的人都会唱才可以。倪萍提出可不可以唱《乡间小路》，大家都赞同。

一起合唱,那么熟的歌,词儿照样还是记不下来。费玉清喊:"大字报!"我们一惊,这是什么?原来台湾艺人把摄影室内工作人员用以提醒台词儿的大纸,叫"大字报"。唐杰忠戏谑道:"我以为'文革'搬到台湾了呢!"也就是10分钟的时间,张菲一根烟都没吸完,录制开始了。

好在都是电视工作的从业人员,一下子大家都迅速地进入状态。我们看着张菲、费玉清,这两位和我们坐了半天飞机走了一天路的人也差不多少,也是强打精神"强颜欢笑"。倪萍不愧是主持老手,一上台就问现场的观众:"朋友们,你们好吗?"观众们一呼应,气氛热烈了许多。现场的观众先是用疑惑的眼光看着几位从大陆来的他们一点也不认识的明星,渐渐地他们也进入了状态,和我们熟悉起来。

我调侃张菲:"菲哥,您和费玉清是亲哥俩,为什么他长得那么白净,那么清秀,而您长得是如此……另一种风味的漂亮?"张菲乐得使劲眨眼睛,观众一起叫了起来,给张菲一大哄。张菲道:"漂亮的标准是不同的,虽然你说的漂亮有另一番味道,但真正说我漂亮的大有人在。比方说,情

↑ 您看这照片上两岸的演员们在一起,这不明明就是一家人吗?

人眼里出西施，我……我老婆在不在现场？"他装作害怕地向四处看，观众哗然大笑。

我和唐杰忠表演了一个相声小段，我们5个人在一起又高唱了《乡间小路》。

说实话，过去曾经看过张菲主持节目的录像带，总觉着他那身怪怪的衣服和卷卷的头发，长长的鬓角，有点"流气"。但当我在旁边看他主持和直接参加他主持的节目以后，我发现张菲了不起，是有真本事的人。他一天要制作六七场节目，几乎全是即兴编词，想内容。不像我们在大陆，所有的名演员上中央电视台的节目，在外面要等三四个小时，甚至五六个小时也有。

这里的大腕演员，来了就上，上完了就走，没有时间等呀！一切全得服从人家。于是，他们必须有"快速作业"的方法。这就养成了他们才思敏捷反应快的特点，当然也有粗俗的毛病"应运而生"。但当我看到他一丝不苟地编排，招呼全体人员协作，还要客客气气地和各位大牌商讨，又要动员现场，一个人忙得不亦乐乎，我不由感到他们不容易。他们敬业的态度真是值得我们学习。从早上8点干到现在，都入夜11点了，而且明天早上8点还来呢！

这种商业社会的竞争机制，使得他们绞尽脑汁地编、排、录、播，日复一日，年复一年。利用空闲一点时间，我问张菲："老这么忙吗？"他对我说："我和电视台订的合约已经到1999年了。"我不禁伸出了舌头。这里的名人有这里的难处哟。

台湾街景

看看宝岛台湾的街景，也是我们初到这里的大陆人的一个愿望。

在台北，街上不像想象的那样繁华。也许是因为那里正在搞"捷运"（即快捷运输简称）建设，即在整个城市同时挖沟改道建路架桥，以解决道路拥挤交通堵塞的问题。下这个决心可不简单，现在走在世界各大城市，只要这个城市还在建设，就免不了道路出现"拉锁"现象，今天挖开埋下水管道，明天再挖开埋电话线路；今天埋光缆，明天埋煤气管道，后天埋热水管。市民们永远生活在电锤锤水泥路、压路机压沥青路、大车运输的轰鸣声中。我想,今天的现代人一挖地能挖出老祖宗的古董、墓穴、兵马俑、女尸,明天的人们挖地的时候,不仅挖不出什么东西,而且自己也不存在了。您想,就地底下这份乱,没几锹挖断电缆,电死了;铲断了煤气管,熏死了;或是铲到热水管上,热水压力那么大,一嗞,大面积烫伤,离另一个世界也不远了。

这种地下建设,给市民们带来久而不尽的烦恼,而且也是作为一个世界性的弊病而存在。也许是正确地总结了这种世界性的弊端,台北的道路建设采取了"一刀切"的办法,要乱一起乱,乱他个几年,保证未来十几年、几十年大家过太平日子。这个方法是不错的,是好的,可赶在这个时候来台北的算是倒了霉了,我是其中一个。

"老天爷,台北怎么这么乱呀?"倪萍也这么说。乍一看,这里许多的街道特别像旧广州。建筑像,连楼房的颜色、样式都像。这里没有华尔街那样的摩天大厦,也没有东京银座那般闪烁的霓虹灯,没有香港中环那般的人流川息,也没有新加坡花园一样的秀丽清静。这里街道上的摩托车队倒是可以和北京街头自行车的车流媲美。

台湾叫摩托车为电动机车,在川流不息的轿车行里电单车的势力范围惊人。开车的各位,都可得身怀绝技。他们能在几条交通线上,左环右绕,闪展腾挪。注意,要是一个人开着车耍些小花招抖个小机灵也还罢了。这里一般的情况下全是两个人,小伙子端坐驾驶,姑娘依偎相随,玉臂缠腰胸背紧靠,浑然一体,在高速行驶中赶红灯,超汽车,躲行人,这没有高超的驾车技巧和玩儿命的胆量,是绝对驾驶不了那个"电驴子"的。这应该算是台湾一景。再添两句,您看到过轻便摩托车上载三个人四个人的吗?请到宝岛台湾来。在台中、台南这种现象司空见惯,不亚于杂技场上车技表演。一家子坐一辆轻便单车,优哉游哉那股自在劲儿真是让人拍案叫绝!

在台湾认亲

我的大舅在台湾,他是 1949 年随国民党青年军流落到这里的,一待就是四十多年。

10年前,我们在一位日本朋友的帮助下,在台湾的人海当中寻找到了舅舅。1989年,我妈妈和姨迫不及待地到日本和分离40年的舅舅见了面。

这次,听说我到台湾演出,舅舅乐得合不上嘴。他在电话里和我说:"你无论如何要到台中来一趟,我们家里举行宴会招待你。我的战友从高雄、台北全集中到我这儿,大伙都知道我有你这么个有名的外甥,这个面子一定得给我。"您听听,说哪儿去了,就是没有名气,哪儿有外甥不认舅舅的,我妈也不干呀!

尤其是唐杰忠、倪萍跟我一起去台中,这下可轰动了。

↑ 1992年,我利用到台湾演出的机会去台中认亲——我和我妈妈失散了四十多年的大舅和与他在台湾成亲的大舅妈。这次见面之前,我受到了大舅的严格审查,他一再在信中向我确认:你确实是李淑媛和姜祖禹的儿子吗?你的姥姥叫什么名字?你的姥爷叫什么名字?见面后,我问他为什么要这样谨慎,他说我们这儿宣传得太厉害了,我怕你是对岸派过来的什么人,要来做我的工作呢

我的舅妈出生在台湾,原籍福建,家庭是个极其忠厚殷实的人家。宴会就在舅舅的家中举行,把舅妈忙坏了。家里面的院子里,满满当当地摆了六大桌子。就这样,舅妈掰着手指头还算呢:"要是不够的话,孩子全进屋……"让她说着了,加在一起70多人呢!有老战友,有老邻居,有亲戚,

有朋友，舅妈的母亲都 80 多岁了，也赶来看看来自北京的亲戚和客人。

宴会开始，我拿出两瓶茅台酒来，然后说："各位长辈，从北京到台湾，到这里看舅舅。可能在座的人的家中，大陆家人到这里探亲的，我是第一个。舅舅在台湾四十多年，我妈妈哭了四十多年。现在好了，找到了，不哭了，每月还通电话。我妈妈让我代表她，谢谢诸位朋友对舅舅的照顾。我妈说没有你们大家互相帮助，舅舅可能活不到今天。妈妈让我带两瓶茅台酒来。有的台湾朋友告诉我，台湾有不少大陆的茅台酒，全是假的。今天我告诉你们，我带来的这两瓶酒，百分之百是真的！请大家品品正味儿，以后茅台不是这味儿的都不喝！"我不愿意把气氛弄得很伤感，拿茅台酒开了个小玩笑，大家全乐了。接着我又介绍了倪萍、唐杰忠。有人说："还介绍什么，我们全看大陆的电视，早都熟悉了。"

本来还想踏踏实实地敬几杯酒，按部就班地说两句话，没想到酒一开喝，场面就热闹了，根本不在自己桌子前吃饭。唐老师酒量好，和舅舅这一帮全属于同一辈人，所以一杯一杯地对饮起来。唐老师是解放军第四野战军的老兵了，一边喝，一边开玩笑说："历史真有意思，国民党兵和解放军战士共饮一杯欢乐酒！"一位代表也讲了话："姜昆先生的相声我们听过，倪萍小姐的主持我们也看过。到台中来，是我们大家的荣幸。台湾的报纸全在报道你们的行踪，但是他们没有想到你们这里还会搞这样欢乐气氛的家庭宴会，我们共饮一杯酒，来体会台湾和大陆的亲情吧！"他讲完，由于大家手里都举着杯，也不好鼓掌，所有的人就一起欢呼起来，引得这个巷子外的摩托车停了不少，好些路过的人都张望着问："谁娶媳妇这么热闹呀？"倪萍看着这么热烈的场面不无感慨地说："要是有摄像机多好，这就是一台节目呀！"不一会儿，她又发现了什么："昆儿，这聊天儿，两边挺别扭。一问：'您家里人都好吧？'一回答：'嘿，我爸爸被镇压了，我哥哥在大陆当特工也判刑了！'多新鲜，当特工还不判刑？全是国民党的家属，谁都有一本本历史的小账，没法聊天呀！"我被逗乐了："倪萍，相声材料！"倪萍说："全是让你们说相声的给熏的！"真应了鲁迅的一句诗"相逢一笑泯恩仇"，大陆、台湾统一，该是整个中华儿女的心愿。

为给大家助兴，我和唐杰忠表演了相声小段。一段又一段，这边笑完了那边笑。大家一起照相，录像，留电话号码。

在台湾演出的时候,我们尽量把舞台布置得传统一些:放上场面桌、搭好桌围子,上面还要写上演员名字:姜昆、唐杰忠,这样看起来更有传统的味道

    大陆的老兵,大多数娶了台湾的妻子。她们告诉我:"就听说大陆大,可是过去就没有想得出有多大。就做梦,梦大陆大成什么样。前些日子回大陆一看,哇,这么大呀!回来后我跟所有的台湾朋友讲,大陆的大你们是想不出来的,必须亲眼去看!我们回大陆,是圆了梦了呀!"我和她们讲:"再到北京一定打电话,我接你们到普通老百姓家看看,他们也想知道台湾的情况!"不知谁起了个头,大家一起唱起来:

        遥远的东方有一条河,
        她的名字就叫黄河。
        遥远的东方有一条龙,
        她的名字就叫中国。
        ……

    结束了家宴,一位孟叔叔提出要送我们3个人回台北。我们告诉他我们坐火车回去,他说:"我是开出租车的,你们不坐我也得回去,搭个便车,何乐而不为?退伍了,没事了,买辆汽车开出租。拿一部分退伍薪金,再搞一点儿小副业,生活还可以,不在乎这一两个钱。再说拉你们3位回去让我倒出钱,我都干呀!"我们被感动了。上了孟叔叔的车,随他驾着

这辆出租车融进高速公路的车河中。

路上，唐杰忠老师忽然抽泣起来，我和倪萍问他为什么，他也不说。我猜想：不知在舅舅家大伙的亲情之感，触动了唐老师的哪根敏感的神经，只好随他泪流满面了。

若为台湾编一段相声，难度很大

在台北大酒店里，为了宣传中国广播说唱团到台北演出，介绍北方的曲种，我们召开了记者招待会。

会上有记者问我："姜团长，您和您的同人是第一次到台北来，有没有就您新的感受为我们编一段相声。"我回答："我现在正在准备，但难度很大。"记者们很诧异。我又解释："主要是先要把两岸的用语不同搞清楚。比方说我们叫出租车，台湾叫计程车，这是比较好理解的。可是，有好些得费点脑筋的。我们管退役的军人叫复员军人或是转业军人，台湾叫荣军。简单倒是简单，但是得稍微解释一下。有的不挑明，就不知道是怎么回事了。比方有的人告诉我，台湾管渔民不叫渔民，叫弄潮人。这是约定俗成的叫法，还是别有新意的称呼？是文学上的讲究词，还是浪漫色彩的修饰语？再比方，我们讲一句话要通过各种渠道去宣传我们说唱团的实力。你们说要：'通过各种管道去宣传……'一个渠道，一个管道，挺有意思。一边儿是农村挖沟的，一边儿是城市挖沟的。"记者笑了。我可是在这方面真花了点时间琢磨过。

在台湾由于和大陆分隔多年，大家在用词用语方面有很多不同的地方。

我们说："说唱团演出这个事情由我负责。"他们说："这个案子由我负责。"这能让你吓一大跳，怎么了就成为案子？因为在大陆案子是触犯了法律，让人起诉或是正在调查才能立案成为案子。我们说向"上级汇报"，他们说向"当局报备"，听起来也让人一哆嗦。

名词的不同是最多的。我们叫"摄像机"，他们叫"录影机"；我们叫"影碟"，他们叫"镭射盘"；我们叫"导弹"，他们叫"飞弹"；我们叫"宇宙飞船"，他们叫"太空梭"；我们管按专题划分的电视节目块叫"栏目"，他们叫"专栏"；我们介绍相声演员是一对儿，他们说"一档"；我们说"听不懂",他们说"不会听";我们说"我吃过了",他们说"我有吃"。您听,多乱。

外来文化对台湾的影响,可称为"严重"。"力巴看热闹,行家看门道。"我们听了,不过听个热闹,估计语言学家或中华文化卫道者听了,恐怕会对此痛加斥责的。演员的演出,台湾叫"作秀",这是英语"Play Show"译过来的,一半是中文,一半是英文,一半是音译,一半是意译。外国的相声叫"Talk Show",台湾译成"脱口秀"。这是专业用语,像我们把"止痛片"译成"阿司匹林"一样。可是,管办公室叫"office"(办公室),管管理的事情叫"case"(案子),管麻烦叫"trouble"(麻烦),而且还自称是学"classic(古典)中文"的,让人听了真是起鸡皮疙瘩。经常有朋友对我们演员这样讲:"昨天看你们'秀'(show),真'阴桌义'(enjoy),今天我有一辆大'万'(van),我想搞个'派对'(party),让大家'relax'(放松)一下,OK?"我们的语言大师、语言小师们面面相觑,谁也不知道这位在说什么!

西文冲击台湾文化,东文也不示弱。由于台湾的历史,你在台湾可以看到许许多多的日本文化遗迹。在华西街,许多酒馆、小餐馆,整个一个日本式,日本建筑,日本装饰。你站在前边,不想一会儿,绝分不清是站在华西街上还是东京赤坂町。至于把盒饭叫"弁当",把烹调叫"料理",在浴室前挂个"汤"字儿,在茶馆前挂个"道"字儿,更是司空见惯。

有的学者把中华文化传到了日本,日本的文化又影响了中国的台湾称为"中国—日本—中国的台湾"的"旋转木马"现象。拿台湾的茶艺馆来说,既不像老舍笔下的茶馆,也不像香港的茶楼,总体感觉像日本的茶道馆。

从屋子里的布置、茶具的样式,加上一边喝茶一边悟禅的这种形式,都和日本的品茶道差不多。其实,饮茶是从中国传到日本的,只不过日本把它发展了,成为一个独特的形式,让饮茶者享受幽雅的环境和文雅的气氛。

台湾人挺朴实的

我的舅妈是土生土长的台湾人,非常崇敬中华文化,更热爱自己的民族。

日本一位学者讲，今天的日本人用筷子、吃豆腐、写汉字、练书法，哪一个不是跟中国学的，日本人并没有因为学了中国文化而"内疚"；而痛斥什么"文化帝国主义"，中国人也大可不必为有些日本文化影响了中国而大惊小怪。话听来有道理，但总为有着五千年文明历史的"正统"文化，让别的文化冲击而愤愤不平，至于这样是否会污染中国文化，或是怎样保持中国文化的正统性、纯洁性，还是让专家们去评说吧。

我的一位日本朋友是位年过花甲的老人。这位老人费尽九牛二虎之力，像在大海里捞针一样，在茫茫的台湾的人海中帮我们找到了杳无音讯失散40年的我的亲舅舅。我邀请舅妈和舅舅一起去日本，我们也从中国赶过去谢谢这位日本恩人。可是舅妈在接到电话以后说："姜昆哎，别忘了我们是中国人，日本人把我们民族害得多苦啊！我们不能数典忘祖，忘了民族的仇恨。我不去日本，他们坏透了，把我们中国人不当人，难道你们大陆不讲日本鬼子怎么害我们中国人吗？"问得我半晌不知怎么回答，恍惚了半天才掰开了揉碎了给她讲要把日本的人民和军国主义分子分开，两国人民还是友好的，中日人民要世世代代友好下去，等等。不过从心里真佩服大舅妈的民族骨气。

实际上在台湾这样的人很多很多，他们朴实、善良，和我们在大陆见到的一些"奸商"不能同日而语。舅妈隔壁的大姐是一个种葡萄的农业户，听说我们说唱团到台中演出，打电话告诉我要"送一点葡萄给大家吃"。这"一点"葡萄我们全团30个人吃了5天，最后还带到台南两大筐，您说这"一点"多大？

在我参观台中市博物馆时，里边的人很少。一位妇女带着一个3岁左右的小孩，也在看台中市历史。小孩乱跑，从我们前面跑过去，这位妇女叫住了孩子："宝贝，不可以在人前面走，没有看到叔叔正在看前面的图片吗？怎么可以这样呢？这是不礼貌的，懂不懂？"我看孩子太小，示意这位大姐可以了，不用再批评了，可是这位妈妈还是不罢休，把低着头的孩子叫过来："去！向叔叔道歉，记住以后各方面都要讲礼貌。"3岁的孩子给我鞠了一个躬，调皮地说："叔叔，我错了……"孩子很小，但是妈妈在一点一滴地向他讲道理，告诉他怎么做人，怎样做我们有礼仪之邦历史美名的中国人。

去台中坐火车时，一个小孩子和另一个小孩子在吵嘴："你不可以拿我的东西。""你怎么可以肯定是我拿的你的东西？""没有人要它的，爸爸妈妈和我们，你说谁会把东西拿到你那里。""可是我有不在场的证据。""没有第三者证人的证词不作数的。""你是根据法律哪一条？"两个十来岁的孩子一本正经地吵，让我听了真是可笑。可也在想：潜移默化影响他们的是法律观念。孩子是这个世界的未来，怎么样对他们灌输教育，是每个社会都值得注意的问题。在台湾，无论是从老人还是从孩子的嘴里，都会听到我们并不陌生，而又疏远了许多的老祖宗的教训：仁、义、礼、智、信、温、良、恭、俭、让，忠、孝、廉、耻。真是不能丢掉呀！这是我们中华民族文化的传统。有这样的传统在我们中华儿女的血脉里世代相传，就是有人分隔我们，又能分隔多久呀？文化是基础，应该相信我们民族的文化培养出来的人，无论在哪儿，坏的是少数，好的是多数。真的，来到台湾有个深刻的感觉，台湾人挺朴实的！

过去"台湾人"这三个字在我们心中的印象不太好是有原因的。大陆改革开放，来了一大批的台湾商人，鱼龙混杂，什么人都有，坑、蒙、拐、骗无所不干，什么资金不到位，什么金屋包二奶，什么走私骗钱，差不多都有他们参加。吃饭动辄千元，XO 一开好几瓶，酒席宴上除了谈女人就是下三路的黄笑话，败坏了台湾人的名声。

为什么用"败坏"这两个字儿？因为到台湾以后，对于真正的台湾人有点了解的，真觉得真正的台湾人是非常中国味儿的人。也许是地域小的原因，台湾人的身上，很少有大陆看到的"朕即中华文化"的傲慢相，倒是感到他们卑恭自谦，处处在按中华文化传统中的"温良恭俭让"要求自己。

拜见张学良先生

自从台湾开禁以来，大陆的造访者能够在台湾见到张学良，甚至见台湾的军政要人。记得北京人民艺术剧院的《茶馆》剧组赴台演出，于是之先生有幸和几位艺术家一起拜见了张学良，在他的家里待了半个多小时，大照片登在《人民日报》上，轰动不小。

此次来台湾，我们不仅带来了一台戏，还带来了中央电视台《艺苑风景线》节目的摄制组。当然，还有中央电视台著名的节目主持人倪萍。当时，我踌躇满志，起了一个念头：在台湾，我们中国广播说唱团无论如何要拜谒张学良先生。我要将我们的摄制组和中央电视台的倪萍送到张学良先生面前，要抢先，要创这个"第一"——中央电视台的摄像机和主持人第一次面向这位中国历史上举足轻重的功臣。

"有心栽花花不开，无心插柳柳成荫。"我们托负责我们这"案子"的接待单位联系，一直得不到反馈信息，倒是我们的单弦老艺术家马增蕙老师和张学森先生的关系使我们很快地搭上线。张学森先生是张学良先生的五弟，在台湾官称"五爷"（当我写这篇文章时，张学森先生已经作古了，我们从心底怀念他）。一日，五爷的秘书传来话，说张学良先生想见见大家，因为赵四小姐的脚扭了，她住在北投的家里养病，这次见面安排在台北市中心五爷的府上，并且破格允许我们把摄像机带到家里拍摄张先生和我们见面的情景。这把我们高兴坏了。

张学良先生一世英名。"西安事变"促成了国共两党的第二次合作，枪口对外一致抗日。尔后身陷囹圄被软禁了五十多年。与赵四小姐"有情人终成眷属"，居宝岛皈依基督教。他的人生道路上传奇般的色彩，奠定了他在中国历史上的特殊位置，以及人们对这位少帅的仰慕。

张先生见我们这一天，我们都在分头演出，倪萍、冯巩、牛群、黄宏一拨儿，我、唐杰忠、李金斗、陈涌泉、郭秋林一拨儿，马增蕙和孟昭宜则早早带摄制组先去了。我们演完以后即奔张府。当我们赶到张学森先生的府上时，这里已经是热闹非凡了。新闻灯亮着，摄像机转着。演员们簇拥着张学良先生，连说带笑。五爷张学森叼着大烟斗在一旁乐着看景，五奶奶则沏茶倒水张罗着招待大家伙。

90多岁高龄的张学良先生身着一件灰色的春秋装，袖子挽着，灰色的衣裤配上一双礼服呢的布底鞋，端坐在直背的木椅上，多少还让人能看出当初戎装少帅的影子。他头发已经白了，耳朵有点背，但脑筋非常清楚，反应也灵敏。

从他和我们演员嘻嘻哈哈的谈笑中，可以看出他对安排这次会见很有兴趣。

我进门的时候，黄宏正在大声地对张先生说："您什么时候回沈阳老家看看?家乡的人们都很想念您。"对于这个问题老先生避而不答,他反问黄宏:"知道大家伙为什么想我?我是个大傻瓜,不会欺骗老百姓,不会敲诈人,现在还是穷光蛋。"说完他哈哈大笑,大家也为他的幽默而乐。

张先生一口浓重的东北口音,记忆力极好。当大家把我介绍给他的时候,他笑着对我说:"我听相声的时候,在天津,那时候有一位黄××,你认识吗?"他说了一位我从没听说过的相声艺人的名字,我随口答道:"我不认识。"张先生说:"你没法认识,那时候还没你呢!我刚是小孩儿。"大家又乐了起来。张先生继续道:"我记得他说过一段天津人去北平,到杂货铺去买扣子。天津人管扣子叫'疙瘩',这位进门跟伙计打招呼:'伙计,给我来个疙瘩。'伙计不明白,他一解释,伙计告诉他:'先生,在我们北平这叫扣子,记住,不叫疙瘩,叫扣子。'他一听还挺有趣儿,拿起扣子琢磨:'这个疙瘩怎么叫扣子呢?'净顾低头寻思了,没注意门,'咣'!脑袋撞门框上了,当时起了一个大疙瘩。这位疼坏了:'啊哟,伙计,你瞧这脑袋上撞了一个大扣子!'"我们全体热烈鼓掌。老人对过去的相声

↑ 中国广播说唱团到宝岛台湾演出是继北京人艺赴台演出《茶馆》之后又一个轰动海峡两岸的事件。我们也借此机会到张学良五弟张学森府上拜谒张学良先生,在张学森家里我们一起唱京戏,听相声,听大鼓,听山东快书。我们把一盘在沈阳录制的东北二人转磁带送给了他。我们说,盼望您回到大陆去。他说,我知道大陆人想念我啊

记忆犹新，真让我们佩服老人家的好脑子。有人建议张先生唱一段，张先生兴致勃勃地答应了。先唱了一段东北大鼓《王二姐思夫》，又来了一段京剧《空城计》。

毕竟是 90 多岁的老人了，唱得底气有点不足，声音也不太清楚。但老先生雅兴所在，拉都拉不住。五爷叫着："大爷，该歇会儿了，别累着！"张先生说："你干吗？我还没唱京韵大鼓呢！"看着张先生精神矍铄的样子，倪萍赶紧把话筒拿到老先生面前。第一次面对中央电视台的摄像机和主持人，张先生讲了热情的话语。在以后的《综艺大观》中，大家看到的倪萍采访张学良将军的情况就是这样录下来的。

张先生如此高兴，我们这些演员便赶紧把拿手的好戏演给他看。冯巩、牛群、李金斗、陈涌泉演了相声小段，郭秋林说了山东快书，马增蕙唱了单弦，孟昭宜唱了京韵大鼓。

我把在北京就准备好的一份礼物送给了张学良将军，一部由我主持编撰的《中国传统相声大全》，一部由我们中华说唱艺术研究中心准备的东北二人转的录音带。我说："张先生，这是咱们中国曲艺的精华，您看一看，听一听，笑口常开，长命百岁！"张先生收下礼物说："快了，离 100 岁没几年了。"一晃儿，我们和张先生一起已经待了两个多小时了。张先生一点倦意都没有，但我们主动礼貌地告辞了。按照老礼，张学森先生送给大家一个红包，这是事先安排好的，我作为团里的领导告诉他，就是走个形式，里边不用装钱。大家一起感谢张学良先生，让他老人家高兴高兴。张先生一听就问："谁给的？"马增蕙回答："是五爷替您给的。"张学良先生说："那不是我给的，是他给的，我没钱。真的，你们看我这兜儿。"他从口袋里掏出台币 1000 元（合人民币 30 元）："我就这么点钱。今天我唱了那么多段，也应该给我个红包，给不给，不给我不走！"一番话逗得我们大家伙乐得直不起腰来。

走到门口的时候，我对张先生说："张先生，我们后天在台北中山纪念馆演出，希望您能光临，我们给您留个好位子，您听听大陆的曲艺，听听大陆的新鲜事儿。"张先生想了一想没回答，五爷张学森说："你们一演就两个小时，他那么大岁数怕是不方便了。"我说："不勉强。"张学良道："心领了。"

两天以后。在我们正式演出前的 5 分钟，有人通知我们："张学良先生到了！"我们赶紧冲到台口，撩开幕布的一个小缝隙一看：张学良先生在吴佩孚孙女的陪同下，坐在一排座位的正当中，全体观众热烈鼓掌，表达对张学良先生的敬意。

我们兴奋至极，这天的演出，一共进行了三个钟头，张先生一步没离开座位，以军人的姿势端然正坐。我们的主持人倪萍把本来应该抛向观众席的礼物——鸡年吉祥物红冠公鸡，恭恭敬敬地送给了张学良先生。她说："我们全体演员、全场观众，把这份幸运的吉祥礼物，送给我们中国人民心中备受敬仰的老人——张学良先生，祝他健康长寿，福如东海！"台北中山纪念馆里，台上台下一片掌声……

乡音连接两岸亲情

我不用赘述中华曲艺在宝岛台湾受欢迎的热烈场面。毕竟是 40 年的分离，乡音乡情融在一起每天围着我们。原定在台北中山纪念馆演 3 场，我们又加演了 2 场，共演 5 场，而后又去了台中、台南。

如果说京胡锣鼓是中华国粹的代表，那我们曲艺的丝弦、八角鼓则是民族艺术大众的象征。一个红氍毹，一个紫檀板，有风花雪月，更有悲欢离合。但是，唱不尽两岸的亲情，述不尽隔离之痛。什么事呀，说着一样的中国话，长着一样的中国模样，上面唱，底下打拍子，底下一鼓掌，上面逗得更来劲儿，偏偏是人分两处。《三国演义》开宗明义第一句话："合久必分，分久必合。"老祖宗痛心疾首之语难道偏就是我们炎黄子孙必踏之辙？

离开台北，那么多热情的观众送我们。来一趟挺不容易的，40 年头一遭。再来还挺不容易的，但毕竟是一回生二回熟。更何况我们头一回还并不生呢！我带着这样的想法，任飞机在轰鸣声中，带我们升入蓝天……

写于 1993 年 12 月

《大能人》拍摄记

看了我和李文华演的电视小品《大能人》，我"扑哧"笑了——为自己过火的表演笑了。真是干什么都不容易呀！不出所料：演"砸"了。但我并不后悔，不信，有拍摄时的五篇日记为证。

2月26日

爱人替我传呼电话：北京电视台导演林汝为下午来找。见了面，原来是叫我和文华一起演个电视小品。"剧本呢？"我问。林递过一张《人民日报》，上面有一篇小说《大能人趣话》。我把报纸递给她："这是小说呀！""只要你们同意合作，马上搞，争取两个星期完成！"天呵！两个星期，大小这也是个剧呀！除了我们有赴港演出的准备工作不说，就是排戏的话，光写剧本，分镜头，选景地，找演员，那也是一大摊子的事呀！林导这个人很固执，过去我和她合作过，她是个想干非干不可的人，我知道她该讲理由了："这是个农村题材，讲尊重妇女，提倡精神文明的事，主题不错，3月份是文明礼貌月，你们二位该做点贡献才对呀！"（看看，将上军了）不容分说，她走了，说是找我们领导去，真没办法。剧本的任务她交给我了。真是大松心，您知道我会写吗？有了，找八一厂编剧李平分，他笔头子快，看在多年朋友的面子上,让他在我这儿开开夜车。

一个电话,平分风尘仆仆地来了,我一提他就叫起来:"我的天啊,一个剧要在一昼夜搞出来,要命哪!!"甭管他嗓门儿多大,我是不让他走了。

吃完饭就念小说,他一下子就爱上了这个短篇:"不错,语言真好,就怕到剧里没味了!"我说:"甭管味儿,先搞出来再说。"我俩冲着录音机拉架子,一直说到我睁不开眼为止。我睡了,他还在写。我知道第二天我醒了以后,他准睡着了,但剧本也准能出来。我了解他。

3月1日

真没想到领导看了本子,同意了。前天的会在我们家开成了。他们这个小班子搭得真不错,怎么找的,全是嘎嘣脆的急脾气。制片主任梁士龙说:"没问题,玩命干!"摄影师唐果说:"我趴着拍,也要拍下来!"和林导合作的鲁导更是急,他开会都坐不住。尽管走路的姿势不好看,可他总爱在屋里踱来踱去。看来走路增加了他的思维,他把每一个细节想得都很细致。

我想插嘴,他说:"别的你甭管,你能把'大能人'演好就行了!"早上林导给我打电话:"今天我开夜车分镜头。"我问她:"就一个本子,你拿什么分?""你和平分听录音!"真有她的。

下午,剧务小冯打电话告诉我:"鲁导已经到郊区选景去了,梁士龙去找演员。美工们拿着那张报纸在准备服装,5日试装,6日读剧本,7日集中进景地,8日开拍,14日完成!"天呵,够赶啊!

3月8日

连搞过电影的平分都惊讶:"太快了,麻雀虽小五脏俱全,这也是个摄制组呀!"我想原因很简单:人心齐!一班子人,一呼百应。

昨天上午集中,两辆汽车解决问题,连人带机器全送到了西山脚下的海军招待所。吃过午饭后,全体进入拍摄现场——四季青人民公社。看完两个景地就晚上 6 点了。回来后导演说戏，演员对词儿，一直到 11 点。我和文华老师回到屋，他问我："鲁导他们说画角度，这是什么！"我说："我也不知道，睡吧，明天 5 点钟就得化妆。"李老师进被窝才想起来："好家伙，今儿早上到现在还没闭过眼呢！"

今天的拍摄真紧张，不过也挺有意思。负责灯光的同志拿着张报纸，美工拿着张报纸，录音师也拿着张报纸。因为剧本来不及印，复写了几份，只有导演、摄影师和几个主要演员有。李老师打趣地说："不知道的，看咱们真突出政治，这么忙还看报呢！"上午完成了 12 个镜头，鲁导说："看来今天 35 个镜头完不成！"吃过午饭一抹嘴，就进入现场，紧着太阳落山以前完成 26 个，应了他的话。拍摄是同期声，各部门要求都很严格。林导演在旁边的小屋子里看监视器，鲁导在院子里现场指挥。林是电影导演，刚转到电视不久。她总爱跑出来给演员说戏。鲁导急了："您别老出来呀，来回跑耽误时间，有什么话拿喇叭喊！"林导赶紧往回跑："对，音速快！"时间，全是时间！

↑ 这是 1982 年电视剧《大能人》的拍摄现场

晚上拖着发涨的脑袋看素材。"行家看门道,力巴看热闹",我们觉着挺有意思。我和文华干这事是头一回,群众演员全是第一次上屏幕的青年工人。

看完后,演员排戏,技术部门开会。我嘟囔着词儿上床,听隔壁开会的声音很大,我一看表都12点了!

3月10日

"啊嚏!"小二打了一个喷嚏。大能人惊异地回头一看:"怎么回事!"赶紧走过去摸摸孩子的头,他似乎在发高烧,赶紧抱起孩子放在炕上,匆匆忙忙地找温度计。算了,就拿量鸡的大温度计吧!一个颇大的温度计插进了小二的胳肢窝。大能人想起了大妞:"大妞,你回来!"大妞一进屋。"啊嚏!"嗯?大能人赶忙也摸她的头,似乎也热。"不上学了,你也躺着!"放好孩子一转身,"啊嚏!"自己也打了一个喷嚏:"急什么!"气急败坏的大能人冲着自己发火,潜台词是:一支温度计大家轮着来嘛……这一段是为了更好地刻画大能人由于赶跑老婆,自己狼狈不堪的境地。这是导演和演员即兴创作出来的。

我很喜欢这段,觉着一定得表演好,可拍完了,晚上一看素材,我演得不如两个孩子。这个问题真怪,自己按说也会点表演,可没第一次上屏幕的孩子们演得真实。怎么回事?为这又思索半天!相反,拍街上的一场戏:大能人去接老婆,内弟夫妻俩正要杀鸡,解除误会后,大能人因惧怕又返回,他以大男子主义的架子气哼哼地说:"我为了她请了一天假,这是我给她下台阶!"然后一转身端着架子走。这一段,倒引起了大家的笑声!林导说我:"这个背影刚找着感觉!"正面的戏不如背身的戏,思索怎么演好的戏不如真实地寻找人物感情的戏,这大概就是我在表演上存在问题的关键……记得有位电影演员对我说过:"宁可不够,也不要过火!"这是对我这样的"生牤子"说的。晚上想到拍第二天的戏时,我仔细地咀嚼着这话,觉得很有理。

3月13日

40分钟的小戏，一共四堂景，今天进入尾声。由于赶时间，拍摄得有点仓促了。导演鲁晓威和录音师赵平有一段争论，很有意思。赵平的意思是，为了提高电视剧的质量，就不能把立足点光放在时间上，拍好戏是第一位。

鲁导的意思是，时间紧，速度快，这是电视剧的特点，失去了这个特点不如搞电影。他们各提自己的理由。赵说："国外有名的电视剧不惜血本，不惜时间，提高速度要在同期声少排戏，要在协同作战方面努力，拍摄快不等于准备得也快，只有做好大量充分的案头工作才能达到时间快的要求。"鲁导说："现在的技术问题有些是苛求。比如布光，人物是从院子进屋子，咱们一路全是亮的，不符合要求，该黑要黑，该亮要亮才行。苏联电影《复活》有个镜头摄影助理的影子全进去了，但是并没有影响影片的质量。"赵说："无论如何光讲速度不行！"鲁导说："不讲速度干脆甭干！"其实我看两人说的是一回事，只要统一起来就行。一争，倒看得出对电视剧的关心与期望，不仅观众欢迎，干这行工作的人也如此，这就是成功的曙光呀！

半个月前有一个想法，我曾怀疑靠一张报纸能否拍出戏来，到今天居然拍成了电视小品。即使我演得不好，我也不一味在遗憾中懊丧，因为我想起爱迪生讲的一句话：失败也是我需要的，它和成功对我一样有价值。只有在我知道一切做不好的原因以后，我才能知道做好一件工作的方法是什么。

写于1982年6月

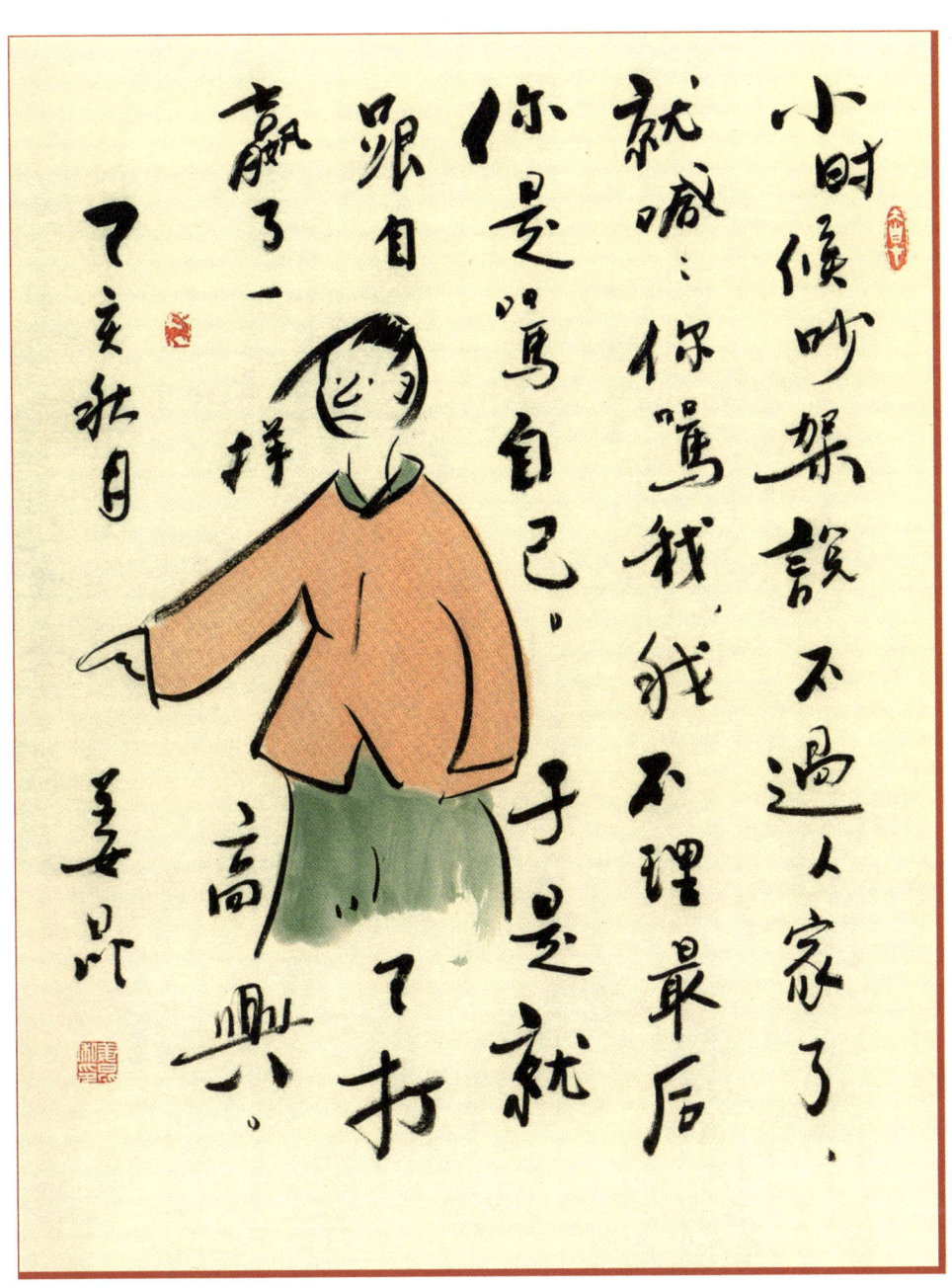

↑ 姜昆涂鸦

第二章 亲朋

父亲，我的书法老师

墨花托起慈父的脸庞，拳头捶着怀念——安抚激颤的胸膛，泪水成串挂着无穷的悲伤。……爸爸，亲爱的爸爸……可听见儿子忏悔的呼唤，是我无能，没有解救您出病魔的深渊，没有办法圆您对生活、对事业、对这个世界的梦想。

怎么是梦想？难道您对这个世界有着什么奢望？

回忆过往，您从没有想去尝试踏在红地毯上的喜悦，

↑ 这是至今为止姜氏家族能找到的最老的一张照片，右边穿着童子军服装的是我的父亲姜祖禹，中间坐着的是我的爷爷和奶奶。经过我和弟弟、妹妹们的考证，这是1935年秋，我爷爷在他50岁大寿的时候带着子女们一起照的全家福

您也没有试图想每天去沐浴鲜花的芳香,您甚至从来没有时间去琢磨生活应该怎样去报答一个辛勤的儿子对它的奉献,您也从来没有因为没有得到您应该得到的而怨恨怅惘。一切都没有——梦是什么梦,想是什么想?

"家有半石粮,不当小孩王。"敬爱的父亲,您每当听见孩子叫您"老师"时,由衷的喜悦融进满是希望的目光。在狭小的斗室,在破旧的方寸桌上,您在孩子一摞摞作业本上的批阅,是您对未来蓝图的最美构想。在破旧庙宇改成的教室,在小煤炉抵挡不住严寒包围的课堂,您春风化雨点滴入土的讲课,是您对人生最铿锵的歌唱。每晚11点半钟的就寝入睡送去旧日,每早6点钟开拔去校舍迎接朝阳。40年风风雨雨的洗浴,14600天朝朝夕夕的奔忙。突然有一天,您乘公共汽车时,一位售票员认出了您是他儿时的老师,一声呼叫,让您欢欣鼓舞,居然泪花儿盈眶。又及,一位您记不住姓名的学生的一封长信,把自己的工作成绩分一份给了您,也使您望着那几页信笺激动万分,两夜不能入梦乡。就是如此的梦,就是如此的想?

困难时期,饥肠辘辘,您垂眼房中踱方步,"帝高阳之苗裔兮……"踏唱诗歌送辰光;十年"文革",天昏地暗,您"五七"干校显身手,"迎来春色换人间……"几声高唱补凄凉。蓦然间,您信手挥出"斯是陋室,惟吾德馨",装裱置框挂中堂……爸爸,您有您的世界!您每天挥毫,常

我的父亲是一名小学教师,酷爱书法。他自幼跟随他的家庭教师、民国时期大书法家张伯英先生学习书法,后又曾多次登门求教于吴兰第先生和华世奎先生,多年苦习成就了他的书法造诣

← 1994年6月，我们为已故的父亲出版书法集时请吴祖光先生的公子吴欢为父亲画了这幅肖像。父亲在世时曾说自己有一个半学生，一个是我，那半个就是吴欢。我问父亲为什么吴欢是半个学生？父亲说，吴欢写书法，又画画，又写剧本，有的时候还能唱两句，真不知道他算是干什么的！我们听了以后都笑了。吴欢为我父亲的书法集写了序，父亲的形象被他描绘得栩栩如生，文如其人。他的这幅钢笔肖像画也画出了父亲那种治学严谨、一生好学的态度，非常形象、逼真

年弄墨，巧耍竹管，平铺纸张。您抒发您的宁静，您展现您的胸膛，您挥就您的追求，您刻画您的理想。从赵朴老的《园丁颂》，到廖公致小蒋的文章；从屈原畅诉的《离骚》，到李清照华彩的诗行。我读着那一字字，我看着那一张张。

看到了，看到了父亲如此的希冀、企盼、理想：您要的是没有砖瓦的大厦，您要的是没有梁木的殿堂。您用您清高纯洁的情感去铸造象牙之塔，自己去攀登，一步一步，就是向上，不炫耀，不声张……

如今，您去了！面对您给我，不，给这个世界留下的一篇篇白纸黑字。讲什么梦，谈什么想，嗅您清水洗砚淡墨香；寻什么求，问什么索，看您笔走龙蛇写华章。一个个字，钢筋铁骨；一幅幅作品，神采飞扬。一看，就知道您是个小学老师：字写得循规蹈矩，没有一丁点的歪门邪道和张狂。

一读，可觉出您满腹经纶：先秦魏晋，唐宋明清，先烈的志咏，名人的文章，全在您的手中一气呵出，熠熠放光。您是把血，把气，把神注入

到了您写的每一个字中；您是把人生，把追求，把对一切的理解录在了一张张宣纸上。

爸爸，原谅我曾经这样想：您有那么好的功底，为什么不舞毫弄墨走蹊径？您有那么厚实的基础，为什么总是追求横平竖直，纸正字方？按您的水平，您早可以任意挥洒，离经叛道，显露一下潇洒的风度，追求什么天地甚至宇宙的精髓风貌，找一点现代的"感觉"，也好让人舞文弄墨写文章。可您偏不是这样！您书，书您的风骨，书您的精神；您法，法自然之道，大秀入平常！

……颜真卿、柳公权，《九成宫》《兰亭序》；小楷一百，大字八十，描红摹帖——5岁让我写大字。"锄禾日当午，汗滴禾下土。""硕鼠硕鼠，无食我黍！"10岁要我背《诗经》，随后又改背唐诗，假期逼我写文章……

明白了，一切都明白了。

是爸爸走了后，我才开始在自己的脑中去圆，圆一个老知识分子的梦、一个老知识分子的想……全明白了？

写于1990年

永远的侯宝林

侯宝林是国内外有口皆碑的相声一代宗师，他是我的师爷。

在生活当中，相当一部分人有以貌取人的毛病。如果您把这方法用在相声大师侯宝林先生的身上，那可大错特错了。

他长得实在不漂亮。香港报纸说他长了一张"诙谐的脸"；美国报纸称他是"典型的一副愁容的面孔"。我们中国人可最喜欢这张脸。不过，准确地说，中国人喜欢的是侯宝林先生身上的气质。

专家告诉我们，气质是由内在的涵养决定，是有深度的恒久存在的内在光华，在待人接物和言谈举止中，流露于不知不觉之间。

赵忠祥谈起侯宝林时说："侯宝林是一种现象，是一种文化现象。他眉毛倒八字，眼睛也不大，又表演的是世俗艺术，但是你从当中看到的是儒雅的风范、学者的风度，我不管他文化水平多高，他的气质是文化气质，是知识气质，这种气质是现在一些相声演员最缺乏的。"我的老师马季和我谈起侯先生时，他不无感慨地说："侯老师身上该学的东西太多了。我们这些人都有一种毛病，见了大家不敢说话，怕露怯；见了领导不敢言语，怕人家不乐意听。可侯先生是见大不小，见小不大。他永远有一股属于他自己的尊严和自信，没有市民阶层那种常

1979年，在对越自卫反击战的前线有着相声演员们慰问的身影，这其中有相声大师侯宝林先生，也有我这样刚参加工作不久的新人。我非常有幸能陪着师爷在军营、在阵地前沿、在后方深入基层，慰问伤病员，为处在战争期间的百姓们演出。这是我们撤回后方时在云南的石林公园里照的一张合影

有的自鄙感，这是最难能可贵的。"我听这段话时，想起了毛主席赞扬鲁迅没有"殖民地半殖民地"那种"奴颜"的语录。

当然，侯先生的长相充其量只是不漂亮而已，但作为艺术家来讲，绝对够用，而且特点鲜明。文艺界行内行外的人都称侯先生的相"帅"。

我和师爷接触的时候，已经是1976年了。那一年他都50多岁了，而且是刚刚走出干校的门没有两年。动乱年代的折磨，只是给他刚毅的面孔上多加了几道皱纹，好像比实际年龄更大一点儿；生活境况的窘迫，也只是在他的衣着上显示出岁月的艰辛。人，依然是精神抖擞，精气神俱在，言谈话语不失舞台上的风雅有趣，他的身边总是有着趋之若鹜的人群，人们喜欢他，敬仰他。

一晃儿就是近20年，直到老人家辞世，我几乎没离开过他，隔三岔五就和师爷见上一面。

我们一起在东北的林海雪原冒着–30℃的严寒演出；我们一起在自卫反击战的前沿探望伤病员；我们一起在香港登台献艺，使相声开始走向世界；我们一起在上海迎接来自世界各国的相声演员，共同切磋笑的事业。

我有幸和侯先生同台，也有幸与他一起合作，在我的艺术生涯中，那几乎是短暂的一刹那，但就是一刹那，也深深地刻在了我人生之路的册页中。

我在1982年参加过侯先生"文革"后的第一次收徒，台湾的著名相声艺人吴兆南拜在师爷的门下，时隔12年，我又在八宝山以说唱团团长身

份操办了侯大师的丧事。

人生如梦，一切都在弹指一挥间。可师爷留在我脑海里的许许多多印记，像他的经典的相声一样，永远清晰悦目，字字珠玑，将与世界和生活同在……

艺术——毕生的追求

师爷曾经告诉我："干一件事容易，但要成家不容易。说相声一辈子，从艺人到演员，从演员到艺术家。就怕现在是演员，干着干着成艺人了，往回走。"作为事业来讲，笑是最容易的，也是最难的。

做丑脸，有的人会笑；耍贫嘴，也有人会笑。但笑完了他批评你："没劲！""真贫！"费力不讨好，严重了还让人说"讨厌……"侯先生把相声从市井艺术的格调中拔高，去伪存真，去粗取精，让相声登上大雅之堂，这是有口皆碑、世人皆知的事。但是，如果你知道，他不过是上了一年半的私塾，认不了多少字的文化水平，全凭自己的刻苦与聪慧去琢磨幽默艺术的真谛，而且在一个并不是所有人都理解他的社会环境中去身体力行时，你一定会更加钦服他的贡献。

准确地说，侯先生高雅的相声风格在 20 世纪 40 年代就形成了。

那时候，相声是纯世俗艺术，你没有"荤口"，人家还不愿意听呢！

但相声界的有识之士早已认识到"俗"对相声的危害了。相声界的老祖宗张寿臣先生就开始讲"文哏"的段子，马三立师祖也以"相声秀才"闻名于梨园行。侯宝林是新人，他比前辈更新，相声段子不仅"文"，而且"雅"。

他学唱戏曲，偶尔也有流行小调。前辈们不以为然，有人嗤他为不是"说相声"的，是"唱相声"的。

张寿臣先生在台上演，见侯宝林来了，故意在相声的词儿中加上几句："相声是靠说逗大家乐的，不是靠唱，我从小学的是说相声，您要让我合辙押韵地唱一段，我还真不会。相声里没有唱出哏来的，哪位老师这么教过……"侯先生在底下，知道话是冲自己来的，不言不语，但不是听之任之。

侯先生我行我素，不断完善他在艺术上的追求，名气一天比一天大，

↑ 侯宝林永远是中国相声界的一尊神。他走到哪里我们相声演员都围在他身边,他永远是"见大不小,见小不大",有着相声一代宗师的范儿

相声演得也一天比一天精。

又一次,侯先生和张寿臣先生碰在了一起,侯宝林尽弟子之义,该沏茶沏茶,该伺候伺候,看到张先生气很顺,便客气地问张先生:"您说相声里没有合辙押韵唱出来的,那您常使的《十八愁》《丑妞出阁》,那……"张先生记起了那次,也觉得当时有点说"气头儿话",见晚生如此真诚,他马上当着众人道:"爷们儿,提得对。'相声只能说,不能唱',这说法我收回。什么是相声?说、学、逗、唱嘛!"这一段时间里,张先生大概听说了不少,他对侯宝林的相声认识有了升华。

师爷和我提起这事,不无激动地说:"对的,你就得坚持,不能人家说你点儿什么马上就哆嗦,琢磨琢磨怎么回事。我要是全听老人的,相声就新不了,就没今天。40年代刘宝全、白云鹏先生的大鼓一直是'大轴戏',是我侯宝林的相声改了这个规矩,相声攒底,打我这儿兴的!"后来,史学家告诉我,从天津留下的海报资料中,曾查出过30年代也有相声攒底的报纸，也可能侯老不知道。但侯宝林的相声，以他卓绝的艺术创造使之耳目一新，为曲艺中的相声增光添色，有了空前的位置，是任何人都承认的。

他演一辈子相声，追求创新一辈子

我手头有侯先生给张杰尧先生捧哏的三段相声录音。

师爷告诉我，这是20世纪50年代，党号召百花齐放，挖掘传统，他专门请来了落魄的张杰尧师爷进京录下来的珍贵资料，其中有《关公战秦琼》。这段脍炙人口的段子，经过侯师爷的加工，简洁精练，炉火纯青，已经把一个在过去撂地摊上大家都说的段子，雕琢成一颗璀璨的艺术明珠。

侯先生说："这是个好段子，但是咱们说出来的和别人不一样。旧社会的相声那么多，鱼龙混杂，要是个个都是精品，相声艺人的地位就不会那么低下，我也不张罗去演话剧去了。"师爷40年代演话剧的事，我知道。他在《关于相声问题》一文中这样写道：

> 我演话剧的时候，有一次在文燕阁的门口，碰见我的一个同行。
> 他问我："你在哪儿？"我说："在演话剧。"他说："你那么好的相声不说？""相声怎么说呀？我们是靠艺术吃饭。我们不偷谁，也不抢谁，就是看不起我们，连我们相声演员自个儿在台上都说：'我们就是您驾前的欢喜虫，您喜欢养个鸟儿呀，养个巴狗儿呀，我们也是一样。'……"我跟他说："我为什么干这个呢？我不能找个别的行当吃饭吗？"我说："要干不下去，我再回来，我还说相声，但再不说那些乱七八糟的，我一定把相声搞进艺术圈！"

字里行间，可见师爷侯宝林对高雅艺术执着追求的拳拳之心，而且是从40年代，也就是二十岁出头的时候就开始的。他不满旧相声艺人哀鸣般的自供，更不愿意死守旧相声艺人的陈规，他革新、创造，树一代相声新风。尤其是中华人民共和国成立以后，他如鱼得水，立起了改革相声这面大旗，连赵树理、老舍、吴晓铃等著名的学者都在为侯先生提倡的新相声助威。

"我什么朋友都交，也可以说三教九流、市民百姓。但是，比起有些相声演员来，我比他们多交了大学者的朋友，这是我们应该做到的，但是他们没做到，有了大学者为朋友，相声就会有新东西，这是我的一条经验……"师爷在什么境况下说的这句话，我记不住了，但他说的内容，我一辈子忘不了。

堪称大家的幽默

"幽默"是外来的词，但这是我们中国人自古以来就有的玩意儿。从它有的那天起，就有了雅俗之分的存在。《红楼梦》中薛蟠的酒令，《济公传》里的"草庐闭户演字"谐音成"屁股眼子"全是在下三路，即低俗之类。

侯先生对这些低俗的幽默了解得非常之多，但他不为所染，毕生追求有品位的幽默。

《醉酒》的相声小段家喻户晓，起源于欧洲的一则笑话。著名指挥家李德伦先生讲是他说给侯宝林听的，侯先生妙手回春，点石成金，一则小笑话，演成了中国相声的经典之作。以后李德伦先生也和其他相声演员讲过别的笑话。他在俄国，人家早上问他"Доброеутро"（早安）时，他以为问他叫什么名字呢，就回答"李德伦"，而几次发现错误之后，他主动说"Доброеутро"时，俄国人就回答"李德伦"。这个笑话讲完了，侯三公子跃文也演变成了"How are you—猴哈腰—侯耀文"一个小段。两相比较，就有文野之分了。

1982年，内地的曲艺团体第一次来到了香港。

侯先生的到来在这个小岛上刮起了"侯旋风"。30多年的隔离，相声大师侯先生的身上有一层神秘的光环，他每天都在记者、闪光灯、各种问题提问的包围之中。

记者招待会上，一位西方记者问他："侯先生，您说的是普通话，可香港主要讲的是广东话，你说的他们听得懂吗？听不懂会有人来听您的相声吗？"侯先生不假思索答出一句："凡是来的都听得懂，凡是听不懂的都不会来。"

又有记者问侯先生:"我们怎么用英文解释相声?"侯先生说:"有声的漫画。"那记者穷追不舍:"那怎么解释漫画呢?""无声的相声。"侯老把球踢给记者,让他没事自个儿琢磨去。

侯先生在说《打针》这个相声时,把麻醉药"普鲁卡因"准确地用英语发音,有人问:"您会英……"侯先生说:"甭管我会不会,我绝不会把'澳大利亚'说成'饿的利亚'!"这就是品位的追求和体现,多少相声艺人缺的就是这一点呀!

我和侯先生聊天,经常会发现他有一股永远不消的自信。这种自信里,有他对社会的理解,对人生的体验,对艺术的认识。这种自信有一股威严,有一股豪气,让自卑的人能认识"骨气"二字的含义。

侯耀文师叔和我讲过发生在侯宝林身上的一件小事。

美国总统里根是个电影演员,他当了总统,一些对中国的政治制度持有偏见的人便以此为话题,经常调侃中国的演员。一位西方记者问侯先生:"大师,里根是个演员,但是他当了总统,您认为您能有此殊荣吗?"侯宝林平静地说:"里根是二流的演员,而我是一流的。"绝妙极了!没有骨气的人,说不出这么铮铮有声的话,不是侯宝林,也不可能有这么幽默的回答。

侯先生许多话语都可以入经入典,他信手拈来的词句,都是他多年语言锤炼的体现。

扬州有个姓季的先生,是火柴盒的火花收集家。侯先生为他题词"季公火佛",谐音"济公活佛",人们看过无不佩服。侯先生自己有个闲章"一户侯",世上只有"万户侯"之称,侯先生自称"一户侯",独辟蹊径,令多少金石家为此章倾倒。

我把弟弟姜仲介绍给师爷,他说:"你名昆,他名仲,你爸爸是学问人。你在家是老大,他的名字应叫'姜老二'。"说得二弟姜仲连连点头。

我添了小女儿,告诉师爷我爸爸给起名叫"姜姗",师爷说:"这是你爸爸纪念你的《如此照相》,让她'如此多娇',不信你问你爸爸去!"哪用问呀,就是这么一回事!

在我的相册中,保留着一张照片,这是 1976 年在我们黑龙江生产建设兵团照的。

这张照片太有意义了，我和我们兵团的团长坐在正中，而侯先生和一些战士、炊事员站在后面。我每一次收拾相册时，都对着这张照片，回忆那难忘的一幕。

我由一个普通的兵团业余宣传队的队员，调到中央广播文工团当专业相声演员。为了对我们兵团表示感谢，中央广播说唱团的团长马季，派了侯宝林、郭全宝、郝爱民、赵连甲、马增蕙老师到我们生产建设兵团来演出。

20年前的北大荒多冷呀，这是实话，近十几年来，-30℃在北大荒已经不见了，可在那时候是经常的事。侯先生到我们团也赶上了这时候。

我们的团长提出在我们团部简陋的小礼堂演出，侯先生说："不行，这礼堂一共600人，我对得起大家伙吗？"团长为难："我们实在没有更大的地方！"侯先生说："露天演出！"天啊，-30℃，露天演出，这可不亚于痴人说梦呀！

侯先生真情真意地劝说我们的团长："我侯宝林是'四届人大'代表，毛主席提名的，到北大荒不为人民演出，说得过去吗？简单搭个台，两台大卡车就行，让大家看侯宝林也行嘛。如果你怕我冷，咱们就中午12点在太阳底下演出。离北京4000多里地，大家看我侯宝林可能就这么一回，-30℃演出，我侯宝林可能也就这么一回。这两个第一，而且是就这么一回的事，你为什么不干呢？"我们真的在-30℃的气候中，戴着棉帽子、棉手套为我们团的三千多名战士、职工做了演出，我与郝爱民老师还合作了一段。

笑声并不算大，因为观众的嘴都冻僵了。掌声也是噼噼啪啪的，因为都戴着棉手套。但场面动人极了，当侯宝林、郭全宝两位先生走上两辆大卡车搭成的台时，有几十双手在搀扶他们，当他们演完了以后，又有几十双手在迎接他们。

我们团的战士、职工多幸福呀，他们看到了人民艺术家满腔热血为人民最动人的一幕。

离开我们团的时候，大家要和侯先生合影留念，大家把他请到了正中。

侯先生说："今天我是来接姜昆的，你们团为我们团培养了一名相声演员。他已经入门了，成不成才就看我们能不能像你们那样培养他。他也要离开你们了,所以让他坐在中间,坐在你们团长的边上,我和你们大家站在后边,你们看好不好?"大家哪肯答应,但侯先生主意已定。

最后,大家按照侯先生的意思照了一张具有非常意义的相片。我坐在那里表情极不自然,不是冻的,是内心太激动了。我能说什么呢?我什么都说不出来,只有听人家安排,坐在那个并不应该是我坐的地方。

↑ 这张照片对我有着极其重要的意义,让我一生难忘。1976年,说唱团的领导和艺术家们到北大荒兵团来接我。照合影时,侯宝林先生把他该坐的位置让给了我,他自己和大家一起站在了后排。他说:"姜昆,你过来坐在这个凳子上,这是你不应该坐的位置,但我就是要告诉你,你要记住北大荒、记住培养你的领导和同事们、记住北大荒所有的父老乡亲,你没有离开北大荒,你永远是北大荒培养出来的相声演员。"就是这张照片让我永远记住了这句话

不是杜撰的相声

1977年刚过完春节,我们广播艺术团要参加广州春季交易会的演出。这是一场大型演出,总团非常重视,团部决定请侯宝林先生参加。

侯先生那时候有一段相声叫《采访记》,是讽刺当时当政的苏联领导勃烈日涅夫的。考虑到在广州演出,又是粉碎"四人帮"以后第一届广交会,会有许多港澳记者参加,演这样的段子不合适,就准备换一个反映内地题材的。

马季老师刚刚从湖南的桃源创作回来,拿回一个作品叫《新桃花源记》,

他为自己的老师献了出来，请老师排练演出。

考虑到郭全宝的年龄也比较大，跑动不方便，组织上决定让我陪侯先生排练，像乒乓球队陪打一样，我每天到北京后海侯先生的住所，一天排练两个小时，一排就是三个星期。

那时候刚刚解放不久，侯先生身体状况也不大好，记忆力有一些衰退，侯耀文很为自己的父亲着急。

那年我27岁，耀文也不到30岁。他把我叫到一边说："你劝劝老头，让他不要打扑克，一码儿塌心背词儿。"我理解耀文，粉碎"四人帮"没多久，人们盼望着侯宝林快点儿登上舞台。那时候电视里已经有了《帽子工厂》《舞台风雷》等相声，他想让父亲、我们相声的大师马上拿出无愧于时代、无愧于侯宝林的作品。他着急呀！

可这句话让侯先生听到了，他对我说："你甭听他的，我在干校快10年了，10年不许我打扑克，刚粉碎'四人帮'，我玩玩扑克他也管。"他让我坐在他的旁边耳语对我说："大'四人帮'粉碎了，我们家还有小'四人帮'。一个老伴儿，两儿一女，不让我喝酒，控制我抽烟，还不让我打扑克……"我孩子般地问师爷："听说'文化大革命'您自个儿给自己糊个纸帽子，一斗您，您就戴起来，而且人们一喊'打倒侯宝林'，您就躺在地下，有这事吗？"师爷"扑哧"就乐了："可能吗？孩子，我都是反革命了，谁敢那么闹，那不是开'文化大革命'的玩笑，掉脑袋呀！那都是人们想象当中的侯宝林，神话的侯宝林。大伙那么传，我可倒霉了，红卫兵斗我，天天问我：'你自个儿糊的帽子呢？藏哪儿了？听说在耳朵里？'你听听，这是侯宝林吗？这是孙悟空。"引起了话头儿，我乐滋滋地听着，师爷乐滋滋地讲着，讲他在五七干校一段又一段带着眼泪的趣事儿。

"扫场院，让我用一个短把儿的大扫帚，我找了一个木棍绑起来，这样扫帚把长一点儿可以省一点力，军管的干部非让我拆下来，说我变着法儿地抗拒改造，你说这都哪儿的事呀！""您不会找他们讲理？"我问。

"他们说了，你侯宝林那么能说，我们讲不过你，你老老实实干活就行。""其实就是不许您思想。"我这样理解。

"还有一回，许多老艺人都解放了，牛棚里除了我没几个了。晚上，坐在场院里看电影，几个村同时放，放映员骑车送片子。一部片子没赶上，大家就坐在场院里等。闲着没事,也不乱聊天,两只眼睛四处乱看,这样不找事。

"忽然,一位老评书演员冲着天上喊了一句:'卫星!'所有的人一起抬头看天空,果然,一个光亮的星星在缓缓地游动。这位老演员刚刚解放,心情比较高兴,也加上许久不让讲话了,现在有了讲话的自由,所以比较亢奋,见他的一声呼唤引来了那么多人抬头响应,他激动了。在这时候,他可能为了表现一下、可能为了突出一下政治,他冲大伙指着那卫星说:'国产的!'

"尽管我是被管制的对象,我心里还是'扑哧'一下乐了。我看着管我的人员,也兴致勃勃地一边看卫星,一边听这位老师解说,我就小声地问了一句:'您怎么知道是国产的?'

"我这是自己找事,人家解放了,我还被管制呢,身份不同,自然引起了这位老艺人的义愤填膺,他振振有词地为'保护祖国荣誉'正告我:'第一,国产卫星比外国的亮!第二,国产卫星不出国,到国边儿一拐把就回来!'

"所有人都笑了,我不敢再说什么了,心里说:'不怪您,您就骑过三轮车。'"

我已经乐成一团了,侯先生甜滋滋地抽着烟,还沉浸在回忆过往的喜悦中。

他高兴吗?我估计他更多的是辛酸。十年"文革",多好的时光就在荒诞中逝去了,毁灭了正常的思维,歪曲了人的良知。大师是搞讽刺艺术的,他的目光较一般人更敏锐,他叙说的一切,在他脑子里不知转了多少个个儿了,当着我晚生的面,他没有过多地剖析,但从他淡淡的笑容中,我似乎觉得出他心中翻腾的万千感慨。

由于侯老的身体原因,这次广交会的演出他没有去成,但是,我却有幸在他的身边度过了三个星期。

侯宝林在香港

侯宝林率中国广播说唱团于1982年赴香港演出,成了那年一大新闻。香港以及内地的报纸有连篇累牍的报道,标题都非常醒目:《香岛刮起侯旋风》《语言大师笑话香江》《侯派三代一齐到港》。侯大师在报刊上的照片也是仪表堂堂，西装革履，风流倜傥，妙趣横生。

而在我的脑海里却深深地刻着侯大师与我们普通的演员一样，在香港住简陋的招待所，在没有空调的房间里拿着折扇大汗淋漓地造风寻冷的情景。

1982年的香港，在这里工作的我们的一些同志，头脑里"左"的余毒还没有肃清，言谈话语，工作安排，还带着很浓烈的"文革"的味道。

↑ 这是1982年我们到香港演出时带领我们的领导和艺术界的前辈——四巨头：谷峰（广播艺术团前政委）、陈庚（广播艺术团前团长）、侯宝林、马季

当时的一位领导在我们刚到的时候，给我们介绍香港："同志们，这里不是香港，是臭港，乌七八糟的什么都有，那些高楼大厦，都是劳动人民的血汗，每一块港币都有劳动人民的生命的代价！"我们听了好害怕，侯大师脸上一点表情也没有，但是他不是没有自己的看法，他偷偷地对团里的领导说："什么话都不能说得太绝对，臭港，既然是臭港，你把你自己的儿子、儿媳妇全办到这儿工作，你怎么忍心让儿女一天到晚让臭味熏着？你再翻翻他的兜儿，准有百十条命！"看我们疑惑不解，侯先生说："每一块港币都有命的代价呀！"连我们团里的领导都点头赞同，但这些话我们不敢说，除了侯大师外，谁也不敢说。

我们住在九龙的香港新华分社的招待所里。侯先生是大师,给他一个人分配在一个6平方米的小屋里。这儿原来是个仓库,堆着好些东西。我们一般演员则十几个人一屋,住上下铺。炎热的香江6月,我们屋里没有空调,只有几架电风扇;没有洗澡的地方,一人发一个塑料桶。由于人太多,铺不够,我被分配在过道搭一个行军床住下,马季老师还嘱咐我照顾师爷的衣食住行。

我们居住是封闭式的,不让外界知道。侯先生每天都在记者的包围中。白天,他有一些参观、座谈项目;晚上,侯先生要登台演出;闲暇还要接见一些来自中国台湾地区以及美国,特为看他专程赶来的朋友。65岁的老人,不容易呀!

日程的安排像风下的走马灯,不停地转。回到招待所,侯先生和我们所有的演员一样,开会学习讨论,吃大锅饭,拿每天10块钱港币的补助(当时合3块钱人民币)。侯宝林自己没说什么的时候,有一位内地的领导同志看不下去了,他向新华分社反映了情况,问能不能改善一下侯先生的居住条件。

当新华分社的领导征求意见时,仍然被前边所说的那位领导拒绝了,理由是香港太乱,住在外面不安全,要确保侯大师的人身安全。

侯先生一个人坐在小仓库的床前,一边扇着扇子,一边抽烟。他赤着背,只穿了一个大裤头。我给他打来一桶水,让他冲冲澡,他摇了摇头。我洗了一条手巾,给他擦背上的汗。我一边擦,他一边抽烟。擦完后,侯先生心情沉重地说:"不应该呀,他们不应该对侯宝林这样,我是块牌子,给我待遇好点儿是为内地争脸呀,这是内地的形象呀。记者问我您对香港的印象怎么样呀,我能跟他们说,这是臭港?不能呀!我能说香港这地方太热,洗澡不方便,老用塑料桶打水冲凉?不能呀!"我无言以对,也不知道说什么好。

侯先生说完以后看看表:"该准备演出了,把衣服帮我穿上。"几个小时以后,侯先生又谈笑风生地活跃在舞台上,把香港人逗得东倒西歪。

一位西方记者问侯先生:"听说大陆不许讽刺政府和领导人,您怎么看这个问题?"侯先生义正词严地回答:"每一个民族有它对讽刺的传统看法。我们对不正确的东西就要讽刺,'四人帮'四个人全是领导人,他们坏，我们就讽刺他们；好的领导，我们讽刺他干吗？！我们不能为讽刺而讽刺，我们讽刺要看对我们民族有没有利，不利的事我们不干！"小事就是小事，大事就是大事，师爷心里泾渭分明！

1984年，我们第二次到香港演出时，原来那位领导下台了，另一位领导向我们广播说唱团道歉："前年你们来，我们的做法还没有脱离'左'的影响，对大家苛刻了一些，不让大家上街，不让大家自由活动，安排住宿条件也不好，有点对不起大家，尤其对不起侯先生。当时侯先生有组织地提了一点意见，还被我们原来的领导给内地有关单位奏了一本，这些做法都有些过火，伤害了同志，我们保证以后不会再发生这事。"这次侯先生没去，我回来转达给师爷，他笑着说："他们还奏我一本，我早忘这事儿了！"侯先生是人民代表，他不是个爱讲条件的人，他说："我们演员要入乡随俗，到什么山唱什么歌，千万不能让人觉得格愣（北京土话，不舒服、别扭的意思）。"在大庆演出，他穿一身大庆工人的衣服，一双棉靰鞡鞋，一个大皮帽子。工人师傅看见他很惊奇："侯大师，我们没想到您也穿这个，和我们工人一样，您可是人大代表呀！"侯先生说："人大代表代表人民，人民穿什么我穿什么，再者说，这么冷的天我不穿棉靰鞡鞋，脚指头就冻掉了，我何苦为了派头自己找罪受呢！"在对越自卫反击战的前线，我目睹了侯先生对我们子弟兵的一片真情。他要求在病房里为受伤的伤病员演出，一连为战士演出了好几场，他那么大的岁数，艺术团的领导说："侯大师，您歇会儿吧，这种小型演出让姜昆他们年轻人演吧！"侯先生不同意："什么大型？什么小型？战场上没这个。我看着这些战士们，非演不可。他们还是孩子，可已经是国家的功臣了，别人累歇着可以，我侯宝林不行。我和姜昆合说，我给他捧。"侯先生给我捧哏，我受宠若惊。

我们来到了战地医院。侯大师坐在病床前心疼地望着受伤的战士们："你们挂了彩，受了伤，但你们也立了功，人民爱戴你们，我们代表人民给你们说相声。你们头上有伤，别笑太厉害了，我和我的徒孙姜昆给你们说一段《抓俘虏》！"我把我在战场上学的几句越南话编在一起，创作了《抓俘虏》的相声小段。侯先生只是在我和李文华演出的时候看了几次，可在病房里他从头到尾一字不落地为我捧了下来，我感动极了。这是我第一次和侯先生合作，也是唯一的一次合作。病房里的伤病员热烈鼓掌，含着眼泪鼓掌，为侯大师对他们的一片真情鼓掌。

侯先生的喉头扁桃腺化脓，他告诉医务人员："不用打抗菌素，打点儿鱼腥草注射液，这是中草药，又是云南特产，此地得病用此地的药，准灵！"他信心十足，医务人员也消除了紧张，而且对大师平添了几分敬佩。

到前线，每天都是在丛林大山当中转，蜿蜒的盘山道，绵绵的细雨，军区接待我们的领导为侯先生专门配了一辆吉普车，但侯先生不坐。

他说："这是前线，一走就是六七个小时，我一人坐吉普，闷得慌，我和大家一起坐大轿车，让大家伙陪我打扑克，你们有意见吗？"谁还能说什么呢？侯先生和我们一起坐大轿车，而且坐在了最后的一排座位上。

在北京的后海，侯先生家有一位座上客，是一位普通的工人师傅；当侯先生住进了西长安街上的24号部长楼里时，这位师傅依然还是座上客。侯先生说："他是我的救命恩人，'文化大革命'中多少人迫于压力不敢和我们说话，不敢和我们打对脸，走道上见我们都绕开。可他不，他说我是个普通人，我没什么可怕的。他给我送吃的、送药。我解放了，第一个把他请回来喝酒，我跟孩子们说，你们可以忘掉我，不能忘掉他！"一次，在大会堂演出完毕，许多人争着和国家领导人照相。侯先生在一旁和一位值勤的解放军战士照相。

他和我说："和大人物照相，容易被人忘掉。可这位普通的战士能记你一辈子！"

为民求乐　天道酬勤

一个表演艺术家的道路有他自己的轨迹，从脱颖而出到大红大紫，然后就一步一步地平平走下去，逐渐地告别艺术舞台，最后告别人生的舞台，谁也逃脱不了这个规律。

有的人告别了舞台，人们就把他淡忘了，他留在舞台上的光辉很快就被新秀的光芒所掩盖。而我们的侯宝林大师的艺术却留下了不朽的光辉，在目前，还没有别的相声艺术家的艺术光辉盖过他，人们提起中国的相声，仍然是众口一词地提《关公战秦琼》，提《醉酒》，提《戏剧与方言》。

漫画家方成和侯宝林是挚友，他一直想写侯宝林，并且鼓励侯先生自己动笔。

"他值得写的事太多了。"方成说,"有一次,我和侯先生聊天,谈鸟儿。侯老跟我讲,什么样的鸟打什么样的食,什么样的鸟怎么分公母,什么样的鸟怎么遛早儿。正说着,画家钟灵先生闯了进来,一进门就讲胃口不好,说中午才吃二两粮食就饱了,什么也吃不下了。侯老一本正经地对我说:'像这种玩意儿就比较好养活。'把我逗得哈哈大笑,钟灵丈二和尚摸不着头脑。他脑子灵敏,反应快,也是他文化底蕴厚实的一种反映。"赵振铎、赵世忠表演了一段相声《汾河湾》,我立志要学,侯大师把我叫过来。"二赵的《汾河湾》演得不错。但是有一个最大的遗憾,他俩学的那段河北梆子薛宝钏唱段不地道。真正的河北梆子不是那么唱的,他们唱的那个调是老相声演员杜撰出来的。学不像,就自己瞎编一段,没有比较,别人挑不出毛病,这是个懒做法,正统的应该这样唱:丁山儿啊……"侯先生惟妙惟肖地学唱,令我五体投地。

侯先生说他学的龚云甫、李多奎、周信芳,连梨园行的三老四少、戏迷票友都挑大拇指。"我的玩意儿地道,我下了功夫。在咱们这行中,艺不压身,没有下功夫的不是。""我也不是没有偷懒的时候,但我改了。"侯先生回忆说,"解放初期,学越剧,这我是外行。为了抓紧时间上台,我学了越剧的调,抄了四句'除四害'的词:'苍蝇蚊子害人虫,飞到西来飞到东……'由于我唱得不错,许多人,尤其是北方人居然没听出来,一个劲儿地鼓掌。可是,我不能光图效果好,我不能蒙人家,我赶紧学:'小别重逢梁山伯,那英台又是欢喜又伤悲……'这段一唱出来,内行外行就都挑大拇指了。"在1981年,侯先生总结自己学唱的经验时说:"能要下'好'来,首先要求学得'对'。""比如说学'马'派,不是说马连良这个腔拉四拍,你拉三拍就不对,而是要求必须掌握马派特点,突出这个特点。你还必须知道马派发音的位置在哪儿,马派这个腔在哪几个唱段里有。比如马派有一个腔在《三娘教子》里有,《九更天》里有,《四进士》里也有。""哪个最好?哪个最突出马派?《四进士》里一句最好,因为马先生唱'三杯酒下咽喉把大事误了'中间的'事'字,咬字发音和别人不一样,有他的特点,应该突出这个。"(见《侯宝林自传》)

侯先生研究相声中的唱,功夫下到家,所以他成了相声大师,成了中国相声学唱第一人!

这就是侯先生对艺术的态度,这就是侯先生艺术光辉永存的答案。

我让侯先生为我写一幅字,他写道:为民求乐,其乐无穷。

一个"求"字,写出了他一生对艺术的态度,也是他今天能达到这个高峰的始因,而这何尝不是对我这个晚辈提出的要求呢?

侯大师看到王震到了古稀之年时,对相声事业不仅依然寄予着感情和希望,而且还想身体力行地为它的兴旺奋斗出力。他成立了相声研究会,尽管没有怎么活动,但是完成了他思念许久的意愿,他还用自己偶尔演出的报酬为它买了一座四合院儿。

我已记不清他讲了多少次他带领一些艺人成立"相声改进小组"的往事,回忆那段他精力充沛地为相声新生奔走呼号的日月。他几次大声疾呼:相声要振兴,相声要再现辉煌!他知道自己已经没有年轻时候的冲劲儿,所以他一次又一次地讲,一次又一次地呼吁。

一位老首长因病住进了医院。他从报纸上看到侯宝林还在大声倡导相声革新,就问我:"侯宝林已经七十多岁了吧?"我告诉他:"今年侯老整七十岁。"老首长说:"我在报纸上看到他提倡相声改革,你们年轻人得响应呀!"我说:"您放心,我一定会去做。"

停了一会儿,老首长说:"小姜,代我问候侯大师,'文革'他受了不少苦,一个郭兰英,一个侯宝林,我都听说了,可是我救不了他们,那时候我也是泥菩萨过河自身难保呀!你告诉他,说我很惦记他,等我出院以后,我去看他。"我赶忙给侯老打电话。侯先生一听马上说:"小姜,烦你告诉老首长,我去看他,现在就去。"我当时正在开会,我就让我的爱人开车接侯老,陪他去了王老的病房。

我爱人回来告诉我,侯老激动极了,一进门就对老首长说:"老首长,您有病还想着来看我,我应该看您呀!"老首长笑了:"咱们互相看,都是老人啦,你的相声我总听,我还是爱听一些老段子。过去毛主席就爱听你说,四届人大就是他点名你当人大代表,我们一听都高兴哩!"侯老说:"毛主席最爱听我说的《歪批三字经》,现在这段子一说没人听得懂,因为年轻人没念过《三字经》。记得我说'抽五代,皆有由'又加了一句'抽六袋(烟),皆裂(烟)杆儿'时,毛主席哈哈大笑。毛主席马上把'抽五代,皆有由'是怎么回事讲给其他中央领导同志听。现在要说，年轻人恐怕没人能解释清了。"老首长问我爱人："小李，你懂不懂？"我爱人不好意思地摇摇头。

"告诉姜昆，让他学！"老首长一句一句对他说，"侯老师还要发挥作用，让年轻人的相声都说得像你那样好！"侯老摇摇头："老了，有劲使不上了！"老首长说："谁说的，你我还能活20年。"屋里的医务人员和警卫们都跟着笑了起来。

侯老和老首长告辞，两双手紧握了许久。

晚上，我给侯老打电话询问情况，侯老说："孩子，得好好说相声呀！中国的相声不能断在你们这代手里！"这天夜里，我没有睡着，侯老的话重重地锤着我的心。我从一个普通的业余相声演员到走进专业队伍，然后又当了中国广播说唱团的团长，我身上的担子多重呀。1985年，侯老辞去中国曲艺家协会副主席的职务，经过组织推荐和选举，由我接替了这个职务，而我无论从才能到水平都距离国家和人民的要求很远，我怎样做才能胜任，我怎样做才能不辱历史的使命呀？这一夜我想了许久，许久……

永远的侯宝林

侯大师病了！

听说是参加人大主席团会议，进行例行的身体检查，从侯先生的胃中查出一个像铜钱大小的肿瘤。

侯先生有过胃痛的先兆，可是过去他总是说："三九胃泰，两包！我知道我这胃的毛病。"可这回，他犯了经验主义，他不知道癌细胞趁着他过于自信的机会，侵入了他应该说老当益壮的肌体。

他的身体素质过去是非常不错的，年过古稀，依然精神矍铄，走起路来腰板挺得笔直，说出话来嗓音响亮，中气十足。

在他60岁的时候基本上就不怎么喝白酒了。他每顿饭喝一杯金奖白兰地，他说这是补身体的良举。生活上也比较有规律，但他和许多人一样，仍没有逃过日益猖獗的癌症光顾。

知道侯老生病的时候，医务人员已经决定要施行胃切除手术。侯耀文给我打电话，问能不能想个办法，既不让老头知道自己的病情，又能做癌症手术。因为我父亲也是因胃癌而去，他可能觉得我有这方面的经验。

送侯老进医院后，我又一次带广播说唱团赴港演出，而后我又从香港去了马来西亚，参加了为期15天的"国际相声大汇演"。

待一个月回来以后，侯先生已经做完手术了，做了胃切除。

我刚下飞机没有回家，就和我爱人直奔协和医院。我们买了一束鲜花。

刚进病房的走廊，医务工作者不无责备地对我说："所有的相声演员都来了，你怎么迟迟才到？"我一边解释："我出国了，我出国了……"一边踏进了侯先生的病房。

不知为什么，侯先生特别激动，从始至终一直攥着我的手，这是过去从没有过的。

"孩子，他们不告诉我病情。"侯老生气地说，"我是侯宝林，我有知识，我懂，把我当什么人了？病这个东西需要病人自己配合，让我糊里糊涂挨一刀，我得明白怎么回事呀！"我劝他，告诉他："大家也是好意，怕您有心理负担。"

"那不行！我侯宝林明白一辈子，不能眼里揉沙子。瞒着我，瞒得过去吗？那病单上CA就是癌，我不是不认字呀！"我慢慢地胡噜他的手背，让他平静下来。

我知道，大师为自己的病着急。这么壮的身体，不应该得这病。头脑清晰，思维敏捷，唱京剧，现在还能拉半分钟长的高腔，怎么就把胃切去四分之三，剩四分之一了呢？

平静了一会儿，大师三句话不离本行，又给我谈起了相声："马季、富宽他们都来了，我跟他们说，少干点儿别的事，多弄点儿相声，现在电视里相声一天比一天少，过些日子光剩歌舞、杂技了，你们得着急呀！现在电视里还有京韵大鼓吗？没啦！还有单弦吗？没啦！相声照这么下去也没啦！姜昆，你是个聪明人，得想法子呀！"师爷语重心长，整个病室里的人都静静地听着。

忽然，师爷想起了什么："前些日子，我听了河北台你的一段录音，有个货声（卖货的吆喝声），你怎么唱的？"这是我10年前的录音，不知侯先生怎么听到了，我赶忙给师爷学："块儿俩哎，先尝瓢儿高哇，又尝块儿咧……吃咧吧,船那么大块儿,沙了口甜咧,两个——大咧,吃来呗,弄块尝——!"我唱完了,大师沉思一会儿,郑重地问我:"你跟谁学的?"我支支吾吾回答:"好几个人唱的,我就学,也记不清……""谁教你的?"师爷严厉地说,"这是误人子弟!这是把两个卖西瓜的货声搁一块儿了,生活中没这么吆喝的。我跟你学一声——"侯先生忘记了自己手术后的虚弱身体,刚一张口就发现唱不下去了。我赶忙扶他躺下,我几乎含着泪对他说:"师爷,您先养病,等您病好了,我专门跟您学,您太累了!"侯先生躺了下来,很小的声音嘟囔着:"不能说糊涂相声。"侯先生明白一辈子,他也不允许别人不明白。

相声界所有的同人都佩服侯先生的博学。相声段子里面的,相声段子外面的,侯先生都研究,不是浅尝辄止,什么东西都能说出子丑寅卯。

1982年去香港,上海同乡会的同胞们请侯、马和我等三代相声演员在北京楼吃饭。侍者端上一盘灰灰的像土做成的冬瓜一样的东西。

主人问:"你们猜猜这是什么菜?"我干脆不知道,因为昨天第一次吃鱼翅,我是当粉丝咽进肚子里的。马季、唐杰忠也面面相觑。

侯大师站了起来,拿起盘子上的一个小铜锤。

"这叫富贵鸡,也叫乞丐鸡。过去北京称叫花子鸡。就是用泥巴糊在鸡的外面,扔在柴灶里烤,熟了以后,一揭泥巴,连毛全下来了,光吃鸡肉。"大师振振有词。

说完用铜锤一敲泥巴块儿,泥巴一裂,一只油包的嫩鸡出现在盘子里,香味顿时溢满屋。

全屋掌声一片。

就是在这个餐桌上,侯宝林先生破解了香港客人提出的富贵鸡的谜题

侯先生给别人挑毛病不是一回两回，可是每次都挑得人家心服口服；侯先生当众表现自己的杂学也不是一次两次，但每次都能令众人佩服称赞。这可是件不容易的事。如果你认为侯先生是倚老卖老、炫耀才华，那可大错特错了。如果你认为正是这时候，才是向大师学东西的时候，那就是长能耐了。

两年后，师爷病入膏肓。

我们一次又一次地探望，师爷一次又一次地教导我们：要振兴相声。我请气功大师张宝胜给侯先生看病。侯先生说："别费劲了。气功治病，伤他很大的元气，我这么重的病，别麻烦人家了。"大家说，盼您快康复，争取上舞台。

师爷挺着虚弱的身子，还乐着和大家说："上什么舞台呀，顶多再当一次布景，让你们在八宝山我前边儿那照相。"记得前辈告诉我，1969年郭启儒老先生临终时，大家也是这样的话语宽慰他，郭老说："没什么希望了，我也就是坟后的狗——假獾（欢）。"两个中国最著名的相声大师，分别在他们生命弥留的最后一刻，向这个世界开了最后一个玩笑。

……

侯师爷临终时给中国人民留了一封信：

> 我侯宝林说了一辈子相声，研究了一辈子相声。我的最大愿望是把最好的艺术献给观众。观众是我的恩人、衣食父母，是我的老师。我总觉得再说几十年相声也报答不了养我、爱我、帮我的观众。现在我难以了却这个心愿了。
>
> 我衷心希望我所酷爱、视为生命的相声发扬光大，希望有更多的侯宝林献给人民更多的欢乐。我一生都是把欢笑带给观众，如果有一天我不得不永别观众，我也会带微笑而去。
>
> 祝愿大家万事如意，生财有道。

1993年2月4日，侯宝林先生在北京逝世。但他的艺术永存。

写于1996年夏

马季老师给我的思考
——写于马季逝世六周年的日子

马季老师离开我们整整六年了！这六年，我经常遇到有人向我提问：马季老师还在吗？

我说，他已经走了好几年了！

他们说，我知道，只是昨天看了他的节目，我怎么觉得他还在呢？！

我说，您的感觉对，马季老师还在，还在每天为我们的生活增添欢乐呢！

这六年，我敢说，全国的电视台、广播电台，没有没播过马季老师的相声的。每天，在全国各地，不是东就是西，不是南就是北，准有马季老师为生活制造的欢笑，在广播电视电波的播撒下响起！

马季老师为中国老百姓留下了不尽的欢笑，那么，他为我们的曲艺界留下了什么呢？

第一，他给我们留下了操守。

操守，就是品德和气节。

中国的文人，不管经历了多少时代的变迁、社会的发展，经历了多少统治阶级的易主，在不尽的荣辱之下，你总能感觉到这些仁人志士身上，始终传承着一股专属于他们自己的风雅、清高和略带孤傲的品德。这里，有"他年我若为青帝，报与桃花一处开"的美好与清纯，也有"躲进小楼成一统，管他冬夏与春秋"的自嘲，有"留取丹心照汗青"的大义凛然，也有"不为五斗米折腰"的陋

↑ 在我们的社会上有很多关于马季曾经打过侯宝林、徒弟打师父的谣传，许多人又坚信不疑地认为他们师徒之间有着不共戴天的矛盾。甚至还有人去人为地制造一些矛盾，就希望相声界不和。但是，从这张拍摄于1991年的照片中，我们可以看出侯宝林先生、马季先生之间的感情是多么融洽，这张照片就粉碎了这些谣言

室名言。马季先生的一生有他的时代局限，但他的身上也不乏这样的气质。

马季生前曾经说过一句不招曲艺界和相声界同人待见的话。

他说，我太喜欢相声了，但是我太讨厌这支队伍了。多伤人呀！但是他说出来了。不但说出来了，而且在他去世以后出版的遗作《守候一生》的扉页上依然"矢志不渝"地，一点不改地，还写着这句话！

他不知道伤人吗？肯定知道，但他知道为什么还要这样说呢？

我认为，这是他心中最强烈的感觉，也是他真实的想法。他不愿意违心地讲讨别人喜欢的假话，他骨子里的气节不允许他违心！我不管他这句话里是针砭时弊，还是恨铁不成钢；是痛大于爱，还是爱大于恨！总之，我听出了他的一种苦楚。他不满意相声队伍里的俗气，不满足相声队伍里人员的文化素质，恨我们这支队伍里的歪风陋习，深恶痛绝这些风气对相声事业的发展形成的障碍。

这些风气，今天，我们还有没有？是不是还在侵蚀着我们队伍的肌体？我们难道不应该扪心自问吗？

马季走了，我总在想他的这句话。我仿佛看到他就是庄周心中的那只蝴蝶，怀着对美好的向往，带着"吾丧我"的那份无奈，徘徊于外表美丽

而充满排斥与矛盾的花坛与荆棘中。

第二，他给我们留下了忠诚。

我说的这个忠诚，不是一般泛泛所指的他忠诚于自己献身的事业，忠诚于他钟爱的相声艺术的这份忠诚。

我清楚地记得在江苏南京，2006年中国曲艺牡丹奖的庆典晚会上，他获得终身艺术成就奖时，他用颤抖的双手紧握麦克风，用发自肺腑的情感，对自己曾经走过的道路说过这样的话："回顾过往，我值得欣慰的是，在相声艺术最艰难的岁月里，我依然顽强地写了几段相声！"

这是一段振聋发聩的心声！

了解马季同志和了解相声发展历史的人都知道，他说的这段话的所指。

"文革"中，文艺花苑一片凋零时，当时马季老师的相声《友谊颂》《高原彩虹》，为业余生活一片沉寂的老百姓送去了几许欢乐。以至于从那个年代过来的人，都还记得"夸哈里尼，夸哈里尼"，那个距离他们生活无比遥远的语言！

当然，他自己都没有料到，就是因为他"坚定不移"地说相声、"矢志不渝"地写相声，招来许多不知道出于什么原因的攻讦和嘲讽。"他为强者歌功颂德""歌颂相声不是相声""他就听上边的，上边让写什么写什么""他写的是时令相声"，不一而足。

马季不是神仙，他左右不了当时的政治，他也不可能了解当时权力争斗的内幕。他只是忠于自己的职守，说相声，写相声。天塌下来，他能说还说，能写还写！这是一种真实的忠诚，一种几乎介于愚忠的难得的忠诚！我们的生活中，这种忠诚不是太多，而是太难得了！那些批评马季没有气节，"'文化大革命'，'四人帮'时他还能说相声"的人，就像武松打虎时躲在树后的家伙，在武松打完虎后，跳出来批评武松出第一拳打得不准，第二拳出手方向不对一样。马季在天之灵估计也在不解地问他们：那时候，你们干什么呢？

第三，他给我们留下了曲艺事业最早的团队精神。

马季是相声的一代大师，是相声事业里程碑式的人物。

不是是个人就能称得上是里程碑，那样里程碑就太多、太近，就成马路牙子了！

可就是这样一个马季，在中国曲艺家协会，三十多年，他连个理事都没有评上！包括在"文革"期间一些莫须有的"师父徒弟"过节儿的故事被编出来以后，马季一直生活在一种与他所热爱和生活的环境对他的揶揄和不公之中。

马季没有怨恨，也没有陷入不尽的烦恼中。他选择了一种躲离，用一种大度，平慰心底中他可能永远不解的疑惑。他和可以说是忘年之交的同人一起，创作、排练、演相声专场、拍喜剧电影、到新加坡录像、到马来西亚传播相声。总之，他以一个最早的相声小团队的精神，完成他对相声事业的承诺，在主流视线之外播撒笑声。

↑ 1977年，在北京开往呼和浩特的列车上，我和马季老师在餐车给乘客和列车的服务人员表演，马季老师逗哏，我为他捧哏。这是马季老师带我去参加内蒙古自治区成立30周年的庆祝活动，就是这次参加中央慰问团的演出来到内蒙古，我才知道内蒙古自治区的成立比我们共和国的成立还要早两年呢

《一仆二主》问世了；《五官争功》杀进了春节晚会；中国台湾的李国修、马来西亚的姚新光走进了他的弟子行列；电视节目中，义无反顾地打出"马家军"的品牌旗号。他用一个又一个丰收的果实，向人们证明他辛勤劳作之原始初衷。他的"团队精神"让人们看到了集体创作给相声作品带来的

↑ 2006年8月,我带着马季老师来到范曾先生的府上拜访。范曾先生和马季老师都是中华青年联合会的老常委,是我们的前辈。他们两个人在一起谈笑风生,回忆起许许多多过去的经历。可是没想到,三个月以后马季老师就离开了我们

活力与智慧。这种"团队精神"也让马季在人生的道路上,面对困扰时得到了升华。

马季去世的前两年,在他70岁生日的庆祝宴会上,他请来了几乎所有的朋友和同事。他说:"今天我请来的所有朋友们听我一句话,我70了,过去的岁月中,你们对我不好的地方,我全忘了!我有对不起你们的地方,我道歉,鞠躬,希望你们原谅!古稀之年,全是朋友,咱们重新开始叙写友谊!"全场一片掌声,经久不息。

比起鲁迅对宿敌说的"我一个都不原谅",马季豁达多了!

开政协会的时候,马季乐观地说过:"我得心脏病二十年了,每天早上一睁眼,看见了大亮天,看见太阳,我就乐,嘿!我真行,又赚一天!"当时我想:一个人的快乐,不是他拥有的多,而是他计较的少!马季老师留下的,不值得我们深深地思考吗?

写于2012年12月20日

太爱相声的李文华

在相声界,提起我必须说到李文华。

尽管他已经告别舞台10多年了,但是他的朴实、憨厚、幽默的形象,总像是昨天还曾在电视里逗中国人大笑。尽管报纸上一再地报道李文华老师患了喉癌,喉头已经做了切除手术,尽管我已经和唐杰忠老师又合作了8年的时光;尽管我与唐老师表演的《虎口遐想》《电梯风波》《学唱歌》等节目早已脍炙人口,但是,近10年,几乎每天都有人问我:"你还和李文华合作吗?""李文华最近怎么没出来?""怎么李文华不说相声了?"要知道,就是李文华老师不生病的话,也是年逾古稀的老人了!

他是一代相声人的骄傲

李文华太可爱了。他应该是相声一代人的骄傲。

他没有正式拜过师,这在相声界会被认为不是正宗的传人。但相声界里连老带小,没有不尊重他的,任何一本相声史中,没有不提到他的。

他与侯宝林、马季、郝爱民都合作演出过。在与我的合作中他厚积薄发,展现了他高超的表演技能,造就了他在相声表演中的成就,也造就了我。

有人说,这是机会。

可你必须承认实力。没有实力的人，即使有了机会你能登峰造极吗？

可能李文华在舞台上的时候，人们还没有认识到李文华的表演艺术辉煌到怎样一个位置。可他离开舞台以后，人们才发现：相声的舞台少了一块，相声队伍中应该有几个，甚至几十个李文华这样的艺术家才称得上整齐……

我想起了十几年前王洁实、谢莉斯唱的一首歌：

> 外婆给我一枚小小橄榄，
> 啊，又涩又酸，又涩又酸，
> 我随手就把它，把它抛掉，扔得很远，很远。
> 过了一会儿，嘴里泛起回味，啊，清香甘甜，清香甘甜。
> 我回去再找那小小橄榄，
> 再也找不到那小小橄榄。

这可能是生活中的普遍现象。许许多多东西的价值往往是呈现在人们的后认识中。

1987年，日本安田火灾海上保险公司开出了天文数字——以3890万美元购买了《向日葵》油画。一时间，人们在这个数字和《向日葵》的作者——生前穷困潦倒的凡·高先生之间大做文章。当然，我们不能由此而斥责人们为马后炮。其实，这反映了人类与社会的关系，或是说本身就体现了认识的一个过程。

那么，如何认识李文华，怎样评价李文华，才能够为中国的相声事业记载下有价值的历史的一页呢？

我似乎提出了一个很大的问题。

我把它留给造史的研究家们，我相信他们通过举例、罗列、对比、剖析，会恰如其分地评价著名相声艺术家李文华。而我这里讲的是，您绝对从电视上看不到的，一个爱相声爱得要命、爱得要死的李文华。

险入政界

多好的李文华,居然差一点就说不成相声而当行政干部去了

我调到说唱团的时间是1976年的9月。刚到不久后的10月6日,"四人帮"就垮台了。相声界一下子翻了个身,热闹劲儿甭提了。

常宝华、常贵田创作了《帽子工厂》,马季、杨锡钧创作了《舞台风雷》,马季、杨锡钧、李文华创作了《白骨精现形记》。

我看到了李文华的名字,脑海中马上浮现出李文华的身影。

↑ 陶然亭公园被誉为人民的公园。这是1962年,侯宝林先生和李文华先生在陶然亭公园为群众演出时的场景。李文华调入说唱团原是为了接郭启儒先生的班给侯宝林先生捧哏的,但由于种种原因这个安排没能实现。1977年我来到说唱团以后,没想到我跟李文华老师合作了起来。而且,在我们的合作之中也尽显出李文华这位老艺术家的天赋以及扎实的基本功底,他也因此被评为中国的十大笑星之一

几年前,李文华、郝爱民到东北去深入生活,我还在兵团的宣传队里当宣传员。那年,李文华刚四十六七岁,可长相和现在相比好像基本上没什么变化,熟悉李文华的人说,李文华不到30岁的时候就长得这样,而

且说估计他70岁的时候还是这样。这也怪了，人能在40年当中不变模样，这可是个奇迹。后来，我曾问过马季老师，他告诉我："我们大家一直管他叫李大爷，记不清是多大岁数的时候开始，不过有一点我能记得，我爸爸比他大好几十呢！"我是在李文华和郝爱民说完相声，从台上穿过观众席，在热烈的掌声中步出兵团俱乐部的时候，看清李文华的。

他，一脸的皱纹，一脸的笑。穿着一双布棉鞋，身体稍有一些弯曲，迈着小碎步。大伙儿看他可爱，都以热烈的掌声向他表示喜爱之情。李文华特别可亲地笑着向大家点头致意，那股和蔼劲儿是老北京人特有的：带着热乎劲儿，带着担当不起的自谦劲儿，带着跟您老没见了的劲儿，让人看了心里别提多舒服了。

看着他的脸，想着他在台上逗笑的憨厚劲儿，你真得佩服专业相声演员的深厚功底，李文华那么自然地把相声说得像家常话一样，把生活中大家那么熟悉的幽默呈现在舞台上面。

可是，我到说唱团的时候，他被分配去当艺术团总团的办公室主任去了。

是因为他工作能力太强了吗？是因为领导岗位上太需要他这位干部了吗？讲老实话，是因为一些领导认为他的形象不好，嗓音也一般，已经不适合再说相声了。当然，当时马季有了唐杰忠搭档，郝爱民与已经解放了的老艺术家郭全宝去合作，我和赵炎是一对年轻人，好像天然必须在一起。李文华一个人耍单儿，也不能不说是个主要原因。

李文华心里甭提多么不高兴了。

他是全艺术团出名的"大好人"，谁也不会得罪。他又是一位50年代的老共产党员，党要求他干办公室主任，没让他说相声，他绝对不会不服从组织分配。

但是，他爱相声，不让他说相声他心里不高兴。

不高兴不是没表现。

当办公室主任，负责分配房子，别人客气地问他："李大爷，您分房子呢？"李大爷也是笑，但是话里有气儿："我分砖头呢！"房子少得可怜，缺少房子的人缺得出奇，有五口人住10平方米的。都要房，就得摆条件，十几个条件来回地评比，一共10间房，40多个人分，您说"分砖头"是不是更恰如其分一些？

演出时，他先送给团里的领导20张票，李文华对领导说："这场演出票非常紧张，只有20张富余票，办公室一张不留，怕领导有压力，全给您。"团里领导高兴万分，夸李文华体恤上级。部里的兄弟单位的领导写条子说××部门需要照顾，一张一张地来，一张张地被李文华送到总团处理，办公室的难处少多了，这也应算李文华的一个"奇招"。

在1977年为广州交易会的演出中，当时的说唱团团长马季跟李文华说："李大爷，节目紧张，您和爱民再弄一段怎么样？"李文华举着手中的一堆火车票说："马季，我先把这卧铺分好喽，相声说好了，可火车上打架了，那责任不都是我的？再说脑子里全是火车的票号，分配住房的房号，相声词儿都忘了！"马季太了解李文华了，有意见，不愿意直说。"不行，今天晚上非上一段《大相面》不可，给我捧！"晚会上，一段《大相面》，观众乐得东倒西歪。马季和我们年轻演员说："李文华太爱相声了！"惋惜之情溢于言表。

工作全干得很好，就是心里不高兴。

一天晚上，唐杰忠、赵连甲和我去广播电视部的边上小铺吃饭，迎面走过来李文华。

唐杰忠道："李大爷，赵连甲的稿费来了，咱们吃一顿怎么样？"李文华笑着说："今天晚上剧场有演出，办公室里一人发两个面包一根肠儿，放那儿了！"说完，点头道谢就走开了。赵连甲深有感触地说："李大爷心里别着劲儿呢！"我那时候刚到团里不久，一切事都不大明白，吃饭的时候就问个究竟。

赵连甲说："李文华变脾气了！"李文华在艺术团人好得出奇，大家总爱调侃他，说他最爱说的口头语是"不容易"。

李文华经常说每个人都不容易，领导管那么多人，上面还有管他的，两头都得满意，谁也不能得罪，非常不容易；群众领导让他干什么事，就得去干，有意见提出来，到班组长那儿就给卡住了，心里一肚子气，回到家爱人还不理解，连数落带斥责，孩子小不懂事，但会挖苦人，说你"干革命25年，连个班长都没混上"，更不容易；司机开车，那么多车，那么多人，眼观六路耳听八方，手脚一直忙着，警察还老挑毛病，说扣本子就扣本子,太不容易;警察寒冬酷暑在大马路上站着,风里来雨里去,待遇还不高,碰上哪位喝酒多了的把不住舵,十轮大卡车冲着你就来了,纠正个违章,人心向弱,20多个看热闹的不帮助警察主持正义,齐心协力帮助违章的说话,也不容易。

李文华提倡大家伙多想别人的不容易,互相都和气点儿。

只要让我说相声,和谁都行

后来,有人给演绎了,说李文华说"小偷也不容易,又得让人感觉不出来,自己下手还得快,把钱包偷走喽还得赶紧走,不然让人抓住了就是一顿臭揍,不容易"。李文华听了自己都笑了:"编这段的也不容易,没当过小偷,还了解小偷的心理,不容易。"这么个好人,现在怎么居然有点儿倔脾气了?唐杰忠的解释跟马季一样:"你不让李文华说相声,等于要他的命。他太爱相声了!"我的心怦然一动,李文华和郝爱民曾经合作得多好呀,他的蔫包袱多有特点呀,他要是给我捧哏的话……

尽管没两个月我就找了李文华商量合作的事,但那个时候我没敢往下想,因为我还是个新演员,可李文华是个老艺术家了,当然,是不上台的老艺术家。

李文华老师没有表示拒绝,也没有表示过分热情,但是说干就干和我合作了。

1978年的下半年,和我一起合作的赵炎,由于马季老师需要一个年轻人与他共同表演一个有关孙悟空的相声,他离我而去,开始了与马季老师的合作。

我和著名山东快书演员黄枫的儿子黄凯合作了几个月,由于他的关系办不到说唱团,也作罢了。

我一个人耍单儿,深入生活形影孤单。

一个人去了北京的平谷县,住了两个星期写出了相声《红色园丁》,抽赵炎的空余时间排了出来;电视录像以后就一个人奔向了大连,采访红旗列车长张波同志,写出了《喜事》。与黄凯同志排完以后,又一个人奔赴卢沟桥附近的北京第二构件厂住了半个月,这回,我写了两段相声。一个是《爱的挫折》，这是采访当时北京建委的领导，他建议我最好写一个反映建筑工人内心世界的相声，我几次去工地收集素材才写出了这一段；一个就是我去北京中国照相馆照人头像，采访了全国劳动模范姚经才同志，挥笔而就了后来一举成名的相声《如此照相》。

手里边拿了两段相声，排哪一个是小事，和谁排？总这么形影孤单的也不是回事呀，我是说对口相声的演员，不能老是一个人呀。

我想到了李文华！

李文华老师虽然人已经到总团当办公室主任去了，可是说唱团还保留了一个他的办公室，时不时地，他在这间办公室里还翻翻资料，记点东西什么的。

那天，下午4点，记得天气好像已经有点凉意了。我轻轻地敲开了李文华老师的办公室的门，他戴着老花镜正看报呢。

"什么事，姜昆？"李老师问我。

"我……"我还有点不大敢说，因为这是个两相情愿的事，如果剃头挑子一头热，人家嫌我人微言轻，我的脸面可不太好看。

另外，这又是个决定我的命运的时刻。今后，可能意味着我将有一个比较固定的合作者，而这位合作者根本不像赵炎、黄凯那样，和我像一对伙伴、兄弟。那年，文华老师50岁，我刚28岁，我旁边站一个爸爸般的长者，观众看着习惯吗？

然而，这些天我已经斗争了好久，我考虑到文华老师对相声的热爱，我更欣赏他表演相声中"蔫包袱"的风格。我认为，只要他能看得起我，同我合作，我会成功！我是深思熟虑过的，但启齿时却还是有几分胆怯。

"我想和您一起合作相声，我这里有两个本子，一个是……""姜昆，"文华老师打断我，"你不是和赵炎合作的吗？""他已经和马季老师合作了，他和马老师、杨锡钧老师去长沙创作去了。""黄凯呢？"李文华老师又问。"回哈尔滨了。北京人事关系冻结，调不进来。""你征求过马季同志的意见吗？"马季是我的老师，又是说唱团的团长，他的意见是至关重要的。"他去长沙以前，我征求过他的意见，马老师连说了几个'好啊'，不过他告诉我得问您乐意不乐意。"我依然还担着几分心地说。

李文华老师最大的特点是决不做勉强的事，决不做人家不乐意的事，而且在人事上方方面面都照顾得周到得体。我站在李文华面前拭目以待。"只要领导决定了，我没意见，只要让我说相声，和谁都行！"李文华老师微笑着平静地回答。

没有拒绝，答应了，让我紧张的心情放松了；没有热情，也没有显出浓烈的兴趣，又让我挺失望的；尤其是"和谁都行"这几个字，好像还让我的自尊心受了点儿损害。

我从我的小书包里拿出我写的两篇稿子："您看看，这是两篇我写的相声初稿，我准备排练一下。""上什么地方排？"当时，说唱团有个不成文的规矩，排练相声全在下面，因为要一边修改，一边排练。再有，到下面，团里面有一天五角钱的出差补助，这在经济困难的当时，也不能说不是一个重要因素。

"马季老师说，如果您同意了，他主张我们去38军，张家口宣化那边儿有一个师的业余宣传队，可以安排我们食宿，也是个排演和深入生活的好基地。"我拿出来马季老师给我写的地址、电话和联系人的条子。

李文华摘下眼镜，叠报纸，然后收拾书包。我不知道干什么，怔怔地望着他，他把凳子放进办公桌内，拿起小纸条，对我说："我去打电话，再安排办公室买个车票，然后回家收拾收拾东西，咱们明天就走！"就这么决定了？！

事情是我提出来的，我却没有什么思想准备。随着李文华的小碎步出了办公室的门，我边走边说："对，说走就走，我也回家收拾收拾东西去！"说完一看李文华，他人都没影儿了。

我要当干部早当了，何必等今天呢

在开往张家口方向的列车上李文华老师少了我和他商量合作时的平静，似乎有点儿兴奋。他在餐车上买了二两白酒，就着一包花生米和我聊天。我第一次和李文华老师在一起待这么长的时间，我把耳朵伸得长长的在听。

"办你来说唱团时，是我搞的外调。"李文华老师告诉我，"咱们团设在广播部里，这里是一级保密单位，所以出身不能有问题，最起码得清楚。"这事我不知道，如果没有和李老师在一起合作，他可能也永远不会对我说。

"我和你爸爸聊了半天,知道你是隆福寺这儿,东四牌楼附近长大的。这地方我太熟了。冯乐福、孙宝才、王长友、王世臣都在这儿撂过地(一种摆地摊的表演)。我没事就去听'蹭儿'(不给钱站在边儿上看艺人表演)。

"因为每天都和我爸爸上猪市大街等着找工作去。那儿原本是猪市,卖肉的,后来成了人市,失业的都在那儿等活儿。'人歇工,牙挂队,肠子肚子活受罪。'我爸爸找着了活,我们就吃两天饭,找不着活儿,就饿两天。我是在东四牌楼小烟囱胡同那儿生的,后来搬到拐棒胡同。

"我认的这点字儿全是小时候背《三字经》《千字文》得来的。也许是守着隆福寺,对相声、快板特感兴趣。大街上看着要饭的在店铺门口耍着牛骨头数来宝,准停脚,瘾头儿大了。那要饭的词儿编得好:

……我求掌柜的给了吧,时间长了你省不下。
要省您从大处省,省个十顷带八顷,要算您从大处算,
算个十万带八万。我老傻,也能算,算来算去要了饭。
别看要饭牵拉头,要饭不在下九流……"

"就这要饭的词儿,我听一遍准会,好像天生的穷命。8岁的时候,小日本鬼子到了北京。在灯市口有个教会学校,就是后来贝满女中的前身,在暑假的时候招生,穷孩子免费上学。我去了,踏踏实实地学了点儿知识,念了两个学期的书。有一天,大中午的,学校的同学们用大板凳在操场围了一个圈,忘记了是搞什么活动来着,我一看这个圆圈,想起隆福寺艺人撂地那场子来了,我不知上了哪股邪劲儿,跑到中间学起相声艺人高德明来了,我给同学们唱相声里的柳儿:

……哐里个哐,哐里个哐,闲来无事我出趟城西,
有一个古庙盖得出奇。
里面住的不是僧来不是道,里面住的是一个小幼尼。
大徒弟名叫人人爱,二徒弟名叫万人迷,
数着师父的名字好……"

李文华老师学得惟妙惟肖，把我乐得前仰后合，我哪儿听过这个呀！

李文华老师呷了一口酒说："那时候十来岁，哪儿懂学校的规矩？同学们听了也乐，我也得意忘形，手舞足蹈起来。坏了，一位穿黑衣服的老师就站在旁边儿，大伙乐，他瞪眼睛。他把我叫了出来，问我哪儿学的。我说，隆福寺听来的，他说，我们学校教学生，不教要饭的。把我给轰出来了，轰出学校不敢回家，上哪儿去？干脆，上隆福寺听相声去！"我听得入迷地笑了，李文华苦苦地笑了。

猛然间，我想起一个问题："您办公室的工作怎么办？您这主任一走，这办公室……""我这主任根本不是正式的。我不和你一块儿出来，上级的正式任命就下来了。昨天我给王团长打电话，我告诉他，您调我到说唱团是说相声的，要当干部，我在工厂就当了，何必等到现在呢？"

从油漆工到相声演员

调李文华来说唱团这事，我听王力叶团长跟我讲过。

1946年，李文华当了七零兵工厂的油漆工。这个工厂在1949年就为解放军生产枪炮了，改名为五四七厂，也叫兴平机械厂。

李老师爱相声，爱说唱，自然是工厂里的业余文艺骨干。在工厂当学徒工的时候，一身破衣服，总穿没有后跟的破鞋，又爱说爱唱，大家给他起外号叫"小济公"，这个绰号一叫响，更增添了李文华本人的风趣色彩。

1949年以后，李文华老师如鱼得水。他上夜校、补文化，到工人文化宫参加业余文化活动，演话剧、演京剧、说快板、说相声。1956年和1960年两次参加全国职工会演。第一次表演相声获一等奖，并结识了马季；第二次和董凤桐合作表演相声时，加演了一段刚刚由报纸改编的相声小段《艾克答西方记者问》，在大会造成轰动效果，一时间电台报纸一通报道。

就是在1960年，著名相声表演艺术家侯宝林的老搭档郭启儒先生年事已高，准备告别舞台，中国广播艺术团的老团长王力叶同志决定选李文华去接郭启儒老先生的班。

"我是在两年之内，四请诸葛。"王力叶同志谈起这段往事很激动，"发现李文华这一难得人才之后，我马上和马季同志商量，请他探听李文华的工作单位和职务，以便下手去'挖'，生怕行动迟了，被别人抢走。马季说：'这人我认识，1956年全国职工业余曲艺会演时，他也参加说相声，我们俩都获得了表演一等奖。他是北京兴平机械厂俱乐部副主任，共产党员，为人挺老实。'我说：'请你找到他问问，愿不愿意到我们团工作？如果愿意，我们就去商调。'马季很快完成了任务，并告诉我：'他愿意，就怕厂里不放。'"

"有了这个底，我立即向上级领导和人事部门写了报告，并征得侯宝林先生的同意。第二天，我便和另一个同志前往李文华所在的北京兴平机械厂。

"这是个保密工厂，厂区不能随便进入，而俱乐部则在厂外面。于是，先到工会俱乐部。真巧，见到了李文华，并说明我们的来意。文华是个办事谨慎的人，他说：'这事我得装着不知道，以免厂里以为我在活动跳槽，给你们的工作带来不便。'我问：'你个人的态度坚决不坚决？'他爽快地说：'我是共产党员，一切服从党的安排。如果不同意，我仍要安心搞好本职工作，是工厂把我培养起来的。'他告诉我们到传达室先打电话，找党委宣传部，里面同意了，才能进去。

"宣传部领导的接待是热情的，但结果却令我遗憾。我一再强调李文华到广播说唱团，为侯宝林先生捧哏的重要性，厂里出了这样一位演员，也是厂里的光荣，等等。

"部长说：'按道理我们应该支援中央单位。不过，我们培养一个文艺骨干也不容易。他是我们厂里的先进工作者，曾作为文艺代表出席过全国先进生产者代表大会，并于1958年和1960年两次出席北京市第三届和第四届人民代表大会。他不是一般的文艺骨干，他是我们厂的政治骨干，这样的人我们是不能轻易放走的。不过，我们可以把你们的要求向党委汇报，过些天给你们答复。'就这样，我本想看看李文华的档案，摘抄一些材料便正式上报审批，这个打算落空了。

"回团后，我左等不见答复，右等不见回音，知道情况不妙，于是第二次来到兴平机械厂。

"上次见面的那位部长不在，由另一位同志接待。他很客气地递过一杯开水，抱歉地说：'这事我们向党委汇报了，经过慎重研究，都不同意李文华同志调走，请你们能够谅解。'我预感到会是这样的结果，我要求直接见党委书记或厂长，当面陈述我们的理由和要求。接待人员婉转地讲：'领导正在开会，我可以把你们的意思转达给领导，不过，这事看来不太好办。'就这样，我第二次碰壁而归。

"回来后，我想了两个办法：一是请马季找李文华，劝说他向厂里提出请调报告。可文华觉得这样做不妥，容易给领导上造成不安心工作的印象。

"但他一再表示，只要厂里放，他是愿意到广播说唱团工作的。二是请当时的中央广播事业局（现在的广播电影电视部）干部处派人陪我再去一次，以提高商谈的级别。俗话说'事不过三'，这次还真有进展。除那位宣传部部长外，还有一位厂领导出面接待。

"我们再三申述李文华作为侯宝林捧哏的重要性之后，厂领导说：'我们很理解。只是现在找不到合适的人代替李文华同志的工作。这样吧，你们不要着急，要有一个过程，一方面让李文华再为我们厂培养一批文艺骨干，另一方面我们也要有个时间物色接替他工作的人。等条件成熟了，我们一定放他走。但希望在这期间，你们不要直接和李文华接触，以便他安心工作。'我问这个过程大概需要多长时间，厂领导回答：'怎么也得一年半载的吧！'话说到这份儿上，我们也只能表示感谢了。

"两年过去了，我们仍得不到厂方同意放人的信息。

"于是，我又第四次出动。这次我带去两件'礼物'：一是为了感谢厂方对我们的支持，拟派马季等演员去厂慰问演出；二是向厂里领导表示，我们愿意承担厂里文艺骨干的辅导工作。

"精诚所至，金石为开。通过慰问演出，感动了厂领导，特别是马季现身说法，使厂领导当场表态，同意李文华调广播说唱团。自此李文华从业余走向了专业，成为一名他梦寐以求的专业相声演员！"

我像个孩子似的问李文华这、问李文华那，也把王力叶说的"四请诸葛"的事讲给他听。

他笑着回忆："那时候我当俱乐部主任，如果想当干部现在怎么也混个副厂长喽！不过，也别说，也不净是好事。'文革'中工厂有人揭发我当过特务。那时候，我正在干校当司务长管伙食，我都不知道这事。结果，组织上外出调查了一个多月,纯属无中生有。后来,我知道了这事以后说:'你们也是瞎调查,我要真是特务,我早在饭锅里下毒了!'"李文华的幽默把我逗得"咯儿,咯儿"乐个不停。

我心里想：您可别当干部,我跟着您好好学说相声吧!

老少合作说新篇

我们住在宣化的一个部队里,我们开始合作了,内容就是排练《如此照相》。

《如此照相》这个稿子一开始我是这样写的:

甲：一见面我想问您一件事。

乙：什么事呀？

甲：您这个人喜欢照相。

乙：你怎么看出来了？

甲：因为您这个人比较漂亮。

乙：我长得还可以。

甲：您像一个电影演员……

乙：王成？（《英雄儿女》里的正面角色）

甲：松井。（《铁道游击队》里的反面角色）

乙：小日本呀？

李文华看着稿子琢磨半天,他说:"说一个演员长得像日本鬼子,这种玩笑不是不能开,只是开得太多了。应该是你夸我夸得让我糊涂了,自己找不着自己才行。姜昆,不是我嫌你稿子写得不好,你是年轻演员,你不能让人一开始就觉得你拿老演员开玩笑,这对于树立你的形象不好。"他说得那么真切,不由得你不佩服。

排练的时候,这段改成：

甲：您这个人大概喜欢照相。

乙：你怎么看出来了？
甲：因为您长得比较漂亮。
乙：我倒是比他们长得好看。
甲：好像哪个电影演员像您。
乙：他们说我这和气劲儿像孙喜旺。（《李双双》里的人物）
甲：孙喜旺长得没您好看。
乙：也有人说我长得像林道静。（《青春之歌》里的女主角）
甲：……您是男的，您是女的？
乙：他们一夸我，我也弄不清了。

这一段，把我逗得都哈哈大笑。

这个时候，我对李文华身上的幽默感的认识，开始升华起来。

同样是开玩笑，他不让我恣意地去戏弄，而是找准人物的思维逻辑去夸张。他这样一改，一开始就确定了我们俩合作的相互关系——我是一个调皮、机灵，但是不尊重老人的孩子；他是一个憨厚、朴实，愿意跟孩子一起相处做朋友的长辈。我有脑快嘴快、娇嗔执拗的孩子气，他有老成世故和愿争高低的老小孩脾气，两个人组合在一起，一对典型的、矛盾的性格关系确立了，为我们合作的成功奠定了坚实的基石。

从我们一开始的合作当中，他对我的要求，对我异乎寻常地说那么多的话，从他在相声排练时字斟句酌的修改中，我看得出，他对我们的合作倾注着深深的希望。

我与李文华的合作成功了！

我们演出的效果"山崩地裂"。

18000人的首都体育馆，被我们两人说得所有的人都倒在座椅上开怀。

中央广播电台录了音。

中央电视台录了像。

新闻电影制片厂拍了电影。

作品登上了《北京日报》《人民文学》。

他爱相声，也有说好相声的本领，但是他的鸿鹄大志没能实现。

他是一老好人，不争不找，但并不是心中没有企望，没有希冀。他就是默默地，默默地，你知道他不是在寻找机会吗？

今天，他找了一个名不见经传的年轻人，也可以说带一个不见经传的年轻人。也许他认准这是个机遇，这也许是个能完成他这辈子一定要说相声的夙愿机会，所以他要把他半生对艺术创造的真知灼见体现在我们一起的艺术实践当中。

一老一少的一对相声演员，几乎在一夜间为全国的观众所熟悉和喜爱。

就是这段《如此照相》，乐倒了多少人，迎来了多少掌声，得到了多少人的赞许，接受了多少我们都想不到的评价。

一位著名的曲艺评论家说："你们这段相声，不亚于《实践是检验真理的唯一标准》文章的作用。虽然粉碎了'四人帮'，但是人们的头脑中依然有一个传统的阴影在遮盖着，你们的相声是个宣言，号召人们敞开思路，驱逐阴影，接受阳光。"另一位教授对我和李文华说："就这么一段相声，'文革'的一切'尊严''影响'全倒塌了，在你们的笑声中变成了垃圾，那么'神圣'的东西毁于轰然的一段笑声，这是你们相声艺术的力量！"李文华老师问我："咱们这段相声有这么厉害吗？"说老实话，我们说相声，并没有更多地想它的政治轰动效应。我们的目的是为中国人的生活增添笑声，它出自李文华很独特的一种幽默。

生活中的幽默数不清

李文华特别幽默，我在和李老师相处的日子里，他生活中的幽默数也数不清。他的幽默就是一句话、两句话，但是说得让你在任何情况下都会忍俊不禁。

20 世纪 80 年代初，人们生活刚刚开始好转，有人劝李老师家中添置个冰箱。李文华老师故意问人家："放什么？""吃的。剩下怕坏了的，放在里面。""我们家那么多孩子，剩不下，剩下的吃的想藏都藏不住，唯一能进口的，就是冬储大白菜。"我后来把这段写进了我创作的相声《错走了这一步》中。

唐杰忠曾经给我讲过李文华老替别人着想的事。

三年困难时期，最要命的是大伙都饿。到外面慰问演出，主办单位有时会给大伙来一点儿夜餐,那是极好极高兴的事啦。有一次有家主办单位,在演出之后,居然准备了饺子,大伙心里乐开了花。端上来一盘,大伙齐举筷子,三下五除二,就剩下两个饺子了,才想起旁边还坐着李文华老师呢。

"李老师,您怎么没动筷子呀?快吃……"文华同志把两个饺子吃了。

"您没饱吧?"大伙有点抱歉地说。

"正好,正好……"文华说。

一会儿,又端上一盘热气腾腾的饺子,照例,又是众筷齐举,几个来回,盘子里又剩下两个饺子,又想到他了。

"李老师,李老师,怎么又没动筷子呀,快快,吃!"两个饺子又归他了。再问他,又是那两字:"正好,正好……"工夫不大,这一回端上一大碗饺子,大伙有了刚才那两盘垫底,没有先头那样急不可耐了,都把目光投向文华同志。

"李老师,您多吃两个吧!也该您了。"这回吃多了,不再是两个了。小伙子忍不住问他:"李老师,您不是正好吗?""啊,正好再来俩……"

我想,在笑声以后,大家心中会涌出崇敬之情。

久而久之,我感到李文华的幽默,不是市民情趣的再现,不是单纯传统手法的运用。他有一种带有创造性的,属于他自己的幽默。我非常赞同一个观点:相声的表演,主观色彩很浓厚,你的文化底蕴决定了你所呈现的角色的素质与档次。侯宝林、李文华同属于长得不太漂亮的人士,但是他们个人的文化素质,决定了他们舞台上形象的雅俗。不太漂亮的面孔,倒成了招大家喜欢的特征。侯先生除去诙谐以外,大有杂家的儒雅风范;而李文华则显示出一位心地善良,处事谦虚,待人诚恳,没有小市民那种陈俗的积习,没有城市贫民或是失意士子那种卑颜屈膝带有自我侮辱心理的自嘲与自讽的舞台形象。

相声是党的事业的一部分

李文华所具有的幽默,完全是一个有觉悟的、典型的工人阶级的幽默,他是一种阳刚的、乐观向上的、与人为善的、家长里短式的幽默。这种幽默有责任感,不苟同于大流,不追求于油滑,往往小中见大、一语中的。

他深刻懂得说相声也是党的事业的一部分。1981年春节前夕，他的嗓子脓肿，仍坚持说了十几场，他说："脚崴了还得常活动呢，嗓子肿了遛遛有好处。说相声也是战斗，在宣传精神文明的战场上，也需要有轻伤不下火线的劲头儿！"有了这样的自觉性，是完全不用担心他会偏离党的文艺方向的。

当时，曾有一些相声不适当地渲染了政府一时无法克服的困难，引起争论，李文华明确而又幽默地说："咱们别给国家添乱了！"两个字"添乱"，形象、生动、真挚！

评论家戴宏森先生总结李文华时写道：相声演员不管自觉与否，在表演中总会流露出某些带有本色的东西。这样看来，一个相声演员要受到观众的欢迎和喜爱，就要经过学习修养，保持发扬优美、健康的幽默本色，去掉自己性格中先天或后天的不良杂质。艺术幽默也是因人而异的，它因演员的功力深浅、学习勤劲儿和所受不同外界影响而迥然不同。

本色幽默与艺术幽默是形成相声演员风格特点的两个互相依存的方面，这是从李文华的捧哏艺术中得到的一点启示。

在我们合作的艺术道路上，我欣赏李文华那工人式的幽默，更钦佩他身上那工人阶级优秀的品质。

我们出了名以后，报纸杂志纷纷来采访、约稿。《曲艺》杂志的编辑让我写写李文华。我熬了一宿，匆匆草就了我心中李文华的印象：

李文华，是我的战友，也是我的老师。

文华老师出身贫寒，十几岁学徒，一个人养活二老，生活非常艰辛。解放了，文华老师参加了中国共产党。当工人时，他是劳动模范，曾被光荣地选为北京市的人大代表；进入专业演出团体以后，工人阶级的优秀品质一直在他的身上保持着。他衣着朴素，从不讲吃讲穿；他待人热情，从不分生熟远近。不论走到哪儿，他见人总是带着工人师傅那种习惯称呼："张师傅您来了！""李师傅您喝茶！""回见，李师傅！"团里面的同志都讲：文华老师这脾气太难找了，大和气人儿！

李老师的相声表演，亲切、自然，像老妈妈一样的慈祥。文华同志为什么会给观众留下这样的印象呢？我以为，是他把自己性格的特点和捧哏这个角色巧妙地结合在一起了。他的艺术特点是和他平常的谦虚、待人的诚恳、性格的朴实、为人的憨厚分不开的。

但这并不是说，文华同志就是凭着本色演相声的。他自己说过："我自幼失学，认不了多少字，如果现在不抓紧钻，非被时代淘汰不可。"肯学、肯钻是李文华老师的又一个特点。我们一起到下面深入生活的日子，经常是在与工人、农民、战士们一起"海聊"当中度过的。可是，我们不白聊，每天晚上回来，李老师都要拿出笔，记上几句，他在注意人们想什么，人们对什么样的话题最感兴趣，人们愿意听什么。人们常说："文华的蔫包袱真足。"所谓"蔫"，无非是一句既平常又让人觉得有滋有味的话，须知这样的话必须是从群众中来的呀。比如《诗歌与爱情》中的"敢情宋朝那时候就有两地生活的""你说人爱得多瓷实呀"为什么得到轰然的效果？因为那是实实在在的群众语言，人民能不欢迎吗？

文华捧得稳、准、严。

这里，我还要讲李文华其人。内行人经常讲："三分逗、七分捧"，"捧哏不能夺逗哏的戏"。为什么有些演员不能很好地掌握这个特点呢？有技巧上的原因，也有对捧逗之间关系理解不大得当的地方。这里，我想起文华对我讲的一句话。两个人一起聊天儿，谈到合作，李老师说："我在舞台上的时间不多了，在我的晚年能把你带出来，一直带到我不能干了，我就满足了。说是我带你，其实你也带我呀。光我一个人，我也新不了呀。有小青年儿在边儿上，把我显新了。"话出自肺腑，感动得我掉过泪。有这样的思想指导，能有"夺戏"的问题出现吗？

现在读起来，我这篇文章太肤浅了。也许是我的笔拙，勾画不出李文华老师那优秀的工人阶级一分子的形象。

艺如其人

李文华的成功，使不少人研究他"大器晚成"的艺术现象。但研究来研究去，最后都和李文华的为人联系在一起。一个艺术家"艺如其人"是不容分说的，但像大家一股脑儿的亦人亦艺地异口同声，应该是个非常特殊的现象。

中国广播文工团的老团长王力叶这样说：香港报刊评论李文华的表演说："李文华脸上的皱纹，皱得对相声表演特别有利。额上几列'火车轨'，眼角的鱼尾纹像一对对倒置了的'八'字，颧骨下、嘴巴旁的皱纹像一对对尖角括弧……光看脸上的几条线，一动一动的，就止不住笑了。"这位评论家光看了李文华的外貌特征就止不住笑了，他只注意到李文华艺术魅力的一个方面。其实，这绝不仅仅是外在形象的功能所致。有动于衷，才形之于外。

李文华面部特征和表情所给人的笑，乃缘于其对相声艺术的修养之深，对致笑规律谙熟之透，对捧逗关系配合之紧，语言节奏运用之活。

当然，如果知道李文华的为人处世，那理解就会更加深刻了。

著名相声作家沈永年道：李文华先生艺如其人，人如其艺。他在台上是个可爱的小老头儿，那么在台下，不但可爱，而且可亲可敬。相声界的中青年演员都官称李文华为李大爷。这位李大爷从不摆老前辈的架子，一向是和蔼、热情，待人诚恳谦虚。

在生活上，李先生自奉甚俭，随遇而安。无论到什么地方参加演出或活动，从不挑宾馆、挑房间、挑伙食、挑软卧或飞机等，一切悉听安排，唯恐给别人添麻烦。对于热情的群众他从不怠慢，有求必应。他那诚挚的笑容曾经给多少接触过他的人，在心头留下温暖。他不失一个人民艺术家的本色，从而受到社会的普遍尊重和爱戴。

李先生德艺双全，足为今日相声界之楷模。

已故相声作家王存立说：李文华能够赢得广大观众的喜爱实属不易，但要得到同行们的公认，则更难上加难。俗话说："众口难调"，对演员也是如此。即使是明星、大腕儿，被议论起来也是有褒有贬。但提起李文华，却是众口一词，有口皆碑。无论是对他的艺术或人品，没有不说好的，内行、外行一致公认，这在演艺界中极为罕见。

相声新秀冯巩说：李文华老师从事的是笑的事业。在舞台上，他以带给观众欢乐为己任；在生活中，他更是时时处处用自己的热情去温暖周围的人们。三十多年来，李文华老师不仅以一个好演员更是以一个好人的形

↑ 韩美林老师有一位得意门生——纪峰，跟随韩美林老师学习书画、雕塑艺术多年。他为文化艺术界许多知名人士造过像，这是他为我和李文华老师塑造的我们年轻时合作表演相声的雕塑。这件作品在全国比赛中获得了大奖，纪峰先生也成长为知名的人物雕塑家

象受到人们的尊敬和爱戴。所谓"艺如其人"，台上演戏，台下做人，台上恰恰是台下的集中表现。在中国广播说唱团里，李文华老师是有口皆碑的活雷锋。

在他任团房管主任时，正是他家住房最困难的时候，而他却将所有的好机会都让给了同志们。每天清晨，最早来到单位默默地打水扫地的，也永远是李文华老师那亲切谦和的身影。十几年来，李文华老师一直是我艺术上、生活上的师长。

相声作家廉春明回忆到：李大爷在家待客也是非常热情实在的，无论哪路人物，他都备酒招待。有一次我和爱人去劲松买床垫，顺便去看他，他说什么也不让我们走。我们只是去看看李大爷，实在不愿麻烦他们，但

李大爷老两口，仍一如既往，死说活说不让走。吃过饭依然要送到楼下，然后假说散步，像往常一样送至车站。

李大爷对我如此，对待普通观众也是如此。有一次我住在日坛宾馆搞节目，那天我想去看看李大爷，无奈剧组没车，我只好求一位素不相识的司机跑一趟。那位司机听说去李文华家，二话没说，开车就走。车到了李大爷家楼下，那位天津卫司机，说什么也不上去，原因是自己是个普通司机，李文华是位艺术家，不好意思。后经我解释才勉强上楼，叫门时，又转身往下走，此时门开，李大爷问明情况，紧跑几步，把那位天津人请了上来，到了家热情款待，问寒问暖。事完后，李大爷依然如故要送我们下楼，我截住他，身体不好，大可不必了。李大爷说："这是我的规矩，谁来，我也是要送下楼去的。"硬是一阶一阶将我们送出来。那位司机十分激动，忍不住热泪盈眶，回来的路上对我说："我原来认为名人都高高在上，敢情李老师这么平易近人哪！真是个好人！这辈子我也忘不了他送我下楼。"

相声表演艺术家李金斗告诉我说："李老师尊重人是有名的，无论老小，无论官民。1984年10月2日晚8点，王长友先生在去世前3个小时，拿出两个铁球来交到我手里，说：'这是我生病以后，文华特意从涿州给我买的两个铁球。现在把它送给你，瞧见它，就想起文华来了。他这人可真好学呀！'"

著名的曲艺评论家陈笑暇这样总结李文华：李文华处处严格要求自己，按党的原则办事，事事起党员的模范带头作用，却没有那种政治上的优越感，平时待人接物和会上发言，都注重与人为善，礼义当先，很少唱高调，表现了政治上的高姿态，也从不给同志"扣大帽子""抓小辫子"或是借题发挥打击报复。这就给师友们以实事求是、平易近人、说话做事有分寸的好感。他在五四七厂时就是这样，总是和风细雨地帮助同志，协助领导做好思想转化工作。调入专业文艺团体后，继续发扬这些优良作风，因而群众关系很好。

他的与人为善反映在绝不踩着别人往上爬，正如有的同志所说："文华要能多为自己想想，怎么也能奔个高位子，闹两套好房子……"对此，文华没有任何遗憾，他自认为"行止无愧天地，褒贬自我春秋"，过去用正确思想指导自己那么做是对的，自己也有缺点，没什么可追悔的。

这位来自基层的相声艺术家，由于长期与工人为伍，饱尝人生辛劳，有着劳动人民的感情好恶，愿与普通人同甘共苦，并愿以自己的爱好和专长影响周围的人们并为他们服务，尽量给他们以理性和感性的双重愉悦。

所有朋友们的话里话外、字里行间，已经勾画出好老头李文华待人处事清晰的轮廓。

如果离大伙远了，你可就完了

在我的脑海里，至今有一件深深让我遗憾的事，困扰过我，也警训了我。我常想如果当初听了李文华老师的话……

那是1983年的夏天。

我和李文华老师在西安参加喜剧理论研讨会，白天开会，晚上在体育馆演出。东道主盛情，让我们抽中午一点儿休息时间，去参观八百里秦川上的世界奇观——秦始皇兵马俑。

那时候，我和李文华老师红得发紫，几段相声的成功，使我们声名大噪。

走到哪儿群众都是山呼海涌，我们俩的前面后面全是警察保护着，一天到晚签不完的名，照不完的相，应不尽的宴会，参加不完的活动。无论我们多么筋疲力尽，也得要强打精神，向对我们欢呼的人们龇牙咧嘴，微笑。

真累呀！

难得有机会抽个空，看看人类文明的杰作，我自然是兴致勃勃。

秦俑博物馆的工作人员听说我和李文华来，他们也是兴奋万分。工作人员们把贵宾室打开，把茶沏好，把贵宾的签字本摆在我们眼前。

我们到了那里以后，博物馆的领导同志郑重其事地向我们介绍秦俑墓地的开发过程，并且拿出当初掘进过程中的照片一一给我们看。

我性情急，加上年轻，总觉得太烦琐了，我又不是领导，您向我汇哪门子报呀。但是，我看着李老师聚精会神、津津有味地听着，就几次把涌到嘴边的话，强咽到肚子里，耐心又耐心地把他们安排的一切程序进行完。

好不容易介绍完了，开始参观的时候，导游格外热情，讲得异常详细，我直求那位解说的大姐："我们晚上有演出，您能不能快点，简单介绍一下就行了。"参观完了以后，我意料当中的事情发生了，先是让我们签名、题词，这些我和李文华老师都义不容辞地做了。

紧接着，所有的工作人员聚集在一起，用热烈的掌声欢迎我们表演一段相声。我看着李文华老师，刚才的这些过程中，他一直是把他那惯有的微笑挂在脸上，而且是不厌其烦地向所有向他打招呼的人致意。此时，他的脸上仍然是笑容满面，而且，看他那和气劲儿好像马上就要站起来给大家表演了。

我按捺不住一直烦躁的心情，站起来说："各位领导，各位朋友，我们上午刚刚开了3个半小时的会，我整整讲了3个小时，本来应该休息，可是领导让我参观秦俑，我和李老师觉着盛情难却，就来了，晚上在体育馆还有演出，太累了，同志们谅解一下，下次来，我一定专程为大家演出一场，今天时间紧就免了，行不行？"嘴上虽然是征求意见，可脚下是抽身要走。

免了？你们这大牌明星一到，说免了就免了？说是下回来。猴年马月？

机不可失，大家伙可饶不了你。

所有的工作人员一起堵在门口，你动也甭想动。

我有点火了，我看看李文华，盼着他能说两句，也甭多了，就说岁数大了，实在演不动了。他那么大岁数，说出话有威信，大家伙心一软，也许就放我们走了。

可李文华反倒把微笑改成咧开嘴笑了。那意思好像是说："既然大家伙这么热情，我就给来两段儿吧！"果不其然，他又笑着看着我说："姜昆，不行咱就……"我一下就急了，忙拦住他的话头，又一次和大家讲："诸位朋友，我今天实在演不了了，如果在这儿演，大家伙一围上，没完没了，我今天晚上在体育馆的演出非砸锅不可，这嗓子是肉的，不是铁的！"大家伙把我这话居然当成笑话来听，一起又鼓起掌来。

这时候，李文华老师脸上的笑容没了，他瞪着我，好像看看我还说什么。

我当时也不知怎么就是横下心不肯演，我对李老师说："李大爷，我这嗓子实在受不了了，我演不了。"李文华的脸上难看了，我看得出他非常不高兴。但是，年轻气盛的我已经顾不得那么多了。我就硬着头皮往外走。

大家伙似乎看出我真是决意不演了，喧闹的情绪一下子静了下来，而且自动闪出一条道儿让我们两人出去。

我一下子也觉得难堪。李文华用手给大家作了个揖说："领导，师傅们，姜昆今天实在是不太舒服，而且晚上演出任务太重，所以希望大家原谅。不过，我向大家保证，姜昆是个说话算话的人，他说来给大家专门演，他一定会来。"群众的反应比较漠然。

其实，我讲的也是实际情况，在外面经常遇到演个没完没了、人家不让走的时候，实在推不开我也就演一段算了。可那天不知道哪根筋上了弦了，我硬是拗着不答应。为了缓和一下尴尬的气氛，我又补充："各位大哥、大姐，今天晚上体育馆演出，是我第一次同西安的观众见面，我心理负担很重。这么着，晚上6点钟以前，我负责督促给你们这儿送20张票来，请你们去看演出，那儿的效果好，我请客。"老百姓最实际，眼前你没答应他们的要求，你海誓山盟地许给他一座金山，他说不高兴还是不高兴。

反正我们是尴尬地爬进面包车。我听见背后有人甩过两句话："人不大，架子挺大！""现在的年轻人比老人差远啦！"说得我的脸热乎乎的。

我有点儿生李文华的气，就显他是好人了，让我得罪人，我正要跟他说，他倒先开口了。

李文华像是对我，也像是喃喃自语："今天这阵势，真是送票，人家未见得来，不信你瞧着！"我震惊了，我听得出这是责备我。

李文华的脾气我了解。他很少跟人家生气，也很少责备人。像这件事，他能说这样的话，他一定是很生气了，而且，他告诉了我一个事实：群众愤怒了，群众生气了！你在群众面前摆了架子，群众买你的账吗？

我头大了，刚才有点儿气恼，现在是觉得又受了重重的一击，闭上眼睛，慢慢运气。

忽然，我想：刚才要是听了李老师的话，演一段儿，大家一鼓掌，再跟大家解释一下，会是个什么后果呢？

会是大家怒视着我出门吗？

气恼的我，变成了懊丧的我。李文华没直接责备我，但是比骂我还难受。

我闭着眼，不敢看他。

十几年以后，我在北京的国子监北京艺术博物馆里，遇见了一位当年在秦俑博物馆工作的同志。我和她一起回忆了那件令我难忘和尴尬的事。她说："你知道吗，那次，我们好几个人都凑在一起说，敢情姜昆是个这样的人，以后再不听姜昆演相声了……"我说："你知道吗，我后悔极了。"以后，我好几次和李老师谈起这事。他说："姜昆，相声演员，如果没有人欢迎你，离大伙远了，你可就完了！"

传统有它精彩的一面，也有它落后的一面

李文华说了快 30 年相声，到 50 多岁的时候，一下子红了，而且红得发紫。全国上下的捧哏相声演员，没有不学李文华的。李文华的蔫包袱，一下子成了最时髦的相声捧哏"特点"。

师胜杰和于世德老先生的合作，朝这个方向靠；笑林、李国盛的结合也学习李文华老师的包袱特点；李增瑞说："我把李大爷的特点琢磨来琢磨去，找出人物性格上的逻辑，用在我的捧哏上。"冯巩更是直言不讳："我就是照着李大爷的样子去捧，等学到家了，能升华了，也许就形成了自己的风格。"一时间，在曲艺界、新闻界怎么评论的都有。

"大器晚成，老来红！""站在姜昆边儿上，李文华得发挥。""李文华研究半辈子捧哏，全用上了！"都是赞扬，众口一词的赞扬。

相声界的祖师爷马三立非常欣赏李文华的表演，提出来要收李文华当徒弟。

在中国的相声界，一直保持着拜师收徒的师承传统。对这个传统，从组织上到社会上，一直是颇有微词，但是传统这东西的生命力非常顽强，不管周围发生什么变化，它一直传，传到了今天。

我的解释是中国的相声没有学院，相声演员没有文凭，这种师承关系，相当于有了一个正儿八经的文凭，以证明演员的宗系之正。我们的侯宝林大师曾经亲口和我说过："我最不赞成无师自通。"李文华老师到说唱团以后，一直是宗师郭启儒先生。但是囿于当时的历史条件，没有正式拜过师。

马三立老先生的愿望，实际上也代表了相声界的愿望，几乎所有的相声演员没有不支持的，李文华听了也挺高兴的。

但是，不知出于什么原因，相声界里一位颇有权威的人士提出了异议，而且原因极其古怪。他劝马三立："您的辈分这么高，不能随便就收徒，这等于给许许多多非常有名的演员又添了一个师叔，您得慎重呀！""慎重"

这两个字，使马三立先生的这个愿望落空了，相声界的众生们听了也都"黯然"了。传统，有它精彩的一面，也有它落后的一面；像一个大家庭里，长辈讲了话，后生们不敢吭气一样。

我劝李文华，李文华反倒乐了："我没什么，都是我的老师。年轻的时候，我迷朱相臣，后来我跟郭启儒学，这都是我的启蒙老师，什么叫真东西，学着本领才是真东西。就是当了徒弟、你没真东西，你算成才了吗？"看着李老师豁达的态度，我为李文华老师感到委屈的心情一扫而光。

李文华说："1950年市文化宫和群众艺术馆为厂矿培训文艺骨干，组织创作训练班、戏剧表演课，我也报名听讲，还经常参加艺术团的一些演出。听说相声改进小组演出了新相声，我就到小组办公室（西单口袋胡同）去要本子。侯宝林、孙玉奎、谭伯如等老师有求必应，像《思想改造》《二房东》《美的研究》《维生素》等本子铅印本也好，复写本也好，当时就让我拿走，连工本费都不收。我写了相声去王长友同志家请他提意见，他耐心认真地提出意见并用传统相声举例说明，既修改了本子还让我增长了知识。高凤山同志任市曲艺三团团长时，他和陈涌泉等同志组织创作组，为提高业余相声的创作水平，吸收一些业余爱好者参加，我也是其中一个。这些长辈不都是我的老师吗？马三立先生我更是崇拜……"说到这儿，李文华停了一下，思索了一会儿他说，"咱们抽空去趟马三爷家，让他别往心里去，拜不拜师是次要的……"

我没容他说完就站起来道："李老师，说走就走，我开车送您去。"我们一起到了天津。

马三立老先生紧紧地拉着李文华老师的手，惋惜无奈的心情，注在了两个人的默默无言中。

李文华老师也紧紧地握着马三立老师的手。他脸上的笑依然像他在舞台上的笑那样，那么纯真，那么自然，那么发自内心。世面上一些蝇营狗苟之事，与文华老师无关。那些乱七八糟的事，他不往心里去，他还怕别人往心里去，影响正常的心理状态。于是，他从北京跑到天津，握着他非常崇拜的老师的手，表达他这种信念。

对于落后的东西，不往心里去，够了。我这样想。

罹患喉癌,他还说相声

李文华患了喉癌,犹如晴天一声霹雳。

有人说,得喉癌的原因是他小的时候在兵工厂当喷漆工,刺激性的气味造成的。

有人说,得喉癌的原因是他喜欢喝酒、抽烟造成的。

我最明白李文华老师的病因:他是因为说相声,累的!

从1978年起,我和李文华老师几乎是马不停蹄地在祖国四处奔走。

我们去了云南自卫反击战的第一线,一天演4场!

我们去了沙班达尔大草原,每天和牧民联欢。

我们在东海舰队的炮艇上度过了十几个不眠之夜。

我们在西双版纳的原始森林,为拍电视片日夜奔波。

北国-30℃严寒,我们露天演出。

海南岛,我们热得睡在水泥地上,早上起来,地上有和人身一样长的汗印。

我们在农村乡镇里慰问,我们也在灯红酒绿的香港登台。

深入生活,挑灯创作,基层慰问,与各行各业"三同",年复一年,日复一日,几年来,我们一直没有歇脚。

李文华老师自己说:"我深知观众爱听好相声,其实,我更爱听观众的笑声。只要亲爱的观众们能够笑口常开,就是我莫大的荣幸,我内心就非常愉快。虽然三天两头不断地演出,有时一天演两三场,就在深入生活搞创作时也照样有演出,可从来都不觉得累,好像是浑身有用不完的劲儿。真是人逢喜事精神爽。要不是别人提醒我试试表,连自己发烧都不知道,声带发炎了连看都不看,摸出两片消炎药,喝口茶一冲照样演出。"就在这时候,病根已经坐下了。

1981年,我们的演出效果好像差了一点,我也发现李文华老师的声音亮度不如以前了。

我劝李老师去检查,他告诉我已经检查过了,大夫让他噤声。我问他什么时候大夫告诉他的,他说一个月以前。

这一个月我们又演了20多场相声,急得我怨李文华:"你怎么早不说呀！"1982年，中国音乐学院的喉咙主治医师黄平教授为李文华检查，发现有息肉，我马上陪着李文华老师做了息肉摘除手术。息肉摘除以后，大夫要求噤声10天。到了第三天的时候，总团通知大会堂有演出，我跟李老师说："我请郭全宝替您一段儿。"李文华说："我这嗓子行啦，演一段没问题，别烦老先生了，又得背，又得排，多费事呀！"我说："您不是噤声吗？"李文华说："大夫的话不能不听，也不能都听。不能噤声10天，也不能一天不噤，噤两天就得，今天正好是第三天，没问题。"那天在大会堂的演出，李文华老师的嗓音格外好。我俩都特别高兴。李文华得意地说："人不能让病拿住，只要心里痛快本身就祛病。"我一点办法也没有。

1984年，李文华老师在参加完香港的演出以后，在马季团长的催促下，又去检查声带。经过切片检查，确定病情：声带鳞状细胞癌。

马季老师带着我一起找同仁医院的领导和大夫，我们恳求他们，能不能想方设法保住李文华的声带。

几经磋商，医院同意李文华到北京医院去做放射性治疗。

将近一年的时间，李老师意识到了病情的严重，没敢怠慢。一方面坚持接受放疗，一方面找中医调理。当时在贵州省当书记的胡锦涛同志对李老师的病情也异常关心，专门接他到贵州去看中医。

我为了不让李文华老师分心，没有找新的合作者。我暂时中断了自己的演出生涯，以配合李老师的治疗。利用这段时间，我参加了全国"自学视听高考"，插班中央电视大学，获取了中文专业的大专文凭。

1986年8月，为了防止扩散恶化，医院决定让李文华老师在中国肿瘤医院做"声带切除"手术。

这时候，我已经就任说唱团团长，一起参加了手术治疗的方案确定。当定下来以后，我的眼泪"唰"的一下流满了脸。我知道喉癌手术对李文华老师意味着什么，也明白对我意味着什么。大家怎么劝，我怎么克制，也挡不住泪水的流淌。

我想起来，前不久我知道要做声带切除手术一点儿信儿的时候，我试探地问李文华老师："李大爷,您要是退休了,您准备干点什么？"李文华说："如果退休，我就在工人文化宫找个业余的逗哏的，我给他捧！"退了休，他还说相声!

一位作者写道:"从事业余文艺活动和相声艺术近40年的李文华,一旦不能发声了,是多么痛苦。然而他没有向命运低头。为了重返舞台,他以顽强的毅力,坚持骑车去食道发声训练班上课,回家来还严格按照无喉者康复研究会编制的《食道发声练习教本》练习用食管震颤发声。他说:'食管本来只负责吃喝,想不到过了近60年又担负起了发声的新任务,真难为它了。'他说得很风趣,可是我却产生了一种酸楚的情感。"我送李文华上的手术台。当时确定的手术方案是"声带切除",能保留一侧,保留一侧,只取有病的那一侧。

当我骑着自行车刚到家准备吃饭的时候,守候在医院手术室旁的李文华的长子来电话:"姜昆哥,你快来吧,医院叫你来。"我街头把式地冲下六楼,骑上自行车5分钟跑到了医院。

手术开始,切开喉头以后,发现由于放疗的缘故,喉头的软骨部分已经酥了,用镊子一捅就是一个洞,医生决定要进行"喉头全切"手术。家属不敢定,让我来拿主意。李文华的儿子对我说:"好几天前我爸爸就跟我说了,有什么事都听姜昆的,让姜昆拿主意。"我哽咽了,泪水又往外滚。我拉着李文华孩子的手说:"按医生意见办吧!他们是权威,我们只有听他们的!"我和他的孩子一起在手术单上签了字。

饭也不吃了,我等了两个小时。

李文华老师出来了,很清醒,向我点头。

大夫跟我说:"姜团长,手术非常好,没问题。"我紧紧地握着大夫的手。

在李文华恢复的日子里,多少人关心他,多少人爱护他,每天问候的信件像雪片一样飞到了李文华的病床前。

张海迪小妹来了信,李燕杰教授来了信。

漫画家方成寄来治疗喉癌方法的剪报,电影演员马精武专门派弟子来问候。

观众来信就更多了,有香港寄来的,有关心问候的,有推荐医院和医生的,有自荐为李文华治疗的,有给李文华介绍秘方、偏方的,有寄药品来的。

学食道发声练说话,就是大夫建议李文华去的。大学生写信、中学生

↑ 做了喉部切除手术以后的李文华老师

写贺卡、学生寄来自己的手工作品和与同学听相声时的录音盒带……其中还有和李文华患同样病的病友，询问手术情况及怎样练习说话，等等。

李文华听医生说，很多做了全喉切除手术的人，经过长期艰苦的训练，都能自由交谈，练习好的根本听不出是切除喉管的。这样，更增强了他的信心。他从练"打嗝"开始，再练汉语拼音a、o、e……进而练短句，慢慢地，他能和家人交谈，能和来访者交流感情、表达思维了，虽然说话还不流畅，但在他眼前又重新展现了光明的前景。

李文华是一个不甘寂寞的人。

您想，经常面对千百观众的张张笑脸和热烈的掌声，如今一个人待在家里是什么滋味。所以，他还愿意参加一些力所能及的活动或演出。他应邀两次赴广州参加《开心阿O》电视连续剧的拍摄，虽然镜头不是很长，他演得很认真。人们又在屏幕上看见李文华了，屏幕前的老老少少在指指点点："瞧，瞧，李文华，李文华！"李文华还参加了电影《OK！大肚罗汉》的拍摄，扮演一个普通角色。

李文华说："我知道，冯巩、高英培叫我参加他们的节目，不是我胜任这些角色，而是让我能多活动活动，多见见世面，开开心，这是另一种慰问和关心的方法。"

↑ 李文华老师由于患了喉癌离开了相声舞台，但是观众没有忘记他，相声界更是没有忘记他。在他从艺40周年时，我和我们相声界的同人一起为李文华老师开了纪念会，所有的相声名家都来参加，表达对李文华老师艺术成就的敬意。我把一位油画家为李文华老师画的肖像送给了他，这幅肖像生动地记录了李文华老师朴实、和蔼的生活景象

  1996年，我为了满足许多朋友没有看过李文华老师表演的遗憾，与阔别舞台十年的李文华一起，把我们过去演出的28段相声精选，采取用过去的录音配画面的做法，重新录像。在天津电视台为我们搭好的布景前面，我看着李文华：我胖了许多，李文华老师瘦了许多。

  摄像、灯光、化妆师，大家都紧紧张张地忙活着，他们都没有注意到我身边李文华老师的神情。

  我看着他，他很激动，眼眶里流着泪水。

  我说他："李老师，干吗呀！""10年了，我没想到又站在你身边儿说相声，跟做梦似的。"他一个字一个字蹦着往外说。

  我喉头在动，抑制住自己，紧紧地拉着李文华老师的手，像孩子拽着自己的长辈。

写于2000年

为唐杰忠艺术生活四十年叫好

中国的观众，熟悉唐杰忠大概是从他与马季合说《友谊颂》开始的。那是 1972 年，沉寂的文艺界突然冒出了久未耳闻的相声，使相声界为之一振。

唐杰忠熟练的英语和沉稳的声调与马季清脆的嗓音及出色的表演浑然一体，使《友谊颂》成为脍炙人口的相声段子，也成为相声演员争着学习的典范。我在黑龙江与师胜杰合演相声，就因为声调极像唐杰忠而颇受好评。

然而，唐杰忠的艺术生涯远不是从 1972 年开始的。早在他童年的时候，沈阳的著名相声老艺人赵蔼如、白银耳的表演就使唐杰忠入迷了。而后，他在部队里开始了一生的艺术追求。在战争的硝烟中，他做战地宣传、自编自演。1964 年，唐杰忠在中国相声艺术的殿堂——广播说唱团，度过了一段宝贵的时光。在这里，他有机会向侯宝林、刘宝瑞、郭启儒、郭全宝等名家学习，耳濡目染，使他受益匪浅。后来他拜在刘宝瑞先生门下，成为刘氏的入室弟子，开始了学有所求、艺有所宗的艺术道路。不平凡的经历，丰富的艺术实践，终于使唐杰忠显列于中国相声名家的行列之中。

当唐杰忠想要总结一下自己从事相声艺术的心得和体会的时候，他发现已为这个事业奋斗了整整 40 年。正是基于这一点，我们要很好地评价一下唐杰忠作为一个党培养起来的文艺工作者是带着什么样的特点活跃在舞台上的。

旧相声中时有油滑、低俗的表演。唐杰忠认为这种表演与新中国的相声艺术格格不入。他每次创作相声总是不厌其烦地提出主题是什么，要表现什么有益的内容。这对某些时髦的"艺术家"来说，或许又是嗤之以鼻的问题。

然而，他却固执地认为，让别人去揣摩主题不是相声这种雅俗共赏的艺术的特点。故作艰深，似是而非，怪诞无边不是唐杰忠的作风。他说："我的水平不高，我和广大观众是同一水平。我不懂的和不愿意表演的，广大观众肯定不喜欢；我听着扎耳朵的话，老百姓听了也一定会扎耳朵。"在对待观众的问题上，他坚信自己首先是受教育者，然后才是教育者。他认为相声始终要把社会效果放在第一位。这种态度对每一个党的文艺工作者都是必要的。唐杰忠不仅在作品创作中坚持这个标准，在他的表演中也能清楚地看到他的这种追求。唐杰忠的相声，你很难找到他丑化自己的地方，他不是原始地表现生活，不做过火的、让人厌恶的表演，而是落落大方，忠厚朴实。"好谐谑而不为虐"是他表演的准则。他认为，宁可包袱不响，也不能降低艺术品格。这就是他的相声艺术追求。

捧哏不容易，经常换对手比始终为一个人捧哏更不容易。它要求捧哏者不断改变自己的语言习惯，适应对方。这一点，唐杰忠深有体会。

唐杰忠为刘宝瑞先生捧过哏，也为马季、郝爱民捧过哏，现在又和我一起合作。在他身边站着的伙伴，都是在相声艺术上甚有造诣的艺术家。他从不以"三分逗，七分捧"来确定自己的分量，但他也从不低估自己的作用，把自己放在被人笑称为"电线杆子"的位置。

在与马季的合作中，他充分分析了马季的特点，从不掉以轻心。马季的语言流快，表演火爆，即兴的表演非常多。捧哏稍有迟慢，就会影响相声的效果。这种表演和捧哏演员所需求的沉稳是有一定矛盾的。唐杰忠如果没有机敏的临场应变才能和对马季表演风格的深刻分析是不可能与马季合作近20年之久的。他为自己与马季的合作总结了4个字，一个是"快"：入活快，进戏快，不允许过多过细的烦琐铺垫；一个是"脆"：包袱落地就响，翻包袱不能迟疑，不能错过火候；一个是"让"：包袱响了，决不再咬，不累，不赘；一个是"扬"：表演起来感情充沛，自己必须竭尽全力，使自己被

↑ 准确地讲,唐杰忠老师应该是一位军旅艺术家,他和马季老师的合作是从他当解放军文艺干部时开始的。后来唐杰忠老师调入中国广播说唱团,与马季老师合作了许多经典的作品,这些作品永久地留在了人民心中,即使是现在听几十年前他们讲的《友谊颂》《登山英雄赞》《高原彩虹》,还会让人哈哈大笑,忍俊不禁

感染,使情绪、声调、表演与马季在同一个水准以共同形成激昂向上的表演气氛。马季的相声给人清新高昂的感受,这与唐杰忠的配合时付出的努力,是分不开的。

在与郝爱民的合作中,唐杰忠注意到郝爱民动作多,表演幅度大,跳跃性强的特点,注意突出自己的稳,从而使整个相声达到一种平衡。他与郝爱民成功地表演了《英雄启示》《电影漫谈》等段子。在这些作品中,他都用这一标准要求自己,使这些相声在表演的二度创作中得到了极大的丰富。

他与我的合作应该看作他捧哏艺术向上攀登的一个难度较大的坡。因为李文华与我的合作,在全国观众的心目中留下了极其深刻的印象,李文华精湛的捧哏艺术,使行内行外的人都拍手叫绝。能否代替李文华并为全国人民所承认,使他一开始就站在一个众目睽睽和众人评说的位置上。

唐杰忠首先搜集了李文华和我一起录过的所有相声段子。他挂在嘴边的话题就是"李文华这块为什么响了?这是因为……"他在分析,但他并没有单纯地模仿。他一直在和我探讨,怎样开创一个新的表演途径。他的这种想法也促使我在创作中去寻求新的表现方式，捕捉新的创作素材。在我们一起合作的《照相》这个表演幅度极大的相声中，可以看到我们的这种追求。之后，我们又成功地合作了《虎口遐想》《电梯风波》《自我选择》《特大新闻》《歌唱流派》等。在这一段的合作中，我发现唐杰忠在有计划、有目的地丰富自己捧哏的表演形式，他既要表现出老一辈在年轻人身边所应有的性格区分，又要表现出与我的共性。他在动作及相声技能表现上，比如方言、学唱、进入人物方面都做了很大的努力，给我的感觉是我们的合作一天比一天默契，我们表现的生活面一天比一天宽。我对未来的合作充满信心。

← 这是1992年在台湾演出时，我和唐杰忠老师在台北街头的一只大狮子前留下的合影，相片里的唐老师哈哈大笑。我发现在许多照片中唐老师都是这样惬意地咧开嘴大笑，后来，唐老师因为这种欢快的面容被同行们称为"笑佛"

博采众长应该是艺术家应具有的基本素质。唐杰忠与同行，尤其是与捧哏演员经常谈论的话题，就是捧哏艺术特点。可以看出，他一直在思考同行成功的经验。

"李国盛和笑林的合作怎么利用了自身的特点？""范振钰的话语并不多，但又是如何为高英培烘云托月的？""常宝华老师这种捧逗俱佳的演员是怎样产生的？""郭全宝老师给郝爱民捧哏对整个相声的效果起到了什么作用？"他是在提问题，也是在考虑问题。就是在思考这些问题时，他在寻求捧哏艺术的规律。他认为，捧哏艺术灵活多变，它因人而变，因

↑ 唐杰忠老师的年岁比我大很多,但是我们每次录制综艺节目的时候他都不落后,而且尽显他的多才多艺:今天唱黄梅戏,明天演小品,后天客串京剧……所以那时候他是中央电视台以及各地方电视台综艺节目里的红人

活而变,因场而变。他还非常有见地地认为,多好的相声段子,随着时代的不同,哪怕只是刚过了一两个月的时间,艺术效果也有着明显的不同。他认为,同一句话,不同时代的人感受不一样,不同阶层的人感受也不一样,你说的内容听众不喜欢,包袱结构再好,也难取得相应的效果。他反对在不同场合总说同一个段子。他说要根据不同的对象更换不同内容的相声。这些经过实践证明都是非常正确的。

为了相声表演的需要,近几年来,他不顾年龄渐高、记忆力减退的困扰,努力学习广东话、闽南话,学习英语。他不断提高自己的艺术技能。他学京剧,学粤曲,学黄梅戏。罗马有位学者,曾经说过这样一句话:"任何人都是自己未来的建筑家。"唐杰忠就是把他所学的这些技能当成建筑自己未来的砖瓦。我在这里写下这些话,既是向大家介绍唐杰忠老师,也以此祝愿他在已有的成就上更上一层楼。

写于1991年春

改于1996年夏

记住韩美林

自从人类能干活儿了,社会就把劳动分成了创造性劳动和重复性劳动两种。重复性的劳动建立在创造性的劳动之上,别人出点子,他们出力气,日复一日,年复一年,千年从不走样,万年如此一般。

创造性的劳动可没有这么简单。创造者要年年都有新目标,日日都在想点子,他们不愿意重复自己,总在标新立异。有的时候,他们还不按规矩出牌,他们把规矩重组,让别人耳目一新。他们在大晴天会忽然呼风唤雨,掀一场风暴,洗刷喧嚣世界的陈俗。

如此,这两种劳动的价值,决不可同日而语。韩美林就是个每日都沉浸在创造之中的一位脑力加体力劳动者。

韩美林是中国文化的一个符号。

什么叫符号?有强烈的个性,有鲜明的代表性,一看就知道是他的创造,只有他有,别的地方看不着。不是吗,纵横驰骋的骏马,婀娜多姿的人体,俏皮可爱的动物加精灵,冷目万里的雄鹰,大块的水墨渲染,纤细线条的勾勒,在中国没有第二个人像他这样画画的,你摸不清他使的什么笔,用的什么水,化的什么颜料,铺的什么纸,总之,唯他独有,与众不同。

你在他的画里几乎能寻找到美术技能所能描写的一切,然而能够促使他把这些技能展现得淋漓尽致的,则是他每日喷薄的创作灵感，他不知道从什么地方不断迸发出来的各种各样新奇的点子，竭尽全力诠释着他热爱生活的那股创造能力。

他已经76岁了，我认识他快40年了。在这40年当中，他总爱讲一句话："我老觉着我刚开始！"您都76岁了，才刚开始，您说让那些不到60岁就在叫着"安度晚年"的人，作何感想？！

何谓开始？就是有了新的目标，而且迈出一步，以后还要一步一步地走下去。

现今社会中，人们称赞一个人的时候，常说："这个人干事有始有终。"这绝对是一个比较棒的赞扬，可这条用在韩美林的身上适用吗？他总是开始，你看不到他的终点，崇拜他的艺术，与他接近的人几乎每天都想要跑到他的家中和工作室里看看他又有什么新鲜的东西出现，都想与他分享在艺术殿堂中又发现了一件新宝贝般的那股兴奋和喜悦的劲头儿。

人们的新奇，人们的期盼，人们的等待，又似乎使韩美林感到了一股动力，所以，他也经常说："嘿！等着吧！我又有新东西要出来了。"于是，不仅仅是他的朋友，应该说整个世界都准备迎接，真的。

按说一个人的专业涉猎不能太杂，这也是现今社会一条不成文的俗约，但这一条在韩美林身上适用吗？回答又是否定的。写作、雕塑、陶艺、布艺、书法、装帧设计，在韩美林的艺术世界中融为一体，一股脑儿地充满着韩美林的特点而成为他的艺术符号。

他创作的布老虎正在他的画笔下栩栩如生，他画出的小精灵活灵活现，他设计的紫砂与钧瓷陶器上面有他搜集的古崖刻上的天书与青铜、钟鼎的造型，他的散文不断地发表在各种刊物上，而且还不断地获奖，全是金银奖。

他的书法内容又戏谑地诠释着他挥毫泼墨所要表达的对世界的关爱之心。我忘不了他那个颇有个性的条幅，用篆字写的"名言"：七个不在乎，八个不含糊。言外之意是：我太爱生活了，什么都喜欢，你说怎么办吧，我就这样了！

有的人评价韩美林：他是小打小闹，搞装帧设计的。无非是说，装帧设计登不上"艺术"的大雅之堂。然而就是这样的设计者，在他的主导下，搞出了完全出乎一部分人意料的"奥运福娃"形象，被中国人和全世界认定为北京2008奥运的吉祥物！

↑ 我和韩美林先生做朋友已经四十多年了，我们的友谊从我在全国青联的时候就开始了，那时候我是韩美林、范曾、刘炳森、刘厚明这些老青联委员的小兄弟。我和韩美林先生常在一起相聚，他也经常到我家去，看看我那里摆设的各种各样的艺术作品。这张照片是他正在我家"审查"我收集的一些艺术品，我们的身后是他专门为我画的一只老虎，他说这只老虎一为姜昆庆祝生日，二为给姜昆壮胆儿

为什么说是"意料之外"？因为相当一部分人想象的"吉祥物"，一定是类似唐老鸭那样的动物和阿童木那样的小人儿。他们万万没有想到中国老祖宗民间的"布娃娃"眼睛一点不斜，嘴一点不歪，堂堂正正五个人排成一排映入了全世界的眼帘。在世界顶级的运动会上，韩美林用中华民族的民俗文化符号、中国民间艺术的特征征服了世界，这种"小打小闹"动静多大呀！

也有人说，他的画太抽象，是自己瞎琢磨的，画马哪儿有不画腿的？30年中，我从没听韩美林为自己申辩过。终于，在他书写的巨著《天书》中找到了答案！

在中国，这是一部没有第二个人可以写成的书。且不说它的立意重大，就是把它在浩瀚的古文字世界里专一精心"搜集"，而后一笔一笔一字一字直录纸上，已经是个了不起的工程了。这不仅仅是巨大的脑力劳动，还有巨大的体力劳动量于其中。至于这本书的伟大意义毋庸置疑，光是病榻

上的季羡林先生以耄耋高龄仍攥笔题写书名，足可以说明一切。

冯骥才说："书录的古文字超越万字。洋洋大观地展示华夏先民无穷的创造力。美林好似把我们带到5000年中华文明的源头。站在此处，放眼一看——千千万万的古文字，如大海浪花，闪烁无涯。"

我在"天书"里找到了许多韩美林手下动物造型的影子。画马不画腿，不是他自己凭空想象瞎编的，我在这本书里找到了韩美林画中线条的根。

现在的社会，各个领域都为张扬自己而打造起了"文化"的旗帜。饮食有饮食文化，造酒有"酿酒文化"，花鸟鱼虫有"休闲文化"，街头把式有"杂耍文化"，"礼仪文化""服饰文化""茅厕文化""性文化""节文化""风俗文化"等不一而足，唯文化而"高尚"，唯文化而"荣光"。

然而，就是在这样的氛围中，"文化"也一天比一天"落魄"了，现如今文化已经不再有威严了，已经不再值得人们"尊重"了。历史可以"戏说"，"经典"可以"恶搞"，"孔圣人从来就没自己写过书"，"鲁迅根本不可敬"这样的言论堂而皇之地出现在文化传播的各种载体上，出现在正在打文化基础的年轻学子面前。人们已经对文化没有了敬畏感。

任何一个民族的文化历史，都是让这个民族引以为豪的资本。恩格斯曾经讲过，一个没有文化的民族，是一个没有希望的民族。中华民族历经劫难而不衰，久经磨难而愈坚，不正是因为这个民族有着5000年甚至更长时间的文化积淀，而且现在仍生生不息，才能自立于世界民族之林吗！不正是因为有像韩美林这样崇尚文化的艺术家围着祖宗留下来的宝贝，在那里为保护和传承奉献自己的血与肉，夜以继日拼了命地呵护，才呈现出它的伟大和辉煌吗！

每个人作为个体，在文化面前是很渺小的。到日本，听日本人大夸他们的古物有着800年悠久历史，我心中有一种与5000年比较的那股自豪的快感；而来到了埃及，任何一个器物一讲就有8000年前的记载，那股崇敬从我内心油然升起，让人毕恭毕敬地向文化的深远与崇高致敬。文化记载着人类创造力的精华，包括人类瞬间即逝的灵感。文化征服着所有崇尚者。

也许正是带着这种崇敬，美林就把他几十年的奔波挖掘、伏案整理的3万字"天书"，著书问世。

↑ 韩美林先生是我们文艺界的义工，他提供了大量的"志愿服务"，深受我们文化艺术界同人的喜爱。这张照片是我拿着一大堆福娃请韩美林先生签字，然后作为我们中国曲艺家协会的礼物。他为我们中国曲艺家协会设计了 Logo，也为我担任主席的中国文艺志愿者协会设计了 Logo。当时，他开出了"天价"——一分钱。可是，现在都快十年了，我这一分钱还没有给他呢

每次翻着沉甸甸重达十几公斤的"天书"时，仿佛每一个字都和美林的画有着天然的联系。看他的字，想他的画，看他的画，想他的字，你会感到美林的画作，笔笔有出处！他的许多灵感，来自祖先们在自然感受中寄予"天书"中的那点记录，来自他对祖先创造"天书"时，那出神入化灵感的演绎。天人合一，天地合一，文字与美术在美林这里汇集，灵感化为线条，线条勾画灵感，谁持彩练当空舞？美林挥毫绘丹青！

最近，美林来劲了，在他新的大型展览中又有了"草书"的巨幅作品！书法界的一些同人，刚从看了他规规矩矩地写颜真卿的颜体楷书，改变了说韩美林"只会写美术字，不会书法"的认识，在他的"草书"面前又蒙了！草书，多难呀！书法是一门综合艺术，也是美的艺术。它讲究线条美、结体美、章法美、风格美。谁都想把字写得美、写得好，还得写出自己的个性。然而这"美""好"和个性不是凭空而来的，是要有先决条件的，那就是

首先要把字写对、写准、写规范，尤其是草体字则更为重要。你看美林的草书，字字极为规范，整体布局酣畅，结构简省，笔画连绵，韵秀婉转，集自己之品貌，任意发挥，洒脱自如。偌大的草书巨作《前后出师表》《正气歌》写得那叫精神，估计古人也得为他叫好。韩愈在《送高闲上人序》中说张旭草书"喜怒窘穷、忧悲、愉佚、怨恨、思慕、酣醉、无聊、不平，有动于心，必于草书焉发之"，这几点，我看美林的草书里都有，他也是由此而发那么写的，而且写得行家不但挑不出毛病，还一起叫好！

美林绝对是一个性情中人。你听过美林唱歌吗？踮着脚，扬着头，有表情，有手势，快乐得像孩子。你看过美林听音乐吗？竖着耳朵，静静地用手托着头，全身静得像一摊水。你看过美林请人吃饭吗？介绍菜肴、夹菜、换碟换碗、倒水，像一个饭馆的伙计。你听过美林讲自己朋友的有趣故事吗？语言不差单田芳，动作不逊赵本山。但是，当你看到美林一个又一个巨型的直耸云天的雕塑群，注目他一张又一张顶天立地的画作，浏览他一件又一件钧瓷、陶器、泥壶、布艺、木雕时，你会完全忘记他一米六几的身高，你会觉得他是一个巨人，是一个站在中华民族文化脊梁上的巨人，是一个用有力臂膀支撑着中华民族美术文化史宫殿的巨人。

2008年是中国的奥运之年。当我们中华民族展开双臂欢迎来自五大洲的朋友们光临养育华夏子孙的这块热土时，我真想跟每个朋友讲这样一句话：当你坐着有"凤凰"标志的中国民航的客机时，当你飞越南海看到迎奥运圣火的第一把火炬登陆中国的那个"火凤凰"巨雕时，当你走进北京看到五个"奥运福娃"蹦蹦跳跳来到你面前时，别忘了一个中国人的名字：韩美林。而今天，在中国国家博物馆美林画展闭幕的时候，看着那流连忘返、依依不舍的迷恋韩美林艺术的人们，我又想拉着他们跑到大门口，一起对着天安门广场，对所有的中外游客嚷嚷：请世界永远记住韩美林！

写于 2009 年 8 月

我看梁左

梁左他们家，谁都比他有名。

他爸爸是全国政协委员，《人民日报》的老领导、老记者；他妈妈是大作家，一本《人到中年》让人荡气回肠；他弟弟是电影明星，大广告照片立在街上，脑袋比楼房的阳台还大；他爱人在基督教女青年会工作，属于新一代"统战对象"，也在市里、区里当个青联委员、政协委员什么的；他女儿小名"猫猫"，事业上还没有什么作为，因为太小——今年才5岁。提起梁左，大家常介绍他是"谌容的儿子""梁天的哥"，就是我女儿尊重他，称他"猫猫她爸"。

我和梁左的合作是从《虎口遐想》开始的。1986年夏天，有一次我去看望谌容老师，碰上他也在。他谈起他刚脱稿的一篇小说，我立刻感到这是一篇绝妙的相声，稍稍加工就可以直接搬上舞台。拿到小说原稿以后，我在由北京开往广州的火车上连夜把它改成了相声，下车后立即排练、上演——这就是《虎口遐想》。

梁左的出现对于我来说简直是一个机遇。

在这以前我写过几十段相声，其中有不少受到观众的好评，但随之而来的是繁重的社会活动，沉重的行政工作负担，加上合作多年的李文华老师又因病告别了舞台，观众对我的要求和期望也不断增高……想到要超越自己、迈上新的台阶，总有些茫然。一个好汉三个帮，当年梅兰芳梅老板在前面唱《黛玉葬花》，后面就有齐如山齐二爷等一批合作者，只是中国的作家虽多，有谁可以帮助我创作相声呢——或不能也，或不为也。现在好了。梁左来了。

他是一个很理想的合作者：他在北大中文系学的是文学专业，有文学功底；他在北京语言学院当的是汉语讲师，有语言学知识；他在京郊农村插过队，在中央机关当过干部，有比较丰富的生活阅历；他在结识我之前已经发表过几十篇小说和其他作品，有比较扎实的创作基础；他结婚以后一直带着爱人和孩子住在北京的一座大杂院里，熟悉普通人民的生活和语言；当然了，最重要的是他有幽默感。

有的人幽默造作，使人为幽默者尴尬；有的人幽默直露，让人哭笑不得。梁左的幽默浑然天成，令人玩味不止。

几年前，我和梁左去农村采风创作。一夜火车的疲惫加上又有5个小时汽车路的颠簸，到了招待所已经支持不住了。尽管刚中午12点，也非上床睡觉不可。稍加洗漱，我招呼一声："梁左，你也快点儿吧！"倒头便睡。想是入梦乡后即刻鼾声大作，只是我一点也不知道了。香甜一觉醒来，下午4点，伸懒腰打哈欠，好不舒服。一抬头，梁左身穿睡衣，紧皱眉头，坐在他的床前，一根香烟已经燃到尽头，床头桌上的烟蒂则是满满一烟灰缸。见我的惬意劲儿，梁左捻住最后一根烟蒂，一脸疲惫愤愤地说："姜昆，兄弟我晚了一步。我要是赶你前头睡着了，你也别想睡！"听得我大笑不止。

我演出的时候，梁左经常在后台探望。一进化妆室，演员们都在忙着，谁也没注意他，他自我幽默起来同大家嚷嚷："行啦，大家都别站起来了，该忙什么忙什么，我就给姜昆作点指示，没什么大事。"化妆室里一片笑声。

一日，我去大杂院儿看他，他正和街坊二哥喝酒呢。我问他："什么日子还摆宴庆祝！"他道："这不，二哥、二嫂吵架，全院人劝了3天了，二哥还是得理不饶人。我是知识分子，站得高看得远，问题的根儿是二哥太明白了。这不，找着根儿就好了，我先弄二两酒把他灌迷糊了，然后再给他讲道理，我说什么是什么，问题不就解决了。"说得二哥不住地用手捂着脸乐。

估计二两酒过后问题还真没了。

冲着他的幽默劲儿，我认准了和他合作。

梁左的离去是我们中国喜剧界最大的损失。梁左是天才,他这种人才几十年也再难出一个。梁左的喜剧艺术才华在他创作的相声作品和电视剧《我爱我家》中表现得淋漓尽致。大家都知道,我的《虎口遐想》是梁左的一篇小说改编的,没有梁左,就没有我的《虎口遐想》

我们的合作是成功的。《虎口遐想》《电梯奇遇》《特大新闻》《学唱歌》《着急》等一批作品已经得到了观众的认可,并引起专家和同行的注意。对此,梁左总结说:"因为你懂相声,我不懂相声,所以我们能够走到一起。"此句话道理甚深。相声艺术自古以来口传心授,一人心里一把尺子。年轻的演员起来了,要有老先生的指点,最难过的是点的不是地方,让年轻人手足无措。改吧,改去了精华,不改吧,老先生眼睛盯着,看看你"听不听话",然后决定你"是不是相声里的事儿"。有的时候我叹道:他们太懂相声了,也许就害了相声了。

梁左貌似谦和,其实鬼灵精。他知道新时代人们接受幽默与旧时代人的差距。

的确,像《虎口遐想》中以"一青工游园不慎落入虎口丧生,有关部门提请游人注意安全"这样的书面语言,和"您说攀登珠穆朗玛峰后边要跟个大老虎是不是是个人就上得去"这样的长句式来组成包袱,是不符合一般的相声创作规律的,但梁左就这么写了,我就这么演了,观众就这么笑了。这里面有值得研究的东西。我想,相声在继承传统的同时一定要大胆革新,不仅内容要革新,形式也要革新,如果一味拘泥旧的手法去创作相声,就难免语言贫乏、包袱雷同、笑料单一,就难以出现大的幽默。梁左在相声创作中的"离经叛道",正说明他早已敏锐地注意到了这一点。

梁左是一个好的合作者，却并不是一个坚定的合作者。这几年我屡屡动员他到广播说唱团来搞专业创作，但他却每每托词拒绝，我知道他是还没有下决心一辈子搞相声。他这人表面随和，说话慢条斯理，遇事不慌不忙，但内心却充满激情，变幻莫测，难以把握。当年他在中央机关待得好好的，有一天读元曲"本是个懒散人，又无甚经济才，归去来"，于是心有所感，马上找领导要求调动，说是要换一种"斟几盏酒，教几卷书"的闲适生活。早先他还写过纯情小说，收到不少带着女孩子泪水的读者来信，后来他又搞过《红楼梦》研究，因为发给他的"中国红楼梦学会会员证"编号"十三"，认为太不吉利，所以洗手不干了。这几年他一会儿对数理逻辑产生兴趣，在创作相声《聚会》时硬塞进一段关于"悖论"的内容；一会儿又对动物学刻苦研究，啃完了厚厚的一本《中国鼠类大纲》，还发表了一篇叫什么《灭鼠记》的幽默小说，也动员我改编为相声；前年他又玩命学了一年西班牙语，说是为了读懂马尔克斯的《百年孤独》原著……每到这时，常常需要我努

↑ 这是1992年梁左在我家里与我和我爱人的合影。其实，他把我的家当成他自己的家一样，他想吃什么，就提前打电话告诉一声，然后到家里来吃。在家里，他要是累了，就说："你找个地方，我先忍一会儿。"然后就在我家里呼呼地睡上一觉。晚上写东西时间一长，他就说："姜昆，我不走了，你得给我准备消夜！"梁左离开了大家，也离开了我这个小家，这是我一辈子最痛心的事

力把他拉回到相声创作的正路上来。我对他说："你那些都属于业余爱好，写相声才是正事。这几年大伙儿谁不知道你呀，都等着看你的作品呢！"他听得心里高兴："真的？大伙儿都等着呢？那我可得对得住大伙儿。"于是，就又专心相声创作一些日子。

　　人各有志，不能强勉。或许是相声创作太难了，而且他也确实把他的生活一股脑儿倒给了相声事业，在我和他出版了《姜昆梁左相声集》以后，他离开了相声创作队伍。大概是在我没留神的工夫，他搞出了中国第一部室内电视情景剧《我爱我家》。样片先拿到我家里来，我一看气大了："梁左，你把相声的包袱全弄到你的肥皂剧里来了，你也不怕相声界斥你为'窃贼'？"他依然是慢条斯理："千古文章一大抄，实际上这叫借鉴，我是创造性地继承、捍卫和发展了……"一个诡秘的笑，让我怀疑起他和我合作的动机：他干什么来了？

　　在相声界里转了一溜十三遭，实行拿来主义，而后为他进军影视而服务？

　　《我爱我家》毁誉参半，我认为它是成功的。当然，这个成功建立在梁左的成功之上。

　　最近他又自编、自导起来。

　　我打电话给他："梁左，别不自量力，怎么又当起电视剧导演，你会吗？你懂吗？"梁左慢腾腾地说："姜昆，当导演别提多牛，人家都忙，拍戏的演戏的，但我可以坐着。告诉你，还有人给你端着水，吃中午饭的时候，盒饭是送到你嘴边儿上的……"听着他这些话，我似乎看到他在电话机旁边扬扬自得的样子。

　　我不知道梁左还要干些什么，但是我知道，将来他可能还要干些别的。

写于 1994 年

为胜杰送行

多少次为你在梦中哭醒,
多少次为你点燃祈福的心灯。
多少次认为你生病的消息是误传,
多少次想象你我能再次搭档,为观众说相声。
这一段时间,总怕接关于你的电话,
不知道消息是吉是凶。
可消息还是来了,
师胜杰走完了他 65 岁的短暂人生。
泪水夺眶而出,
心中无比悲恸。

按相声界的辈分你是长辈,
但我更愿把你看作是亲如手足的,
北大荒一起走来的弟兄!
此时的我,心中有多痛,
搞语言艺术的人,
没合适的语言形容。

五十年的友谊啊,
北大荒的大风雪和黑土地可以作证!
耳边还是你清脆的甜甜的声音,
眼前还是你儒雅潇洒的台风。

你是我相声舞台上的第一个搭档,

我想起了我们第一次合说的《林海红鹰》。

五十年的情谊啊,

我们彼此珍重,

五十年的艺术之路,

我们携手同行。

如今,你走了,

走得那么匆忙,

相声还没有说完哪,

为什么就忙着下台鞠躬?

我不想和你说永别,

但现实残酷,

残酷到了我说了上句,

而下句你却没有应声。

我不想说为你送行,

但你住过的病房已经人去床空……

我与师胜杰相识四十年。虽然后来我调到了中国广播说唱团,他在黑龙江曲艺团,但我们两个人一直没有离开过。在曲艺的大事业中,在相声的舞台上,我们虽不是朝夕相处,也是隔三岔五就在一起演出、创作、讨论、学习,从未间断。他的仙逝,是我人生之中最大的悲伤之一。他去世以后,几乎有半个月的时间,每天一提起他我就以泪洗面。所以,我写了这首长诗来纪念我们之间的感情

为胜杰送行,
我已泪如泉涌。
我知道你爱喝酒,
那我就满上三杯酒吧,
借着酒劲儿,
我诉上苍:
夺我好友,毁我相声!
你太不公平!
为什么如此狠心,
让一个给人们带来无数笑声的人,
过早地在亲人诀别的哭声里远行?!
好人应该一生平安,
不应该这么早就让他匆匆谢幕,宣告剧终!

为胜杰送行,
相声界哭红了眼睛。
都知道你是多么的热爱相声。
你为相声而来,
你把相声看得重于生命!
一袭长衫,一把纸扇,
一声醒木,在岁月的长河里余音充盈。
你集一生的精力为相声事业打拼,
你用尽全部的心血,
为的是把父辈,把侯宝林大师的薪火传承。
不计一分的报酬,担起中国相声专业委员会主任的重担,
却不知万恶的癌细胞正悄悄地进入你的肌体里安寨扎营。

为胜杰送行,
这第二杯酒洒在你的灵前,
让你闻闻这纯粮食酒的香气正浓。

这是你熟悉的味道,
知青点儿里,
这燃烧的液体,
曾多次抚慰过你孤寂的心灵。
伤痛在微醺中结痂,
思念在酒香中入梦,
想念蒙冤的父亲,
想念母亲倚门而望的身影。
本想给你提个意见,
但逝者为大,
爱喝你就喝吧,
天堂里不会再有人限制你推杯换盏,猜拳行令。
观众们也赶来为你敬酒,
因为你是他们心中最喜爱的著名笑星。
他们喜爱你说的《好市长》《小鞋匠传奇》,
他们喜爱你说的《打工者的奇遇》,幽默轻松。
你唱东北民歌酷似郭颂,
你的《学评戏》尽现白派遗风。
每一个段子都有你呕心沥血的编创,
每一个"包袱"都是你智慧和幽默的结晶。
你走了,
中国的相声舞台从此少了一员大将,
相声队伍失去了一位情同手足的前辈、弟兄。

山河无语,草木垂泪,
长长的松花江也仿佛在瞬间凝成了冰冻……

为胜杰送行,
为你斟上这第三杯酒,也想对你说说我们的心声。
百姓需要欢乐,相声需要发展,

↑ 从相声的辈分来讲，师胜杰应该是我的师叔。因为他是侯宝林先生的弟子，和我的师父马季是亲师兄弟。但是师胜杰从来没有让我称呼他为师叔，他管我叫昆哥，管我的爱人叫静民姐，还是我们在兵团时的称呼。他一再强调，我们是一起从黑土地里爬出来的战友，要单论我们之间的关系

曲艺艺术之树要四季常青。
要走的路很长很长，
我们肩上的担子很重很重。
你放心吧，妻子女儿我们会帮着照顾，
你的徒弟们，也永远不会辱没恩师的英名。
你留下的风采，我们会在舞台上继续光大，
你钟爱的相声，我们会像你一样视作生命。
把观众当作衣食父母，
对艺术永远怀抱忠诚！

为胜杰送行，
宜用笑声莫用哭声。
相声演员活着的时候，给人带来了欢笑，

走的时候,也不落忍让人们心头蒙上阴影。
胜杰,天堂里你是不会孤单的,
那里有你的师父,有耀文和马季师兄。
想你了,我们就看看你的录像,
听听你的相声。
你一路走好,一路走好,
来世,我们还做好战友,好弟兄!
我不会忘记你,也希望你也别忘记我,
五十年前,一个同你一起从北大荒走出来的北京知青!!
安息吧,胜杰!
我的心、我们的心,随你一起远行……

写于 2018 年 9 月

洋徒弟——大山

大山是第一个向我学相声的外国人。他可能不是最早进入中国相声宗谱的外国人，但他是在中国，甚至世界上进入中国相声宗谱最有影响的外国人。

有人知道我会讲几句英文，他们问我："您能用英语说相声吗？"我反过来问他们："您会说中国话吗？"他们回答："会！"我问："您会说相声吗？"他们说："不会。"我告诉他们："会说中国话的人逾十亿，会讲相声的寥寥无几，我会那么几句英语，怎么能会说英语相声呢？"他们点点头，觉着有道理。

但他们又问："那大山怎么会说相声呢？"对呀，大山是一个外国人，开始在电视上出现的时候，他那几句中国话，实在不敢让我恭维。一句"玉兰——"，一句"开门——呀"，让中国人个个捧腹。这句话，要是换任何一家中国人的孩子的嘴里说出来，您准得瞪眼睛斥责："怎么说话呢？没吃饱呀？那是人声吗？"可是大山的洋腔、洋调，大家都乐了，因为他是洋人。中国人为他的生硬捧腹，为他的拙稚捧腹。

可也就是几年的工夫，他那一口流利的中国话，也可以说一口地道的北京话，让中国人折服了。大家从开始觉得好玩，到能够接受他一本正经地在舞台上、在电视台上的表演，这是个过程，是大山自己完善自己的过程，是中国的观众对他艺术表现认识的过程。

在我开始收大山当徒弟传到我的师爷侯宝林先生的耳中时,他不无责备地说:"别弄'洋闹儿',相声是门艺术,不能老'炒新闻'。"几年以后,在上海国际相声表演邀请赛中,他拉着大山的手对给他们摄影的记者说:"这是姜昆的徒弟,姜昆是我的徒孙。"我在旁边看着这一幕,偷偷地笑了。

我知道像一个大画家,看一个小孩子涂鸦的画儿,对孩子的家长恭维说"这孩子画得不错,嗯,将来是个大画家"一样,这句话要是换一个全国的儿童评奖的场合,大画家的这句话,可是举足轻重,他不会轻易说出的。

大山被我们的祖师爷侯宝林先生承认了,我松了一口气。

我从接受大山当徒弟那天起,就坚信我的这个洋弟子是会成功的。因为我了解大山,他喜欢中国的相声,不是一时的兴趣,也不是一时的凑热闹,献身于中国文化的传播和交流,已经是他一生的奋斗目标。为了这个目标,他做了许许多多的事情,也遇到了许许多多的障碍。为了投身于他喜欢的中国的文化事业,他流过汗水,也流过泪水,这两股水汇在了一起,产生了酸、甜、苦、辣的味道,这股水儿我是没尝过,全让大山一人享受了,他能把这味道说得更清楚。但,我是他的老师,我目睹了他品尝这水儿的一幕又一幕。我讲讲,您听听,也许咂摸咂摸嘴,能用脑子品出味儿呢!

大山学习相声是一种文化现象。1989年我们的社会处在大变革时期,改革开放的新形态让许多外国友人开始关切、喜爱中国的传统文化,大山就是其中之一。他在1989年年底正式拜我为师,开始学习中国传统艺术——相声

"大山"的由来

1989年的元旦晚会。

加拿大留学生大山与巴西留学生星海合演了一个小品——《夜归》。

在拍摄电视以前,北京大学留学生办公室的王文泉老师把大山介绍给我,我记住了他的中文名字——陆世伟。这个名字译自大山的英文名字——Mark Rowswell(马克·罗斯维尔)。但遗憾的是,很少中国人记住这个名字,因为他演的"许大山"这个角色一下子被亿万观众所知道,并且喜爱了。

而大山这个名字太中国化了,太让人容易接受了。这两个字加起来才六画,而陆世伟第一个字儿的笔画就有七画,为什么放着河水不洗船,守着老婆打光棍儿呢?

大山,比"二柱子""三狗子"雅,比"建华""富民"俗,一听就记得住。

↑ 大山是中西文化沟通的桥梁。2008年北京奥运会,大山站在加拿大代表团的队伍中,他是"加拿大国家队特使"。2010年温哥华冬奥会,他又出现在中国代表团里,是"中国媒体代表"。他是用人和心搭起了这座中西文化交流的桥梁

关于这个名字还有个小插曲。这个名字来自北大留学生食堂的一位厨师，他的名字叫许大山。因为大家都觉得这个名字好听，所以编《夜归》这个剧本的作者就用了许大山这个名字。在大山出名的一两年内，厨师许大山接到了全国像雪片一样多的来信，当然这些信全不是给他的，是给在他食堂里吃饭的另一个"大山"的，他一直当了一年多的"义务邮递员"。

就是在这年晚会上，负责留学生工作的北京大学的王文泉老师和我说："陆世伟一直想在中国找个学语言的老师，我问他喜欢谁，他说他想拜姜昆为老师，不知道姜老师同意不同意。我告诉他给问问，今天向您征求一下意见。"对于我来说，这个要求很突然。我有十几个学生，大部分是专业相声演员。像通过西安市说唱团团长李天成介绍的两位，济南军区文工团的两位，说唱团里有一位。可外国人要学中国的相声，多多少少让人感觉到"炒新闻""耍洋闹儿"的味道。

我问王老师："拜师的问题可是大问题，我们中国人可讲究'师徒如父子'，外国人受得了吗？"王老师没有正面回答我，而是拿出他认为可以的条件说服我："陆世伟这个学生不是一般的学生，他特别喜欢中国文化，尤其是喜欢典型的具有代表性的文化。我告诉他，学中国话要是能听懂中国的相声，那就算地道了。他就向我表示一定要学中国的相声，而且，他找人打听，看报纸报道和介绍相声艺术的文章，还买录音带听，最后，他表示了愿意拜您为师的愿望，我希望把这个事撮合成。"我想了半天，告诉王老师："我考虑考虑吧！"我们相声界收徒是个大事。

相声没有专门的学院，拜了一个老师能证明自己有了被承认的"专业文凭"。我1977年跟马季老师学艺，但是从来没有正式拜过师，所以为了证明属于"正宗""专科"，在从艺15年以后，特地在苏州举办的"马季弟子谢师会"上补办了这个手续，从此而"名正言顺"地成为中国相声的第八代传人。

收徒还有个影响问题，如果为了"猎奇"或是"炒新闻"，对于我来讲没有这个必要，我应该算是在中国的电视上红得发紫的人，再给自己炒什么新闻，由紫变黑那就得不偿失了。再说我的性格也不允许我那么干。

我要收徒，主要收个货真价实，不是一时兴趣、凑热闹，收真正能在相声事业上干点事的人。尤其是外国人，我更得注意这点，我不能让人戳脊梁骨说三道四。

元旦晚会演的节目火爆极了，大山一下子被中国观众所喜爱，我看他自己也乐滋滋的。

我问大山："听说你想学相声，是吗？"大山点点头，用不太熟练的中国话说："我喜欢相声，想跟您学习，不知您愿意吗？"我也点点头，不置可否。

我还问："你说过相声吗？""还没有，以后我想练一段儿。""你干吗非跟我学？""他们给我介绍的，我把关于您的报纸都剪下来贴墙上了，而且还学习了您的相声录音带。""听得懂吗？""不懂。像我这次演的《夜归》，我一说'我的气管炎又犯了'，大家伙就乐起没完，我不知道为什么。""气管炎是妻管严的谐音，你懂吗？"他琢磨了半天，摇摇头："不懂！"他把中国人逗得哈哈大笑，可不知道是为什么，应了中国人那句话：哭了半天不知是谁的坟头。

我估计我一时半会儿解释不清楚谐音是怎么一回事，就匆匆地结束了和他的谈话。

我对他印象挺好的，他的态度很真诚，从谈吐中可以看出他也很纯朴。不过这时候，我还没下决心收他为徒。

一脚踏进相声之门

我和我的爱人李静民说了这事。

她这个人眼挺毒的，用她自己的话说：好人、坏人她头一眼就能看个八九不离十，当然，也不是没有打眼的时候，但那是支流。

她看了大山的小品以后说："行，我觉得他挺有幽默感的，而且还挺有台缘儿的。"我们相声界管演员在台上招不招观众喜欢叫"台缘儿"。中国的1989年是个"多事之年"，但演员还是该演出演出，该走穴走穴。

一天，大山打电话到我家："姜老师，我有件事，想征求您的意见。""甭客气，说吧！"我回答道。

"××电视台，想叫我演个小品，可里面的词儿全是北京老土话，我觉着有点拿外国人'开玩笑'的意思，不知您同意我演吗？"我听了这些话挺高兴的。

相声演员表演的东西应该算是世俗艺术，离不开老百姓的这点儿话，这点儿事。可是你真把老百姓生活中的俗东西拿到舞台上来，那就俗不可耐了。

大山能对表演的作品提出自己的想法，说明他对自己有要求。我们许多相声小品演员，就是因为急于上电视出名，饥不择食而败坏自己的艺术名声。

我在电话里问他："和你一起合作的巴西姑娘星海呢？""她自从演了《夜归》出了名以后，天天有记者采访她，电视台找她演节目，她烦了，她发誓以后再也不演节目了，任何记者也不见，她准备踏踏实实地完成恋爱、结婚、生孩子的任务。"大山说得挺诙谐的，把我也逗乐了。

我对他挺感兴趣的，便邀请他："大山，今天我们家吃炸酱面，这是北京的特产，也是我们家的名牌食物，你如果方便的话到我家来，咱们聊聊，好吗？"电话里，我听得出，大山对我对他的邀请感到很突然。

从北大到我们家并不算远，不一会儿，他就到了。

在餐桌上，我给大山介绍中国的炸酱面、面码儿。

大山兴趣浓厚，他对我说："姜老师，我对中国的东西特别感兴趣，什么都想试一试。我刚到北大的时候，在食堂里吃饭，上了一盘腐乳——酱豆腐，我从来没见过这东西，以为是点心什么的，就用筷子夹了一块，整个儿放进嘴里嚼了起来。我的妈，怎么这么咸？我全咽肚子里了。这一天，我一共喝了七暖瓶的水！"我和我爱人被他的这段经历逗得哈哈大笑。

我们一边吃面条，一边聊着天儿。面条秃噜声和笑声混在一起。

大山原来在加拿大学了4年中文。开始，他只是凭着一时的兴趣，当他一学起来以后，他发现自己一下子热爱起中国的文化来。

"也许是我学中国话发音挺准的。"他说，"我一下子有了许多的中国朋友，他们给我介绍故宫、黄河、长江，还有西藏。我觉得我在加拿大太闭塞了。我开始翻中国的各种各样的图书。唐诗，我看不懂；成语，我不明白；方言，我还不知道怎么回事。我决定到中国去，把我不明白的全弄清楚。于是，我到了中国。到了中国，我又发现了中国的文化是个大海洋，可我已经跳进来了，而且还不想出去，我就游吧，进修中文、学汉字、看小说，业余时间演节目,并且……"他沉了一下说,"我想当中国第九代相声演员!"他的态度朴实真挚,他的眼光热切。

这些日子,北京的大学里特别闹腾,我嘱咐他:"学校里的事别乱参与,有些事中国人自己都不明白,你们外国人更不清楚。关于你拜师的事……我答应了,不过你回去给王文泉老师带个信儿,选个日子办一下,我还得按我们的规矩通知一下,征求一下别的徒弟的意见,先别急。今天,我按我自己已收徒的规矩送你一幅字,写的这字你还不太明白,不过慢慢你会理解的。至于学相声的事,拜到门里以后慢慢再安排……"我把我想要说的,一股脑儿地掏给他,也不知道我这位"洋弟子"明白不明白。我一边儿说一边儿放下饭碗,走到书桌前,铺上纸,倒好墨,工工整整地写下一个条幅:

对同道心存平实
于艺术怀抱忠诚

我的每一个徒弟都有我写给他们的这两句话。

大山的拜师大礼

大山对他喜欢的东西有股子闯劲儿,什么都敢试一试。

大山对自己有要求,不是按业余的标准要求自己,从一开始就给自己定了高标准。

一个是他的闯劲儿,一个是他的实劲儿,冲这两点,我收了他。

拜师会是在北大举行的,紫红的大背景幕上被镶上了两行金字:

名笑星收徒
洋弟子拜师

拜师前,我和我爱人去了大山在北大的宿舍。

大山住在留园的留学生宿舍楼里。这是一间只有 15 平方米左右的小屋子，一张单人床，一个小衣柜。地下摆的全是书，桌子上也全是书。一个很简陋的录音机和十几盒开式盒带，整齐地堆放在一起。

在墙上，有他已经裱好的我给他写的那个条幅。

在这个条幅的边上的墙上，有他们外国人习惯地贴着的一张又一张剪报。我凑上去一看，好几篇是关于我的报道。

我开玩笑地对大山说："我真不知道，关于我的报道的报纸还是不错的墙壁装饰品。"大山说："我没准备拿您赚钱，能省我一点儿花销就行了。"气得我捶了他一拳。

陪同我一起到宿舍参观的还有王文泉老师，他告诉我大山并不是为我而故意这样装扮他的寝室的，他挂我的消息的报纸已经1年多了。

大山从床上拿起一件叠好的肉粉色的大褂。

"师父，我专门找人设计了一个中国传统大褂。我想，今天拜师会上，我能不能穿这个？"我爱人一看这颜色就说："你怎么挑了这么个颜色，太跳了！"我想了想说："这颜色外国人穿行，他本身脸上色儿就多，头发是金的，眼是蓝的，加个肉粉色的大褂，也许还挺般配呢！"一屋子人也让我说乐了。

↑ 大山刚刚开始拜师时，我不太同意。我怕影响不好，人家说我在用"洋闹儿"吸引社会关注。但是，我到了大山在北京大学的留学生宿舍一看，他的墙上贴着我演出报道的剪报，我被感动了，毅然决然地收下了平生第一个外国徒弟

我们相声界收徒很讲究，又是由于收外国学生，所以我也特地做了一些准备，严格地按照我们门里的仪式举行。

主持人我请的是相声演员李金斗，他是著名相声表演艺术家赵振铎的徒弟，从小作科学相声，非常懂我们门里的规矩，又加上我们关系好，是我师哥辈儿的老师，请他再合适不过。

长辈师父辈儿的我请的是陈涌泉、唐杰忠。陈涌泉先生的父亲陈子贞先生和我的爷爷是世交，陈涌泉又是我的师爷，唐杰忠是我的师大爷，又是我的合作伙伴，师徒三代全有代表参加了。

这一天，北大的领导也很重视我的收徒，他们把它视为做留学生工作丰富内容的一种方式，所以校长、系主任、教授、讲师和来自世界各地的留学生都参加了我们的仪式。

加上又来了许多相声演员，都是电视里熟悉的面孔，礼堂里的气氛热热闹闹的。

按规矩，徒弟得跪在地上给师父磕三个头，以确定师徒如父子的关系。

可今天来了这么多的记者，又有那么多的电视摄像机对着我，一米八的大个子对着我磕头，太有点滑稽了。虽然是外国人拜中国人为师是个新鲜事儿，而且越传统越有新闻价值，我还是不愿意那样做，因为那是实实在在的"出洋相"了。

我让大山给我和我的爱人一人献了一束鲜花，向我们三鞠躬，然后向师祖、师爷、师伯三鞠躬。新事新办，在一片掌声和同学们的欢呼声中，就算完成了拜师的大礼。

我讲了话，不外乎是要求大山如何专心致志地学说相声，千万别把它当儿戏，闹着玩儿的那样拜个师，以后就没这回事儿。大山也表了态，说了他自己的心里话："中国人都说说相声难，我这个外国人选了个中国最难的事儿做，我相信我能做好，我才拜的师，我除了跟老师学艺以外，我还要好好孝敬师父、师娘。"也不知是哪位同人教了我这位徒弟这么一句话，不过说得我心里挺热乎的。

拜师仪式完了以后，唐杰忠老师陪着我们师徒二人演了一段相声《金刚腿》，这是我们在拜师会以前稍稍排练了一下的小段儿，但是演出的效果极好，笑声洒满了礼堂。

↑ 大山是所有在中国学习传统曲艺艺术的外国人之中名声最大的,也是学得最用心、最好的一位。他对中国传统文化的崇尚可以用虔诚两个字来形容。有一天,他问我:"您读过《康熙字典》吗?"我当时一惊,说没读过。他说:"我读过,我读了好多没见过的字。"我当时一听就笑了。您说,这样的徒弟多用心啊

拜师以后的会餐,我们行话叫"摆支",就是必须徒弟出钱,大家喜宴一顿。大山是个穷学生,哪请得起这20多位来宾,吃饭的问题由学校方面负责。

吃饭时,陈涌泉老师开了一句玩笑:"摆支归学校了,这可叫假公济私呀!"我们都觉得挺可乐,大山没听明白,一个劲儿地在那儿眨眼琢磨。

爱中国的洋徒弟

大山实现了自己的愿望,他当了中国第九代相声传人。

我又为他写了我们中国古代诗人陶渊明的诗句送给他:"盛年不重来,一日难再晨;及时当勉励,岁月不待人。"送给他的第二天,大山打来电话:"姜老师,我查了古代诗选,您这几句话是陶渊明的诗的后半部,前边还有八句,是:'人生无根蒂,飘如陌上尘。分散逐风转,此已非常身。

落地为兄弟，何必骨肉亲。得欢当作乐，斗酒聚比邻。'我还没弄明白是什么意思呢，先给您打个电话，老师，对吗？"我感动了。大山对中国的文化真是注进了非同一般的情感。我给不少人写过晋陶翁"盛年不重来"这四句话，可我自己都没有查过这四句话的前半部。写这篇文章时我都是又一次查了《历代诗词选》才把它写在了这里。

大山拜了师，并没有把说相声当成自己唯一的追求，他依然是把自己的兴趣放在了对中华文化的学习、研究的追求上。

1991年放暑假，许多外国学生都回国度假去了，大山没有回去。暑假快结束的时候，他来到我家。

"老师，我这儿有几个字，您看您认识吗？"他掏出一个小本，从当中拿出几张纸，上面有他早预备好，专门考我的几个字。这几个字是"餺""斾""梦""龝"。我一下子被难住了。

这几个字当中，除了"龝"字我知道是秋天的"秋"字的古写，因为我爱好书法，曾经写过这个字，其余这几个字，我连见都没有见过。

"大山，你从哪个犄角旮旯里弄来这些字儿？这字甭说我不认识，我爸爸也准不认识！"我说这话不是玩笑，我爸爸是学文学的，而且是上了两次大学学中文。

他时不常地告诉我"参差不齐"千万别念成"参（cān）差（chā）不齐"，而"叶公好龙"的"叶"字一定要念成"叶（shè）"的音。

我还告诉大山："你学这些蹩脚的而又没有实际作用的字儿干什么？"大山把他的小本打开，这里面一面一个，全是这种我从没见过的中国古字，满满的一本。

"老师，"大山说，"有一本资料说，中国人平常的用字量在4000—5000字。我自测认识4000多字。有些字我一见面认识，但是念不出来。有的字这次认识了，下次还不认识。还有些字我能从字形上蒙出念什么，但是不知道什么意思。于是，我就利用暑假学了350个中国疑难字，我跟它们全认识认识，一回生，二回熟，看下次见面，我还记得它们不。"外国的青年人对于一门知识追求的敬业态度，很值得我们中国的青年人学习。

1992年，我带大山到香港演出。我们住在香港新华分社的招待所。那一年，这个招待所的改造工程还没有完成，条件非常简陋。大山一米八几的个子，睡在一米七五长的床上，非常难受。他经常把脚伸到窗户外面去，他说让脚去"透透气"。就是在这种条件下，我们演员逛街的时间，他全用来读中国的近代文学。时不常地，他碰到我就问张天翼的《包氏父子》、艾青的《大堰河——我的母亲》等文章的一些问题。仗着我上过电视大学，对他学的这些东西还不陌生，能对付一阵。

我称赞他："大山挺刻苦的。"他谦虚道："回去考试，我这是临阵磨枪，不亮也光。"我夸他："大家伙都说你不错，别人上街逛商店，你在家里温功课，有点儿南京路上好八连的劲儿。"他问我："南京路上好八连是怎么回事？"我自讨苦吃，解释半天。没事我提这典故干什么？

不过，可能就是这样，他用自己的刻苦和执着，学中国文化，了解中国国情。

1993年，他探亲回家。刚到加拿大，他就给我写了一张明信片寄到北京。

这张明信片上，写着他发自肺腑的话："老师，我回家两天了。不知为什么，总是有一种旅游者的感觉。白天是加拿大，晚上全是中国（做梦）。我盼着快点回去。我想，当我回中国坐上飞机着陆的那个感觉，可能才是回家了的感觉。"我把这张明信片给许多人看，让他们看看我这个爱中国的洋徒弟。

男儿有泪不轻弹

在1992年的元旦晚会上，由赵连甲老师出题，我创作了《名师高徒》这个相声，导演是中央电视台的张子扬。这个节目由我、唐杰忠和大山一起表演。

我演一个蹩脚的老师，大山演一个聪明的学生。

在创作这个节目时，大山选择了他妈妈教给他的一段英文绕口令：How much wood would a woodchuck chuck, if a woodchuck could chuck wood. 在表演时，我既笨嘴拙腮而又故作逗能地把这句话说成："衣服上的扣子卡住了裤子，卡住了裤子也卡住了扣子！"而大山的演出，已经完全没有他第一次在中央电视台登台亮相时候的那种"洋腔洋调"了。

他熟练地说中国的绕口令，熟练地说外国的绕口令，令中国的观众折服了。大家说，大山的中国话越来越地道，大山能和我们中国的相声演员媲美了。

大山在中国第二次掀起了外国人演中国节目的高潮。北京大学、北京外国语学院的留学生，步他的后尘，学着他的样子在电视台里演节目，拜中国的艺人为师。唐杰忠老师一下收了好几个新加坡、南斯拉夫等国的学生，相声演员刘洪斌、丁广泉也收了几个外国留学生为徒弟。

大山依然走着刻苦学习、丰富自己，当好中国第九代相声演员的道路。

他找丁广泉老师学快板，他唱《学雷锋》：

红旗飘飘舞东风，战鼓声声振长空，
世界人民齐响应，男女老少学雷锋。
学雷锋、唱雷锋，伟大的战士红色的兵，
苦水里生，甜水里长，雷锋一生向着党。
人民敬佩，敌人害怕，事迹都传到加拿大。

他一修改，观众乐得东倒西歪。

他学快板那阵儿，兜里老揣着那几片竹板，走到哪儿都叮当乱响，别人嫌他竹板的声太吵，他经常一个人跑到立交桥底下去练。我告诉他："练快板找个森林，没人儿的地方，立交桥底下打快板儿，车一停下更乱。再说，过去说快板是要饭的人在人多的地方唱，你在那儿影响也不好。"大山笑着又甩开了快板唱："说我要饭我不怕，只要老师不把我骂！"那些日子，你要是打他的电话到他们家，你会在电话机里听到一个打着快板说电话的录音："大山有事不在家，有什么话您请留下，请——留——下！"你刚要说话，大山又拿起听筒来对你说："您听这段快板行吗？喂，您是哪位？"原来他让人欣赏呢。

他也找了评书表演艺术家田连元老师学评书。

他专门选择了一段小故事《胡不字》。这段书连我都没听过，大家看他讲得津津有味，听的人自然也津津有味。

他翻译美国喜剧明星巴伯·霍普的书，他说："我要做中西喜剧文化交流的'先驱'。"他跑到街上喝北京豆汁，呛得鼻子里全是馊豆汁味儿，他说："我不怕'以身殉职'。"他自己为《正大综艺》一百期写了一段"百字相声"。

我和他一起登台，他说："过去老师给我写相声，现在我给老师写相声，我们水平拉平了！"他一点一点把自己融在中国的文化中，融在中国的相声事业中。

一位西方记者采访他，他说："中国接受了我，中国的一个家庭接受了我，这是我最大的成功。"我知道他说的家庭有两个含义：一个是他师父我的这个家，一个是指的我们中国相声宗系这个大家庭。

一天，大山哭着到了我的家。

男儿有泪不轻弹，总是乐呵呵的大山怎么了？

坐在我家的沙发上，他一股脑儿地讲了昨天晚上发生的事，倒出了许多我从没听过的感慨。

大山有个女朋友叫甘霖，这是一个模样长得普通、生长在一个普通中国人的家庭，也有着我们普通中国人身上的善良和贤惠品质的一位姑娘。他们相识了许久，而且定下了终身。大山喜欢甘霖身上那股清新无邪的纯朴劲儿，甘霖喜欢大山执着热情而且实在的性格。

中国女孩身上的爱虚荣，浮躁，追时髦的缺点，甘霖身上没有。

外国男孩子的风流，不负责任，拈花惹草的毛病，大山身上没有。

昨天晚上，他们俩在长安街上漫步，忽然冒出了一位干部模样的人，带着气不过的火头问大山："你拉人家女孩子手干什么？""……"大山被问得莫名其妙，不知怎么回答才好。

此人看见他们俩散步不是一会儿半会儿了，情绪很激动。

"你放开手，别动我们中国姑娘！小姐，你也太不自重了，你丢中国人的脸，别不要脸！"后面这句话太难听了。

边上也有听见争吵的群众，一部分围了过来。

说甘霖"不要脸"，太刺激大山了。年轻的小伙子不干了，头脑涨，而且有些发晕。

大山一把抓住了这个人的脖领子："你凭什么侮辱人？我们没有侵犯你一点儿，你为什么……"大山真是对这突如其来的斥责感到茫然。

而这一抓领子使矛盾白热化了，双方拉扯起来，而且还动了手。

站在一旁的中国人管他什么"大山"不"大山"，听说有人欺负中国的女孩，尤其是外国人，全不答应了，蜂拥而上，有人趁机给大山几下子，大山倒在了马路上……

旋即他又清醒起来，他不能犯众怒，他请大家和那个干部一样的人去派出所讲理。

派出所的民警很公正地处理了这个问题，批评了大山不能激动动手，也劝解了那位干部模样的人不要胡乱猜疑外国友人，总要有根据嘛。

那人不依不饶，打电话到了甘霖家，斥责甘霖的父母对子女管教不严，而且还给有关单位报告了此事，他认定了，大山和甘霖谈恋爱，是"不正当的交往"。

大山带着眼泪对我说："师父，中国人把你当成自己的儿子，你对他们至关重要，他们甚至可以依靠你。他们把我当成了孙子，高兴时让我唱歌，不高兴了就踢我一脚，让我一边儿去，别妨碍他们。""不能这样说。"我劝大山，"昨天晚上这件事，不能说明什么问题。如果你再遇上这样的冲突，一定要什么都不说地躲开，像球迷在球场上一样，矛盾交织到一定的时候，没了是非，冲动起来就会过火，什么事情都可能发生。在那个时候，不能用理智去解释一切，因为那是不理智的时候。"

我给他讲述了1989年我到兰州演出，受了主办单位的骗，在没有音响的体育馆的舞台上让我演出，根本不可能的事，而观众不干了，围攻我们两个小时。而且新闻记者也添油加醋，不实的报道使你有口难辩。我问大山："我不是也一样吗？委屈也全搁在肚子里。你不是想在中国工作、生活吗？那就要面对生活，接受它给你的甜酸苦辣，你说对吗？"我很理解那位干部的心，但是他把斥责的对象搞错了。他选择了一个与他心中反对的社会渣滓的对立面，把他当成了抨击的对象，也可以说好心办了坏事。

如果那位干部模样的人看到了大山现在已经有了一个非常美满的家，而且甘霖为大山生了一个非常可爱的儿子，并且大山让儿子没会说话的时候就一天听5遍唐诗的录音带，一定会追悔不已的！

他把自己和中国融在一起

也许是因为在普通中国人的圈子内生活,也许是因为生活中经常遇到难以避免的磕碰摩擦,大山自觉地去掉了通常外国人在中国的"优越感"。他学会逐渐理智地处理一切,他努力地把自己和中国人融在一起,为了一个目的——学习和发扬中国的文化。

融在普通的中国人中间也许并不难,而融在一个相声大家族之中,恐怕就要经受一点一般老百姓体会不到的滋味。

相声界辈分分明,我的辈分又小。大山拜了我为师,等于有了一大批的师爷、师叔、师大爷。

辈分高叫两句吃不了什么苦,最让人难堪的是,技不如你的一下子长到了你的长辈的份上,按中国人心理就有点儿让人家占了便宜的味道。

继我收大山为徒之后,我的师叔们也收了几个外国的徒弟。这样,几

↑ 大山在中国学相声被大家看成一件新鲜事,在我们相声界内部也有着不同的看法:有人认为这是在"炒新闻",也有人认为他学相声就是蜻蜓点水似的凑一个热闹。但是经过时间的考验,大山在相声创作和表演中取得了成功,得到了全国观众的认可。尤其是在1992年举办的上海文化艺术节上,大山高兴地对我说:"昨天我和师祖侯宝林先生一起照了相。侯先生说我是个好学生。得到了师祖的认可,在中国相声界我可以算作名副其实的弟子了。"

位原来和大山在一起的来自法国、南斯拉夫的同学就成了大山的师叔。论哪方面，大山都优于他们。连他们在台上演出，只要外国人样儿，都被中国人称为"大山"。可大山得管他们叫师叔。

更叫人接受不了的是，不知出于什么原因，我们北京大学的一位研究中国曲艺史的专家，在撰写相声宗谱时，别人都写到了，唯独不写在中国相声界中影响最大的大山。

我问大山："这些事你都怎么对待？"大山说："老师，我过去告诉过您，一位西方记者采访我，问我在中国最大的收获是什么，我告诉他一句话：'中国的一个家庭接受了我。'我说这句话有两层意思，一是您收我为徒，家里面对我亲如一家。"我听到这儿很后悔，大山倒是不见外，经常到我家来，我们也不把他当外人，家里赶上饭就吃，而且是有什么吃什么。

记得有一次他对我说："老师，我已经是第六次到您家里来了，吃了6次饭，而且6次全是面条，您家没有别的吃的吗？"其实我们家一个月也吃一两次米饭，可他没赶上，您说怪谁，不过，让人家外国人老吃中国炸酱面，真不好意思。

"第二点，"他继续说，"中国相声家庭接受了我。马季师爷喜欢我，侯宝林师祖和我一起照了相。我觉得我如果能在继承相声方面，再做出点儿有影响的事儿，我就能对得起这个家对我的情谊。至于，家里面出点儿什么不顺心的事，这是经常事，我不往心里去，也可以说早做好了心理准备。"他想了想，又补充说："比方说，您那么忙，我不能每天缠着您学东西，我就找了师爷丁广泉一起学习、演出，弄得别人都说我是丁广泉的学生，我观察您从来没有说过什么，可是不见得别人没往您耳朵里吹什么风，您往心里去了吗？"好小子，不是光学相声，也在学习生活！我拍了拍他的肩膀，对他思索了那么多，表示了我的赞许。

我从收徒之前就相信大山能学好我们中国的文化，现在，我更加坚信这一点。

又一日，大山打来电话。他最近在加拿大驻中国使馆文化处帮助工作。

"老师，昨天晚上我们外交部的官员在使馆请中国客人吃饭。这位官员出了个主意，12个桌子，他一个桌子坐5分钟。可中国的贵宾怎么办？他不能跟着我们这位官员后面跑呀！把他安排在哪个桌子上？

"中国的官员到了以后发现这种情况,没有问礼宾官,而是把我叫在了一边说:'大山,你说这种情况怎么办?'老师,我心里甭提有多高兴了,中国人把我当成了他们自己人,没有把我当外人,他相信我,他向我征求意见。

"我昨天一晚上都没睡着觉……"

我听了,都觉得泪在眼眶里淌,我为大山得到中国人的信任而高兴。

大山的儿子只听得懂中国话

大山有儿子了,是个混血儿,像加拿大人,也像中国人。

在他儿子六七个月的时候,大山告诉我说,他的儿子可能将来会当个哲学家,也可能会当个领导人。

我问他为什么。

大山说:"六七个月的孩子,不知为什么,他老是爱皱眉头,估计他一定是在琢磨复杂的哲学问题。"当领导人是怎么回事?

"这孩子怪了,在家的时候挺好的,只要一出门,抱着他走在大街上,或是他坐在车里,他老向群众挥手致意。"我让他在孩子的教育上注意,一个当领导人的坯子如果将来的职业是说相声,落差太大,怕心理承受不了。

大山还兴奋地告诉我说他的妈妈开始学中国话了,而且第一句是:"飞机怎么飞?"我问他:"你妈为什么学这句话?""因为我妈妈一说这句话,我的儿子就用手做成飞机的样子说:呜——"原来,儿子只听得懂中国话!

写于 1997 年

牛群之"道"

北京人说,干什么事都得有"道"。

以倒腾字画儿的为例,人讲究门深、眼毒。所谓门深就是土话中的"路子野",甭管是达官还是显赫,甭管是名家还是大师,人家一推门就进去,可着北京四六城卖古董的打听起来得有那么一号。而眼毒则是干久了,干出门道儿来,什么赝品、什么冒牌货都逃不过他们的眼睛。话说损了,人家就是干这个的,纸熏三天作旧,电脑绘图刻章,现代电子技术与老祖宗留下的火炕和毛边硬炕席共用,同为仿古乱真服务,您说人家"道"多深。

这些人干久了,能出"收藏家"。从这儿出道的可了不起。

人家手里有乾隆的御笔,有徐大总统水竹山人的对联儿,唐朝的名画儿,宋代的墨宝,近代名人的新作,青菜、萝卜,应有尽有,让生人看着惊,让熟人看着馋,让同行看着眼热。

而我今天说的"道",不是上边这种,是另一种"道"。

以说相声的牛群为例,讲究……说实在的,这种"道"不算太讲究。

牛群属牛,长我一岁。从相声家族论,他是常宝华老师的高足,高我一辈。开始学相声的时候,他想拜我为师。我嫌他大,也觉着不合适。如果那时候真拜了我,现在又拜了常老师,那他自个儿管自个儿得叫爷爷。

↑ 牛群酷爱照相，到了入迷的程度，我说他经常冒着"生命危险"去拍照。有一次他犯坏，让我的同事在我游泳时把我按在水下，半天不让出来，等我挣扎着跃出水面的一刹那，他抓拍了一张我"横空出世"的照片。我说他冒着生命的危险，是冒着我的生命危险，不是他的

古人曾经说过："人不可无痴，人不可无癖。"牛群就有这毛病，有痴，有癖，当然是不用卖，也不用医的正痴、正癖。

他好照相，手中的家伙不亚于他的体重，他的相机镜头伸出去有二尺半，我总说他眼睛再近视的话也用不着配那么大的镜子。几乎所有的名演员都是他每天拍摄的对象。他这算一"道"。现如今的摄影师见着名流便趋之若鹜，不管他们自个儿喜欢不喜欢，老百姓买明星的账呀！换句话说，它有市场。

而牛群得天独厚，他就在星中，所以他稍转转身子就有了。于是，照明星成了牛群摄影的一大特点。可明星谁都照，你怎么能出众呢？于是，他又把明星儿时的照片全部搜罗起来，合着他照的相片一块儿拿出。这下火了，你让大家伙儿说，一下子拿出百十位明星小时候的照片你们谁行？赵本山那张可是光屁股的，您说这算不算有"道"？

而真正有"道"的，得数牛群集邮！

我不怕牛群不爱听，他干专业有点儿业余精神，而干业余可真是有专

业架势！我曾经用同样一句话评价过吴祖光先生的次子吴欢。我对集邮是外行，我不知道，他怎样去买大型张、小型张，怎样去讨换首日封、纪念封，就收集名人签名封一项，我是"深受其害"者。

凭着我和牛群的关系，他命令我："在这个世界上走到哪儿。你都得给我寄一张明信片儿，签名、邮票、邮戳全得齐！"您听听，托人带都不行，而且是走到哪儿都得干，多不讲理，万一我回不来了呢，他可不管你这个。

于是乎，我就得完成这任务。可这任务不是说完成就完成的。首先，你得会买明信片。那位说，买明信片有什么难的？废话，在中国不难，我买那地方它不讲中国话。1992年，我去了14个欧洲国家，难坏了我了。出国以前我就叨咕："Can I buy some stamps here？"（我可以在这里买邮票吗？）咱们到哪儿全是一天半天的，而且集体行动，那邮局可不是说找就找得到的。

然后再背："How much is it to send to Bejing？"（寄北京要多少钱？）人家要是追问我一句"您要航空还是平信？"我可就瞎了。所以还得背"Airmail"（航空）这个单词儿。当然，像"postcard"（明信片）这类单词就甭提了，那在必须得背会之列。可背完了还不算完，到欧洲一转，老天爷，这些地方大部分国家不讲英语，讲法语、意大利语、德语、爱尔兰语，您说得着多大急？

到那些地方买这些东西，花多少钱牛群就不考虑了。我们去的地方是旅游点儿，一张明信片少说要你0.5美元，买邮票再加半块。姜昆太抠儿，1美元至于写文章控诉人家吗？天地良心，诸位，在国外，买明信片和邮票，单张人家不卖，至少得买三到五张。牛群是一个地方一张，我自己还富余两张，您说这事是不是得提提？当然，后来这件事便宜了住在丰台的我的姑姑姜群。她是丰台区集邮协会的负责人，搂草打兔子，我捎带脚儿给她寄一张，她也算"受益者"了。

再接着数落牛群。这种任务他可不是交代给一个人，什么宋丹丹、黄宏、杭天琪、刘欢、宋祖英、蒋大为他全有安排。别人不提，就这黄宏我就服了。

他和我说："师哥，我不会说外国话，明信片和邮票你就替我买了吧！"我替他买，可得花我的钱。等我买了以后他又说："师哥，我不会外国字，明信片你替我写了吧！"一口一个师哥叫着，我能推辞吗？等我全弄好了，他说："师哥，我给签名。"我还得说："别着急，这儿，我给你留着地方呢！"我整个一个大秘书。名人效应，黄宏如此一来，大家争相效仿，全过来："我给牛哥签一个！""牛哥也让我寄，我就写这儿吧！"日子久了，我也不替这个写地址，替那个写信皮儿，大伙儿全在我这明信片上边签名，一举几得。

从国外回来，几日后这帮朋友见了面。我看牛群正在感谢黄宏等人，说收到了他们的珍贵的信封和纪念邮票。我纳闷儿，怎么没我什么事儿，凑上一看，我自己差点儿倒地晕去——这张明信片儿是我买的，地址是我写的，签名全是人家的，我自己忘了签名了！

您说，牛群集邮，此算不算有"道"？！

写于 1994 年春

拥有"法喜"的李娜

第一次见到李娜是在中央电视台举办的"难忘的一九八八"那台晚会上。以后的相见都是在舞台前后、摄影棚内外匆匆地擦肩而过之中。印象平平,记得她的眼睛总是睁不大开,对人也是淡淡相处,一笑即过。

直到一曲《青藏高原》,才令我对她刮目相看。那种蕴藏在心底的激情,在高亢的歌唱中迸发出巨大的艺术感染力,震撼着人的心灵。多少次,我沉迷于她的演唱之中,我对《青藏高原》这首歌的喜爱,唤起了我对儿时在穷困的生活环境中去追求艺术之路的那股执着的热情的回忆,大概也因为我到过青藏高原,看到过在凛冽的风中,从石头缝中钻出的摇曳着花铃的野花和小草,向大自然展示生命的顽强,所以能体会到李娜是用怎样的一种心灵去体验、去演绎《青藏高原》这首歌那惊天地、泣鬼神的内涵。

以后,我听说了她在香港的演唱中,以无伴奏的方式讴歌《青藏高原》,全场观众,鸦雀无声,静心地聆听那可以绕梁数日的绝唱展现在眼前。唱完后,半分钟的沉默等来了五分钟的掌声与不断欢呼。我想象得出那会是怎样一种壮观的场面。

后来,我听说她出家了。惋惜,不解,加上几许疑惑,伴随着我不少的日子。

终于,在洛杉矶,我寻着了她。

李娜真的出家了！

一身黄色僧侣服，洁净的剃度代替了她当演员时头上的发式。面红而润，目清而炯。不见了当歌手时晚上那劳累的苍白和缺乏睡眠的倦意，也不见了常在她眸子中闪烁过的那股懒散与迷茫。青素的李娜全身漾着一股和谐和安详，交谈起来又滔滔不绝，一变过去她那与任何人交谈都是淡淡的表情。

我是征询能否为她制作网页的事。她笑了："我可能离那些太远了，我都快忘记了。"我说："可你的观众，你的歌迷不会忘记，你的成就还被社会承认，这些不应该成为佛家'空'门的解释吧！"她对我说："那可能是你的事，你怎么干我就不管了，我刚入佛门，得一心一意地学法护法。"我说："是脱离尘世？"她说："还没有那么玄，这是一门学问，总得花时间去了解，何况我还想进行研究和探讨呢？"她平心而说，我倾心而听。

我还不住地琢磨，为什么找不到当年李娜在舞台上的影子，眼前的她……

李娜精神状态不错，脸色红润，干干净净地洋溢出一股得益于修身养性那种健康安详的神采。和她一起来的是她的妈妈。不是出家人截断六根，不应该有凡夫俗子那尘世间儿女情长的感情吗？我油然地进出了所有人都希望向李娜提的一个问题："你为什么出家呀？"

"我不是出家，我是回家了！"她纠正我的说法，听得出，她已经不止一次地向别人回答过这个问题。

许是看我心诚，她隔了一会儿便慢慢地向我道出缘由：

"当歌星，上舞台，几乎是我过去生活的唯一内容，多早啊，就进入了名利场的追逐之中。了解我的人都知道，我干什么都比较专一，不喜欢败在一个人的盛名之下，也不愿意在艺术追求上保持一个风格。包括为了生活的烦事而接触宗教，我也是倾心注情，我看《圣经》，看《古兰经》，所有的宗教门类我都感兴趣，但也是在选择，我一直寻找能寄托自己内心追求的归宿。

"一个很偶然的机会，我得道了，从'六字真言'中得道。在'唵嘛呢叭咪吽'的不停诵念中，我忽然得到一种启示，一下子眼亮了，心也亮了！

身心处在一种异常兴奋和快乐的感觉之中，我想：这是什么地方？过去我怎么不知道？我怎么从来没有到过这么令人神往的地方，享受这份人世间的快乐？当这种感觉消失以后，我必须又一次地从吟诵经文当中得到这种心灵的感受。于是，我从知道'大彻大悟'这个词，到理解和感受到了'大彻大悟'。

"在此后学法的过程中，我知道这是'法喜'，所谓'法喜禅乐'，指的就是这个。于是，我觉得我应该出家，我把尘世中的烦恼和过去名利场上的经历、成绩、荣誉、教训，全都抛在脑后，我寻找心灵当中的一种清静与安宁，然后潜心地慢慢领会世间和宇宙所创造人生的法则或真谛。"

她说得真切，可我听着有点玄。

她似乎看出我的疑惑，她让我听："你听，'唵嘛呢叭咪吽……'你连起来一念，就能感到它是迸发，是从无到有的迸发，像是撞击的声音，也像诞生出精灵的轰响。"

听她说到这儿，蓦然，我的脑海里现出前不久刚看过的一个美国科幻电影，讲的是人类的起源：从火星上找的一种声音，三个音节一组，探险者从人的遗传基因链，一对DNA的六个组合中，取出三个，打开了一扇先人类的时空大门，了解到了人类在星球上的起源之因。

李娜的说法和这个电影的描述，何其相似！就连那"六字真言"的发音速度和电影里的音响都像，我惊叹科幻和宗教的异曲同工。

我望着李娜，一直在听，也一直在想。

想小歌星谢津坠楼而去，想台湾歌手张雨生酒后飞车乘鹤仙游，想李小文曾经在舞台上晃动的身影。

人啊，要珍惜生活，珍惜自己，要有高尚的追求！

李娜掏心地和我说："我整个感觉到，我的心回家了。"

她一点也不讲她的歌，她一点也不讲过去文艺圈儿内的恩怨，她一点也不问及同道、同人的绯闻轶事，她一直在护法，一直在传道。

李娜的妈妈坐在她的身边，我和李娜聊着聊着，渐渐淡漠了她出家的僧侣印象，还是觉得她像个孩子。李娜告诉我，妈妈担心她，到这里住在一个朋友家里，她经常看望妈妈，妈妈为她煮一些饭菜吃。我说："李娜，你真不容易，人得需要多大的毅力才能舍弃尘世间的物质享受，而遁入空门，去修身养性呀！"李娜说："这应该全在你的顿悟之中，你一旦顿悟，会觉得得到的比失去的多。"我说："半天了，你一点也不谈一谈你的歌，你真的全忘却了？在你的生命中，应该有一大部分属于音乐。知道你的人，源于音乐，佩服你的人源于音乐，想念你的人还是源于音乐。你知道谷建芬老师说你什么吗？她说，李娜在《青藏高原》的演唱中，唱得登峰造极，但这还不是李娜音乐才能的全部。我们许多的音乐人都是通过她的这首歌，重新又认识了李娜。我们很惋惜她出家。"说完这些我观察李娜的反应。

李娜思忖了半晌，摇摇头说："不矛盾。我录《青藏高原》的时候，唱到最后我也是泪流满面，不信你问张千一，光为那歌词和曲调我不至于，我觉得我还是体验到了一种内涵，和我现在追求的非常吻合。"

看她要回忆起过去的事儿了，我赶忙递去一些我从北京来的时候为她准备的她演出的一些剧照。她一张一张地拿出来看，并且告诉妈妈，这张是哪一次，那张是哪一回。看完以后，又还给我。

我是带给她的。"怎么，你不要？"

她笑了："不要。我的东西都扔了，北京家里的东西全不要了！"

我愕然许久，怔怔地望着她的妈妈，李娜的妈妈默默地挑了两张照片，珍惜地收起来。

我很想知道她靠什么生活，你生活中再有追求也得过日子呀，美国的寺庙里给工资吗？这儿的斋怎么化，是捧着钵盂站在路旁吗？但是我不好意思开口。几次话到嘴边都咽了回去。终于进出口的问题是："你每天都干什么？"

"念经，作法事。"

念经我知道，作法事又是什么？

"就是帮人家集会念经，打个锣、镲什么的。"

我开玩笑地想：好个李娜，放着独唱不唱，非唱合唱。但我马上制止住自己。我提醒自己，信仰自由，宗教可以不信，但不能玩笑，不能亵渎神圣。

其实，我挺佩服她的，比起无所事事，追名逐利的芸芸众生，她有许多值得人们去学习的东西。但她不看重自己已经拥有的接受鲜花和倾听赞扬的地位，也不愿永远沉浸在足踏红地毯的喜悦之中。她为了自己的理想和她所迷恋的境界，她开辟了自己选择的道路……

↑ 歌手李娜的经历，在喜欢她的中国观众心中是一个神奇的故事，也是一个谜。李娜在自己事业最高峰的时候，毅然告别了演艺舞台，遁入空门，修佛养性。我去美国洛杉矶看望求学的女儿的时候，请李娜谈了谈她对人生的看法，我觉得她大觉大悟、自有法喜，所以就写了《拥有"法喜"的李娜》这篇文章

她生在我们的社会中，她长在我们的时代里，进步的社会时代，尊重人的权利，尊重人的信仰自由，当她在顿悟之中寻找到一条精神解脱之路，不让她在尘封的往事烦恼中徘徊，而在她认为快乐向上而温馨的环境中漫步、遨游，这是一件她值得一做的事，也是一件我值得为她高兴的事。

尽管她很平和，我还是希望更多的人给我们曾经喜爱的李娜多一点祝福，当然我更希望她接受这份祝福。

这一天，我们聊了许久……

写于 1999 年

宝丽娜·拉芳的故事

西方的《圣经》在解释婴儿问世的第一声啼哭时，说这意味着人生是从受苦开始的，尔后，人们开始经历战争、瘟疫、爱情、饥饿、别离、挫折，甚至天灾人祸都是上帝的安排，生活和苦难紧紧地联系在一起。上帝老人家爱怎么说就怎么说，从某种意义说或是上帝对人类的一种考验和锻炼呢。我们中国不是常说"压力变魄力"吗？然而，上帝赐给宝丽娜·拉芳的命运，让我看到了上帝的无情。尊敬的上帝，你不应该这样安排，你不应该让那么纯真美丽的一位姑娘过早地飞回你的身边，而远离她热爱的生活和朋友。她太年轻了，她在这个世界上刚刚开始，这个世界上还有许许多多的事情等她去做。尊敬的上帝，你这个玩笑开得太大了，太不应该了……

噩耗传来

"丁零……"

我是在梦乡里被紧急的电话铃声给吵醒的。

"姜昆。"是我爱人李静民从澳大利亚打来的电话。1988年她在那儿留学，一个星期要给我打两三次电话。

"你看见前天的《人民日报》了吗？拉芳失踪了！"她焦急地告诉我。

"是吗？"我一惊。这些天太忙了。前些日子我在兰州演出，受了主办人的骗，体育馆演出没有音响，演出无法进行，观众起哄，不理解没有音响在体育馆不能演出这样一个简单的道理，围攻我们演员近两个小时，加上一些记者添油加醋，这一周，我一直陷在了一种烦恼之中。可能因为这些，一向爱读报纸的我，在近几天确实连报纸的边都没碰过。

放下电话，我匆忙起床。

我这里有几天前宝丽娜·拉芳给我写的信。她是用法语写的，我一个字也不认识，我得找人翻译，看看写的是什么。我还得去团里找报纸。

跑下楼，发动车。

眼前闪动的是拉芳的倩影：金色的头发，幽蓝的眼睛，长长的睫毛，白皙的皮肤。尤其是在电影《京都球侠》里扮演珍妮的形象，美极了！她坐在草地上，漫不经心地让她那一头金发像水一样流向她身下绿色的草波中，身段苗条秀丽，仪态楚楚动人，应了有人形容法国女人"像水一样"的那句话。……当然这是指银幕上她塑造的形象而言。生活中的拉芳，简直让你感到没有比她更单纯的姑娘了。

↑ 宝丽娜·拉芳，一个冉冉升起又瞬间陨落的法国电影女明星。她是玛丽莲·梦露传记电影的候选演员，但是在没有完成这个经典之作的时候她就告别了人世。她的人生比较传奇，她的性格也可圈可点。我在和她短暂的一段接触以后，写下了《宝丽娜·拉芳的故事》

我驾着汽车在路上飞驰。

拉芳的话响在耳边："格鲁申（这是拉芳给我起的法国名字），我已经和妈妈说好了，明年我到中国拍一个电影叫《拉芳和她的妈妈在中国》，请你一起合作，希望你不要把自己弄得太瘦，那样不好看，我一定来，格鲁申。"其实，格鲁申是法国一个著名的电视喜剧明星的名字。这位格鲁申家喻户晓，他最大的特点是能够学习各位法国领导人说话，而且是惟妙惟肖。无论是在电视上，还是在广播里，法国人只要一听到格鲁申那熟悉的语言，马上就会把耳朵递过去，他们可以忘掉一切，而享受格鲁申送给他们的欢乐。在拉芳一开始叫我这个名字时，我骄傲了好些日子。可后来她也告诉了我，这个格鲁申爱骑摩托车，在一次交通事故中不幸身亡了，这件事，让所有的法国人悲伤了好久。我也挺悲伤的，我悲伤的原因是觉得这个名字有点"晦气"……

停下车，奔向说唱团团部。

对了，我还该给拉芳"钱"呢，不是法郎、美元，也不是人民币，而是中国古代的铜钱。我喜好集古币，我家里所有的古币加在一起，有几十公斤。拉芳非常喜欢。我告诉她：在我们中国，你如果有几枚古钱币的话，能给你带来福气。中国古代有"玩钱"，就是用铜铸成铜钱的样子，上面刻着吉祥如意的图案和文字，又辟邪，又让人走运！"那你应该送我一枚！""不，我给你一套，或者是宋朝的，或是清朝的……"我答应她了，可后来她回法国了，我也是瞎忙，没有机会好好整理出一套。现在拉芳怎么样了？当初要是把铜钱给她，也许真能辟邪呢！……

开办公室的门，找来前一天（1988年8月17日）的《人民日报》，查新闻版，真有这条消息，标题是"法国影星拉芳失踪"。

新华社巴黎8月15日电（记者吴葆璋），与中国峨眉电影制片厂合作拍摄《京都球侠》的法国电影女演员宝丽娜·拉芳失踪四天后，目前仍下落不明。

今天上午，法国尼姆驻军的士兵应拉芳家属的要求，开始与宪兵一起继续在拉芳失踪地带搜寻。

拉芳今年二十六岁，是法国影坛新秀。

她在《京都球侠》中饰女主角，给中国观众留下深刻印象。拉芳在《错味鸡》《财源》《爸爸顶牛》《夏日情趣》等法国影片中刻画了一批具有"任性美"的青年妇女形象。拉芳的母亲贝尔娜黛特·拉芳，是法国新浪潮派电影的主将之一。

目前普遍认为，拉芳失踪的原因更多的可能是被人绑架，私自出逃或坠崖的可能性不大。

据悉，拉芳母女在参加《京都球侠》的演出之后，决定与西安电影制片厂于次年合拍《拉芳夫人和她的女儿在中国的奇遇》。

我呆住了，木然了许久，血液往上涌，好像有什么东西一下一下地把心脏中的血液往上掀。

她会怎么样呢？是绑架，还是出走，或是跟她家里怎么样……会不会有更不好的事呢？我不敢想了。

我和拉芳认识也只有一年的时间，这是发生许许多多事情的一年。

初见拉芳

拉芳的妈妈贝尔娜黛特·拉芳，在法国是家喻户晓的"大牌明星"。而小拉芳自己也因为主演《错味鸡》而一炮走红，这大概也算"小有成就"的！在1986年的欧洲明星大排队时，她被列为前10名。拉芳天生丽质，年轻貌美。1987年，正当她的片约不断的时候，她极有兴趣地选择我们中国影坛，接受了峨眉电影制片厂谢洪导演的邀请，出演《京都球侠》的女主角——英国驻清政府使馆官员的女儿珍妮小姐。

1987年，中国刚走上改革开放的道路，整个世界对中国还是朦朦胧胧的。而中国人自己，也是刚揉开闭了好久的眼睛，惊奇地审视这个世界。中国，以她的神秘而面对整个地球。异国他乡的陌生，微薄的与宝丽娜·拉芳身份不符的片酬……是什么吸引了这位巴黎的娇女，来到这刚刚撩开面纱的东方龙的传人的故乡呢？

第一次见她，远没有看她的剧照上的那种质丽。她的头发懒懒地蓬松着，脸色比一般的外国姑娘好像还要白一些，一件横格的T恤，一条简单的牛仔裤，一双比较一般的运动鞋。说实话，那时我感觉她不像是什么欧洲的明星，倒像是在我们北京大学里留学的、住两人一间宿舍的不太富裕的外国"小妞"。陪她一起到中国来的，是一位年轻的剧作家——巴丝盖尔小姐（后来我和她也熟了，我给她起了一个类似中国菜"拔丝土豆儿"的名字——"拔丝盖儿"）。她也穿了一身极其普通的衣裤，没有口红，没有粉黛。两个人在一起，完全是一种漫不经心的装束。

对于来自灯红酒绿浪漫花都巴黎的姑娘，尤其是女电影明星，是个人就得瞎琢磨一番。她的这身打扮，是恃着如花似玉的容颜而冷漠傲慢地对待周围的一切呢？还是因为有令众多摩登女郎垂涎的影艺职业而放浪形骸罗曼蒂克地对待生活？西方女电影明星的风流韵事几乎是一个世纪继一个世纪吸引力不衰地永远地拥有说者和听众。所以，当宝丽娜·拉芳居然把朴素和自然的装扮视若至上时，当然让我们惊奇。而且，拉芳几乎是在一见面以后，就迅速地"和群众打成一片"，这也是我们始料不及的。

我们的剧组里集聚着中国影坛上的一帮年轻的小伙子。大牌张丰毅，笑星陈佩斯，有着精湛演技的孙敏，在《红楼梦》中以扮贾宝玉而红的欧阳奋强，以及荣获全国武术第一名的功夫明星王军，等等。大家听说剧组里将有一位法国女明星合作，都表现出挺浓的兴趣。

我头一次见拉芳的时候，真对不起，曾经象征着我年轻、潇洒，有点自然卷的头发，让我自觉自愿地弄掉了。因为，我在《京都球侠》中扮演了一个妓院的"大茶壶"（管家）。戏是清朝的，拍摄时要扎辫子，所以剃了秃子。我的脑袋的天然成色比较差——太圆。陈佩斯、凌峰的光头为他们的事业带来成功，光辉形象洒满人间，光头作出了功不可没的贡献。可是我一剃秃了，怎么显得……说老实话，有点恶心。原来挺招人喜欢的一张脸，居然在光亮的秃子的映衬下，变成了全是肉堆成的玩意儿。脸蛋是肉块儿，下巴是肉蛋儿，鼻子是肉球，平常根本不注意的眼皮，现在也以肥厚的姿态滞呆呆地贴在眼球的上方。一句话，难看极了。为了掩饰这堆肉的傻乎乎的感觉，我请化妆师给我做了一个假发套，套在头上。正值六月，假发捂在脑袋上里面热气腾腾，脑瓜上永远有汗。可是为了不使人家讨厌我，我心甘情愿地每天都让我的脑袋处在"水深火热"之中。人有头发和没头发真是不一样，我一剃光了，让人看着恶心，可一戴上假发套就不恶心了，只是有点"假（贾）门假（贾）氏"的感觉。

拉芳一边和见她的人们寒暄，一边不时地用眼睛瞟我，我知道她不是对我有情有意，而是看出了我这脑袋上面的不正常。

拉芳长得漂亮，又是法国人，又是电影明星，引得张丰毅、孙敏、陈佩斯我们这帮小伙子都愿意在她身边儿说话。翻译老何特别忙。当介绍到我的时候，老何用法语告诉她，我是中国的笑星。拉芳疑惑地问："什么是笑星？"老何告诉她是喜剧明星。拉芳问我："你拍过许多电影吗？"我说，这是头一回。她很奇怪："怎么头一回就能当明星呢？"我看老何在那儿用法语向她解释，就抖个机灵用我学得半拉喀叽的英语对她说："TalkShow, crosstalk（相声）。Do you know Bob Hope, Johnny Carson from America or Benny Hill from England？"（你知道美国的巴伯·霍普，乔治·卡森，和那个英国的白尼·黑尔吗？）拉芳一听，眼睛一亮："Do you speak English？"（你会说英语？）我听懂了，装模作样地回答："Yes, a littlebit."（当然，一点点而已。）其实，我只是按书本照葫芦画瓢那样答应了，没想到拉芳高兴地连蹦带跳了两下："We can talk about something！"（我们可以聊天儿了！）

瞎了！我就认识千来个单词，十来个句型，而且全是自己照猫画虎学的英语，说着一口除了我自个儿谁也听不懂的"英语"，凭什么跟人家"talk about something"？可是话说出来了，怎么办？只好咧着嘴硬挺着。我感到我假发套下的脑袋瓜儿上一溜儿一溜儿地往下流水。我继续装模作样地做用手压压头发的动作，我要把脑瓜上的水截留在头套里面。

谢天谢地，稍微镇静了一会儿，我发现拉芳的英语水平和我差不多，估计也是处在千来个单词、十来个句型的阶段，倒是能讲英语的我们的摄影师听我俩的对话有点费劲儿，还得我去向他解释"We can by bicycle to street"是"我们可骑自行车逛街"的意思。

我们相识了，而且因为以上原因，好像比一般人近了一些。拉芳一下子就和我交了朋友，大事小情的都找我。我陪她买东西，陪她看中国电影，陪她吃北京的各种各样的风味小吃；她买衣服总让我帮着看一看，她上朋友家也征求一下我的意见，还时不常地跑到我家去弹一弹钢琴、练一练歌喉。

几天以后的一个中午，拉芳忽然对我说："你能不能帮助我找一个中国的医生，如果你不介意的话，我可以告诉你，我有妇女病，每个月我都会非常痛苦地过一个多星期。我很相信中国的中医，听说他们治这方面的病很有经验。"中国的医生我认识很多，能治妇女病的却从来没打过交道。我红着脸二话没说就帮她找医生去了。

调皮的拉芳

难道就是和我这么熟识的拉芳失踪了，找不着了？对于拉芳的失踪，我一直在思索如何帮忙，可是我实在是帮不上任何忙。拉芳离开中国后曾给我来过一封信，信的大意内容是：《京都球侠》在法国上映获得了好评，尤其是你扮演的角色，一出场用手指弹瓜子的镜头，居然引起了哄堂的笑声。希望你千万不要留头发，光头非常有性格。我准备休息一下，然后再到中国去。我现在在中国失去的体重全回来了。

我也给拉芳回了信，抱歉地通知她，我的头发和她身上的重量差不多，也全回来了，并期待着能同她见面，希望她对有头发的我和没头发的我有同样的好感。

可是，好端端的一个拉芳，也可以说与世无争，和这世界没有任何恩怨的拉芳，却突然失踪了，她上哪儿了？

两个月过去了，巴黎方面居然一点信息都没有，我是在恍惚之中度过这两个月的。

终于，从巴黎又来了一封信。

这封信是拉芳一家的好朋友、移居法国的中国人张健先生寄来的。他在信中这样说：姜昆，我是拉芳一家人最好的朋友。她们家所有和中国人的联系，几乎都是通过我来进行的。你给她的信全是我翻译给她，前些日子拉芳给你写过一封信，也是我帮她写的中国地址。我最后见到宝丽娜·拉芳是在7月8日下午。她说7月6日已经给你回信了。但到底她有没有给你写信我不得而知。当时她的思想很开朗，说自己已经戒烟了，还津津有味地说起与你们一起拍片的日子。不知道你是否已经知道拉芳失踪的消息，已经快两个月了，她一点音讯都没有。她是在和她的姥姥一起度假的时候失踪的。目前一点儿线索都没有。拉芳的妈妈和我都深信拉芳还在这个世上。她一定是调皮地去找哪个朋友去了。拉芳调皮的性格你是知道的。她会不会找你去了？她和我们说过要请你和她一起去拍片子呢。而且，她给你写的信是什么内容能否告诉我，她妈妈说要征求你的同意，请你速传过一个复印件来，以使我们了解拉芳现在何处，请你无论如何帮我们，因为在巴黎的拉芳的所有亲人都快急死了。我们希望能在最短的时间内重见宝丽娜，但愿这一天能早日到来。

没错，拉芳调皮的性格，我们剧组的人都了解。

那是《京都球侠》刚在北京开机后几天的时候。

"了不得了，昨天拉芳把老王头给吓着了，她当着老王头的面脱衣服。"

老王头是我们《京都球侠》影片的化妆师，上海人，虽然五十刚出头，但在我们一帮年轻人的眼里看着颇有几分年纪。拉芳扮演珍妮，老王头是她的化妆师，专门为拉芳做头发。

那天早上，我们摄制组里忽然传出这样一条既"耸人听闻"又有点"颜色"的新闻，不一会儿就"世人皆知"了。

我也图新鲜，问老王头："怎么回事？艳遇？"老王头不搭理我，像往常一样一针一线地缝我们脑袋上戴的清朝的发套。看他并没有理会我玩笑般的问话，而且有几分气愤，我觉着这事可能挺不一般的。

在剧组临时搭起的化妆室帐篷的旁边，坐着闷闷不乐的拉芳，巴丝盖尔和她在一起，似乎向她解释着什么？

我走上前去问拉芳："What did you do？"（你干什么了？）

拉芳抬起头来不算太友好地问我："What did you do too！"（你们干什么呢！）我愣住了。是呵，我打听什么呢？一时语塞，转身找别人。稍聊了聊，弄清楚了。原来，早上化妆的时候，王师傅正给拉芳在一旁梳理假发，一回头，发现拉芳在旁若无人地脱她的T恤，上半身就那么光着，而且里边儿一点遮挡都没有。老王头吓坏了："妈呀，她是搞啥子？"转身就出了帐篷。拉芳一开始挺奇怪，等弄清楚了怎么回事。突然大笑起来，而且笑得眼泪都出来了。

老王头的叫，拉芳的笑，当时化妆和搞服装的大姐们全听见了。过来一看，拉芳依然光着上半身在"嘻嘻"地笑个不停，几位大姐觉着有点"那个"，连声叫："快穿上衣服！""我们中国不许那样！"声色严厉，倒让拉芳弄得丈二和尚摸不着头脑，赶紧穿戴好。

导演谢洪也闻讯跑来，立即下了指示："不许调皮！你把老王头都吓坏了？"周围又来了好些人，有看热闹儿的，有指手画脚的。

拉芳一开始觉得挺可笑的，可一看周围的人全这么严厉，而她自己又不知道做错了什么，觉得受了委屈。于是，她也极不乐意地坐在化妆室外面一个人生闷气。

有人觉得是一个大事儿，有人觉得是一个小事儿。外边儿吵吵嚷嚷的。

谢导让拉芳继续化妆，她就是坐在那儿不动。谢导让我去说。我又一次来到她和巴丝盖尔小姐的面前。

我问拉芳："你喜欢中国吗？"拉芳不说话。

我想说："中国人有着自己古老的文化传统，可以说是这个世界人类时间最长的传统。你别拿你们法国人那一套到中国来。"但是，我的英语水平有限，说不出，我就又去找翻译老何。

但还没等老何张嘴，拉芳就叽里咕噜说了一大堆法语。老何翻译给我听，我真惊了。

拉芳说："我是把他当成我的爸爸，有什么可奇怪的。怎么该奇怪的不奇怪呢？我非常奇怪，剧组里这么多的小伙子，他们都愿意和我在一起，那么热情，那么友好。但是没有一个有一点儿过分的表示和越轨的行动。中国人为什么会这样？他们太年轻吗？他们不懂事吗？他们是清教徒吗？都不是。但是他们就是非常规矩地做了，我纳闷，谁在要求他们，谁在不允许他们。都没有，他们这是自愿那么做的。知道我们法国在干什么吗？我们文化部部长在下命令，'把巴黎街道上的裸像统统去掉'！我们的巴黎市长在呼吁，'女士应该穿衣过街'，许多有识之士在提醒法国时装设计师，'请在妇女衣服上多用些布料'……"

她说了那么多。愚蠢的我不知怎么样把她的言论和她的行为联系在一起，我实在是糊涂了。听了半天，想了半天，我忽然闪过一个念头：拉芳在了解中国，拉芳在认识中国，是不是呢？

我问拉芳："你是想了解一下中国人吗？用你脱衣服的行为？"

拉芳答非所问地说："格鲁申，你能不能请剧组里的人到我们法国使馆来，今天晚上我请你们看我在法国演的电影。"

我看得出拉芳想让我们了解她，或者说是加深对她的了解。

了解中国不是从现在开始

在法国驻京使馆文化参赞的帮助下,剧组的一些演员和工作人员来到法国驻京使馆的一间公寓看宝丽娜·拉芳演的影片录像。拉芳和巴丝盖尔陪着我们。

第一个影片是个轻喜剧。拉芳表演一个邮电局里的工作人员,她坐在一个可以随意移动的转椅上工作,表演俏皮而又可爱。第二个影片,好像是描述她和一个外国皇室王子的爱情故事。影片有一大段是床上戏,当嬉笑不止的我们看着裸体的拉芳在银幕上跑来跑去时,我们大家都不作声了。我估计拉芳好像也感觉到了几分尴尬,一到有这方面镜头的时候,她就用手中的控制器快速地放进。这么一来,倒更是有点"欲盖弥彰"的劲头儿。不知怎的,后来整个屋子里竟然有点令人窒息的感觉。

11点了,欢欢而来的我们匆匆而去了。拉芳叫住了我:"你回家吗?""对,送完你们就回去。"我每天都开车送拉芳和她的女友回北京饭店,我不知道她为什么要问这句话。

到了北京饭店,她告诉巴丝盖尔:"你先回去吧,我和姜先生坐一会儿。"

我俩坐在我开的一辆红色拉达吉普车上。9月的北京,天气依然有些热,但入夜天气还是凉爽的。拉芳坐在我的旁边问我:"你们中国人看我的电影是不是有点讨厌?"我忙安慰她:"不,挺好的。只是习惯不同,再说,你一快过录像……大家倒有点儿……那个……"我吞吞吐吐的,也找不着合适的词儿。

拉芳讲了日后让我永远忘不了的一段话:"真喜欢你们中国的小伙子,那么好,那么纯。看见我演的电影了吗?裸体的,不那样就不行。在我们那儿,许多大牌的明星就是从这样的片子开始,先要引起人的注意,然后再搞艺术,这是通常的规律。大家都这样,我也不能例外。可是得到的副产品是什么?性骚扰,每天每天的。在巴黎,打电话、写信、向你求爱,要和你睡觉。简直像疯子一样的一堆人,一天到晚缠着你。路上有,摄影棚里有,哪儿都有。

"我一个人住在一个公寓里,每天工作后我不敢回家,因为门口准有三两个人在等待,他们一等就是四五个小时。我们公寓的对面是一个中国餐馆，老板是一位特别和善的中国大姐。她是浙江人，特别泼辣。她和我说：'拉芳，怕什么，有大姐在，谁也不敢碰你！'有几次，是她带着我喝退了酒气熏天的小流氓，把我一直送到楼上的家中。我每天回来，一定先要到大姐那儿吃一碗面条，然后就坐在餐馆抽上两根烟，一直等到等我的那些人不耐烦走光了，我再回家。回家也是大姐送我，一直到我把门反锁上，她再离开。她有时候生意太忙，就让她的丈夫、店里的伙计、吃饭的中国留学生送我。好像所有的中国人都在保护我。他们不喜欢美丽的容颜吗？但是他们每个人都那么安分。我忽然感觉到：在中国是最安全的。我对中国的中医有偏爱，中国的医学是这样，中国的人也是这样。于是，我要到中国来看是不是所有的人真的都是这样。……

"格鲁申，能帮我找个中国的丈夫吗？现在我天天吃中国菜已经上瘾了，回到法国，我怕生活不下去了。格鲁申，我不是开玩笑，我说的是真话！你不了解我，我多么需要一个像那个中国餐馆一样充满温暖而欢娱的家。"

夜越深，风越凉。肃然中，我的心被拉芳的话语激动着。我真的为我们中国人的规矩而自豪，也许仅是每个人一点点的传统约束。可这宝贵的传统居然显示出民族的神采，它不仅仅是征服一个拉芳，更是在征服世界。此时此刻，法国的女明星、秀丽的拉芳就和我一个人坐在一起，只有北京饭店门窗里的灯在默默地注视着我们。然而，此时能感觉到的是，谁有一点非分之想，都是对我们中华民族高尚传统的亵渎。我清醒地对拉芳说："太晚了，休息吧，中国对象的事，明儿个再说！"

拉芳的妈妈与爸爸

拉芳给我的信已经翻译出来了，信封是用红笔写的。据老人说，信件用红笔写是个不吉祥的象征。后来我听说是张健先生当时找不着笔，阴错阳差地用红笔为拉芳写的。这是不是有什么不好的先兆？我一直迷惑不解。拉芳的信是这样写的：

姜昆：
对不起，你的信来了这么久，我才回你的信，真不好意思。

你一直在我的记忆中，你的样子一直常常地刻在我的脑海里，你异常纯朴的生活，你的大方聪慧，以及恰如其分的幽默给我留下了极其美好的回忆。咱们在一起度过的时光是美好的，我们划船吟诗，在你的家里同你的娇美的贵夫人共餐，这一切都深深地留在我的记忆中，我特别希望你不要把自己养得太瘦，这样你会更好看。我非常怀念你在电影中的表演，你的演技很准确，至于我，我已经恢复了今夏失去的体重。我计划于明年携老母再去中国。

吻你及你的夫人和女儿。

宝丽娜·拉芳

信上签名的日期离她失踪有一个多月的时间。我又一次问自己：她会到什么地方去呢？

我一边把这封信的复印件传给巴黎，一边给拉芳的妈妈写了一封信。我告诉她拉芳没有到中国来，并且询问事情有没有进展。

和拉芳在一起的日子，我们都知道贝尔娜黛特·拉芳比女儿有名得多。

拉芳曾对我说："我妈妈特别喜欢中国。可是遗憾的是她没有机会来到中国。"我问她："为什么不安排来一次旅游？"她反问我："时间呢？"她说，"她这样的大明星，时间根本不属于她，刚有个机会又被安排干了别的。我这次到中国有多一半的原因是为她来铺路的。"我问的问题是有点多余，我又何尝不是如此呢，甭说出国，就是国内的这些城市，答应人家而又去不了的有多少次。说出来可能不让人相信，有的城市去过三四次，却从来没有上过街，不知道人家市容什么样。像拉芳妈妈这样的大明星，又是在西方的商业社会中，对向往已久近在咫尺的地方都不能造访，应该是个顺理成章的事，这也是名人的悲哀。

"你妈妈的家庭生活怎么样？"我用一句很蹩脚的英文问拉芳：You're your mother's family？"拉芳听懂了。她告诉我："我曾经有过爸爸。"她用的是过去式。我以为她爸爸死了呢，她赶忙解释："他和我妈妈离婚了。"

于是，拉芳和我讲了她的爸爸——一个非常奇怪的、与这个世界格格不入的怪人。

"真的。"拉芳说。

准确地说,他是个艺术家,一个非常脱俗的雕塑家,然而他又是一个不成功的艺术家。他的雕塑作品充满了怪诞和神秘的色彩,在他现在居住的别墅的院子里,有一个他雕塑的作品,他自己把它称为"宇宙观",可是没人能理解它。一堆怪怪的形状结合在一起,像是在胡拼,随意的堆砌,几乎所有的人都感觉不到匠心所在。他离这个世界太远了。

我的爸爸本不是个愤世嫉俗的人。可是,妈妈的成名,女儿的成功,与他的作品不为世人所理解,这种反差太大了。于是,他恨这个世界,尤其恨现代文明!他和妈妈离婚了,而且像一个孩子一样与这个家庭不辞而别。

他搬到离城市很远的一个山林中。那里,有一座木头房子,他把它当成别墅,他自称那房子为"我的窝"。去那里要经过一个很宽很宽的湖,只有开游艇才能过去。那里没有电,没有冷热水,只有木柴和树叶当燃料。原来我给他一个可以用煤气罐燃烧制冷的老冰箱,让他储存一些食物,但是他拒绝使用,甚至看都不看它一眼。他要一个人面对周围的一切,面对贫寒,面对孤寂,面对无助。他用他冷漠的态度对现代文明挑战,似乎向世间证明,一个人没有什么照样能活下去,他不需要这个世界承认他,互不理解最好。他似乎在赌气,跟谁呢? 天也不知道。

宣传媒介对我们家的这种情况挺有兴趣的,几篇文章弄得大家都知道了我的爸爸。我几个好朋友对他也挺感兴趣的。一次,我几个艺术圈内的朋友,约我一起去别墅,好奇心驱使他们到一个相距他们现代环境遥远的地方去猎奇,我是这样猜想他们的。

他们睁着好奇的眼睛去看周围的一切,而且不时地向爸爸打听这打听那。我的爸爸也用好奇的眼光审视他们,而且时不常地用非常轻蔑的眼光从上到下打量我那些朋友的头饰、服装,连鞋袜都不放过。不时,从他的嘴角还掠过一丝冷笑。我有预感,总觉得爸爸要做什么事,他过去和妈妈激烈的争吵,一幕一幕地在我眼前闪现。

"爸爸,他们是艺术家,每个人都很有成就。"我提醒爸爸,以免他和我的伙伴有什么冲突。"他们还很欣赏你的雕塑哩!"我还捧捧他,以让他高兴,当然,也是为了别让我的朋友不高兴。

然而，防不胜防。预料不到的事情终于发生了，你简直难以想象。在我们一起吃晚餐的时候，我给大家烧了奶油蘑菇汤，爸爸在旁边帮忙。蘑菇、牛奶和奶油都是我带来的，林中的蘑菇不能吃，因为我们分不清哪个有毒，哪个没毒。我用伙伴们从湖里打来过滤以后非常干净的清水烧汤。我记得我烧好以后味道是相当不错的。

可是，当我们坐在餐桌前一起吃我的奶油蘑菇汤时，我发觉大家都皱起了眉头。我一尝，怪！怎么一股馊馊的说不清的怪味儿飘在汤里头。本来奶油汤是白颜色的，可现在的汤发浑。怎么回事？看到伙伴们喝汤的样子太难受了，我忙解释："是不是湖里的水一烧就成这个味儿了，大家还是不要喝了，喝茶和咖啡吧！"可同是湖里的水，沏起茶和咖啡来清香极了。我疑惑不解地看看爸爸，他的嘴上又挂起了他看我的那一丝冷笑。

我把他叫到一边，问："爸爸，你在我的汤里搞了什么鬼了？"

"汤就是这个味道，所有人都知道。"

"胡说，你放了东西。"

"放心，不会死人！"

"你放了什么东西，那是你女儿做的汤，为朋友做的汤！"

"……"

"你必须说，如果你不说的话，你的别墅这儿，我就是来的最后一个人！"我气极了，而且我必须要弄个水落石出。

爸爸慢慢吞吞地抬起他那漫不经心的眼皮说："我把擦桌子的抹布，用水洗了一遍，然后把那水倒了一半在汤里！"

疯子！我的脑袋都气炸了，我和我的朋友刚才一人至少喝了五口有抹布脏水的奶油蘑菇汤，我简直要呕了："爸爸，你是疯子！精神病！那是我的朋友，是艺术家！你怎么可以这么对待他们！"

"什么艺术家，你看他们的打扮，他们脸上的颜色，他们是肮脏的。那样的脏水在他们的肚子里是正合适的，他们只配喝那样的汤，这是公平的！"我的爸爸居然振振有词，我气坏了，可又不能对朋友们解释什么，我含着眼泪，带着伙伴离开了别墅。离开的时候，我看了爸爸一眼。他一点悲伤也没有，只是默默地看着我。其实，我知道爸爸是爱我的。可是，他的艺术没有被这个世界理解，于是他恨这个世界，恨这个世界的一切。

他远离尘世，越恨越远，越远越恨。他和这个世界就像水和火一样，永远不能相容在一起了……

拉芳说到这儿，眼里充满了泪水。我说不清她是为她爸爸的人生境遇悲伤还是为自己双亲的不合而难过。而最糟糕的是，我不会讲劝人家不要太悲伤的话语，所以只是用眼睛默默地看着她，用手摇一摇，做一种天才知道代表什么意义的手势。

我回忆着拉芳讲的这些，想到：是不是她在自己的生活中太缺少亲情了。不然她为什么那么喜欢和朋友们在一起。只要拍戏一结束，拉芳马上会建议："今天晚上我们去野炊好吗？""要不要一起搞个派对，我来找地方。""有跳 disco 的舞厅吗？我请客，谁去？"就是在我们家造访的两个小时，她还要专门跳上半个小时的舞。当然，她有时候也会痴呆呆地看着我和我的妻子和我的女儿在一起亲昵的场面。她问我："我经常和你在一起，你太太会生气吗？"我摇摇头说："我太太非常喜欢你的性格。""哈哈……"她快活地笑了，洒下一串银铃般的笑声。

噩耗证实

11月的某一天，我怕见的一条消息终于在这一天早上在《人民日报》上出现了："法国著名影星拉芳遇难。"新华社巴黎11月21日电（记者吴葆璋），法国司法当局今天宣布，于8月11日失踪的法国著名影星宝丽娜·拉芳已遇难，她的尸体在法国南部洛泽尔省基文山中被人发现。

基德市检察院已经开始新的侦讯，以确定拉芳准确的死因。据报道，拉芳陈尸处距她家仅5公里。拉芳失踪后，军警、消防队、亲友均在这一带进行过反复仔细的搜寻。

我料到了，但我不知道为什么会这样。

人们形容生是冬去的第一片新叶，荒漠第一株草芽，黎明第一片曙光；人们形容死是拴在木桩上的扁舟，是凋谢的花朵，是静静地栖息一个疲惫而充实的梦。

我不管文学家们用什么样的字眼去表达他们对生死的情感，眼前严酷的事实是：一个心地善良、欢蹦乱跳、如花似玉、对中国有着美好的憧憬和感情的姑娘没了,而且好像是无缘无故,一切都不能解释地没了。没得那么残酷,那么不可理解。如果你是我,你也绝不会理睬那些枯枝啊、梦啊、凋谢花朵那样的人为的文字,你会为世间的无情而啜泣……

如果你看了《京都球侠》这部影片,你会明白我为什么会这样说,你一定会为拉芳塑造的珍妮小姐的形象而感动。不仅仅是因为她貌美、婀娜多姿,更是为她那热爱中国善良的心,真的。珍妮小姐和清政府的留美学生周天是同学。周天回国后对清政府的腐败深恶痛绝。时值当时驻京的外国使者和外国的水手们组织了一个足球队,想找中国人打一场友谊比赛。周天邀集了京城的一些哥们儿练球,准备和外国人比赛,为中国人争光。清政府小题大做,认为比赛不能让外国人在中国难看,就在御林军中挑了一些散兵游勇组织了一个奴才一样的球队,只准输不准赢。清政府下令通缉周天组织的球队,追捕捉拿。珍妮利用自己的身份,处处保护周天等人,帮他们躲过清兵的围捕,帮他们找练球的场地,给他们通风报信。最后,周天他们赢了,但是同时违背了"老佛爷"的旨意,全被拉出去砍头问斩。在走向刑场的时候,珍妮还挺身而出保护周天,她告诉清官:"周天是我的丈夫。"并当着众人的面吻了周天。她确是热恋这位中国人的。然而,为了球侠这帮哥们,周天还是离她而去了。萧瑟的深秋,珍妮眼含泪水,望着周天伙同他的球友奔赴刑场……

我也是球侠当中的一个。排演这场戏时,一向非常爱说爱笑的拉芳沉稳极了。我们的外景地在圆明园,她坐在废墟前的石板上发呆。

我问她:"你想什么呢?"她淡淡一笑。

一个星期前,我们约了好友陈佩斯、朱时茂一起去了龙庆峡水库。当我开着车驶进怀柔地区的时候,拉芳被周围的景色感染得在车上直叫:"太美了,和巴黎郊区一模一样!"她指着陈佩斯的光头和我的光头对朱时茂说:"你为什么不剃光头,我最欣赏的是自然美,你的头发不好看,他们的头就像龙庆峡这两边的山谷一样漂亮,我喜欢。"逗得我们哈哈大笑。她活泼得像只小鸟儿。

拉芳自己纯真、朴实,没有任何遮掩,她也喜欢大自然的纯真、朴实和不矫揉造作。

龙庆峡水库的水真凉呀,甭说入秋,就是在盛夏也冰冷刺骨,我在水库里游了十分钟就受不了了,匆忙跑到船上披起了毛巾被,哆哆嗦嗦打冷战。拉芳一个猛子游到船边,她扶着船帮说:"你怕冷?"我点点头。"那是你的心不热!"我惶惑地看着她。"我在水里也冷,但是我太喜欢这地方了,心里边的热度高极了。我又一直在吃中国餐,中国餐的热量高,所以我不怕冷。"她又一个猛子扎走了,我当时听她这话,就觉得她挺浪漫的,自己还是在那儿打自己的冷战。水中的拉芳,快活得像条小鱼。

可今天,她怎么那么深沉呢?

忽然,她跟我说:"和周天分手,我不应该掉眼泪,我就一动不动地看着他。我想我爱中国,我想我爱的中国恋人,我也应该和所有的中国人一样,有一种对清政府腐败的愤恨和无奈,这是中国的历史,我要表现历史的真实,你说对吗?"

明白了,她是在酝酿感情,分析角色,好一个认认真真演戏的拉芳。

拍戏的时候,奔赴刑场的我们和送行的她是分开拍的。我们在旁边看着,拉芳木然的眼光注视着面对死亡的球侠们走向绵延的山脉之中,一股深情注入脉脉情深的脸上。目光中的茫然,似有无数的感受,一切全融在一动不动的注视中……摄影机停止了响动,周围的我们和工作人员全鼓起掌叫好:"太棒了。"拉芳望着她这帮中国的朋友,抹去了含在眼中的一滴泪……

在电影《京都球侠》中,拉芳扮演的美丽的珍妮小姐给中国观众留下了深刻的印象。其实,现实生活中的拉芳和她在电影中扮演的角色一样,善良、热情、执着、热爱中国,热爱中国普通的百姓及中国
← 古老的文化

安息吧，拉芳

张健先生又为拉芳的妈妈传递过来两封迟到的信。一封是拉芳的妈妈问我：你见过拉芳有这样一只鞋吗，中国式的，黑绒扣绊儿的。我知道拉芳的妈妈和所有的朋友一样，不会相信眼前的事实，不会相信可爱的拉芳会那么快地离开她。另一封信是被证实了拉芳已经死了后，张健先生代笔的。"确实是拉芳，没想到那么惨，好像是失足落下了山崖……"

我知道拉芳活泼好动的性格。每一次周末我们去参加舞会，我不知要劝多少回，才能止住她那不停顿跳跃的舞步，当她听着音乐的节奏而高兴地跳起舞来时，时间对她来说根本不存在，如果没人叫她，她可以一口气跳上一个小时。

我更知道她热爱大自然的性情。她不愿意在屋里待着，就喜欢郊游，看见山就笑，看见树就跳，看见河就想跳进去游泳。二十岁就出了名的拉芳是大自然的骄子，她大概也是用这种对大自然的拥抱和亲吻来表达她对大自然的报答。

我没有给拉芳的妈妈回信。我想，她是世界上最痛苦的人，我别再用我的拙笔去触动她那悲痛敏感的神经了。我一个人面对拉芳送给我的小小的礼品——一个调皮的小猪，面对我剪下来的《人民日报》有关拉芳的消息报道，脑海里勾画出她失足落崖的一刹那：

……鸟语花香，阳光明媚，洛泽尔省的基文山的青翠让拉芳兴奋无比。远离城市的喧嚣，寻一片沁人心脾的草的芳香和宁静，让在光亮的水银灯和马达转动的摄像机面前紧张的身子和脑子，在此时彻底地放松。脑海里转动的全是高兴的事：和妈妈在远方龙的故乡共享天伦之乐；与朋友们再一次地在她已经熟悉的水库里畅游；讲故宫的古老，讲圆明园曾有的辉煌；向妈妈讲述她对梦中的中国情人的眷恋；偎依在妈妈怀中，像孩子一样亲昵地问妈妈："将来，我在中国成立家庭，要传统的，中国味儿的，没有'现代文明'对爸爸那样的困扰，你同意吗？"……拉芳笑了，跳起来，跑起来，她又在像鸟儿入天空，鱼儿遨水底，她沉浸在对未来生活美好的憧憬里……

可怜的拉芳，没有注意到眼前被花遮住的山崖的陡峭，她走向花丛中……

拉芳的妈妈给我寄来一个邮包,有一本书,是介绍贝尔娜黛特·拉芳的家庭生活和艺术生涯的。有一张送给在这个世界上所有拉芳的朋友的纪念卡,照片是在龙庆峡水库边一个不知名的石佛旁边,拉芳闪着她那双美丽的大眼睛,脸上挂着纯洁开朗的笑容,双手合十向你望着。张健先生替拉芳的妈妈写下了这样一句话:美丽的拉芳感谢所有的朋友曾给过她的友情。如今她离你们而去,在上帝那里去追述她和这个世界的友情。愿拉芳的灵魂在天堂中得到永生。

我看着这张我为她拍的照片,恭敬地把它摆在桌子上,前面放上我准备送给她的那套中国古钱币,眼中涌出了泪水……

写于 1992 年

戏说史丰收

我和史丰收是朋友。同属青联常委,均为全国政协委员,十几年来,每年都要在一起开上几次会。

他的史丰收速算法,风靡世界。

中国人就是有绝的,西方几代人刻苦钻研,成千上万的微电子元件才能解决的计算问题,放在中国人身上,一闭眼睛,一掐指头就成了——省电,省材料,还省时间,谁看见都得咋舌。自然,这样一来,就使得发明者史丰收的头上也萦绕着奇异的光环:为什么复杂的数字在他的脑袋里就那么简单?为什么一大串数字的加减乘除在他的心算中那么得心应手?他的脑袋里难道有电路板?这一切在知道的人们心中,大概都有过好奇的疑问。

按说,要是哥们儿够意思,写写一个人怎样由普通的农村学生,通过冥思苦想,刻苦钻研,成长为世界著

随着时光的流逝,人们对史丰收的名字已经越来越陌生了。但"史丰收速算法"依然在社会中存有影响,这个计算方法是中国数学领域的奇迹,也影响了相当一部分人。史丰收有很多非常有意思的故事,我以幽默的笔调记录下我们相处的日子 →

名科学家的故事，不仅对朋友是个交代，也让别人觉得，朋友一场，您尽了当大哥的情谊。

可我觉得这种写传记的事有人干，而且干得肯定比我出色。许多人就是靠写这个出了大名的。我好歹还会说个相声，再者，班门弄斧、画蛇添足的事，还是少干为妙。于是，我起笔于"戏说史丰收"这个题目，无非是想说说这些名人也有普通人一样的生活经历，像一位不知名的学者说的那样：去掉所谓名人的光环，你我都一样！学者具体指什么说的咱无从了解，但我接受了这个说法，因为事出有因。

有一年，中央电视台让我给史丰收主持速算法节目，由一大群十来岁的孩子站成一排，史丰收站在边上。现场观众提数字，在几秒钟以后由孩子们一起呼出答案。但在当时，颇是事先安排好的。史丰收提出，这样让人看了会有史丰收速算法有假的嫌疑，可现场的导演不答应，说现场直播万一哪个孩子走神出差错，咋呼个乱七八糟，倒给"速算法"抹黑，"当众出丑"的影响不可收拾。县官不如现管，只好照此执行。

按说，导演如此安排，也无可非议，不能较真儿。但我们之间，经常拿这事逗史丰收，也经常闹得史丰收没脾气，就算史丰收"哑巴吃黄连"吧。

当然，史丰收也不是省油的灯，他也一直在"寻机报复"。

那年3月，开全国政协会。我到西郊宾馆时，已经晚上11点了。我和著名的词作家陈晓光住一屋，进门一看，他已经钻被窝儿里了，我的床也铺好了。我赶忙洗浴完毕，上床睡觉，别打扰陈作词。孰料，刚进被窝儿，一脚就把我们屋的电话给从被窝儿里踹出来了。我忙问："被窝儿里放电话是怎么回事儿？"陈晓光大笑不止："这不怨我，那史丰收老来骚扰电话，电话里光喘气，不说话，你说这大深夜里，就我一个在屋里，多吓人！我也不知道你来不来，干脆拿你的被褥盖上电话，我好图个清静。"我"义愤填膺"，抽身去找史丰收，一见面，哦，原来我是"自投罗网"，他比我更"义愤填膺"。

史丰收喜欢抽烟，据说他有一个特别高级的打火机，可是从不使用，这引起"唐老鸭"李扬委员的不满。也是偶然，李扬到史丰收的房间里，在他房间里发现了那个高级打火机，他就搞了一个"交换"：把一个劣等打火机放在了原来的地方，拿走了高级的。心爱的打火机不见了，已经引起了史丰收的怀疑,又有一个不同的打火机出现,好动脑筋的史丰收更是"疑虑万分",他警惕地拿起来,远远地打了一下。好个史丰收,真是有先见之明,李扬这打火机一打,火焰一尺多高!史丰收当时就惊呼"有人妄图陷害政协委员史丰收!"这件事,史丰收也算在我的账上,令我蒙受不白之冤。

事情并没有结束。

一年一度的政协大会,一年一度的联欢。我和李扬自然是联欢会的主持人。策划节目的时候,陈晓光突发奇想:"你们发现没有,史丰收速算的时候,6位乘6位,他最快。你的数字一出口,他的答案已经出来了。唯一拖延他的是小数点和数字里面的零,得费他点工夫。比方0.70906005乘以8006.007100902,估计这小数点就够他点的,何况还那么多个零呢!"我和李扬为老谋深算的陈作词拍手叫绝。"别忙!"陈晓光继续言道:"我还有个发现,史丰收算的时候,他暗暗地掐手指头,要是给他的手占住了,让他手指头动不了,估计够他呛!"我和李扬早就乐不可支了,转身布置,等待一场好戏的到来。

一切妥当,应该是万无一失。

几天之后的一个晚上,联欢会开始了,我和李扬以及陈晓光的"阴谋"按计划一步一步地进行。

当我宣布:"下一个节目请中国的速算专家——史丰收速算法发明者——史丰收委员表演!"李扬又马上接上:"让我们用热烈的掌声欢迎史丰收上场!在大家的掌声中,走来了史丰收,他没有笑容,好像有点儿气,从他上台的步伐和警惕的眼神中,我感到了一种不安:风声走漏了!

果不其然,史丰收一上台就抢过我的麦克风:"朋友们!让我速算可以,我现场表演,但是,我知道姜昆和李扬要'迫害'我。所以,他们俩主持,我不算,我请别人主持。你们看……"他跑到旁边的桌子上,拿起我们给他准备好的花——上面足有二斤多的水。"他俩要把这么沉的花让我两只手拿住,说我的手要占上的话,就掐不了手指头,就算不了了,其实,掐手指头是一种辅助的方法,史丰收速算法要光掐手指头,不成算卦了?"史丰收真正是"义愤填膺",久经沙场的我已经乐得直不起腰来了。

倒是李扬还能控制得住,他拿出为"唐老鸭"配音中对孩子那般温柔的语音，和颜悦色地和史丰收商量："史丰收，你要是找别人主持怕有作弊的嫌疑，本来大家对史丰收速算法不太了解，你再放着预备好的主持人不用，用你自己指定的，好像你是事先安排好的，这不是给史丰收速算法抹黑吗？历史上我们不是没有这方面的教训，你说不是吗？"李扬的声音，似乎是与史丰收耳语，但又让参加联欢会的政协委员们全都听得到，貌似公平，其实"阴险万分"，我服了！

咱们中国人，大概不管职位多高，都有"起哄"的毛病。

李扬的话语一落，全场居然响起伴随着欢呼声的掌声，这样一来，倒使史丰收局促不安起来。

我拿出主持人"抓住机会，乘胜出击"的本领，抓起麦克风，高声说道："哪位有计算器，现场亮出来！我们请陈晓光委员出题，请史丰收现场计算，开始！"掌声中，一向在公众场合不苟言笑的陈晓光，早已没有了"希望的田野"那股朴实的激情，也没有词作家特有的矜持，他一边乐，一边上气不接下气地嚷嚷："307.080041 乘以 8902.071200000。"一个数字后边的那么多个零是废话！小数点后面的零，那是什么都没有！这个陈晓光，你急什么呀！

现场知道内情的人，都乐不可支；不知内情的人，均好奇而又极有兴趣地观看着这个场面。

也就是5秒钟，史丰收从容而又镇定地回答："陈晓光委员，你说的数字，我记不清，不重复了，但答案是 2733648.389，以后数字省略！计算器，对不对？"手持计算器的那位工作人员大叫一声："完全正确！"全场热烈的掌声中，倒让准备恶作剧的我和李扬有点儿下不了台，我赶忙捅李扬，李扬求救地看我，我说："结束，鲜花！"李扬拿出报幕的"尊严"，也不"唐老鸭"了，一板一眼地说："让我们用热烈的掌声感谢史丰收委员的精确计算，为史丰收速算法喝彩！"我在尴尬之中，忙不迭地把带有二斤水的鲜花，送到史丰收的手中。

就这束花，弄得我浑身上下全是水。

写于 2000 年

缅怀苏叔阳

雨是上苍的眼泪,
天地在为你送行,
情是生灵的甘露,
在拂晓的叶片上聚凝。

十里长街为你铺路,
乌色云幕为你护灵,
晨曲抑不住心中的哭泣,
早雾扯伴着步伐的沉重。

苏叔阳,
文坛上的一代天骄,
百姓眼前的欢乐明灯。

《丹心谱》洒着热泪的欢笑,
《夕照街》晃着你我的身影,
《春雨潇潇》铺满人生的石砾,
《故土》舒扬放着理想的风筝。

当一大册《中国读本》
罗列在所有人的面前,
都在拍案叫绝呀!

你是怎样攀登和逾越
文学知识领域另一高峰?

你是癌症患者,
可你是人生英雄。
你以近花甲的年龄为起点,
与它进行二十五年的抗争。
强者自强,
且伴且行,
始终对它展现你无畏的笑容。

我想起五十五年前的春夜,
你面前是我们——
一帮戴着红袖章的"红小兵"。
我们不是革命风潮中的宠儿,
我们是一群喜欢戏剧的孩童。
我们听说一位老师
可以让我们梦想化为现实,
于是结伴而行,
来到苏老师十平方米的寒舍。
我们坐立倾听,
不理窗外的风,
伴着昏暗的灯……
苏老师的话语,
成了我们这群小兵
一生追求艺术的叮咛。
那时候,您不知道我的名。

我记起,二十五年前的秋天,
我又来到您家中。

希望您给我的拙作出版写序。
你问我是否看了《左邻右舍》？
你告诉我《如此照相》
给了你半年的笑容。

为一个您曾点拨过的后生，
您一挥而就，
序言洋洋洒洒。
告诉我，这是开始，
人要知耻而后生，
是评我的相声，
更是教诲我的人生。

十年前，您约我一谈，
您希望我能掌起
老舍基金会的传灯，
我囿于资历薄浅，没敢应允。
我不知道，您是否迁怒我的推辞，
没有体谅您对我的重托和器重。

如今一切都成了过往，
十年、二十年、五十年、六十年，
一集集、一幕幕，
时代变迁，场景不同。
但，一成不变的，
是你注在人生、事业、挚友、同人，
让人永远铭记的涓涓深情。

透过情丝，
我缅怀先生灵魂的崇高。

↑ 在中国的艺术家前辈中，我最早交往的是两位大人物，一位是英若诚老师，另一位就是苏叔阳老师。苏叔阳老师在我十几岁时就曾经教我怎样写话剧、怎样演话剧，还给我讲过许许多多有趣的艺术故事。他去世以后，我留着泪为他写下悼念的诗文。这些艺术大家，是我人生道路中永远忘不掉的一座座碑刻

您是不知疲倦的精神跋涉者，
您是从不故作高深的学者。
永远直面生活，
字里行间的世俗俚语里
造就的是一种诗与哲学深度交融。

透过情丝，
我体验着大家血液里的氧量。
您没有停留在仅仅对先贤的致敬，
而是以骨子里的一种文化的自觉，
让鲁迅、老舍前辈的文脉得以传承，
用您的生命为本钱的行动。

苏叔阳,
我和我的挚友心中永远的先生!

让晨雨为您洗净路上尘埃,
让薄雾掩盖住你亲朋好友的哀容,
你是幽默的、快乐的、开朗的,
我们不应该用泪水为先生送行!
先生,听见了吗?
我们心中在哼鸣呢:
"美丽的朝霞升起住金色的北京,
庄严的乐曲报道着祖国的黎明"
和你最亲的人都知道
这是你最喜欢的歌声……

写于 2019 年 7 月 20 日为苏叔阳先生送行后

第三章 札记

我和孩子

阿原在羊城举行的联欢会上,心血来潮搞什么"考爸爸"竞赛,居然把名点到我头上,竞赛结果,我不是个好爸爸。考场败北,我可颇为不服。我在家里和大多数男同志一样,洗衣服、做饭、买菜,也不乏"妻管严"症的各样症状。我可以大言不惭地说,如果不是闹着玩儿的话,我在诸多的考验中,能当个孩子的好爸爸,妻子的好丈夫。哪位不信的话,咱们可以比,比做饭、比洗衣裳、比哄孩子,保证能拿起来。当然,我从心里并不认为这些就是好爸爸的标准。

在家里,孩子的地位很重要。一方面,因为是独女独子,甭管谁都偏疼;另一方面,则是因为随着时代的发展和人民文化水平的提高,那种封建的"父父子子"的纲常伦理已经被人们淡化。辈分之间过去的那种等级森严的距离,在我们这一代和后代人的身上早已经变得不那么严了。我想,这个问题谁都经历过,但是要想做个孩子的好爸爸,非得认真地好好地琢磨不可。

比方,我是经过很久才发现,我那个宝贝女儿从能够自己驾驭语言开始,已经给我起了个响亮的绰号。那是在一次我出差回来,刚一进门,我的女儿快活地奔过来扑在我的怀里:"喂,姜老昆,你可回来喽!"我乐了:"哈哈,叫我姜老昆!"因为我没在意,孩子又说:"你这个姜老昆可真坏,在外面给我们打长途电话,害得我和妈妈睡不着觉！"孩子真逗，我依然是笑。

久而久之，我觉着不对劲儿了，"姜老昆"，这是个什么名字？这是女儿叫爸爸吗？岂有此理！我问爱人，她倒不以为然："这不是在家里吗，又不是在外面。"哦，在家里。这是家庭。我开始仔细地琢磨起孩子叫我"姜老昆"的语气，有童年的稚气，有孩提的娇嗔，有亲昵的戏谑。文章写到这儿，按说我该讲如何教育她，让她认识到这是怎么样地不尊重长辈，再讲点什么"尊长爱幼""尊师重道"的道理，她又怎样地以后响亮地叫我爸爸之类云云。遗憾的是，我这个当爸爸的并没有循规蹈矩地这样去做，而是"放任自流"。孩子的爷爷奶奶听了以后，先说孩子没教养，后说我没"大人样"，我只是一笑了之。然而，我并不是没想过"大人"应该什么样，应该怎样对待孩子。我们不应该让孩子在一种框子里生活，而应该让他们自己从社会环境中去学习、去认识。我之所以不管她，是因为我认为我们之间是平等的，我的所作所为赢得了她的尊重，她自然而然就会尊重我。退一步讲，一个"姜老昆"也上不到"不尊重人"这个纲上去。听说一位姓张的领导同志，因为他个子高，有人叫了他一声"大个子张"，他就在会上批评了这个同志"起外号，不礼貌"。我听了这话，真想这样说：要是和他同岁的上级领导同志叫他一声"大个子张"，他会感到莫大的荣幸哩。

我就是这样认识孩子的。尊重她，尊重她的创造力，让她认识到自己有着和大人一样的本事，有着和大人一样的地位，这种教育方式难道不可以作为一种对孩子培养的方法吗？

我给孩子预备了一个小本，记录她各种各样的笑事。我的宝贝女儿南南，今年已经5岁了，3岁的时候，我教她猜谜语，我开始是读小册子上的，后来她全记下来了，还让我出题。我没办法，就胡编。我躺在床上问她："一块大花布，从来不叠齐，挂在铁丝上，挡着太阳光！"也没辙，也没韵。她猜不着，我就告诉她"窗帘"！我爱人在旁边儿听得哭笑不得。久而久之，孩子也学会了："爸爸，我也给你出个谜语：'远看像小孩儿，近看像小孩儿，怎么问他，他也不说话'。"这回倒是把我和她妈妈全问住了。忽然，她嘿嘿一笑："娃娃呗！"一下子把我们也逗乐了！甭管承认不承认，我骄傲地认为：这是孩子的创造，把它记在小本上。还有一件事是托儿所阿姨告诉我的：一次，一个新阿姨调到她们的托儿所，阿姨问南南："哎，

↑ 女儿是比我创作的相声还值得我骄傲的一个作品。她已经走进成人的年龄，而且经过了社会和生活的大小考验。实践证明，这个作品经得起历史

姜昆真是你爸爸？""那还有假？"大概相声演员姜昆在阿姨的心目中就像在一般人的心目中一样，颇有点"欢喜虫"的色彩，阿姨说："南南，你挺幸福呀。"可南南疑惑了："阿姨？什么叫幸福呀？"阿姨想了一想，找了一个合适的答案："南南，你还小，幸福这句话你不懂。"我们南南可穷追不舍："幸福是外国话吗？"在孩子的心目中，只有外国话她才听不懂，这就是孩子的心理，这是发生在南南4岁时候的事，我也把它记在小本子上。

过了几个月，我就把发生在孩子身上的各种各样可笑的事讲给她听，听后她自己也笑了起来。她为什么笑？肯定是她自己也觉着可笑。她一笑，我可满足了：孩子又长知识了！

我在家的机会不多，因为一年大部分时间的演出和创作生活全在外地。即便是回到北京，准是逢年过节，我更是忙，经常是她没醒，我就走了，我演出后回到家，她又睡着了。一次，空军李大维同志到我家来，正巧我要出差，孩子揪着我不放："我不让爸爸走，爸爸总不在家。"她也不大哭，可是噼里啪啦地掉眼泪。其实，她不懂这样更让人难受，惹得李大维想起

了在台湾的女儿,也在那里揉着红眼睛帮我劝孩子。

正是因为这样,只要一在家里,我就把我的爱全部地输送给孩子和爱人,我尽量满足她们的要求。无论多不愿意上公园(因为人们总围着我),但是为了孩子和爱人,我咬着牙也去。我天生不喜欢看电影,但是碰到动画片,我总去买票。有一次,孩子为六一儿童节排节目"小白兔和大狐狸"。因南南上的幼儿园,经费很少,我要给他们做5个小兔和一个大狐狸的帽子。我马上翻箱倒柜、剪纸、找彩笔、画图、熬糨糊,一直到深夜两点多。看着做好的小白兔、大狐狸的帽子摆在桌子上,我才心满意足地去睡。

第二天,孩子是怎样地高兴,大家可想而知,连阿姨都高兴地说:"你爸爸太疼你了。"写到这儿,仔细一看,我是在吹自己如何好哩!其实不是,我小时候,爸爸、妈妈也疼我,但是家庭生活是那么困难,工资那么少,孩子那么多,怎么疼呀?他们不知道带我们去看电影、去公园、去托儿所,我们会多高兴吗?但是,先得要吃饭哪!爸爸是小学老师,放暑假,带着

去参加国际说唱艺术联盟大会,女儿为我当翻译,大山替我们留下这张照片。这是女儿照顾我,不让我老看手机,严肃地没收我的手机。当发现了镜头以后,两个人都作秀般地笑了

我和弟弟推着自行车去郊区打草卖钱……今天,不正是今天,我们才有条件把爱给孩子,让孩子们吃好、玩好、学习好。

言归正传,每个人都有每个人的世界,每个人都有自己的想法和做法,反正我想当个孩子的好爸爸,我就这样去做了。我对孩子亲,孩子对我也亲,我希望我们每个小家庭亲亲热热,我也希望我们的大家庭更亲热。我看,在今天,这一定不是一个异想天开的想法。

写于 1984 年夏

改于 1996 年春

狮城品榴莲

北京人就是这两年才对榴莲有一点印象。

像"文革"中的芒果,当时在北方传得多神呀:吃芒果可以长寿;芒果一个值一块上海表(那时候上海表120元人民币一块);一个芒果就是一个蜜糖罐……改革开放以后,北方人也能吃上芒果了。记得我在1977年的广交会上,有人送我一个芒果,我背着他吃了一口,差点把我酸一个跟头。后来这位朋友才告诉我,那是他们

↑ 唐杰忠老师长我18岁,我35岁的时候,他已经53岁了。但是,为了我们在艺术上的配合默契、步调一致,他在生活中也与我的"调皮捣蛋"保持一致,也怪难为老人家的了

家里的芒果树上结的果，品种不好，是样子货，就是为看，一般人都不吃的。我愤愤不平：我就是一般人，你倒早跟我提个醒呀。

十年前去新加坡，同行的有吴祖光先生偕夫人新凤霞女士。新老师的腿脚不好，她的儿子吴钢负责照顾她。另外一个人就是我的老搭档——唐杰忠先生。

新加坡是热带城市，水果多得让我们这些北方佬目不暇接，山竹、红毛丹、奇异果、杨桃……一个个鲜红艳绿，青翠欲滴。如果没有在广州吃芒果的教训，哪个我都恨不得咬一口。

榴莲是久仰大名，但是对它的评价可是褒贬不一：说它美的，美得出奇；说它臭的，臭得要命。人们告诉我，榴莲一上市，爱吃的人趋之若鹜，每个小摊前门庭若市；不爱吃的人厌之入骨，坚决不允许榴莲的任何部位靠近自己，当然厌的主要是味儿。一则外国的笑话讲，新加坡的导游告诉一对旅游的夫妇说：榴莲是"水果之王"，但是也有人适应不了，会让它熏得一宿睡不着觉。那位大胆的丈夫在好奇心的鼓舞下吃了好几口，觉着味美无比。睡觉前饱餐一顿，随即进入梦乡。第二天醒来他对妻子说："谁说吃这东西睡不着觉呢？我睡得很香嘛！"他的妻子瞪着疲惫的眼睛说："睡不着的是我！"榴莲诸说，可相距是如此之远，不得不引起人的好奇心。吴祖光先生时年早已过花甲了，但是童心未泯，几次正告我们：没有吃过榴莲的，就等于没有到过新加坡。而且他还提醒道：如果真的喜欢上，吃上了瘾还麻烦了。北京这地方无论如何是淘换不到这种美味！（因为这东西不准上飞机，连货舱都不许搁）故此，吴先生提议：无论如何大家要在一起聚会品尝，并美其名曰：狮城品榴莲。

这一日，烈日当头，屋内虽有空调也无凉意，我依旧拿着扇子造风寻冷。

门开，吴先生归，随之而来的是一种异味。我嗅觉灵敏，素有"狗鼻子"之称，忙问："榴莲？"吴先生得意万分地高呼："吃榴莲，快，快！"看他那兴奋劲，真好像对这种异味有相"闻"恨晚的劲头儿。吴钢用轮椅推着他妈同我一起"闻声而来"，站在桌旁边，等候这一"历史时刻"的到来。

榴莲上了桌，一刀切开。不得了了，我扇子也扔了，拖鞋也掉了，跟头把式地到阳台上把门打开了。我的直觉是，闻这种味儿绝对比热难受得多。

我这个人比较圆滑，一向不愿意做不招人喜欢的事，此次实在是出于无奈。

吴先生完全沉浸在狮城品榴莲的文化氛围之中，首先用手指在榴莲肉的正中挖了两块填入嘴中，兴致勃勃地咀嚼起来。吴钢在边上看，还好奇地用手挠榴莲的皮，并且拿起一块皮给妈妈欣赏。忽然，吴先生停住了嘴，估计是很奇怪："哎，你们怎么君子动手不动口呀？"他咽了一下口中的美味，对吴钢坚定地蹦出一个字："吃！"好一个孝子吴钢，老爸有令哪敢违抗。有其父必有其子，上去用手指在榴莲肉的正中挖了两块填入嘴中，照着爸爸的样子咀嚼起来。吴先生并没心满意足，转身劝爱妻凤霞道："你也尝一块。"吴钢吃着榴莲，脸上表情我说不准是什么意思，是笑？是愁？是无奈？还是有趣？闭着嘴动着牙还冲他妈点头儿。吴先生有话，我作为晚辈也不能怠慢，我就小心翼翼挖了一块送到新老师的嘴边。新老师待我如自己的儿子一般，我给拿去了，她当然照吃不误。也就是在榴莲肉入新老师的嘴中没有 20 秒的工夫，仗着她从小的童子功的厚底子，新老师兜着丹田，虽然口中有物，仍是字字珠玑地大叫一声："吴钢——给我拿水来——我把它送下去！"这一声润似美玉，尖似利剑，直冲屋顶，绕梁五分钟。

哟，近在咫尺，您使这么大劲儿干什么？"把它送下去？"这不是吃药了吗？

吴先生的目光转向了我，我也知道在劫难逃了，依样放一块在嘴中：嗯？

异味没有了，一股甘甜进入口中，就像……像什么来着。我一着急，也搭着害怕，没怎么琢磨就把榴莲肉咽下去了。我为自己的胆怯而后悔，就又挖了一块。这回动作稍慢了一点，放在鼻子前稍微嗅了一下……坏了，实在不该有这个动作，勾起了脑海中记忆和联想功能：小时候家里穷，只有一双球鞋，而且长年不离脚，加上不卫生，不喜欢洗……算了，不能再往下想了！

这时候，大家有一个共同的发现：一起同行是 5 个人，怎么就 4 个人在这儿忙活，那位唐杰忠上哪儿了？记得吴先生刚进屋，我还看见他的人影了呢！

↑ 1985年，吴祖光先生和新凤霞先生应新加坡友人之邀，到新加坡做当地相声比赛的评委。吴祖光先生提出让唐杰忠和我以评委的身份陪同前往，这在新加坡演艺事业和中新相声艺术文化交流方面都是一个重要的历史事件

　　唐先生住的那间房门关着，我过去敲敲："唐先生，唐先生！"无人应答。"唐先生，吴老请吃榴莲！"依然鸦雀无声。我莫名其妙。吴钢的眼神里也有诧异。忽然，吴祖光先生大笑起来，我更是丈二和尚摸不着头脑。

　　倒是夫妻之间心有灵犀。新凤霞老师在轮椅上帮着翻译："唐杰忠是老海南，在热带待了20年，他能不知道榴莲是什么味道？许是早有领教，所以今儿个是下定决心，死活不出来了！"

　　我们几个人一起大笑起来，笑声混着榴莲的异味儿充满了一屋子。

写于1992年夏

改于1996年夏

维也纳圆"梦"

对我来说,欧洲一直是一个梦幻的谜。

我曾飞越阿美利加那幅员辽阔的土地,也目睹过经济怪物东瀛岛的彻夜通明,还领略过花园之城新加坡的清秀。南洋的明亮秀丽,北美粗犷中的旖旎,无不在我脑海里谱出过奇异的带有浓郁他乡色彩的旋律。可是我从来没有机会涉足欧洲。于是,我经常在脑海里勾画欧罗巴的图画:哥特式的教堂建筑,海边小山上用砖石铺砌成的甬道,风中吱吱作响的风车,多瑙河畔手风琴声中遨游水中的白鹅,以及那阿尔卑斯山上皑皑的白雪……总之,把我知道的一切景象时不时地拼凑在一起。我曾经在梦中吃过"巴黎大餐"呢!蜗牛全是北京街头卖的螺蛳味儿,用针挑着吃……作陪的有福尔摩斯和"007"。不知为什么我与侦探和间谍搅在一起,同餐共饮……

明天就要应奥地利华人总会之邀去那里了。第一次进欧洲,明知自己脑中的图画太乱,偏偏想起来颜色好像是深深的,像中世纪的油画一样。难道欧洲真是一个赭石般的世界?

乘波兰航空公司班机,我们一早就离开了北京。

去欧洲挺合算的,早上 10 点 30 分离开北京,中午 1 点就到了华沙。

但你得在飞机上待上 10 个小时,因为有 7 个小时的时差。这一天太长了,眼睛老打架,天总也黑不了。

没有坐过飞机的人，总会想象国际航班的"空姐"有多么多么的漂亮，可是今天负责我们这一段服务工作的是个"空婶"——她看样子比婶婶的年纪还长一些，也不多说话，手里拿着盘子端着食物走到你的面前，然后用眼睛盯着你，神情肃穆，好像是在说："爱拿不拿！"也许我是以小人之心度君子之腹？总之，那眼光不是热烈多情的。

飞机到华沙以后需要停留两个小时，然后去奥地利。别人坐在候机室里歇息，我兴奋地在那里踱来踱去。因为这是42岁的我第一次在欧洲的土地上行走呀！脚在走，眼睛在看：波兰人爱穿靴子，男的短，女的长，挺好看的。候机室的免税店除了烟酒以外，没什么多余的东西。

我和同行的唐杰忠、胡松华老师邀了同行的华侨一起去吃点小吃。餐厅里光是桌子，没人。我们坐好，先要了饮料、啤酒，然后想要点小菜。所点之菜，服务生一律摇头："NO！"啊，此处是让人干喝水的地方！价钱比北京高级宾馆、酒吧还要贵出三分之一。

到夜幕降临的时候，我们到了维也纳。作为艺术家，能够到欧洲的历史名城，尤其是养育了伟大作曲家莫扎特、舒伯特、施特劳斯的故乡，兴奋劲儿自然不用提。我仔细观察着胡松华老师，他眨着熬得有些发红的眼睛，不住地向车外望着。能看见什么呢？我记得他眼神极不好，而且外面并不像我去过的纽约、东京、新加坡那样灯光耀目、光彩明亮！看什么呢？天知道。

不过，我看着外面一直是在和我脑海中的图画相对照。古朴的街道，没有高层的楼房，平平的多瑙河流水无声无息地淌着。对来对去，不知怎么着，总觉得有点像哈尔滨。是冷劲儿像？还是颜色发旧像？还是……

有的人说，人生就是一个寻觅的过程。有人寻觅金银财宝，有人寻觅爱情幸福，有人则一直在寻觅现实中有没有梦幻中的情景，如果能够吻合，则不至于永远陷于憧憬怅惘之中。

今天，我脑海里的图画与我眼前的景物吻合了。甚至可以说，不仅仅是吻合，而是打击了我过去曾在美国迪士尼中心看到的欧洲，在东京迪士尼乐园见到的欧洲和在深圳"锦绣中华"所见到的微型欧洲建筑时所产生的那种失望。

真的，那些人造的欧洲，不管怎么像也不似我脑海中所勾画出的样子：

↑ 1992年，奥地利的华人总会邀请艺术家访奥。胡松华老师作为歌唱家，对莫扎特的故乡怀有很深的情感，我和唐杰忠老师也在他的熏陶下，对这个音乐之国怀有深深的敬意

颜色深深的，像中世纪的油画一样，呈赭石般颜色的图案。

而今天，真正的欧洲终于展现在我的眼前。我感到兴奋、激动和满足，好像是对自己艺术构图准确性的一种自我欣赏和扬扬得意。

太棒了！哥特式的教堂建筑古朴庄重，广场中心，房屋檐下，墙壁上，屋顶上，到处可见做工精细、栩栩如生的塑像，你似乎看到了在这古老的土地上一直默默地用手钎凿石般去创造世界的欧洲人。这里没有高耸云霄的摩天大厦，也没有变化多端的七彩霓虹灯，没有喧闹得使人难以安静的广告，也没有咄咄逼人招徕顾客的商业氛围。这是一幅和谐的图画：教堂的钟按部就班地一声声敲起，街上行人步履不紧不慢，年轻的伴侣牵着哈巴狗停停看看，两匹高头大马装束着古装盔甲停在路旁耐心地等候游览者，有轨电车载着稀稀疏疏的乘客跑在也许是20世纪就铺设的轨道上，鸽子和乌鸦混在一起。没有人去做和平、神圣与不吉祥、霉运的联想。

像四处可见的街头塑像一样：结实的肌肉，虔诚的神情，古代帝国的辉煌，天使美女的胴体，奥匈帝国的骄横，这一切一切居然那么和谐地交融在一起，让你看他，他也默默地看你。说是"默默地"，其实也不然，置身于维也纳的街景中，这周围的一切不都是在向你诉说着这个城市的过去吗？凡是久居闹市，置身于喧闹的声音和沸腾的人群中的游客在这里踱步而过，应该说是有一种洗净尘埃的享受之感，似乎在这里才能容得你的脑海腾出空来认识一下自然与人、艺术与生活、奋斗与享受这样的题目……

来到斯蒂芬教堂，我觉得这座雄伟的建筑不是盖出来的，而是雕出来的！

据说第二次世界大战中，这座教堂遭到过破坏，但是战后欧洲工匠的巧手把它恢复了，恢复得让人看不出痕迹不说，而且是"整旧如旧"，让人叹为观止！

我记得在《吉尼斯世界纪录大全》上，有一位能人用了数十万计的火柴棍搭制了一个教堂。我不知道他是不是以维也纳的斯蒂芬教堂为模型，但是他搭的教堂的形状与我眼前的教堂给人的艺术感觉是那样地相似！火柴棍有头，凡是出头的地方都是整个建筑造型整体的一部分。现在眼前的整个教堂似乎没有平面，到处有棱有角，这对于我们这些在东方长大、看惯了那里建筑式样的人来说，真是一种神奇。远远望去，教堂塔尖外壁上所自然形成的旧黑色和白色，好像是教堂刚刚被白雪沐浴过一样，神圣庄严。

我曾在脑海中勾画过欧洲，也曾做过无数次欧洲梦，今天不管从哪种意义来讲，都圆上了！我望着圆上的"梦"，不禁作了一首现代派的诗，由四个字、两个标点符号组成："啊！维也纳！"

陪同我们的奥地利华人总会的夏小华先生，个子不高，脸圆圆的，剃的是平头。圆脸剃平头，让你一看好像还没有脱去孩子的稚气，可他自称"老华侨"，让我们一惊。老华侨应该是满头白发，西装革履，脸上得有饱经风霜的皱纹啊！可是这位怎么时不常地哼出两句"十五的月亮"呢？

与奥地利华人总会的朋友在一起谈论了一会儿，才对侨居奥地利的华人的历史有了一些了解。

在奥地利的华人大约有2万人，其中由大陆来的占70%左右。奥地利华人总会的胡元绍会长告诉我，别看夏小华，他已经来了16年了！16年前的这里，大陆来的华侨仅有十几个人。噢，从这个意义上来说，他应该算是个老华侨了。20世纪70年代初，浙江的青田人开始大量地流向欧洲。为什么青田人会来到这里呢？胡会长讲有三个原因：一是青田穷，人们想外出谋生改变现状；二是青田有世界闻名的青田石，推销青田石得有人往外跑，这便形成了青田人多远的地方都敢去的本领；三是在祖上曾经有过一些青田人用自己的双脚踏出了漂洋过海这条路。有了路，有了性格，又有了要求，青田人大量移民海外就成了顺理成章的事了。

胡会长在"中华阁"为我们接风。这家餐馆的老板姓杨，是温州人。奥地利目前有中国餐馆600多家，其中多半是我们大陆来的中国人开的。这些老板年纪大的比我大不了几岁，大部分比我小。他们开的是夫妻店，一般是丈夫在厨房，太太在外面。太太见的客人多，要说话应酬，久而久之讲得一口流利的德语。先生有了太太做翻译，自然也就不太努力，德语水平可想而知。

我们正聊着的时候，进来一个卖花的土耳其人。在座的谢女士用流畅的德语同他对话。原来，这位土耳其人看我们谈笑风生，兴趣盎然，马上闻声而进向我们推销鲜花来了。卖花人离去，谢女士颇有感触，她说："你们到维也纳街头看看，凡是在马路上穿着反光的红黄色的衣服，戴着帽子，挂着书包向你推销报纸杂志的，全是土耳其人、阿拉伯人和印度人。奥地利政府只允许他们干这个，干这份工作才允许他们居留；而在这里扫垃圾的清洁工则全部都是南斯拉夫人。我们中国人在这里，10个有8个开餐馆，生意也不错，赚的钱也多。想起来，真得感谢我们的祖宗，是他们把吃摆到了重要的位置上，民以食为天，使我们能从祖宗那里学到本领，而在异国他乡生存下去……"我问胡会长："我们华人在这里的地位怎么样？"胡会长没有正面回答我，他说："我们成立了奥地利华人总会，并发展很快。成立不到半年，发展了500多名会员。国内闹水灾，我们组织华人捐款。整个欧洲的华人社团都和我们建立了联系。去年我们请了马季、朱逢博等艺术家，今年又请了你们。你们给我们这里的华人讲讲祖国，我们给你们讲讲这里。告诉你们，每年春节晚会的录像带我们都有。到我们总会看看，你会知道我们在干什么！"

奥华会馆一进门是一张乒乓球台，中国人的孩子们在这里打乒乓球。右面的阅览室里有中国的报纸：《人民日报》的海外版、《文汇报》、《大公报》以及欧洲的华文报纸。往后面的过道上有几张新桌子，上面摆着象棋，眼下孩子们在这里打扑克。再往后是两张长桌，上面摆满了中文书籍，还有民族音乐的录音带和录像带，有《春江花月夜》《十五的月亮》《中国民歌大联唱》《江南丝竹音乐》《广东音乐》……桌上摆着很多连环画、字典、学习汉语的工具书。我忽然想到，这里的一切似乎和孩子有着更密切的联系。我问这里的一位工作人员，他点了点头说："所有的华人都希望自己的孩子不要忘记中国，他们怕自己的孩子忘掉中国。我们奥华总会是为了我们现在住在奥地利的华人的利益而办的，但更是为了在这里出生、长大，与奥国人讲着一样的语言的中国人的孩子们！"杨老板与杨大嫂也是一对老华侨了，他们有3个孩子在这里。杨老板说："现在这里的孩子，当着我们的面说德语，我就告诉他们，在家里一定要说中国话！"杨大嫂接着说："听音乐也是，他们喜欢的那些，我们听不了！这里乱叫的音乐吵得人难受。无论如何我还是爱听《刘三姐》《敖包相会》……听我们中国的歌那么入耳。这里的录音带我们家全有呢！我们的会馆是华人之家。在国外，有小家，也有大家，是不是就不会想家了呢？"听她问这句话，谁也没回答，但是都会心地笑了。

维也纳的市中心有一家"中央咖啡馆"，几乎所有的旅游者都要到这里来。据说这里的咖啡是典型的维也纳式的。今天我有幸到这里一坐，品一品地道的淡香型咖啡。呷了一口，使劲琢磨，对于喝惯了酽茶的北京人来说，实在不知道好在什么地方，只好囫囵吞枣几口把一杯咖啡喝完。在这里，我们中国人熟知的"雀巢""麦氏"对奥地利人来说根本就没听说过。熟悉奥地利人的朋友们都告诉我，奥地利民族的特点是典型封闭式的。想想是有道理的。几天来走在街上，没有一个人和你打招呼，似乎他们自己也不像美国人那样，素不相识也要嘟囔一声"Good Morning"或是热情奔放地"Hi"一声，表示友好。

夏小华先生带我到维也纳的游乐场去。那里的游乐场地全是非常陈旧的，与他们的社会繁荣相距极远。夏先生说，奥地利人喜欢的是一种陈旧的、复古的娱乐气氛。大概是想现代文明对于他们是从生下来那一天就能见到的，所以他们更愿意回归自然，追溯历史的足迹。这一点在我们去的卡伦堡山下的格林沁街上的奥式酒馆里得到了证实。

在卡伦堡山脚下的格林沁街上有一排建筑非常讲究的酒馆，一色欧式的。当月亮刚刚爬上树梢的时候，几乎所有的酒馆前面都停满了小轿车。奥华总会的一位先生为了让我们更好地体味欧洲风味，钻了六七家餐馆，进去，又出来。我问他："是不是风味不足？""不是，"他说，"是因为里面全客满了！"当我们走进一家名为 Heurig 的酒馆时，典型的欧罗巴的装修映入亚细亚游客的眼帘：陈旧的木式屋顶，黑铁皮当座的昏暗的壁灯，摆满了奥地利农家用土法酿造的葡萄酒的古式吧台。在酒台的旁边，3 位女招待穿着民族的服装热情地招徕顾客。那边有一位 50 岁上下的乐手拉着手风琴，哼着奥地利民歌。

当一缕流畅的音符从他那儿飘向在座的顾客时，你会完全置身于浓郁的欧洲田园乡情的温馨气氛中，仿佛你刚刚步入葡萄园，在温泉里泡了个澡，然后在村头的酒吧里来小憩。

我们入了座，屋里面的奥地利人抬头望着我们，没有一丝惊奇和诧异，也没有热情的寒暄。当红、白葡萄酒全部摆在我们的餐桌上，按照欧洲乡村的方式斟满了一个大壶以后，我们每人都斟了一杯这并不是以牌子著称，而是以作坊的方式、用传统方法酿制而成的佳酿。他们无表情地看我们，我们也投以无表情的面孔对他们，然后旁若无人地，拿出我们中国人吆五喝六的本领干起杯来。

刚才拉手风琴的乐手，一张桌子、一张桌子地陪客人。他一边拉琴，一边歌唱。喝酒的客人自然是陶醉在酒一般的音乐与音乐一般的美酒之中。不一会儿，乐手转到我们坐的这张桌子旁。根据他的经验，见到我们这些中国人，他马上拉起了几乎每个中国人都熟悉的意大利民歌《桑塔·露琪亚》。我们的胡松华老师，酒过两巡，兴致正向盎然方向发展。如果是在草原，恐怕他会迫不及待地将他那粗犷豪放的蒙古高歌洒向那广袤无边的原野。此时此刻，他手放在桌上，压低了喉咙，用正统的意大利语轻声将那美妙的《桑塔·露琪亚》的歌声递给了我们这一桌的每一位伙伴。奥地利的乐手那本来是微笑讨人喜欢的眯缝眼，一下子圆了。他用英语叫了声"Good"，然后把漫不经心、潇洒浪漫的神情一收，颇为用心地拉好每一个音符，以相称于在座的这位使他莫名其妙的他乡异国的歌手的歌唱。当歌声朝着最后一个高音爬去的时候，胡老师拿出了在家练气功的本领，正襟危坐，气守丹田，声带闭合，音冲脑门，又从脑门把那股听似不大可又能直接绕上屋顶再游进人们耳中的声音，一口长气，结结实实地送了出来。声音一落，没等我们鼓掌，整个酒馆的顾客们的掌声忽然一起响起来了。我忙看四周，原来漫不经心的奥地利人脸上虽然没有表情，可耳朵一点没闲着；只是人的耳朵不能动，否则，能从方向上判断他们的耳朵都是朝着我们这个餐桌的。

奥地利乐手的兴奋劲不用提。他把眼光从镜片上投出来，嘴里嘟囔着："Chinese Pavarotti（中国的帕瓦罗蒂）！"一边说，还一边用眼光问我们，好像是在问我说得对吗。我们正在得意中，哪有工夫理他那目光的含义。在座的华人朋友和我们一起斟上那浓郁喷香的葡萄酒干起杯来。

可乐手的兴致还在歌里。他的手又在手风琴的键盘上爬动起来。嚯，世界名曲《我的太阳》！乐手狡黠的目光转向了在座的各位，然后落在胡松华身上。胡老师笑了，他是满族镶黄旗人，他操了一句典型的北京话说："嘿，要抻练我！"这回他没客气，把声音比刚才又多放出来一点儿，用字正腔圆的意大利语又唱了起来。整个酒馆都静极了，歌声与周围的环境太协调了，似乎只有在这里才能体会到欧洲古典音乐的魅力。整个酒馆洗耳恭听的客人，这回不是光用耳朵了，而是把身子全侧向我们这一桌，而我们也忘却了自己，把整个身心全部融在这首世界名曲高亢的旋律中，随它落下，随它奋起……胡老师没有说错，乐手是想抻练他，一首《我的太阳》之后，又是意大利著名歌剧《托斯卡》中的咏叹调《星光灿烂》。

整个酒馆的人们都沉醉在歌曲声中时，我仔细地观察在座的每一个奥地利人。他们的脸上跳跃着喜悦、欢快和羡慕的神情，刚才那淡然的情态仿佛从来没有在他们的脸上出现过。我想，奥地利人冷漠吗？奥地利人孤僻吗？

这一切是不是应该归咎于没有相互地了解呢？人啊，应该沟通。今天是通过世界相通的音乐语言使我们贴近了，那么这是不是这个世界里仅有的唯一一种语言呢？不同国度的人们，不同肤色的兄弟姐妹，应该通过不同的渠道相互了解，相互交流，然后去认识每一个国度的人们在这个世界上共同存在的价值。我想，一个没有歧视、没有偏见、没有隔阂的世界，是我们地球上所有正直的人所追求的归宿。也许我们今天就在朝着那里走着……

写于 1992 年夏

改于 1996 年夏

西班牙观斗牛

在这个世界上,人们可能没有到过西班牙,但是没有人不知道西班牙斗牛。古罗马人与兽斗的竞技项目大概只有这一项留在世上,供现今人们去欣赏。我不止一次地在欢快明亮、节奏跳跃的西班牙乐曲中,想象过斗牛士那骁勇的姿态、惊人的魄力、灵活的步伐,以及斗牛场上如潮的观众那充满刺激的喝彩的喊叫。我期望有一天,也能置身于那如醉如痴的人群里,融入那忘我的氛围之中,去享受人与兽之间力量、意志的较量。嘿,那将是多么带劲儿的事!

今年春末夏初,我受西班牙华侨朋友们盛情的邀请,终于实现了我的这个愿望。我来到充满阳光的马德里。朋友们似乎料到了我的心愿,没等我倒过时差,调整好自己胃口对三顿饭的适应,便迫不及待地安排了去观看西班牙斗牛。太棒了!我自个儿欢呼起来。背上摄像机,拿上照相机,唤上已经60岁的老搭档唐杰忠,径直奔向马德里斗牛场。

西班牙的姑娘们好像对夏天情有独钟。夏初的阳光虽然明亮,但是微风还是颇有些凉意。然而,她们却早早地穿上短裤短裙。五颜六色的夏装,装点着如潮的人群,使我们这些来自异国他乡的、身上还包着厚厚外套的游客们,显得有点"鹤立鸡群"。为了不使自己的装扮过于扎眼,我把外套脱下来,搭在肩上,露出雪白的衬衫,在人群中拥来挤去,还真有点浪漫色彩哩!

当我们随着拥挤的人群进入斗牛场的观众席中时,嘿!这人的海洋的场面,多壮观!黄皮肤的、黑皮肤的、棕红皮肤的全都挤坐在一起,过去只有在电视屏幕里见到的外国体育场的喧闹场面,今天全在自己的眼前,而且我也置身其中了。

当我们等待着斗牛开始的时候,不知为什么,我的心里还稍稍紧张一下,大概是为了观看那紧张角斗的场面,人的生理上一种自我适应的本能调整吧!我悄悄地对自己说:你又不去斗牛,心狂跳什么?

随着一声号角的吹起,军乐队奏起了雄壮的开场曲。斗牛士们身着西班牙民族的盔甲,骑在全副武装的骏马上,手持长矛、盾牌,雄赳赳气昂昂地在观众面前走过。我看着有点可笑,大概是觉得他们都有点像堂·吉诃德。观众们拼命鼓掌欢呼,姑娘们则盖过噪声发出尖叫,场上的气氛热烈极了!

当体育场的栅栏门打开的时候,一头雄壮的牛飞奔而出。有人说,为了使牛的性情更凶猛一些,这些牛在角斗以前,都饿它一天,让它眼睛都发红。

也有人说,准备斗牛以前,得给牛打点兴奋剂,增加它的活力,以增强斗牛的激烈程度。不管怎么说,眼前剽悍的公牛,弓起背、低着头,亮开牛角在场上狂奔的景象,一下子把人们的兴趣提了起来。乐声又起来了。躲在挡板后面的斗牛士们一个个探出了头,解开了招惹牛的红布,他们试探着,躲着,牛一追,马上又藏在了挡板的后面。一次,两次,三次……公牛顾东顾不了西,追了这个,又顶那个。一个好汉三个帮。公牛一个,自然势单力薄。

它渐渐怒了!牛眼睛越睁越大,牛筋越绷越紧,牛脾气自然上来了。

两个斗牛士身披盔甲,骑着全副武装的高头大马出现了。斗牛士在马上左闪右挪,公牛怒气冲天地用自己唯一的武器——牛角向斗牛士袭击。无奈人高马大,公牛的角只能顶在马匹的护肚的胄甲上,马被牛顶得跟跟跄跄。这时候,斗牛士居高临下,用一双手,高高地扬起锋利的长矛,瞅准公牛的脊梁骨,猛烈用力地刺去!尖矛刺中了公牛,傻公牛居然不跑,依然使劲用牛角紧紧顶住马匹的胄甲。斗牛士则有了机会,把手中已经刺中的长矛狠劲儿地往下捅。妈呀,我的心好一阵紧,眼睁睁地看着鲜红的血从牛背上渗出。说实在的,看这种情形,我没有力量去欢呼、高叫了,倒是那些黄头发蓝眼睛的游客们似乎看惯了这类角斗,他们拼命地鼓起掌来,喝起彩来,有节奏的掌声带着一股受了刺激的劲儿!

↑ 不忘打虎,2016年在西班牙

斗牛士从马背上下来,典型的西班牙服装穿在身上色泽斑斓,放下长矛改拿带着红绿颜色的细钢钎。在激怒了的公牛面前,斗牛士两手高举锋利的钢钎,挺直了身子,踮起了脚尖,钢钎在脑袋上方,恰似面对公牛的两只牛角。牛顶,人躲,牛寻找目标,人也寻找目标。就在牛向斗牛士冲过来的一刹那,斗牛士猛地跳起,又是盯准了牛的脊梁骨狠狠地扎下。钢钎扎在脊椎骨上,血又冒出来了,牛惊了,拼命地追逐着刺伤它的凶手。助战的小斗牛士从挡板后面探头探脑地出来,又吸引了傻公牛的注意力,从而使斗牛士有了机会,又从容地拿起第二组刺向公牛脊背的钢钎……

当鲜血淋淋的背上扎上几组钢钎以后,公牛疯了,两只眼睛瞪得大大的,痛苦而又愤怒地盯着挑衅的斗牛士。斗牛士赤手空拳,只拾起了能激起公牛情绪的一块红布。他迈着典型的西班牙民族固有的步伐，舞蹈般地在公牛面前闪展腾挪。只要在公牛冲向他的一刹那，他能够用矫健的步伐和优美的姿势躲开公牛的冲刺，场上便爆发出雷鸣般的掌声和呼声。地道的西班牙人，完全明晓看这种角斗的门道，斗牛士的脚步稍有错乱，他们便视为人对动物的一种胆怯，随之而来的就是嘘声和倒彩。公牛唾液垂在嘴边，鲜血淌在背上，西方的观众站在斗牛士一边，而我这个中国的游客则完全站在公牛的立场上，动了恻隐之心。是啊，牛在中国人民心中是什么地位呀！它宽厚、善良，与人为伴，耕种劳作，吃的是草，挤出的是奶，无私地奉养着人类。

中国人心目中的老黄牛是吃苦耐劳、默默无闻、无私奉献的象征。而今，在这里是人们屠戮虐杀的对象。我怎么也不能理解这里的人们，怎么能面对鲜血淋漓、善良的老牛被宰时，产生那样的快感！牛从来没有危害过人类，对于造福人类的伙伴，怎么能下毒手呢？西方人不是对宰鸡、宰猪都有法律规定，要尽快地免去生灵的痛苦吗？而此时那些保护动物的卫道士哪里去了呢？我不忍再看下去了，几次想走，无奈座位窄小，人群拥挤，加上西方人牛油吃得多，个个肉大身沉体积宽广，使我不得动身。直到斗牛士最后一把尖刀，从公牛的脖子上刺进牛的心脏，公牛倒地，任斗牛士割下生殖器向观众炫耀时，我才在稍有松动的人群中挤了出来。任凭后面的观众如何对第二位斗牛士出场有山呼海啸的欢呼，我也没有一丝心情去回顾这残酷的场面。

出了斗牛场的大门，一位朋友问我："怎么样？刺激不？"我想了想说："一见不如百闻！"他莫名其妙，半晌说："一次要斗倒六头牛，可咱们中国人没有看过斗倒三头牛的。"我没有发表任何评论，只是在想：斗牛对于牛来说，是残酷的，对于人来说又何尝不是呢？

离开西班牙，取道德国去法国。在到达法国的那天，电视播出了一条新闻：在这个星期日的晚上，西班牙一位年轻的著名的斗牛士由于不慎，被公牛顶死了。画面上被抬出的斗牛士身上也是鲜血淋淋的。

写于1995年秋

思考法兰西

我又一次飞往浪漫之都,
去寻找那记忆中觉察不到的疏忽,
那种诧异只是一瞬间地掠过,
不回首,很难把它表述清楚。
不是卢浮宫精美的传世珍宝,
也不是厮守在蒙娜丽莎身边的
经典图画。
虽然,
塞纳河的夕阳与大皇宫的金穹

↑ 多少次去法国,法国人尊重艺术、崇尚文化的素质给我留下了深刻的印象。所以在我主持中国曲艺家协会工作期间,我选择在巴黎举办"中国曲艺节"的国际交流活动。一届一届办下来,收获非常大

是那样和谐地融为一体，
巴黎圣母院与埃菲尔铁塔与拉迪方斯，
是那样地各异又不显孤独。
我多少次地比较、思考、提问，
寻找法国给我的启示。

巴黎曾给予我许多的迷惑，
几十年来
我一直不知道跟谁把最难解的
谜题倾诉。
如果有人愿意倾听，
我会一把抓住他的双臂：
嗨，伙计，你看哪！
怎么那么多的小伙子和姑娘们
那么悠闲，
在塞纳河畔一坐就是一天，
或是整个中午和下午？
一杯咖啡加上一大块奶酪，
用香奈儿的墨镜抵御阳光的充足。
他们不干活儿吗？
那么悠闲地让时间在
无所事事中淡出？
他们用什么贡献积累财富？
他们用什么付出保证不把光阴
虚度？
他们用什么努力让法兰西的三色旗
永远鲜艳？
他们用什么让全世界的游客，
年复一年地在巴黎忘返留步？
就凭他们那么舒服地享受阳光的

懒散劲头儿，
就能完成保持法兰西永放光芒的任务？
还有那卢浮宫前的玻璃金字塔，
它曾被人笑话，
说那是大师设计的一个糊涂建筑。
把风马牛不相及的材料和造型，
与恢宏的伟大宫殿放在一起，
难道他真幼稚到
只为了解决地下大厅阳光的不足？
艺术的特点就是入乡随俗，
巴黎大餐怎么能随便加一道
熘肝尖和麻婆豆腐？！
再有，
就是那座孤傲的拉迪方斯，
我觉得它总是梗起脖颈，
对香榭丽舍和凯旋门表示不服，
不然就不会在那么大的区域里傲然坐落，
你居然找不到一点传统的影子，
对法兰西的过往"持一种不正确的态度"！

朋友，是不是世人都在它面前迷惑？
是不是所有的思维都沿着
一条固定的道路？
人们都是在一个框架中生活吗？
笼子里长大的鸟，
冲出禁锢后，
是否还只会在一个方形的空间中飞舞？
我是不是用华夏古老的伦理，
在评判法兰西的时尚与浪漫？
我是不是凭我的一知半解，

在伦勃朗的油画面前,
给一个比我糊涂的人解释圣经的典故?
典故都有出处,
历史要经常地复读。

在法兰西帝国,
埃菲尔用钢铁搭了那么大的钢铁架子,
居然没有重蹈哥白尼的厄运。
现在的人民已经忘记了,
当铁塔开始破土动工的时候,
几百位知名的巴黎市民联署抗议,
请愿书犀利的言语表达了他们的愤怒:
坚决不能让埃菲尔的"大烛台"
点亮损害巴黎名誉和形象的蜡烛!

当时不是没有人站在传统的立场上反对,
重要的是法国没有执行对创新观念的
拦阻!
是谁容忍了他当年的放荡不羁,

↑ 在法国,研究传统文化的专家和我说,他们也有许多中国曲艺中评书、说唱那样的历史曲种,但是随着时代的前行全都消失了,他们为此感觉到非常忧心,很羡慕中国能够用心地保护民族艺术的传承

没有在艺术与建筑的结合上,
重演一次有着民族羞辱的滑铁卢!
也许,正是因为这些,
才成就了具有艺术眼光的
法兰西民族!

这段历史在贝聿铭先生这里又重现,
绝对惊人般地历史重复。
其实,
千万别冤枉设计师的匠心,
他早把世界游客的困惑熟读,
他知道看惯了自己屋顶的伙计们,
到欧洲,到巴黎,
他可分不清哪里是夏宫、卢浮宫,
哪里是枫丹白露。
全是一样的文艺复兴时期的风味,
全是宫殿式的建筑,
拿出纪念景地的相片,
没有几个人保证自己能认清楚。
于是,鹤立鸡群、风格独异的
玻璃金字塔,
个性鲜明地出现在代表
卢浮宫的媒介中,
当全世界都响起了一个声音:
 "噢,知道!这是卢浮宫!"
此时,
谁不赞美设计大师的用心良苦!

于是我不再嗔怪塞纳河边的孩子们,
我需要寻找新的思维角度。

华夏子孙的一个后代，
把马虎、迷惑、纠结、自省，
在这里和盘托出。
我们是不是应该把法兰西的
祖先佩服，
是他们有勤劳智慧的基因，
才造就了法国人民今天的幸福。
他们创造了为后代获益的永恒的财富，
几乎全世界的游客，
年复一年
都要把巴黎写进自己游览的地图，
每一位游客不断捐献游资，
使得法国人的钱包，

↑ 在巴黎的拉迪方斯，我看到了一个与法国传统建筑风格格格不入的地标性建筑。你说它是凯旋门？它没有凯旋门那种传统；你说它是艺术品？它又是一座大门，让人与凯旋门产生联想。我非常佩服这位设计者的精心

源源不断，
永远是那么充足！
他们用崇尚艺术、尊重文化的传统，
留给了后代比银行更富足的宝库。

他们的祖先和我们的前辈都一样，
经历过各种各样的艰难，
承受过贫穷的煎熬，
体验过生存的困苦。
老一代的舍生忘死，
其实就是为今天的大家不再重蹈覆辙，
一代就是比一代幸福，
一代就应该比一代富足！
前辈辛苦，
后代享福，
天经地义，
世界大同！
这可不是什么"不劳而获"，
难道你希望人生的舞台上，
总是上演贫穷困苦的一幕？

法兰西给了我启发：
什么叫"人文"？
那是一种植根于内心的素养，
那是无数代人共同遵循的精神刻度！
为什么我们的"人文"，
总是把"自由"的前提，
设计成"约束"？
没有空间的驰骋，
讲什么"天马行空"？

没有独特的思维,
算什么"我行我素"?
没有独立的自我,
哪有独出心裁的标新立异?
没有对创意思维的认可,
哪有自立于民族之林的豪气和大度?
我们应该把因循守旧的思维惯性,
挖到民族本性的根部,思考如何清除。
新时代、新思维、新创造、新进步!
我们的祖宗不是没有对艺术的感悟,
我们的先人不是没有对天道的论述,
我们不能坐而论道,
我们的理论
应该为普通的老百姓一代一代造福。

在法国骑自行车和在中国骑自行车的感受完全不一样。那是一辆公共自行车,骑上它以后就感觉非常好玩,完全忘了我们过去骑自行车上下班、走亲访友的那种感觉(吴钢摄)

今天时代的强音是：
人民对美好生活的向往，
就是我们奋斗的目标！
字字如金，
天造地铸！

历史是一本书，
翻得不经意会错过；
现实是一幅画图，
每一笔精心的描绘都值得你精心阅读。
一成不变的思维是最不值得怜悯的贫穷，
色彩斑斓的多元人生是最真实的财富。

写于 2013 年

追记葡萄牙

一直到离开欧洲快一年了，我才动笔去描绘我在葡萄牙的日子。说实在的，我这一年不是懒，我是怕写了以后得罪我的那些朋友们——那些曾经在欧洲这块土地上热情招待我的朋友们。原因是我在葡萄牙曾写了这样一首顺口溜：

法国意国荷比卢（我们去欧洲演出一共去了6个国家），

十四颗星苦与福（我们一行14人跑得挺辛苦的），

最美当数葡萄牙（说那儿好，那儿人准乐），

姜昆不忘波尔图（自私自利的一种表现）。

为什么有如此赞美，道理再简单不过了：在波尔图，我度过了42岁的生日。

难道说就因为这个原因，你才舞文弄墨地拍葡萄牙马屁吗？别冤枉我，听我细细道来。

我在踏入葡萄牙那一天起就开始打听我所到的国家的特色，并且利用在葡萄牙短短的几天，还真费心做了一些了解。其实，凡是到过葡萄牙的人，都能够从自己的想象和实践中找到差距。不知道为什么，我过去对葡萄牙有贫穷的印象。也许是看了描写殖民者侵略的小说太多，而忽略了时间的过往？

反正自从我的脚落在了里斯本，我立刻对脑海里的蓝图进行了修改。

美丽的葡萄牙坐落在大西洋的岸边，和许多欧洲的国家一样，看到这里的建筑马上能让你对历史产生极大的兴趣。里斯本的市中心有一座纪念碑，上面刻着"海洋从这里开始"的字样。这里，我不去联想殖民主义者是怎样地用这样的话去纪念他们的侵略行径，而是从中可以领悟到漫长的海岸线令葡萄牙人多么自豪！

早在200年前，葡萄牙曾经经历过一次毁灭性的地震。整个里斯本城区几乎成了废墟。人们茫然了，皇帝束手无策了。他问大臣："怎么办？"所有的大臣面面相觑。这时候，大家把目光全集聚在宰相的身上，宰相镇定地说："埋葬死者，照顾生者！"就这样一句话，气吞山河，整个葡萄牙为之一振！人们有了重建家园的勇气，在废墟上建立了今天的里斯本。

宰相还设计了里斯本最宽的一条街道，当时许多人认为他疯了，城市怎么能够有这么宽的街呢？一个世纪过去了，现在川流不息的汽车，几乎每天每一时都挤在这条大街上。这时候，怨气冲天的人们在愤愤地骂着当初设计这条街道的人：真没有远见，为什么不把它弄得再宽一点呢？

大概这个世界的人全犯有这个毛病。中国的武松在打老虎的时候，如果当时有一个人躲在树后面偷看，他一定会记住武松在哪一下没有打中老虎。日后他还会骄傲地教训武松："当时你第五下如果再往上一点的话，老虎早就死了！"当然，真正懂得这段历史的人也正是在这个时候，才为他们民族有如此远见卓识的英雄骄傲呢！

中国人到这个国家的历史并不长。可当我们中国人踏到这块土地上以后，几乎是在短短的20年的时间，就把我们的传统种在这里。"民以食为天"的祖训是放之四海而皆准的真理。葡萄牙从东到西，从南到北，到处都是我们华人开的餐馆。紧靠大西洋的葡萄牙人，也许是海物吃得太多了，从半个世纪以前就对我们中国老祖宗吃的东西发生了兴趣。

有人说，美国人吃饭吃个道理，从热量角度出发；日本人吃饭吃个眼福，用食物的颜色引起你的食欲；法国人吃饭吃感觉，没有浪漫劲儿就不吃；只有我们中国人才吃得全面，讲究五味俱全，酸甜苦辣麻，连馊、臭我们都能加工出美味佳肴。到外国更甭提，只要您喜欢，咱们什么滋味都能鼓捣出来。

葡萄牙华侨的历史可以证明：才20年的时间，从葡萄牙第一个老华侨落户这里，发展到今天几乎近万人；从里斯本有第一个中餐馆，到现在可以说没有一个没有中餐馆的城市。他们并不是都毕业于烹调学校或是从事餐饮业的专门人才，然而这里有专门的餐饮业的协会，有一支专业技术极强还懂经营的厨师队伍。勤劳勇敢的中国人民，以后写历史不能只写战争、动乱等方面，要写建设，写对世界的贡献。就在欧洲写一篇中餐饮食业发展的文章，那将是极其精彩的中国人民历史的一页。

可是当我们一行演员到达里斯本，一看接待我们的华侨，竟是清一色餐饮协会的领导时，不禁心里一哆嗦。因为夸是夸，实际是实际。就拿吃来说，上面所述，那是为我们中国人有那样的美味佳肴而骄傲，属于民族自尊心的问题。可是我们的欧洲之行，我们的华侨朋友是那么地关心我们，每到一处他们总是怕我们吃不惯西方的饭菜，加上他们又都是开饭馆的，所以手到擒来，每一顿饭全是他们拿手的中餐名菜。来到欧洲二十多天，全是地地道道的中国菜，居然没有吃一顿西餐。说实在的，坐在餐馆里，一看七个小碟、八个大盘一上，顿时没了食欲。可盛情难却，每天又沉浸在七个小碟、八个大盘之中。所以，我们到了葡萄牙，并没对改善我们的伙食抱多大的希望。

↑ 葡萄牙的历史非常悠久，是老牌儿的殖民主义国家。当我在葡萄牙的海边看到一块写着大西洋从这里开始的牌子时，我脑海里闪现出哥伦布去寻找新大陆身后跟着葡萄牙士兵的场景

我们就怕人家问我们："出来这么久了，是不是特别想吃家乡饭啊？"我们怎么回答？说不想家，怎么这么没情没义，刚这么几天就忘了祖国。说"是"，甫问，七个小碟、八个大盘准又上来。

葡萄牙的华侨朋友见面的第一句话让我至今难忘："欧洲之行这么辛苦，到我们葡萄牙来休息休息吧！我们到南方歇一歇，吃一吃葡萄牙的土饭，我们为你们洗尘！"听到这些话后，我们一行人如果不是顾着名演员的面子，准得顿时晕倒几个。

到里斯本以后一路南行，当美丽、俊秀的阿尔加维展现在我们眼前的时候，一群中国明星喜形于色。蔚蓝的大海、秀美的海岸线、金色的沙滩，以及依偎在码头边上那小巧玲珑的游艇，在海滨饭店白色楼房、红色别墅的陪伴下，那股赏心悦目劲儿就甭提了。

葡萄牙的华侨领袖郭先生带领我们吃"巴比克又"。在船上大板凳上作陪的是我国驻葡萄牙大使。如此高规格，并没有使我们对葡萄牙野味的企望有所收敛。我们看着刚刚从海里捞上来的一条条银色的小鱼，被招待我们的侍者们裹上一层层厚厚的盐巴，然后就是放到炭火里烤。我特没出息，口里的口水居然比火烤在鱼身上滴下的油还猛。在身边的伙伴们他们还不如我呢，也不知熟没熟，一条鱼一瞬间已经光剩骨头了。味道之美，诗歌难以形容，语言没法讲。

我在旁边调侃："这哪像从巴黎、罗马、阿姆斯特丹来的？灾区还差不多！"刘欢道："刘欢弹铗唱无鱼，唱了一路，你也不理我这茬儿呀！"杭天琪不知是吃得高兴还是听着有感，哈哈笑声中夹杂着谁也听不懂的话，原来嘴里鱼太多，所以言语不清。

就是成方圆低头不语，细一瞧，也不是矜持含蓄和风度老道，估计是有鱼刺卡在嗓子眼儿了。

几位演员毫无掩饰的"精彩表演"，让我们的主人看得是那么高兴。

当然最高兴的还是属于10月19日这一天——我的生日。不自私地说，我高兴，朋友们高兴，主人们更高兴。

葡萄牙的华侨们为了这一天，真是费了心思。繁忙的欧洲之行不停地演出、慰问、应酬、奔波，他们想利用我的生日给客人一个休息、娱乐的机会。

近一个月一直是在为人家演出，可不可以叫人给我们的艺术家们来演一演呢？这个念头一闪进华侨朋友的脑海里时，这一晚的基本情调就已经定下来了。

法朵，这属于欧洲，更属于葡萄牙人民的古老的演唱艺术，是哪一位神仙赋予了你那么多情的色彩，使你展现出那么迷人的魅力和表现力呢？在南方城市波尔图，我们演出结束以后，被主人邀请到了一个非常葡萄牙的餐厅。

刚刚坐稳，我们身边就响起了明亮、多情的吉他声。一位葡萄牙民族歌唱家，舞起她那长裙，亮开有浓郁葡萄牙特色的嗓音，把一曲法朵洒向了座席。顿时，整个餐厅五颜六色的装饰都失去了光彩，铮铮乡音，丝丝乡情，陶醉了海洋彼岸的艺术家。在没有到葡萄牙以前我们就听说过，葡萄牙没有不会唱法朵的。它就像中国的京剧，是葡萄牙人民艺术的象征。它流传了多少年我们没有考察过，但是，有人说，是法朵培育了今天的欧洲音乐艺术。听听，敢情它是祖宗，能不让人肃然起敬吗？据说，这种古老的演唱大多是表现民族的悲哀，人生的不幸，但是今天我们听到的却是热闹、欢快甚至还有些调皮呢。美丽的葡萄牙歌手，吟着动听的歌，迈着轻便的舞步，旋转在餐厅的座位前后，游动在客人的身边。她唱到哪里，哪里就一片掌声。那天，我们吃的是地地道道的葡萄牙餐，但是我居然一点一滴的印象都没有了，因为我们沉浸在那民族音乐所给予的极其愉悦的享受之中。我从如醉如痴中清醒，是我们的主人带领所有的人唱起：Happy birthday to you！

所有的人都唱，这里有我们中国的"大腕"刘欢、杭天琪、阎维文、成方圆，还加上葡萄牙著名的民歌手，国际"大腕"大合唱！我晕了。42岁的我，久经沙场的我，没有控制好自己的感情，居然让眼泪涌出了眼眶。你很难想象当时的场面，感情的热烈与诚挚交织在一起，从心底给你祝福，那股骄傲劲不是每个人都能享受到和承受得住的。所有的人唱完以后，黄宏带领我们访欧艺术团的全体人员，又唱了一首他们背着我这个管艺术的副团长，为我的生日所瞎编的歌。

今天是你的生日我们的领导，欧洲的任务完成不错不要骄傲，

以后希望多多往外国跑上一跑，要是不带我们去就把你拿掉！

听，多不讲理的一群家伙！他们唱完以后，葡萄牙的艺术家不甘落后，

↑ 这就是我在欧洲行日记里记录的"葡萄牙之吻"的那个难忘的场景

一位小姐为我的生日献上了一首歌，唱完就大踏步走到我的面前。在刚才唱歌的那群"坏"家伙的大声"kiss, kiss"喊叫下，她热情地送给我一个吻。

看着我闭着眼，不知是享受还是忍受的表情，所有的人都得意极了。也可能是人家欧洲这么多情的礼节让我们中国的艺术家眼馋，宋丹丹带头招呼大家："来，照方抓药，一人一个！"我的妈哟，这哪是甜甜蜜蜜的吻呀，分明是啃哪！别的细节我不多形容，反正我记得黄宏是朝我的耳朵上咬了一口！

看我们尽情忘我地欢乐，葡萄牙的华侨朋友们乐极了。他们的精心策划，今天全实现了。

华侨朋友给我送来了生日礼物，你知道是什么吗？一件风衣。"出来一个多月了，天也冷多了，送件风衣御寒，不算是礼物，算是我们海外侨胞对祖国演员的一丝心意！"朴实无华的语句，句句敲人的心。此时此刻能说什么呢？谁到这种时刻还开玩笑呢？我说："穿上风衣，暖在心里。用温暖的心唱热情的歌，永远为祖国唱歌，为我们华人唱歌。"并不是以唱歌为自己专业的我，说了一句歌手们常说的话。

写于 1995 年

美国夜航观灯

我喜欢灯,我爱看各式各样的灯。城市的灯火,勾画出楼群的夜姿。乡村草舍的灯簇,告诉人们那里孕育着生机。过旧年,闹花灯,迎新春,张彩灯。在我们的周围的每一束灯群,都有着一团火热的生活在围绕着它。当然,也包括长安街的华灯初放,能使人想到祖国的繁荣;毛主席纪念堂的明灯,引着人们去探究那洁白无瑕光亮后面的内涵。

然而,在此以前,我从没有在 1000 米的上空去俯视那洒在大地上的灯火的经历。而且,还居然在那灯火的上空,整整走了两个小时。

这是在美国,在佛罗里达州去根斯威尔的路上。我们决定抽空中途到奥兰多去看看举世闻名的"迪士尼"中心,游览"Epcot Center"里面的"过去世界""现代世界"和"未来世界"。晚上,我们等候乘美国 PBA 航空公司的飞机经坦布去根斯威尔。

但是,到坐飞机前的两个小时,我们接到通知说,航班取消了!这对我们来说不啻是一次打击。因为我们是在紧张公事之余有了这样一个旅游的空暇,如果取消,将意味着我们可能在 10 年、20 年内没有机会来欣赏举世闻名的、比洛杉矶的迪士尼不知新颖有趣多少倍的"迪士尼"中心。

我们向航空公司提出抗议,希望他们能设法更改这个决定。开始我们只是抱着侥幸的心理,并不抱多大的希望。但当我们郑重地申明我们极不容易才有这样一个机会的理由后,几乎是没有费任何口舌,我们被告知:四个提"抗议"的乘客被 PBA 航空公司专门安排一架小飞机正点起航。我们欣喜若狂。

↑ 1984 年我第一次来到美国访问演出,拍下了这张蓝天白云的照片。我在北大荒见过这么蓝的天和这么白的云,但是我们那里没有美国这么多的房子和高楼大厦,我当时想,要带我的家人也到这里来看一看。1997 年,香港回归的庆祝演出在佛罗里达举办,我又来了。可是那时候,我的女儿和我的爱人都没有感受到任何新奇,因为我们中国改革开放的变化太大了,和美国建设的差距已经离得很近了

走进机场,走到飞机面前,我们就愣住了。原来这是一架比我们国内安—2 还要小的一种飞机。坐这个飞机?天哪!比一辆小面包车还要小,简直好像是一层铁皮包着几个人。怎么?我们四个人将被包在这里头在天上飞两个小时吗?看看,我们同行一共四个人,连手提的行李都要过磅,因为要分放在两个翅膀上,不能偏沉。我真不放心底下的那个过磅器,万一错了重量,翅膀一偏,我真的到那个"Epcot Center"所描绘的"未来世界"去了,再说旁边儿那个大胖子能和我是一个分量吗? 几乎是战战

兢兢地，我坐在了自己的座位上，使劲地系好安全带，谨慎地盯着坐在我们前面的那个飞行员。尽管看不懂，也拼命地查看那些带着各式指针的仪表。心想：万一哪一个真要是没有规则在那儿胡闹的话，一定要提醒司机——那个和司机一样的飞机驾驶员……

当那像蜻蜓一样的飞机在一声轰鸣声中飞离大地以后，我从机舱的窗口偷偷地往外看了一眼。呀！从这一看开始，我的心情一下子全变了。我忘记了胆怯，消失了忧虑，再也没有心思去盯那个什么仪表和那个像司机一样的飞行员了。我的目光几乎是没有转过，一直是目不转睛地盯着那儿——一个用灯光组成的世界。

多美呀，这是一幅奇异的图画！在我的眼底，黑色的是土地，明亮的是灯光。在那黑绒似的土地上可以说是镶嵌了一层各样的色泽晶莹的亮珠。大多数是水银灯，但并不都是一个色彩，由于远近高低和各自的质量，它们在放着同一个颜色而不同亮度的光，是个图画般神奇的光的飞毯，在我们的眼底游动。

我的目光在搜索：像水一样流动的是小轿车的灯光，在高速公路上一边是白色的山泉，另一边是红色的小溪；那静肃耸立的是路灯，那么坚定，那么忠于职守，一动也不动；而那调皮地原地踏步并不时眨眼的是装饰在醒目建筑物上的霓虹灯。红色的灯总是那么警惕地提醒着人们，让你注意应该注意到的一切；紫色的灯则是机场跑道上的特殊装置灯；黄灯象征着正在施工的工地；绿灯告诉你这里前后都平安。我不一一描绘了。在离开地面 1000 米的上空，你看到的一切全被那迷人的灯火点缀着。

那么多的灯，那么多的电能，那么多为这个灯能够明亮的一切设施，突然让你悟到了"伟大"两个字。那点缀在黑暗土地上的星星，不是上帝的恩赐，也不是大自然造物主的圣明，而是人类智慧的火花和辛勤汗水结晶炽化。它没有水晶般的透彻，也没有珍珠那样耀目，更没有挂在苍穹的星星那么引人神往的魅力，但是它有内在的能量。没有借着别人的光亮，也没有凭着外界的相助，不是反射，也不是折射，而是直言不讳地告诉你，这是靠着自己的热而迸发出的光亮！那么，这说明了什么呢？可不可以说这里的人通过自己的智慧，积蓄了用之不尽的震撼人心的能量呢？

我记得在国内也从飞机上看过那大地上的灯火。也许是因为飞机太大飞得高，也许是由于我的寡行，没有到过那灯火密集的区域。但凭良心说，那里的亮还是太弱了。当然，我从那跳跃的、闪烁的灯光中也曾悟出过一个道理。我想，那一亮一亮的不过是个灯火而已，而在灯火下面则是最有实际内容的、万物生长的土地。我告诫自己，不去做像机场上炫耀自己光芒的灯，而应该做像那灯下黑暗的大地，去默默地不哗众取宠地做人。可是今天，我从另一个角度，从那明亮耀目的灯火中去领悟人生的哲理。是啊，有了能量为什么不放呢！如果有用之不尽的电能，谁愿意在黑暗中瞎摸索呢？如果有用之不尽的能，谁愿意总写"随手关灯"的标牌去煞美丽房屋的风景呢？

在美国的这块土地上，像这点点的灯光一样，有着我们许多留学人员。他们不止一年在这个光的世界中生活，他们见到我们时也经常讲从那光照中看到的一切。他们不约而同地认识到，在改造自己的生活环境，创造更舒适更幸福的生活内容上，美国人付出了艰辛的、创造性的劳动。他们毫不掩饰自己，也心胸坦荡地叙说自己的直观感受："在美国看了电影《马可·波罗》。主人公到了中国以后，惊叹地说：'这是一个多么了不起的国家！可以说世界上没有一个国家能有着这样的文明和智慧！'我们中国人听了这话当然高兴。可是，如果这是中国人到外国去讲这话，我们中国人就反感了。怎么能讲外国人好？不是一副洋奴的嘴脸嘛！意大利人没有指责过马可·波罗。可马可·波罗尽管讲了这句话，还是把中国的文明带到了欧洲，促进了他们的近代文明……"有好几天，这些话语一直在撞击着我的心，我真想把这话回去告诉每一位朋友，让他们都去品品这些话字里行间的滋味。

我一直望着那永无尽头的灯火。飞机一往下扎，远处的灯火更密集了，而近处的灯火则显得有些孤单。我想，我们的留学生，远离家园，远离祖国，也许是因为这个原因，他们的向心力更强、更有凝聚力。

可别因为他们夸了西方国家而认为他们没有爱国的心，祖国的每一点进步都会引起他们骄傲的泪花在脸颊上流淌。我真愿他们的心灵之光芒聚些再聚些！我坚信，他们身上已经蕴藏了一部分能够引起巨变的能量。当他们也像点点灯火重新洒在哺育他们成长的大地上时，那么，我们不愁我们祖国的上空看不到那闪烁的神奇世界。我们那么幅员辽阔的祖国大地上，有一天全都点亮了灯火,这比我在美国看到的可要壮观得多!从佳木斯到北京3个小时,从北京到海南岛又3个小时,6个钟头……哪天,我一定写一篇专门赞颂祖国之灯的文章。

我坚信,我会看到的,也会写出的。

写于1985年

感谢不得清闲

东晋时以五柳先生自况的陶渊明,用恬淡而自然的诗句,美美地描述了他享受悠闲生活的心境:"结庐在人境,而无车马喧。问君何能尔?心远地自偏。"——可是,小子无能告陶翁:您这招儿——如今不灵。

尽管有了双休日,尽管有了无数健身中心,尽管休闲别墅和度假村纷纷呈现在驱车可到的远近郊区,尽管几十条球道的保龄球场方兴未艾地纷纷崛起。但,工夫儿呢?您没有闲工夫儿,哪能享得下眼见的这份清福呀!

悠闲似乎成了一种奢侈品,成了无人能够馈赠给自己的礼物。

像我这样的人,平日都忙些什么呢?

不知道你有没有这样的感觉,早上在床上睁开眼睛,经常不知道自己身在何处,盯着天花板琢磨半天:

星期一在广西参加为自己举办的签名售书活动,早上去的,下午还算不错,没让人给挤死。晚上转飞机到成都,哥们儿在那儿开了火锅城,邀我去捧捧场。电话里,殷切之情融化在浓浓的四川乡音中:"……大哥,我这一生一世,最那个的事儿就是成立这个企业——火锅城,没得大资本,就凑些小本儿拼上一哈(下)儿。你大哥不捧我的场,我没的面子。你大哥能光临小店,我是蓬荜生辉!大伙儿都欣赏大哥你的人品,不像那些龟儿子大款、大腕,嫌贫爱富,眼窝里没有咱这芝麻点儿……"

捧得我心花怒放，哥们儿义气涨满胸膛，不顾夜航的疲劳，神采奕奕地出现在四川火锅旁边。星期三接着回北京，参加……对了……一个醋厂的产品推广会，汕头的保健醋，国家认可的，能治好些病。都说山西出好醋，敢情山头（汕头）也有——谁让老婆是真正的醋坛子呢，吃什么都放醋，任何人看她吃醋的那股劲头儿，腮帮子肯定受不了。再过一天，去的是平谷：一家广告公司聘请我当董事长，还送上 20% 的干股，我也是推不开，跟他们一起到当地的工商局填各种各样的表格，登上自己的大名——这过程不像当董事长，倒跟填"卖身契"似的。20% 的股份，挺诱人的，也不知道这家公司如果赔钱，我是不是也得从自己腰包再掏出 20% 给人垫上，没多久，这个公司连影儿都没了。……之后，有义演，有给人剪彩，还开过一个相声研讨会，参加了一对新人的婚礼……今天，我这是……噢，对了，早上 8 点约了客人到家里来，宣纸厂的。说送两令宣纸让我试试笔，顺便，给写上五幅"墨宝"：厂长、书记、副厂长、工会主席加上推销员的。也

↑ 1998 年洪灾发生的时候，我和中央电视台的主持人鞠萍在湖北荆州的大坝上整整待了一个星期，现场进行宣传和为中央电视台做纪实采访。为什么会选择我去呢？因为那时候四处都封锁了道路，很难找到一张特别的通行证，他们就选择了我这张脸，说这就是全国通用的通行证，走到哪儿一说姜昆代表中央电视台来采访，就全给放行了。一周的时间，我们都在暴雨中，在洪水水位不断上涨中度过，现在想起来挺后怕，当时真挺危险的

有人说，他们在当地就把它们当"名人字画"卖了，卖那俩钱正好顶上两令"宣纸"的费用——唉，也不知道什么时候，我们又回到了"以物易物"的原始社会贸易形式中去了。

没完没了的采访；一阵接一阵的电话铃声；全国两百家电视台的特约节目；庆祝所有以能叫上名来的物品命名的节日：苹果节、啤酒节、山里红节、荷花节、蟋蟀节、竹子节、梳子节、中药节、风筝节、纸箱节，到哪儿都告诉你"文化搭台，经济唱戏"，我反正搭了十几年台了，也不知道人家的经济戏唱得如何；神州五百家刊物络绎不绝地约稿，让你谈"名人的烦恼"，满是广大观众、读者要求，记得这题目是从1982年，达式常的一篇报道那儿开始的，近20年，问题经久不衰，回答千篇一律；一拨儿又一拨儿的摄影记者登门拜访，软磨硬泡地要留下你的"生活踪迹"，以圆花花世界成星之梦，以了芸芸众生好奇之情。

在外地，我走到哪儿。朋友们都是高接远送，分手时便信誓旦旦地保证："到北京一定给我打电话，我请你吃饭！"回到北京，有一天人家果真到了，怎么办，必须履行诺言。

这是个倒放射性的形状，我是靶子，是圆心，朋友们五湖四海，天南海北，一天即使只来百分之一，集中在我这儿，我也应接不暇，每每客人还没有得到妥善的接待，我这里早就转悠蒙喽。

不怕您笑话，我一天能吃六顿饭，两顿早点，两顿夜宵，一顿中饭，一顿晚饭，吃饭赶场对我来说，倒像是一种恩赐，能吃两回中午饭或晚饭更是一种极其满足的享受。在有限的时间内，完成了两倍的工作量，觉得比人家多了一份时间，多完成了一份任务，能不对自己感到满意吗？逢上这种机遇，总觉得老天爷让我多活了一天；至于那两顿佳肴在自己肚子里的撑胀劲儿，也许能让我少活十岁，这账，我可没算。

经常，事后我才明白过来：我是井里的蛤蟆，只能看眼前井口那么大的天；我是雪地里的傻狍子，顾头顾不了腚！

杂事，真正的杂事，应付不过来的杂事。

当然，在这之外，我还有自己的主事——演出。

演出方面，我是个慰问专业户，哪一级慰问团的名单都少不了我。

原因多种多样，有一条较为主要，是我爱听人家的捧，尤其是向我宣

↑ 这是2018年元旦我和戴志诚在粤港澳大桥的建设工地上与年轻的工人们在一起。每次慰问演出，我都愿意走到观众中间去，留一张合影，和他们交谈。与我合影他们都特别高兴，认为是难逢的机会；我也愿意在年轻人身上感受他们那种朝气蓬勃、热情向上的情绪，在他们中间，我觉得自己年轻了很多

传活动重要性的组织者那通儿"深入浅出"的宣传词，每每让我在脚打后脑勺的繁忙中，欣然允诺对方的要求，给自己已经过于沉重的负担再加上一码。

"老师，您在少数民族心中的地位是什么——'笑神'！他们听不懂普通话，但您的相声他们喜欢。在征求他们希望看什么节目时，他们第一个就提您的名字，您如果不参加此次慰问活动，我们觉得您就辜负了少数民族那份淳朴的情感，如果——"别如果了，没等他们宣布我不去的严重后果，我已经答应了！我从不考虑那些听不懂普通话的人，怎么能听懂和欣赏我的相声这一问题。

"关于生态平衡的会议，是研究我们人类生存最重要而又最让人们不知从何做起的问题的会议，我们不能再糊里糊涂地过下去了，否则人类将会自己毁了自己……您如果能参加会议慰问演出，这也表明了您对生态平衡问题的认识和关心，社会影响多好呀，这可是直接为人类做贡献呀！您……"为了人类生存，我去！我告诉他，您说的那个"您"，已经答应直接做贡献了，为全人类！

"老区人民很贫困,文艺下乡的现象现在越来越少,您这次如果能参加慰问团,他们会看到革命老传统又回来了。别忘了,老区人民养育了革命——"别说啦,我泪都含不住了,老区,那不是我们事业的摇篮吗?我去!

"少年夏令营是新生事物,日本孩子和中国孩子一起做室外测试,咱们孩子耐苦的能力,比日本孩子差多了,为了我们祖国的明天,为了第二代——"我去!既然希望就寄托在这些"花朵儿"身上,我们不能使明天没有"希望"!

"陕甘宁边区的大油田,是供应北京天然气的中国最大的油气田,不能烧着我们的气,不顾及我们的心,咱们可是你们北京人的后勤部……"身为北京人不为北京人的长远利益着想,不有点太那个了?去!

"北大荒是你生活过的地方,这儿还有培养你的老首长,都退休在家等着看你的演出呢,不能不来!"去!

"导弹、卫星基地的科研工作者,在戈壁滩上,献了青春献一生,献了一生献子孙,他们都是国家精英级的科学家,艰苦的自然环境已经对不起他们了,我们不能再对不起他们!"去!

生活总是忙忙碌碌,被时间不停追赶。难得有片刻闲暇,让我骑在内蒙古草原的牛背上"牛头遐想",体会一种灵妙的感觉

"我们省的社会治安评为全国先进……"除恶惩邪，去！

"我们系统为下岗职工开就业新路……"民生大计，去！

"我们台迎接亚运健儿……"为国争光，去！

——去！去！去！去！

就是在这些从不间断的慰问邀请的慷慨陈词中，我忽然发现，每个单位、每个人的理由，都是你没有理由抗拒的，或根本拒绝不了的。尽管是些"冠冕堂皇"的话语，但是你不能否认都是实情，就是任何人都说同一样的套话，你也能听出那股热情、向上、积极的劲头，我的演出就是和这些朝气蓬勃、蒸蒸日上的火热劲头联系在一起的。

眼下，我们经常听到在经济快速发展中所呈现的黑暗的一面：人性的丑恶，以其卑劣的手段，在纷杂的社会异化中，大量释放并走向嚣张。但这些，在人们盛情邀请我时，绝不会掺杂在其中，此时此刻，社会黑暗的那一面，似乎距离我们非常遥远。我突然地有一种骄傲，或者说一种激情：我、我的艺术和人类最美好的情感联系在一起！

人们对于艺术家和艺术的希望，建立在对美好社会生活的追求上，尽管人们在漫长而急剧的社会进程中，会发现在日益高大的文明背后总能找到私欲膨胀的阴影，但对于引导社会发展的主流文化，人们报之的必然是欢笑和拥抱。

于是，我在叙述我的烦恼、抱怨我不能休闲时，我竟然找到了一种感觉，一种类似于骄傲的感觉，对社会肩负责任的感觉，正是他们的游说，使我的热情不断加深，思维永远活跃，对生活中一切美好事物保存新鲜感。即使在他们一次又一次捧我的那些话语中，我也能认识到自己的责任和价值，不管与实际相距多远，但我的动力大增，驱使我投入社会涌动的洪流中，去贡献能量，完善自我，以至于在这世界上多了一个不断运动的充满活力的人——我！

这样，我要说，我要感谢"不得清闲"。

写于1998年

巴黎左岸的咖啡馆

对于欧洲,别看去过十数次,但次次的我们,因为演出、慰问、文化交流日程安排得紧,都是匆匆的过客。比如在法国,虽然有的时候,也可以在巴黎信步于极尽奢丽和浪漫的香榭丽舍大道,也可以泛舟于灯火阑珊的塞纳河上,但是想随时停船登岸,沿着石板路,去了解法国水域的风土人情,或者在曲折幽深的石板小巷中探访,在白鸽信步侧旁的街心长椅上小憩,在极尽奢华的商店橱窗前驻足,对我这样的人来说都是办不到的,属于奢望。

有的时候真想在异国他乡,也像我们在国内走南闯北"下基层"那样,"深入生活"来点"入乡随俗"。于是终于选择了在浓香四溢的咖啡馆静坐一会儿,学着法国人的样子,在马路边上,买一杯咖啡坐下来,一边喝一边看街景,学一点浪漫。

在法国,塞纳河左岸代表浪漫,右岸代表奢华。圣日耳曼教堂在塞纳河的左岸,是巴黎风流浪漫的原点,这里的小吃店、咖啡馆、书店、画廊、古董店、出版社……点出了红尘的影子,点出了浪漫的源头,满街摩踵擦肩的人,就是巴黎人饱眼福的最美画面。

当然,这里最多的还是咖啡馆。巴黎的咖啡馆有露天和室内的两种,但即使是室内咖啡馆,也是一半在屋里,一半在人行道上,头上面有可以活动的篷,天气不好时,活动篷不打开，就是室内咖啡馆，天气好时，活动篷打开，就是露天咖啡馆了。一般不露天的咖啡馆，有大落地玻璃窗，我在道上看风景，看风景的人在屋内看我。在香榭丽舍大道上看见的咖啡馆，几乎都是这样的。圣日耳曼德佩大道没有香榭丽舍大道宽，但也足够摆露天咖啡馆了，那儿咖啡馆一家挨一家。

听说作家最喜欢的店有两个，一是"花神咖啡馆"，二是"双叟咖啡馆"，其中尤以"双叟咖啡馆"（Les Deux Magots）最得作家欢心。因为那儿像美国的咖啡馆一样，卖大杯的咖啡。

我人生地不熟的，也不知道哪儿是哪儿，也不认识法文就随便地走在街上，找了一个室外咖啡馆，坐在那里，打电话约了带我走一走的亲戚。

我耐住性子，一口一口地喝，喝比酒盅大一点的咖啡。那一杯喝了足有五分钟。看着旁边优哉游哉的喝客们15分钟一小口的频率喝那么小的一杯咖啡，心里想：这得有多大耐性呀！

正在瞎琢磨着的时候，在巴黎工作的侄女赶来："嘿，叔叔，你可真会找地儿，知道吗？这就是巴黎著名的三大咖啡馆之一，有一百多年的历史啦。毕加索、萨特、布雷东，还有政治人物托洛茨基、诗人徐志摩都在这里喝过咖啡呢。周总理旅法的时候，也经常到这里来。来来，我给你拍个照！"

一听她这么说，我为自己身上能有和知名咖啡馆的"灵犀"而骄傲起来，我崇敬地站起来，神圣地站在咖啡馆的绿遮阳伞底下，留了一张影。

故事到这儿并没有结束。离开了咖啡馆，我们沿着塞纳河前行。双叟咖啡馆位于塞纳河左岸，附近有一座艺术桥，又称"爱情桥"。还有巴黎圣母院、奥赛博物馆等著名景点，也在前边不远的地方。这里不像其他地方的旅游景点那样，一个一个卖纪念品的地摊闹得人乱哄哄的。倒是星星点点几个卖油画和卖书籍的小摊，引起我的兴趣。

我浏览着，忽然，一幅油画映入我的眼帘，我忙叫侄女过来并且拿出手机，把她刚给我照的照片找来对比。

一幅油画，画的是"双叟咖啡馆"，居然和照我的照片一模一样，除了多一个我，连绿色的遮阳伞，红色的围边，黑色的圆台……全是一样的，多神奇呀！我当时说了一句财大气粗的话：买，只要不是毕加索画的，多

↑ 我在这间巴黎著名的咖啡馆前面留影的一个小时之后，就看到了一张油画，与我照片中的背景一模一样。我非常兴奋，把画买了下来，装在画框里和照片摆在一起，纪念我在异国他乡的这一段小小的经历

贵都买！

我咬牙掏了60欧元，把这幅油画买了下来！

现在，我把我照的照片和这幅油画摆在一起，逢人就给他们讲一讲巴黎左岸的咖啡馆。

写于2017年

在非洲品尝美

我真想告诉大家，我的这几张照片是为我们这个年纪的人照的。为什么？因为 55 岁往上年龄的人，都对一个地名不陌生——桑给巴尔。我们十几岁的时候，正好赶上坦噶尼喀和桑给巴尔联合成立了坦桑尼亚共和国，我们国家援助非洲，修建了坦赞铁路，派过去中国医疗队。到现在，我们还能准确地唱出《医疗队员到坦桑》那首歌呢！可是这一代人对非洲的印象是什么呢？贫穷，疾病，脏乱，落后。也不是没有美的地方，只不过那种美是粗犷的，原始、苍茫、自然、奔放。一提起非洲的美，脑海里就涌进动物大迁徙浩瀚奔腾的场面。

安静一刻（姜昆摄） →

在马上进入古稀之年的那个夏天,我终于有幸踏上了桑给巴尔岛屿,我惊呆了!这里有太多没有被过度开发的世间美景震撼着我的心灵。她精美、通透、奇光异彩。我敢说,每一个第一次到这个岛屿的人,都会赞美她,都会用所能想到的一切代表美好的词汇来形容她。西方人评论,桑给巴尔美得像上帝打翻的调色盘。这里没有印象赋予非洲的狂野,却有着宇宙不曾给予任何一个地区的清新,自然。

印度洋海水的颜色绝对与其他几大洋不同。在桑给巴尔,这片海水蓝绿交织,在阳光下闪烁着晶莹的光泽,仿佛最纯净的绿松石,美得让人不敢相信,啧啧称奇。不像豪华的大游轮,老让你觉得有一个城市的水泥五星级酒店在海上缓缓前行,这里的木舟孤帆、汽艇小船、载客的邮轮,都是盛着欢乐在海水中嬉戏,时而漫步、时而疾行,伴着晶莹洁白的浪花,洒一片歌声和笑声。桑给巴尔的居民也是美的,从他们穿着的服装颜色里,你可以领略到他们对大自然赐予他们的生活的那份满足与感激。

位于桑给巴尔岛北端,清澈的海水和白沙滩非常美丽。碧绿清澈的海水,白砂糖般安静无人的海滩,都让人们流连忘返。但是在小岛上,你要是真流连忘返就麻烦了,因为一涨潮,这个岛就没有了,晚上,小岛也要

↑ 小船(姜昆摄)

↑　金色的栈桥（姜昆摄）

回家，沉入海洋里，酣睡一夜呢！我们住的海崖酒店坐落在一个可以俯瞰大海的美丽地点，清晨和傍晚，我拍摄了两张栈桥的照片，金色的朝阳，西下的夕阳，似乎有点儿吝啬地铺一层薄薄的金光在栈桥的顶端，让你感到前方是金光闪闪的宫殿，没有阴森的神秘，全是明亮的希冀。就我一个人，感觉整个海洋都是我的。我望着眼前的风景，就像一个身心疲惫的人，寻找到了让自己过慢生活的居所，身处在一条大海里漂泊的航船之中稍憩，既欣赏着海洋的美景，又能领略造物主的恩赐。美丽的桑给巴尔，我希望这个世界所有的朋友，都和你有一个近距离的接触，让他能够悉心品尝和咂摸美的滋味。

摄影的缘起可能是欢快的感受，要留下当时身临其境记忆的使然。可回过头来欣赏的时候，会发现那一时的冲动竟是时代永恒的印记，也许留给这个世界的不仅仅是一点思考和深思，而是镌刻在人心灵深处对美好向往的灵性碑铭。

写于 2019 年

另一种财富

据说,梦是人类拥有的一种特殊生理活动,是现实世界的深重表达,是人自身潜意识的集中再现。但我做梦,却总是天上一脚,地上一脚,一忽儿渺若仙境,一瞬儿幻若尘世,其快乐是短暂的,懊恼也是有限的,都有醒来之时。可是,在实际生活中,某种连做梦都想不到的令人沮丧的遭遇,居然让人在时过境迁之后,感到如梦清醒的那么一种解脱,留下的玩味和启迪,让你久久不能释怀。

我爱看西方电影中的惊险镜头,愿意欣赏主人公陷入绝境的情形。影片里那些深入虎穴的孤胆英雄,单打独斗,巧施伎俩,出生入死,化险为夷,无论是舍身拼搏,还是死海余生,都让你感到他们与恶魔争斗时所表现出来的那股倔强精神是难能可贵的,令人敬佩不已。每当我看到极其投入的时候,就不由自主地怀疑自己面对困难的能力,感叹道:如此多的磨难,要是换上我,非瞎了不可。

然而,前不久,我却真的碰上了一件像侯宝林相声里所说的"喝凉水都塞牙"的倒霉事,那么崎岖的道路,那么狂暴的风雪,那么寒冷的长夜……

匆忙的全家出动

那年4月底,我和太太一起到美国去探望女儿。

由于中央电视台颁发春节晚会特别荣誉奖，而作为奖项得主，我必须参加，因之，出发日期就推迟了一天，就这一天的时间，把我原来的计划全给打乱了。原准备下飞机后，睡上一天的觉，倒过时差，然后再乘车到距离女儿所在地 800 多千米的加州州立大学奇科分校，去探访作家曹桂林及其太太和旅美著名中国歌唱家叶英教授。但因为启程晚了一天，倒时差的时间就没有了。

说到底，我其实是个台上精明、台下却极其糊涂的人。

记得一次去看望朋友，竟然穿了两只不同颜色的皮鞋。当两只皮鞋脱在人家门口的时候，迎接我的女主人问："你是不是专门逗我们乐呀？"问得我尴尬异常，我再能逗乐，也不能做出在大街上穿小姐服装那样的傻事呀？

此事给我的女儿提供了话茬儿，她足足数落了我两年多。

现在，没倒过时差就上路，她自然不放心：刚下飞机就去加州，万一给搁在半道上，你这么糊涂的人，可甭想回家了！这是女儿对我的评价。

就为这一点，她执意不让我一个人去奇科。但假如不去，我后边的日程就没法安排，我这次来美国 15 天，行程是三个月前就计划好的，一旦延期，连机票都没法退。

"这样吧（我太太从来都是家庭矛盾和关系的平衡者），反正今天刚过来，姜珊又是长周末（Long Weekend），咱们租辆车一块儿走，就当游玩了，全家一块儿到奇科去看看，怎么样？"

这个建议对谁都是一份惊喜。

转眼之间，一辆面包车租到手了，一家三口加上女儿的男朋友，四个人一起上路，从洛杉矶向加州的北部驶去。

顺便提上一句，女儿计算了一下行程，来回需要三天时间，她怕自己养的那条大狗"笨笨"没人照顾，便连同"笨笨"的一间塑料房子，一股脑儿搬上了车。

去一个 800 多千米以外的地方，又是比较偏远的小城市，再加上几个小时的路程，到达奇科的时候已经是夜里两点钟了。由于和女儿很久没有见面，所以一路上谈笑风生，倒也不觉得寂寞和劳累。

唯一让我们有些分心的是女儿的宠物"笨笨"。它虽个子挺大，但只有六个月的年龄，可能是因为从出世就没坐过这么长时间的车，车刚开出不久就晕车，然后就有些小呕吐，时不常还打个嗝儿什么的。我们急于赶路，倒是女儿不住地为它揪心，一路安慰，一路忙活，说些"别着急，再有两个小时就到了"之类的话，好像这只狗懂得钟点儿似的。

临时的决定

待到曹桂林家，曹先生煮了热汤面等候我们。安顿好狗，吃饱了肚子，抓紧时间，洗洗睡了。

一觉醒来，疲劳全无。加州晴朗的天空，奇科青青的草地和树林，夹着春天的一丝凉意，让人精神顿爽。

这是一所大学城，加州州立大学奇科分校是这个城市的主要组成部分。我们利用这天早上游览了校园，观摩了叶英老师所上的音乐课，也看望了在这所学校学习的我们朋友的女儿。

到了下午，我有个提议。从地图上看，内华达州有仅次于拉斯维加斯赌场的另一座新赌城——里诺，距离奇科也就200多千米。我问曹桂林去这个城市要多久，他说，两个半小时就可以了，而且还经过著名的旅游胜地——雷克它赫。雷克它赫的雪山最著名，是加州著名的滑雪场。

我们从热浪袭人的洛杉矶，来到了略有凉意的奇科；想到如果我们能再去里诺，途经雪山，参观赌城，那么，这次游玩的内容将是无可挑剔的精彩了。

显而易见，此建议诱人的魅力难以抗拒。

早已过了知天命之年的曹桂林自告奋勇当向导，姜珊和她的男朋友主动要求驾车。我爱人做好了在车上睡觉倒时差、晚上保持精神的准备。我也得意扬扬，为这个后来被一致认为"馊"的主意而沾沾自喜。

厄运从上路开始

虽然有曹先生带路，我们却一上道就走反了方向；待察觉时，已经走出去近40分钟，一折一返，一个半小时就算是原地打转了。老曹自责："我说怎么看着不对劲儿呢！"这不对劲他看了半个多钟头。

我责怪他："你这叫什么人呀？向导瞎带道儿，如果不认识你的话，我准到法院告你去！"他一笑，自知理亏，什么都没辩解。

接下来就是爬山路。

加利福尼亚地处亚热带地区，海洋性季风气候，这里的绿色植被有一个得天独厚的栖息家园。重视环境的美国人对加州的景色应该称得上是情有独钟。

虽然美国也不缺乏名山大川，但这一点也没影响到他们对靠近加州的内华达的丘陵地带的山岭景色的兴趣。丘陵风景独具一格——它以近在咫尺，又迥然不同的味道吸引着加州及全美旅游者的青睐。

这里的山林，既有南方秀丽枝叶的旖旎，又有北方风土景物的粗犷，茂密葱郁的林带，映衬着令人心旷神怡的白雪覆盖的山峦，使我们一车人也有了和好游玩的"老美"一样雀跃欣赏的热情劲儿。

走错路的那一点不快，转瞬间就消失了。原计划一个半小时的路程，尽管现在已经走了两个钟头，而且不知道还需要走多少时间，但这些担心逐渐被我们观赏景色的兴致所湮没。

我们似乎一直在爬山。漫长的山路崎岖不平，似乎没有什么尽头。

正在我考虑什么时候才能走出这崇山峻岭之时，忽然，天开始阴下来。几乎是一瞬间，雨水打在了车的前窗上。

又是一瞬间，雨水变成了冰碴儿，敲得挡风玻璃"啪啪"作响。

"雹子！"我爱人迅速地做出了判断，但她不肯定，因为她年轻时也在北大荒的冰天雪地里生活了近十年，她知道雹子的响声应该更厉害一些。

也正是在她犹疑的时候，小冰碴儿变成了大雪块，我爱人和女儿同时兴奋地喊起来："下雪喽！"不怪她们如此冲动，这种"飘然太白"的景象在加州绝对看不到！

不错，曹先生的确讲过沿途要经过雪山，但是我们一车人谁也没有把它和下雪这件事联系在一起。在我们短暂的游玩中又加上加州难见的雪天，我们一家人别提多高兴了。

我们孩子的妈妈忘记了一路上发生的所有不快，欣赏着雪天的景色，以及环绕道路两旁的茂密的山林，兴奋地唱起俄罗斯的民歌来：

一条小路曲曲弯弯细又长，一直通向远方的战场。

我要沿着这条崎岖的小路，跟着我的爱人上战场……

事后，我觉得她唱得一点没错，就是从这时起，她和我就一起走上了人与自然搏斗的战场……

雪中的遭遇

随着我爱人的歌声一落，雪花也猛地大了起来。我们形容雪天的大雪为鹅毛大雪，可这时候的雪飘得没那么潇洒、那么有诗意，就像是一堆夹杂在风中的纸屑铺天盖地地洒下来。天一下子就黑了，雪大得几乎对面就看不见人。我们的车灯一打开，眼前的世界是一片白色的幕帐，风裹着雪，把我们一车人欣赏景色的热情倏地冻住了。没有谁提议，全都迅速地冷静下来，从浪漫的云海里坠落到冰天雪地的现实之中。

我们停下车，走出车门，借着车子的大灯看路。

路上的积雪，很快就起了厚厚的一层，左边山林，右边悬崖。路上有雪，有水，很滑。

曹先生50多岁了，很有各种生活经验。他说，昆儿，这车得你开了，孩子们开我不放心。谁说不是呢，曹先生海外文学一精英，生命诚可贵；爱妻女高音举世闻名，爱情价更高。一车五个人虽说都是上有老下有小，可就我一个正值壮年，属于信得过的干部，舍我其谁？虽说左边山高路滑，右边悬崖峭壁，但是，得——"危险，我来上"呀！

这时候已经是晚上7点多了，曹先生指瞎道耽误了一个半小时，风雪又使我们的速度慢下来，三个小时过去了，可能才刚刚爬到山顶；按原计划明天早上要回去，下午再拉上放在曹先生家的笨笨回洛杉矶家里。这样一算，明天早上能不能到里诺都不好说；再回来？这么大雪下一夜能回得来吗？

我有点烦了，老曹，怎么这天儿？这儿是不是天天这样儿？老曹不客气：我就来过一回，我能比你明白多少？再说，我不是说过要经过雪山的吗？

"你说过雪山也没有讲下雪呀？"

"不下雪哪里来的雪山呀？！"

也不知我们俩谁有理，反正都够烦的，如果这时候我们知趣地往回走也就好了。但俗话说"人心不足蛇吞象"。我当时想：也许是这样，一下山就好了。刚才上山的时候，底下也没下雪呀。

底下要是真的没下雪就好了，可是……

下山

上山容易下山难，这话原是对人而言，孰料，对车也是如此，尤其是雪地上的车。

在我们的车下山的时候，地上积雪很深。由于公路积雪的堵塞，车子渐渐地慢了起来，我们的车尾随在一辆辆车的后面在雪地里缓缓地向前移动。

接近山底的时候，我们进入了内华达州。曹先生告诉我们，过一会儿就进入高速公路了，在那上边开一个多小时，就到里诺了。刚才车上有点绝望的心情，似乎有了一些好转。也加上周围内华达城边的一些灯光，给了我们这些人一份信心，盼望早点进入高速公路。

这时候的大雪依然一股脑儿地往下飘洒，像是向我们这些远来的朋友展现一下它的"内存"。

当我们终于通过雪路驶向高速公路时，全车的人都长出了一口气。谢天谢地，总算从山上下来了！

这时的道路比刚才蜿蜒的山道宽了许多，车速也快了起来。

我使劲地抖抖身子，晃晃脑袋，把刚才一身的紧张和懊丧全部抖掉，攒攒精神，进行最后的冲刺！

开车走刚才那段路，太难了。

一般人大概从来没有看到过这样的汽车雨刷器，雨刷早没毛了，雪化成水，冻成冰，使它变成一根冰棍儿，你只听得见"吱吱"划玻璃的声音。在玻璃上，仅留下两道儿空隙，我把眼睛几乎贴在挡风玻璃上，两只手紧紧地把方向盘揣在怀里，才能从两条缝隙之间依稀看见前方的路，才能使我的车子在一条只能允许两辆车通过的山路上缓缓地行驶。时速是 8 至 16 千米,这意味着我们原来走一小时的路程,现在要走七八个小时。

现在行了,厄运不能总追着我们吧,我没招过谁呀!

我没有这样的想法倒好,刚刚走了不到 20 分钟,公路旁出现很大的灯光箱,上面写着几行字,我忙问:"姜珊,这写的什么?"姜珊说:"现在是大雪,根据内华达州的法律,在这种雪天行车,所有的轮胎上一律要安装'chain',如果不装'chain'行驶,违反法律。"

什么叫"chain"?我一下子蒙了。

车里所有懂外语的人争相告诉我:"chain"就是汽车轮胎上的风雪防滑链。用我们过去在东北那时候的话说,就是"轮子挂铁链子,防打滑"。

明白了以后,才发现公路的左边,几乎全是一辆一辆等待的车,所有司机都在雪中打着手电筒,在路两边、在车底下忙活。

曹桂林问我:"咱们车上有铁链子吗?"其实,他就是让我下去看看,如果有的话就装上。我说:"你下去看看。"他说:"下去看看行,估计也就不用再上来了!"

50 多岁的曹桂林,竟穿一件单裤儿,能不冷吗?得,我下车找,没有。我问大家伙有没有?租来的车谁也不知道,谁也没回答。

我问:"曹老师,你们美国人碰上这事怎么办?"

曹桂林说:"谁是美国人?美国人笨着呢,碰上这种情况就在车里睡觉,等!咱们不能这样,得走!咱也不能就站在大马路上呀,咱碰见别人就嚷救命,给他点钱,就让他们把他那铁链子给咱,然后再帮忙装上,他睡觉,咱们走!"我听这主意比美国人还笨:黑灯瞎火的,谁管你呀?

可仔细一琢磨,有比这更好的主意吗?

装链子

走是走,提心吊胆。违法呀,美国的法律严,美国的警察不讲情面,一看是中国人,会遇到什么事?所有的人心里都是七上八下的……

美国警察!!!——女的!!用个雪亮的大电棒挨个搜车。

我们除了紧张,什么感觉都没了。

我提醒大家，懂英语也不许说，装作听不懂。我一个人拿中国话和手势跟她对付。

车挨着车开到她跟前的时候，她一边照轮胎一边叽里呱啦地说英语。

"爸爸。"姜珊居然叫我。

我瞪她，不是告诉你装着不懂她的话吗？

"什么呀？人家非常热心，她告诉没有链子的车，旁边的出口处，有一个修理站，专门为没有装链子的车服务！"

看来，我们是有点以小人之心，度君子之腹了（非常之时，谨慎第一，完全可以原谅，如果肯原谅的话）。这就是说，我们一直担心的问题一点儿都不难解决，找到那个地方装上就是了，无非是再耽误一点儿时间。

原计划，一个半小时，现在已经四个半小时了。没话说，走，装链子去，谁让我们赶上了呢。

但是，人在倒霉的时候，其实什么事都不能指望太顺利。

风雪中，在路旁一间阴暗的小屋里，有一个简单的加油站。屋里的灯光透过雪的缝隙照过来。小屋里挤满了等着安装防滑链的人。

排了一会儿队就买到了防滑链，60多美元，再加上20多美元手工费，就有人帮你安装。

我们是为了省钱才全家一起租辆车来游玩的，这倒好，又加上近100美元。

花了钱能走，就不错了，可没那样的好事。买好了链子又等半个多小时，一点动静都没有。没人理我们，没人帮我们装链子。

大概是由于雪下得太大的缘故，我们这车所有的人都不活动，连脑袋都不活动。一车人净坐在车上瞎等，那阵势像是大爷坐在轿车上等小的来侍候似的。

"不行！"我脑袋一晃："不能等，这么大雪，谁知道后面接踵而来的是什么？我得下去看看，该怎么办，就怎么办！"

我下了车，挤进了十几位等着装铁链子的人中间，风雪冻住了每一个人的表情。美国人常有的那股热心全都随风雪而去，剩下的仅是一双双木然的眼睛，在小屋窗帘透出的光亮的映衬中闪来闪去。

装铁链子的就一个人，旁边是一辆一辆的车在等。他躺在雪地里，戴着大手套，用一个特大号的钳子安装。一辆车两个轮子，每个轮子上面装一条链子，一辆车大概需要 10 分钟，他安装完一辆，又一辆，一会儿左边儿的，一会儿右边儿的。安好的一辆刚走，另一辆就开过来。天哪，没有一点停顿的时间，谁也不知道下一个是谁，也没有人争，也没有人抢，也没有规矩，一切都在静默中运行。

只是等待安装铁链的车辆越排越多！而来的路上还不断地有车灯闪烁。

嘿，我们这帮人真傻，在车上等什么呢？等人主动找上门来，还是等雪停了？矛盾近在眼前，我回车里想问他们该怎样解决，一开车门全是希望的目光。我一句话没说，又回到等待的人群之间，谁让你是上有老，下有小的中间骨干力量呢？

也就是这么一会儿，我脑袋上的雪花已经冻成了白色的盔甲，我一摸，整个一个壳儿。我不能动它，不能动，也就这样了，一碰碎了，也许弄得脖子、领子、胸脯哪儿都是。

突然，我脑子里产生了一个想法，不能这样等下去，得想点窍门儿。于是，我又跑到车里，向这一车在等候命运安排的人们说："诸位，不能这么等，白白地浪费时间，没头儿。我们得主动出去。会说英文的人主动搭茬儿，不会说英文的人就趁机把小费塞进对方的衣兜里。"女儿说："美国都讲排队，这是规矩！"我说："好天有规矩，这么大的雪，我看是没什么规矩，咱们是早走一分钟少受一分钟的罪。"曹桂林说："跟他们说说。"我说："说什么？我走在几个人的前面，冲着躺在地上独自单干的装修工人说：对不起，你快点儿。这不废话，他在雪地里冻着干活儿，多可怜，多快也得一个一个轮子地安装呐！或者我说，该轮着我了，旁边那几位干吗？就说他们干，'该轮着我们了'这句英语我会说吗？"

我告诉他们，我刚才可是从人后边儿挤到前边儿的，又从人前边儿挤回后边来的。

我的话打动了会说英语的女儿，她摸摸我头上的小盔甲，第一个响应我的号召走出车门……

"有耕耘，就会有收获。"中国的谚语适用于世界各地。

我把 20 元小费，塞进躺在地上干活的工人手里，天那么黑，别人谁也没察觉。

大概也就 20 分钟，这个工人小伙子，从裹着黑暗的夜色的雪地上站起来，"哧溜——"钻到了我们的车底下。在他的命令声中，我在驾驶台上转动着轮胎，看别人装链子时间都那么长，临到自个的车，几乎三下五除二就好了。我想起了小时候坐公共汽车，在底下排队往上挤的时候，总骂上边的人不使劲儿，不给我们在底下的人腾地方，可只要自己挤上去，马上就对下边嚷嚷："上边太挤，等下一趟呗！"

谢天谢地，车轮上终于有链子了！！

各就各位，敲掉脑袋上的小冰盔甲，用纸巾，吸干了溶在头上的雪水，开动马达。我不无得意地对大伙儿说："天上不可能掉下馅饼，干什么都得努力。"

曹桂林不以为然，他裹紧身上的单衣单裤说："老天爷饿不死瞎家雀儿。"

祸不单行

装上链子，应该是比较开心一些，但是因为对于这些困难实在都没有什么心理准备，加上天上的鹅毛大雪还在不断地飘着，背运的感觉并没有消逝，相反还压得我们心里都沉甸甸的。望着前面昏沉沉的路灯和白花花的雪，每个人都不知道在下面的行程中还会发生些什么，只是松了一小口气而已。

我开车上路，但并不是特别乐观。雨刷器继续被冻成冰块，我都害怕那锋利的冰块把玻璃划裂，我歪着脑袋，顺着玻璃被雨刷器划开的那一段空隙，仔细盯着前面的道路。

我依然不敢开快，我害怕会有意外的情形出现。总有一种不祥的预感抓住了我的神经不放，总觉得今天自己要重温一下当年在北大荒已经经受过的那种与大自然顽强搏斗的场景。

的确，大自然并没有虐待我们，它只是自然地表达自己原本具有的一切，虽然我们每个人对自然都怀有某种刻骨铭心的热爱之情，但自然并不会因此而受感动，它不关心我们的存在，也不嫉妒我们所得到的或者说是失去的东西，它一如既往，无时无刻不在自己的轨道上运行，它嘲笑我们浅薄的努力与徒劳的抗争，但对于真实的生命却保持着足够的一贯的尊重。

我想到了人与自然的关系，人与自然事实上是无法平等的，虽然我们也在改造自然的景观，但这种改造相对自然的伟大结构而言是非常微小的，而自然对于人的改造却是深刻的，内在的，持久的，恒静的！人与自然的搏斗事实上也是与自身惰性的搏斗，显而易见，没有经历过这种搏斗的人生是不可能完整的。

当我正在思索这些的时候，车底下突然传出刺耳的"咣当，咣当"的声音。

破船偏遇顶头风，大概走了没有20分钟，刚装好的防滑链没有绑紧——开了。铁链的钢丝头随着车轮的转动，一下一下使劲儿地抽打车轮上方的挡泥板。

"咣当，咣当！"一下一下似乎在抽打着我们每一个人的心。

停下车，检查一番，一点儿办法都没有。刚才修理工的那大钳子，比人的两只臂膀还要长。现在，我们倒是有几双臂膀，可又有什么用呢？没有那大钳子谁也弄不动这钢材料的链子呀！不能再开回去修理，好容易出来20分钟，现在是前进一步是一步呀！

雪刮在头上，脸上，两条腿在寒冷中不住地打战。一车人都看着我，他们在这种时候全让我拿主意，我也在大家的注目中一次又一次地提醒自己所要肩负的责任。

"慢点开，对付着走吧。"我无奈地选择着这条路，这是唯一的办法。人在一条铁链子面前是这样的无奈，我是深深体会到了人面对自然时的渺小。

平常日子，是人的野心使自我膨胀起来，但这种膨胀，徒有其庞大的外表，却像气球一样经不住一根小刺的一击。有时我们就是面对那么一个很小的障碍难以逾越，我们自身即已具有的能力实在是非常有限的。工具是人类延长的手臂，没有工具，我们的手能干些什么呢？汽车是人类延长的双腿，没有汽车，我们又能走到哪里呢？飞机可以说是人类的翅膀，如果没有这种钢铁的翅膀，我们是不可能鸟瞰这个世界的。

现在，这汽车出了毛病，我们就只能在雪路上像个残疾人一样蹒跚。

"咣当，咣当！"就像在农村开手扶拖拉机的那个动静。我过去曾在农村坐过拖拉机，走在搓板路上，就是这样的感觉，"咣当，咣当"！我知道，这是铁链在抽打着车轮上的挡泥板。

每个人都烦，但每个人都很无奈。

曹桂林实在忍受不住了："昆儿，这一下一下地不要车的命，就要咱的命，能卸下来吗？"

听听，说得多容易，卸，谁卸呀？怎么卸呀？咱们有那么大力气吗？这些都是我问，问人家，也问自己。

实在烦到家了，还得停下车，坐在雪地上，用脚踹着轮胎，把冰冷的铁链再捆紧，然后把它掖在一道儿一道儿的链子底下，使劲儿拉，使劲儿踹。屁股被坐化的雪水几乎冻在了地上，但必须得这么干。

修好链子，再启动车，响声居然让我们给制服了，行，没白忙活，可是，折腾上这么一番，又一个钟头过去了，得抓紧时间赶路。

估计也就跑了10分钟，"砰！"轮胎爆了！

我想，我在塞铁链子的时候，忽略了一个问题，防滑链是硬钢丝做成的。每一个小圈上都有缺口，我把它胡乱地放在车轮上，不是按它原来的规则和轮胎的铁边交接上，与橡胶的轮胎不发生关系。现在，这么重的车一走动，把小钢丝圈儿压开如同儿戏。小圈的接口一开，一个圈儿如同一个钢针扎在轮胎上，哪有不爆之理。

我想起了自己过去在农村种地时，为了轰麻雀，田里插了两个稻草人。我们闲着没事，坐在田边拿土坷垃打他，看谁投得准，把他打倒了，我们一帮姑娘小伙哈哈大笑。我们戏弄他，麻雀和小鸟也来戏弄他，站在他头上拉屎。而稻草人躺在泥地里，发不出任何声息。

此时，我站在风雪中，站在一辆瘪了轮胎的车子前面，似乎像那个稻草人一样，也有一种被戏弄的感觉，有一种被大自然戏弄得狼狈不堪的感觉。我也跟那个稻草人一样，在备受打击以后，发不出任何抗议的声息，真的，我没有力气抗议，我甚至连表示愤怒的表情都做不出来，我感到自己在自然面前又回到了人类的远古时代，没有什么能够帮助你，金钱、地位、名誉甚至朋友这一切都在自然的打击之下顿时失去了保护自己的能力，我最终需要依靠的还是生命本身的潜能，还是自己原本所具有的最为本质的东西。

唉，人都说祸不单行，我今天的不顺，可以说是接踵而来：迷路、下雪、装链子、断链子、换轮胎……老天爷在干什么？我是个还没有倒过时差的人，两天只睡了五个小时，疲惫不堪不用说，实在是没有精神了，我不再问曹桂林此地离里诺有多远了，我认为那是个可望而不可即的地方，我真的有点失望了，在肆虐的雪暴中呆站了足有两分钟。

清醒了一下，我对车上其他人说："换轮胎！"幸亏有姜珊的男朋友在，小伙子打下手，我来换。

手都冻僵了，雪化成水，沾在我们装轮胎用的工具上又冻成了冰。我们在恶劣的天气中，换上了新轮胎——一个宽度只有刚才轮胎一半的备用轮胎。

三个大轱辘，一个小轱辘，车有点儿歪，我又歪着头从挡风玻璃那窄窄一条空隙间去看前面的路，我人歪着，身子歪着，脑袋也歪着，估计这车在行进中也是歪着的。

我尽量抑制自己的沮丧情绪，集中精力开车。我想唱一支歌安慰安慰全车的人，活跃活跃气氛，可我没敢开口，我怕张嘴唱歌，又引来什么意想不到的厄运。

这时候就听"咣当，咣当……"——另一个轮胎上的防滑链又断了。

简短地说

里诺赌城的夜，灯火辉煌。五颜六色的霓虹灯在风雪中依然散发着诱人的光芒，一点也没有被自然环境的恶劣所影响。但是，对于疲惫的我们来说，有什么诱惑力可言呢？我们已经走了整整9个小时，而且是极其沮丧的9个小时！！

我们一车狼狈不堪的人们从车里爬出来时，我居然没有一点如释重负的感觉。

因为我在琢磨着明天，仍然是"上山容易下山难"那句话，明天我们该怎么办？明天要是再遇上大雪怎么办？我们报废的车轱辘怎么办？雪天不装链子还是不让走怎么办？我们来的时候走了9个小时，明天回去的路上，是否有新的厄运迫使我们再走上9个小时！

我直眉瞪眼地琢磨，弄得曹桂林有点害怕："眼怎么直啦？活动活动，知道您受累了，但不许累病喽，这一家子还指望您哪，快点先上旅馆睡觉去，烫烫脚，兴许明儿——"到了"明儿"这句话，他收住了，老爷子，敢情他也怕琢磨明天，似乎女儿、老婆、小伙子在这句话的启发下，全都一激灵。曹桂林看看天空，找不到半点雪停的意思，又乞求地看着我。

我倒"扑哧"乐了。

"别怕，也许明天雪停了呢，也许明天有条好的道儿咱们不爬山了呢！也许明儿咱们一高兴待这儿不走了呢！这不已经快到明儿了吗？着什么急，睡觉！明天的事，明天说。"

我拿上自己简单的行李，带头进了旅馆。

洗完澡，夜里两点多了。想起明天的事儿睡不着觉。拿着租车的合同文本看，明天先要找修理厂换轮胎，让保险公司赔钱，为什么这个车不配备链子等，突地，一行字闪进我的眼帘——"在没有得到允许的情况下，本车不允许装链子，否则产生的一切责任，由用户完全负责……"妈的，在数十条条款当中，在密密麻麻的英文当中，我居然看懂了这一条，而且这一条下面有女儿租车时的签名。谁租车会仔细看那么多的条款？谁会有耐心读上15分钟的说明？纯粹是陷阱！欺负人！

"丁零……"电话铃响了。

"爸爸！"是女儿姜珊的声音。

"真对不起您，您刚下飞机，还没倒过时差，就让您受那么大的累，爸爸，我直想哭，怎么那么倒霉呀！还不如不来呢，都怨我……"

几句简单的话，竟如潺潺流水一样，使我刚才还愤懑不已的心，顿然平和了下来。

一年多没见女儿了，为这样一件事，女儿向爸爸道歉，让我心里特别不是滋味。想了一想，我和女儿说："姜珊，你在外边，爸爸最担心的是你一个人怎么独立生活。不过现在我在想，要是你一个人以后再遇到这么多的倒霉事，你一定不会无休止地懊丧，你会知道这一切都能过去，因为你已经经历过了。你说是这个道理吗？"

女儿半天没说话，我知道她也在琢磨，一会儿她告诉我："爸爸，这是——另一种财富。"我惊喜女儿有这么好的总结,心情顿时舒畅起来。

　　当我在床上躺下后,才真正感觉到,此番与自然的搏斗是结束了,但没有结束的是对这一过程的思考:不错,这的确是另一种财富,对她对我,都似乎从这风雪当中捡到了某种沉默但却闪耀的东西,它不是可以享受的财富,用过了也就消失了,而是某种源泉性的东西,我相信在今后的岁月中,它会在女儿身上潺潺流动,逐渐转化为某种真实的东西,进而丰富她那年轻的生命。至于我在此番搏斗中得到了什么呢?我尽到了自己的责任,我发挥了自己的本能,我锻炼了自己的体格,我丰富了自己的行程……我感到自己也被大自然幽了一默,它不过是想考验一下我那根深蒂固的乐天的性格而已,在这次考试中,我没有逃课,而且经过努力,我还真的及格了呢!

　　那天晚上,我睡得香极了。

写于 2000 年

寻找轻松

到日本访问，下飞机，进饭店，稍稍安顿一下，我就直奔地铁站。

我去看望一位德高望重的日本老人，他住在离东京不远的埼玉县的上福冈市，乘地铁大概需要一个小时。

这是一条重要的交通运输线路，除了入夜，车厢里总是拥挤不堪。

我看看表，到日本还没两个小时，我已经跻身于这沸沸扬扬的人群之中了。没有人认识我，我从从容容地买票、排队、上车。站在车厢内，没有人注视我，我的视线愿意停靠在哪儿，就停靠在哪儿；有座就坐，没座儿就站着。

说老实话，我喜欢这种久违的"陌生的感觉"，所以迫不及待地把自己安放进去。

忙人难得有轻松的时候，出了点儿名就更不用提了。尽管我倒是一直没有什么可供炒作的花边新闻，但无论如何，总是一个公众人物，见小不大，见大不小。所以，年近五十的我，偶尔也萌生一点奢望：什么时候，能到一处没有一个人认识我，更没有一个电话能找我的地方呀！

兴许难。

还记得萨尔茨堡吗？我是直到去奥地利演出时，才知道世界上还有一座叫萨尔茨堡的城市。

6年前，我去那里，自认为难得有人知晓，便轻轻松松地把自己移到大街上，没想到，在我大摇大摆地观光之时，居然有一个黄皮肤的小孩，忽然跑到我身边叫："姜昆，姜昆……"像是发现了从小人书上认识的一个怪物。

他的爸爸、妈妈追出来解释一番后我才知道，哦，原来是个中国温州人的后代，出生在奥地利，由于此处没有华文教育，父母就经常让孩子看中央电视台的春节联欢晚会的录像带，于是，孩子认识了我。

我当时感叹：行，看来我即使走到天涯海角都丢不了。

不过，相比而言，在国外我还是轻松一些。

在国内，无论我走到哪里，总能碰上熟悉我的人，以至一些出于对名人的热情而来不及思索其行为是否合理的事情，时有发生。下面就给您说段"新鲜"的。

一日，我去北京八宝山参加一位前辈的追悼会，匆匆赶到，悲急交杂的心情，无以言表，与"先行者"暂且小别后，一出陵园门口，几位在八宝山工作的工人师傅认出了我，立即喜形于色："姜昆，来一段，别摆架子，来一段！"一个人喊上几声也就罢了，居然群起呼应，更有好事的行人停下来围观，仿佛八宝山这块死神主宰的领地也可以迎接"笑的使者"似的。

的确，这令我哭笑不得。

热心的师傅们自然是每天面对死者，别人一辈子面对不了几次的诀别，他们几乎每天都得面对，所以也就"习惯成自然"。可这几位人生终点的服务员也许忘了，换什么场所我都能答应您的要求，就您工作这地方我实在不敢也不愿加以亵渎……即使我有天大的艺术才能，也不适宜到八宝山来展现呀！尽管有位哲人说过：继承人的哭泣是掩抑不住的笑，但毕竟也有人仅留下了我们只能称之为"悲伤"的那么一种遗产。因此，如果有人指望自己能在这地方逗众人喜笑颜开，死者的家属不把他揍扁了才怪。

20世纪50年代，有一件我亲身经历的事。一个乐队为一位刚逝去的老掌柜奏乐，为了跟得上形势，他们奏出了刚刚创作出来的时代歌曲——《真是乐死人》，结果如何，被明白人听出来后，全给轰跑了！那时候，人们刚进入新社会，不明白怎么跟上时代，应该说情有可原。可我跟好几位全是红旗下生，红旗下长，戴过袖章，经过下乡，批过"走资派"，骂过"四人帮"，现在又积极投身于改革开放之时代洪流的人，跑八宝山说相声，送笑声给痛苦的同胞，这错误的级别太低，咱不敢犯，也不能犯呀！

当然，这种尴尬遭遇的确是极个别的，也没准儿"说者无心，听者有意"，咱不过是自作多情而已。

在日本的火车上，知道这样的事情绝对不会发生，我心里因此踏实极了。

我面对无异于国人之穿着和面孔的人群，特高兴没人理我。没有向导的指引，没有领导的陪同，也没有在国内任何地方都缺不了的一帮哥们儿的前呼后拥，心里的惬意全在脸上挂着。因为我没有必要再像在国内时那样，总是"注意影响"地挂着"谦和的笑"，和认识不认识的人全得打招呼。

平常，妻子老批评我："姜昆，说你多少回你都不注意，老那么心不在焉，刚才那位朋友对你笑，你连理都不理就过去了，看都不看人一眼，平白无故得罪人。"每次我都洗耳恭听，但就是不知说什么好。

其实，我冤。在公共场合，冲我点头的何止一个，好些呢，我回得过来吗？漏下一个俩的，也只能算在"正常损耗"的账上，不是吗？

按说，我够周到的了。我时常提醒自己：人家觉得和你特别熟，见到你也不容易，你每日天马行空似的，见到的都是些生面孔，可别人看你却是老熟人，可能他们是第一次看到你的真身，或许十几年、几十年就看到你一次。必须理解这份心情，容不得你疏忽、怠慢，不能伤喜欢你的"迷"们。于是，我笑，我点头，我招呼，我握手，能搭理的尽量搭理，该回避的也不太回避。就这么样，几十年下来，我累极了。

我听说过许多明星冒犯群众的事。对于这些明星来讲，我觉得他们还没来得及学会怎么做明星，就已经当上了明星；而当了明星以后又没有琢磨怎么去做好明星。于是，就引出了——小朋友找他签名，他用手一挡，碰肿了小孩眼睛；拒绝"追星族"照相，扒拉掉人家的帽子等——伤害了他人的自尊的事情。

有一位电影明星在餐馆里吃饭，一位影迷兴冲冲地跑进来说："××老师，我能和您照张相吗？"这位明星大不悦："我凭什么和你照相，我就跟该你欠你什么似的，你懂得'文明礼貌'吗？"一顿抢白，此位影迷满面通红，悻悻而去。其实，这位明星有点过了，他要求的这种文明礼貌在国外可能行，在中国，您得将就点儿国情。这也就是彬彬有礼的影迷，这要换上个别横了吧唧的"球迷"的话，那位嘴里一胡抢："傻×——你丫怎么给脸不要呀？"您说，怎么跟他讲"文明礼貌"？没戏了吧！

明星就是公众人物，公众人物就是不只是属于自己了，而属于公众，属于社会；做公众人物所要付出的重要代价就是至少要捐献出一点私生活的隐私权，就是要有意识地培养自己对公众的爱心和耐心，就是要在公众的照相机前，甘做"布景"和"陪衬"。

可话又说回来，这位明星也不是完全没道理：如果所有的"迷"们都跑过来照相，他还吃什么饭呀？咱们中国别的不多，人可有的是。您是大牌明星，要一律来者不拒的话，您可别打算再有享受"悠闲"的时间……

好啦，车轱辘话，不说了，还是体验眼前这份难得的清闲吧！

车厢上，每个人都默默地坐着、站着，谁的脸上都停不住长久的目光，心里想什么也仅是在心里珍藏，木木的表情，暗淡的眼神。一两个相识的，只是略带表情地窃窃私语，决不把情绪传染给第三者；间或有三五人，深入到小集体的保护伞下，出于放纵情绪的需要，谈笑风生，甚至还时不常地打闹推搡几下。什么杂志，让那个人看得如此聚精会神！怎么我望过去只发现一片朦胧——糟糕，我还戴着墨镜呢！您遮挡什么呀？这是在日本，您是地铁旅客，又不是地下组织成员！

大牌明星无论在什么场合出现，总爱戴大墨镜。有人说这是要派头、摆架子；有人说这是追时髦、标新立异、制造神秘。其实，许多人晓得那谜底，包括我自己。在公众场合戴上墨镜，多多少少有一些保护自己，寻求内心安静的企图。直言说：这也可能是一种自私，既要名人的地位和光环，又要普通人的随便和自由，真是"熊掌与鱼兼得"。尽管墨镜从没降低我在公众场合的"被识破率"，但戴上它，心理上还是有一种不可言喻的轻松。

我摘下眼镜，继续观察四周，我明目张胆地东张西望丝毫没有引起任何人的注视，嘿，这是何等的轻松！您要是像我一样，无论在什么地方老让人认出来，在公众场合老觉得是在"众目睽睽"之下，那您现在一定会偷着乐呢！您看，我可以偏安一隅；我可以恣意在这火车上任何一位旅客脸上注目；那边有个空位，我可以抢，比那穿白夹克的快一步，我坐下了！在中国我敢吗？咦，边上是谁扔的漫画书？这难道是日本人的习惯，看完了就扔？不管那么多，来，咱捡起来看看！字看不懂，咱看画儿。能捡别人扔的东西，不怕人笑话，多随便，多难得的随便！

  漫画书的第一页是本田运动汽车的广告。我忽然想起参加世界一级方程式汽车比赛的车手们。300多千米的时速，玩命的角逐，随时可能车毁人亡，再棒的好手也会魂飞魄散！这一切居然对他们没有构成任何威胁，使他们却步，相反，获奖台上香槟酒泡沫四溅，周围人群震耳欲聋的欢呼叫喊，旁观者看到的是赛车手们最钟情的追求与向往。比起他们，我追求的轻松是不是不合时宜了，或是说是不识抬举？

  人没出名的时候想出名，出了名以后又大谈什么"名人的烦恼"，什么"人怕出名猪怕壮"，真是"得便宜卖乖"，早知现在何必当初？！名人出门，没有一个人认识你，你算什么名人！如果把这一切都视为名利场上的角逐，所谓"人为财死，鸟为食亡"，又过于简单。整个社会全是谦谦君子，何争之有？都不争，都不逐，全都慢慢腾腾"溜达"着，哪一行就都不前进了！我看自然界就没有采纳这条意见，太对了。"人往高处走，水往低处流"，这有天然的合理性。

  我读着捡来的漫画书，脑子里东一犁西一耙地琢磨着，最后还是念叨着中国人好说的那句"到什么山唱什么歌"，以及文人骚客的"入乡随俗"，坐在那里自我解嘲。

  当火车停在一个站上时，上来不少的乘客，忽然，我眼睛的余光感觉到有一个姑娘正在上下地打量我，并且很有意识地向我"靠拢"，她站在我的前面，我的轻松没了，我不敢抬头看她，或者说故意不去看她。我时而盯漫画书，时而闭目养神，但我知道那姑娘的眼睛一直没有离开过我，一直在审视，一直在等待我的目光和她碰一下，她好有机会和我说话，而我好像被无端伤害了似的，赌一口气，偏不给她这个机会。

  居然有十分钟之久，眼看我就要坚持不住了，姑娘从手袋里拿出一个"手机"来，拨通了号码，用清晰的中国话说："喂，我快到家了，在地铁上呢。你知道吗？我面前坐一个人，他怎么那么像'姜昆'呢？就那说

↑ 悠然自得

相声的……"

  姑娘真有本事,她用这种方式搭理我,我"扑哧"一下乐了。姑娘成功了!她几乎一下子蹦了起来"是姜昆!是姜昆——",全车的人都一惊,姑娘忙捂住了嘴,关上了电话。我有点得意,不知怎的,觉得有了另一种"轻松"……

写于 2001 年

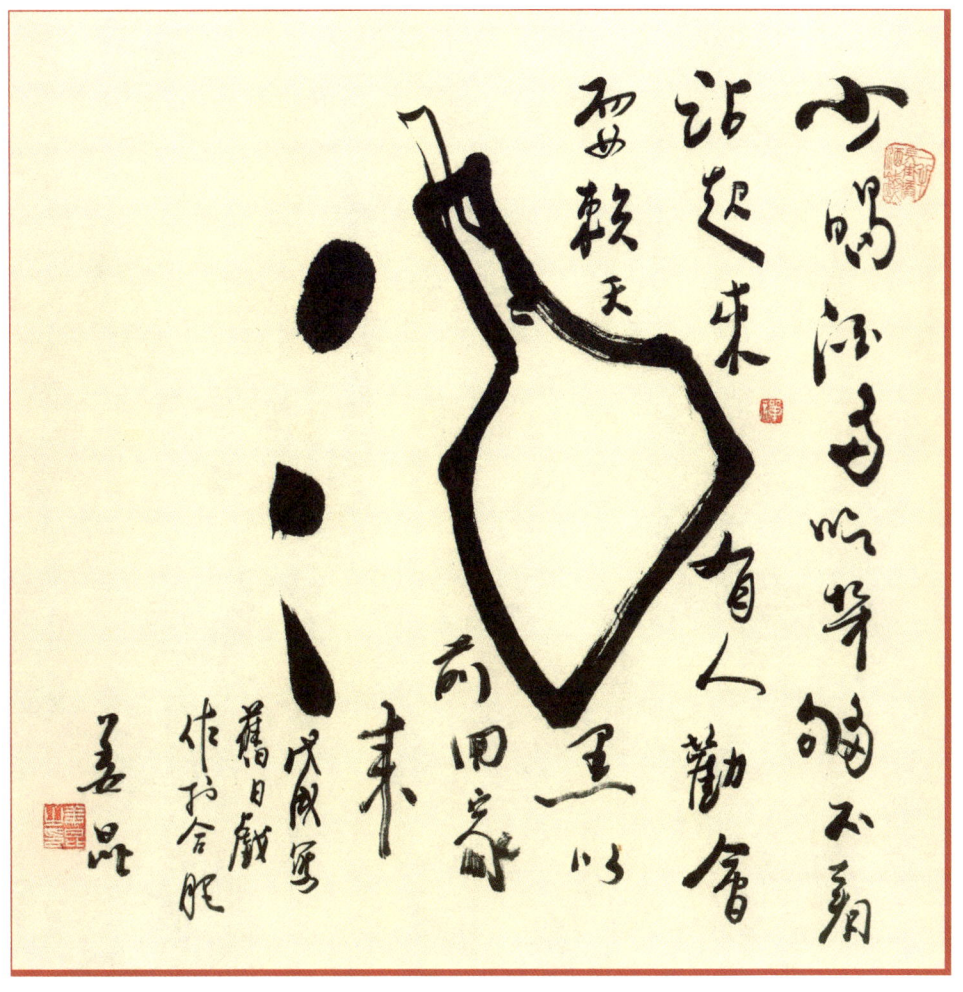

↑ 姜昆涂鸦

第四章 幽默·笔记

小记北京刘四

刘四是和我比肩长大的,小我好几岁——这种关系,老北京人称为"发小儿"。早些年,他去了外国,漂流一圈,最后定居加拿大。

他从报纸上看到我要去加拿大演出的消息,高兴得不行,电话一连打了好几个。

"进加拿大的时候,谁和你一块儿过关?"刘四在多伦多的寓所里问。

"就我一个,我比同行的团员要早到一天。"我在北京的办公室里回答。

"你会英语吗?"他赶紧问。

"半拉咔叽的能够讲一点,至于别人说什么,一般听不明白。"我实事求是。确实,对英语这门艺术——如果这也可以算作一门艺术的话——我不如对汉语有自信!

"哎哟,大哥,大哥!"他一连叫了几声,心底里都急出了火似的,煤烟都通过线路传过来,生怕我做错了什么事:"那您千万少说话。要张嘴,就三个字:'挨东闹!'(I don't know,不知道)记住喽,多一个字都别说。加拿大移民局这帮爷,孙子着哪!你要是会说英语,非问你个底儿朝上不可——连安大略湖底儿有多深他都要翻一番呢,瞎问,其实他自己也不知道那准数儿,就是个刁难。您千万别多搭理他们,问什么都'挨东闹'，装傻子——'一问三不知，神仙治不得'，老古话从来没错——谁愿意和傻子说话呀。"

"行啦，兄弟，这是长途电话，别侃啦！得多少钱呀？"我心疼电话费，想拦住他的话茬儿。

"'老外'了吧，大哥！知道我用的什么电话吗？IP PHONE，因特耐特！过去咱们在北京一块儿唱'英特纳雄耐尔就一定要实现'，现在因特耐特先实现了！国际互联网络和长途电话两回事儿。一分钟一毛钱美金，合人民币还不到一块钱呢！说上一个钟头，不就是咱喝四两酒的钱吗？"

这位刘哥东一榔头，西一棒子，闹得我也不知道该怎样回答他。

"兄弟，咱们不是正说着英语的事吗？怎么又扯到电话的费用上去了？"

"对，大哥，您甭看我在加拿大十几年了，别人是靠说英语挣钱过日子，我是靠'猜'英语过日子，由于猜得好，还经常受到各级领导的表扬呢。"

"你又胡侃。"我不无兴趣地插上一句。实在说，我本人也吃够了英语的苦头，知道单靠"猜"是怎样一种滋味。

"真的，不骗你，前些日子，让我送一个旅游团到欧洲，团里没人了，非我去不可，我不去就让别的旅游团抢走了，怎么办？去吧！我硬着头皮去，嘿，真争气。在欧洲过关的时候，讲法语，我摇脑袋；讲德语，我连脖子一块儿转；讲英语，听见'扒四抱'（Passport）就拿护照；听见'维萨'（Visa，签证）就用手势比画，让他翻篇儿，一举一动，都透着咱那不言不语的'深沉'。

"连闯数关，代表团终于坐在了火车上。我这心里就别提有多踏实了，卧在座位上，刚一合眼，就飘进了梦乡。孰料，火车刚开动一刻钟，代表团里的那个小伙子便把我扒拉醒了，说：'警察在我们那儿查呢，说什么我们都听不懂，您赶紧去吧。'我心里这个气呀，你们听不懂就听不懂，那警察还能把你们怎么着，你们把我推上去干什么？我要是能听懂，还能躲在这么远的地方坐着！可是，这实底儿我能坦白吗？

"不瞒你说，霎时间，但觉天昏地又暗，那些警察就像阎王派出的一群小鬼，着实让咱感到害怕。我使劲儿呼了几口气，壮壮胆子，摸摸口袋里的香烟——这儿要是让抽烟的话，咱还有翻着白眼儿琢磨的工夫，可现在连这琢磨的权利都给我剥夺了。去！砂锅捣蒜，就这一锤子，到那儿再说！我装模作样地晃到警察面前，兜着丹田喊了一声：'Hello'，咱们不能让他们听出咱心虚来，也搭上劲儿使得不匀称，把整节车厢的人都吓了一跳。

"警察看见我后，哇哇地叫了一通。欧洲警察这英语呀——您别看咱不懂，也能听出他不地道，和我在美国、加拿大听到的不是一个味儿。我用嘴角乐了乐，我得让他看出来我在笑话他的发音器官，让他心里先虚喽，然后再想办法对付他们。你别说，这些欧洲警察脸上的每一个器官都透着憨厚，都什么表情也没有，只知道直眉瞪眼地盯着我。嘿，我这轻视的表情他没往心里去！哪儿见过这么没心没肺的。我赶紧琢磨他那不地道的英语：没听见'扒四抱'，也没听见'维萨'，这就是说跟护照没什么关系……火车票？上车时剪过了，刚才又剪了一遍，这欧洲警察也不能没事儿在火车上老查票玩儿呀，也不是！……那……就是……一定是行李出了问题！这可是该他们管的！

"想到这儿，我就对大伙喊了一句：'把行李打开！'

"有的人赶紧打，那小伙子告诉我说：'刚才打了，这警察看也不看，就是一个劲儿问。'我脑子里又转开了：行李都打开了，还能问什么呢？问带了什么？都……

"忽然，我脑子一转，忙冲着代表团所有的人问：'你们有没有别人托你们捎的东西，连你们自己都忘记了的，有没有？'所有的人都摇头：'没有！'

"我对警察说了一声'No！'警察乐了，'Ok！Thank you！'嘿！让我给猜中了！

"大哥，我有点儿神吧！这次欧洲之旅，结局异常圆满，代表团领导一个劲地向我表示感谢：'老刘，多亏你了，我们几个没有一个会英语，看来真得学点儿。'我还得就着坡儿下驴：'他们欧洲人说英语有一股味儿，说得含糊，我听着挺费劲的。'"

我在电话里听得乐不可支："兄弟，在国外，就你这老靠'蒙'过日子，行吗？要知道雪堆里埋人，能藏几天呀？"

"没问题。不是跟你吹牛，我开车让警察逮住过不下十回，他说什么我都说I don't know，开了罚单我不给寄钱，我坚持上法庭跟他们打官司，没有咱过不去的河。

"您不知道，这地方也有讲理的地儿，那就是法庭。

"美国、加拿大的法庭都讲究无罪认定，他首先是认为你是冤屈的，才会到这儿来。然后你就在那儿说明你冤在了什么地方，什么时候把原告都蒙糊涂了，就剩下法官说一句话的事儿，那就算你成功，法官跟被告、原告没有利益冲突，他站在哪边都一样。先搞定警察，哪个警察罚的你，哪个警察就得陪你打官司，他是原告呀。工作时间还不能去，得花费业余时间，晚上去。

"你先得摸准那个警察的性子。定下时间，法庭就发传票，告诉那个警察什么时候得去。等到了那天，我就推说肚子痛，拉稀，法庭只好改时间。在法庭上审问，一到关键的时候，如果你老是说'憋不住，上厕所'，那不就破坏法庭的严肃性了嘛。

"那警察本来安排好了晚上上法庭，到时候给改时间了，我是现上轿现扎耳朵眼儿，打他个措手不及，他没辙。这一晚上别的事他也办不了，估计他就有点儿气儿；第二次约好时间，你再打电话。这回你记住喽，上次说肚子痛，这次你就得说腰闪了，老闹肚子人家就不信了。一次间隔15天，你记住别说拉稀了，没见谁一拉就拉半个月的肚子，想个别的法儿，记住，法官的同情心是贴在你这一边的。这回警察又安排好了时间没去成，他就有点火儿了。等到第三回再改时间，要是稍微气性大点儿的，他准不去。等你折腾得他烦了，法庭一开庭，原告没到，这官司你就赢了！哥，绝招，无往而不胜！"

"兄弟，这招儿要是都灵的话，那警察罚款不就形同虚设了？"

"让你说着了，上次我连诓了警察两次，第三次，我以为他准不来了，没想到老先生没理我这碴儿，到法庭一看，他先到了！哟，一见他我这汗就下来了。他逮我是违章停车，说我没打蹦灯（转向灯），而且停在了一个残疾人的车位。我一看傻眼了，法庭不能不上了。

"到法庭上，让我按着那《圣经》宣誓，说我说的都是真的，要是假话，就必须承担法律责任，而且是以上帝的名义起誓。我把手往书上一搁，心里就琢磨：上帝是西方的，咱是东方的，面对资本主义，拿出作战的经验，战斗在敌人心脏，我来个假宣誓。

"大哥，真灵，底气一下就足了！我上来就告诉法官这警察罚我不合理，那残疾人的牌子太高，而且树叶挡住了，我看不见！

"嘿！从来没碰上过这么个气迷心的警察，他说，不对，那个牌子根本不高，就在你停车的正前方，我看见你没有打蹦灯就拐了过去，他罚了多少人了，怎么单就记住我这个事了？我攻其不备，引蛇入洞，以攻为守，找出破绽，拿出金庸《天龙八部》中'凌波微步'的功夫来，灵机一动，说，你在什么地方看见的？因为我记得，这警察不知猫在什么地方抽冷子出来的，他一定是躲在一个十分隐蔽的地方。

"警察说：'我在对面的小店门前。'我说，Ok，你知道这个店前有一个白色的栅栏吧？警察没加思索地说，Yes！我一听，哥哥，他上钩了，这小店门前根本没有栅栏，他说 Yes，就改不了嘴了。我赶紧套他，说，这栅栏一共长 11 米，高 2 米，对不对？警察说，Yes。我又乐了！我说，你身高180厘米，你躲在2米高的栅栏后面，我的蹦灯在右边，你是在左边，你怎么看见我没有打蹦灯呢？我就是蹦灯亮了，你也看不见呀，我认为你的指控有误！哥，翻译把咱这话翻过去，这警察吭哧了足有一分钟。在法庭上，坐在咱身后的可全是违反交通规则的难兄难弟呀，同病相怜，别看人不多，那掌声是此起彼伏，经久不息！

"您猜法官最后怎么判决的？法官说，刘先生，你可以走了！

"翻译乐得没给我翻这句，就收拾东西。我自己还不知道输赢呢！忙问：'您让我走，是让我上罚款那儿交钱去？还是……'法官大概被法庭这帮难兄难弟'穷帮穷'的气氛所感染，还给咱来个小幽默：'出了法庭，门左边是咖啡厅，右边是厕所。'嘿，全免了！您听听，咱取得了辉煌的决定性胜利。那个警察出门后还跟我握手呢，您都输了，还客哪门子的气呀！"

刘四滔滔不绝，从声音听得出是对自己以往的"战绩"得意无比。

临挂电话，我这兄弟一再叮咛："大哥，记住了，就三个字'挨东闹'，多一个字都别往外吐。出了关，我在外头接你，不见不散，记住喽！"

转眼间，我到了加拿大，站在移民局的入关口，练了半天，总觉得光说"挨东闹"不像，怕人看出破绽。正琢磨着呢，轮到我了，我本能地说了一句"I am sorry, I only speak little English"（对不起，我只会讲一点英语）。说完了，我的心也就提溜起来了，说实在的，我害怕移民官

↑ 这是我演的一个反面人物——假话乡贾乡长。但是，我就是演不像，我戴上赵本山式的帽子，可人家说我倒很像个有文化的基层干部。我挤眉弄眼怎么也不行，结果段子的效果很不好，因为群众不信你，你就不真实。我真的很苦恼，怎么能够坏一点儿呢？看来在群众中间真正树立一个"坏"的形象，也不是件容易的事情，真佩服刘江的贼眼珠、本山的"瓦刀脸"、佩斯的"土豆光头"。连侯耀文的三角眼我都羡慕得不得了，可是后来他拉双眼皮了，嗨，最"艺术"的东西没了

问我安大略湖到底有多深。

移民官是位小伙子，非常客气地说："It's ok。"然后仔细地查看了我的签证、邀请函，问我待多长时间，接着大章一盖"All right"。嘿，就这么简单，完了。

我都到了门口了，还不相信自己已经出关了。

我在大厅门口张望了足有10分钟，一直没见刘四的影子。我向一位华人朋友借了手机，接通刘四的手提电话。

"你怎么回事儿？我等你都20多分钟了！"

"哟，大哥，瞎了！我让警察给截住了。他说我超速，欺负咱不懂英语，要把我的车拉走，你帮我说两句，大哥，大哥……"

我摇摇头，无奈地挂上了电话。

写于 2000 年

↑ 姜昆涂鸦

着装的尴尬

40岁以前的我,着装是最邋遢的,经常是有什么穿什么。一件白衬衫,领子边上一圈黑,如果没找着新的衬衫替换下来,领子上带着那泥圈儿再转悠上一天的话,我居然有股占了便宜偷着乐的心情,油然荡漾在心头:真值,又多穿了一天!

由于在28岁时,我就因说相声而出了名,所以那时候我还有一种似乎也可以为外人道的理论:名人穿好的衣服,那是你应该的装束,透着你有气质,有修养,有层次,能看出你的文化内涵;名人穿不像样的衣服,能够显示出艺术家不拘小节的风度,潇洒,随意,淡漠人为修饰,追求自然等。犹如戴在英国女皇脖颈上的项链一样,假的也会被想象成真的;戴在灰姑娘手腕上的金镯,真的也很容易被看成假的。

正如《红楼梦》里所说:"假作真时真亦假,无为有处有还无。"我们看待周围的事物,往往不是从事物的本质去考察,而总是凭着先入为主的印象,胸中预先怀着一个是非、真假观念,以此来衡量,以此来判断,以此来确定,因此想得到准确见解几乎总是很困难的。

我对自己的着装不太在意,但对于太在意自己着装的人却并不反感,每个人都有自己的活法,想怎么穿就怎么穿,只要警察不干涉,舆论不非议,我还有什么可说的。孔雀渴望在众目睽睽之下开屏,因为它的尾巴的

↑ 在观众面前我无论多累也得撑着,因为大家不愿意看到你疲惫的一面,都会和你在舞台上光鲜的一面做比较,所以这个时候也不能让自己的形象遭到破坏

确漂亮;而山鹰在高空中盘旋,却并不太爱惜自己的羽毛,因为过多的羽毛对它的飞翔是一种妨碍。我也有如此的感觉,总认为过于严整的着装会破坏自己平易近人的形象。

但在香港,我却领受了"着装不整"给自己带来的窘状。

旅美的电影明星陈冲,知道我在香港公出,打电话邀请我出席她胞哥在香港举办的画展,嘱咐我一定去"捧场",先谢在先,余言待叙。

第二天,我约了好友胡文善、张宇两位老总同往。画展地点在香港中环的一栋大厦里,展览会场不大,但精心修饰的各种鲜花已经布满了门口和走廊。里面,别致的画框,一束束射灯投下来的光柱,把陈兄的油画作品"包装"得恰到好处,既符合整个展览大厅的总体设计氛围,又突出了画家一幅幅浸着心血的画作,色彩醒目,构思灵巧。

我们到的时间应该是不早也不晚。进入大厅,我一看先到者的装束,那种得体劲儿,使我目瞪口呆之余,发现我忽略了自己,忽略了自己的装束。

前来观赏的人们,男的是西装,样式各异,但都熨烫得非常整齐:白的衬衫,干净得让人忘记了世界上还有领子上的黑圈这回事;领带的颜色都非常跳,在一身整齐笔挺的西装上,像艳丽的小彩球,在人的胸前跳动;

西服上衣口袋里是一朵花映衬着两片满天星的绿叶,两叶一花的搭配,多难看的先生,好像脸上也有了春天的光辉。女士们的礼服更是争奇斗艳,色彩缤纷,每一款式似乎都能让人领略到服装设计师那独造的匠心。这种场合,根本看不见我在内地经常见到的那种——明明很肥很矮的身材,愣穿上牛仔裤,把一块块赘肉都包装好了,显示给人看的情景。

我打量了一下身旁的两位同行者,人家很得体:精制西装,老总风度,头发抹得光亮,整齐得能看到梳子在一绺绺头发上划过的痕迹。

再看我:西服料子不错,挺合体的,是湖北一家乡镇企业为了打品牌特地给我定做的。只是到香港这一星期一直没离身,裤线早就没有了,上衣兜盖儿也不知怎么折了一下,老是张着,好像欢迎人们翻自己的兜儿一样。领带忘系了。白衬衫是新的,但昨天穿了一天,幸好香港干净,领子上还没有那一道黑圈儿。

最糟糕的是头与脚:头发乱,因为从来不抹油,早上起床,梳了两下就出来了,估计全都"各自为政"地在脑袋上横躺竖卧,尤其脑后"旋儿"旁边儿那一"绺儿",我不照镜子就知道,准在那儿立正站着呢!至于脚下的那双鞋,如果谁能让我忘记它的存在,我一定对他感激不尽——太寒碜!主要是穿它已经走了整整一个星期的马路。香港这地方坐车没有走道儿快,不是舍不得花出租车钱,是咱时间太有限,所以鞋上不亮不说,整个都走形了,像两个大鲇鱼头套在脚上。我也不是没有好皮鞋,总觉着穿着它走道儿太浪费,上台演节目的时候才穿呢!再说为了怕麻烦,来香港也不能带上好几双皮鞋呀!所以整个星期,一直在啃这一双,算它倒霉吧。

我突然感到了一种不自在,一种与此间环境格格不入的不自在。更不自在的是相当一部分人都认识我,知道我是个名演员,这个拉手,那个叙谈,问三问四。我是所答非所问,因为心思全用在脑袋上"旋儿"边儿上那一绺站立的头发上去了。

一会儿,香港的一位影星邓光荣到了,我和他的姐姐是朋友,昨天晚上,我们还骄傲地谈到会一起出席画展开幕仪式的事儿,说好见面时一定要聊一聊。

邓光荣个头高大,一身黑礼服,黑色的套头衫,显得那么帅气,那么干练。一大帮认识不认识的人全都走上前和他拍照，寒暄。

我在旁边就上去不上去打招呼一个劲儿进行思想斗争：我是内地来的，怕什么，内地就是这装扮，少数民族男性还穿裙子呢！我是出差的，跟你们坐地户当然不一样，外国人在中国旅游，还经常穿老爷们鞋呢！

但是，想归想，动员归动员。我那两只大鲇鱼头的皮鞋，像死死地焊在了地上，纹丝不动。我最终也没敢上去，心情复杂极了。

在内地，在公众场合，我经常是被围观的对象。无论有多少人，无论是大领导还是小群众，我总当中心人物。但是，今天，从来没有的自惭形秽的那种感觉，爬上了我的心头。一向好说好笑的我，木木地站在躁动人群的后面，我的手自觉不自觉地抚弄着那张开来不知迎接什么的兜盖：按下去，它又起来；它起来，我又按下去……

陈冲到了！陪她的是香港女明星胡慧中。胡慧中浓妆艳抹，猩艳的晚礼服使劲地勾所有在场人的眼睛。陈冲梳短发，上衣两个像刀一样锋利的大尖领，冲向了两肩。腴白的脖颈上有一串金闪闪的小珠子项链。不知怎么的，看到这装束，总让你联想到在烈烈热风中的内华达公路上能让人邂逅相逢的妙龄女郎。

对于她们来说，这种打扮应该算平常。但在这样一个小小的场所，它引来的是所有闪光灯对她们的照耀，以及记者的蜂拥。这也使得在场的所有嘉宾都对她们投去好奇、羡慕、追逐、欣赏，以及说不清的随大溜、人看什么我看什么的目光。

大厅里热闹异常，每个人都在移动自己，但我依然站在人群后面，脸上表现出来的是一副木木的表情。不知道是一种失落感，还是后悔自己没从北京带来那双舍不得穿的鳄鱼皮的皮鞋。

我脑海里，流过着一个月前胡慧中到北京的镜头。

那天胡慧中找了几个朋友和我一起唱卡拉 OK 时，一口一个大哥地叫着我，穿的那个普通劲儿就甭提了，我当时还琢磨过：这胡慧中没有电影中的那么漂亮呀？可今天，我看见了她的光彩，人家知道哪个时候该出彩。而我，没人看的时候，使劲翻筋斗，有人看的时候，脚崴了，我图的是什么呢？

不，也许自己缺乏的正是一种文化修养。"到什么山唱什么歌儿"，如果你不是明星，你没有能力装饰自己，那不能强求你，但今天，你是明星，这些又是你能做到的，而你没做到，或者根本不知道去做，这不是苛求，这是某种素质缺乏的表现。我的爱人不止一次地提醒过我：戴领带，一定要注意和西服配好颜色，领带的颜色中的一种必须是和身上的服装相同的，如果太跳会显出人的笨拙。然而，我从来没有仔细地思索过服装所体现出来的文化内涵。

实在说，服装不仅是个体风貌的展现，也是体现民族文化的舞台，一个民族的文化内涵不可能不在服装上铭下印记，同样个人的内在素质也会在自己的着装上表现出来。认识一个人怎么可能不先通过他的着装呢？虽然我们都知道"以貌取人"，很容易犯主观主义的错误，但又有谁不是先以貌来取人呢？君不见有人通过书信的方式进行了很长时间的内在交流，然而一见面，结果如何，几乎没有不大失所望的。每个人由自然赋予的皮肤是没有多大差别的，但服装——这层社会所赋予的皮肤则大不相同。在古代，官有几品就有几品的服色，不能乱穿，平民百姓不能穿与帝王相同颜色的衣服，如有触犯，即以犯上作乱之罪论处。现在，我们已经进入一个相对自由的时代，这种自由首先从服装上表现出来，再没有被禁止的颜色，再没有被垄断的式样，如果我们不能享受这种自由或者说权利，那么人的个性又能靠什么来展现呢？

打我上学的时候，就拼命地背诵一个哲学观念：人不能没有灵魂，没有灵魂就等于没有生命。大了一点儿，对灵魂开始有了不同文化观的注入：政治是灵魂、事业心是灵魂、阶级斗争是灵魂、经济中心是灵魂……而今到了不惑之年，才开始发现：人的尊严更应该是人的灵魂。

一个没有尊严的人的生活，称之为苟且偷生。在中国，多少老夫子谆谆教导我辈："士可杀，不可辱"，"廉者不受嗟来之食"，"富贵不能淫，贫贱不能移，威武不能屈，此之谓大丈夫也！"……可今天这场景，古训一条用不上。人家根本没辱你，是你自己看不起自己，不把自己当回事。多有尊严的人也不能没衣服。大庭广众之下，您要是一丝不挂地坐在那里讲"尊严"，没人信呢！

像我，经常出席各种大型或是社交性的活动，应该知道着装会体现个人的修养、审美情趣这样一个普通的道理。我们中国的过去，一直没有那种类似西方皇室贵族沿袭下来的与文化融合的服饰礼仪传统，而随着改革开放，人们开始注意了社交活动的着装。新闻媒体就批评过我们不注意，或是由于还没有相应的文化氛围，所以出了有些影星出席国内的电影节时可以穿夹克背心，而到了法国戛纳则戴最昂贵珠宝的事情。

整个开幕仪式，我一直站在后面，脑袋里转的全是穿衣服、买皮鞋、理发吹风的事。

记得在1982年，内地刚改革开放不久，我们第一次把脚踏过了罗湖桥，来到香港演出。商业社会的街景把我们看得目瞪口呆。马季老师带着我们逛西服店，西服店的老板一看马季先生大腹便便的样子，忙满脸堆笑地介绍各种样式的西服。

"老板，这个款式最新潮，你试试啦！"

"多少钱？"甭试，这是我们最关心的问题，有了这个前提的肯定，我们才能决定试与不试。

"6500啦！老板一句话，我们还可以打九折啦！"

那年头，马季老师的工资是最高的，挣110元人民币，当时合300多港币。这一身西服是他这样的演员一年多的工资，而我挣两年，还未准能够。马季委婉谢绝，出门儿的时候深有感触地说："6500一身西服？我要买我是孙子！"

曾几何时，我和马季老师都有了比这还贵的西服了。

可我，把那身西服挂在衣柜里了，不是大型演出，一直舍不得穿。今天我穿着乡镇企业让我打知名度的西装站在后边儿，木呆呆地躲避着熟人的目光。

不过，陈冲还是从人群中找见了我，把他哥哥的画册送给我，还在上边写了一句话："姜大哥，永远记住你的情谊。陈冲。"

我接过画册笑了笑，不，准确地说是咧了咧嘴，早忘了她"余言待叙"的允诺。我没动地方，那双大鲇鱼头皮鞋像章鱼一样死死地绊住了我的脚。

写于1996年

朋友——帮忙

中国人形容朋友的方式特别多。北京人叫"哥们儿",上海人讲"有数",广州人称"老朋",东北人说"死铁",天津人谓之"够棒",无非是道朋友之间情同手足,亲密无"缝"。

朋友和朋友之间,最能显出交情的是"遇上事了"。

随着改革开放,市场经济发展,歪的斜的都来了。过去小胡同里最没能耐的,现在"发了",出入"打的",腰别"BP"机,手拿"大哥大",经常"换秘"(换秘书小姐)。你也不知道他怎么就倒腾到了那么多的钱。过去同学碰到一块儿聊天,想干什么的都有。前些日子,一位"发小儿"找来了,问我能不能帮助筹点资,不多,1000万美元!说是要买俄罗斯波罗的海舰队退役的航空母舰,拆巴拆巴当旅馆,放在深圳海边儿,让没开过"洋荤"的中国人开眼。他说了,只要有人一上舰,迈一步就得扔一块人民币。别看船上能跑飞机,可没自行车,您说要在航空母舰上转悠,得迈多少步才能看得完。逛够,净等着收钱吧!

跟我要1000万美元,他也不怕"闪"舌头。

估计也是让钱闹的,身边出事的越来越多,于是关键时候看朋友,有朋友"进去",您就得"捞"。有的人因朋友交得广,路子闯得通,现在都快成专职"打捞队长"了,整天忙得不可开交。等忙得焦头烂额,不可开交时,自己也烦:"我这是干吗呢?有工夫忙点什么事不好!"可不行,谁让"犯事儿"的人都是自己的哥们儿呢!想到这里,还得找句话给自己宽心:"得啦!救人一命,胜造七级浮屠。再者,说不定,过两天我要是进去了,人家也这样捞我!"您瞧,这算盘打的,没事净给自己找事玩儿。

  我虽然不是"打捞队长",但也属朋友多、哥们儿铁的那一类。一天到晚,求我办事的人如过江之鲫,源源不断,数不胜数——让我干什么的都有:帮助哥们儿的孩子上学,考个好一点的学校;给老邻居的兄弟安排工作,不能看着一块儿长大的"发小儿"下岗没饭吃;叫驾校哥们儿帮助老同学免除路考,轻松地拿个驾驶本儿;上医院里找大夫朋友通融通融,解决一间病房,让躺在医院走道里乱叫的大表妈有个安稳治病的地儿。连八宝山的火葬场,都是我经常光顾的地方,试问,谁家的朋友没有生老病死的事情!

  此外,我又是个热心肠的人,以至于有时候给人帮忙反而给自己帮出麻烦来。前些年,我的一位中学同学的妹妹和未婚夫恋爱时怀了孕,害怕单位知道后给处分,托我在外地找人帮忙"堕胎",我托了一位安徽的护士长,胜利完成了老同学委托给我的任务。手术非常成功,当事人一点"后遗症"都没有,而我却留下了"后遗症",只要一到安徽,总有特别关心我的"好朋友"问:"听说你十年前在这儿打过一个'私生子',是你的吗?"您瞧,我这"朋友"做到这份儿上的,吃饱了没事干,给自己留了这么一个"话把儿"。

你们说我拉着洋车,再坐上鞠萍能走多远?这是 2008 年 10 月我们在江苏南京牡丹奖颁奖晚会上表演节目

至于同事之间的帮忙，那就更是应该的了。但如果你手里有点权，别人让你帮忙，可要留点神。

我当广播说唱团团长十年（这是个受苦受累的份儿有，实权却没有的苦差事），在位期间引进了一批类似陈佩斯、朱时茂这样的大牌演员参加演出，新闻界最爱凑热闹，前后一扇乎，我似乎成了掌握人事大权的"大团长"了。一时间，找我的人每天络绎不绝：有"毛遂自荐"的，有"举贤不避亲"的，有发誓今后一定能超过"侯宝林"的，也有打赌现在就能盖过"李文华"的。

按说，这也是社会正常的反应，我并不把这些太当回事儿，抱一个实事求是的态度就可以了。让人难受的是，亲朋好友所托的事，总带有点儿那种"走后门儿"的性质。

说实话，我要是一家大企业的老板，安排一个两个人，自然是手到擒来，不费吹灰之力，谁没有三两个亲的近的，再说大企业包容性强，大不了当保安，不会打人，还不会戴上大檐儿帽吓唬人吗？

问题是，咱这团长是中国说唱艺术界最高的团体负责人，这里集中的是专业上都能独当一面、独树一帜的艺术家。跟古代可以"滥竽充数"的庙堂大相径庭，这儿都是"独奏"的人，没有两把刷子是无法立足于舞台的，可偏偏有人为难你，有空没空都想走我这说唱团"大团长"的后门。

"姜团长，是我！"

这是我的老团长来的电话，待我如亲生父母，视我为他的骄傲，远在千里之外，还三天两头来电话向我叙述我们在一起时所建立的"手足之情"。

"今天，我让我的外甥找你，这是棵文艺苗子。你阿姨说了，把他交给你，我们最放心，他跟你过去一样，能说能演，保证是块材料，你一定把他收了，我和你过去的几个老领导都合计过，大伙说这事儿非你不行！我们现在都退下来了，可是我们得让别人看看，我们培养的人一辈子都忘不了我们！"

嘿！字字情，声声意，激起我思绪满腔！

第二天，"外甥"到了。

五短身材，一副斗鸡眼儿，浑身上下看不出来一点机灵劲儿。自我感觉还不错，一见我的面，就站出个"丁"字步儿，深情地叫我一声："姜叔！"

这天晚上，我做了一个梦。梦见自己当了国家足球队的教练，从小把我拉扯大的三大妈，颠着小脚儿，在我们过去住的四合院大屋里跟我磨："姜昆，你是主教练，说了算，你就给大妈我安排个守门员的位置，即使当板凳队员也没关系，我保证不闹情绪，也不背后向足协打你的报告，只要能享受到球员的那份待遇就行……"

古代人对"朋友"是如此定义的：同门曰朋，同志曰友。就是说在一个老师门下读书称之为"朋"，有共同的志向称之为"友"；照此说来，一个人的朋友是不可能太多的。而现在我们对谁都以"同志"相称，无形之中，也就都成为朋友了，可是，这与古人所说的"朋友"相差就太远了。

后来我给自己写了副对联，挂在家里，说是给自己，其实是写给朋友看的：

上联：我能够办我不去办，我不够意思
下联：我不能办你让我办，你不够朋友
横批：您看着办

旁边加了一行小注：有感于朋友求我办事太多而书。

写于 1995 年

尴尬的提问

知识青年上山下乡都30年了,我却一直是新闻记者追逐的新闻人物,好像我是那段岁月的代言人似的,原因何在?莫非就因为我下得早,回来得晚,而且还出了点所谓的"名"。我说些什么倒不重要,但如果写成文章,就存在多招徕一些读者之可能;记者利用所谓的"明星效应"造势,如此,我便有了应接不暇的感觉。我这个人又不晓得应付,不管什么事,都实话实说,而记者又总想从我嘴里掏出点什么"新鲜的""有刺激性的"玩意儿,两种愿望碰到了一块儿,就不免闹出些尴尬之事。记者问我怎么看待"知识青年上山下乡",我"从实招来",说:怎么评价这段历史留给政治家、社会学家、历史学家们去办;至于我本人,乃"当事者",这段时间没在家,一直在北大荒"战天斗地",所以,我只能谈谈自己的"感受"。山乡的困苦环境,造就了一批人,当然这也包括我!于是,我给他们念了一篇自己写的回忆文章:

> 对任何人我都可以骄傲地说:我是北大荒人!我眷恋那块"神奇的土地"。不神奇吗?如果她不神奇,那么她就不会在给了孩子们那么多磨难之后,还能以她那不知是褒还是贬的"北大荒"三个字勾起那么多人对她的怀念;也不会在离开她十几年后,居然能用她的名字把那些曾要死要活地为离开她而

挖心思、找门路的人们召集在一起；不会让那么多可以说已经成为当今社会中坚分子的数以万计的男人、女人，把自己动力的源泉全部追溯到那块黑土地上。每个人提到自己在那里的一段生活阅历时，都会不约而同地对自己已经离开的地方做出发自心底的赞美。

我给北大荒的赞美是这样的：如果说我从一个婴儿开始是吮吸着妈妈的乳汁而长成了人的架子，那么，我身上的血肉就是靠北大荒黑土地的营养形成的。我这样说，并非企望那里的神明赋予我什么荣光，而是由衷的肺腑之言。

听了我的"豪言壮语"之后，记者们没有表态，冷静地审视我，让我这股发表"肺腑之言"的热乎劲儿自行消散。过了一会儿，记者又问："那你们这些人又怎么看待在北大荒待的十来年呢？你们在那儿都不想'返城'吗？"

我跟他们讲："当然，我们也都为了离开那里而绞尽过脑汁；但是，我们没有淡然处之。北大荒也对得起我们，她不过是把我们的棱角狠狠地磨了一磨；她没有造就出好吃懒做的酒囊饭袋、圆滑的市侩小痞子，她凭借着天然的地理环境培养出了一大帮不畏寒冷与酷热的汉子，锤炼出一大批从不知什么叫难的女人和男人。就是我这样一个只知道蹦跳和亮嗓子的人，在回家探亲的时候，不是也自己动手盖了一间小厨房吗？就在我盖好那间小厨房时，我的邻居向我投来多少羡慕的眼光呀……"

记者并没有对我说的这些琐事感兴趣，问："你们是怎么样为离开那里而绞尽脑汁的？"

此时，我回答记者的激情冷了许多，我娓娓道来："我不知道别人，反正我几乎是在踏上那块土地的几天之后，就开始了奔波，想方设法为离开那里而奔波。在那里的八年间，我的伙伴中，有健康得从来不知药滋味的人，一下子有了五所医院开的长期慢性病的诊断；天天在庄稼地里滚的同学，平地里长出了'见庄稼绿就过敏'的怪毛病；今天还有着俩弟弟、仨妹妹的兄长，转眼成了'独生子女'……当然，所有的'北大荒'人，都是破这些谜的能手，那时候过来的人，谁会否认自己有着发烧39.5℃的经验呢？"

记者笑了，问："这难道不算你们对北大荒情感当中的一部分吗？"

经此一问，我的热乎劲儿一点都没了，我开始讲起刚刚来到这块土地上的时候，怎样满怀革命豪情，怎么鼓着青春的风帆，刚一看到这黝黑的荒野，就大声地对着远方喊："我来啦！不走了！"我讲起了破衣敝屣地返回北京，曾对妈妈讲："妈，我们北大荒人从来不讲穿，大家都一样，一个扣子一个色！"我讲了在新建点怎样自豪地对新战友介绍改天换地的经验，多少带着吹嘘的成分，也讲了为了不让弟弟妹妹伤心而大肆瞎编兵团战士使用的新武器……

讲着讲着，我发现我"掉沟里了"，我怎么自己开起北大荒的"批判会"来了呢？

我忙问记者，您打算了解什么？记者话锋一转："听说您和您的爱人前几年带着孩子回了一趟北大荒，是吗？"我这个人纯属感情型，说到孩子，我刚才的不高兴劲儿没了。我说，"对！她要到美国上学，我和她妈妈商量，在她到国外之前，先让她去一趟北大荒，看看她爸爸妈妈曾经战斗过的那块黑土地，让她切身实际地领略一下父母艰苦奋斗的精神。"

记者旋即问："效果如何？"

"好极了！"我扬扬得意地回答。

真的，我的女儿不相信我和她可爱的妈妈居然在那么一个艰苦的环境中待了八年，而且那时候的我们，也是现在她这样的岁数。望着我曾住过的茅草房，看我们和黑土地上的老农民紧紧地拥抱，看我和她妈妈满脸滚动的泪花，她震惊、思考。我们相信，她也在理解。这就是我们所需要的，我们要让她知道，在这个世界上，有比她所了解的迪斯科、多多星、游戏、名牌……更值得她记住的东西，对她的人生有益的东西。我们可能没有能力教育整个社会，但是，我们有信心带好自己的孩子。

"但是！"记者并没有被我逐渐升温的激情所感染，"如果再来一次上山下乡，你会把她送到那儿去吗？"尴尬，能言善辩的我，有了相当长一段时间的尴尬！

这直率的、单刀直入的提问，让我胸中不断翻滚的传统的"革命热情"与"青春活力"瞬间凝固。小子，甭玩儿虚的，你不是说北大荒好吗？为什么不把你的女儿往那儿送？为什么你跳着脚儿回北京说相声？为什么不

↑ 在女儿赴美留学之前,我们带她回了一趟北大荒——我和我爱人的第二故乡。下了火车,我们农场上千人来车站接我们,那一刻,我和我的爱人全落泪了。女儿在一旁惊奇地看着,我觉得那个时候,她还不能理解我们和那块养育了我们八年的黑土地之间的情感。

"扎根边疆,干一辈子革命"?你说呀,说呀!

我想起了我随访问团出国时,有一位自命不凡而又"玩世不恭"的伙伴儿,对任何事都不屑一顾的情形:华侨们看我们是祖国亲人,倍感温暖,争相询问祖国的"大好形势"。一位老华侨泪珠潸然地对我们说:"思乡之情、爱国之情和出来的时间成正比,出国时间越长的人,越是热爱自己的祖国。"在我们颇受感动的时候,我的伙伴冒出一句:"回去呀!出来干什么?一回去全解决?掉什么泪珠子呀?"就这样简单的一句话,闹得在场的人都很尴尬。——对此,我不禁思考起来,的确,在相当一部分伙伴的心中,缺少"神圣"这两个字,他们认为一切带有感情色彩的东西全是假的。当今有些人,看过"文革"的热潮,经过改革的动荡,了解"翻饼烙饼"的历史。在计划经济向市场经济转轨过程中,听见孕妇分娩前痛苦的呻吟。于是,他们认为最有价值的东西,全应该是"眼面前儿"的,生出孩子将来有多么辉煌,是他们自个儿的事,先解决产妇当前不叫唤的问题。他们恨假的,恨虚的!但是他们把想象、希望、憧憬搁在一块儿反对,在他们眼中风雪的凛冽只能给人们带来严寒,"山舞银蛇,原驰蜡象"不过是文人弄墨。当然，他们也能理解到"欲与天公试比高"的那股心气儿从何而来。

想着，想着，我发现自己是不是太有点"耿耿于怀"了？

其实，记者向我提的问题只是一种假设，他是问我，假如还有"知识青年上山下乡"这样的运动，你会不会现在让你的女儿参加。比较机巧的回答应该是："假如现在还是1968年，我会让她去！"但，这只能算一种外交的辞令，因为这丝毫不能说明我在当时的"上山下乡"运动中究竟有多少无奈和多少自愿，或是也许"与其被动不如主动表现"等。而记者的提问，又是建立在我对自己在"上山下乡"的一种积极肯定上，从这一点出发，责备提问者是不应该的，应该去说明，该怎么回事，就怎么回事，不绕圈子。

所以，因为是只有一个宝贝女儿，因为农村的条件确实比城市差，因为父母不愿意让儿女再受自己曾经受过的苦，一句话，心疼，所以……这么一琢磨，我发现我还是掉在记者提问的"沟"里了。

我在进一步思索怎么回答这个问题时，我想起了在我写出《笑面人生》这本书后，受外地新华书店之邀，去"签名售书"时记者的提问。

记者一点不被我谦恭地为2000人"义务"签名而感动，也不为上千人排队的热情所感染，更不因我手腕子写得都抽筋了而同情。

他问："你这本书的报酬方式怎么体现？"

"版税。"我极不情愿地回答。

"就是说卖一本书，有你一本的钱？"

"……对。"

其实不用考虑那么长时间，就对这小子的提问不太"感冒"。

"那能不能说，你到我们这偏僻的小城来签名售书，归根结底也是为了钱呢？"您听，多损！

我当时一股"热血"涌上头，这阵势不是没见过，但每次都不舒服。不过，我还是忍住烦躁，慢慢地回答：

"卖一本书，有我一本的钱，在出版社付我的版税当中有体现，这是事实。

"不过，今天大老远跑到这儿，从早上签名到中午，签得我自个儿都快认不出自己的名字了，如果说光为钱，我不赞同。

↑ 我写的《笑面人生》这本书发行了 45 万册,在 20 世纪 90 年代,那还是很难得的。我把获得的稿费捐给了西藏,建了一所"姜昆黄小勇希望小学"

"因为光为钱,我有'为钱'的办法。我何苦为大家签名呢?还不够累的。我和大家伙照相,我当布景,你们排队挨个儿来。买我的书 20 元,和我照相便宜——15 元。5 元钱交税,交给照相馆 2 元,我收 8 元。今天早上 2000 人签名,我就照这个数来,16000 元钱到手。收费不应该算不合理,动物园里的熊猫,内蒙古集市上的骆驼,照相还要 5 元呢!全国几千个县,您说,我要干这个营生的话,比写书签字来得快多了吧?"

记者乐了,周围听的人也全乐了,我心里也乐,为自己能以"巧妙回答"躲避了"尴尬"而高兴。

写于 1998 年

斗胆谈性

总统的"性丑闻"

性与道德似乎是相距最远同时也是最容易碰到一起的,伦理学家从来就不肯放过"性"这个话题。同样,西方的脱口秀演员,逗哏最多的内容是"性",话题只要沾上点儿"荤"的,就没完没了,上面说得嘻嘻嘻,底下听得哈哈哈;而这,却正是我们中国相声演员在台上不能说的,在表演上最忌讳的。

8月17日我到美国参加华侨知青庆祝活动,正赶上了美国总统克林顿通过电视向法院作证,向美国人民道歉。

原因挺简单,美国叫"男女关系问题",用我们中国话来说就是:美国总统犯"生活作风"错误了。

当时呢,他通过七个月的考虑,承认错误,承认了撒谎的事实,通过电视向全美人民"交代"……

哎哟,那模样真惨!

克林顿在电视上凄凄地说:"我过去错了,我对不起美国人民,对不起我的女儿和妻子。"

接着播放的是,几个月前他在全国人民面前所说的那句不承认有任何"性关系"的话的资料录像,两相对照,又加上是脐下三寸之事,这该丢多大的脸呀!

就这七个月,美国新闻界对总统的"性丑闻"穷追不舍,从琼斯到莫尼卡－莱温斯基,一波未平一波又起,他们管这件事叫"拉锁门"事件。这"门"不是指裤子

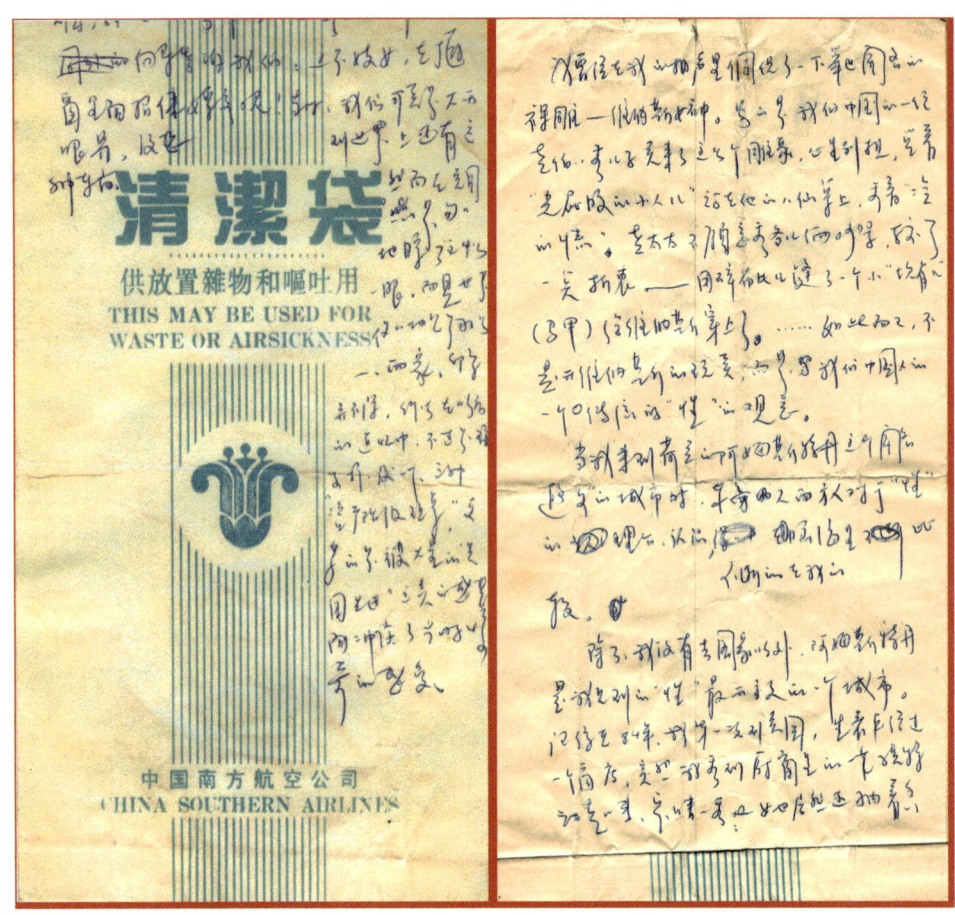

↑ 《斗胆谈性》手稿

前面开的那"门",从尼克松的"水门事件"开始,凡是丑闻都加一个"门"字,如"伊朗门""白水门",等等。当然,与裤子"拉锁"有关的"门",好像美国人更关心,因为它同别的"门"相比,更接近于"生命的本源"。

我不想过多评论西方的新闻开放或是政治民主制度,我只想揣度或是评述一下中西方在性观念方面的区别。

你说他们到底想干些什么,一点面子不给总统留,这不是"隐私"吗?怎么一点遮挡没有?中国人有句名言:"家丑不可外扬。"美国人则振振有词:他是总统,是美国人的表率、样板,这不是一般的"隐私"问题,是美国人应该有什么样"道德观"的问题。那么,美国人所关心的是"性"呢,还是"道德"?美国人的"性"与"道德"又是怎样一种辩证关系呢?

于是，我这个中国的相声演员也斗胆谈谈"性"。

给维纳斯穿上衣服

我在我的一篇相声里，曾经调侃过中国人的"性观念"。

说的是在我爸爸过生日的时候，我送给爸一个"洋礼物"——维纳斯的雕像，招烦了老爷子，非让我把"光屁股的小人"从桌子上"轰走"，成心要辜负我的一片"高雅"孝心。爷俩儿正吵的工夫，母亲用一个办法摆平我们的"代沟矛盾"：她找了些碎布头，做了两件"小衣服"给维纳斯穿上了。

这就是我们中国人的传统"性观念"：这"事儿"可以存在，也可以接受，但不能摆在桌面儿上。如果非得摆在桌面上不可的话，那就需要适当地加以掩盖，不加遮盖的性只能在卧室里才有存在的权利。的确，人生至少有三分之一的时间需要在床上度过，我们拥有如此丰富的谈论性的时间，难道还不满足吗？

我第一次接触西方的"性观念"是20世纪80年代初期。我随访问团到美国，坐车经过纽约的红灯区，发现橱窗里坐着花枝招展的女人，还以为是塑料模特儿呢，没想到车一经过，里边的女人就冲我们招手，把这帮刚有机会出国的"土老冒儿"全吓一跳。

20世纪80年代末，在欧洲更开了一次"洋荤"。

荷兰的阿姆斯特丹是一个"性开放"的城市。不说性商店比比皆是，红灯区堪称一景，还有"性博物馆"也堂而皇之地存在；就连大街上的马路栏杆，您知道是什么形状的吗？男性生殖器的变形！一个挨一个，如果让中国人来评价，这西方人是不是没正形儿到家了。

那时候还听说，西方时兴"天体游泳场"。这可更不得了，男男女女，不穿衣服，在一块儿游泳、戏耍！是可忍，孰不可忍！我们中国自古以来就讲究"男女授受不亲"，不要说不穿衣服，穿衣服都不让你在一块儿待着！西方呜呼，东方哀哉，一言以蔽之曰：呜呼哀哉！

奥地利的"天体游泳场"

在奥地利,有位我们艺术界的老前辈告诉我一个非常有趣的故事。

他已经移民那里多年了。他和他的太太是我们这个年纪的中国人都熟悉的一对儿芭蕾舞演员。儿子娶了一个奥地利的姑娘。有次休假的时候,儿子建议全家到南斯拉夫度假,去那闻名世界的"天体游泳场"看个新鲜。

在路上,他们已经知道了这个地方的规矩:任何人都得脱光衣服,休想占便宜。到了游泳场,当妈妈的面对赤条条的男男女女,心理准备实在不足。一头扎进自家搭起的帐篷,说什么也不出来——我不看你们,你们也甭看我!当爸爸的还有点男子汉气魄,大概也是好个新鲜,既来之,则安之,就当北京澡堂子,大义凛然、无所披挂就上阵了。

这位前辈跟我讲:"我想的是看看外国人的西洋景,可没想到,我这个中国人在这里可是'蝎子屁屁(屎)独(毒)一份'!"

外国人听说来了个东方人,一群孩子往这儿跑,接着姑娘、小伙子都围上来了。这下可好,把我都弄害羞了。我一个猛子扎进海里,大海做衣裳,让他们什么都看不着。嘿!这帮年轻人真有绝的,他们坐在海滩上不走,等我出来,可够损的,一连三个钟头呀!仗着我岁数大,有耐心,把他们都耗走了。天也黑下来,冻得我什么似的。爬上海滩,低头看看自己的下身,我乐了:这帮孩子好奇心太强,不就想看看东方人的那个吗?看什么呀,在海里这通儿冻,连我自己都看不见了!

哈哈大笑之余,我不禁感叹:在这方面,好奇心是跨越国界的。

艺术创作的源泉

性不仅是生命的本源,同时也是艺术创作的主要源泉,对性的尊重与理解事实上也就是对人自身的尊重与理解,但正如水能载舟也能覆舟一样,它同样也是非常危险的,一个人道德水准的高低往往会在独特的场所表现出来。中国古代对性无疑是比较禁忌的。无论雕塑还是绘画,除了宫廷或民间秘密流传的春宫图之外,大庭广众之下,几乎发现不了多少裸体的形象,据说密宗有所谓的欢喜佛,但那只能算是一个被神化的象征而已,岂是寻常人所能看到的。

现在,我们中国人的确是进步了。除了裸体女人的艺术照片还没有堂而皇之地进入艺术殿堂,裸体雕塑、油画,亵渎神权的《十日谈》,左拉的《娜娜》,连一向被历代社会列为"淫书"的《金瓶梅》的洁净本,都可以相见于大雅之堂了。但这并不意味着我们和西方在"性"方面的看法接近了,因为大多数中国人对正统西方人"性开放"的态度还缺乏真正了解。

惊天动地的"性革命"

翻开世界艺术史,就会发现:西方的裸体雕塑来源于奴隶社会对英雄、偶像胴体的崇拜,以美丽人体为模范,创造出比世间英雄更健壮、更美妙的形象,表达对美的热爱,形象化所崇尚的神祇。《十日谈》是对中世纪神权至上制度的反抗,以揭露教会的黑暗和腐败为宗旨,讥讽那些既当婊子,又立牌坊的伪教士、伪君子;《娜娜》所推崇的自然主义、人性解放、人文主义则是资产阶级革命最基本的内容。

20世纪60年代在美国兴起的那场"性革命",更是惊天动地。在"要做爱,不要作战"这一口号的鼓动下,十几所大学,无论男女,全脱光了衣服,向社会示威,向传统观念挑战!这种大逆不道的行径,引起舆论的大哗。一时间,整个西方媒体蜂拥而上,全世界都睁大惊奇的眼睛。

传到我们中国,自然是一片声讨声:没落、腐朽、淫乱、低级、下流,垮掉的一代,没羞没臊,所有贬义词都找到了理想的位置,可以说是无所不用其极。

但如果我们回过头来看看那一段历史,就会发现其中不少积极意义是大多数中国人不太了解的。

那群"嬉皮士"为什么光屁股闹?他们心里有气:你们国家天天教我们这个能干,那个不能干,应该这样,不应该那样。而你们拿纳税人的钱打越战死了那么多人,陷在一个大泥坑里出不来。你们老说什么就是什么?老子不听那一套。你们在街上全穿衣服?老子偏爱光屁股!不但一个人,叫大家伙儿一块儿光!你们在国际上不怕寒碜,老子在光天化日下更不怕!

完全是一种反抗,一种情绪的宣泄,向世间宣告自己的独立精神。

性解放的负产品

西方的性解放,产出了两个负产品:一是促进了"天体运动"的发展,一是削弱了传统道德观念。

前者把男女统一看成"人",讲究人在一起接受大自然的抚爱;后者把贞操视为乌有,认为情爱完全取决于需要,视性爱为儿戏,把人类的一块"自留地"自愿"充公"了。

我们中国人看他们,后者看得多,但忽略了年龄段的局限,这帮人比起占大多数的正统西方人来讲,比例要小得多。

有机会到西方世界你会有惊奇的发现。

在那里,所谓"夜生活",只局限在城市一个很小的范围内,还限制在一定的阶层中;所谓"性解放"也限制在一定的年龄段。相当一部分西方人和我们大多数中国人一样,没机会去夜总会,或者根本不愿意去,甚至永远和这方面的内容绝缘。大多数老外的家庭有着和我们中国人家一样的生活习惯,遵循着"早睡早起"的原则:"入夜而息,黎明即起",晚上10点钟以前准关灯。

尽管社会风气不是像人们所期盼的那样循规蹈矩,对传统的道德观念,人们越来越多地感受着其中的真谛。许多艺术作品都强烈地加强教化作用,呼唤家庭关系的稳固,呼吁回归自然、传统,反对道德观念薄弱,不愿意生活中固有的那份温馨、那份甜蜜、那份乐融融的情感在社会发展中消逝。

不能掉以轻心

思来想去最大的区别在于制度。西方国家容忍它的泛滥,许多法律的空子给了这类事物存在和发展的空间,因特网络上的色情市场全部是"地下空间"。

美国总统克林顿出事,美国许多家庭抗议美国电视台的没完没了的报道,害得他们没法儿和孩子一起看电视。因为他们非常尴尬于孩子们天真的提问,而自己虽然明白却讲不出口,只好把电视关掉。

中国的改革开放政策打开了封闭已久的门户,"苍蝇"也随之进来了许多。没法子,只好开着窗户"打苍蝇",不让它在家里生蛆下崽儿就行。

真的,中国人那么多,让这些乱七八糟的事"筑起长城",那可了不得了!看看人家,想想我们自个儿,不能掉以轻心,人家走过的瞎道咱再跟着胡蹚,无疑是很危险的。

写于 1998 年

北京人的"侃山"

说相声一定得是北京话，起因并不是为让全国人民听得懂，因为在没推广普通话的那些年头，北京早就有相声了。（那年头还有皇上呢！）原因是北京话有一种特殊的幽默味儿。

在台湾长大的孩子要学相声，有人告诉他们必须练京片子嘴，说话要含混不清，舌头要卷一点儿。于是，我和唐杰忠到台湾演出，台湾会说相声的女主持人卷着舌头介绍我们说："这位是来自大陆的'姜先儿生儿'（她卷着舌头把先生两个字全加了儿音，以示她会讲普通话），这位是唐先儿生儿。"她还说得挺快，我听成了"姜馅儿和唐馅儿"了，两个白面三角儿（北京的一种面食）。

其实，北京人的幽默不是出自语音，而是出自思维和语言组织的生动。

有一位北京的小伙子，来到一个单位，传达室的老人家不让他进门，而且态度不好，特别的厉害。小伙子有气了："您小点声儿，别嚷嚷。我害怕，我小时候让狗吓着过！"老大爷半天没转过弯儿来。

待明白过味儿来之后，老大爷不干了，抓住小伙子脖领子讲理去。小伙子说："您别不爱听，我说的是事实，让狗咬过一点儿不假，所以落了一个看见看门儿的就害怕的病。不信你问我妈去！"

问谁去呀，分明是骂人没脏字儿，难为他怎么琢磨的。

其实不用琢磨,"犯葛"是老北京人给儿孙们留下来的本能,而且主要表现在语言上。

所谓"葛",其实就是出乎意料,思维上有些逆向,有的时候是"王顾左右而言他"。

但它不失是一种"原始幽默艺术"。

这种幽默在一些大家的口中,就高级一些了。

大画家黄永玉,不是北京人,但是他有北京人的那种幽默劲儿。他出国在国外溜了一大圈儿。外国人注意环境卫生,厕所卫生是象征他们文明程度的地方。回国后,从飞机上下来,第一件事,先方便一下,一进咱们的厕所,臭气十足,与在外面的感受绝不一样。黄永玉称赞说:"嘿!这才是正味儿!"

明明是臭,偏偏赞扬,你说他"葛"不"葛"?

女儿买了一件"蝙蝠衫",问退休的爸爸:"爸爸,您看好看不好看?""好看,真漂亮呀!晚上进胡同一张手,像'夜猫虎儿'(北京话对蝙蝠的俗称)似的就进来了"。

有好听的"蝴蝶"在,老爷子偏偏不拿它比,选择"夜猫虎儿",褒贬自在话中。

北京人的"葛"劲儿,连天津人都被传染上了。

北京的司机大早起来,开车去天津。早上走得早,到天津天刚亮,车的大灯还没来得及关掉。

天津早上在马路执勤的人,让车停下,靠在路边儿。

司机问:"同志,我怎么了?"

天津人问:"您这是北京的车吧?"

"没错。"

"北京是大城市,是吗?"

北京的司机糊涂了:"我是不是违反天津的……"

"我问你,我们天津黑吗?"

"不黑!"

"不黑,你白天开大灯干吗?"

司机恍然大悟,自己车灯忘关了。

您说就这个小事，绕了一个大圈子。可生活有点这作料，透着有意思。司机回到北京逢人就讲："我以为就北京人犯'葛'呢，敢情天津人比北京人还'葛'！"一时，这个笑话脍炙人口。北京人把它当天津人的"语言艺术"来欣赏。

北京人住的地方是皇上选的点儿，所以北京人身上有一股傲气，您甭管他是干什么的，他能把各行各业都说出"门道儿"来。上至国家管理，下至五行十八作，没有北京人不明白的。北京人自己称之为"侃山"（侃大山的简称）。

我有一位侃山的朋友，跟我谈海湾战争，说得头头是道。

"美国就是一警察，谁都管。伊拉克是吃羊肉长大的地方，火大。本来是人家地底下的油，可是科威特仗着自个儿那儿地势低，就挖坑，结果油全流到它那儿去了，到它那儿是锅底儿呀！伊拉克能不急吗？一方面自己火大，另一方面和伊朗打了十来年，霍梅尼太能磨，不战不和，十几年看不出输赢，急得萨达姆老走瞎步，也有火。两火搁一块儿这是个'炎'字儿，着了。一着了，谁怕谁呀？你科威特老挖锅，我平了你！一下子开过去了，开过去一看科威特的头儿都跑了，起急，怕他们回来接着挖锅，算了，我把你算我一个省，弄军队在边境那儿守着、等着，看你科威特国王敢回来！其实是人家伊斯兰自己哥俩打架，美国不干了。它凭什么不干！科威特卖给美国的油比伊拉克便宜……"您听，这都哪儿的事儿呀？

可这位侃山的时候，旁边儿听的可不是一个两个，有的听了找个乐儿，有的听了就学舌去，他还能添两句："美国就是当爸爸当惯了，谁都是他儿子。儿子大了不听话，美国老哥一个管不了，就叫兄弟们一块儿过来，什么美国、日本，咱老哥几个一起合伙管我这个不听话的儿子，急了咱们就联合在一块儿打他，把他打服喽，让他听话，好好过日子。这就是海湾战争。"您说这话让王朔听见能不拿它写进小说去逗乐儿吗？

语言生动，把国际上的事比喻成"过家家"，让一切神圣的东西在老百姓面前揭去那层看不清的纱，不许虚无缥缈，一切都是实实在在的。在北京人眼里，什么大人物，什么领导人，赤着背，穿着裤衩，全是一个模样。"坟头改菜园子，背儿（辈儿）全拉平喽。"好说话，好解释，好明白，北京人是大城市的人，全明白，不能让人给"唬"喽。

大作家钱锺书有一个论点叫："无亵不笑"。北京人就有拿神圣不当回事的毛病。

我和梁左曾经写过一段相声《特大新闻》，写的是一个不学无术专能侃山的北京人，忽然地传出一个谣言：天安门要改农贸市场了，而且振振有词地说这是"改变投资环境"的一个具体措施。原本我是想讽刺一下经济大潮一冲来，神圣的地方没有了，连历史博物馆都办"新潮家具展销"了。可能是讽刺的"度"把握得不好，播了两次以后就不让播了，认为讽刺得有点过火。连历史博物馆的负责人都找我评理："你讽刺我们，我们找谁说理去？广场上的公共收费厕所 6 角钱一个人，我们这儿门票规定 4 角不许涨价，又能上厕所，又能喝白开水，还能看展览。我们的取暖费从哪儿来？我们的折旧费从哪儿来？有时连换管灯的钱都没有，你光会讽刺，上嘴皮儿一碰下嘴皮儿，我们实际困难怎么解决？"

我哪儿解决得了这些事呀！我也是犯了北京人惯有的毛病。

侃山的人也有"当局者迷"的毛病，事情轮到自己这儿老犯晕。

"什么叫股票？就是鼓动着你让你往外甩票子。那是纯坑人的地方。你觉着它涨的时候，它准跌；你怕跌不想花钱的时候，它准涨！全让你赚了，人家设立股票市场干什么？所以我算琢磨透了，你到那儿以后，得看阵势，大家伙往前冲的时候，你后撤，大伙都撤的时候，你往前冲。你得琢磨一个道理，股票市场赚钱的人是少数，赔钱的是大多数，你是少数，你准立于不败之地！"

这位明白者，自个儿说是赔了几十万元买来的经验。

他现在又有了几十万块钱，你跟他说："明白了就继续干哪，上！按你总结的经验，你准处于不败之地。"

又要动真格的了，他不侃了："上？你知道哪块云彩有雨？股票市场变幻莫测，我别吃饱了撑的往里扔钱玩儿。"

"你不是琢磨透了吗？"

"谁呀，谁琢磨透了谁是孙子！"也不知是骂自己，也不知是骂别人。您听，半天了，这才是句明白话。

北京有个饭馆号称"天下第一涮"，老板崔雅立是位"侃爷"。

他和我讲过"三战韩国老板"的一段经历。

↑ 我小的时候,最爱看的喜剧影片就是捷克的《好兵帅克》。后来,我专门买了一本《好兵帅克》的书,反复地读,翻来覆去地笑。这是在陕西宝鸡与"帅克"的合影

北京举办亚运会的前夕,几位中国的雇员陪韩国的老板到他的餐馆吃饭,韩国老板是趾高气扬,中国雇员低三下四,崔老板就有些看不惯。

"崔老板!"中国雇员招呼道:"您过来见见我们韩国大老板,给咱中国亚洲展览会捐汽车,一捐就是80辆,老板在这儿吃高兴了,没准送你一辆,来!陪陪大老板!"

崔雅立气不打一处来,但"顾客是上帝",他忍着火在桌子边儿上和韩国老板聊天:

"大老板,我不知道你们国家还有姓大的,他们都这么叫,我也六指挠痒痒——随着。

"他们说您给亚展会捐80辆车,我代表我能代表的中国人向您表示感谢。其实也不值得谢,亚展会嘛,全亚洲的事!我看您长得这样也像我们这边儿的人。顺便问一句,您爸爸不是欧洲那边的人吧?我说什么来着。亚洲的事,亚洲人一块儿干,捐80辆车应该的,谁让您是亚洲人呢?不值得谢,谢您,这是我们中国人客气。"

"可客气也有个度，不能吹。您这几位中国经理这通吹劲儿对您影响不好，80辆车吹什么呀？您占了一大便宜！中央电视台广告费15秒钟要您10万块，半分钟就是一辆车钱，您这80辆车撑死了是我们中央电视台半个多钟头的广告费钱。现在我们允许您这80辆车当广告幌子，成天满街跑，您这不是捡一个大便宜？见好就收，不能得便宜卖乖，为80辆车成天吹，有损您姓大的老板形象。您送我一件衣服，在街上您碰见我就对您的朋友说：'这衣服是我送他的。'那我豁上光脊梁，我也把您那衣服给扔喽！您说是这道理不？您这几位还说送我辆车，这是拿我开涮，您真给我车吗？肯定不能，现在您也不敢张这嘴。退一万步说，您给我我也不能要，因为您这车没有零配件，北京一共80辆，我这车坏了，能卸人家那80辆的吗？出了毛病，我还得推车，您说我这不是没事找罪受吗？"

韩国老板听得稀里糊涂，北京的几位雇员被噎得半天吃不下涮羊肉去。

第二次这位韩国老板又来了，这回北京的几位雇员老实了，韩国老板操着中国话和崔雅立聊天儿。

"崔老板，能不能上汉城开个'天下第一涮'，我们那儿条件好，能挣大钱，我们合股。"

一谈外国条件好，崔老板又不乐意听了。

"您说这汉城，这是什么地方？地图上有这地方吗？"

"有，韩国首都。"

"首都？我就听说首都有莫斯科、巴黎、华盛顿、伦敦、北京。汉城？汉城归哪儿管呀？"

"韩国……"

"您不是姓大吗？您上姓韩的国干吗去？"

韩国老板又让崔雅立说蒙了。

"大老板，找我谈到外边儿开店的人海了去了，您排在树后面了！"

"什么叫排树后面？"

"给您打个比方，早上起来您要是住在我们北京胡同的话，您得上公共厕所，因为老北京家里没这种设施。可是一胡同人挺多的，厕所小，您就得排队，您要是排人后头，人家上完了您上。可是您要是排树后头，您可就瞎了，它不动，您一点儿盼头儿没有……"

"合作不合作咱俩说着，您干吗提你那儿条件好呀，比哪儿好，比我们北京好？您好我不去行不行？"

到了这儿，韩国老板也没明白自己哪句话得罪了这位崔老板，引来了那么一大堆他从没听过的话语，自己也没拿北京和汉城比过呀……

第三回，还是这位，吃涮羊肉的时候又招崔老板不乐意了。

其实韩国老板是夸崔老板，说他屋子里这桌子是古董，他问："你这桌子是什么年代的？"

崔老板没考察过自己在旧货摊上花几千块买来的这张桌子的年代，不过他知道有些历史，看韩国老板也不太明白，他也就胡侃起来："反正最晚是明（朝）的，距离现在也就八百多年吧，纯花梨木，现在这木头早就绝种了。沉极了，四个人搭不动！买了五年，价格翻了十番儿，现在要买这木头就得用秤称，一斤就得万八千块！"

韩国老板一吐舌头。他也是多事，这时又冒出来一句崔老板不爱听的话："把它卖我得了，我非常喜欢。"

"您喜欢就得归你啊，这是我们国家的古董，您也运不走呀，我们国家海关那儿把着呢？"

"我放在北京的办公室里，我多给你钱还不行吗？"

一说"钱"，崔雅立火上来了："大老板，我又把您姓带出来了。我这个人比较穷，穷得就能开个你们那儿没有的涮羊肉饭馆儿。我也没见过很多的钱。"北京人为了强调很多的"很"字儿，把它读成"恨"字的音。"可是我腻味人谈钱，腻味人以为有钱什么都能办。您刚才说，我多给你钱还不行吗？无非是您认为您钱多，我钱少，我见钱眼开，眼睛开开了，别的什么都看不见了，我一大桌子没了。您说您有钱，咱们今天就在这儿比一比，咱们今天吃涮羊肉咱们不用木炭，咱用十块钱一张的票子，我比较穷，也没多少钱，估计我这儿的票子，能把这锅烧开喽，吃得饱吃不饱就看您的了。我这个人饭量也不大，顶多3斤羊肉，您算计算计，行不？"

好个崔雅立，脑袋快，嘴茬子也跟得上。"当当当"，话跟连珠炮似的。跟韩国老板这一通侃，侃得中国人心里挺舒服，侃出了北京一个普通老百姓的性格。

我愿意听他侃，学他的生动语言。我问他哪儿学的这么多的话。

他说:"有的人喝酒话多,有的人见了女的话多,我这个人就是一有气儿话就多,我听不得人说我们中国不好,我们自个儿说可以,外人不行。因为大多数人说我们无非是我们穷,中国人那没骨气的也无非是嫌我们中国穷,外国比我们阔。咱们都有点志气,把中国弄得阔阔的,谁还往国外跑?留学、移民,都没了,外国人全得往中国跑,因为中国比他们那儿好。中国人这房子都是用金砖砌的,马路都是玻璃钢的,房顶全是玛瑙的。他们哪见过这个呀,全往中国这儿来,来也不炸刺儿了,因为中国人比他们有钱,比他们横。他们怕打起来,中国人急了给他们一砖头。其实他们外国人也傻,给你一砖头怕什么,你小子得着了,那是金砖!"

崔雅立的胡侃把我逗得哈哈大笑,北京人的话让他给说绝了,什么时候我们的小说里有这么生动的语言,那么,一位活灵活现的"北京侃爷"会让你有无穷的艺术享受。没准儿您也想上"天下第一涮"听听"侃山"的新内容,过过北京人的"侃瘾"去!

写于 1999 年

第五章 论道

↑ 姜昆涂鸦

父亲——书法

我的父亲是个老学究，一辈子学习中国文学史，一辈子就有一个爱好——书法。

他生前留下的作品不多，但是，在沈鹏先生二十年前为他题写的《姜祖禹书法集》的书中，有很多传世的精品，他的书法造诣，可见一斑。

他曾经讲过许多对书法艺术的敬重之词，对我进行"书法先进性"教育。他说，中国的书法艺术，应该是当今世界独一无二的艺术。试想，拉丁、斯拉夫、古罗马的拼音字母，任怎的千变万化，也涂抹不出中国象形文字那风姿万千的姿态和意境。他说，中国的书法艺术从来没有过像西方哲学先贤的高谈阔论那样，束之高阁，和者盖寡，它紧紧地贴近大众，雅俗共赏，文野同度，写好字的，当官的有，普通老百姓也常见。

他说，中国的书法艺术是蕴含在文化的修养和涵养之中，诗词歌赋与书法紧紧相连，情操与品德在字里行间呈现。读字，品文，思哲，明理，赏书法，能沉思亦能遐想。当文化人，没有好书法，就缺点什么。他说，学习书法，就是学习文化，她让你的痴迷，建立在对知识的追求和对生活不断认识之中，不是走火入魔，而是知难而进，开阔视野，向一个永远在上方的高峰前进。所谓"山外青山楼外楼"，不知足，就有动力。他还说，书法必须"笔笔有出处"，产生书法艺术巅峰的典范、模本和规矩，得益于古人的文化氛围和生活环境，都是现在的条件达不到的。不能用"先进"与"落后"、"科技"与"文明"的尺度来衡量，所以古代人攀上了一座座书法高峰。今天的书法人绝不可，也不能用"超越"来妄谈。

在父亲的教诲下，我很小的岁数就接触了书法，描红摹帖都干过。但是，和我们这个时代的同人的经历一样，我们都度过了一个不崇尚古代文明、不尊重文化、不敬爱祖宗的特殊年代，而且一下子就是十多年！人生有几个十多年！估计现在写不好字的中老年人，就是这么给耽误的！好在我们赶上了一个千载难逢的文化盛世。文化，以我们民族历史中前所未有的分量，摆在了重要的位置上。所以，对于有过上述经历的我，从头开始学习书法就成为一个顺理成章的事情，绝不是"舞文弄墨""附庸风雅"。

↑ 我的父亲是我的书法老师，从小他就教我写大字。但是，我不争气，到了六七十岁，字写得比爸爸的差远了

由于在演艺界有点小名，我不免也掉进"名人书法""书法名人"的怪圈之中。自己随手划拉的作品，一不留神，也被人拿来作书出版，背错了的词"零落成泥碾作尘"写成"化作零落碾成泥"，"寂寞开无主"错写成"寂寞花无主"，风采写成"风彩"，被人当成笑柄，弄得我好不狼狈。

丑媳妇不怕见公婆，自己错了，改了不就是好同志吗？我改！有那么多人看中你，帮你监督，不许出错，多难得呀！一个人成长的时候，没有人管着，那不成"野孩子"了！

书法让我"敬正"，书法让我"知耻"，"书法"让我抬头永看前方，"书法"让我不断攀登，每进一步，我都沾沾自喜：我还行，不是"孺子不可教也"！

我写着写着，找到了自己的体会和规则，写成几句话，提醒我自己："书法，书法，书之有法。书者不尊法，谓之无法无天。标新立异，重在可标可立，无根无源，无本之木，无立足之地。改革创新，比旧求新，独树一帜，自誉之新，为自欺欺人。行草隶篆，循序渐进，笔笔千锤，没有捷径，所谓速成，绝对天方夜谭。即不拘一格，笔笔亦需有出处，一字即出，不释不明，无从辨认，不可效仿。书画同源，讲心意感觉，字中有画，画里影字，属左道旁门。意在笔先，意托规矩，随心所欲，属高层境界，恣意横行，实匠门之风。书为心画，心照不宣，高谈心象，阔论内涵，内心须讲解方知，归雕虫小技。字无大小，规矩同一，小字放大难看，大字缩小无形，尚欠火候，回炉再炼。莫想我行我素，放弃独辟蹊径，书法古人寻路万千，留下遗产如山如峰，唯有努力登攀，才知其路遥遥，万不可幻想插翅登顶，因为凡人实无此种功能！"

最后，用一位老书法家的自勉诗作为结尾："诸家名帖列案前，操笔方知习书难。俄而一笔得真趣，不悔今年仍去年。"

写于 2010 年

横山讲堂，我的乐土
——一次演讲

在这个讲坛上致辞，从来不敢怠慢。因为我在这里找到了，我们经常说的那种对文化的敬畏感。感谢湛如法师，又一次给我机会，让我能够置身于横山书院的文化讲堂里，与各位同人共同沐浴在文化陶冶的氛围之中。

对于一个相声演员来说，国学、文化，当然是我与大家共同崇尚的精神财富。但是，我的专业文化和大家的表达方式还是不尽相同，我表演了一段相声以后，经常有人问我："你说的是真的还是假的？"30年间，我两次掉进老虎洞，你说是真的还是假的？

咱们这个讲堂讲的文化绝对是真的。真正的民族文化精英，以真情实感的文化感受在这里交流、撞击、共享。

我太享受我们讲堂中的学者对于文化精华的表达方式了。

叶嘉莹老师90多岁的高龄，作为中国古典文化的传承人，在这个讲坛上，她连站几个小时，在这里把通往诗词王国道路上的标牌路灯，一盏一盏地为大家点亮。诗词歌赋，大家都会读几首，背几句。但是，当叶先生像抽丝剥茧那样，把你"知其然，而不知其所以然"的那层面纱打开的时候，我想这个课堂里所有人心里的敞亮劲儿，都有顿开茅塞、相知恨晚、如醉如痴的感受。

叶小文先生图文并茂的充满个人经历色彩的讲演，让所有的人享受他带有方言特色的幽默，用真情实意、真人真事，把我们中国文化中的孔孟之道里的道德体系和教化途径，阐述得那么清楚。从他拉起大提琴的旋律中，你能体会到"故礼以道其志，乐以和其声，政以一其行，刑以防其奸"的内涵，告诉我们古人都知道有好的音乐，群众就会归化于仁义道德礼乐，知道礼和乐相辅相成。他讲坛中的每一句对中国古典文化的赞叹，都被人们称为叶小文独具的"咏叹调"。

在我们这个讲坛里，我曾经被王石的人生一刻所感动，以至于我无数次地为我的朋友讲述王石在珠穆朗玛峰与死亡几乎零距离地接触的情景。由于我每次都讲得太投入，也太逼真，弄得听的人几次都问我："你当时是不是也跟着去了？"

人们经常说，人生是精彩的，而精彩的人生不是在"十字绣"上看到的表面上的风风光光，而是在背后错综交叉的线头中，能让人领略到浸透着编织美丽的匠心。

人生如此，文化亦是如此，可以想象，没有像叶嘉莹先生这样的学者在讲堂里，为我们剥离古人咏颂诗歌词句中的线索，我们如何能够清晰地看清,古人诗句中那美好的意境呢？没有王石这样的生活勇者的现身说法，我们如何能体会到生死相错时的感受，体会挑战自我的这场人生的持久战时所拥有的那种理性的能量呢？

我相信在座的同人，在咱们一起与社会前行的路上，都有一个日益强烈的共识，中国社会面临着文化危机，面临着文化内涵的空洞化。社会发展、经济腾飞让迅速积累的物质财富犹如沙上之塔，起得越高分量越沉，以至于不知道什么时候会崩塌。中华民族也可能正在不知不觉中丧失自己的民族文化身份。像冯骥才先生所担忧的那样：过去，"文化大革命"是恶狠狠地破坏我们民族的文化，而今天，为了利益，为了赚钱，是在乐呵呵地糟蹋文化，而这种现象的根由，是无知，是远离民族文化精髓的结果，远可溯及鸦片战争击碎天朝的自洽幻景，近可论至改革开放后西方价值观对人民信仰的冲击。

真的该静一静了！

中国的政治家都重视民族文化传统，但像习近平总书记数次指出的，将中华优秀传统文化置于人类共有精神财富的坐标系中，指出其具有世界普遍文化意义，其"智慧光芒穿透历史，思想价值跨越时空，历久弥新，成为人类共有的精神财富",是不多见的。更重要的是,习近平总书记并未止步于文化态度上的致敬,在其执政实践中更是自觉地把中华历史文化精华与中国特色社会主义紧密对接,在中国梦以及内政外交各个方面,都将中华优秀传统文化作为"根"与"魂"。

  我们的生活节奏太快了,我们奏响生命乐章华彩的同时,需要柔板,需要慢板,需要悠扬,需要哼鸣,需要心灵叩击长空的回响,需要拨云撩雾同宇宙交流的轻声细语。需要精准地把我们的根和魂找到,并且加速回归!

  如果,在架子鼓的剧烈的节奏与重金属音响效果的配合下,一帮"大衣哥"伙同"真人秀"在"二维码"扫描中和现场大转盘的面前,高呼指针在5000元那一格停下的呼号声中,我们除了"撞大运"的期盼,我们还能有什么人生思索?人们"宁静致远,淡泊明志"的功能早都消失殆尽了。

  把那些留给"娱乐至上"的舞台吧,让他们去获得"收视率"的高分吧!我们大家还是回到我们的课堂,享受文化带给我们的滋养和愉悦,感受和体会。优秀的民族传统文化成就了一个民族的自信,一个民族的自豪。正是我们的人民带着这股自信与自豪,经过了数十年的努力,雄居于世界的东方。时至今日,东风依然浩荡……

  我记得小时候我父亲教我背《诗经》里的《硕鼠》里边有一句话,面对今天的浮躁,我要大声地念:"逝将去汝,适彼乐土,乐土乐土,爰得我所。"横山讲堂,我的乐土。

2017 年 5 月在横山书院的讲演

附录：2016年8月在横山书院的讲演

我今天凌晨到，从上海飞达北京，今天晚上我还要赶回浦东机场，明天我在江苏南通启东市演出。这是当今的节奏，大家都知道，在喧嚣的当今环境中，踏着这样的节奏的，不是我一个人。

但是我毅然决然地在早上8点参加了开幕式，也在等待下午4点法师安排我的发言，我还不愿意离开这里。横山书院的学习氛围，并不是所有的人都知道。

我第一次参加横山书院的学习，大家学习了一整天，我到的时候已经下午4点多了。我们的学员依然兴致盎然、潜心倾听我又讲了近两个小时的"中国曲艺艺术的魅力"，而且法师端坐中央，善始善终，这让我始料不及。我在许多大专院校讲座，学校的领导都来迎接我，我说不敢当，他们说你难得到我们学校，我们不愿意失去这样的机会，这样重视传统文化的传承，我很感动，然后一一合影留念。但是，当我讲课一开始，主要的领导就不见了，因为他们还有更重要的事情。

我突然明白了，他们说的不愿意失去的机会不是他们重视传统文化传承的机会，而是跟我照相的机会。

今天，大家在这里，我不愿意失去这样的机会，是学习传统文化的机会。

今天我们用"文化雅韵"来命题我们的讲座活动。

什么叫雅韵？我举个例子。我是从事曲艺艺术的。曲艺，它生于民间，长于庙堂；它孕育于先秦，萌芽于汉，兴盛于唐宋，发展于元明清；在民国时期、中华人民共和国成立以后，曲艺艺术一直在努力发展和呈现这门艺术的魅力与辉煌。它的对象就是老百姓。曲艺与中国的老百姓有着天然的联系，长时期的撂地演出，观众的来与去，付费的多与寡，甚至付不付费的随意性，使曲艺娱乐性强及收费低廉的特点非常明显。陆游的诗中描写道："斜阳古柳赵家庄，负鼓盲翁正作场。身后是非谁管得，满村听说蔡中郎。"从古时起，大地就是我们的舞台，人们称它为民俗艺术，在雅与俗当中，人们把它归于俗。其实这种俗也挺美的。

但是在曲艺的曲种当中，有一种曲艺形式，被人们称为雅韵，它是评弹艺术。评弹为什么列入雅的行列中？这里请大家听一首描写评弹的诗歌：

芊芊素指轻轻拨动弦上的温柔,
缕缕思绪编织出光滑的丝绸,
点点情感酿造成醉人的美酒,
吴侬软语汇聚成涓涓细流,
千回百转,蔓结肠愁。
听到了,听到了,
那个鲜活、婉转的声音,
从弯弯的石拱桥上走来了。
她走得是那样缓慢,
让数百年的时光徘徊犹豫,
她走得是那样深远,
像寒山寺的钟声一样展臂。
轻唤亭楼,
她来得是那样轻盈,
如密林深处飘落的一声鸟鸣在行走。
看到了,看到了,
那个红颜的女子的倩影,
镶嵌在烟雨蒙蒙的阁楼。
竹为她修得一段奇俊,
水为她点染一片情柔,
石为她铸就一方玲珑,
茶为她捧来一缕清幽。
琴音穿过苏州的古街古巷,
恰似水滴石穿的长久,
从古朴的瓦当间轻轻缓缓,
击穿岁月深处郁结的冻层,
化作一曲评弹清音,
落入一颗颗期许滋润的心头。

于是我在想,所谓雅韵,应该有一种静静的美在里边。

我们在横山书院听名家讲博大弘深的中国优秀传统文化，是不是也有这样的韵味潜在其中！

我查字典，雅，古代说文化高为雅。雅与文化是附在一起的。

我在2014年，参加了习近平总书记主持召开的文艺工作座谈会，那一天总书记用那么大的篇幅讲了中国的、世界的经典作品和他的体会，总书记告诉我们：文化是一个民族和国家的精神与灵魂。文化承载着一个民族的思想、智慧、价值和追求。

追随文化，不是高调呼号的场面。文化带给我们的不只是古典，是时尚的娇美，更多的是对生命的感悟。在这个讲堂里，我看到的是无扰与对名利的淡泊，看到的是对文化的崇尚和尊重。生命就应该在这样一种氛围中成长，去体会，去领悟。

冯骥才先生曾经在一篇文章里说：文化，有高调的文化和低调。高调为了生活在别人的世界里，低调为了生活在自己的世界里。高调迟早会被更新鲜更时髦的东西取代，而低调不会为大红大紫而调整的追求。它甘于寂寞，因为它确信这种文化的价值与意义。

我曾经在这个讲堂，在不同的地点，在北京、在杭州、在牛津、在剑桥，听名师讲课，和同学们探讨，听湛如法师加持。

在这里我能够有机会沉下心来思索，想问题还提问题。

记得在英国的泰晤士河边，我和法师请教了文化自觉的思考。他讲了，这是一个不断地觉醒的过程。

前年，我们还在一起谈起了文化自信，寻找文化自信的根基在哪里。今年，我们高兴地看到就是在一个月前，习近平总书记"七一"讲话，在我们三个自信的基础上，"文化自信"的字样跃然加入了这个队伍。

我们探讨了文化不断觉醒的过程。这理应是一个集体的公民意识，不能仅仅是一个国家意识或者政府意识。国家意识应该代表、影响全民意识，如果要让整个国民都有了一个文化自觉、文化自信的话，那你就要有一个很好的文化自信的基础。我们的书院讲堂，不就是这样一个园地吗？

法师给我讲了我从来没有听过的故事：宋代有一个莆田人，叫郑樵，写《通志》的那个人，他说了一句话，叫"学术之末，日益浅进"，就是说学术的末端要不好好继承的话，是日益浅白的。我理解我们在这个课题里进行的一切都是对优秀传统文化的继承。

今天,法师让我致辞,我耽误大家时间讲了自己对文化,尤其是雅文化的一点感受。我们一会儿的节目将是百花齐放,几位艺术家各显神通,可以说我们的雅韵,一会儿也在这里要释放了,几位艺术家表演节目的风格各异。我觉得文化的魅力在于有相同而能相融,更重要地在于有所不同,而能够交相辉映,这正是文化的魅力所在!

湛如法师讲文化融合的时候曾经有一句话:相同就相融,不同就精彩!我希望今天晚上大家能够沉浸在精彩纷呈的艺术旋律中,共享文化雅韵给您带来您人生的欢娱和陶冶。今天这里没有权威媒体架设的录像机,也没有趋之若鹜的记者的镁光灯和镜头,有的是我们对文化、对艺术的共同体验的氛围。

谢谢大家。

← 中国佛教协会的副会长湛如法师是我崇敬的宗教界领袖,他同时也是一名知识渊博的学者。这是他在游学美国的普林斯顿大学时邀请我参观大学的博物馆

《百丑图》序

按相声的宗谱中的辈分来算，吴兆南先生是我的师叔，虽然他长我的恩师马季先生10岁，但是吴先生入门比马季晚，所以按我们的相声的行规称他为师叔，而不是师伯或是师大爷。

吴先生拜侯宝林先生为师是在香港，1982年。

20世纪80年代初，侯宝林到香港演出可是华人社会中的头条大新闻。这是侯宝林有生以来，第一次到香港。尤其是"文革"以后的侯宝林复出来到香港，当然轰动了华人社会。侯先生的观众和相声迷从世界各地云集到

↑ 1982年，侯宝林大师收台湾吴兆南先生为徒，我当时负责给大家拍照

香港，一睹大师的风采不说，也送去他们对在"文革"中遭到厄运的侯先生的关爱之心。

吴兆南先生当然没有落这个空，他不失时机地在这个时候，提出了他多年的心愿：拜在侯宝林先生门下，完成他成为相声入室弟子的夙愿。

中国的相声界都知道台湾有吴兆南、魏龙豪先生的大名。他们二位，在宝岛演绎中国老祖宗留给中国人逗乐的"玩意儿"——相声，承曼倩遗风，传优伶之乐，一干就是大半辈子。在侯先生的认可下，在美国已故华人银行家李肃然老先生的举荐下，吴兆南在香港正式拜侯宝林先生为师，郭全宝先生当保师，马季先生主持仪式，我则是司仪兼摄影。从此，宝岛台湾有了第一个，也是唯一一个侯门相声传人——吴兆南先生。

在以后的近30年的时间里，我几乎每年都要与吴先生见一次面，在中国大陆、在中国台湾、在美国。对吴先生的印象也从相声带子、CD唱盘和舞台上，返璞归真到生活中。在生活中，我了解到他最大的爱好、他对艺术的追求不仅仅在相声上，还在他钟爱的京剧里，在他擅长的丑角艺术上，在他崇拜的中华民族传统文化中。

记得20世纪90年代初，我在洛杉矶1370中文台接受采访，我纠正了一下播音员的发音，告诉他如果在古籍"滑稽列传"的这个专用名词上，此处"滑"字应该发"骨头"的"骨"音。晚上到吴先生府上，他马上告诉我，下午他听了广播，认为我做得很对。他说：很多人包括教书的先生都会读错这个音，甚至弄得大家伙儿认为谁读成"骨"音，倒是一个很滑稽的事儿了。他还举了很多的例子来说明，比如"叶公好龙"的"叶"字要读"射"音，"耄耋老人"绝不能读成"毛至老人"等。自然而然，我们也引到了京剧里的"京白"上口的一些词句。一时间话匣子拉开，所能触及的小典故，能写一本书。

为什么有这么丰富的内容？因为触到了吴先生的"丑角"本工上。"生旦净末丑，神仙老虎狗。"别看"丑"行排在最后，但是他的"功力"在京剧行当中应该是最难的，不然为什么在萧长华、马富禄之后，很难找出一个能与前人并论的"丑角"艺术家大名。

在台湾，吴先生的"丑"功，应该是得到社会的认可的。

张大千先生曾经写过一副对联称赞吴先生的丑角技艺："从人笑我生

张八,举国传君活赶三。"张大千先生谦虚地称自己是宋朝"生张熟魏"的张八女子,对戏曲不甚了了,但是他听到世人夸赞吴兆南先生是历史上赶着活驴上宫里给慈禧老佛爷演出的刘赶三名伶再世。褒奖自在这巧对佳作之中。

张大千先生是艺术大师,一生沉浸在中华国粹的艺苑里,以他对民族艺术的理解,他没有理由无道理地去吹捧什么人,所以他的赞赏,我认为是对吴兆南先生恰如其分的评价。而今,在这里又有《百丑图》画册的出版作一佐证,更能说明吴先生在"丑"角行当上的造诣。台湾的各大老生和名票,吴先生都陪演过,加之您在这里可以看到吴先生所能接触到的大陆京剧大师,几乎都有与他的合作,足可以说明行里行外对吴兆南先生"丑角"艺术的认可度,还真是非同小可。

↑ 1997年,我与吴兆南先生(右)在美国合作演出京剧《打面缸》,这是当时的演出剧照

与吴先生交往，能聊的事颇多，话匣子打开没完。我在洛杉矶过60岁生日的小聚会，席间嘉宾吴先生请我为他的《百丑图》作序，我打趣地问："先生85岁高龄，还能在椅子上做倒立吗？"

吴先生说："照做不误！"当时说话那个劲儿只要您给他摆个椅子，他立时三刻在这里给您拿个大顶给大家看！我忙拦下："打住，师叔，我绝对相信！冲您这精气神儿，说您八十有五，谁信呀。不过这也证明，咱一个艺术的好角儿，就得是像您这样的。小子遵命，回去就写！"于是，我回到了家里，拿起笔，写了上面这些话，算是给老爷子的扮演"百丑"剧照的画册，写个小序。真正的玩意儿，您还是得看这书里记载的他的一个个扮相，一出出戏折。

写于2000年

《皕丑图》序

我60岁生日的前几天。曾经遵吴兆南先生之嘱，为他的《百丑图》一书，写下了一篇小文忝作为序。

4年过去了，又一次看吴先生，他考我："认识这个字吗？"这是两个"百"字放在了一起。

活了六十多年，念了十几年书，搞相声创作，也算与文化打了大半辈子交道，认识不下几千个汉字，凭良心讲，头一回看见把两个"百"字搁一块儿写出来的！

"老爷子，有这字吗？"他的回答非常肯定："有！这个字读音念"闭"，当两百讲！"我一听乐了，这要是写万字，一张A4的纸盛得下吗？！

我以为是笑谈，随手查了一下随身带的iPad，嘿！一个端端正正的"皕"字就在汉字的检索里面。我立马汗颜，太孤陋寡闻了！

吴先生告诉我，他要出《皕丑图》，两百个京剧丑角的形象造型，扮上，拍照，出书！

听听，年近九十的老人，就是您有这精力，有那么多出戏吗？

吴先生相声、戏曲，两下锅，双打锣。

听我的前辈讲过，相声和京剧的丑行，有一定的因缘。侯宝林先生就把相声的起源追溯到唐代的参军戏。

研究艺术历史的人都知道，唐代参军戏是以讽刺、滑稽为主的一种表现形式。一般人都说京剧，生旦净末丑，

↑ 2001年，吴兆南先生邀请常宝华先生赴台湾演出，这是他们在台北演出时的剧照

丑行排在最末，其实，在梨园行，在过去的老戏班子里都知道有以丑为"尊"之说，也曾有在后台必须丑行演员先动了第一笔，其他行当才能开始化妆扮戏的规矩。侯宝林先生学艺的开始，就是学京剧的，后来改行说了相声。他告诉过我，丑角，无不行，百行通。丑角得能演形形色色人物，上至达官贵人，下至贫民百姓，男女老少，聋哑残瘸，上至皇帝百官，下至旗牌骡夫，文人墨客，草莽豪杰，无所不能。

中国戏曲到了宋代，已经逐渐成熟，宋杂剧中副净和副末，就是丑角的行当。他们在剧中插科打诨，活跃戏剧气氛。川剧中的丑行，高甲戏中的丑婆，豫剧中的县官等，都有丑角艺术的精湛展现。

别看称谓为丑，在戏剧的表演中，无丑不美！丑角在表演中，在装扮和表演上借鉴了小生和花旦的许多元素。蒋干、汤勤、张文远的风流倜傥，时迁、邱晓义、杨香武的侠肝义胆，崇公道的忠厚、善良，《秋江》里的老船夫的风趣幽默，丑角艺术家的精心刻画，使每一类型的人物，既有丑行共同的艺术特色，又有各自鲜明的人物特点，每一个在舞台上的形象都栩栩如生，传世不衰。

戏剧评论家们说："丑其美：以己之丑，使观众开心；以己之丑，揭

坏人之丑；以己之丑，鞭社会之丑；以己之丑，盼人间不再有丑。丑角如清泉在涤污中，自己也成为浊水而消亡。"丑中见美是京剧丑角艺术的最高美学境界。

在北京，许多戏剧名家拜书法家欧阳中石为师，我不解其意，去问究竟。于魁智先生告诉我："昆哥，老先生肚子里宽敞，会的戏太多，现在几乎没有人能比得上，他给我们说戏，都得服呀！"

我恍然大悟，原来太多的东西不学，就失传了！

我问吴先生："京剧里有200出丑角的戏吗？"他说："挖呀！"

我相信，对于吴先生来说，这不仅是个力气活儿，还是个传统戏剧挖掘的大工程呀！

吴先生还说，丑行从大类上就分文丑、武丑，细分类还有官衣丑、方巾丑、褶子丑、茶衣丑、老丑、矮子丑等，各自丑行都有扮相表演的规范。光鼻梁子上的豆腐块儿，就有着不同的形状。有的是方的，有的是元宝形或是倒元宝形，叫作腰子形，还有的是枣核形，根据不同的人物，画不同形状和大小的白粉块……

我说："打住，这两百出您得折腾到什么时候？"他说："慢慢凑呀！"

可没想到也就是半年的时间，吴先生打来电话：《皕丑图》工程基本完成！这回，我得真叫一声老爷子了，您真行呀！

问我那序写得怎么样了！我的妈哟，我还没动笔呢！

我为吴兆南先生"老当益壮，宁移白首之心"的精神所折服。"老骥伏枥，志在千里"，这位老人志在万里，让我这60多岁的年轻人都追不上呀！如何是好？赶紧抄笔。老爷子催得急，写上上面的话，不知道能不能为这本《皕丑图》，做一点说明。

写于2013年

《虎口遐想》三十年

提起艺术，我打小就"拳打脚踢"地酷爱。那时候，我忙活着哪：我演话剧、朗诵、吹笛子、打扬琴、拉手风琴、跳舞、唱歌，学校里演出6个节目，我能上4回台，弄得在学校里当老师的爸爸看着我直糊涂，他说：你算干吗的？

在我说上相声以前，总感到没有出头之日。我总结经验，不是我不行，是我没遇见贵人。

我有贵人相助的艺术人生是从与师胜杰一起合作说相声开始的。打那儿起，人生命运的天平就没平过，一直往我这边倾斜着。马季选我进了北京，李文华"屈尊"与我合作，春节晚会挑我当了个"始作俑者"，唐杰忠接班李文华，反正，特顺。但是1986年，一件事发生了，这件事并不是上天对我人生命运的眷顾，而是老天爷"护犊子"般地对我偏心眼儿，就是疼我。应了相声《虎口遐想》那句话：你说攀登珠穆朗玛峰的时候，如果后边跟一个大老虎，是不是是个人就上得去？！

那一年，我认识了大作家谌容。她的《人到中年》，把多少老年的、青年的读者看得痛哭流涕的。可是，谌容老师对我说："我还有逗得你死去活来的小说呢！"于是，我读了她的《减去十岁》。嘿，那绝对是篇相声的结构。

《减去十岁》写的是一个"小道消息"：听说"中

国年龄研究会"经过两年的调查研究，又开了三个月的专业会议，起草了一个文件："'文革'十年所耽误的时间，应该减去，所有的人年龄减十岁。""文件已送上去了，马上就要批下来。"年龄能减去吗，时间能倒流吗？听者竟不管什么荒唐不荒唐，怪诞不怪诞，消息像旋风似的卷了过来，人们奔走相告，欣喜若狂，不同身份和不同年龄的人物中间，为能"减去十岁"激起了不同的振奋和愿望，当然，也有的人特不是滋味，您想，"文革"十年他们捞了不少东西的，或者是刚爬上去的人和马上要退休的人能一个想法吗？这结构绝了，没听内容就可乐。

我去谌容老师家，是和陈佩斯一起去的，我们相约准备一起与大作家取取经，谈谈喜剧，接受指导，争取捞点"干货"回来搞创作，出作品。也别说，听说我们两个过来，在他们家也成了个大事。谌容的两个儿子，早早就到妈妈家等我们了。从打一进门，我和陈佩斯想与大作家"取经交流"的伟大计划就泡汤了。因为谌容老师在基层单位工会搞宣传的小儿子太喜欢陈佩斯了，他努力地与陈佩斯交谈，介绍他全部的表演技能和伟大的喜剧抱负，3个小时几乎没停嘴，弄得最不愿意搞关系的陈佩斯终于答应了，碍着谌容老师的面子，怎么着也得给这位小儿子在他的电影里找个"群众甲、群众乙"演演。而我，早让谌容的大儿子揪到一边劝我：我妈那小说不是相声，她那个太文学，离胡同太远，你得听我的小说，我有写专门研究耗子的；有老太太娶小伙子的；有掉老虎山里和老虎聊天的……把我都听晕了！我们在谌容老师家里的3个小时，这位妈妈没说上几句话，全被儿子们抢占了"高地"。

但是，这3个小时，我和陈佩斯却成了大赢家。陈佩斯带走了一个未来的喜剧明星梁天，而我得到了一位以后为全中国人民制造了那么多欢笑的合作者——梁左。

第二天，他给我拿来了他的手稿《虎口余生》。多好的喜剧小说，把我看哭了！

我太激动了，我特敏感地意识到我人生道路上的又一位相助贵人出现了，我一边反复地念他的小说，一边心底唱"呼儿嗨哟……"

我曾经读过老舍的讽刺小说《取钱》，是老舍讽刺中国银行职员那慵懒拖沓的作风的，文章一开头就是："我告诉你，二哥，中国人是伟大的。

就拿银行说吧,二哥,中国最小的银行也比外国的好,不冤你。你看,二哥,昨儿个我还在银行里睡了一大觉。这个我告诉你,二哥,在外国银行里就做不到。"写到外国银行效率高,他说:"我反倒愣住了,好像忘了点什么。对了,我并没有忘了什么,是奇怪洋鬼子干事——况且是堂堂的大银行——为什么这样快?赶丧哪?真他妈的!"

我闭上眼睛念叨:异曲同工呀!

一位评论家说过一段耐人寻味的话:"中国人的生活太艰苦又太安逸了,太有秩序又太松弛了,太超然又太沉闷了,太严肃又太滑稽了,应该产生一批像王蒙、谌容这样的幽默作家。"梁左应该就是在这个背景下产生的。但他不是王蒙,也不是谌容,也不是老舍,他就是他自己。

那时候我每天非常忙碌,毕竟当了说唱团的第五任团长,是我一天到晚找不着北的时候。但是俗话说:老天爷饿不死瞎家雀儿。正赶上团里到广州演出,坐火车,不是现在的高铁,是见大一点儿站就停的那种,北京到广州,两天三夜!这老天爷偏心眼儿是到家了。我晓行夜不休,除了餐车和厕所哪儿也不去(当然,也没地方去),在没有任何闲杂事务的干扰下,一气呵成,在硬板卧铺上,愣是在巴掌大的小记录本上改编完成了相声的脚本,我起了个名字——《虎口遐想》。

利用在广州演出的空隙,我和唐杰忠老师进行了排练,当把词背熟了,演出队伍已经转战到了湖北武汉。

我的《虎口遐想》处女秀是给湖北省党校学习班的学员和一部分部队战士演的。在一个体育馆,一部分观众坐地上,一部分观众坐在观众席,人不少。但是,我在这里接受了一通"精神拷打"。我算服了我可爱的湖北党政未来的接班人了,他们当真事听了。从我掉进老虎洞的那一刹那,他们几乎每一个人的精神都紧张起来,眼巴巴地瞪着我。那架势,只要当时有一个人大喊一声:共产党员跟我来!现场所有的不管是不是党员的人,都会一拥而上把我从演出现场抬走!我的妈哟,甭说观众不乐,那个氛围,连我都不敢乐了。声嘶力竭地演完,掌声还行,不是因为我的相声可乐,是因为我顺着"女同志的裙带子和男同志的皮带结成的绳子"爬上来了,老虎没吃我!他们为"绝处逢生"的我而庆幸。

"你太使劲了,连我听着都害怕!"这是唐杰忠老师给我的评语。

相声好不好，标准只有一个，现场观众乐不乐、认可不认可。光乐了，不认可你的内容，不行；内容主题不错，不可乐，更不行。连马季老师这样的大家，写了那么多段相声的作者，他也说：多棒的、多有经验的演员和作者，也不能保证自己写的包袱准响。响不响，都得在"台上撞"，让实践说话。

晚上，我和梁左通了一个电话。

"今天首场，咱们这段相声把我'撞晕了'！"我说。

"是不是，特别火？！"没见过这么大松心的！

"效果不行！"

"不可能！"梁左不信。

"真的，我也不信，但是效果特差。唐老师说我把劲头使过了！人家当真事听了！"

"你等等，得多想想，老革命遇见新问题了！"

我也不知道他说的老革命是谁，我、他、唐杰忠？我和他讲了多有本事的相声艺术家也得"台上撞"的相声包袱规则以后，他说："我低估了相声，它和小说不一样！……"

回到北京，我和梁左一连几个夜晚都没有睡觉，我一点一点地找放松的感觉，去表演，演一个小学徒工，演一个有文化、有抱负，就是没有机会的小青年，演一个就像梁天见着陈佩斯那样愿意滔滔不绝表现自己的时代青年。

终于，在首都体育馆的大场地，面对近万名观众，《虎口遐想》登台了！梁左选了个看得清楚的地方：主席台第一排正中间的座位，平常大型国际活动国家主席坐的那个位置。相声还没开演，他自己已经乐半天了，因为他从来没有坐过那么显耀的位置。

我那天特放松，当时想，别的不说，一定先把梁左逗乐喽！因为我认定了这个有知识的、有幽默感的合作者。大概他也和我心有灵犀一点通，他居然在我演相声的时候，把两只手掌放在脑袋上边，呼呼扇扇地做耳朵扇动状逗我。

演出的效果山崩地裂，人们笑得死去活来！梁左乐呵呵地跑过来向我祝贺，我问他："你跟我做什么怪相？影响我演出！"他说："我不知道你看得见我不,想告诉你我在什么地方。"

《虎口遐想》成功了。它在题材构思、人物塑造、语言组合、表达方式、包袱结构上都表现了一种冲破传统手法的创新观念,尤其是在相声业内的影响,非同一般。几乎所有的人都有一个从惊讶到欣赏、从质疑到感悟这种递进式思维的思考过程。"没有主题思想""不知道要表达什么""观众从中得到什么教益"这些传统论调,几乎在一瞬间就淹没在大家对《虎口遐想》这段相声的手法新颖、语言清新,带有西方"灾难体"题材的特点的赞扬声中。

紧接着,我和梁左在一起有点搂不住了,呼呼啦啦合作了一系列作品:《电梯风波》《着急》《特大新闻》《是我不是我》《自我选择》。过去,《如此照相》《诗歌与爱情》《我与乘客》《北海游》《想入非非》这些相声作品都是我一个人写,打认识梁左后,我就彻底失去了"独立作战"能力。不和梁左商量,我绝不提笔写相声。

记者采访我,我介绍梁左:"我认为他的作品最大的特点就是融戏谑于文学之中。他在北大中文系学的是文学专业,有文学功底;他在北京语言学院当过汉语讲师,又有语言学的知识;他在京郊农村插过队,在中央机关当过干部,有比较丰富的生活阅历;我们结识前他就创作了大量的小说和文学作品,又有扎实的创作基础;他结婚后又和爱人孩子住在北京的一个大杂院里,又熟悉人民的生活和语言。最重要的是,他有幽默感,这些东西结合起来,形成他一种独特的创作风格。他的作品是文学和民俗学的合成,应该说是雅俗共赏。他笔下都是些生活中的小事,但他是用显微镜去看生活当中的这些小事,看出这些小事里面蕴含着的人生意味来。荒诞中又有合理,嬉笑中不乏理智。"

作家刘震云则说:"从梁左的作品里可以看出他非常懂得中国幽默。他能将一件非常沉痛的事情用幽默和玩笑的口气说出来,让你笑了以后心里又有些难受。因为在这个时候笑就不仅仅是笑,笑的背后还藏着悲痛和眼泪,我觉得这是幽默的最高极限了,这些东西在他设计的情节里边比比皆是。他的作品里既有日常生活的情趣性,但同时情趣之中又有刀子,一刀刀扎下去又很准确,可以说是锥锥见血。他把中国人在日常生活中所司空见惯并忽略了的病灶和病态一笔笔地都挑了出来,甚至玩笑和玩弄得近

↑ 《虎口遐想》这段相声使我和唐杰忠老师的合作得到了全国相声观众的认可，也开辟了相声演员与文学作家合作成功的路子。我和梁左一共合作了十几部作品，遗憾的是，他过早地离开了我们

似刻薄。于是，这个时候，一个严肃和沉默的梁左又站在了我们面前。"

而更多的人认为，梁左首先是站在一个平民的立场上，这种平民的立场表现在，讲的故事基本上都是老百姓的故事或旧社会的市井故事，生活中这个部分大家都特别感兴趣。但是如果只是把这些故事原封不动地说出来，大家上街随便去看场景就行了，可梁左的创作在写百姓生活的时候加进了很多知识分子的文化含量，正是这种文化的含量使这些司空见惯的平民的生活得到了升华，这就是这些作品让所有人喜爱的根本原因。

其实，大家伙不知道梁左打小就有"开政治玩笑"的毛病。上大学的时候，当他要和同学交好，与人家套近乎，他管人家叫"革同"（革命同志的简称）；他和谁不对付的时候，他管人家叫"阶敌"（阶级敌人的简称）。所以在他的嘴里经常有这样不伦不类的话语："李革同，你要是不听梁革同的忠告，一意孤行，我不吓唬你，那你就和张阶敌一块儿上独木桥，我们坐独木舟！"

他还告诉我，他曾经给一个脸比较宽的女生起名叫"彩色宽银幕"，因为名字太长，没有叫起来。

就是这么一个优秀的，中国百年不遇，几百年兴许才有一个半个的喜剧大家，在44岁的时候，悄悄地告辞人世，自己先过去了，提前到了我们都会去的那个地方。

这些年，我一直在琢磨梁左。三年前，他的女儿梁小青出了一本书，叫《陌生的爸爸》。我给小侄女的一封信中写道：按说我应该是他最亲密的朋友之一，但是我和他在一起的那些年，万万不会预料到，他平常那些戏谑和开涮的语言居然全演变成了今天的网络语言和时髦的体例。有时候，猛然发现，现在的一些流行语居然是梁左十几年前的老话儿。这一下子让我感到与梁左陌生起来……他怎么有能让十几年后的人们说出他十几年前的话的能力和本领？他是什么人？他有怎样的内心？我期待着梁小青对梁左的找寻，能回答这些年萦绕我心头的迷惑。

这个时候，我的女儿也从海外游学回到我的身边。她对娱乐管理有偏好。她对我说："你每天演出，零打碎敲，应景之作，命题作文，一天到晚忙得不可开交，回过头一看，一无所有。你过去有那么多好作品，你不应该这样。你应该有一场你的'秀'，专场！要不，浑浑噩噩，你这辈子完了，什么都不是！"

只有亲生女儿能够这样数落"著名相声表演艺术家"呀！

我接受了"秀"的概念，女儿和我一起研究怎么创作专场"秀"。

大型相声秀《姜昆"说"相声》诞生了。它是由"我和李文华说相声""我和唐杰忠说相声""我和80后、90后说相声""世纪颂歌"四个部分组成。其中，第三部分，我们就定下来要重新演绎《虎口遐想》这个经典作品。

一个是30年前的《虎口遐想》，一个是30年后的《新虎口遐想》。

30年前，正统的太多，社会呼唤娱乐精神，无厘头大受欢迎，《虎口遐想》应运而生。

可今天，正儿八经的相声不行了，现在相声已经被大量的无厘头的喜剧、小品甚至活报剧的形式取代了。高速发展的社会，坐在观众席里的几乎大部分是蓝领、白领，他们每天的压力太大，他们需要在这里放松，他们不愿意在业余时间里还玩儿命地"动脑筋"。歌曲《时间都去哪儿了》、神曲《感觉身体被掏空》,都是现实生活的写实。现在,娱乐消费者正在用虚构情节的电影、虚假误会情节的外壳加人为的煽情小品,纯粹以真人秀吸引眼球的打闹、嬉戏、出丑、搞笑的娱乐产品去填补身体被掏空的那部分。更让人不解的是,我们的主流媒体对这些也趋之若鹜。春节晚会为了迎合年轻人,努力地改革,尽量"新",不能"老"。他们努力的成果是:老的全不顾,走了;新的没拢住,没来。我们的快乐不能依赖于对现实的遗忘呀。搞笑的人,从卓别林那儿就没有离开过生活呀!相声不能在娱乐成为一种文化精神的时候失去自我呀!

话题有点远,但是我确实是一遍一遍地在想,我忽然有一种感觉,新的《虎口遐想》应该有一种回归,要拿起过去创作的笔,找一种回家的感觉。

过去的《虎口遐想》里的内容,现在相当一部分人已经听不懂了。30年前的生活符号,早已经随着岁月消失在流逝的光阴里。

过去,"拍个老虎吃人的片子卖给外国人,赚点外汇,也算哥们儿临死前给'七五'计划做点贡献"。现在,中国外汇储备多得把美国人急得

↑ 老虎出山喽!这是我在《姜昆"说"相声》的舞台上表演《新虎口遐想》。30年前的《虎口遐想》从现实到浪漫,30年后的《新虎口遐想》从浪漫回到了现实。这不是我刻意为之,而是生活的逻辑

直嘬牙花子：中国人这是干吗呀？把美国买空喽，让我们上"北上广深"当农民工去？

过去，"动物园附近怎么连公用电话都没有，这要是第三次世界大战打起来，我们这通信设备应付得了吗"？现在，恐怕所有人都忘了：公用电话什么样啊？为什么不用手机呀？

过去、过去、过去，现在、现在、现在……

写相声就得去讽刺。一动脑子，现在，公共道德的缺失、网络经济的无孔不入、移动互联网充斥所有的生活空间、食品安全的社会问题、环境污染、腐败风气，这些现实素材与大数据时代的社会符号混杂在一起，一下子冲到了我和相声创作者的眼前。

一个多月，我和助手秦教授把稿子写出来了！

对于我这样的"老同志"，写得痛快，有点无拘无束；排起来也顺利，毕竟30年前的人物形象还深深地刻在脑海里。可是，一在舞台上立起来，观众效果一好，大家一呼"过瘾"，相当一部分观众不但笑，还引起沉思，流出了眼泪，倒让我"私心杂念"剧增、"狠斗私字一闪念""灵魂深处闹革命"那股劲儿不知道从哪儿出现了。我居然有点怕给我们"30年改革开放的大好形势"抹黑了。

头几场演出，我认真地听来自各方面的反映。

"杏林中人"："和同龄人说说今晚看姜昆相声的感受，很久没这么开心了！今晚看了姜昆的相声表演，以前那种看相声时的快乐激动兴奋的感觉又回来了。曾几何时，相声作为主要的文化娱乐形式流行一时，我们的童年、少年、青年时代都是伴随着相声长大的，侯宝林、马季、姜昆等人的相声曾经带给了我们很多很多的快乐。可改革开放以后，文艺界百花齐放，相声作为一种传统的艺术形式，由于缺乏创新、表演形式过于单调，所以渐渐地被淹没在这百花齐放的花丛之中，影响力越来越小，以致现在有些年轻人都不知道相声是什么，而我自己也已很久没看相声了，怕看了以后不但得不到想象中的快乐，而且还会影响相声存留在我脑海中的美好形象。可今天看了姜昆的表演以后，让我觉得这种担心是多余的，它让我重新又燃起了对相声的热爱，感觉好像重新和初恋情人谈了一回恋爱，而且现时的这位初恋情人比当年更年轻更妩媚更动人。我觉得把今天姜昆对相声形式的改变，形容成相声界的一次革命一点不为过。这种利用大屏幕作为场景、铺垫和桥梁的新型的表演形式有情有景、简单直白、转切迅速，有怀旧更有创新，由于编排构思新颖巧妙，所以怀旧不显得枯燥，同时创新中也还能找到旧时的影子，《虎口遐想》以全新的面貌呈现，又回来了。总之，看了今天的表演我笑了，笑得是那么的开心，据我所知，每个今天看表演的人都有和我同样的感受。我觉得相声重新又变得好看了！虽然今天的文艺界依然是百花盛开，但姜昆的新相声无疑是百花丛中非常华丽亮眼的那一朵。希望我们以后还能继续在这种新相声中延续以前看相声的快乐、激动和兴奋，让相声带给我们的美好能真真切切地伴随我们度过人生的每个不同的阶段。"这是个医生，是个海外游子的反馈。

"一段《新虎口遐想》，让我数度落泪，让我感到我老了，我觉得昨天的事，姜昆告诉我已经过去30年了！时光好快呀，我身边的一排40岁以上的观众，都和我一样，时而扑哧一笑，时而泪眼婆娑。我们从姜昆的相声里在回忆，在追寻，在试图留住那难忘的一去不复返的美好回忆。在漫长的人生岁月里，大浪淘尽了许多记忆，但是，在这一代人中，在我们这一代曲折而不易的人生旅途上，相声《虎口遐想》是一个永远忘却不了的欢乐。"这是一位资深的幽默人士写下的感想。

影视演员袁茵跟我说："昆哥，你看过英国的电视剧《黑镜》吗？其中有一集写英国社会的冷漠，现实多媒体如何培养和影响网民社会伦理道德的缺失。Facebook 和 Twitter 红人、英国公主苏珊娜被绑架，绑匪的要求居然是首相必须在当天下午4点和一头猪发生关系，并现场直播给全世界，否则公主就将被杀害。由于 You Tube 和 Facebook、Twitter 的广泛传播，公众很快知晓了这一切，虽然政府下了禁止媒体报道的命令，精明的媒体仍然通过贿赂色诱内阁官员推出了突发新闻。另一边，首相办公室则策划找人代替，却被一名在场工作人员发的推特搅黄。社会全在看笑话，媒体全在想办法得到直播的权利。最后公众也发现自己所围观的笑话，其实更像一场悲剧。出乎意料的是，在首相最后被直播前半小时，公主就被释放，而当时大家都在围观首相的笑话，居然无人发现：绑匪已经上吊自杀。太讽刺了！当你的《新虎口遐想》第一句：30年以后，看见我掉老虎洞的不少，没有一个人救我，全拿手机给我拍照呢！我就想到了英国这个作品的情节。人类社会的发展！一定要呼唤人们本性的回归，不能让现代技术吞噬传统理念……"她听了我一句，说了这么多。

  2015年，春节联欢晚会希望看一下这个我已经演了几十场的《新虎口遐想》，我拒绝了。我有点矛盾，我当时对媒体有点失去信心，也怕他们审查，让我改掉我一点点积累的，在《新虎口遐想》里反映的社会现实：年轻人不敢救老头；媒体现场直播搞有奖竞猜；自媒体娱乐至上；"专家"不负责任盲目地指导；食品安全感差；动物园园长"双规"……

  30年前的《虎口遐想》从现实到浪漫，30年后的《新虎口遐想》从浪漫到现实。

  2016年的年底，春节联欢晚会又一次邀请，我看到头一年相声在CCTV这阵地上的"大崩盘"，想到几十场看过这段相声的观众对我的希望，我听从了很多人的劝告，毅然决然地走向了30年前我曾经给观众演绎过在老虎洞里如何"遐想"的舞台……

追记于2017年6月26日

相声世家

2018年,中国的相声界举办了"常氏相声100周年"的纪念活动;2019年,两位常氏相声名家叔侄常宝华、常贵田先生,相继去世;2020年,天津的常宝丰先生,获得了市级"相声非遗传承人"的称号。

……

在我们相声界,"常氏家族"称得上是相声界的文化世家。

世家原指出身显贵、世代沿袭的家族,后来"世家"也被指以某种专业世代相承的家族,常氏家族即如是。

↑ 这是我们相声界的"蘑菇之家",常连安先生是家长,老大常宝堃艺名叫"小蘑菇",其余的"二蘑菇""三蘑菇"依次往下排

在我国的相声史上，子承父业、孙继祖业者众多，数不胜数，这其中也有不少的名家大腕儿。例如：在著名的"相声八德"中，与"万人迷"（即李德钖）并列排名前两名的焦德海，是第三代"天桥八大怪"之一，收有的弟子张寿臣、于俊波、朱阔泉、汤金澄、李寿增等，个个是精英；其子焦少海也是大名鼎鼎，收的徒弟也不乏名家，有赵佩茹、刘奎珍、杨少奎、李润杰等，个个出类拔萃，这对父子为相声艺术的发展做出了贡献。

再如：冯昆志、冯振声父子；郭瑞林、郭荣启父子；刘广文、刘文亨父子……相声行业出身的相声演员数不胜数。

然而，如果提及相声"焦家""郭家""刘家"等，即使是相声从业者也难以想到其所指。因为我很早就结识了师胜杰，由于他的介绍，我倒是觉得"冯家"影响稍大一点，东北三省相声研究者称其为"冯家门"相声。但是，与在中华人民共和国成立前即已声名显赫的"老常家"相声相比，"冯家门"也稍逊一筹。

"老常家相声"这一称谓出现在20世纪40年代，但是，随着时间的推移至50年代中期，去掉了"老"字，被称为"常家相声"。因为，这时期出现了"马家相声"一说。其时，马三立正值盛年，其父马德禄和其兄马桂元精湛的演技仍存留在观众的记忆中，侄子马敬伯小荷才露尖尖角，"马家"可谓人才济济，故有这一称谓。

在80年代中后期，侯耀文走进全国观众的视野，并极受欢迎，与其父侯宝林被称为"侯家相声"。至此，相声行业包括广大观众所一点一点感觉到的，以"家"或以"姓氏"为单位的称呼，只有三家，即"常家"，又称"常氏"相声；"马家"（马三立），又称"马氏"相声；"侯家"，又称"侯氏"相声。

在"常""马""侯"这三个可称为"相声大家族"的世家中，既有他们的共性，也就是相同之处，又有其个性，就是各家有着自己的特点。至于哪个世家更优秀，贡献更大一些，根本不具可比性。但是，可以进行系统的研究，研究出的成果就是对三个相声家族的充分认可，非常有利于相声艺术的可持续发展。

"常氏"相声掌门人常连安先生，师承"相声八德"中的焦德海先生。自1918年"撂地"说相声，继而培养了他的儿子常宝堃、常宝霖、常宝霆、常宝华、常宝庆、常宝丰及第三代常贵田、常贵德、常贵升等，至今整整100多年。其间常连安先生从1938年创建"启明茶社"已80周年。

家族传承对相声流派和相声艺术发展所起到的积极作用，有着重要的、不可低估的作用。"常氏家族"三代人对相声艺术的贡献，在中国文化艺术界和相声观众心中，都深知它的分量，在中国相声发展史上，占有重要位置。如今第四代的常亮、常远、杨凯也开始崭露头角。可以说，如果评选一个家庭中相声演员最多者，常氏当仁不让，独占鳌头。理论界认为，常家祖辈是满族正白旗人，其家族算得上是近代中国相声史的一个缩影。

既称得上"世家"，必定有世代相承。而且"常氏家族"还有自己可以标榜青史的"世家精神"。

作为一种历史文化传统，"世家精神"不仅意味着一种地位头衔和专业技能，也意味着社会行为准则和价值标准。它包括文化的教养、社会的担当，对专业强烈的文化自觉和高层次的追求和强烈的社会责任感。

常连安辈分和马连良大师同属连字辈，是相声界的一代宗师。据说，当年侯宝林先生的相声，在京津还没有火起来的时候，"小蘑菇"的名声已经蜚声京、津、冀、鲁。这个艺名叫"小蘑菇"的，就是常贵田的父亲常宝堃先生。

常宝堃先生是中国相声界最有时代色彩的一位老前辈。说它有色彩，是因为：日伪时期，他敢讽刺日伪反动统治，表演相声《牙膏袋》《打桥票》，为此遭到逮捕、毒打；被释放后，反动当局曾威逼利诱他编演讽刺共产党的相声，他断然拒绝；1949年后，他致力于新相声的改革和创新，编演了许多新作品，如《新灯谜》《思想问题》等，歌颂社会主义的新人新事新风尚。1951年参加中国人民赴朝鲜慰问团慰问演出，4月23日，在朝鲜前线演出时，遭美军飞机疯狂轰炸扫射，不幸牺牲；常宝堃先生的葬礼，是中国艺术界中唯一一位，由市长领队，天津万人空巷前去送行的艺术家，这个色彩是中国艺术家身上的革命色彩。

他的儿子常贵田先生身上传承的不仅是他相声世家的传统，更有他父辈留下来的革命传统。我踏上相声艺术道路的开始，就在各位相声前辈的艺术家陶冶中前行。

1975年参加全国曲艺调演，我以一个黑龙江生产建设兵团业余相声演员的身份结识了常贵田先生。第一次见他的时候,他的谦虚让我受不了。

"你和师胜杰的相声我们都观摩、学习过了。"

"你们小段的本子能给我一个,我们学着演出试试。"

"看过我们的演出吗?多提提意见!"

"你们从基层来,比我们生活多!"

这就是已经说过《死伤登记处》《喇叭声声》,在相声界非常有名的常贵田老师。

↑ 20世纪80年代初,常贵田、侯耀文和我为我们评弹名家邢艳芝去主持她个人的专场演出。这是曲艺家相互支持的表现,也是南北曲艺相帮相助的成果

相声界的前辈,都不愿意让自己的孩子从事他们的老本行,可能是他们认为相声这一行太难出人才、出好作品,一方面不愿再让孩子们受罪,另一方面也怕他们学得高不成低不就,反倒有辱门庭。可在我接触常贵田先生的时候,我的第一印象就是:他的身上没有一点相声世家、名门之后的感觉,他是一个标准的人民解放军战士,百分之一百的文艺兵。他的和蔼可亲和谦虚,给了我这个相声新兵温暖的感受,影响了我走入这个大家庭后给自己定下的做人准则:对同道心存平实,于艺术怀抱忠诚。

我曾经在纪念常氏相声百年的活动中总结过他们家族的"世家精神"。我说，在相声发展史中，"常家"创造了相声行业的许多"第一"。如：

常连安拜师焦德海，其子常宝堃拜师张寿臣，父子同时有了师承关系，在相声行业史无前例。

常连安创办了第一批专门演出相声的场所"启明茶社"，与天津的"连兴书场""声远茶社"及济南的"晨光茶社"，均享有"中国相声大本营"之誉。

在相声的历史上以"相声大会"的形式演出，始自1938年，为"常家"所开先河。之后，天津、沈阳、济南、唐山等地相声演出纷纷效仿。

20世纪三四十年代，所表演的相声段子良莠不齐。甚至"荤"的、"臭"的段子在相声市场上占有较大比例。在这种情况下，"启明茶社"是第一个以"茶社"的名义，明确提出了说"文明相声"。

作为"常家"相声的第一代艺人常连安，他还有着"父亲"这一角色，而父亲先后亲自为常宝堃、常宝霖、常宝霆三个儿子捧哏多年，空前绝后。

在中华人民共和国成立前，常连安、常宝堃、常宝霖父子灌制唱片多达20张，接近全国相声演员所灌制唱片数量总和的二分之一；仅1940年，常宝堃与常连安、常宝霖等只在一家电台播出相声就有100多段，数量之多，令人咋舌。

尽管相声艺人有拍摄电影者，但年龄最小且最早，还是兄弟共同拍摄的，只有常宝霆、常宝华。

常宝堃是旧时相声艺人中第一个组织专业剧团的，他创建的"兄弟剧团"演出的"笑剧"就是以后出现的相声剧的雏形。

在相声史上，"常家"出现了一位在朝鲜战场上牺牲的烈士——常宝堃，他获得了曲艺界第一位"人民艺术家"的荣誉称号。

1949年后，天津市成立了民办公助的曲艺演出团体——天津市曲艺工作团（著名的天津市曲艺团的前身），首任团长是"常家"的掌门人常连安。

相声是我国公布的第一批非物质文化遗产项目，那时候，唯一的国家级传承人就是"常家"的常宝霆。

曲艺艺术的最高领导机构是中国曲艺家协会，协会下成立了一些"艺术委员会"，其中的"相声艺术委员会"的第一任会长是"常家"的常贵田……

"常家"创造了相声艺术多方面的许多个"第一"，其中任何一项"第一"都是对相声艺术所做出的贡献，是他们世家家族的精神财富。

几千年来，中华优秀传统文化在中华民族的生存和发展中，始终发挥着十分重要的作用。今天，在实现中华民族伟大复兴中国梦的历史征程中，我们应当按照党对我们要求的"对绵延5000多年的中华文明，我们应该多一份尊重，多一份思考"的要求，去细细地思考我们相声事业的发展和传承。常氏相声和家族中的"世家精神"，有旧艺人怎样恪守人格尊严，也有新时代的相声艺术家追求如何崇高与卓越。我们说，文化是一种价值认同，是深入人心的，是熏神染骨的，一旦被人们接受，就会体现在社会生活的时时刻刻、方方面面，渗透在我们的家庭、村庄、学校，成为一种文化传承方式。

世界首脑聚集在一起的"一带一路"会议上，习近平主席介绍说："在北京，你们不仅可以欣赏到传统的京剧和相声，还可以欣赏到芭蕾舞和交响乐。"党和国家对相声艺术的殷切希望尽显其中，相声应该怎么做？相声应该做什么？我们相声大家庭的每一个成员，是不是应该认真地答好这个答卷呢。

我把对常氏这个"相声世家"典型的认识，看成我们共同回答的开始。

写于2019年

使二人转更好地"转"下去

不知道什么原因,我和东北二人转算是结下了真正的不解之缘。

我爱人是北京人,因为从东北兵团回来,到中央广播说唱团分配学习了二人转,是马力老师的学生。因此,我们一家和那炳晨、王肯老师、王兆一前辈和韩子平、刘丰、董玮、郑淑云等后起之秀都成了最好的朋友。我在说唱团当团长,蔡兴林老师和我一起搭班子,他是副团长。他是龙江二人转的老前辈,他每天给我灌输"二人转"的历史传统,我再不熟悉,也熏熟悉了。这些年,赵本山一直把我推荐他上中央电视台的事挂在嘴边,使得二人转的同人们都对我另眼看待,觉得我绝对是"二人转"的"门里之人";加上我与东北的老作者奚清汶、李微、崔凯,老艺术家董孝芳、乔梁有着多少年的交情;再加上我在中国曲艺研究所和中国曲艺家协会主持工作期间,结识了一大批理论家、作家和表演艺术家。

因此,当《东北二人转口述史》主编张兰阁先生希望我"站在全国曲协的位置,谈一下对二人转和本书的印象和总体评价",并且希望我"借机谈些戏剧与曲艺的宏观问题(比如'大曲艺'主张)",说这本书出版,希望我写一个序,我实在想不出推辞的理由。

我的手里,有一个侯宝林写给吉林的一位新闻工作者关于二人转的手稿。他阐述了他对二人转和拉场戏与

↑ 1977年，我的爱人李静民考入了中国广播说唱团，这一下子就解决了我和爱人"两地分居"的问题。说唱团因人施用，她来自东北，自然就唱起了东北二人转。这是1985年李静民与张德富在新加坡的舞台上表演时的剧照

龙江戏和吉剧的区别。当然，这样的当初有争论的论点，现在早已经成了共识。但是，关于二人转的各种各样的争论分歧，好像从来没有减弱过，更没有消失过。尤其进入了21世纪，二人转火起来了，这样的争论就愈演愈烈了！

于是在写这篇遵命文章的时候，我是老生常谈地写一些二人转的历史渊源，形成年代，艺术特色呢？还是真正能够把现实的一些困惑、思考写出来与大家共同讨论更有意义、更实用呢？无疑，答案是后者。

于是，我想了几个问题，这是在研究二人转艺术的今天，所有的人都绕不过的几个问题。

我们承认不承认今天我们的二人转的影响比过去的几十年大多了？

我们承认不承认我们的二人转确实有低俗的东西？

我们承认不承认我们的二人转的相当一部分艺术家前辈对目前的二人转不满意？

我们承认不承认我们的二人转，在今天的社会上"有市场"，"有需求"？

张兰阁先生非常希望我"能把说相声的幽默带过来点儿"，因为"这本书的体例在行文上，全书的风格都是口语白话"，又因为"我们的读者（二

人转圈）文化水平都不是很高，他们熟悉您那个形象，您说的越实在，他们越容易接受"。我保证，我说的绝对实在，但是由于这话题有点费脑子，对不起，实在幽默不起来，原谅。我还是围绕着我想的这几个问题说说我的想法。

我曾经在许多文章的题目上看到过"二人转"这三个字，但是，这些文章和二人转一点关系都没有。尤其是最近，有一篇写电影金球奖获奖文章，它的题目是"从二人转到三人行"；中国质量新闻网写老百姓民生需求的一篇文章题目是"民生二人转"。这样的题目在20年前是绝对不可能的。那时候，除了东北的老百姓和专业曲艺工作者，谁知道二人转呀？

在20世纪70年代，二人转的专业艺术院团，处境比较艰难，有的名存实亡，有的在苦苦坚持，其中不乏个别的亮点，但普遍不景气。当时的吉林省民间艺术团团长，著名二人转作曲家金士贵说：二人转是东北唯一的土生土长的艺术，现在它的发展出现了些问题，遇到了困难。

在20世纪80年代，吉林省民间艺术团和各市县艺术团都是常驻农村，一年当中至少三四个月是在农村演出中度过的。那时，农民每人交1元钱就可以看6天6场演出，"万人围着二人转"就是那时景象的生动写照。农民观众对韩子平等著名二人转演员的热情不亚于今天的追星族。可后来，由于国家对农村一些杂税进行了限制，农民交钱看演出的钱也受到了限制，因此国有艺术院团下乡演出变成了收不上来钱的事，因而大幅锐减，农村二人转市场由此出现了萎缩。后来，民间的这些艺术团尝试着走了一段与企业联姻的路子，其中有成功的经验，但由于种种原因，并没持久。

应该说，赵本山的"刘老根大舞台"是二人转崛起的标志。其实它只是应运而生。早先于它，以长春市和平大戏院、东北风二人转艺术团为代表的民间二人转已经迅速崛起。他们走出了农村，所处的方位不再是大城市的边缘，而是真正走进了城市，正在成为都市人文化生活中的"新宠"。2008年，吉林省艺术研究院有一份《吉林省二人转现状调查报告》介绍道：

> 每天晚上，和平大戏院和东北风各有三四个剧场同时演出，一年他们只休息"大年三十"这一天。年卖票总收入约为2200万元，已然形成了具有相当规模的民间二人转文化产业。

这说的是小剧场的个体经营演出状况，国营二人转剧团是什么状况呢？"以 2006 年为例，全年总计演出 1406 场，仅为 1995 年 14414 场的 1/10。其演出形式多年来没有什么大的变化，尽管屡屡获得国家级大奖，并受到北京、上海、广州、杭州等大城市观众的欢迎，但不善于与观众互动交流的国营二人转还是被挤出了本地市内市场。其中省民间艺术团多年来始终没有自己的演出场所，虽坚持演出自己原汁原味的本色二人转剧目，但生存十分艰难，面临被边缘化的危机。"

一盛一衰，说明了问题。

为什么盛，为什么衰，却众说纷纭，莫衷一是！

但是，中国的老百姓确实是知道了二人转这个艺术形式，二人转也被当今社会接受了，这是个不争的事实！

在演出市场上，一些所谓的"二人转"作者和演员，看准了二人转的广泛影响，在大做二人转的赚钱生意。一些地方剧团到各地演出，为了搞笑，为了吸引人，为了能赚钱，在丑逗旦捧的搭配中，女性越来越年轻，穿着越来越暴露，调情越来越粗俗，歌词也越来越"黄"。"直白"得感觉不是在演唱，而是满嘴脏字，转着圈在骂人。《十八摸》《泼妇骂街》《鬼子进村》等一批恶俗不堪的剧目占据着小剧场舞台，还有向外蔓延之势。这些，也是活生生的事实。

围绕着这些事实，有人说就是因为这样冲破了"束缚"，"二人转活了"！有人说实际上体制改革，是因为有钱挣了，"二人转火了"！有人说，因为"没有人管"，二人转"什么都敢说"，当然有市场！有人说这是因为满足了现今社会的"低俗的欣赏情趣"，所以有了"票房"！有人褒：二人转在农村非死不可，进城就有活路。聂耳在上海成了大音乐家，如果他一直在云南他就是一个老艺人。有人贬：清兵进关，都没有带二人转，他们知道这登不了大雅之堂，现在倒进城了，成何体统？也有人说：二人转由"民间"和"专业"共同支撑，二分天下的格局已经形成。虽然它们在技术层面应该相互借鉴，融汇发展，但不同的演出形式还是已经形成，"民间"和"专业"可以保持二人转不同的艺术个性，以各自不同的形态存在下去。一个艺术品种有两种形态，并不是坏事。众说纷纭。

我们不妨回顾一下历史：

吉林省从1979年就举办第一届二人转新剧目评奖推广会，连续搞了近20届，目前，这已经转变为两年一届的艺术节。

当时，通过艺术家和民间艺人在一起探讨、交流和分析演出实践经验，大家都认为国营与民间这两种经济体制下的二人转都在不同层面上存在着背离二人转本体或有失二人转本体的现象。具体体现在国营二人转丢掉了"丑"，丢掉了"说"；民间二人转丢掉了"旦"，丢掉了"唱"。尤其是国营二人转逐渐丢失了二人转艺术视为根性的东西——丑角艺术、灵活自由的演出方式和台上台下互动的观演关系。这是国营二人转生命力委顿的重要原因。于是有了2002年吉林省首届二人转艺术节对"四大名丑"奖项的启动，就是要找回失落了的二人转丑角艺术。有了共识，加上社会上全面改革开放的大好形势，二人转抓住了机会，首先在东北演出市场上带头火爆起来，显现了民间二人转相当强大的市场竞争能力。他们研究市场，研究受众，他们知道几分钟没包袱，观众就会产生审美疲劳。为了迎合观众需求，他们把"说"和"逗"推向极端，甚至整台演出没有一段完整的二人转唱段，是名副其实的"搞笑晚会"。那个时候，东北风二人转不但在长春拥有三家剧场，同时在吉林市、哈尔滨市以及北京等地也有演出场所，同时吉林卫视的《乡村戏苑》和《二人转大观园》等栏目也不间断地播出东北风和其他二人转剧场的节目，这些演出极大地丰富活跃了群众文化生活，发挥了重要的娱乐功能。那个时候的火爆，得益于民间二人转演员能够抓住老百姓的所思所想，在说笑中适时针砭时弊，反映民众心声，努力与观众沟通并产生共鸣，和他们把一腔子热血都倒在舞台上，演尽"绝活"，展现十八般武艺的特色。赵本山的"刘老根大舞台"出色的市场运作，使二人转的这场"革命"登峰造极，推向了极致。

随着二人转的日渐红火与备受关注，二人转发展的一些问题也逐渐显现出来："民间"小剧场演出与国有"专业"院团之间出现分化；社会上开始有了"黄色二人转""绿色二人转"之争；针对小剧场里的二人转大部分成了"搞笑二人组合"，与讲究"说、唱、扮、舞、绝"的传统二人转艺术相去甚远，普遍存在低俗现象，甚至有了二人转的"真""伪"之辨。对于这些，有的专家直言不讳地批评道："认为《傻男人也潇洒》这样讲笑话的东西才是现在二人转与时俱进的最新表现方式，实在令人汗颜。

二人转的确是与时俱进，与观众亲密无间的；另外，它的好胃口、吐纳精神的确也是它能存在到今天的重要原因。说口或者笑话，甚至杂技这样的东西进入到它内部可以看成是二人转广收博取的表现，不过仅仅把这些当成是二人转，并且说他们就是二人转沟通观众的方式，那不等于说相声、笑话都成了二人转？真是荒谬至极。"

　　大家看，二人转呈现的是繁荣与萎缩并存的"生态异化"现状。

　　二人转的脱俗问题是一个老生常谈的问题，是一个从提出二人转改革创新的那天开始，就一直存在的问题。现在一提反对二人转的"俗"，就有人跳出来说什么"市场需求""谋生需要""无伤大雅"，还有的人以提出俗的二人转"接地气"，还有甚者提出从来的"性"话题就是民俗文化的特性等，有的人直截了当：快乐千万种，有的廉价，有的昂贵，都是百姓所需，一乐解千愁。说这些东西的人其实自己也不理直气壮。我认为，这话过于矫情。他们不是觉得"俗"的内容好，而是不希望有人管，不希望有满嘴"官话"、不愿意看"附庸风雅"的二人转。怕二人转的改革，改掉二人转的"土"气，改掉二人转的"乡俗"风味，故而用这样的一些"理由"做盾牌挡住来自他们认为来自官方的"长官意志"。当然，会不会有人仍然喜欢那些低级趣味的"噱头"的情趣，这就不在这里分析了。

　　这里，我要说，对于二人转小剧场经常有一些低俗的表演，二人转的艺术家和评论家不是没有警觉。

　　2004年4月26日，新华网的一篇文章题目是"恶俗将毁了二人转"。2007年10月9日，《吉林日报》报道：近年，随着东北民间二人转迅速火爆全国，其特有的幽默、轻松的艺术特色逐渐被更多的观众认识和接受，但与其相伴的"脏口、粉词"等低俗表演也一直备受争议。最近，在国家和省里有关部门的管理和力促下，省内较大的二人转团体东北风二人转艺术团率先行动起来，在今天下午举行了一场特殊的"以演健康二人转为荣，以说'脏口、粉词'为耻"的座谈会。

　　如何分析二人转火爆的"市场需求"，这好像是个社会学的问题，也有人把它归为人文的范畴。

　　几乎是全世界都在争论，人类是"人之初，性本善"呢，还是"人之初，性本恶"？为什么"黄段""荤口"，甚至粗俗的不堪入目的东西也能引来厂商那么欢喜的笑声呢？其实，这不是我们中国人的问题，全世界的喜剧和笑话与脱口秀都存在这个共性的问题。"无亵不笑"，没有对神圣的亵渎，对崇高的讥讽，就没有笑的因素。但是，中国人的传统欣赏情趣，这些有伤大雅的"表现"，底下茶余饭后都可以是"话佐料""逗闷子"，就是不允许你走进大雅之堂，那是被文化传统所不允许的。这也是为什么有那么多的人对今天的许多二人转的表现不满意的原因。

所有的曲艺人都知道，在我们的现实生活中出现一个非常严重的问题：你如果对二人转的现实提出异议，马上会招来网络、小报等各种媒体的"棒喝"。十年来，民间文艺团体靠着自身的力量，在文艺市场上风生水起，乃至影响力之大，让国家财政供养的文艺团体不得不自惭形秽。最有代表性的有郭德纲的"德云社"和赵本山的"刘老根大舞台"，明星云集，霸气十足。前不久，我参加由赵本山主导的辽宁电视台举办的《我要上乡七》的选秀节目。赵本山的弟子，以及东北二人转喜剧演员的粉丝们都在这个栏目中展现技艺。我和梁宏达与赵本山作为评委，就是通过对表演与作品创作的评价，一定要阐明艺术的表现，一定要有"美""丑"之分，一定要强调艺术上的"丑"与形态上的丑是有明显区别的。艺术形态上的"丑"，也是美的一种展现，而表演粗俗，语言恶俗，内容庸俗的"丑"，是真正意义上的"丑"，是作为艺术展现的平台上，必须杜绝的。我们的评论在观众的反映中非常好。就是观众有笑声有掌声的一些作品，只要有这些"丑"东西，都在我们的批评之中。我从演员认真地听取我们的意见的态度中可以感觉到"只要是引导人向上走，人们不会拒绝你的善意"这样一种诚恳的态度。但是，这代表不了小剧场的全部。你一提意见，就招攻击，就有人拿"砖头拍你"，甚至网上一片"骂声"，这种氛围非常不好。对于目前社会上的低俗二人转表演怎么样地进行文艺批评，媒体怎样帮助二人转形成一个不断自我改造，不断进取的氛围，不至于在不远的将来，被自己的"恣意成长"毁坏形象而导致走向自己的反面，实在是应该提出和全社会都应该引起重视的问题。

那么，能不能有一个二人转的评论家们在一起，心平气和地、直言不讳地来一些撞击的地方，做一些让大家不带成见，不触及利益地进行讨论、辩论，各抒己见地为二人转的发展厘清一些观点，澄清一些问题的事呢？

这是2017年我观看一场东北二人转的汇报表演,也不知道看到什么了,笑得十分开心

比方,二人转没有今天小剧场的努力,能不能走到今天?二人转今天的形势是对二人转好还是不好?二人转的"粗口""荤口"应不应该说?不该说,由谁来管?该说,说到什么程度为止?现在的小市场上的二人转叫不叫"二人转",叫"二人秀"行不行?谁来管这事,谁来纠正市场甚至媒体的"误传"?传统的二人转市场不好,曲高和寡的现象怎么解决?怎么样做才是行之有效的办法?网上现在登载的"粗口二人转""二人转荤口"由谁把它拿下来,并且看住不许上?不允许"粗俗""丑陋"表演有它的市场这样的事,谁去管?能不能管住?

只有大家都"接地气"地考虑和解决实际问题,才能使我们的曲艺理论研究结合实际,不是"坐而论道",你评论你的,我演我的,不是理论与实际鸡犬相闻,老死不相往来。让文艺批评作用于二人转今天的表现,不要一个劲儿地在那儿讨论。

说实在的,我就是希望《东北二人转口述史》这本书,让专家学者都读读,仔细听听各方面的人士在继承和发展二人转方面走的路、干的事、取得的经验和教训,从而得出二人转究竟该咋"转"方向的答案和结论,使二人转更好地"转"下去。

写于2012年

《姜昆涂鸦》自序

三十年前，侯宝林先生曾经和我说过，相声演员应该是个杂家，无不行，百事通。你师父（指马季）喜欢踢球，离相声远点儿。你爸爸是知识分子，会书法，你就应该承父业。他给我写了"为民求乐"四个字送给我。

我开始对美术和书法上心了。

书法和美术是艺术的两大门类。书法是写字，美术就是画画儿。从画画儿、写字，上升到书法和美术，是有很高的台阶的。

我画画儿和写字是属于最低的那一档的，也就是说，刚开始，在一步一步地走，上台阶呢。

我写相声说相声是逗人家乐，我写字画画儿，是图自己乐和，就是觉得好玩有趣。这里边，这个"趣"字很重要。

艺术与做政治报告之类的东西不一样。艺术就得有趣、好玩儿。如果做政治报告有趣、好玩儿，那就麻烦了，那属于不严肃。

过于严肃的人搞不了艺术，因为他把一切都太当回事儿了。

启功先生，写了一首不怕鬼的诗："昔有见鬼者，自言不畏蒽（也是鬼的意思）。同他摆事实，向他讲道理。你是明日我，我是昨日你。鬼心大悦服，彼此皆欢喜。"您说一个严肃的人碰见这事，能这样吗？不是他把鬼吓死,就是鬼把他吓死。可是碰上一个非常有趣,好开玩笑的老头,就不较真儿,一个明日我、昨日你,把永不同轨的阴阳两界炫出一道"彼此欢喜"的彩虹,多有趣呀,我划拉了几笔,弄了张小画,主要还是写下启功先生那动人有趣的诗句。

我开会的时候好写东西,别人以为我用心听讲,用心在记录,其实我是画小人儿呢!

我喜欢雕塑,喜欢人物形象。我特别喜欢画家对于人物形象的勾勒。

齐白石老人家从1918年就画神仙李铁拐,一画就是五十多年,可以说画了成百上千、形态各异的李铁拐,大部分都配上打油诗,非常有趣。百度上这样介绍:"齐白石笔下的铁拐李褪去了原本高高在上,脱离尘俗的神仙形象,看似俗气简单,其实耐人寻味的寓意表象随处可见,每一幅画都蕴涵着深厚的传统底蕴和文化意味,透着白石老人的幽默和深刻的人生智慧。"评价多高。

方成一直被誉为中国漫画界的常青树。我的家中一直端放着方先生去世五年前给我留下的他的自画像。我看过无数画方成先生肖像的画,有油画、有素描、有水墨、有水彩,最像他自己的,还是他自己画的那张漫画像。我出版第一本纪实文集《笑面人生》就是请方成先生画的插图。他画的侯宝林、马季、唐杰忠、李文华、梁左、大山还有我,一个个栩栩如生,比我的文章棒多了,而且都成了漫画肖像的经典样板,你想出新,换个风格画画,老百姓还不认可了。他笔下的漫画人物非常有个性,他以独有中

← 我与方成先生是忘年之交,他94岁的时候,还画了自画像送给我。我们的友谊一直持续了我们相识的40余年。2018年,方成先生100岁生日过后,他去世了

国特色的水墨漫画，将中国民间传说和古代文学作品中的人物绘形纸上，钟馗、李逵、济公、鲁智深、布袋和尚一个是一个，我看他们看了几十年，也试着画过，但是除了画侯宝林和我自己，我觉得还看得过去，其余的画出来都不堪入目，我就全撕了，不能污染艺术环境呀。

韩美林先生是大家，很多人以为他只会画动物，其实，他画人体应该是世界一流，明白人都能够通过他简单的线条窥到他几十年画人体的深厚功底。我求他画几个罗汉像，他不假思索，信手涂鸦，百十个神采各异的出家僧人，或慈眉善目，或嫉恶偾张，或淡泊休闲，或身修通达，一气呵成，张张精彩，谁看后都会感叹中国画线条的神功，在韩美林先生的手下居然是那么挥洒自如、尽现天工。

我太爱这些画了。它们是我人生不可分割的一部分。在苏州，我搞了"姜昆艺术收藏馆"，在那里我还把我收藏的朝鲜美术作品搞了专门的展览。

韩美林是我40年的老朋友，他已经80多岁了，但是每天快乐得像个孩子。冯骥才说他是"小个子，大男人"，因为韩美林的作品经常是巨型雕塑，用他自己的话说"二十个我摞起来，才能到我做的雕塑的顶"

我甚至想有一天,我把我最喜欢的美术作品集一部大书,让大家咧着嘴,乐呵呵地从头看到尾。我把它看成欢乐的源泉,因为每一张快乐的画都是用生活中五颜六色的快乐因子集成的。

　　我也试着用画笔寻找这份欢乐,于是有了一本《姜昆涂鸦》小册子。这里有感悟、有回忆、有过往,也有今天。算是一本日记吧,用那个歌词里的话:我能想到最浪漫的事,就是和你一起慢慢变老,一路上收藏点点滴滴的欢笑,留到以后坐着摇椅慢慢聊……

　　文章到这儿,我觉得把歌词中"慢慢聊"改成"慢慢瞧"就更恰如其分了。

2019年9月19日 于北京

《东北亚说唱艺术散论》序

一天，中央电视台综艺频道播放了一位朝鲜族大学生演唱的朝鲜民族说唱——盘索里，动听的曲调、优美的姿态、秀丽的民族服装、古朴的表演风格，博得了观众的阵阵掌声。节目播出以后在全国的影响非常之大。比较熟悉这个演唱方式的我，看后陷入了沉思。

盘索里是朝鲜民族优秀的说唱艺术形式，流传到我国后，成为一个少数民族的曲艺曲种。但是，我听说在其发源地朝鲜已经不多见了，韩国还保留了一些，可是我去了几次韩国都没有机会欣赏到。后来才知道，由于市场认可度等因素，传统说唱艺术没有演出场地，只有在一些大学和传统艺术研究机构，才能够看到资料和一些实物，观赏到一些较为地道的表演。

由这儿，我联想到了日本民族传统说唱艺术演出的场所。在日本东京的浅草、涩谷、新宿，我不止一次地去观看过日本艺能，包括落语、漫才等。印象比较深的是浅草寺。

据说，浅草寺是东京都内最古老的寺庙，建于平安时代（794—1192）后期至镰仓时代（1185—1333）。另外，在浅草寺正殿附近有一座浅草神社。当时，这个地方曾经被人称作江户的第一闹市，也被人们称为"欢乐之地"。而"欢乐之地"的特点一直保持到现在，至今这里仍然保留着浓郁的江户时代风情。看着眼前的建筑风格，可以想象出那个时候剧场和舞台纷繁林立，传统艺人你来我往，聚集于此，曾经呈现出传统文化繁茂的盛况。许多日本明星艺人就是从这里走向全日本的。现在的浅草虽然已经没有了往日娱乐街的辉煌，但不少演艺场和说唱艺能场依然存在。

如果专听类似中国相声和小品的节目就要到涩谷或新宿。那里的艺能表演，类似中国的说唱艺术，但是保留的小剧场招牌、装潢、装饰仍然非常传统。演出节目和演员的"水牌子"，全是古朴如旧，五颜六色的布制旗子在风中摇曳，令人有恍如隔世的感觉。传统艺术的传承，场地非常重要，就像中国的小剧场，相对于中国曲艺艺术的传承一样。

由场地，我又想到了说唱形式类别的相似。

中国的曲艺说唱品种，与日本的艺能说唱品种，多有相似之处。例如，落语与单口相声、漫才与对口相声、讲谈与评书。有文章讲：中国有单口相声大王刘宝瑞，日本也有其近代类似我国"单口相声"的落语奠基人圆朝；中国有游戏主人和程世爵著的笑话集大成书籍《笑林广记》，日本亦有安乐庵策划编辑的《醒醒笑》。不同的是自明治时期（1868—1912）以来，落语艺人一般都在一个叫作"寄席"的小型剧场演出，而中国的相声多是在茶馆和户外演出的。

朝鲜和韩国的传统说唱形式也与日本有相像之处，例如日本的"漫才"与他们的"才谈""漫谈"。

我们中国曲艺家协会组织的中国的曲艺家与日本文艺界的交流活动，已经延续几十年了。但是，以我的观察和感受，一直在做蜻蜓点水般的互访。你认识了我，我认识了你，每年互相如走走亲戚，仅此而已。这么多年，观光旅游、采摘购物的阶段该过去了，文化艺术相互的交流，该往深入的方面迈开步伐了。

以我自己为例：1982年，我在北京看过日本漫才家人生幸朗的演出；1985年我在日本的东京，与落语漫才家内海好江、内海桂子共同接受过NHK电视台采访，有过短暂的交流；1990年我在北京家中接待过日本最大的吉本兴业喜剧娱乐公司大崎洋先生，并且在他担任吉本兴业总裁以后，我亲自去日本访问过总部，他也亲自接待了我；2013年，我又和NHK中文广播的专栏节目编辑美代子一起，录制了我与90岁高龄的内海桂子先生互相演唱，展现中日两国说唱艺术的现场直播节目；我还曾经在主持中国曲协工作期间，六次带团，到日本进行"笑在东瀛"的品牌性演出和文化交流活动。

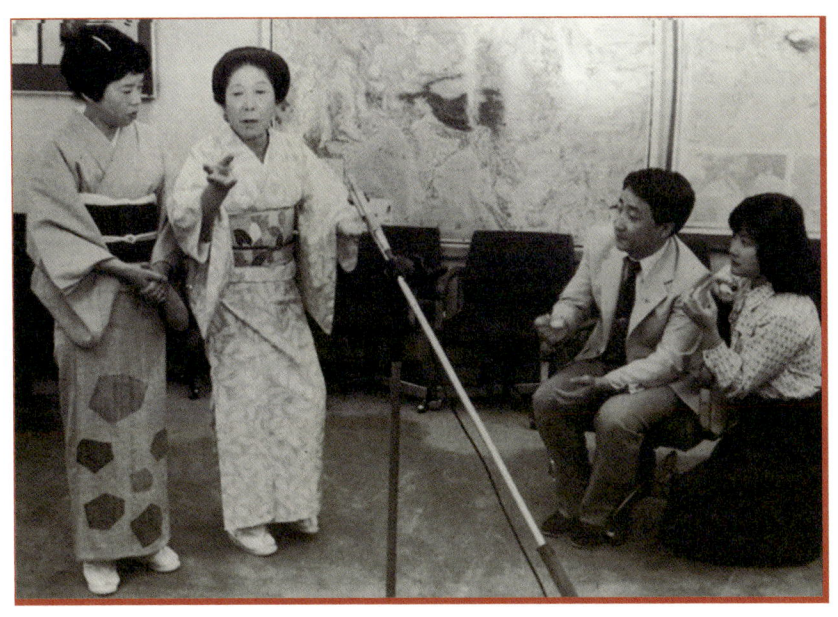

↑ 1985年，我第一次访问日本，与日本的漫才大师内海好江、内海桂子两个人共同接受NHK电视台记者的采访。当时，她们的表演给我留下了深刻的印象。在以后的日子里我们一直有联系，一直到2020年8月，内海桂子女士去世

在30多年频繁交往过程当中，围绕着中国周边国家的民族艺术形式，有一些问题不断在我脑海里浮现：

日本的漫才是不是就是中国相声？
中国的曲艺和日本的一些艺能是同一艺术形式吗？
日本的漫才和韩国的漫谈是否有关系？
日本艺人说，我们的漫才是从中国学的，有历史根据吗？
东北亚地区民族传统艺术在不同的社会制度下，还能生存多久？

别看交往那么多，30多年来对于这些问题，我还是一头雾水，一直没有明确的答案。

还有，韩国的盘索里有不少中国的历史故事唱段，与我们的传统曲目有没有相像之处？又是从什么时候开始有这样的内容的？

再有，我们知道《江格尔》是我国蒙古族数十部英雄史诗中最优秀的一部，也是最能代表蒙古史诗发展水平的作品。它同蒙古、藏两个民族的《格斯（萨）尔》，柯尔克孜族的《玛纳斯》一起，被誉为"中国三大史诗"而闻名遐迩。在中国，它主要的传承方式是曲艺说唱，是用蒙古族的陶力曲种演唱。但是，为什么来到蒙古就只叫"英雄史诗"，不提演唱方式？

蒙古国在世界艺术论坛中关于"江格尔"的论文多次获大奖，而我们中国的曲艺界对其的收集与研究却较少，少有建树，原因何在？

蒙古英雄"江格尔"的史诗作品究竟起源于何地？与西藏的"格萨尔王"有哪些联系？

我再也不能老问自己回答不了的问题了。

我请教了中国文史馆的冯远先生。他启发我，让我萌生了应该有关于东北亚说唱艺术的研究项目的想法。

中国曲艺理论研究，应该有一本有关这方面研究的书，要做一点历史的考证、实地的考察与深入的探讨；要有比较，要有建立在科学基础上的大家公认的论证。这对中国与各国的民族说唱艺术交流，解决很多人脑海里的迷惑，是非常必要的。

1981年，相声大师侯宝林先生与曲艺理论家薛宝琨等一行四人赴日本考察民间艺术，这无疑开启了两国民间艺术交往的先河，也促使侯宝林先生产生了加强曲艺理论研究的想法。在侯宝林先生的推动下，我国成立了中国艺术研究院曲艺研究所。在第一任所长沈彭年先生带领下，有了《中国曲艺艺术概论》的理论书籍。现在看来这本书只是一个小册子，但是它掀开了加速进行中国曲艺史论研究的序幕。

之后，我就任曲艺研究所所长时，组织倪钟之、戴宏森等专家编撰了《中国曲艺史》《中国曲艺概论》两本大书，结束了过去人们普遍认为"曲艺无史、无论"的历史。

从刚开始，侯宝林先生在大阪大学会议厅中谈古论今，介绍中国相声历史，并且与日本演艺界的朋友娴熟地讨论落语、漫才与中国单口相声、对口相声的异同，时间过去了40年。

今天，中国曲艺家协会、中华曲艺学会在中国文学艺术基金会的资助下，组织年轻的曲艺学者启动了"东北亚说唱艺术探源"的研究课题，我和董耀鹏同志共同负责。年轻的曲艺理论学者客座日本的明治大学、韩国的首尔大学；造访蒙古国的乌兰巴托艺术学院；走访这几个国家的艺人、演出场所并观摩演出。在日本学者加藤彻夫妇，韩国首尔大学志愿者协会主席、中国留学生杨卫磊先生，蒙古族学者恩科巴雅尔、布仁白乙和蒙古国艺术家协会的艺术家们的帮助下，我们的学者历时四年，终于编撰了这本书。

语言是人类信息的第一载体，各个国家的语言都是人们相互沟通的工具。作为以语言表达为基础的说唱艺术，是各个国家保存和传递人类文明成果的重要途径。艺术与科学一样，是人类共同创造的，有个性，更有共性。说唱艺术就是以文学或者口头文学为说唱基础实施的。

鲁迅先生说："人类最好是彼此不隔膜，互相关心，然而最平整的道路，却只有文艺沟通。"

被人们称为中国20世纪最后一位散文家的刘亮程说："文学艺术是人类最古老的心灵沟通术，是上帝留给人类最后一个沟通的后门，是感情的艺术，讲人的共同感情。"

科学和艺术属于全世界，通过对东北亚说唱艺术的调研和比较，我们可以解除的不是我一个人的一些迷惑。拨开眼前的云雾看到一个真实的对方，艺术的交往、借鉴、相互学习，对于任何国家的艺术发展无疑是最具价值的。

东北亚说唱艺术探源的科研项目结题了。为即将出版的这本书写上这些话，也是希望曲艺艺术成为人们心灵沟通的桥梁。

写于2016年

向世界亮出中华文化的新名片

文化交流是一把开启心灵的钥匙,它能让不同国度、不同肤色、不同文化背景甚至不同意识形态的人相互理解、彼此欣赏。对于世界而言,改革开放以来,随着中国经济的高速成长带来的国力、人文环境、价值观念等全方位变化,中华文化的吸引力以它独有的历史、民族、表现方式正在不断增强。对于我们而言,让中华文化走向世界,在中西之间架起文化沟通的桥梁,从而树立起炎黄子孙在国际上的应有形象,展现中华民族真正能够使世界为之骄傲的传统文化底蕴和时代精神风貌是我们

↑ 20世纪90年代初,我在北京大学中文系给学生们讲相声作品的赏析。这得感谢我的师爷侯宝林,因为他是第一个相声演员走进高等学府当客座教授的,所以我们也有了这样的机会"班门弄斧"

的愿望。

　　作为民族的文艺工作者,一直以来,我在致力于中华文化"走出去"的目标,我在利用我自己是个相声演员的身份,利用自己有机会参加各种各样的国外文化交流活动的方便条件,一方面努力加强对外文艺交流,另一方面也在观察如何有效地采取不同方式能够使外国看待中国和了解中国起作用,而且通过这些方式真正能够让世界认识中华民族优秀文化从而真正认识中国,认识一个文化的中国和一个开放的中国,一个真实的中国和一个友好的中国。

　　有一点应该着重指出,一个真正的中国,是一个在五千年的历史长河中创造了光辉灿烂文化的古老中国,同时也是一个自改革开放以来焕发出勃勃生机、充满希望的当代中国。但是,在中华文化"走出去"的进程中,我们必须注意到,世界对中国的了解还远远不够,这和我们自己所做的宣传重点和方式上有所偏颇是相关联的。

↑　我们相声演出去的地方多,可以用"周游世界"来形容。这是我在韩国参加国际会议,在"万国旗"前拍了一张"我是世界人"的照片

　　就文学艺术而言,西方对中国的了解远远不及我们对西方的了解;西方对中国当代的了解远远不及对中国传统的了解。

　　中国人通过对西方文学作品和艺术品的学习、认识、赏识,不仅知道西方的历史也对西方的现代了解颇深,对西方的社会、人文的了解远高于他们知道的我们。原因何在？西方对中国的介绍是全方位的，是丰富的，是互动的，是可信的，我们对西方的介绍是刻板的，传统的，无变化的和单一的，是有许多人为痕迹的。

仅举一个小例子。我们动辄认为对外宣传应该表现"伟大的中华民族文化传统"，要展现"五千年"，要告诉人家"四大发明"，多少年来一直如此。但是，想过没有，西方有不承认中国5000年古老文明的现实吗？有对孔子、孙子，以及四大发明对世界贡献的疑义吗？没有。世界伟人的传列中，从来不少孔老夫子的大名，知道成吉思汗并把他视为英雄的人，甚至比中国还广泛。

倒是我们一股脑的"展现传统"的要求，和一窝蜂地在各种各样的涉外活动中对于这些"传统"的简单展现，使得西方人对中国传统的了解很大程度上停留在了传统文化符号的表面。提起中国，就是红灯笼、中国结；提起北京，就是烤鸭、长城；提起传统艺术，就是舞龙、舞狮。1994年，我到奥兰多去看迪士尼世界，中国的天坛祈年殿前面站着穿清代马褂和戴帽盔儿的华人在招呼游客，我问他："为什么要穿这么古老的打扮？"他回答："如果不这么穿老外说我不是中国人。"2007年，我又一次去了那里，这个穿着还是如旧，一点变化也没有。又十多年过去了，我不知道那个瓜皮帽，是不是还戴在他的头上。

其实在传统文化符号的宣传这方面，我们在外国的华人庆春节，开餐馆，舞狮弄乐，雕梁画栋，一点也不比我们派出团体搞这些差，但是我们的文化宣传重传统多、讲现代少的规矩一点没变。

← 与我合影的是法国著名笑星罗马诺夫，她是欧洲著名的电视脱口秀明星，她在巴黎专门来看我们的曲艺演出。她告诉我，看中国的艺术是看传统，在法国民间传统艺术都消亡了

近几年，属于非物质文化遗产范畴的许多传统艺术门类的对外交流日益频繁，但在许多外国人眼里，也更多是一种猎奇。有这样一个鲜明的例子：我们的地方剧种梨园戏在法国演出，观众大声叫好，不是因为他们看懂了戏，而是演员奇特的步法让他们感到新鲜和好奇，至于历史戏中表达的中国人的情感、反映的中国人的生活，并没有得到有效的传递。多年以来，中国民族民间文化向联合国教科文组织"申遗"的捷报频传，不断印证着中国传统文化的多样丰富。中华文化的博大和悠久，这个不争的历史事实，确实令西方心悦诚服。但在向国际舞台输出的过程中，传统文化的传承发展和中国当代的文化创新并没有得到足够的重视，中国当代文化在世界上的地位与影响不尽如人意，中华文化未能展现出真正的魅力。

我曾经在黑龙江生活过八年的时间，黑龙江的文化传承养育了我，我认真地咀嚼过这块黑土地所蕴藏的文化营养。起源于东北故土的萧红、萧军所代表的"故土文化"，早于新中国成立前夕的"军旅文化"，政治运动独有的北大荒"流人文化"，60年代，有着鲜明时代烙印的"知青文化"，以梁晓声、张抗抗为代表的知青返城后回顾"上山下乡"的"反思文化"——文化的源流，使你能够品味到中国人骨子里的那股清高与顽强、热情与眷恋、沉默与审视，从而更理解这帮"北大荒人"怎么那么固执地喜欢"一个没有给他们带来多少人生直接利益的地方"，也会不难理解，在那里受了那么多苦的人，为什么会写出"说不清的黑土地，为什么这样有魅力，引得多少好儿女，千里万里来寻你。害得多少好儿女，天涯海角也想你。青春给了你，命运你拿去，我倒反觉欠着你，说不清的黑土地，为什么这样神奇"这样的词句。

深层次的了解，带来深层次的理解和认识。对于中国的理解，对于中国人的理解，对于今天中国人生活和社会的理解，如何从文化的深层次向世界介绍，需要有专家来总结研究，要形象地告诉世界，并让世界信服地理解一个生动发展中的中国，需要我们在今天多下功夫，在当代多做文章。

北京奥运会让更多的外国人了解了中国。是的，开幕式气势恢宏，淋漓尽致地展现了四大发明等民族文化传统。但我觉得传统因素还是多了点，少了一些现代感。很多外国友人向我感叹，他们最难忘的还是美丽的蓝天、整洁的北京、乐观好客而又幽默风趣的中国百姓，还有无数志愿者的微笑。他们说"志愿者的微笑是北京最好的名片"。人们交往，往往从名片开始，今天志愿者的微笑，是建立在发自内心地感到中国的发展、强大、自信以及为自己的今天骄傲的基础上，我们应该考虑，我们对外文化交流应该有一张什么样的名片。

中华文化的名片应该是什么样的呢？对中国文化深有研究的希拉克总统曾提出一个问题：中国有5000年灿烂文化，对世界文明做出了杰出的贡献，但是我们更加希望看到当代中国卓越的文化创造，更加希望了解今天的中国对世界文化做出了什么贡献。

从当代文化开始，人们可以领略一个民族当下的现实，和它来自当下的想象力和创造力之所在；从当代文化，人们可以感受一个社会和其他社会沟通和对话的直接的可能。我们要向世界亮出的无疑就是当代中国文化这张崭新亮丽的名片。

说到当代中国文化，也许会有许多人不以为然，会有很多人提出质疑："你们比得上老祖宗吗？配得上代表中国吗？"说到底还是对自己的文化缺少自信，总觉得先人的才是对的，传统的才是好的，任何改变和革新都很难被认可。以京剧为例，老的四大派后新的流派还有吗？只有新演员但无新流派。在曲艺界，马季老师以鲜明的艺术风格歌颂新生活，不遗余力地指导年轻人创作、表演、继承、出新，做了大量的工作，开辟了相声艺术的一方新天地，但为什么还是有很多人不认可他是相声艺术里程碑式的人物？反倒是一些"徒弟打师父"之类的流言传播多年，对艺术家本人、对艺术价值本身没有给予应有的尊重。苏州评弹占据了曲艺的半壁江山，蒋调、杨调、余调等流派广为传唱，现在也出现了很多优秀的后起新人，为什么不能再定立新的流派呢？是不是因为前辈的成就就束缚住革新的脚步了呢？歌唱家殷秀梅30年舞台生涯长盛不衰，她的演唱将美声、民族完美结合，可以说是地地道道的"中国流"，演唱醇厚、坚实、自信，仪表雍容高雅，已经给两代人留下了深刻印象，但我们的媒体十年为她做的宣传太少，也没能最大限度地发挥出她的艺术优势。平心而论，歌唱家我们没有花大力像西方宣传帕瓦罗蒂那样，宣传我们的郭兰英、彭丽媛、吴雁泽、戴玉强；美术家没有像西方力捧那样，着力宣传韩美林、范曾、黄胄、陈逸飞；影视界外国人认可的明星我们跟在后面欢呼，尽管他们一个个都不在咱们的体制之内，文学界更是没有"大师"的产生和培养。一方面我们"长官意志太强"，推出的人可能人家不同意；另一方面我们中国人自己和自己"火拼"得太厉害，我不行谁都不行，一个个"阵亡"了。但是，这些都是逾越不了的鸿沟吗？

从总体看，我们对世界的宣传，缺乏整体规划，缺乏科学分析，缺少用科学发展观指导的战略思考。这也是我们"走出去"战略中所缺失的一面。

就拿我自身而言，最近许多媒体就"改革开放30周年"这个主题采访我，我才忽然发现，这30年我已经创作演出了一百多段相声。因为媒体的提醒，我回首这30年的前进历程，才意识到可以说每一个作品都记录下了时代的印痕，从改革开放初期解放思想到后来抨击时弊、提倡文明，我把对时代的感悟都写在了相声中。这么一看，我还是很"伟大"的呀！多年来，不绝于耳的"姜郎才尽"的批评之声几乎让我以为自己"从来没写过东西"了。因为回顾、因为梳理，对自己的价值才有了新的认识。对于我们自己今天的艺术，我们缺乏足够的自信，缺乏足够的空间，不总结、不认可，外人又何来了解、何来认可呢？

↑ 美国喜剧演员鲍勃·霍普（Bob Hope） 1978年到中国演出，我和李文华老师为他开场，但是那时候没有人给我们拍过一张照片。90年代末，我在美国洛杉矶电影艺术研究院与他的雕像合影

在对外艺术推广、对外交流中必须存在一条明确的主线，这其中应该涵盖当代中国的创新文化，应该隆重推出当代中国的创新文化。我们有长城、运河、兵马俑；我们还有京剧、昆曲和越剧。但应该清醒地看到，这首先是祖宗的光荣，其次才是后人的骄傲。假如不能创造出同样灿烂的当代文化，我们的文化传统就有可能中断，变成一种博物馆的文化。只有创新才能赢得历史，赢得时代；只有创新才能赢得大众，赢得世界。推介当代创新文化，并不等于抛弃传统，而是对传统的进一步发掘和传承。传统是什么？传统是由几千年来无数个"当下"、当时的"现在"积淀而成。创新是什么，创新就是过去之发展。每一个创新将来都是传统。传统又不断地变着脸地发展为现代，发展为创新。对传统文化的"着墨"一定要植根于今天的土壤中，把传统之根一点一点引入今人的视野，让传统衔接当代。实践证明，我们当代的许多艺术家，他们在充分继承传统的基础上锐意革新，久经时代和观众的考验，塑造出一系列鲜活的艺术形象，足以鲜明地向世界传达"当代中国"的风情和面貌。这正是"中国制造"的一个不可或缺的方面，它所展示的积极面也可以为世界所接受和喜爱，应该成为文化"走出去"的关键。这会让我们在更好地面对未来的同时，也更好地继承我们的传统。

中华文化"走出去"，是时代赋予中华文明和中国文化新的历史责任。早在20世纪初，蔡元培先生就曾说过：我们一方面要注意西方文明的输入，一方面也应注意我国文明的输出。中华文明有着5000年的悠久历史，当代中国是世界上最大的发展中国家，中国的进步与发展越来越强烈地影响着世界发展的历史进程。中华文明包括当代中国文明是属于全人类的文化宝藏。我们在对外交流当中，要以一种更加自信的姿态，亮出我们的文化名片，让世界真正了解中华文化的魅力，了解中华民族的魅力，了解一个前所未有的"魅力中国"。

写于2007年（演讲稿）